W0352177

Bad Boy Crush

LOU EVERLY

Bad Boy Crush

addictives
POCHE

1

– Wes Matthews ?

– Non.

– Kyle Todd ? Apparemment, il a pris du muscle cet été. Leila l'a croisé au centre commercial la semaine dernière et elle a eu du mal à le reconnaître.

Je grimace et prends un oreiller pour y enfouir mon visage. Ça fait dix bonnes minutes que Lucy m'énumère tous les noms des garçons de notre lycée. D'après elle, je dois impérativement me trouver un mec pour fêter notre dernière année dans ce bahut. Elle sait pertinemment que ce sujet m'ennuie plus qu'il ne m'enthousiasme, mais ça ne l'empêche pas de continuer. C'est ma meilleure amie, et je l'aime beaucoup, mais là j'ai envie de la pousser violemment hors de mon lit pour la faire taire. *Relax, Alayna.* La liste n'est pas infinie, elle ne va pas tarder à être à court d'idées.

– Qu'est-ce que tu fais ? demande-t-elle en essayant de me retirer l'oreiller.

– Peux plus t'écouter parler. Je préfère mettre fin à ce supplice en m'étouffant avec ce coussin.

Je relève la tête, m'attendant à la voir sourire, mais ce n'est pas le cas. Elle a l'air hyper sérieuse avec ses sourcils froncés et son chignon impeccable.

– Tu me remercieras le jour où je t'aurai trouvé un cavalier pour le bal de promo.

Alors c'est pour ça qu'elle me prend la tête depuis tout à l'heure ? Pour le bal de promo ?

– Du calme, on n'a même pas entamé l'année.

– Avec toi, je préfère m'y prendre à l'avance.

– Si je ne trouve personne, on n'aura qu'à y aller ensemble !

L'idée me plairait bien. Mais à sa tête, je comprends que ce n'est pas réciproque.

– Ne nous porte pas la poisse, s'il te plaît. Et que penses-tu de Steven Walker ?

– Il est gay.

Ses grands yeux noisette s'écarquillent, lui mangeant la moitié du visage.

– Vraiment ? Merde, tu m'apprends un truc. Ça fait un mec canon de moins pour nous dans ce lycée, on n'a plus qu'à espérer que les nouveaux seront à la hauteur.

Je lève les yeux au ciel et m'affale sur mon lit, tandis qu'elle reste assise. Lucy et moi nous sommes rencontrées en CE1, lorsque j'ai débarqué dans la grande ville de Cheyenne, dans l'État du Wyoming. On a partagé un goûter dans la cour de récré et, depuis ce jour, on ne s'est plus quittées. C'était la belle époque, celle où mes parents formaient un couple heureux et amoureux, mais il faut croire que ce n'était pas aussi parfait que ça en avait l'air. À mes 15 ans, ils ont divorcé. Enfin, je devrais plutôt dire : mon père s'est barré à l'autre bout du pays avec sa petite stagiaire de 21 ans. Alors qu'il en a 50… Le cas classique, hein ? Les hommes, ça craint. Ils vous réduisent le cœur en bouillie sans le moindre état d'âme. Je ne les déteste pas, mais je ne les aime pas non plus. Ils me laissent indifférente.

Et c'est le même topo pour l'amour. J'aime mon chat, ma mère, mes amies, Lucy et c'est tout. Je n'ai pas besoin de plus pour m'épanouir. Et je suis sûre qu'eux, au moins, ne piétineront pas mon cœur. Par contre, pour Lucy, c'est une autre histoire. Elle ressent constamment le besoin d'être amoureuse, c'est une grande romantique dans l'âme, elle enchaîne les déceptions, mais elle n'apprend jamais de ses erreurs. Pourtant, je passe ma vie à la mettre en garde.

– Tu ferais mieux de calmer tes hormones, elles ne t'aideront pas à obtenir ton diplôme, marmonné-je en attrapant un paquet de Dragibus sur ma table de nuit.

Je ne suis pas du genre à passer mes week-ends à la bibliothèque de la ville, mais cette année, j'ai envie de bosser. Dans une semaine, c'est déjà la rentrée. Les deux mois d'été sont passés à la vitesse de l'éclair. Entre les sorties avec Lucy et mes vacances au Mexique avec ma mère, je n'ai pas vu le temps filer. Mais je dois vite me remettre au travail. Je n'ai pas le choix si je veux finir ces quatre années de lycée en beauté et intégrer l'université de médecine l'an prochain.

– Alayna, on est amies, toi et moi, pas vrai ?

Je lève les yeux de mon paquet de bonbons pour la regarder et hausse un sourcil, intriguée par sa question.

– Je crois…

– Donc, je peux tout te dire sans prendre le risque de te vexer ?

– Mmm.

Je savoure le goût fruité de mon bonbon sans trop l'écouter parler. Je suis tombée sur un Dragibus noir. *Mes préférés.*

– Déjà, ce n'est pas parce que ta mère est dentiste que ça te donne le droit de t'empiffrer de bonbons toute la journée. C'est de la cochonnerie, ces machins.

Elle se penche en avant pour m'arracher le paquet des mains et se lève de mon lit.

– Rends-le-moi tout de suite ! m'écrié-je en me levant à mon tour.

En plus de me gonfler avec ces garçons à la noix, elle me vole mon dernier sachet de bonbons ! Ça la fait rire, bien sûr. J'essaie de le lui reprendre, mais cette enquiquineuse lève le bras plus haut. Et comme Lucy fait deux têtes de plus que moi, c'est peine perdue.

– Gamine, sifflé-je en partant me rasseoir.

– Arrête de penser à tes bonbons et écoute-moi deux minutes, reprend-elle plus sérieusement. Ça fait dix ans qu'on se connaît et qu'on est super complices, et…

– Abrège.

– Je ne t'ai jamais entendue prononcer le mot « garçon » une seule fois ! C'est quoi, le problème ? Tu ne me fais pas assez confiance pour me confier tes coups de cœur ? Parce que ne va pas me dire qu'en dix ans, tu n'en as jamais eu.

Je lui lance un regard faussement choqué.

– Et c'est grave, docteur ?

– T'es chiante, Alayna.

– Je sais. C'est sûrement pour ça qu'on s'entend si bien.

Ses lèvres esquissent un sourire sournois. Comme pour vouloir me prouver qu'elle est meilleure à ce jeu-là, elle engouffre quelques bonbons en tas dans sa bouche.

– Donne-m'en ! dis-je en me levant de nouveau.

Elle m'ignore en mâchouillant avec difficulté.

– Purée, c'est vraiment bourré de sucres. Je ne sais pas comment tes dents survivent à ça.

– Dit celle qui est en train de s'enfiler mon paquet.

– Si tu veux que je te le rende, tu dois me dire qui est le dernier mec sur lequel tu as flashé.

Elle agite le sachet comme si c'était une sorte de récompense.

– Très bien, sale emmerdeuse. C'était le mois dernier.

– Je t'ai demandé un nom.

– Tu ne le connais pas.

– Dis quand même.

Je souffle d'un air théâtral.

– Ça ne sert à rien ! C'était pendant ma semaine de vacances au Mexique, rien de bien intéressant. Je m'ennuyais, et vu qu'il était le seul type de mon âge, j'ai tué le temps avec lui. Il n'y a que des vieux ou des familles avec des gosses en bas âge dans les campings, ajouté-je.

Pendant quelques secondes, elle arrête de mastiquer pour me lancer un regard interloqué.

– Tu as rencontré un mec là-bas et tu ne me l'as même pas dit ?

– Quel intérêt ? Allez, rends-moi mon paquet maintenant.

Je tends le bras vers elle mais elle recule d'un pas.

– Tu dois me donner son nom et… aussi, j'exige une description physique.

– Si je te dis que j'ai couché avec lui, ça te suffit ?

Sa mâchoire manque de s'écraser au sol.

– Quoi ? Ma meilleure amie a perdu sa virginité dans un lieu de rêve au Mexique et je ne suis au courant de rien ? Tu as intérêt à tout me dire, et vite !

Elle me rend mes bonbons et m'attrape le bras pour me forcer à m'asseoir avec elle. J'aurais mieux fait de me taire. Je lui fais confiance, là n'est pas le problème, mais je ne comprends pas son enthousiasme. Elle serait capable de parler de ses « moments intimes » pendant des heures, alors que moi, je m'en fiche. Littéralement. Je n'ai pas pensé à en discuter avec elle, tout simplement parce que… ça m'est sorti de la tête. Ma première fois était comparable à aller faire les courses avec ma mère dans un supermarché bondé de monde. Ennuyeuse, nulle et pénible.

– Il n'y a rien à dire. J'en avais envie, lui aussi, et ça s'est fait. C'est tout.

– Et ?

– Et rien.

– Si tu ne me donnes pas plus de détails, je vais te gifler, Alayna !

Je lui colle mon index sur la bouche pour qu'elle la mette en veilleuse.

– Et toi, si tu gueules encore comme un putois, je te sors de chez moi à grands coups de pied au derrière. Baisse d'un ton, ma mère est juste à côté.

– D'accord, désolée, chuchote-t-elle d'un air dépité. Je ne voulais pas t'embêter avec mes questions. Si tu ne ressens pas le besoin de m'en parler, c'est que tu dois avoir tes raisons après tout.

Sa moue déçue me fend le cœur.

– Mais non, Lucy. Tu sais très bien que je n'ai aucun sujet tabou avec toi. C'est juste que… ce n'était pas exceptionnel. Du tout. Ça n'avait rien à voir avec ce qu'on lit dans les livres ou ce qu'on voit dans les films. Il n'y avait aucun rayon de lune pour éclairer nos corps nus et transpirants, étalés sur une plage paradisiaque et isolée du Mexique. Aucun bain de minuit, aucun baiser long et langoureux, aucune déclaration d'amour enflammée. Rien, *nada*, que dalle !

Mes tentatives pour alléger l'ambiance sont souvent mauvaises, mais cette fois, ça marche. Son petit nez parsemé de taches de rousseur se retrousse et elle pouffe.

– C'était si nul que ça ?

– Ouais. Je me serais moins ennuyée en regardant la saga *Twilight* dix fois d'affilée, c'est pour dire.

Elle rit de nouveau.

– À ce point-là ?

– Absolument.

J'exagère un peu. Même si je ne me souviendrai plus de ce mec dans cinq ans, il était sympa. Si on met la douleur de côté, je pense que, pour une première fois, c'était pas trop mal. J'aurais pu tomber sur largement pire, comme ces filles de mon lycée qui couchent avec des mecs en soirée, totalement déchirées, et qui ne se souviennent plus de rien le lendemain matin. Sans parler de toutes celles qui tombent enceintes.

– Mais tu l'as vraiment fait sur la plage ou tu disais ça aussi pour rire ?

– J'avais l'air sérieuse ?

Elle glousse.

– Pas vraiment, non.

– On a couché ensemble dans sa caravane, pendant que ses parents et sa petite sœur étaient partis à la plage. Et comme on stressait de les voir débarquer d'une minute à l'autre, ça a duré cinq minutes.

– Tout de suite, ça fait moins rêver.

Je hausse les épaules.

– Je t'avais prévenue.

– Tu as gardé le numéro de ce mec ?

– Je crois qu'il me l'a noté sur un papier, mais il se peut que je l'aie malencontreusement jeté à la poubelle.

Je sais ce que vous vous dites. Qui est cette garce ? Calmez-vous, les filles. Les garçons font probablement la même chose avec nous. Parfois, ils font même pire. Je voulais simplement me débarrasser de cette première fois, souvent trop sacralisée, et connaître ce fameux sexe dont Lucy me vantait tant les mérites.

– Tu n'es pas croyable ! s'exclame-t-elle en me tapant l'épaule. Sérieusement, je ne sais vraiment pas comment tu fais pour paraître aussi détachée. J'aimerais bien être comme toi.

– Chacun est comme il est. Tu auras beau me casser la tête avec tes mecs, je continuerai à t'aimer. Hélas ! plaisanté-je.

Ses lèvres forment un demi-sourire triste.

– Ne t'en fais pas. Je ne vais plus te raconter mes histoires pendant un long moment, là.

– Oh, dis-je d'un air suspicieux. Je connais cette tête, c'est celle de la Lucy qui s'est fait briser le cœur en mille morceaux. Je me trompe ?

– J'aimerais pouvoir dire oui.

– Tu crois que si tu me racontes tout, je vais m'énerver au point de vouloir brûler le mec qui a osé te faire du mal ?

Elle rit doucement. Lucy me fait souvent penser à une petite fille. Comme moi, elle a 17 ans, mais les traits de son visage sont restés enfantins. Et malheureusement, il en est de même pour son caractère. Malgré ses nombreuses déceptions amoureuses, elle est toujours aussi naïve. Chaque fois qu'un mec lui tend un piège, elle tombe dedans la tête la première. Mais avec le temps, je me suis habituée à mon double rôle de meilleure amie et de grande sœur.

– Dis-moi tout. Maman Alayna va arranger ça.

– Non, j'ai peur que tu me frappes.

Il ne me faut pas longtemps pour comprendre où elle veut en venir. Elle me lance un sourire candide, sachant parfaitement que cela ne va pas durer. Je la fusille du regard, la faisant se décomposer.

– Ne me dis pas que…

– Si.

Je me lève de mon lit, sentant la moutarde me monter au nez.

– Si tu me dis que tu as fricoté avec cet abruti de Célian Walsh cet été, c'est toi que je vais brûler.

– Ne te gêne surtout pas, je le mérite.

J'ai envie de l'agripper par les épaules pour la secouer dans tous les sens.

– Tu fais chier, Lucy ! Ça fait cent fois que je te répète que si ce mec s'intéresse à toi, ce n'est pas pour tes beaux yeux. Une fois qu'il t'aura ajoutée à son tableau de chasse, il te jettera comme un vieux Kleenex usagé !

Durant une bonne partie de l'année passée, Lucy n'avait que deux mots à la bouche : Célian Walsh. Alors, quand il a commencé à s'intéresser à elle à la fin du mois de juin, elle a explosé de bonheur. De mon côté, je n'ai pas pu m'empêcher de trouver ça bizarre. Célian a toujours méprisé Lucy, je ne comprenais pas ce revirement. À part pour se la taper, bien sûr. Ils ont échangé quelques messages, auxquels il répondait une fois sur quatre, mais heureusement, ce n'est jamais allé plus loin que ça. Avant de partir au Mexique, je lui ai conseillé de faire une croix sur lui, et surtout de ne pas le voir pendant les vacances d'été, mais il faut croire que j'ai parlé dans le vent.

– Bah, justement…

La voix de Lucy me sort de mes pensées. Comment ça, « justement » ?

Oh, non. Je cligne des yeux pour essayer de rester calme et pour ne pas céder à l'envie de l'étrangler. Au lieu de m'énerver, je ne dis rien et me laisse tomber sur le lit comme une masse inerte.

– Tu me fais la gueule ?

– Non. Je capitule.

– Alors, c'est pire.

Je roule sur le côté pour la regarder. Elle se tord nerveusement les doigts, comme une petite fille qu'on vient d'engueuler.

– Qu'est-ce que tu veux que je te dise, Lucy ? Je t'ai sermonnée toute l'année, je commence à être à court d'arguments. Tu savais parfaitement que ce n'était pas un type bien, alors je ne comprends pas de quoi tu te plains.

– Tu as raison.

– Comment ça s'est passé ?

Surprise par ma question, elle arrête de se tordre les doigts et relève les yeux vers moi.

– Tu veux vraiment le savoir ?

– Maintenant que tu es lancée, vas-y.

Elle prend une inspiration et, avant de se remettre à parler, elle me regarde du coin de l'œil, comme si elle craignait encore de se faire gronder.

– Pendant que tu étais au Mexique avec ta mère, Leila a organisé une soirée chez elle où elle a invité tout le lycée. D'ailleurs, c'était vraiment cool, j'ai regretté que tu ne sois pas là.

– Ouais. Et ?

– Et il y avait aussi Célian et toute sa bande. Je te jure que c'est lui qui est venu me parler en premier, pas moi ! Justement, j'ai appliqué tes conseils et je ne l'ai pas calculé de la soirée.

Je souffle.

– Je t'ai plutôt dit de ne plus le calculer du tout.

– Ce n'est pas simple, Alayna. Je ne suis pas comme toi.

– Bon, continue.

Chaque fois qu'elle sous-entend que j'ai un cœur de pierre, ça m'agace. Je ne suis pas insensible au charme de certains garçons. Comme toutes les filles, il m'est déjà arrivé d'en trouver plusieurs à mon goût, c'est juste qu'on ne me roule pas facilement dans la farine. On est des filles. Pas des pâtes à pizza, merde.

– Il a été vraiment sympa avec moi. Il s'est excusé pour les fois où il a ignoré mes messages, il m'a même demandé pardon pour la soirée où il m'a traitée de déchet devant tout le monde. Tu t'en souviens, toi ? Parce que moi non. J'étais trop bourrée, je pense.

– Oui, oui. Je m'en souviens très bien.

Aussi, j'ai préféré ne rien lui dire pour ne pas la blesser. Même quand il essaie, cet imbécile de Célian est incapable de faire les choses bien. À cette soirée, je n'étais pas saoule. Enfin, je ne buvais pas trop, pour m'occuper de Lucy qui, de son côté, s'était descendu une bouteille de Malibu à elle toute seule. Je la soutenais d'un bras, et au moment de passer devant Célian et ses amis encore plus crétins que lui, je l'ai entendu hurler « espèce de déchet ! ». Une chance pour lui que Leila m'ait retenue. Sinon, je lui aurais collé mon poing dans la figure.

Lucy soupire, pose ses coudes sur ses genoux et supporte sa tête avec ses deux mains.

– Gifle-moi si tu en as envie, mais on a couché ensemble après qu'il s'est excusé.

– Et j'imagine que maintenant, c'est silence radio ?

– Oui.

– Bon ! dis-je en me levant. Je ne vais pas te dire que je t'avais prévenue, je pense que tu es déjà assez mal en point comme ça. MAIS, j'espère que cette fois, ça te servira de leçon.

Je l'entends marmonner derrière moi, tandis que j'ouvre les deux battants de mon armoire. Je me tourne vers elle en lui lançant un grand sourire. Voyant son air grognon, je reprends :

– Tu comptes déprimer toute la nuit ou tu sors avec moi ?

Elle lève ses fesses de mon lit et s'approche de moi, pendant que je sors quelques fringues de l'armoire et les jette sur mon lit.

– Je te rappelle que Leila m'a aussi invitée. D'ailleurs, je suis persuadée qu'elle me préfère à toi.

– Je suis la seule à t'apprécier, Lulu. Tu saoules tout le monde avec tes histoires de mecs. Leila la première. Enfin non, corrigé-je. La première à t'écouter te plaindre, c'est moi, et ensuite Leila.

Elle secoue la tête, semblant maintenant désespérée.

– Mais ce n'est pas ma faute si je tombe que sur des… des…

– Des quoi ? Vas-y, dis-le !

– Des c…

– CONNARDS ! m'exclamé-je assez fort pour que ce mot monte jusqu'à son cerveau. Répète après moi, Célian Walsh est un CONNARD.

Elle fait une moue dubitative.

– Je pensais plus à crétin, mais bon…

Oui, parce que Lucy n'est pas seulement naïve, elle est aussi peu rancunière.

– Non, c'est un connard, dis-je d'un ton sec. Maintenant, on arrête de parler de lui et on se prépare.

– Tu crois qu'il sera là ?

– Vaut mieux pas pour lui.

2

Concentrée devant le miroir, j'applique un soupçon de mascara sur mes cils et une couche de prune sur mes lèvres charnues. J'adore cette couleur sur moi, surtout l'été, lorsque j'ai le teint bien bronzé. En général, c'est tout ce que je mets comme maquillage. Et c'est ce qui me va le mieux. Pendant que je libère ma longue tignasse brune que je brosse doucement, je jette un coup d'œil vers Lucy, assise sur mon lit. Elle a détaché ses cheveux blonds qui tombent maintenant en cascade sur ses épaules, et elle a enfilé une robe blanche, très évasée, qui s'arrête juste au-dessus de ses genoux.

– Au lieu de m'admirer, tu peux accélérer un peu ? demande-t-elle sans lever les yeux de l'écran de son téléphone.

Comme d'habitude, je suis la dernière à être prête. J'enfile mon pantalon noir à la hâte, celui qui m'aplatit les fesses, un haut en dentelle blanche que je mets sur le débardeur crème à fines bretelles que je porte déjà, puis, dans la foulée, je chausse mes Dr. Martens, tout en ouvrant la porte de ma chambre.

– On peut y aller !

– Ce n'est pas trop tôt, râle Lucy en se levant de mon lit et en me suivant dans le couloir.

Lorsqu'on entre dans le salon, ma mère est allongée sur le Clic-Clac, devant la télé. Depuis qu'elle a divorcé de mon père, elle passe toutes ses soirées comme ça. En deux ans, je ne l'ai jamais vue sortir pour aller boire un verre avec ses copines ou même se faire un cinéma. Je sais qu'elle n'est pas malheureuse, mais chaque fois que je la vois comme ça, roulée en boule sur le canapé, toute seule, j'éprouve un pincement au cœur. Pour le coup, ça me donne l'impression d'être la fille indigne qui part s'amuser à une fête pendant que sa mère s'ennuie à mourir à la maison. J'espère que ce n'est pas ce qu'elle pense de moi. Je m'approche du Clic-Clac et dépose un baiser sur sa joue.

– Vous sortez, les filles ?

– Oui, maman. Leila organise une petite fête chez elle pour qu'on décompresse avant la rentrée. Tu te souviens ? Je t'en ai parlé hier soir et tu étais d'accord pour que j'y aille.

– C'est ta copine qui habite au bout de la rue ?

Je hoche la tête.

– Prends tes clés, je me lève tôt demain, reprend-elle après une courte réflexion.

– Oui, ne t'inquiète pas.

Je commence à marcher en direction de la porte, Lucy sur mes talons, lorsque la voix de ma mère m'interpelle.

– Tu croyais que tu allais t'en sortir sans couvre-feu ? (Je fais une moue déçue avant de me tourner vers elle.) Comme c'est ta dernière semaine de vacances, tu peux rester là-bas jusqu'à minuit trente. Mais pas plus tard, compris ?

– Minuit trente ? m'exclamé-je, indignée. Il y a la moitié du lycée qui arrive à minuit trente, maman ! Je ne vais pas quitter la fête alors qu'elle commencera à peine. Je... maman... s'il te...

D'un bref regard, ma mère me fait taire.

– Ce n'est pas mon problème si les parents de tes petits copains sont irresponsables. Et si tu insistes, le couvre-feu passe à minuit.

Le ton de ma mère est tellement autoritaire que je ne dis plus rien. Je suis hyper frustrée de ne pas avoir réussi à négocier une petite heure de plus, mais si j'ouvre encore une fois la bouche, je sens que je vais passer ma soirée seule, dans ma chambre. Je lance un grognement dramatique, assez fort pour qu'elle entende, prends les clés de la maison et sors en refermant la porte derrière nous.

– Tu ne peux pas dire à ta mère que tu dors chez Leila ? Moi, c'est ce que je fais ce soir.

– Tu l'as entendue, marmonné-je en traversant la rue.

– Oui, mais il est déjà vingt-deux heures trente. Je suis dégoûtée ! Je pensais qu'elle allait t'autoriser à rester plus tard.

Elle accentue sa déception en poussant un long soupir. Comme je n'ai rien à lui répondre, je hausse les épaules. Quelques minutes plus tard, on arrive chez Leila. C'est elle, la grande organisatrice des soirées lycéennes, tout le monde rêve d'être ami avec elle pour faire la fête dans sa grande et belle maison. Contrairement à beaucoup d'autres, je me fiche pas mal de sa popularité. On s'est connues en première année de lycée, et comme avec Lucy, j'ai eu un coup de foudre amical. Et ce, bien avant de savoir qu'elle logeait dans un palace. Même si elle n'en parle jamais, je crois qu'elle a conscience de tous les vautours qui gravitent autour d'elle. Je pense même qu'elle en joue un peu. Ça la fait marrer de voir les gens se plier en quatre pour sympathiser avec elle. Puis, organiser des soirées dans la maison de ses parents, ça lui permet aussi de ne pas trop se sentir seule. Ils ne sont jamais là, sa mère est hôtesse de l'air et son père, commandant de bord, alors j'imagine qu'elle tente de combler le vide du mieux qu'elle peut.

De la musique résonne à plein volume dans toute la maison. Évidemment, il n'y a encore personne. Je crois que ma mère a oublié que lorsqu'on a 17 ans, les fêtes ne commencent qu'à partir de minuit.

Je suis Lucy, qui s'élance dans les escaliers en granit.

– Nous voilà ! hurle Lucy en manquant de glisser et s'étaler sur le parquet trop bien ciré.

Je pouffe en la voyant se rattraper de justesse à la poignée d'une porte. Dieu merci, je n'ai pas mis de talons aiguilles.

– Lulu ? appelle la voix de Leila depuis sa chambre au bout du couloir. Lucy et Alayna, c'est vous ?

– Oui !

Pinceau à la main, Leila se relève alors qu'elle est en train de maquiller… Debbie. Je jette un coup d'œil inquiet à Lucy. Comme je le redoutais, son sourire disparaît et ses épaules se raidissent. L'année dernière, avant que Lucy ne tombe raide dingue amoureuse de Célian Walsh, elle est sortie avec Evan, un mec d'apparence gentil et sincère, pendant quatre mois. Et s'ils ne sont plus ensemble aujourd'hui, c'est en partie à cause de Debbie. Toutes les quatre, on formait un quatuor inséparable, mais le jour où Lucy a appris que Debbie se tapait son mec, notre groupe a volé en éclats. Voilà une autre raison pour laquelle je reste loin des garçons. Ils ne vous brisent pas seulement le cœur, non. Parfois, ils se permettent même de briser des amitiés. Lucy ne parle plus du tout à Debbie, et je dois dire que je l'ai toujours soutenue dans cette décision.

– Qu'est-ce que vous faites déjà là ? s'étonne Leila sans parvenir à cacher son malaise.

Je comprends très vite qu'elle ne voulait pas qu'on sache qu'elle reparle à Debbie. Elle a un sourire crispé, et comme chaque fois qu'elle est stressée, elle entortille une mèche de ses cheveux entre ses doigts. Je lui lance un grand sourire, histoire qu'elle comprenne qu'on n'est pas fâchées. Leila fait ce qu'elle veut, et surtout, elle a le droit de parler à qui elle veut.

– Je dois rentrer à minuit trente.

– Pourquoi si tôt ? Tu es attendue autre part ?

Je ris.

– Oui, chez moi.

Comme Leila est souvent seule, elle ne sait plus ce que c'est que d'avoir des parents.

– Et toi, Lucy ? lui demande Leila. Tu restes dormir ici ?

Lucy, restée silencieuse pendant un petit moment, tente de lui rendre son sourire mais son visage ne parvient pas à se dérider.

– Pas cette fois.

Je la regarde furtivement, espérant qu'elle croise mon regard, mais elle ne tourne pas la tête vers moi. Je la connais suffisamment pour savoir qu'elle fait la gueule. Il faut que j'arrive à m'isoler avec elle pour lui parler.

– Leila, tu as des bières ? demandé-je d'un ton serein, histoire de dégeler l'atmosphère. J'ai super soif.

– Oui, dans la cuisine. Va te servir et monte-m'en une au passage, s'il te plaît.

– Moi aussi, Alayna, ajoute Debbie avec un sourire timide.

– Tu ne peux pas aller te la chercher toi-même ?

Gros blanc.

Lucy dévisage Debbie d'un air mauvais. Avant que la situation ne dégénère, je lui prends le poignet pour l'attirer dans le couloir.

– Et toi, tu viens avec moi !

Elle souffle, mais elle se laisse faire. Une fois qu'on descend l'escalier, je lui lâche le bras, et lorsque je la vois traverser la cuisine en faisant claquer ses talons sur le sol, je me prépare à l'entendre rouspéter pendant les cinq bonnes minutes à suivre.

– Je la déteste ! Pour qui elle t'a prise ? Son chien ? (Tremblante de rage, elle prend une bière, la décapsule et la boit cul sec. Puis, elle me lance un regard suspicieux.) Tu étais au courant que Leila lui reparlait ?

C'est reparti. Dès qu'elle croise Debbie quelque part, Lucy devient paranoïaque. J'ai droit à toutes sortes de questions farfelues : « C'est moi ou elle a osé me regarder de travers ? », « Ça t'arrive de lui parler de temps en temps ? » ou « Tu aimerais bien que je redevienne amie avec elle ? » Et si j'ai le malheur de lui dire que notre quatuor me manque, j'ai toujours la même réponse : « Alayna, crois-moi, tu me remercieras de l'avoir écartée de nos vies. Tu rencontreras forcément un mec un jour et je n'ai pas envie que cette vipère te fasse la même chose qu'à Evan et moi. »

– Non, réponds-je d'un ton las.

Elle continue de me foudroyer du regard.

– Tu me le jures ? Parce que si j'apprends que Leila et toi, vous complotez contre moi, ça va franchement pas le faire.

– T'es folle, tu le sais ça ?

Je soupire, prends une bière et en bois une longue gorgée. Lucy se calme aussi sec, joint ses deux paumes, qu'elle approche de son nez comme si elle allait se mettre à prier, et laisse s'écouler quelques secondes. C'est peut-être le signe qu'elle réfléchit.

– Elle aurait pu m'en parler au lieu de la voir en douce, dit-elle, enfin calmée. Je ne pensais pas que Debbie lui manquait à ce point.

– Ne sois pas de mauvaise foi, Lucy. Tu sais très bien que tu en aurais voulu à Leila dans tous les cas. Tu refuses catégoriquement qu'on s'approche d'elle.

Elle me jette un regard sidéré.

– Tu me fais passer pour un tyran, là ! Je ne vous ai jamais interdit quoi que ce soit !

– Mmm.

– Bon, d'accord, ça ne m'aurait pas fait plaisir d'apprendre que vous lui reparliez... Mais il faut aussi que tu essaies de te mettre à ma place, Alayna. Debbie a fait sa garce avec moi et je ne vois pas trop comment je pourrais lui pardonner.

Je prends une nouvelle gorgée de ma bière et hausse les épaules.

– Tu as bien pardonné à Evan.

Dans le monde des filles, il y a un nombre incalculable de choses que j'ai du mal à comprendre, mais celle-ci reste en tête de liste. Pourquoi, dès qu'une fille se fait tromper par son mec, elle en veut automatiquement à l'autre nana et presque jamais à son copain ? Je veux dire, ils sont aussi responsables l'un que l'autre. Je ne vois pas pourquoi le garçon devrait bénéficier d'un traitement de faveur.

– C'est différent. Evan était juste un mec, tandis que Debbie était mon amie. Et elle m'a trahie.

Elle marque un point. Même bourrée, Debbie n'avait pas à coucher avec Evan. L'alcool ne peut pas servir d'excuse pour tout et n'importe quoi. Cependant, je persiste à penser qu'Evan détient aussi sa part de responsabilité dans cette histoire.

– C'est vrai, avoué-je dans un nouveau soupir. Ce n'est pas moi qui vais te dire d'aller te rabibocher avec elle…

– Tant mieux, parce que je ne comptais pas le faire, réplique-t-elle avec fougue.

– Mais, ajouté-je aussitôt, tu ne peux pas en vouloir à Leila si elle a envie de passer du temps avec elle. Ce serait complètement immature, et pour une fois, je ne serais pas de ton côté.

Elle rit en prenant une autre bière.

– Tu sais ce qui serait immature ? (Elle pointe la bouteille vers moi avec un sourire malicieux.) Que je remplace sa bière par de la pisse et que j'aille la lui donner comme si de rien n'était.

Je fronce les sourcils, incapable de savoir si elle est sérieuse ou pas.

– Je plaisante, poursuit-elle, comme si elle avait lu dans mes pensées.

– Tu as le droit de ne plus lui adresser la parole. Mais si tu continues de faire une fixette sur elle, de la détester et même de la critiquer, tu ne passeras jamais à autre chose et tu t'enfermeras dans ta haine. Et c'est toxique, la haine. Je crois qu'il n'y a pas pire sentiment au monde que celui-ci.

Immédiatement, je pense à mon père. La première année après son départ, je ressentais une haine démesurée. Puis un jour, je me suis dit que j'avais passé l'âge des gamineries et j'ai décidé d'arrêter de lui en vouloir. C'était lui donner de l'importance, alors qu'il ne le méritait pas. J'ai donc commencé à vivre pour moi, et pour les personnes qui ne m'ont jamais déçue, et c'est à partir de ce moment-là que tous les sentiments mauvais, ceux qui m'ont pourri la vie, sont enfin partis.

Je suis tirée de mes réflexions par la voix de Lucy.
– Qu'est-ce que tu me conseilles de faire, alors ?
– L'ignorer.
– Et pour Leila ?
– Tu devrais passer l'éponge.
Elle se ronge les ongles nerveusement.
– J'ai peur que Debbie lui fasse le même coup qu'à moi.
– Mais Leila est une grande fille, et si elle a envie de lui laisser une seconde chance, c'est son choix.
Je parle d'une voix sèche, un peu parce que cette histoire commence à m'exaspérer, mais surtout parce que je n'ai pas envie que mes deux amies ne s'adressent plus la parole pour quelque chose d'aussi stupide. Lucy semble le comprendre, puisqu'elle hoche la tête d'un air serein.
– Tu as raison.
Sans que j'aie besoin de lui dire quoi que ce soit, elle sort deux bières du frigo, puis s'éloigne vers l'escalier. Voyant que je ne la suis pas, elle me lance un regard enjoué par-dessus son épaule.
– On remonte ?
Je m'avance prudemment, ne sachant pas trop ce qu'elle cache derrière cet air enthousiaste. Est-ce une bonne idée d'y retourner ? Lucy m'a déjà prouvé maintes fois qu'elle avait du mal à garder son sang-froid et j'ignore si elle va réussir à se contrôler en présence de Debbie. J'aimerais passer une bonne soirée, sans drame et sans crêpage de chignon. Ça m'aiderait à décompresser avant la rentrée qui approche à grands pas. Mais la fête est loin d'être finie, et peut-être que Debbie n'est pas celle dont je devrais le plus me méfier…

3

Aux alentours de vingt-trois heures, la fête bat son plein, comme en témoignent le vacarme et le nombre impressionnant de bouteilles vides qui s'entassent dans la cuisine. La musique et la fumée de cigarette vont finir par m'achever. Sans parler du monde entassé dans chaque pièce de la maison. Je suis même tombée sur un couple en train de se rouler une galoche dans les toilettes, coincé entre la cuvette et le Febreze à la fraise. Pour le romantisme, on repassera. Au moins, ça me conforte dans l'idée de rester seule.

Alors que je me sers un bon verre de vodka à la cerise, peut-être le quatrième de la soirée, je repère Lucy qui discute avec Leila dans un coin de la cuisine. Je suis bien contente d'avoir réussi à éviter une dispute entre elles, ça nous aurait plombé l'année à coup sûr. D'ailleurs, Lucy s'est montrée étonnamment calme après que nous sommes remontées dans la chambre. Elle s'est tenue à carreau, même lorsque Debbie essayait de participer à notre conversation.

Pendant que je sirote mon verre, un mec m'aborde et passe un bras autour de mes épaules sans me demander mon avis. Il me propose tout bas de le suivre dans un coin plus isolé. C'est Wes Matthews, le capitaine de l'équipe de football de notre lycée. Il saute tellement sur tout ce qui bouge qu'il ne se souvient plus qu'il m'a draguée près d'une centaine de fois l'année dernière. Sans succès, bien sûr. Peut-être que son plan, cette fois, c'était d'attendre que je sois suffisamment saoule pour m'approcher ? Le genre d'initiative bien lourde que je déteste ! Même avec vingt verres dans le nez, il ne me touchera jamais.

– Vire ton bras, Wes. Ou je te promets que je ferai tout pour que tu ne remettes plus jamais un pied dans nos soirées.

Il obtempère avec un air innocent, lâchant ainsi mes épaules. J'en profite pour me tourner vers lui.

– Ne va surtout pas mal interpréter mes propos ! s'exclame-t-il. Je voulais dire qu'on pouvait aller se trouver un coin tranquille pour fumer une clope tous les deux. Tu fumes, toi, au moins ?

J'ai envie de lui rire au nez, tant ses justifications sont bidon, mais je me retiens.

– Je n'ai pas de temps pour ça.

Ma réponse le fait sourire. La musique est si forte qu'on s'entend à peine, mais ça n'a pas l'air de le déranger puisqu'il enchaîne tout de suite avec une autre question :

– Et ta copine, elle est toujours célibataire ou elle s'est trouvé un nouveau mec, cet été ?

Je n'ai pas besoin d'être devin pour savoir qu'il parle de Lucy. En général, c'est elle qui plaît le plus aux garçons, mais pas pour les bonnes raisons. Peu de temps après l'entrée au lycée, toutes les filles, de la plus timide à la plus populaire, sont catégorisées par ces abrutis de mecs, et mes amies et moi ne sommes pas des exceptions. À leurs yeux, je représente l'inaccessible du groupe, la plus froide aussi. J'ai fait l'objet de nombreux paris entre eux, à savoir qui me dépucellera en premier, mais je ne me suis jamais fait avoir. Quant à Leila, c'est la plus respectée. Toutes les meilleures soirées se déroulent ici, dans son immense villa, alors ils ont plutôt intérêt à ne pas se montrer trop lourds avec elle. Et pour Lucy… malheureusement, l'étiquette de la fille facile lui colle à la peau depuis la seconde. En tant que meilleure amie, c'est mon devoir de la protéger de cette bande de requins affamés.

– Tu l'approches, je te castre.

Il rit.

– Même si je suis plein de bonnes intentions ?

– Apparemment, ton pote Evan était aussi « plein de bonnes intentions », répété-je, moqueuse, en imitant sa voix. Regarde ce que ça a donné.

– Ce serait l'occasion parfaite pour aller la consoler.

Je finis mon verre d'une traite, ce qui paraît surprendre Wes, qui m'observe avec un drôle d'air. Un sourire sournois effleure mes lèvres.

– Si elle enchaîne deux connards à la suite, elle va avoir du mal à s'en remettre.

Wes pose une main sur sa poitrine, faisant semblant d'être blessé.

– Ouch, ça fait mal.

– Il n'y a que la vérité qui blesse.

– Et toi ? Toujours célibataire endurcie ?

– Oui, toujours ! m'exclamé-je, sans doute avec un peu trop d'enthousiasme. Et je m'en porte très bien.

Ses yeux bleus, plongés dans les miens, pétillent de malice.

– Tu ne me laisseras jamais te faire changer d'avis ?

Sans rompre notre contact visuel, je rapproche mon visage du sien, comblant le peu de distance entre nous, tourne la tête de côté et frôle ses lèvres des miennes. Il ne bouge pas d'un millimètre et je le sens même tressaillir. Pile au moment où il croit que je vais l'embrasser, je détourne le visage pour lui glisser à l'oreille.

– Je ne suis pas un second choix.

Je n'attends pas qu'il réplique et m'en vais. En jetant un coup d'œil par-dessus mon épaule, je le vois toujours au même endroit, encore tout secoué par notre rapprochement. Il a l'air drôlement stupide. Un petit contact physique, et hop ! Il n'en faut pas plus pour émoustiller un mec.

– Alayna !

Lucy fonce droit vers moi. Ses cheveux blonds sont plaqués sur son visage en sueur et elle a les joues rouge tomate. Elle a l'air encore plus saoule que moi.

– Qu'est-ce que tu foutais avec Wes ?

– À ton avis ? Il est venu me parler, je l'ai rembarré et je suis partie. Rien d'inhabituel, quoi.

Son rire couvre la musique.

– Tu es trop forte !

Sans prévenir, elle se jette à mon cou et m'étreint à m'en couper la respiration. Elle semble avoir oublié le verre débordant de bière qu'elle tient.

– Fais attention…

Je redresse immédiatement sa main pour contenir le liquide qui se déverse goutte à goutte sur le sol. Elle se recule en plissant les yeux.

– Oups, désolée… Tu n'as rien, au moins ?

Je m'apprête à lui répondre non, mais au même moment, une forte odeur de bière m'emplit les narines. En tournant la tête, je découvre avec horreur une tache humide sur mon haut blanc, recouvrant toute mon épaule droite. En plus, ça pue la mort. Je jure entre mes dents, prends une feuille d'essuie-tout sur la table à manger et commence à frotter la tache pour l'atténuer. Lucy a l'air catastrophée.

– Merde, je suis vraiment trop maladroite ! Attends, retire ton haut, je vais te filer ma robe.

Je jette un œil affolé dans sa direction, et lorsque je la vois se pencher pour attraper l'ourlet de sa robe et la faire passer par-dessus sa tête, j'avance les bras pour l'en empêcher.

– Mais t'es tarée ou quoi ! Tu ne vas pas te foutre à poil devant tout le monde !

– Je pense qu'ils savent tous à quoi ressemble une fille en sous-vêtements.

– Non, mais même ! Arrête ça !

Pour éviter qu'elle ne se ridiculise en public, je bloque ses deux mains dans son dos et regarde partout autour de nous pour vérifier que personne n'a eu le temps de voir sa culotte. Aucun prédateur en chaleur ou vipère en manque de ragot ne rôde par ici. Tout le monde semble occupé ou bien trop saoul pour nous prêter attention. Je peux me détendre. Mais la seconde d'après, Lucy me murmure quelque chose à l'oreille, qui me met dans une colère noire.

– Je t'avais dit qu'il serait là…

4

Je la lâche instantanément pour me retourner, prête à sortir les griffes. À travers l'épais nuage de fumée qui règne dans la pièce, je distingue la silhouette sombre et élancée de Célian Walsh. Ses cheveux en pétard, ou plutôt mal coiffés, sont d'un noir intense, avec des reflets légèrement bleutés, comme les plumes des corbeaux. Toutes les filles, y compris Lucy, ont le regard rivé sur lui et les garçons le saluent d'un air envieux. Je lève les yeux au ciel, exaspérée de voir que tout le monde focalise son attention sur cet imbécile.

– Tu crois que je devrais aller lui parler ?

Pour toute réponse, je foudroie mon amie d'un regard noir.

– Ce serait mieux que je le fasse maintenant plutôt qu'au lycée, non ? insiste-t-elle sans le quitter des yeux. Mes trois grammes d'alcool dans le sang vont me donner du courage.

– Qu'est-ce que je t'ai dit tout à l'heure ?

Elle affiche une moue déçue.

– De le laisser tomber.

Je lui lance un sourire satisfait, mais elle ne me regarde plus. Elle a déjà reporté son attention sur Célian, qui s'est affalé sur le sofa.

– N'empêche qu'il est vraiment mignon.

Je lui jette un regard horrifié. Célian Walsh est tout sauf mignon ! Il n'a pas un visage avenant, avec de grands yeux bleus, semblables à ceux d'une poupée. Ses yeux à lui sont certes très grands, mais ils sont noirs. Au moment où il tourne la tête, j'en profite pour détailler ses pommettes saillantes et sa mâchoire carrée, presque acérée. J'essaie de me concentrer pour lui trouver un côté sympathique, en vain. L'aura d'arrogance que dégage ce type prend le dessus sur tout le reste.

– Tu oublies son air méprisant.

– C'est juste un air ! Il n'est pas comme ça quand tu lui parles. En fait, il est même sympa…

– Tu le trouves toujours aussi sympa quand il se sert de toi pour se vider les couilles, et qu'il t'ignore juste après, comme si tu n'étais qu'une vulgaire merde ? la coupé-je d'un ton sec.

Aussitôt, je regrette mes mots crus. Je vois immédiatement que je l'ai blessée et m'en veux d'être celle qui lui inflige cette douleur.

– Je suis désolée, Lulu. Je ne voulais pas être méchante, mais tu mérites mieux que ce…

Je m'interromps lorsque je comprends que ce n'est pas à cause de moi qu'elle a les larmes aux yeux. Célian n'a pas bougé du sofa, mais une très jolie fille lui tient maintenant compagnie. Je prends la main de Lucy, et l'entraîne ailleurs, dans un coin plus isolé du salon.

– J'imagine que maintenant, ce sera plus facile pour passer à autre chose…

– Il ne faisait que parler à cette fille, rien de plus, dit-elle en essayant de se rassurer elle-même. Peut-être qu'il a juste voulu me rendre jalouse ?

Si je n'avais pas peur de lui dire la vérité, je lui répondrais qu'il ne l'a tout simplement pas remarquée. Mais Lucy a l'air déjà assez bouleversée comme ça, inutile d'en rajouter une couche.

– Je ne crois pas, Lucy. Les mecs ne pensent pas comme nous.

– Tu ne peux pas le savoir.

Sa voix tremble. Je ne sais pas quoi dire de plus, je n'ai pas envie de la froisser. Je ne lui rends certainement pas service en ne lui disant pas ce que je pense, mais Lucy est fragile.

– Tu veux que j'aille te chercher un peu d'eau ?

Elle grimace.

– Pas de l'eau, non. Une bière.

– Je pense que tu as assez bu pour ce soir.

Elle est sur le point de protester, mais je pars avant qu'elle n'ouvre la bouche. Je fonce à la cuisine, essayant tant bien que mal de mettre un pied devant l'autre sans tituber, et surtout sans tomber, mais toute la vodka-cerise que j'ai ingurgitée commence à me monter à la tête. Je suis obligée de ralentir le rythme. *Purée, je pensais être un peu plus solide que ça !* Je traîne mon corps rempli d'alcool jusqu'à la cuisine à la vitesse d'un vieux croûton en déambulateur puis, dans un dernier effort, j'attrape un verre pour le remplir d'eau.

Si ma mère m'attend et qu'elle me voit dans cet état, elle va péter les plombs. D'ailleurs, quelle heure est-il ? Je lève les yeux vers l'horloge murale et les plisse pour tenter de voir l'emplacement des deux aiguilles. Minuit dix. Je suis dans les temps. Enfin, que je sois en retard ou à l'heure, ça ne changera pas grand-chose. Je vais me faire défoncer dans tous les cas. Je ne pourrai même pas m'infiltrer discrètement par la fenêtre de ma chambre, puisque la grosse débile que je suis l'a fermée. Alors que je m'insulte une bonne dizaine de fois dans ma tête, je suis obligée de rebrancher mes deux neurones lorsque je sens de l'eau dégouliner sur ma main.

Merde ! Je ferme le robinet et verse un peu d'eau dans l'évier pour que mon verre ne soit plus rempli à ras bord. Je refais le chemin inverse avec toujours autant de difficulté, et une fois que j'entre de nouveau dans le salon, je tombe sur une scène digne d'un grand film d'horreur : Lucy n'est plus à l'endroit où je l'ai laissée. Mes recommandations ne se sont pas révélées d'une grande utilité, car elle est assise en tailleur sur le sofa, à côté du garçon le moins fréquentable de cette soirée.

La musique est moins forte, ce qui me permet d'entendre leur conversation.

– Tu n'as pas… pas répondu à mes messages, bafouille Lucy à l'intention de Célian.

Elle est bien trop saoule pour remarquer son regard méprisant. Lorsque je réalise qu'elle s'est assise entre le brun antipathique et sa nana de la soirée, j'ai envie de me cacher dans un trou de souris. Je l'adore, mais ce qu'elle est embarrassante !

– Quel intérêt ? marmonne-t-il entre ses dents.

Lucy fronce les sourcils, mais elle ne se laisse pas démonter pour autant.

– On aurait pu se voir, et peut-être même discuter, tu sais… de ce qui s'est passé.

– Bah c'est ce qu'on fait là, non ?

Un sourire bête s'affiche sur le visage de Lucy. Pendant quelques secondes, je sens l'espoir renaître en moi, j'ai l'impression que malgré son visage dépourvu d'émotions, cet idiot de Célian va lui donner une explication. Mais au lieu d'entrer dans le vif du sujet, Lucy se met à parler de tout et n'importe quoi. Sûrement à cause du stress.

– Je ne savais pas que tu buvais de la bière, dit-elle en pointant celle qu'il tient dans la main. Tu n'en prends jamais, d'habitude.

Et voilà, la Lucy embarrassante a de nouveau frappé. Je me cache le visage dans les mains, ne voulant pas assister au massacre qui va suivre, mais alors que je pensais qu'il allait l'envoyer sur les roses, il lui sourit.

– Par contre toi, tu en raffoles…

– Quoi ? Non ! Enfin, vu que tout le monde en boit en soirée, je suis le mouvement. Mais je dois bien avouer que le goût est sacrément amer.

– Quelle belle mentalité. Ça confirme bien ce que je pensais de toi.

Lucy répond par un rire nerveux, malgré les larmes qui lui font briller les yeux.

– On a la même mentalité, visiblement, dit-elle, jetant un coup d'œil furtif à sa bière.

Ça, c'est ma Lucy ! J'ai presque envie de créer une immense banderole sur laquelle j'inscrirais : « Écrase cette sous-merde, Lulu ! » Et de la brandir devant eux pour la soutenir.

– Ce n'est pas la mienne, je la garde pour un pote. D'ailleurs, tu es assise à sa place.

– Oh, désolée ! Je peux aller m'asseoir sur l'accoudoir, si tu préfères…

Célian pousse un soupir.

– Tu n'as pas l'impression de nous déranger ? dit-il en désignant la fille avec qui il discutait deux minutes plus tôt. Tu n'as rien de mieux à faire, genre aller te bourrer la gueule ou sucer un mec dans les chiottes ?

Cette fois, des larmes coulent sur les joues de Lucy. Je suis tellement choquée par la méchanceté de ce mec que je reste bouche bée, immobile, à les écouter jusqu'à ce que la voix rauque et glaciale de Célian reprenne :

– Qu'est-ce qui te fait pleurer exactement ? Tu n'as pas l'habitude que les mecs te disent ce qu'ils pensent vraiment de toi ? Ah, non. C'est vrai, suis-je bête. Tes petits copains avaient si peu de respect pour toi qu'ils ont préféré te tromper. Tous, sans aucune exception, ajoute-t-il, accentuant chaque syllabe, afin de mieux l'achever. Maintenant, je comprends mieux pourquoi. Tu ne t'es jamais demandé si ce n'était pas toi, le problème ? Si tu t'es comportée avec eux de la même façon qu'avec moi, je les plains.

Mon cœur bat à cent à l'heure. Je serre la mâchoire si fort que j'entends mes dents grincer. Je sais qu'elle déteste que je me mêle de ses histoires, mais je ne peux plus continuer à la regarder se faire humilier sans rien dire. Lucy est ma meilleure amie. Et si ce mec la connaissait comme moi je la connais, il saurait que derrière sa naïveté se cache un grand cœur. Il esquisse un sourire dédaigneux.

Encore un mot de travers et il signe son arrêt de mort.

– Tiens, prends cette bière, poursuit-il en la lui tendant. Tu dois être habituée à te consoler avec ça.

Le coup d'envoi est lancé. Je m'approche d'eux, contenant ma colère du mieux possible, et prends le bras de Lucy pour l'attirer vers moi. Sans que je m'y attende, elle se libère d'un geste brusque, sèche ses larmes du revers de la main, puis elle quitte le salon. Célian a déjà repris sa conversation avec la sangsue qui le colle depuis le début de la soirée et semble ne pas du tout se soucier du tsunami émotionnel qu'il vient de provoquer chez une adolescente psychologiquement fragile et hypersensible.

– Connard, lâché-je, les dents serrées.

Le connard en question lève la tête vers moi pour me fixer d'un drôle d'air. Ses yeux noirs ressemblent à deux feux dévorants.

– Excuse-moi ?

– Tu m'as bien entendue, mais je vais me faire un plaisir de te le répéter : connard.

Le silence retombe, telle une pluie glaciale. Tout le monde s'est figé pour écouter la réponse de Célian. Ceux qui avaient la tête penchée sur leur téléphone l'ont relevée, tandis que ceux qui discutaient se sont tus pour écouter. Célian jette un œil autour de lui, et dès qu'il comprend que toute l'attention est portée sur nous, je le sens fulminer de l'intérieur.

– Ta copine n'est pas mieux que moi.

Mon regard fait la navette entre Célian et la fille qui est assise à ses côtés.

– Oh, d'accord, j'ai compris ! Tu essaies de te donner une bonne image devant elle. Et je parie même que je suis en train de faire foirer ton prochain coup, c'est ça ?

Je me penche vers la fille et lui dis, assez fort pour que Célian m'entende :

– Tu as vu la grande blonde qui est partie en pleurant ? Tu vas te retrouver dans le même état si tu ne décampes pas vite d'ici. À ta place, j'éviterais les hommes dans son genre. Si on peut appeler ça un homme, ajouté-je en le regardant bien droit dans les yeux.

La fille murmure un petit « désolée » à Célian avant de s'éclipser. Il a l'air complètement abasourdi, et je profite de ce moment de faiblesse pour enfoncer le clou.

– C'était facile, dis-je avec un sourire satisfait. Je pensais que tu dirais quelque chose pour te défendre, mais il semblerait que tu n'aies aucun sens de la repartie. En plus d'être totalement insignifiant.

Sans lui donner l'occasion de me répondre, je tourne les talons mais à peine ai-je fait deux mètres que je reviens sur mes pas. Il fronce les sourcils lorsque je me penche vers lui, et plus encore quand je lui arrache sa bière des mains.

– Et même au bord du coma éthylique, Lucy vaudra toujours mieux que toi. Santé.

Je lève la bouteille en lui souriant, puis bois une gorgée avant de partir pour de bon. Tout le monde recommence à rire, boire, danser ou vomir dans un coin de la maison. Ce qui ne dérange pas vraiment Leila, puisque ses parents ont engagé des domestiques. Je meurs de chaud et suis frigorifiée à la fois. Pas de doute, l'alcool circule bien dans mon sang. Je fais vingt fois le tour de la maison, à la recherche de Lucy, mais je ne la vois nulle part. Je me surprends même à la chercher dans des endroits improbables, genre sous les lits ou dans des placards minuscules.

Comme si elle jouait à une partie de cache-cache improvisée !

Découragée, je sors de la chambre de Leila, et dans le couloir, je croise Debbie.

– Elle est dehors, me dit-elle simplement.

Je la remercie avec un hochement de tête et dévale les marches de l'escalier en manquant à plusieurs reprises de me casser la gueule. En sortant, je repère Lucy, assise sur un banc, au fond du jardin. Je la reconnais de dos grâce à sa robe blanche qui brille de mille feux dans l'obscurité. Il n'y a pas grand monde, juste quelques personnes sorties prendre l'air. Je traverse la pelouse fraîchement tondue, faisant gaffe de ne pas me faire asperger par les arroseurs automatiques. Lucy est assise à un bout du banc, les bras et les jambes ramenées contre sa poitrine, le menton posé sur ses genoux. Elle a arrêté de pleurer, mais son visage est strié de larmes. Elle n'a aucune réaction lorsque je m'assieds à côté d'elle. Je passe un bras autour de ses épaules frêles et pose la tête à côté de la sienne en la serrant aussi fort que je le peux.

– Tu crois qu'il a raison ? Je suis vraiment celle qui fait foirer toutes mes relations ?

Les yeux grands ouverts, elle fixe un point devant elle et ne le quitte plus. Je secoue la tête, horrifiée que Célian ait réussi à lui monter la tête.

– Non ! Ton seul défaut, c'est de mal choisir tes mecs. Tu as un goût un peu trop prononcé pour les abrutis de service.

– Peut-être que s'ils me plaisent autant, c'est parce que j'en suis une, moi aussi.

– Si c'était le cas, on ne serait pas amies.

J'essaie de la faire sourire, mais ce n'est pas une franche réussite.

– Mouais.

– Célian Walsh est un con. Comme Evan et tous les autres.

Elle lève les yeux au ciel, et pendant une seconde, je me demande si je n'ai pas encore mal choisi mes mots.

– Ça craint, je suis sortie avec tellement de mecs que tu as la flemme d'énumérer leurs noms.

J'hésite à lui dire que ce n'est pas une question de flemme, mais plutôt d'oubli. Je ne me rappelle même plus le visage de certains garçons qu'elle a fréquentés, alors leur nom… Impossible de m'en souvenir. Après réflexion, je juge bon de garder ça pour moi.

– Et si tu faisais une pause, cette année ? suggéré-je. Plus de garçons jusqu'à l'université. Ça pourrait te faire du bien, non ?

– Et à l'université, ça recommencera.

– Qu'est-ce que tu en sais ? Tu lis l'avenir, peut-être ?

– Pas besoin d'avoir un talent de médium pour savoir que tous les mecs que je rencontre me prennent pour une conne.

– Bon, il y a de l'amélioration. Tu admets que le problème ne vient pas de toi, mais des garçons à qui tu fais aveuglément confiance.

– Ça dépend des fois…

– Les filles !

Je me tourne vers la voix qui nous interpelle. Leila et sa crinière de feu arrivent vers moi. On dirait une poupée, avec son teint diaphane, ses joues rougies par la chaleur et l'alcool, et sa petite bouche arrondie. Lorsqu'elle se poste devant nous, je remarque qu'elle a le visage éclairé par la surprise et l'excitation.

– Qu'est-ce qui s'est passé à l'intérieur ?

– Rien, marmonne Lucy en se recroquevillant sur elle-même.

– C'est vrai, ce qu'on dit ? Tu as vraiment ridiculisé Célian Walsh ?

Lucy rit amèrement.

– C'est plutôt lui qui m'a ridiculisée.

– Ce n'est pas à toi que je parle ! Alors, Alayna ? C'est vrai ?

Je sens que Lucy se tourne vers moi pour me lancer un regard où se mêlent surprise et interrogation. Quant à Leila, elle continue de me fixer comme si j'étais un ovni.

– Il a été infect, dis-je, du bout des lèvres.

– C'est quoi, cette histoire ? s'étonne Lucy, les yeux exorbités. Tu lui as dit quoi ?

– Ce que je pensais de lui.

– Mais quoi exactement ?

– Je ne m'en souviens plus !

– En tout cas, tu as été drôlement efficace, intervient Leila avec un grand sourire. Il s'est barré de la soirée sans dire un mot et il avait l'air furieux.

Je hausse les épaules. Tant mieux qu'il soit parti, ça fait un con de moins. D'ailleurs, il faudrait vraiment que Leila songe à faire un tri parmi ses invités.

– J'imagine qu'il ira mieux demain.

– Pas sûr ! D'après ce qu'on m'a dit, tu as été assez violente pour lui pourrir le reste de la semaine, dit Leila, satisfaite.

Pour la deuxième fois de la soirée, Lucy se jette dans mes bras avec une telle force qu'on manque toutes les deux de tomber du banc.

– J'ai tellement de chance de t'avoir ! (Elle me serre fort, puis elle recule en grimaçant.) Comment ça se fait que tu sentes la bière ?

Je m'apprête à lui répondre, mais Leila me devance.

– Une chance que ta mère t'ait autorisée à rester plus longtemps ! Sinon, ta confrontation avec Célian ne serait jamais arrivée.

Je la dévisage un court instant, persuadée d'avoir mal entendu.

– Qu'est-ce que tu viens de dire, là ?

– Bah, si tu étais rentrée chez toi à minuit trente, tu aurais tout raté…

– Mais quelle heure est-il ?

– Une heure passée.

J'ai l'impression de me prendre un seau d'eau glacé en plein visage.

– Quoi ? Je vais me faire tuer !

D'un bond, je me lève du banc et m'enfuis de la fête, laissant Lucy et Leila derrière moi.

5

Je cours dans la rue comme une dératée, et au bout de quelques secondes, je me demande si ça vaut vraiment le coup que je me déclenche un point de côté. Que je me dépêche ou non, ça n'effacera pas mon retard. Je redoute tellement la réaction de ma mère que j'ai complètement dessaoulé. En arrivant devant chez moi, je sors les clés de la poche de mon pantalon et avance jusqu'à la porte d'entrée à pas de loup. Avec un peu de chance, elle dort profondément.

Je tourne la clé dans la serrure, lançant une petite prière aux cieux, et après être rentrée sur la pointe des pieds, je referme la porte avec autant de discrétion que je l'ai ouverte. Le salon est plongé dans le noir et je n'ose pas sortir mon téléphone pour allumer la lampe torche. Je progresse prudemment dans l'obscurité, espérant réussir à atteindre ma chambre sans rien heurter, mais tout à coup, je me prends les pieds dans un truc mou, plein de poils… et qui miaule.

– Chut, Big-Mac ! chuchoté-je en me baissant pour prendre mon chat dans les bras. Tu vas réveiller ta mégère de grand-mère et maman va se faire engueuler. Tu n'as pas envie que maman se fasse engueuler, pas vrai ?

Les yeux verts de mon chat brillent dans la pénombre. Il m'observe d'un air de dire : « File-moi à manger et je fermerai mon clapet. » D'où l'origine de son nom. Ce chat est un tel glouton qu'il serait capable de manger tout et n'importe quoi. Alors qu'il avait à peine quatre mois, je l'ai surpris en train d'engloutir mon burger sur le comptoir de la cuisine.

– Désolée, mon gros, poursuis-je en l'enfermant avec moi

dans ma chambre. Tu sais ce que le vétérinaire a dit, tu as du poids à perdre.

Lorsque je tends la main pour allumer l'interrupteur, Big-Mac en profite pour quitter mes bras. Je file dans ma salle de bains, me démaquille, me déshabille et prends un médicament pour prévenir ma gueule de bois avant de retourner dans ma chambre. Alors que je me glisse sous les draps, je sens une drôle d'odeur provenant de mon épaule droite. En repensant à l'épisode où Lucy m'a aspergée avec sa bière, je pousse un grognement agacé. Il est hors de question que je prenne une douche maintenant, ça risquerait de réveiller le dragon qui dort dans la chambre d'à côté.

Je retourne dans la salle de bains, prends un gant de toilette, que j'humidifie, puis le frotte sur mon épaule. Je bâille plusieurs fois devant le miroir, dormant à moitié, et quand je réalise que je suis en train de me décaper la peau, je jette le gant dans l'évier et repars me coucher. Je suis tellement fatiguée que je n'ai même pas la force d'aller éteindre la lumière. Petit à petit, je sens le sommeil me gagner, mais je suis obligée de rouvrir les yeux en entendant la vibration de mon téléphone. Au prix d'un effort colossal, je l'attrape sur ma table de chevet, et mon cœur fait un bond quand je lis le nom de l'expéditeur. Maman. La peur au ventre, j'ouvre le message.

[J'espère que tu t'es bien
amusée.]

Ça veut dire, en d'autres termes, qu'elle va me faire regretter d'avoir passé un bon moment. La journée de demain n'a même pas commencé qu'elle s'annonce déjà animée. Mais au lieu de préparer un long discours d'excuse, je m'endors comme un loir.

***

– Debout, là-dedans ! Tu ne crois quand même pas que je vais te laisser faire la grasse matinée !

Ma mère ouvre les rideaux, et la lueur aveuglante du soleil me fait grogner de protestation. Sans soulever les paupières, je couvre mon visage sous les draps pour essayer de me rendormir.

– J'ai dit « debout » !

Elle attrape les deux bouts de ma couverture et la tire vers elle. J'essaie de la récupérer, mais elle m'en empêche en me donnant une claque sur les doigts. Maintenant que je n'ai plus de quoi me protéger, je cligne frénétiquement des paupières. Pendant un instant, j'ai l'impression que la lumière du jour m'a rendue aveugle, ce qui me fait lâcher un juron.

– Je veux que tu m'accompagnes à mon rendez-vous de ce matin, alors dépêche-toi.

Je me frotte les yeux, m'arrachant la moitié des cils.

– Pour quoi faire ?

– Pour être sûre que tu ne te rendormes pas.

Elle quitte ma chambre en sifflotant d'un air joyeux, ce qui me met doublement de mauvaise humeur.

– Je t'ai déjà dit que tu me faisais penser à l'horrible marâtre de Cendrillon ?

– Et toi, tu es tout le contraire d'une princesse ! hurle-t-elle depuis la salle à manger. Tu me feras le plaisir de ranger ce foutoir qui te sert de chambre !

En soupirant, je me lève et pars la rejoindre dans le salon. Je la regarde s'activer et courir en tous sens, ce qui est loin d'arranger ma migraine. Elle ne pourrait pas me donner un peu de son énergie ? Bordel, j'ignore comment je vais faire pour lutter contre la fatigue. Sadique comme elle est, elle serait capable de me coller les paupières avec du scotch pour me tenir éveillée.

– C'est quoi, comme rendez-vous ?

– À ton avis ? Que fait ta mère dans la vie ?

Elle me jette un regard moqueur et recommence à s'activer

dans le salon, ramassant au passage son sac en cuir, qu'elle lance sur son épaule.

– Tu veux que je t'accompagne à ton cabinet dentaire ? Tu n'as pas plus horrible encore comme punition ?

Si j'entends ne serait-ce qu'une minute le bruit atroce et continu de la fraiseuse, je vais me taper la tête contre les murs.

– Ta punition ? répète-t-elle en riant. Oh, ma chérie. Ce n'est rien comparé à ce que je te réserve.

– Je ne sais pas ce que tu as prévu de me faire faire, mais ça ne peut pas être pire que de voir les amygdales de tes patients. Rien que d'y penser, ça me donne la gerbe. Et avec tout l'alcool que j'ai bu, ça peut sortir à tout moment. Pas sûr qu'ils apprécieront de voir le contenu de mon estomac.

Ma mère s'arrête au milieu du salon pour me regarder d'un air dégoûté. Oui ! Mon plan marche à merveille, je sens qu'elle est à deux doigts de renoncer à m'emmener sur son lieu de travail.

– Tu as beaucoup bu ?

– Ça va. Pas suffisamment pour me transporter d'urgence à l'hôpital, mais bien assez pour repeindre la tapisserie de ton cabinet avec mon vomi. Rouge cerise, ça te plaît comme couleur ?

– Tu m'épuises, Alayna. Pendant mon absence, je veux que tu me nettoies cette maison de fond en comble. À commencer par ta chambre. Tu as trois heures devant toi pour me faire briller cette baraque, alors ne perds pas une minute ! Il y a du boulot.

Je ris.

– Tu vois, quand je te dis que je suis Cendrillon, et toi l'affreuse marâtre ! Je n'exagère pas.

Elle pousse un soupir avant de sortir de la maison. Enfin seule ! Je me jette sur le Clic-Clac, prête à me rendormir, mais des miaulements rauques me font rouvrir les yeux. Big-Mac traverse le salon en continuant de hurler à la mort et disparaît dans sa pièce préférée : la cuisine. *Achevez-moi, mon Dieu, s'il vous plaît.* Je me relève avec peine et pars rejoindre cette créature du diable qui m'attend devant sa gamelle vide.

– Vous vous êtes concertés tous les deux pour me casser les noix aujourd'hui ?

La boule de poils rousse miaule plus fort.

– Tais-toi, t'es casse-pieds ! dis-je en prenant ses croquettes allégées. Si tu n'étais pas aussi mignon, je t'aurais mis à la porte.

Je commence à peine à remplir sa gamelle qu'il se jette déjà dessus comme un goinfre. Je recule pour le laisser manger et retourne dans ma chambre. En voyant l'heure affichée sur mon réveil, je souffle : neuf heures et quart. Ma mère rentre dans moins de trois heures. Si elle me retrouve en train de pioncer, elle va me tuer. J'ignore mon lit et commence à ranger mon bureau, qui croule non pas sous les dossiers, mais sous la poussière. Après deux bonnes heures passées à récurer toute ma chambre et ma salle de bains, je décide de m'accorder une pause bien méritée. Je m'écroule à plat ventre sur mon lit et prends mon téléphone pour voir si je n'ai pas reçu un SMS de Lucy. Quand j'allume l'écran, je vois bien un nouveau message qui s'affiche, sauf qu'il ne vient pas de Lucy, mais d'un numéro non enregistré. Curieuse, je l'ouvre.

[Salut, grande gueule.]

6

Je me creuse les méninges pour savoir qui se cache derrière cette série de chiffres, mais ça pourrait être n'importe qui. Je rédige une réponse brève et l'envoie.

[C'est qui ?]

Deux secondes plus tard, mon téléphone se remet à vibrer.

[Même à travers un texto,
tu respires la sympathie.]

[Je suis sérieuse.
C'est qui ?]

[Un garçon que tu as
vraiment mis en
colère.]

Je ne réponds pas tout de suite. Mes pensées tournent à cent à l'heure. Et si c'était le mec que j'ai rencontré au camping ? Impossible, je ne lui ai jamais donné mon numéro. Ou peut-être que c'est… non, impossible. Dans le doute, je pose quand même la question.

[Célian ?]

Je me sens déjà stupide en envoyant ce message, mais c'est encore pire quand je reçois la réponse.

[Tu aimerais que je te
réponde oui ?]

[Si tu ne réponds pas à ma
question, je bloque ton numéro.
Je n'ai pas le temps de jouer
aux devinettes avec je ne sais
quel tordu du coin.]

[Si tu n'étais pas aussi
désagréable, tu pourrais
presque me faire rire.]

Quelle que soit l'identité de cette personne, elle se fout clairement de ma gueule. Et moi, je rentre dans son jeu comme une cruche.

Contrariée, je repose mon téléphone sur la table de chevet et pars me doucher sans fermer la porte de la salle de bains derrière moi. Toute frissonnante sous le jet d'eau tiède, je me décrasse du mieux que je peux, insistant bien sur mon épaule, et une fois que je sors de la douche, je m'enroule dans une serviette. Alors que je suis en train de passer en revue tous les mecs qui seraient susceptibles de me faire une mauvaise blague, une autre vibration résonne dans ma chambre. Je m'habille en vitesse et me jette sur mon téléphone comme un chien sur son jouet en plastique.

[Oui, c'est bien moi.]

Mon cœur cogne fort contre ma poitrine. Pourquoi est-ce que je me sens impressionnée ? C'est Célian Walsh, le crétin de notre lycée. Pas Brad Pitt ou Leonardo DiCaprio, mais bien Célian Walsh. Il n'y a aucune raison d'être intimidée.

[Où as-tu eu mon numéro ?]

J'attends impatiemment sa réponse, fébrile. S'il l'a demandé à Lucy, elle va penser que je lui fais un coup à la Debbie. Et dans ce cas-là, elle ne se contentera pas de me faire une scène : elle m'enterrera aussi vivante. Quand je sens une vibration dans ma main, je baisse les yeux vers l'écran.

[Wes me l'a filé.]

Wes ? Parce que lui aussi il a mon numéro ? Bizarre.

[Et qu'est-ce que tu veux ?]

[Des excuses.]

J'entrouvre les lèvres, choquée par son culot. Ce mec est définitivement un con.

[Crève ! Si ça a un rapport
avec la fille que tu essayais
d'emballer hier soir, elle
méritait de savoir la vérité.
Je lui ai rendu service.]

[Relax, c'était de l'humour !
Je ne fais pas le poids
contre votre solidarité
féminine.
Et concernant Lucy, je sais
que je n'ai pas été cool
avec elle, je n'aurais pas
dû l'humilier comme
je l'ai fait.
Ça me fait mal aux doigts
de taper ça, mais… c'était
entièrement mérité (aïe).]

C'est plus fort que moi, je ris. C'est typiquement le genre de réplique bien nulle que je pourrais sortir. Mais quand je réalise de qui elle vient, mon rire cesse dans la seconde.

[Super. Dans ce cas,
tu pourras aller t'excuser
auprès d'elle.]

[Je le ferai. Dommage
qu'on se soit rencontrés
dans ces circonstances.]

Mes sourcils se froncent. « Rencontrés » ? Il est sérieux, là ?

[Je sais que tu as du mal
à remarquer ce qui se passe
autour de toi, mais ça fait
trois ans qu'on est dans
le même lycée.
Et qu'on partage les cours
de maths de M. Peters.]

[T'es déçue ?]

En même temps que je lis ce message, j'imagine son rictus moqueur.

[Non, je m'en tape.]

[Et si je te dis que
tu t'installes toujours
au milieu de la salle,
tout à droite, et que
tu rêvasses souvent devant

la fenêtre au lieu de faire
les exercices donnés par
le prof ? Tu crois toujours
que je ne remarque
rien autour de moi ?]

Je sens un sourire bête, tout à fait niais, se dessiner sur mes lèvres. Lorsque je m'en rends compte, je secoue la tête et l'efface tout de suite.

[C'est flippant.]

[Ce serait flippant si
je connaissais ton adresse,
le nom de tes parents,
celui de ton poisson rouge
et éventuellement ta position
préférée pour dormir.]

Pour la deuxième fois, je ris. Mais cette fois, je ne me force pas à redevenir sérieuse.

[Tu connais déjà
mon numéro.]

[Deux points pour Alayna.]

[D'où tu sors
le premier ?]

[Ma petite humiliation
publique d'hier soir.
Je te laisse, je file à mon
cours de dessin.
À plus tard, reine de glace.]

Oui, et d'ailleurs, comment se fait-il qu'il me parle après tout ce que je lui ai dit ? Comme Leila, je pensais qu'il allait m'en vouloir à mort, au point de me dévisager dans les couloirs du lycée et de balancer une montagne de saloperies à mon sujet. C'est étrange. Mais ce qui l'est encore plus, c'est la façon dont il vient de m'appeler.

[Reine de glace ?
C'est quoi, ce surnom
débile ?]

[Tous les mecs t'appellent
la reine des râteaux au lycée.
Moi, je préfère reine de
glace, ça sonne mieux.
Puis, ça me donne surtout
un peu plus d'espoir.]

Je dois lire ce SMS une bonne dizaine de fois car mon cerveau refuse de croire à ce que lui disent mes yeux. Ma gorge se bloque. Je n'aime pas ça. Pas du tout, même. Je jette mon téléphone sur l'oreiller, comme s'il était contaminé, et pars dans la cuisine pour prendre mon petit déjeuner.

C'est la première et la dernière fois que je réponds à Célian Walsh.

***

Quand ma mère rentre du travail, tout brille comme un sou neuf. Malheureusement, mon grand nettoyage n'a pas suffi à la convaincre de lever ma punition. Je suis enfermée dans ma chambre, jusqu'à la fin des vacances, condamnée à regarder les photos que publie Lucy sur son Instagram. Il est à peine dix-neuf heures et je m'ennuie à mourir. J'en viens même à attendre la rentrée avec impatience. Allongée sur mon lit, je fais défiler des vidéos plus inintéressantes les unes que les autres lorsque soudain, je reçois un message de Lucy.

[Ta mère peut te laisser
sortir ce soir ?
Soirée chez Leila.]

Pourquoi Leila organise-t-elle une autre soirée alors qu'elle sait que je suis consignée jusqu'à nouvel ordre ? C'est encore plus rageant ! D'ailleurs, qu'est-ce qui lui prend d'en faire autant ? Elle a transformé sa maison en *open bar* ou quoi ? Je tape sur les touches, excédée.

[Je suis en prison.
Tu trouves que ma mère
est du genre à accorder des
libérations conditionnelles ?]

[Je peux lui filer une caution.
À combien elle s'élève ?]

Je ris. C'est probablement pour ça que j'aime autant Lucy, elle est la seule à rentrer dans mon jeu.

[Trop cher, Lulu.
Beaucoup trop cher.]

Elle me répond avec un smiley triste. Je sais que même si je partais négocier auprès de ma mère, ce serait mort d'avance. Elle est déterminée à me faire payer mon erreur. En parlant du loup, ma mère passe la tête dans l'entrebâillement de la porte. Je lève à peine les yeux de l'écran de mon téléphone.

– Tu ne dors pas ?

– Non.

– Pourquoi tu ne viens pas avec moi dans le salon ? Tu fais la tronche ?

Je hausse les épaules d'un air désinvolte.

– Désolée, mais je ne sympathise pas avec l'ennemie.

– Et si l'ennemie te commande une pizza, ça va mieux ?

Tout de suite, je trouve ma mère plus intéressante que les vidéos de chatons trop mignons qui défilent sur mon écran. Finalement intriguée, je relève mon visage vers elle.

– Pourquoi ma tortionnaire aurait-elle envie de me faire plaisir ?

– Peut-être parce qu'elle a envie de passer une soirée avec toi.

– Si tu essaies de m'acheter avec de la bouffe…

Je balance ma couverture par terre et me précipite vers elle.

– Ça marche ! enchaîné-je, toute joyeuse.

Ma mère se décale pour me laisser passer, et je m'affale sur le canapé en ramenant mes jambes sous moi. Elle me sourit tendrement. Même si on se chamaille souvent, elle représente tout pour moi. Elle a un caractère de cochon, mais elle, au moins, n'a pas abandonné sa famille pour aller se taper un jeunot.

– Je te prends une italienne, comme d'habitude ?

– Oui, s'il te plaît !

Elle hoche la tête et part dans la cuisine pour appeler la pizzeria du coin.

– On fait quoi après ? demandé-je assez fort pour qu'elle m'entende.

– Netflix ?

– Parfait.

Manger une délicieuse pizza devant un bon film ? Finalement, ce programme m'enchante plus que la soirée chez Leila. Ma mère a tapé fort ! En attendant qu'elle revienne, j'allume la télé pour lancer Netflix, et alors que je parcours la catégorie fantastique, mon téléphone vibre sur mes cuisses.

Je commence à râler, pensant que c'est Lucy qui m'écrit pour me résumer tous les trucs cool que je suis en train de rater, mais c'est le numéro inconnu de tout à l'heure. Enfin, celui de Célian.

[Pas d'Alayna pour me
remonter les bretelles,
ce soir ?]

Je fronce les sourcils, ne sachant pas trop quoi répondre, mais tout à coup, je me souviens de ma résolution de ce matin. *Pas de garçon, pas d'embrouille.* Si j'entame une autre conversation avec lui, je ne sais pas où cela va me mener. Pas très loin, je pense. À part m'attirer les foudres de Lucy, je ne gagnerai rien de plus. Et qu'est-ce qui est le plus important ? Mon amitié avec Lulu ou ces échanges inutiles avec Célian ? Le choix n'est pas difficile. D'un geste déterminé, je pose mon téléphone sur le rebord de la table basse. Ma mère me rejoint quelques minutes après en me lançant un sourire rayonnant. Je ne pensais pas dire ça, mais je me sens bien mieux ici qu'à la soirée de mes amies.

***

– Ma chérie ? Va te coucher, tu es épuisée.

Ma mère me caresse les cheveux avec douceur pour me réveiller. Je pousse un gémissement sourd, lutte pour ouvrir les paupières, écarte quelques mèches de mon visage et me rends compte que je suis allongée sur ses genoux. Je me relève pour m'asseoir en tailleur, la tête dans le brouillard.

– Quelle heure est-il ?

– Vingt-deux heures passées.

Je bâille à m'en fissurer la mâchoire. Déjà ? Pourtant, je ne me souviens pas de m'être endormie comme une loque. J'ai englouti ma pizza, ri avec ma mère, et à partir du moment où nous nous sommes posées sur le canapé pour regarder un film, c'est le trou noir. Elle a raison, je suis épuisée.

– Je suis désolée, maman. Je n'ai même pas réussi à regarder le film avec toi.

– Il n'était vraiment pas extraordinaire, de toute façon.

Elle me sourit et me fait signe d'aller me coucher. Comme un robot, je me lève, prends mon téléphone, et après avoir souhaité une bonne nuit à ma mère, je vais dans ma chambre. C'est presque comme si j'entendais mon lit chaud et ma couette moelleuse m'appeler. Une bonne nuit de sommeil me fera du bien. Sans prendre le temps d'aller à la salle de bains, je me change directement dans ma chambre, enfile un débardeur et un bas de pyjama et m'enroule dans ma couette. Avant de me rendormir, je jette un dernier coup d'œil curieux à l'écran de mon téléphone. Mes yeux cernés s'agrandissent subitement. J'ai un nouveau SMS de Célian, un de Leila, puis un autre de Lucy. Pendant un instant, je crains une embrouille. Ils l'ont tous envoyé pratiquement à la même heure.

Dans l'ordre, je commence par ouvrir celui de Célian.

[Pas de réponse… ?]

J'enchaîne avec celui de Leila.

[Célian est venu !
Finalement, je me suis
gourée. Il a vite oublié
l'épisode d'hier soir
et devine avec qui il passe
la soirée… Debbie !
Ils ne se décollent plus.]

Je feins l'indifférence mais dans le fond, son message me glace. Je ne sais pas pourquoi je me sens déçue. C'est ridicule. Je suis ridicule. Avec le coup qu'il a fait à Lucy, je ne devrais pas être étonnée. Je m'en veux. J'ai presque envie de me donner une tarte pour me punir de lui avoir répondu. J'arrive à peu près à deviner ce que m'a dit Lucy dans son SMS, mais je l'ouvre quand même.

[Debbie est une garce !]

Dans un élan de colère, je retourne sur le début de conversation que j'ai eue avec Célian et rédige une réponse glaciale.

[C'est quoi, ton délire ?
Tu parles à vingt meufs en
même temps pour maximiser
tes chances d'avoir
un ou plusieurs plans cul ?
En fait, j'avais raison à
ton sujet. Tu n'es qu'un
connard avec un pénis
à la place du cœur.
Et si tu t'avises encore de
blesser Lucy, je t'enfoncerai
à tel point que tu n'oseras
plus sortir de chez toi.]

En relisant mes propres mots, j'ai une grimace dégoûtée. On dirait le message d'une fille désespérée qui vient de découvrir que son mec l'a trompée après des années de relation ! Si j'ai envie que Célian pense que je craque pour lui, c'est le SMS idéal. Or, ce n'est pas le cas. Loin de là, même ! Ce mec ira rôtir en enfer pour tous les cœurs qu'il a brisés, mais s'il y a une chose dont je suis sûre, c'est qu'il ne détruira jamais le mien. J'efface tout, repose mon téléphone et laisse tomber ma tête sur l'oreiller. À peine ai-je le temps de compter quatre moutons que le sommeil s'abat sur moi.

7

Pour la première fois depuis plus de deux mois, je suis réveillée par la sonnerie irritante de mon réveil. Nous sommes déjà à la mi-septembre ! J'ai passé ma dernière semaine de vacances avec ma mère, et finalement, je ne l'ai pas vue comme une punition. C'était même amusant. Mais aujourd'hui, c'est la rentrée, ce qui veut dire que je vais devoir troquer mes chaussons contre ma paire de Dr. Martens. Enfin, je le ferai une fois que je serai levée. Si je me lève. Comme je traîne au lit depuis cinq bonnes minutes, ma mère fait son apparition dans ma chambre.

– Je t'envoie le fauve pour te réveiller !

Je ne comprends pas tout de suite où elle veut en venir, mais quand j'entends des miaulements rauques résonner dans toute la pièce, je grogne en me plaquant les mains sur les oreilles.

– Fais-le sortir.

Elle reprend le chat dans ses bras en riant.

– Ta maman préfère dormir quelques minutes de plus plutôt que te donner à manger, murmure-t-elle à l'oreille du persan avec une voix d'attardée. À ta place, je serais drôlement vexée, Big-Mac.

Il lui répond par un miaulement. Je sors légèrement la tête de sous la couette.

– Il est loin d'avoir la peau sur les os, marmonné-je en me frottant les yeux.

– Ce n'est pas une raison pour le laisser mourir de faim ! Tu as voulu un chat, tu t'en occupes jusqu'au bout. Je t'avais prévenue que prendre un animal, c'est beaucoup de responsabilités et…

Elle ne va quand même pas me faire la morale de bon matin ! Déjà que je maudis le monde entier quand je me lève tôt, je ne vais pas pouvoir survivre à cette journée de rentrée si, à peine lancée, elle commence par les sermons de ma mère. D'autant plus qu'elle sait très bien que je ne supporte pas qu'on me parle avant midi.

– Ouais, bon, ça va ! la coupé-je en repoussant ma couette. Je me lève.

Ma mère me lance un sourire satisfait, tandis que je me traîne jusqu'à la cuisine comme un mort-vivant. D'un geste machinal, je verse une bonne dose de croquettes dans la gamelle de Big-Mac, qui accourt vers moi en poussant des ronronnements joyeux. Après lui avoir fait un câlin sur son nez écrasé, je pars m'habiller dans ma chambre. Autant je suis le genre de fille à mettre mille ans à se préparer pour une soirée, autant pour le lycée, je suis rapide. Un débardeur, un short, mes Doc, et je passe à l'étape du ravalement de façade, tout aussi express. Dans la salle de bains, je démêle mes cheveux bruns, que je laisse détachés, puis je noircis mes yeux bleus d'un coup de crayon. Il est maintenant temps d'apporter ma touche personnelle. J'écrase le bâton de prune sur mes lèvres et sors de ma chambre, tenant d'une main mon sac de cours et de l'autre mon téléphone. En parlant de cet engin de malheur, Célian ne m'a pas renvoyé de message après celui de la semaine dernière. C'est peut-être le signe qu'il a compris qu'il n'obtiendra jamais rien de moi. Finalement, il n'est pas aussi con que je le pensais.

– Ta copine pleine aux as est là ! s'exclame ma mère en m'ouvrant la porte.

Depuis que Leila a décroché son permis de conduire, elle nous emmène tous les matins au lycée. Comme j'habite tout près de chez elle, elle passe d'abord me prendre, puis vient ensuite le tour de Lucy. C'est notre petit rituel. J'avance vers ma mère en râlant.

– Arrête, elle va t'entendre.

– Sa jupe est un peu courte, non ?

Elle a les yeux rivés sur Leila, qui m'attend, adossée sur le capot de son Range Rover flambant neuf. Ma mère n'a pas tout à fait tort, Leila a mis le paquet. Sa jupe en vinyle rouge est tellement rikiki qu'on voit la naissance de ses fesses, et son décolleté est si plongeant qu'il guérirait les problèmes d'érection de n'importe quel homme de plus de 60 ans. Même si je pense la même chose que ma mère, je me sens obligée de défendre mon amie.

– Maman…

– On voit que ses parents ne sont pas souvent là pour la réprimander.

– Maman !

– Oui, c'est bon. J'arrête de faire ma vieille mégère. Passe une bonne journée, ma puce.

– Merci, toi aussi.

Pendant que je l'embrasse sur la joue, elle me tend un paquet de gâteaux, que je range dans mon sac. Tout excitée de retrouver Leila, je cours dans sa direction et me jette dans ses bras.

– En route, sale garce ! s'écrie-t-elle tout sourire.

Je me détache de ses bras, tandis qu'elle fait le tour de sa voiture pour s'installer au volant. Avant de rentrer la tête, elle fait un signe de la main à ma mère, qui est toujours plantée devant la porte.

– Bonjour, Joyce !

Je sens que ma mère se force à lui rendre son sourire.

– Bonjour… copine d'Alayna !

J'imite Leila qui s'engouffre dans sa voiture, et j'ai à peine le temps de poser mes fesses à la place du mort qu'elle fait vrombir le moteur. Elle tourne la tête vers moi pour me dévisager d'un air sidéré.

– Ta mère ne sait toujours pas comment je m'appelle ?

– Excuse-la, elle a un peu de mal à retenir les prénoms. C'est moi ou tes jupes rétrécissent de plus en plus chaque année ? Ma mère a failli avoir un arrêt cardiaque.

– Si elle savait que sa fille est encore plus vilaine…

– Sauf que moi, je ne porte pas des jupes ras le derrière. Et je n'allume personne.

– Tu n'as pas besoin, m'annonce-t-elle avec un clin d'œil. Ta beauté naturelle fait déjà des ravages dans la gent masculine.

Elle exagère. Puis en général, quand un mec s'intéresse à moi, il comprend vite qu'il a frappé à la mauvaise porte. Mais comme je n'ai aucune envie de parler de garçons avec elle, ou avec qui que ce soit d'autre, je me contente d'aller dans son sens.

– Si tu le dis.

– Je le dis. Et d'ailleurs, tu mens quand tu dis que tu n'allumes personne. Wes m'a rapporté que tu l'avais chauffé à ma soirée. Petite cachottière !

Elle me tape du coude et agite ses sourcils roux de manière suggestive.

– Il a vraiment employé ce terme-là ? Chauffer ?

– Ouais.

Je roule des yeux, exaspérée. Encore une autre raison pour laquelle je reste loin des hommes. Ils se vantent de tout et de rien, mais plus souvent de rien.

– Il lui en faut vraiment peu à celui-là.

– C'est Wes Matthews. Un rien l'excite. Tu lui as fait quoi ?

– Il a cru que j'allais l'embrasser, mais je me suis rétractée à la dernière seconde. C'était voulu. J'avais envie de m'amuser un peu, précisé-je en étouffant mon rire.

Je revois la tête de cet imbécile de Wes quand je l'ai laissé en plan – impossible de garder mon sérieux, c'était trop drôle. La bouche rouge de Leila s'arrondit de surprise, puis un sourire malicieux étire ses lèvres.

– Espèce d'aguicheuse !

– Oh, ça va ! Je ne pensais pas que ça lui donnerait de faux espoirs. Je vais vite le faire redescendre.

– Pourquoi ? Il est pas mal, non ?

Si on aime les brutes épaisses avec deux de QI et un cerveau en forme de ballon de football américain, Wes est « pas mal ». Non, plus sérieusement et sans langue de bois cette fois, Wes est typiquement le genre de mec avec qui je ne pourrai jamais m'entendre. Trop sûr de lui, trop coureur de jupons, trop superficiel, trop... *tout*. Et, en dehors de nos deux caractères incompatibles, il est très ami avec Célian. Qui se ressemble s'assemble, comme on dit. Enfin, contrairement à Wes, Célian ne joue pas au football américain, mais il joue bien avec les sentiments des filles. C'est même un jeu auquel il est très fort. Mais pour en revenir à Wes, il y a un autre détail que mon amie semble avoir oublié.

– C'est ton ex, Leila.

– On est sortis ensemble une semaine, ça ne compte pas. Si tu as envie de te le taper, tu peux.

– Non, merci, je ne ravale pas le vomi des autres et encore moins celui de mes amies. Puis, on parle de Wes, quoi... Le mec qui fait des concours de rots dans les vestiaires et qui mange ses crottes de nez en cours d'anglais. (J'esquisse une moue dégoûtée.) Je me demande comment tu as fait pour le supporter toute une semaine. Ça a dû être l'enfer.

– Si tu es à la recherche d'un garçon propre, tu vas rester encore célibataire longtemps.

Elle me lance un sourire qui semble vouloir dire : « Arrête de faire ta difficile. »

– Je ne cherche personne.

Elle n'a pas l'air convaincue, mais elle ne répond rien. L'instant d'après, on voit la silhouette de rêve de Lucy attendre sur le trottoir. Leila arrête la voiture à sa hauteur et fait descendre la vitre.

– En voiture, beauté !

Les yeux scotchés à l'écran de son téléphone, Lucy nous salue brièvement et monte à l'arrière du Range Rover. Pendant tout le trajet, elle ne fait aucun bruit. Elle, d'ordinaire si pipelette, ne s'intéresse ni aux ragots croustillants du lycée ni à l'organisation du planning des futures soirées. C'est bizarre. Et je ne suis pas la seule à le penser. En se garant sur le parking du lycée, Leila lui lance un regard suspicieux dans le rétroviseur.

– Elle est louche, là, non ? me chuchote-t-elle à l'oreille.

Je hoche la tête. Lucy est tellement absorbée par son téléphone qu'elle n'a même pas remarqué qu'on était à l'arrêt. Sans s'être concertées, on se retourne toutes les deux sur nos sièges pour l'observer.

– On te fait chier ? demande Leila en fronçant les sourcils.

Surprise, Lucy range son téléphone dans son sac en même temps qu'elle relève les yeux vers nous. Elle a soudain l'air coupable, comme si on venait de la surprendre en flagrant délit.

– Non, pourquoi ?

– Tu ne nous calcules pas depuis tout à l'heure.

– C'est parce que je répondais à ma mère.

C'est à mon tour de froncer les sourcils.

– Ta mère ? répété-je, ironique. Tu ne serais pas rouge tomate si tu parlais à ta mère.

Ses joues s'empourprent deux fois plus, et elle se met à triturer nerveusement son pendentif en forme d'abeille.

– J'ai compris ! s'exclame Leila avec un sourire de diablotin. C'est un garçon, c'est ça ?

Évidemment. Quoi d'autre, à part ça, peut la mettre dans un tel état ? Quand Lucy bégaie, qu'elle a les joues rouge pivoine et qu'elle est à l'ouest, il ne faut pas chercher plus loin.

– C'est qui ? demandé-je en m'abstenant de lever les yeux au ciel.

– Peux pas vous dire.

– On est tes amies, bien sûr que tu peux nous le dire, rétorque Leila.

Lucy se tortille les doigts avec un sourire godiche.

– Vous promettez de ne pas vous énerver ?

Putain. Leila la regarde d'un air perplexe, mais j'ai déjà

compris. Je sens le feu me monter aux joues et la colère enfler dans ma poitrine. Comment ce mec peut-il avoir le culot de draguer deux filles en même temps ? Pire encore, deux filles qui se connaissent ? Je n'y crois pas ! J'ai presque envie d'enterrer ce type vivant, et c'est sûrement ce que je vais faire, un de ces jours. Et peut-être que dans sa tombe, je jetterai aussi Lucy, tant sa crédulité me sidère !

– Oh, non ! m'écrié-je en ouvrant la portière. Alors là, Lucy, je me casse !

Je m'extirpe de la voiture de Leila, les poings serrés et la mâchoire crispée, et traverse le parking du lycée d'un pas vif. Derrière moi, j'entends mes amies qui essaient de me rattraper. Et la seconde d'après, Leila m'agrippe l'épaule pour me forcer à me retourner.

– Qu'est-ce qui t'arrive ?

– Tu n'as pas compris ? Elle a replongé avec l'autre con de Célian !

Lucy baisse les yeux. Ça confirme bien ce que je pensais.

– Mais il ne s'intéresse pas à Debbie ? Je les ai vus ensemble toute la semaine.

Leila a l'air perdue.

– C'est Debbie qui n'a fait que le coller ! s'indigne Lucy, avant de confesser, si Célian ne l'a pas repoussée, c'est parce qu'il n'a pas un mauvais fond. Mais je suis sûre qu'il ne s'est rien passé entre eux. Elle m'a peut-être pris Evan, mais je ne la laisserai pas avoir Célian, ajoute-t-elle tout bas, les dents serrées.

Il a quoi ? Pas un mauvais fond ? Je ris méchamment, presque de mépris. Ce mec l'a traitée comme une moins-que-rien, mais elle continue de lui donner le bon Dieu sans confession. Je la foudroie du regard.

– Arrête d'être bête cinq minutes, Lucy ! Ce mec continue, et continuera de draguer plusieurs nanas à la fois et tu sais pourquoi ? Pour avoir le plus de plans cul possible. Et toi, tu es assez cruche pour croire que c'est un gars bien.

À ma grande surprise, elle me rend mon regard noir.

– J'essaie de faire confiance aux autres, moi.

– Qu'est-ce que tu entends par là ?

– Rien, c'est bon. Laisse tomber, Alayna. Tu es la plus intelligente, tu sais toujours tout sur tout, tu es la plus aimée de nous trois, personne ne t'a jamais fait de mal. Tu es parfaite ! Tout le monde le sait.

Elle me dévisage avec une telle expression de fureur que je m'adoucis automatiquement. Je sais exactement de quoi elle parle et j'en ai les larmes aux yeux.

– Peut-être que Célian est sincère, cette fois ? intervient Leila pour apaiser les tensions. On peut lui accorder le bénéfice du doute, pas vrai, Alayna ? Et s'il déçoit Lucy, on le mettra plus bas que terre. Enfin, tu le mettras plus bas que terre. Tu es la spécialiste.

Lucy et moi continuons de nous regarder, sans répondre à Leila. Au bout d'un long moment de silence, j'ouvre enfin la bouche.

– Je suis désolée si je t'ai blessée, Lucy.

– Pas grave.

Elle regarde ailleurs, comme perdue dans ses pensées. Je sais que, dans le fond, elle souffre terriblement. Combien de fois est-elle venue chez moi, en pleine nuit, en larmes, parce qu'un mec avait lancé une rumeur dégoûtante à son sujet ? Ou parce que chaque fois qu'elle met ses tripes dans une relation, l'autre personne finit toujours par lui planter un couteau dans le dos ? Alors, c'est vrai que Lucy a couché avec beaucoup de garçons, dont pas mal de connards, mais tout ce qui se raconte sur elle au lycée est faux. Elle n'a jamais sucé Bruce dans les toilettes, elle n'a pas le sida, elle ne s'est jamais fait « tringler » par l'équipe de football dans les vestiaires. Elle a traversé l'enfer à cause de personnes qui ont profité de son innocence. Et j'ai tellement peur qu'elle ne reproduise les mêmes erreurs que je me suis laissé emporter par la colère.

– Célian t'a dit qu'il avait envie de sortir avec toi ? reprend Leila.

– Non, pas encore. Mais il m'a demandé pardon pour l'autre soir et il veut qu'on se voie chez lui en début de soirée.

Je reste en retrait de la conversation, par peur de la blesser davantage. Mais mon opinion sur Célian n'a toujours pas changé, ses intentions sont claires. Je les regarde parler avec un demi-sourire triste.

– Tu n'oublieras pas de nous faire un beau débriefing, Lulu.

– Peut-être que tu devrais, tu sais… éviter de coucher avec lui, suggéré-je en essayant d'être plus diplomate. Au moins pour ce soir.

Lucy hoche la tête en me souriant.

– On y va ? reprend Leila avec toujours autant d'entrain.

Bras dessus, bras dessous, Lucy et Leila prennent la direction du lycée, tandis que je marche lentement derrière elles. Cette mini-dispute matinale m'a mis le moral dans les chaussettes, je ne m'attendais pas à entamer ma rentrée de façon aussi brutale. Tout ça à cause de ce connard de Célian. Alors que je suis en train de ruminer ma haine contre lui, un bras dégoulinant de transpiration se pose sur mon épaule.

– Salut, bébé.

En tournant la tête, je découvre le visage de Wes en gros plan, la bouche en cul-de-poule, approchant dangereusement ses lèvres mouillées des miennes. La vision de cauchemar ! Je le repousse d'un geste si brusque que je l'envoie valser deux mètres plus loin.

– Dégage, Wes ! Laisse-moi respirer autre chose que ton odeur de transpi dégueulasse.

Je sors un gel antibactérien de mon sac et le passe en vitesse sur mes mains, mes bras et même mes épaules. Ma moue dégoûtée le fait rire.

– Tu crains l'odeur du mâle ?

– Le mâle devrait penser à se doucher le matin.

– Quoi ? C'est précisément cette odeur qui fait tomber toutes les filles.

– Et les mouches.

Lorsqu'il se met à rire à gorge déployée, j'en profite pour le laisser en plan. Je recommence à marcher, essayant de rattraper Leila et Lucy, qui ne m'ont pas attendue, quand, tout à coup, j'entends Wes me suivre comme un petit chien. Je souffle bruyamment.

– Si tu étais là pour me savonner le dos, peut-être que ça me motiverait plus…

– Arrête de rêver, Matthews. L'espoir, ce n'est pas bon pour le moral.

Son rire de hyène vient m'écorcher les tympans pour la deuxième fois. Entre mon accrochage avec Lucy et ce gros lourd de Wes, ma matinée est foutue. Quand j'accélère le pas, il arrête enfin de me suivre et j'arrive à rattraper mes amies. Comme tous les ans, je me retrouve en cours de biologie avec Lucy et en cours de santé avec Leila. Nos projets de vie sont les mêmes. On aimerait toutes les trois obtenir un excellent dossier pour intégrer l'université de médecine de Los Angeles. D'ailleurs, on a déjà prévu de se prendre une colocation dans le quartier bohème de Venice, juste en face de la très réputée Venice Beach. Autant dire que ça me motive pour ne pas foirer mon diplôme de fin d'année. Je n'aimerais pas les voir partir sans moi et me coltiner une année de plus dans ce lycée de malheur ! Ce serait la pire des punitions.

Alors qu'on traverse les couloirs pour se rendre au gymnase, je suis forcée de m'arrêter lorsqu'un bras, pas transpirant cette fois, me tire légèrement en arrière. Je me fige en découvrant le visage de la personne qui m'a interceptée, puis je cligne des yeux plusieurs fois, comme si j'étais en plein cauchemar et que j'allais me réveiller d'une minute à l'autre.

8

– Alayna ? Je n'ai pas rêvé, c'est bien toi !

Rêver ? Mais de quel rêve il parle ? C'est plutôt un cauchemar ! J'ai la bouche tellement sèche que j'ai du mal à articuler.

– Noah ?

– Non, moi, c'est Jonah, répond-il en riant. Mais tu y étais presque.

J'essaie de rire à mon tour, mais ça ressemble plus à un cri de bête qu'on égorge. Qu'est-ce qu'il fait ici ? Non, la question exacte est plutôt : pourquoi je me retrouve nez à nez avec le mec qui m'a dépucelée dans une caravane miteuse au Mexique ? Il m'a suivie jusqu'ici ou quoi ? Face à mon absence de réaction, il reprend :

– Bah alors, pourquoi tu ne m'as jamais envoyé de message ? J'ai attendu tout le mois d'août. Il me semble pourtant t'avoir filé mon numéro.

– Je l'ai perdu.

J'entends Lucy pouffer derrière moi alors que Jonah me dévisage avec ses yeux bruns.

– Ah, d'accord. Je ne t'ai jamais donné mon Facebook ?

– Non, je ne crois pas. Mais comment ça se fait que tu sois ici ? Tu ne m'as pas dit que tu vivais à Philadelphie ?

– Oui, mais je t'ai aussi dit que mon père était militaire, ce qui fait qu'on déménage souvent.

– Ah, ouais. Quelle coïncidence.

– C'était le destin ! s'exclame-t-il gaiement. Tu devrais me passer ton numéro, cette fois.

Là, je suis mal. Comment je vais me sortir de ce pétrin ? Le cœur battant, j'esquisse un sourire crispé.

– Pourquoi ?

– Contrairement à toi, je ne le perdrai pas.

Il me lance un clin d'œil gênant, et heureusement pour moi, la sonnerie stridente retentit dans le couloir. Sauvée par le gong !

– Une prochaine fois ? dis-je en commençant à m'éloigner. On doit tous aller dans le gymnase pour le speech de début d'année et le proviseur n'accepte aucun retardataire.

– Ça marche. On se voit plus tard, à la pause déjeuner !

Je soupire en accélérant mon allure. Quelles étaient les probabilités pour que ce mec atterrisse dans ma ville ? Et pire encore, dans *mon* lycée ? Je savais déjà que j'avais la poisse, mais pas à ce point-là. J'ignore encore comment je vais m'y prendre pour me dépatouiller de cette histoire, mais il va falloir que je trouve une solution le plus vite possible. Pas question que je me le coltine toute une année.

Je fonce tête baissée dans le gymnase et monte le long des gradins pour m'asseoir tout en haut. Je suis en train de pester toute seule quand Lucy et Leila me rejoignent. Avant qu'elles ne se mettent à rire comme des baleines, je marmonne entre mes dents :

– Sans commentaire.

– C'était qui, ça ? s'étonne Leila.

Lucy se charge de répondre à ma place.

– Il se pourrait bien qu'Alayna ait perdu sa petite fleur avec ce fameux Jonah.

Les yeux verts de Leila s'agrandissent comme des soucoupes.

– Où as-tu rencontré ce type ?

– Pendant ses vacances au Mexique avec sa mère, claironne Lucy avec un immense sourire.

Assise sur le gradin, les épaules bien calées contre le mur, je fixe d'un regard noir ma soi-disant « meilleure amie ».

– Oh, *caliente* !

Elles rient ensemble, puis Leila reprend d'un ton plus sérieux :

– Mais pourquoi tu ne m'as rien dit ? Je suis toujours la dernière roue du carrosse.

– De base, je ne voulais même pas en parler à Lucy, rétorqué-je d'une voix sèche.

– Pourquoi ?

– Parce que c'est sans importance ?

Lucy lève les bras, exaspérée.

– Oh, ça va, Alayna ! Ce mec a l'air super sympa, pourquoi tu ne lui laisserais pas une chance ? Vous avez déjà franchi un cap ensemble. Et peut-être qu'il a raison, c'est le destin qui vous a réunis.

– Quel cap ? demandé-je en riant.

– Vous avez couché ensemble, ce n'est pas rien.

– Ça a duré cinq minutes, montre en main. Et je peux encore décider du mec avec qui j'ai envie de sortir, merci.

Je lui adresse un sourire ironique avant de regarder ailleurs.

– Oui, donc personne, chuchote-t-elle.

Entre Leila qui veut me caser avec Wes et Lucy qui voit en Jonah un petit copain potentiel, je suis à bout de nerfs. Elles ne peuvent pas tout simplement me lâcher avec leurs mecs ?

Une fois que tous les étudiants ont pris place dans le gymnase, une dizaine de minutes sont consacrées à la réunion de début d'année pour réciter le *Pledge of Allegiance*, symbole patriotique américain, et pour que l'équipe éducative puisse faire passer les annonces générales, toutes plus barbantes les unes que les autres.

Après nous avoir bien endormis, ils nous laissent rejoindre nos classes respectives. J'ai cours de biologie à l'autre bout du bâtiment, ce qui veut dire que je vais passer la matinée entière avec Lucy. J'espère qu'elle ne va pas me reparler de Jonah, elle sait que ce n'est jamais bon de me prendre le chou trop longtemps. Leila part dans la direction opposée, nous laissant seules. Je commence à me diriger vers notre salle de cours, tandis que Lucy me suit silencieusement.

L'ambiance est tendue. Toujours en ignorant Lucy, j'observe attentivement la pièce avant d'y entrer. La place tout devant ? Non, je risquerais de me prendre tous les postillons du prof. Et celle tout derrière ? Non plus, je n'ai pas envie de me retrouver avec tous les cas sociaux de la classe. Celle près de la fenêtre sera parfaite, ça me permettra de m'évader si je trouve le temps trop long.

Lucy se place derrière moi. Pendant que je sors ma trousse de mon sac, elle se relève pour déposer un mot sur ma table, puis elle retourne s'asseoir à la vitesse de la lumière. Je fronce les sourcils en le dépliant.

Je suis désolée si tu ne voulais pas que Leila le sache.
Je n'ai pas réfléchi.

Je m'agrippe au dossier de ma chaise et me tourne vers elle.

– Mais ça n'a rien à voir avec Leila ! Je veux juste que tu comprennes que ce n'est pas parce que j'ai couché avec ce mec que j'ai forcément envie de sortir avec lui. J'étais même persuadée de ne jamais le revoir. Ça veut dire ce que ça veut dire, non ?

Ses lèvres se relèvent en un sourire railleur.

– Pas de bol.

Ça la fait rire, et avec raison. Aussitôt, on part dans un grand fou rire incontrôlable. Je tente de retenir les larmes qui envahissent mes yeux, mais seulement pour la forme.

– Ce n'est pas un manque de bol, c'est carrément de la poisse. Tu peux le dire.

– C'est clair, répond-elle en essuyant une larme au coin de son œil. Il y avait quoi, une chance sur cent mille pour que tu le revoies. C'est fou ! Cela dit, même si je sais qu'il ne t'intéresse pas, ce Jonah est plutôt mignon.

Je lève les yeux au ciel, amusée.

– Jc te le laisse bien volontiers.

– Non, c'est bon. J'ai déjà Célian.

Au moment où je m'apprête à lui envoyer une remarque bien sentie, une voix grave m'interpelle, me coupant net dans mon élan.

– Mademoiselle Winters ? Je ne dérange pas trop, j'espère ? Vous voulez peut-être que je vous apporte le thé et les petits biscuits ?

Je me tourne vers le tableau, découvrant mon prof de biologie en train de me fixer d'un air mauvais. Sa calvitie est encore pire que l'année dernière, et il est tellement rouge qu'on croirait voir un volcan en éruption. En regardant autour de moi, je remarque que je ne suis pas la seule à papoter. *Et voilà, c'est reparti.* Ce vieux croûton va encore me prendre pour son bouc émissaire, jusqu'à la fin de l'année. Pour je ne sais quelle raison, ce prof n'a jamais pu me saquer, et il faut dire qu'avec le temps, c'est devenu réciproque. Je lui lance un sourire hypocrite, résistant à l'envie de lui répondre. Je ne voudrais pas aller en retenue dès le premier jour de cours, ça ferait sacrément tache sur mon dossier d'entrée à l'université. Et ça lui ferait surtout trop plaisir.

***

Lorsque la sonnerie signalant l'heure du déjeuner retentit, je renais de mes cendres. Je m'empresse de sortir de la salle et attends devant la porte. Lucy fait sa sortie après moi et me propose :

– Tu viens, on va retrouver Leila ?

J'acquiesce et Lucy se met à marcher devant moi. Deux minutes plus tard, on fait notre entrée dans la cafétéria, et j'écarquille les yeux de surprise, mais surtout d'horreur, lorsque je vois Leila attablée avec Noah. Il n'a peut-être pas encore d'amis dans ce lycée, mais je ne pensais pas qu'il aurait l'audace de taper l'incruste avec nous. J'ai le pressentiment qu'il est aussi collant qu'un chewing-gum. Et moi, les chewing-gums, je les décape à l'eau bouillante.

9

En nous entendant arriver, Leila se retourne pour nous lancer un regard empreint de détresse. Dès que Noah me voit, ses yeux brillent d'excitation et un sourire illumine son visage. D'ici quelques minutes, son expression faciale va changer du tout au tout. Je reste debout devant la table, face à lui et Leila qui me regarde maintenant d'un air gêné.

– Alayna ! Je t'ai pris une fajita, dit-il en me tendant une assiette. Tu te souviens, on n'arrêtait pas d'en manger au camping ?

Je prends une inspiration, me préparant à ce qui va suivre, et me penche vers lui en décalant l'assiette sur ma droite.

– Écoute, Noah…

– Jonah.

– Oui, Jonah. Peu importe, ajouté-je à voix basse. Je suis sûre que tu vas te faire des potes très rapidement, mais en restant à notre table, les gens vont penser que tu sors avec l'une d'entre nous.

Ses sourcils sombres se froncent, mais il continue à sourire malgré tout.

– Et ils n'auraient pas tout à fait tort… non ?

– Comment ça ?

– De penser que tu es ma petite amie.

Un rire moqueur m'échappe et m'étrangle presque.

– Parce que c'est vraiment ce que tu crois ? Que je suis ta petite amie ? Sache une chose, je ne sors avec personne.

Il ne sourit plus.

– Attends, tu es en train de rompre avec moi ?

– Pour rompre avec quelqu'un, il faut être sorti avec.

– Mais on a quand même… enfin, tu sais bien. Cette semaine au Mexique était vraiment sympa et je pensais que tu étais sur la même longueur d'onde que moi.

– Comme tu l'as si bien dit, c'était au Mexique. Et pour être honnête, je ne pensais pas te revoir un jour. Alors, je te conseille de passer à autre chose. Et vite.

Quand je vois ses yeux bruns s'assombrir, jusqu'à devenir presque noirs, je m'attends plus ou moins à recevoir une réponse cinglante.

– T'es vraiment qu'une salope.

Sur ces mots assassins, il se lève en balançant sa chaise en arrière et part manger à une autre table, la plus éloignée de la nôtre. Lucy et Leila semblent sous le choc et me regardent toutes deux avec des yeux ronds.

– Ça va ? demandent-elles en chœur.

Je leur souris.

– Pourquoi ça n'irait pas ? En plus, il m'a laissé ma fajita. Ça va on ne peut mieux.

Je m'assieds à côté de Lucy et commence à dévorer mon plat, mais elles continuent de m'observer d'un air inquiet.

– Quoi ? demandé-je, la bouche pleine.

– Tu n'as pas peur qu'il te fasse une réputation de merde ? répond Lucy en se mordillant la lèvre. Il avait l'air super remonté contre toi.

– Il ne connaît personne.

– On peut dire que ce n'est plus le cas maintenant, objecte Leila d'une petite voix. Regarde sur ta droite, on dirait bien que le groupe de Wes l'a adopté.

En effet, je vois Jonah discuter avec la bande de ce gros lourdingue de Wes. Avec, bien sûr, Célian dans le lot. J'arrête de les regarder et hausse les épaules.

– Au moins, il a réussi à se faire des potes.

Jonah ne me fait pas peur. J'ai déjà maté des plus coriaces que lui. Alors que je prends une dernière bouchée de ma fajita, Lucy pousse un cri perçant et horripilant de chimpanzé, qui me broie littéralement les tympans.

– Les filles ! Les filles ! Je crois que Célian me regarde.

Par curiosité, je tourne la tête pour vérifier si ce qu'elle dit est vrai, mais au même moment, je manque d'avaler de travers mon morceau de poulet. Les yeux noirs de Célian plongent dans les miens, comme s'il me dévisageait comme ça depuis un long moment déjà. Comme elle est assise à côté de moi, Lucy n'a pas remarqué que son regard était en fait braqué dans ma direction.

– Tu es sûre que c'est toi qu'il regarde ? lance Leila, suspicieuse.

– Bah oui ! Qui d'autre, à ton avis ?

– Moi, de là où je suis, je crois que c'est plutôt Al…

Je lui donne un coup de pied sous la table pour qu'elle la boucle.

– Aïe !

– Qu'est-ce qui t'arrive ? s'étonne Lucy en la regardant d'un drôle d'air.

– Je me suis brûlé la langue avec la sauce, répond Leila, après avoir croisé mon regard lourd de sens.

C'était moins une. Je sais que je vais devoir donner une explication à Leila, mais même si je lui fais confiance, je ne lui dirai pas la vérité. Pas parce que j'ai des choses à cacher, mais plutôt car je n'ai aucune envie d'en faire toute une histoire. Avec Célian, on s'est échangé trois mots, et encore, c'est le maximum. Et notre conversation était aussi insipide qu'un bol de riz. Je n'aurai qu'à dire à Leila que s'il me regarde comme ça, c'est parce qu'il n'a toujours pas digéré notre altercation de la dernière fois. Voilà, ça, c'est bien. Et j'ajouterai également que je n'ai pas envie de créer des craintes inutiles à Lucy.

Après notre déjeuner à la cafétéria, c'est la fin de la journée. Enfin, seulement pour Lucy et Leila. Moi, je dois encore me taper mon soutien en maths, ce qui me met en joie. C'est faux, bien sûr. Mais contrairement à mes amies, l'algèbre n'est pas innée chez moi et les résolutions de problèmes sont ma bête noire. Toutefois, il va falloir que j'y mette un peu du mien si je veux étudier la médecine.

En regardant Lucy et Leila s'éloigner, j'ai l'impression d'être un petit chien qu'on abandonne à la SPA. À part elles, je ne parle à personne au lycée. Comme je n'ai rien à faire, et surtout personne à qui causer, je pars attendre devant ma salle de cours. Je m'adosse à la porte, et lorsque je sors mon téléphone pour regarder l'heure, je constate que j'ai dix minutes d'avance. Ça fait très paumée-intello-asociale qui vit lycée, respire lycée, dort lycée et même mange lycée. *Super.* Heureusement qu'il n'y a pas trop de passage dans ce couloir. Par réflexe, je me plonge dans la contemplation de l'écran de mon téléphone, lorsqu'une voix éraillée me fait brusquement lever les yeux.

– Et après, tu oses dire que c'est moi qui ne regarde pas ce qui m'entoure.

10

Célian est appuyé contre le mur, juste en face, les mains dans les poches, un sourire au coin des lèvres, et avec ce même regard noir troublant posé sur moi.

– Qu'est-ce que tu fais ici ? demandé-je, les sourcils haussés, d'un air méprisant.

– La même chose que toi, répond-il en faisant monter son sourire d'un cran. J'attends.

– Tu as besoin de soutien en maths ? Tu paraissais plutôt doué l'année dernière.

– Ça me permet de garder mon niveau.

Je hausse brièvement les épaules.

– Si tu le dis.

Je baisse de nouveau la tête sur l'écran de mon téléphone. Pourvu qu'il se taise et que les sept minutes restantes passent vite. Je ne sais pas pourquoi, je me sens mal à l'aise.

Peut-être parce que je devine toujours son regard posé sur moi...

– C'est plus compliqué, hein ?

Involontairement, je relève les yeux vers lui. Il soutient mon regard pendant de longues secondes, guettant faiblesse, hésitation, vacillement. Il me fait penser à ce documentaire que j'ai regardé avec ma mère, dans lequel un loup encerclait sa proie et lui barrait peu à peu toute issue. Sauf que Célian oublie un léger détail : je ne suis pas une biche sans défense, mais une lionne.

– Quoi ?

– De m'ignorer en face. Avec ça, tu galérais moins.

Il désigne d'un signe de tête le téléphone que j'ai dans la main.

– Ignorer ? C'est un mot un peu fort, tu ne crois pas ? On ne se connaît pas, et que ce soit en face ou par message, je n'ai rien à te dire.

– Et tu n'as aucune envie de me connaître.

Ça suffit ! Ma patience a des limites. Je veux bien faire des efforts pour ne pas me mettre à dos le petit ami de Lucy mais là, il commence à me taper sur le système. Je prends un air profondément exaspéré et lui réponds :

– Pourquoi tu fais ça ? À quoi ça te sert de draguer la meilleure amie de ta copine ? Rassure-moi, tu n'es pas débile au point de croire que je pourrais la trahir ? Pour *toi* ?

Ses grands yeux noirs s'écarquillent à la fois de surprise et d'amusement.

– Ma copine ? Je ne savais pas que j'en avais une. Qui est-elle ? Elle est jolie, au moins ?

– Lucy. Tu sais, la fille que tu es censé voir en début de soirée.

Célian fronce les sourcils et, fait rarissime, il adopte un air sérieux.

– Tu n'es peut-être pas du genre à trahir tes amies, mais elle, visiblement… elle aime vous mentir.

C'est à mon tour d'être surprise.

– Comment ça ?

– J'ai prévu de passer la soirée tout seul.

Je scrute son visage afin d'y lire les signes d'un mensonge mais n'en trouve aucun. Soit il est très doué pour mentir, soit… non, il n'y a pas deux options. Je ne peux pas croire qu'il dise la vérité. Avec toutes les filles qu'il a mises dans son lit, il doit maîtriser l'art du mensonge et de la supercherie mieux que personne.

– Ouais, laisse tomber. Peu importe.

Je ne m'en étais pas rendu compte, mais je suis en train de serrer mon sac contre mon ventre, comme si je voulais créer une sorte de rempart entre nous. Au même moment, le prof débarque dans le couloir, suivi d'un groupe d'élèves, et je me pousse pour le laisser ouvrir la porte. Célian en profite pour s'avancer vers moi et m'asséner un petit coup sur l'épaule. Le regard assassin que je lui lance le fait marrer.

– Tu serais dégoûtée si je sortais avec ton amie ?

– Dégoûtée pour elle, ouais. Parce qu'elle mérite beaucoup mieux.

Il rit deux fois plus fort, tandis que je me précipite dans la salle avant tout le monde, m'éloignant le plus possible de Célian. Mais lorsque j'entends ses ricanements derrière moi, je comprends que j'ai échoué et qu'il me suit à la trace. S'il prend la table à côté de moi, je me casse. Pour de bon. Alors que je tire une chaise pour m'y installer, je me fige net quand je sens une pression sur mon bras. Je me tourne, et c'est sans surprise que je me retrouve nez à nez avec Célian, qui se penche vers moi pour me glisser à l'oreille :

– Avec ton petit numéro de la dernière fois, je pensais que tu avais bien plus d'assurance.

Pour seule réponse, je déglutis, tandis qu'il part s'asseoir à sa place habituelle, au fond de la salle. Je m'assieds à mon tour, et pendant toute l'heure qui suit, j'ai la sensation d'être observée par deux grands yeux noirs. Mais je résiste à l'envie de jeter un coup d'œil par-dessus mon épaule pour m'en assurer. Note à moi-même : ne plus jamais m'asseoir dos à un ennemi.

***

Lorsque je sors enfin du cours de maths, je fais exprès de marcher vite dans les couloirs pour m'éloigner de Célian. Je me précipite dehors et, après avoir regardé toutes les voitures garées devant le lycée, je peste aussitôt, remarquant que celle de ma mère manque à l'appel. *Ce n'est pas le bon jour pour m'oublier, maman !* Je lui avais pourtant dit que Leila ne pourrait pas me ramener. Je sors mon téléphone de mon sac, et alors que jc m'apprête à l'appeler, je vois qu'elle m'a envoyé un texto.

[Prends le bus. J'ai
une urgence au boulot,
un client m'a appelée
pour une rage de dents.]

Ce message sonne la fin d'une rentrée plutôt pourrie. Mais au point où j'en suis, je n'en attendais pas moins. Je traîne clairement des pieds, jusqu'à ce que j'aperçoive mon bus qui arrive. Je pars donc en sprint forcé afin de ne pas le louper et monte de justesse dans ce bus… vide. Je vais m'asseoir dans le fond, et par réflexe, je pose mon sac sur le siège à côté de moi. Geste stupide, soit dit en passant, puisque je suis seule avec le chauffeur. En parlant du chauffeur, il me lance des regards étranges dans son rétroviseur. Presque pervers. Merde, c'est vraiment dégoûtant. Il a l'âge d'être mon père ! Je regarde à travers la vitre, mal à l'aise, et m'empresse d'envoyer un message à ma mère.

[Le chauffeur n'arrête pas
de me mater.
Attends-toi à voir ma tête
aux infos ce soir.
Il va me tuer, c'est certain.]

Je plaisante, mais je n'en mène pas large. Alors que je fais tout pour éviter de croiser le regard lubrique du chauffeur, le bus démarre. Dans dix minutes, je serai chez moi. Ou alors, peut-être qu'il compte m'emmener dans un endroit plus calme, genre une forêt ou, plus glauque encore, la cave de sa maison. Dans mon délire paranoïaque, je prends une photo de la silhouette de mon potentiel futur agresseur, sans flash et discrètement, puis l'envoie à ma mère. On n'est jamais trop prévoyant ! Je vais même plus loin en partageant ma localisation avec tous mes contacts, mais au même moment, le bus freine brusquement, me projetant contre le siège devant moi. Les portes s'ouvrent, et lorsque je lève la tête pour voir le visage de la personne qui monte dans le bus, je regrette presque de ne pas me retrouver seule avec M. le chauffeur psychopathe.

Célian s'avance vers moi, un grand sourire aux lèvres, et balance mon sac par terre pour prendre le siège à mes côtés. Je le ramasse pour le placer sur mes genoux et le foudroie du regard.

– Il n'y a pas assez de place pour que tu viennes t'asseoir ici, juste à côté de moi ?

– Et toi, depuis quand tu te mêles à la populace ? Le Range Rover de ta pote pétée de thunes doit être plus confortable.

– Populace ? Ce bus est vide.

Ses yeux sombres quittent les miens pour regarder autour de nous, puis son regard revient sur moi et il hausse les épaules.

– Prends-le une heure plus tôt et tu sentiras la différence. Dans tous les sens du terme. C'est un festival d'odeurs en tous genres… transpi, clope, bouffe oubliée et j'en passe.

Ma moue dégoûtée le fait rire.

– C'est pour ça que je ne le prends jamais.

– Toi, tu as le choix.

Il me lance un sourire ironique avant de se pencher pour fermer son sac. J'en profite alors pour l'observer. Avec ses cheveux emmêlés et sa mâchoire carrée, il est beau. Pas mignon, mais beau. S'il avait la personnalité qui va avec le physique, je comprendrais son succès fulgurant auprès des filles.

Voyant que je ne réponds pas, Célian me jette un regard interrogateur. J'arrête de le fixer et lui demande :

– Tes potes ne peuvent pas t'éviter cette galère ? Il me semble qu'ils ont leur permis.

– Je préfère me débrouiller seul, je ne suis pas du genre à profiter des autres.

Célian ? Pas du genre à profiter des autres ? Il oublie toutes ces filles qu'il a utilisées comme de vulgaires mouchoirs, avant de les jeter à la poubelle.

– Tu parles, lâché-je avec un petit rire sarcastique. En tout cas, tu devrais songer à passer le permis avant ton entrée à l'université. Un bourreau des cœurs sans belle bagnole… Tu pars avec un sacré handicap. Tu passerais de tombeur du lycée à gros loser de l'université. Pas cool, comme statut, même si dans le fond, les deux se ressemblent.

Il rit, mais quand il voit que je reste sérieuse, il fronce les sourcils.

– Tu me détestes, hein ?

– Pourquoi tu dis ça ?

– Chaque fois que tu me regardes, ce qui est plutôt rare, c'est pour me dévisager d'un air hautain. Et c'est pire quand tu ouvres la bouche. Tu es odieuse.

J'entrouvre les lèvres, outrée.

– Tu ne t'es pas vu !

Ma réaction le fait sourire, tandis que je continue à le regarder avec de grands yeux choqués.

– On n'est pas si différents, toi et moi.

– Euh, si. Au risque de te vexer, on est très différents.

– Pourquoi ? Tu as bien envoyé bouler le mec avec qui tu as couché.

Comment il sait ça ? Alors que Célian m'observe d'un air moqueur, le moment du déjeuner me revient peu à peu en tête. *Évidemment, j'aurais dû m'en douter.* Noah avait tellement les boules contre moi qu'il s'est senti obligé d'aller raconter à tout le monde notre coucherie de cet été.

– Noah ? C'était rien, j'étais même persuadée de ne plus jamais le revoir.

– Je ne le connais pas très bien, mais… je crois que son nom, c'est Jonah.

– Possible.

Son sourire en coin s'élargit.

– Tu vois, toi aussi, tu as du mal à retenir le nom de tes conquêtes. Il n'y a pas de doute, tu es ma version féminine.

Il n'y a pas pire insulte que d'être comparée à ce goujat !

Pour la deuxième fois, je me tourne vers lui, l'air consternée.

– Non, je ne crois pas ! Puis je n'ai eu qu'une seule conquête, moi. Pas quatre cents.

– Quatre cents ? Tu surestimes un peu trop mon sex-appeal.

– À peine, marmonné-je d'une voix acide.

Je me mets à fixer le siège devant moi, sourcils froncés et lèvres pincées, lorsqu'il se penche vers moi pour que je le regarde de nouveau. Il a les yeux brillants et un sourire de gamin.

– Donc, ça veut dire que tu me trouves mignon ?

– Quel âge as-tu ? Quatre ans ?

– D'habitude, quand je pose cette question à une fille, elle se met à glousser et à rougir.

Je lève les yeux au ciel, exaspérée.

– Une réaction de cruche, quoi.

– Ouh, ta copine doit avoir les oreilles qui sifflent.

– Je ne parlais pas de Lucy.

– Pas de panique, je n'irai rien lui répéter, répond-il en me glissant un clin d'œil complice. C'est moi, ou le chauffeur n'arrête pas de te mater ?

Après avoir jeté un regard furtif au chauffeur obsédé qui continue de me fixer d'un air lubrique, je me rapproche de Célian pour chuchoter :

– M'en parle pas. Avant que tu débarques, j'ai bien cru qu'il allait me kidnapper.

Il éclate d'un rire moqueur.

– Il serait tombé sur la mauvaise victime.

J'esquisse un demi-sourire et recule sur mon siège, le voyant un peu trop proche de moi. J'en profite même pour regarder autre chose que ses pupilles noires.

– On peut dire que je t'ai sauvée de ce pervers, reprend-il, pas un brin mal à l'aise. Ou peut-être que… c'est de moi dont tu devrais le plus te méfier.

Une fraction de seconde, mes yeux dévient de nouveau vers lui. J'ai l'impression qu'un feu noir allume son regard, un regard qui reste obstinément braqué sur moi. Je fais tout pour ne pas paraître déstabilisée, mais je sens que mes mains sont moites, et que tout mon corps est contracté à l'extrême. S'il dit un mot de plus, je demande à M. le chauffeur pervers d'ouvrir les portes de ce bus pour me faire descendre. D'ailleurs, où sommes-nous ? Je jette un rapide coup d'œil à travers la vitre et suis soulagée de voir qu'on approche de ma rue. Dans deux minutes, tout au plus, le calvaire sera fini. Mais alors que je commence tout juste à me détendre, le bus s'arrête.

– C'est ici que je descends, lance soudain Célian en se levant. Ça va si je te laisse seule avec lui ?

Il désigne le chauffeur d'un signe de tête discret, puis attrape son sac pour le glisser à son épaule.

– Je sors au prochain arrêt, répliqué-je sans lâcher des yeux la maison devant laquelle on s'est arrêtés. C'est ici que tu vis ?

Célian acquiesce d'un geste de la tête. En fait, ce n'est pas vraiment la maison qui attire mon attention, mais le mec qui est planté sous le porche, une cigarette à la main. Il a des airs de ressemblance avec Célian, à l'exception de ses cheveux. Les siens sont blond platine. Une décoloration, certainement… au passage, pas très réussie.

– C'est qui ?

Il paraît subitement mal à l'aise.

– Euh, mon frère…

– Tu as un frère ?

Le regard rivé sur le blond qui fume devant chez lui, il hoche la tête.

– Il a vécu deux ans avec mon père dans l'Arkansas, mais vu que ça se passait mal ces derniers temps, ma mère l'a repris avec nous.

J'en déduis que ses parents sont aussi divorcés. *Bienvenue au club !*

– Et il va aller dans notre lycée ?

– Je pense. Faut que je te laisse, à plus.

Je n'ai même pas le temps de lui répondre qu'il s'éloigne déjà d'un pas rapide et descend du bus. La curiosité me pousse à regarder à travers la vitre. Célian s'est comporté de façon si étrange que j'ai envie de voir son interaction avec son frère. Il traverse le jardin, et pile au moment où il s'arrête devant le blond, le bus redémarre. Pas maintenant ! Je me tourne et colle mon front contre la vitre du fond, mais je ne vois plus rien. Les deux frères sont à présent cachés par le porche, et quelques secondes plus tard, le bus s'engage dans ma rue. Frustrée, je me rassieds correctement sur mon siège et attends le prochain arrêt.

En sortant du bus, j'ignore le regard appuyé du chauffeur et m'empresse de rentrer chez moi. Je retire mes Doc, les balance dans un coin du salon et m'affale sur le canapé. Cette journée m'a vidée. Elle n'a duré que six heures, mais j'ai l'impression que ça fait vingt longues heures que je suis debout. C'était un enfer. Entre mes mini-disputes avec Lucy, les retrouvailles cauchemardesques avec Jonah et l'enchaînement de moments gênants avec Célian, cette rentrée restera gravée dans les annales. Pour me détendre, je lance un film et frôle la crise cardiaque quand Big-Mac saute sur mes genoux.

– Mollo, mon gros ! Je ne suis pas ton coussin.

Je m'apprête à le repousser, mais dès qu'il commence à ronronner, mon petit cœur en guimauve fond. Ce diablotin sait comment s'y prendre pour me faire craquer ! Je me jette sur lui pour lui faire une tonne de câlins et de bisous, mais je suis interrompue par mon téléphone, qui vibre sur la table basse.

11

Je mets le film sur pause, me penche pour attraper mon portable et soupire en voyant la suite de chiffres qui s'affiche sur l'écran. *Célian.* Ça commence à être de plus en plus fréquent, je vais devoir le freiner avant que ça ne devienne une habitude.

[Bien rentrée ?
Je te préviens, si tu ne
réponds pas dans la minute
qui suit, j'appelle les flics
pour signaler ta disparition.]

Un sourire se dessine malgré moi sur mes lèvres. C'est déjà la deuxième fois que ça m'arrive, on dirait bien que ça aussi, ça va finir par devenir une habitude. C'est tellement bizarre. J'ai l'impression que je ne suis autorisée à sourire que dans ces moments-là, quand je suis seule. Car dès que je suis en présence de Célian, comme tout à l'heure dans le bus ou dans les couloirs du lycée, je crispe systématiquement chaque muscle de ma mâchoire pour ne rien laisser transparaître sur mon visage. Et je ne le fais même pas exprès, c'est comme une sorte de mécanisme naturel pour me protéger. Enfin, quoi qu'il en soit, j'ai sous-estimé Célian. Il est beaucoup moins bête que je ne le pensais.

[Très malin.
Mais après ce message,
tu n'auras plus aucun moyen

de pression sur moi.
Je suis saine et sauve.
Merci de t'en être inquiété !
Bye.]

Même si je ne compte plus du tout lui répondre, je suis curieuse de voir comment il va essayer de rebondir sur ça.

[Qui me dit que ce n'est pas
avec le chauffeur pervers
que je converse ?
Je veux une preuve.]

Pas mal.

[Une preuve…
C'est-à-dire ?]

[Je passe te voir.
Dans deux minutes,
je serai devant chez toi.]

Hein ? Soit j'ai de sérieux problèmes de vision et je dois envisager le port de lunettes, soit je me suis endormie sur le Clic-Clac et je suis en plein mauvais rêve. Ce n'est pas possible autrement ! Je me frotte les yeux et relis le message, mais les mots restent inchangés. Dans une dernière tentative, je me pince le bras avec force, mais à part un gémissement de douleur et un sursaut de la part de Big-Mac, rien ne se passe, non plus.

Célian va venir chez moi. Célian va venir chez moi. Célian va venir chez moi.

Dans ma tête, ça sonne comme la phrase d'accroche d'un film d'horreur. Je dois à tout prix empêcher ça. Dans la précipitation, je sors l'excuse la plus bidon de tous les temps.

[Pas possible.
Je vais sous la douche.]

Une minute plus tard, je reçois sa réponse.

[Prends tout ton temps.
Je ne suis pas pressé.
Tu peux éventuellement
me laisser la porte ouverte :)]

Je soupire, ce mec ne changera donc jamais ! Alors que je commence à réfléchir à une excuse plus solide, je me souviens d'un détail qui me soulage instantanément.

[Tu ne sais même pas
où je vis.]

[Il y en a une qui devrait
penser à désactiver la
localisation.]

Putain ! Mais quelle conne ! Je le fais immédiatement, même si je sais que c'est trop tard. Pourquoi j'ai activé cette connerie, déjà ? Ah oui, au cas où je me faisais kidnapper par le chauffeur ! *Quelle idée de génie, Alayna !* Après m'être rongé les ongles jusqu'au sang, chose qui ne m'était pas arrivée depuis le départ de mon père, je rédige une réponse qui, je l'espère, sera assez convaincante pour l'empêcher de venir chez moi. Et de me parler tout court.

[On va arrêter ce petit jeu
ici, Célian.
Toi et moi, on fonctionne
trop différemment,
puis il y a Lucy.

Je ne suis pas du genre à
m'embarquer dans des
histoires compliquées.
Et inutiles, aussi.]

Je préfère mettre l'accent sur le fait que les séducteurs dans son style ne m'intéressent pas. Il est plus drôle que je ne le pensais, plus sympa aussi, mais j'ai peur que ce ne soit qu'une couverture pour mieux capturer ses proies. Il y a des risques qu'il m'envoie bouler après ce message, mais honnêtement, j'ai l'habitude de vexer les mecs. Et pour le coup, ce serait un mal pour un bien : Célian me lâcherait enfin la grappe. Satisfaite, je pose mon téléphone sur la table basse, et je n'ai même pas le temps de relancer mon film qu'on sonne à la porte. Comme Big-Mac, je fais un bond de deux mètres sur le Clic-Clac. *Merde...*

... j'ai parlé trop vite.

Pendant quelques secondes, j'hésite à faire la sourde oreille, mais je repousse vite cette idée. Je ne suis pas une poule mouillée. Je vais lever mes grosses fesses de ce canapé et aller dire à Célian la même chose que dans mon dernier message. Et si possible, avec le même aplomb. Avec un énorme soupir, je fais descendre Big-Mac de mes genoux et pars ouvrir la porte. Célian est bien là, devant moi, sauf qu'il a les yeux rivés sur l'écran de son téléphone. La seconde d'après, son regard noir plonge dans le mien et il me lance un grand sourire.

– Merde alors ! J'aurais lu ce message deux minutes avant, je serais reparti la queue entre les jambes. Je n'aurais même pas eu le courage de sonner. (Il m'adresse son petit sourire malicieux qu'il porte si bien et, voyant mon air dubitatif, il ajoute :) Oh, et n'y vois aucun mauvais jeu de mots. Je ne voudrais pas passer pour un pervers.

Dès que je comprends où il veut en venir, je me retiens de sourire bêtement.

– C'est un sourire que je vois là ? s'étonne-t-il en penchant la tête sur le côté.

– Non, réponds-je sévèrement. Et tu peux encore faire demi-tour.

– Ce serait une option, oui. Mais je pense que je préfère te demander ce que tu voulais dire par : « Toi et moi, on fonctionne trop différemment. » Tu me connais si bien que ça ? Tu as étudié mon fonctionnement ?

Je m'appuie contre la porte, les bras croisés.

– Plus ou moins.

– Alors, dis-moi. Comment je fonctionne, Alayna ?

Il prononce mon nom avec tant de sensualité que je serre les dents. Célian est venimeux, il sait charmer les filles pour arriver à ses fins. Mais je ne le laisserai pas m'attraper dans ses filets. Sans cesser de sourire, il garde son regard ancré au mien durant un moment qui me semble bien trop long.

– Oh, c'est simple, rétorqué-je d'une voix cassante. Tu dragues tout ce qui bouge, à tel point que tu ne verrais aucun inconvénient à te taper la meilleure amie de ta copine. Pour la faire courte, tu fonctionnes comme un trou du cul.

– Je ne savais pas que tu pouvais être drôle, fait-il en m'adressant un sourire taquin.

Sa remarque me vexe un peu, mais je me garde bien de le lui montrer. S'il n'avait pas adopté cette attitude froide, détestable et inaccessible dès notre entrée au lycée, et qu'il avait pris la peine de discuter avec moi, il saurait que je déborde d'humour. Enfin, pas ces derniers temps, c'est vrai – pas si je me base sur les commentaires incessants de Lucy qui me répète de me détendre. Mais la naïveté de ma meilleure amie, combinée à la lourdeur de Leila, me rend aussi ronchon qu'une vieille dame aigrie.

La voix grave de Célian me sort subitement de mes pensées.

– Tu penses toujours que Lucy est ma petite amie ? Et quand bien même… tu es jalouse ?

Je fronce sévèrement les sourcils, sur la défensive, et le

dévisage de haut en bas. Pour ne pas rentrer dans son petit jeu, j'évite de répondre à sa deuxième question.

– Bah, en tout cas, elle, elle a l'air de le penser. Et elle n'a pas pu se mettre cette idée dans la tête toute seule, tu dois bien y être pour quelque chose.

– Je ne suis pas avec elle.

– Mais vous avez déjà couché ensemble.

J'espère qu'il ferme son clapet, mais il semblerait qu'il soit encore plus têtu que moi.

– Vrai, admet-il en haussant les épaules. Mais je n'aime pas les filles dans son genre.

Quel toupet ! Essayer de dénigrer Lucy après avoir bien profité d'elle ! Et pire encore, le faire devant sa meilleure amie ! Mes yeux s'agrandissent, tellement je suis choquée par son audace. Il mériterait une belle gifle et un coup de pied dans ses bijoux de famille.

– Quel genre ? Moi, en général, quand je n'aime pas un style de mec, j'évite de le mettre dans mon lit.

Célian hausse un sourcil, surpris face à mon ton froid.

– Le genre à se taper un mec et à en embrasser un autre dans la même soirée.

Sa voix se fait soudain glaciale, bien plus froide que la mienne, et me percute de plein fouet. Je mets un certain temps à comprendre ce qu'il dit, et surtout à le digérer. Lucy m'a bassinée pendant des mois avec son Célian et il veut me faire croire qu'après avoir couché avec lui, elle serait partie embrasser un autre mec ? C'est à peine croyable. Je connais Lucy et son obsession sans limites pour Célian, alors, c'est difficile pour moi d'imaginer un tel truc. Voyant mon air perdu, il reprend :

– Je croyais que les meilleures amies se disaient tout entre elles.

– Elle a vraiment fait ça ?

– Quel intérêt j'aurais à te mentir ? Peut-être que si elle ne buvait pas autant d'alcool en soirée, elle ferait un peu plus gaffe à ce qu'elle fait.

Sur ce point, il n'a pas tort. Mais il en reste encore quelques-uns à éclaircir.

– Mais tu lui parlais ce matin, pas vrai ? Par message, précisé-je.

– Vu que tu m'as reproché d'être un mec sans cœur, je me force à lui répondre de temps en temps. Mais je ne pense pas que ce soit la solution. La preuve, elle s'invente des rencards imaginaires avec moi pour essayer d'entretenir une relation qui n'existe pas, et qui n'existera jamais. Alors, quitte à me faire traiter de trou du cul par sa meilleure amie, je vais me montrer plus dur avec elle.

Purée, il est direct. Mais au moins, il a le mérite d'être franc. Je m'en veux presque de m'être montrée si brutale avec lui l'autre soir, mais je ne pouvais pas non plus deviner que Lucy me cachait une bonne partie de la vérité.

– C'est faux. J'ai dit que tu avais un pénis à la place du cœur, pas que tu n'avais pas de cœur du tout, nuance.

– Je n'ai pas souvenir que tu m'aies dit ça.

– Alors, je l'ai peut-être pensé. En tout cas, je n'avais que la version de Lucy.

– Tu ne m'as pas vraiment laissé le temps de t'expliquer la mienne, renchérit-il avec un sourire.

– Si tu attends des excuses, sache que tu n'en auras pas. Lucy n'a peut-être pas été réglo avec toi, mais tu en as fait souffrir plus d'une. (Il me regarde d'un air perplexe et je poursuis.) Eh oui, manque de bol, on est dans le même lycée et je sais tout ce qui se dit sur toi. On peut même dire que tu as eu ce que tu méritais.

Son sourire s'agrandit. Il sait que j'ai raison.

– Je ne vais pas te contredire.

– Et Debbie ? enchaîné-je d'un ton excédé. Sérieusement, tu ne pourrais pas essayer de t'intéresser à une nana moins prise de tête que cette… ? Merde, je ne trouve même pas de mot pour la décrire.

Je sens qu'il se retient de rire, à en juger par sa tête. Je ne sais pas pourquoi, mais ça m'énerverait d'apprendre que cette traîtresse de Debbie se rapproche de Célian. Leila a dit qu'il avait passé la dernière semaine de vacances avec elle et… Bon sang, que ça m'agace. Pas parce que je suis jalouse, mais pour une question de principe. Pourquoi ce serait toujours la pimbêche du lycée qui aurait tous les mecs à ses pieds ?

– Qu'est-ce que je suis en train de faire, là ?

Je continue de râler en silence, mais je m'arrête lorsque je prends conscience de ce qu'il vient de murmurer. Je sens soudain mon cœur s'affoler et j'ai la gorge sèche, comme si je n'avais pas bu une seule goutte d'eau depuis des jours. Si je ne veux pas qu'il s'aperçoive de mon trouble, je dois me reprendre. Et vite.

– Tu maîtrises la drague aussi bien que la cuisson des pâtes, dis-je en souriant.

Il ne devait certainement pas s'attendre à une remarque comme celle-ci. Je le sens d'abord perplexe, dubitatif, puis il éclate de rire, comme s'il venait enfin de comprendre mon humour à deux balles.

– Qui te dit que je sais cuire les pâtes ? demande-t-il en inclinant la tête.

– Si le résultat est aussi catastrophique que tes vieilles techniques de drague, je te plains.

Il rit deux fois plus fort, et cette fois, je m'autorise à me laisser aller avec lui.

– Je te préfère largement comme ça, répond-il en se calmant.

– Comment ?

– Quand tu lâches des vannes, même si elles sont sarcastiques. J'étais loin d'imaginer que tu avais de l'humour.

Je hausse nonchalamment les épaules.

– C'est normal, tu ne me connais pas.

– J'espère que ça pourra changer.

Il me regarde avec ses yeux étincelants, un sourire sincère et enthousiaste aux lèvres. Enfin, en tout cas, il m'a l'air sincère. Je lui rends son sourire, un peu gênée. Heureusement qu'il n'y a aucun miroir en face de moi pour voir mon reflet. Je dois ressembler à une cruche avec mon rictus crispé et mes joues cramoisies. Et comme si ce moment n'était pas assez embarrassant, je vois ma mère arriver vers nous. Mes joues s'enflamment encore plus. Elle ne rate jamais une occasion pour me foutre la honte et je sens que cette fois n'échappera pas à la règle.

– Les prétendants de ma fille se déplacent jusque chez nous maintenant ? Tu peux remballer la bague de fiançailles, jeune homme. Alayna est bien trop jeune pour se marier. (Tout sourire, elle passe devant nous et, avant de rentrer dans la maison, elle examine Célian durant quelques secondes – un peu trop longues à mon goût.) Et toi aussi, d'ailleurs.

Après m'avoir bien affichée, elle disparaît à l'intérieur. Je l'entends glousser discrètement, d'un air presque sadique. Quelle honte ! Parler de mariage à un mec que je connais à peine et que je suis censée détester ? Si elle cherchait à me décrédibiliser devant Célian, c'est réussi.

– Pas de doute, tu es bien la fille de ta mère, chuchote-t-il en souriant. Vous avez le même humour tordant.

Il rit en l'apercevant derrière moi et aussitôt, je me tourne vers elle pour lui lancer mon meilleur regard de tueuse. Elle a intérêt à la boucler et à repartir très vite là d'où elle vient. Sauf que cette fois, ce n'est pas elle qui ouvre la bouche, mais Célian.

– Le mariage n'est pas prévu pour tout de suite. Pour l'instant, je n'en suis qu'à l'étape de la « simple drague ».

Ma mère éclate de rire sous mes yeux ébahis.

– Bonne chance, mon garçon ! Tu vas en avoir besoin.

Trop, c'est trop ! Je foudroie ma mère du regard, fais un pas vers Célian et claque la porte derrière moi. Non, mais, j'hallucine ! Entre cet imbécile qui sort sans pression à ma mère qu'il est en train de me draguer, et elle qui ne trouve rien de mieux à faire que de rire comme une baleine, me voilà bien entourée. Célian me regarde avec ses yeux rieurs et instinctivement, je croise les bras.

– Au moins, je ne suis pas le seul à penser que tu es une chieuse. Je vais avoir du mal à…

– Non, maintenant, tu te tais !

– Je…

Sans réfléchir, je plaque ma main sur sa bouche pour le faire taire.

– Je ne veux plus t'entendre !

Je sens son sourire moqueur et léger se former sous ma paume. Quand je comprends que j'ai autant d'autorité sur Célian que sur Big-Mac, je libère sa bouche et recule d'un pas. Au moment où il entrouvre les lèvres, j'interviens avant qu'il ne puisse émettre un son.

– Je ne sais pas vraiment si tu étais sérieux quand tu disais que tu me draguais ou si c'était une simple blague, mais je vais profiter du fait que tu es là, devant moi, pour te dire les choses comme je les pense. Peu importe ce que tu t'imagines avec moi, ça n'arrivera jamais. Donc, maintenant, tu vas rebrousser chemin, rentrer sagement chez toi et ne plus m'adresser la parole. Et de mon côté, je te promets que je ne dirai rien à personne.

Son sourire se dissipe et son expression se fait grave.

– Je ne t'intéresse pas ?

– Ce n'est pas la question.

– Si, et elle est plutôt simple. Alors, réponds-y.

Je m'enfonce dans le regard de Célian et mon assurance disparaît. J'en viens à me demander si je ne devrais pas m'adoucir avec lui. Plus je lui parle, plus j'ai l'impression d'être une garce froide, cynique et sans cœur. Ou peut-être que c'est une de ses méthodes de drague perverse pour que je tombe mieux dans ses filets ! J'ai compris ! Il me fait le coup du : « Je ne suis qu'une pauvre victime qui se fait remballer par la connasse du lycée. » Il veut me faire croire que je l'ai blessé, tout ça pour que je baisse ma garde. C'est vicieux. Mais au licu de le lui faire remarquer, je me mets à parler à cœur ouvert.

– Et toi, pourquoi tu t'intéresses subitement à moi alors que j'étais complètement invisible à tes yeux pendant trois ans ?

Mes mots sont sortis un peu vite de ma bouche, je les regrette. Je ne me suis jamais intéressée à lui non plus, alors… qu'est-ce qui m'a pris ? Maintenant, il doit penser que je craque pour lui depuis le début du lycée. Ce qui est entièrement faux. Et humiliant. Ce que je voulais dire, en fait, c'est que je ne comprends pas son besoin soudain de me parler chaque fois qu'il me croise. Et plus étrange encore, il me porte deux fois plus d'intérêt quand je l'envoie sur les roses. Enfin, quoi qu'il en soit, je ne sais pas comment je vais faire pour me rattraper. Pour l'instant, je crois qu'il vaut mieux que je me taise.

– Tu aurais préféré que je vienne te voir avant ?

– Quoi ? Non ! Ce n'est pas ce que j'ai dit.

Et voilà. Il croit que je craque pour lui.

– Pour ma défense, je n'ai jamais eu l'occasion de te parler. Le lycée est immense, il y a toujours un monde fou aux soirées de Leila et tu te mélanges rarement aux autres.

– Pas à tes potes, c'est sûr. J'évite de côtoyer les cons.

Plus on avance dans cette conversation, plus ses yeux s'assombrissent. Je suis en train de découvrir toutes les nuances de noir. Je ne savais pas qu'il en existait autant.

– Dis-moi, tu m'as l'air assez prétentieuse pour une fille qui soi-disant ne supporte pas l'arrogance et le mépris chez les autres. À quoi ça te sert de rabaisser mes potes ? Je te rappelle quand même que ta meilleure amie en tient une sacrée couche. Mais peut-être que, si tu la défends autant, c'est parce que tu es comme elle. En tout cas, mes copains ne m'ont jamais menti. Pour quoi que ce soit.

D'habitude, je sais toujours quoi répondre, je me laisse rarement marcher sur les pieds. Mais cette fois, je suis encore clouée sur place, bouche bée, quand il tourne les talons et disparaît dans la rue. Je ne suis pas prétentieuse. Je me méfie simplement des beaux parleurs comme lui, Wes, ou pour la faire plus courte, des mecs en général. Je ferme les yeux, essayant d'oublier le visage furieux de Célian. Et ses mots. Ça ne m'a rien fait sur le coup, alors pourquoi je me sens mal maintenant ? Je dois voir le côté positif, j'ai finalement eu ce que je voulais. Même si cette discussion me laisse un goût amer en bouche, la seule chose à retenir, c'est que je suis enfin débarrassée de lui.

Définitivement.

12

Quand je rentre chez moi, ma mère est assise sur le canapé. Elle m'observe, une ombre de sourire danse au coin de sa bouche, mais je fais comme si je ne voyais rien.

– C'est ce jeune homme qui t'a sauvée du chauffeur de bus ?

– Il ne m'a sauvée de rien du tout. En fait, après réflexion, ce chauffeur était sympa.

– Tu ne m'as pas dit qu'il avait une drôle de façon de te regarder ?

– Lui, au moins, il n'a pas ouvert la bouche.

D'humeur grincheuse, je m'assieds sur le Clic-Clac, et ce n'est que quelques secondes après que je remarque le regard interrogateur de ma mère.

– Ce garçon t'a mal parlé ? Il avait l'air pourtant gentil.

– Oui, c'est bien ça, le problème. « Il a l'air gentil », dis-je en imitant les guillemets. En façade peut-être, mais si tu creuses un peu, tu t'aperçois très vite que ce n'est qu'un mirage.

Elle semble perplexe.

– Et c'est ce que tu as fait ? Tu as creusé un peu plus pour découvrir sa personnalité ?

– Pas besoin.

– Tu es un peu radicale, là, non ?

– Juste réaliste.

Tandis que je m'enfonce dans le canapé avec un soupir, ma mère se penche vers moi et tend la main pour placer une mèche rebelle derrière mon oreille.

– Où est passée ma petite princesse rêveuse et insouciante ?

– Je n'ai jamais été insouciante, maman. Et tu m'as déjà dit que je n'avais rien d'une princesse.

– Ce n'est pas parce que je suis ta mère que je ne dis jamais de bêtises, me glisse-t-elle à l'oreille d'un air malicieux.

J'esquisse un faible sourire.

– Si ce garçon te rend triste, quitte-le, reprend-elle plus sérieusement. Tu es bien trop jeune pour vivre une histoire d'amour compliquée.

Mes yeux s'agrandissent d'horreur. Pourquoi tout ce que je dis est mal interprété ? Il va vraiment falloir que j'apprenne à mieux m'exprimer.

– Je ne sors pas avec lui ! C'est juste un mec qui découvre à peine mon existence, alors que ça fait trois ans qu'on se croise tous les jours au lycée.

– Et alors ? Mieux vaut tard que jamais, non ?

– J'aurais préféré que ce soit jamais.

Ma mère fronce les sourcils, complètement larguée.

– J'ai l'impression de parler avec une vieille femme, aigrie et cynique. C'est déprimant.

– Au moins, j'ai le chat pour compléter le personnage, dis-je en désignant Big-Mac, qui roupille sur une chaise du salon.

J'essaie de faire sourire ma mère, mais ça n'a pas l'air de fonctionner. Elle affiche une mine soucieuse, presque inquiète. Honnêtement, elle n'a pas de quoi l'être. Je vais bien. Très bien, même. J'ai deux amies fidèles, une maman extraordinaire, un chat casse-pieds, mais qui n'en reste pas moins adorable, je suis en parfaite santé, mes notes sont loin d'être mauvaises. Tout va pour le mieux.

– Je n'ai pas besoin d'un garçon pour me sentir bien, tu sais. Je suis très heureuse comme ça.

– Je n'en doute pas une seconde. Mais même si ce garçon ne sera peut-être pas l'homme de ta vie, tu peux passer à côté d'une très belle histoire d'amour. Je ne suis pas en train de te pousser dans les bras du premier venu, loin de là. En réalité, si je pouvais te garder pour moi toute seule, je pense que je le ferais.

Son regard s'adoucit et elle me sourit tendrement. Je dois avouer que je ne serais pas contre l'idée. Même si on se chamaille souvent, je sais très bien que le jour où je partirai de la maison, je pleurerai à chaudes larmes. Mais la seule chose dont je suis sûre, c'est que si je pars de Cheyenne, ce ne sera certainement pas pour m'enfuir avec un garçon. Avec mes amies, oui, mais jamais avec Célian ou un autre imbécile de mon lycée.

– De toute façon, je pense que ça ne déboucherait pas sur une belle histoire d'amour. Une belle histoire de trahison et de déception, peut-être, mais pas d'amour.

– Comment tu peux le savoir ?

J'ai un pincement au cœur suivi d'un léger soupir. J'ai encore du mal à l'admettre, surtout devant ma mère, mais je sens bien que le départ de mon père m'a laissé quelques séquelles. Pas au point de me rouler en boule sous ma couette et de pleurer tous les soirs, mais parfois, quand j'y repense, mon moral d'acier en prend un coup. Ce n'est pas facile de reconnaître que l'homme qui m'a élevée, qui m'a appris à faire du vélo sans les petites roues, en bref, que je prenais pour un héros, est en réalité un gros con. Certes, ça n'allait plus entre lui et ma mère, mais il aurait quand même pu éviter de couper les ponts avec moi. Je n'y étais pour rien. Mais c'était sûrement plus pratique pour lui de m'oublier, et de recommencer une nouvelle vie ailleurs, avec une fille fraîchement sortie de l'université. En deux ans, je n'ai reçu aucune lettre, aucun appel, ni même un tout petit SMS. Rien.

– Je ne sais pas, lâché-je après un certain temps de réflexion. Dans la plupart des cas, c'est comme ça que ça se passe. On finit toujours par être déçue.

– Les fins heureuses sont plutôt rares, oui, opine-t-elle. Mais si tu te braques d'office et que tu ne tentes jamais rien avec qui que ce soit, c'est perdu d'avance. Dans la vie, il faut apprendre à s'ouvrir aux autres pour voir si une personne vaut le coup ou pas. Et puis, tu sais, la fin d'une histoire, c'est pas forcément triste ou décevant. Tu auras des souvenirs plein la tête, et une fois que tu auras vidé toute l'amertume de ton cœur, tu réaliseras que sans cette personne, certaines choses n'auraient pas été possibles.

Un nœud terrible me tord l'estomac et c'est sûrement aussi le cas pour elle. Je n'ai pas envie de lui parler de papa, mais mon cœur est d'un autre avis.

– Mais papa ne t'a apporté que des mauvaises choses.

– C'est faux. Grâce à lui, je t'ai, toi.

– Mais tu le détestes, chuchoté-je, la gorge nouée par un sanglot qui ne vient pas.

– Je ne le déteste pas parce qu'il est parti. Ou qu'il m'a trompée. En fait, si je le déteste, c'est parce qu'il t'a abandonnée. (Elle met une main sous mon menton et le relève.) Toi. Et ça, tu vois, c'est la seule erreur que je ne pourrai jamais lui pardonner.

Cette fois, j'ai la gorge paralysée par l'émotion, les yeux embués de larmes, je n'arrive plus à parler, j'entends seulement ma respiration qui se fait de plus en plus rapide. Et une demi-seconde avant que je n'éclate en sanglots, ma mère me prend instinctivement dans ses bras. Je m'accroche à elle comme si elle risquait de disparaître.

– Je suis ridicule…

Les larmes rendent ma voix méconnaissable.

– Pas du tout, ma chérie.

– Moi, je le déteste. Pour tout.

– Je sais. Mais il le regrettera un jour, tu verras.

Je ne veux pas qu'il regrette son choix de nous avoir abandonnées. J'aurais simplement voulu que ça n'arrive jamais.

– Peu importe. Pour moi, il n'existe plus.

Elle me relève et me berce dans ses bras en caressant mes cheveux.

– Tous les hommes ne sont pas comme ton père. C'est bien d'être méfiante, mais ne doute pas toujours des autres.

Je hoche la tête, incapable de dire un mot de plus. Comme toujours, je me remonte le moral avec cette pensée : j'ai un père en carton, mais j'ai la chance d'avoir une mère en or. Et elle a raison. Je ne vais pas devenir une autre personne. Ça, jamais. Je vais seulement arrêter de voir mon père dans chaque garçon que je rencontre. Du moins, je vais essayer.

13

À minuit, je ne dors toujours pas. Je ressasse sans arrêt mes échanges avec Célian et, en revoyant défiler dans ma tête les images de la journée, j'en arrive à la conclusion suivante : j'ai été exécrable. Les mots de ma mère m'ont fait réfléchir et elle a peut-être raison sur le fait que les hommes ne sont pas tous des imbéciles. Qui sait, avec un peu de chance, il y en a des corrects dans le lot. Allongée bien au chaud sous ma couette, je prends mon téléphone et hésite un moment avant d'allumer l'écran. OK, je ne pourrai jamais m'entendre avec quelqu'un comme Célian, mais ce n'était pas une raison pour le traiter ainsi. Insulter ses potes devant lui, c'était non seulement immature, mais en plus, ça ne m'a pas aidée à me sentir plus intelligente. J'effleure le bouton central et me mets à tapoter sur l'écran. Durant une, deux, trois minutes, je garde le doigt en suspens au-dessus de la touche Supprimer, puis j'appuie sur Envoi.

[Je suis désolée pour tout
ce que j'ai dit. Bonne nuit.]

Je compte les secondes. Au bout de quinze, mon téléphone se met à vibrer avec insistance.

[Je vais mieux dormir
maintenant.]

Je ne peux m'en empêcher : j'esquisse un sourire en coin. Alors que j'hésite entre essayer de dormir ou continuer cette conversation, un bruit me fait ouvrir grand les yeux dans l'obscurité. Ça vient de dehors. Je sors de mon lit sans rien allumer et m'avance d'un pas craintif vers ma fenêtre. Si c'est le chauffeur de bus pervers qui vient me rendre une visite nocturne, je préfère rester tapie dans l'ombre. J'écarte à peine mon rideau pour jeter un coup d'œil en contrebas et… *Merde !* Il y a quelqu'un sur la pelouse ! Je lâche mon rideau, recule jusqu'à mon lit où je m'assieds, le cœur battant à mille à l'heure. J'attends une minute pour me calmer, puis je frôle une seconde fois l'arrêt cardiaque lorsque mon téléphone se met à sonner. Je réponds immédiatement pour ne pas réveiller ma mère.

– Je t'ai fait peur ?

– À ton avis ! m'exclamé-je alors que Lucy rit comme une idiote.

– Je sais que c'est un peu tard, mais…

– Un peu ? Il est minuit passé !

– Tu ne vas pas me laisser dehors, si ?

Je raccroche, soupire et tends le bras pour allumer ma lampe de chevet. Au prix d'un effort titanesque, je me lève et pars lui ouvrir. Lucy se hisse sur le rebord de la fenêtre et se glisse à l'intérieur. Pendant que je referme le battant, je l'entends foncer vers mon lit pour s'y asseoir. Lucy n'a pas le temps d'ouvrir la bouche que je marmonne :

– Qu'est-ce que tu fais ici ? Tu n'es pas censée être avec Célian ?

Je n'essaie pas de la piéger, mais ça me fout vraiment les boules qu'elle m'ait menti.

– Euh non, ça fait un petit moment que je ne suis plus avec lui…

Je l'interromps d'un geste de la main. Je lui ai tendu une perche, et rien ! Au lieu de me dire la vérité, elle préfère s'enfoncer dans son mensonge.

– C'est quoi, le problème ? lâché-je, la voix tendue.

– Quel problème ? Il n'y en a aucun.

– Faut croire que si, puisque tu me mens.

Je me contrôle pour ne pas hausser le ton. Si ma mère se réveille et qu'elle découvre Lucy dans ma chambre, je suis cuite. Ses joues virent au cramoisi. Je profite de son silence pour enchaîner :

– Pourquoi tu nous as fait croire que tu allais voir Célian, alors que c'est entièrement faux ?

– Pour que Leila aille tout cafter à Debbie, admet-elle en se triturant les doigts.

– Pourquoi ça ?

– Je sais qu'elle parle à Célian. Je voulais juste la rendre un peu jalouse, tu vois. Et ça a marché, Leila est allée lui rapporter.

– Mais c'est débile.

Et encore, le mot est faible. Qu'est-ce qu'elle s'imaginait ? Que son mensonge passerait inaperçu et que personne ne cramerait que Célian ne s'intéresse plus du tout à elle ? Là, on peut dire que Debbie va se payer sa tête. Et ce ne sera pas la seule. Ça m'énerve d'avance pour elle, mais je sens qu'elle va devenir la risée du lycée.

Déjà que les rumeurs à son sujet n'étaient pas glorieuses…

– Je sais, répond-elle, s'efforçant de ne pas trop élever la voix. Mais je ne pouvais pas prévoir qu'il allait me mettre un vent.

Le buste courbé en avant, elle pose les coudes sur ses genoux et souffle. Lorsqu'elle comprend que j'attends une explication, elle reprend :

– Quand on était en voiture ce matin, je lui ai demandé s'il était d'accord pour qu'on se voie en début de soirée. En attendant sa réponse, je vous ai fait croire que c'était lui qui me l'avait proposé, et juste après notre petite dispute sur le parking, j'ai reçu un… non. J'étais persuadée qu'il allait accepter, je te jure ! Et c'était trop tard pour faire machine arrière, Leila avait déjà envoyé un message à Debbie.

– C'est peut-être un peu normal qu'il te mette des vents

après ce que tu as fait, non ? Si tu n'avais pas galoché un autre type après avoir couché avec lui, il aurait sûrement accepté de te revoir.

Elle ouvre des yeux ronds comme des soucoupes.

– Quoi ? Mais comment tu sais tout ça, toi ?

Mince. Je n'avais pas anticipé cette question. Toujours plantée devant ma fenêtre, j'agrippe un bout du rideau et me mets à le triturer nerveusement. Pour ne pas avoir l'air trop crispée, je hausse les épaules.

– Après mon cours de soutien en maths, j'ai dû prendre le bus pour rentrer chez moi et Célian était là.

– Vous avez parlé de moi ?

– Plus ou moins. Enfin, il m'a seulement dit la vérité.

Elle pousse un nouveau soupir et écarte de son visage une mèche de ses cheveux blonds. Je me sens mal à l'aise. Je lui reproche de me mentir, mais je ne suis même pas fichue d'être honnête avec elle. Mais, voilà… j'ai bien peur qu'en lui disant la vérité, elle ne devienne hystérique. Si elle apprend que Célian s'intéresse à moi, elle pourrait me tourner le dos. Et clairement, je n'ai pas envie de perdre Lucy pour ça. Je suis même persuadée que, d'ici quelques jours, Célian se sera rabattu sur une autre fille.

– Je peux me rattraper. Je sais que je le peux ! Mais pour ça, il faudrait qu'il me donne une seconde chance.

– Tu peux aussi essayer de passer à autre chose, suggéré-je faiblement.

– Pourquoi ? Il t'a dit que c'était mort ?

– Non ! Il ne m'a rien dit de plus.

– Alors s'il ne t'a rien dit à ce sujet, c'est plutôt bon signe, non ?

Je me retiens de soupirer.

– J'en sais rien. Je ne suis pas dans sa tête.

– Essaie.

Une lueur d'espoir s'allume dans ses yeux noisette. Je ne sais pas comment je vais m'y prendre pour lui dire, subtilement et sans la blesser, que Célian ne veut plus d'elle, mais je sens qu'elle ne va pas me faciliter la tâche.

– Tu veux la réponse honnête ?

– Oui.

– Je pense que j'aurais réagi comme lui. Qu'est-ce qui t'a pris d'aller embrasser un autre mec ?

La lueur dans son regard s'éteint.

– J'étais saoule.

– Je ne savais pas qu'on perdait tous ses neurones en picolant.

– Ah, ah, très drôle, rétorque-t-elle en levant les yeux au ciel.

– Tu m'as pris la tête pendant un an avec ton Célian, et pile au moment où tu lui tapes dans l'œil, tu fais la conne.

– On peut parler d'autre chose ? demande-t-elle d'un ton suppliant. Il me reste encore une année pour lui prouver qui je suis. Je sais que je peux rectifier le tir.

– C'était qui, ce mec que tu as embrassé ?

Je sens qu'elle n'a pas envie de me répondre, mais j'insiste :

– Après cette question, je te promets qu'on parle d'autre chose.

– C'était Evan, répond-elle d'une petite voix coupable. Il m'a forcée, je ne voulais pas l'embrasser. J'ai essayé d'en parler à Célian, mais il ne veut rien entendre.

Je fronce les sourcils, ne sachant pas si je dois la croire. Après les bobards qu'elle m'a fait avaler, ma confiance en a pris un coup. Mais je connais Evan. Et c'est tout à fait son style de profiter des filles quand elles sont bourrées.

– Quel gros con…

– Je l'ai repoussé, mais Célian était déjà parti.

Je baisse la tête, perdue comme jamais. En réalité, je me sens terriblement mal. Jusqu'à présent, je ne culpabilisais pas trop de parler à Célian dans le dos de Lucy mais maintenant, c'est différent. Je pensais qu'elle avait fait la conne avec lui, mais la vérité est bien plus compliquée que ça. Elle aime Célian. Et ce salaud d'Evan a tout fait foirer.

– Si tu as encore l'occasion de lui parler, tu pourras le lui dire ? Je regrette, mais je l'ai repoussé. Je le jure.

Je relève les yeux vers elle et hoche silencieusement la tête. Je n'aurais jamais cru que je devrais jouer les entremetteuses, mais c'est peut-être mieux comme ça.

– Bon, reprend-elle d'une voix plus assurée. Si je suis venue te voir, c'était pas pour parler de Célian. Je dors chez Leila ce soir, tu veux te joindre à nous ?

– C'est à minuit que tu me le proposes ?

– J'attendais que mes parents dorment pour venir te voir.

– Tu es vicieuse.

– Tu veux pas filer en douce ? insiste-t-elle. On passe la nuit ensemble, et à six heures, tu retournes dans ta chambre comme si de rien n'était. C'est ce que je vais faire aussi.

Depuis qu'on connaît Leila, on fait souvent le mur pour aller passer la nuit chez elle. Et généralement, on papote jusqu'au petit matin. Mais là, même en buvant dix cafés, je ne serai pas capable de rester éveillée.

– Non, dis-je en bâillant. Je suis trop fatiguée pour passer une nuit blanche.

– Comme tu voudras.

Lucy se lève de mon lit en râlant, tandis que je lui ouvre la fenêtre. Elle passe une jambe, puis au moment où elle va passer la deuxième, mon téléphone vibre. Je ne m'étais même pas rendu compte que je l'avais gardé à la main pendant tout ce temps. Lucy est à califourchon sur le rebord de la fenêtre et elle me dévisage bizarrement. Je jette un coup d'œil rapide à l'écran, priant pour que ce soit ma mère ou Leila. Mais bien sûr, c'est Célian. J'ai la poisse jusqu'au bout.

– C'est qui ?

– Ma mère. Je crois qu'elle nous a entendues.

– Si c'était ta mère, elle aurait déjà déboulé dans ta chambre.

Elle n'a pas tort, mon mensonge ne tient pas debout.

– C'est un garçon, lâché-je sans réfléchir.

– Un garçon ? Quel garçon ?

Pour paraître crédible, je sors le premier nom qui me vient en tête :

– Wes.

– Demain, on va parler, répond-elle d'une voix faussement autoritaire. Prépare-toi à vivre un vrai interrogatoire.

Elle ne me laisse pas le temps de répondre et saute par la fenêtre. Je lui lance un sourire crispé et referme tout derrière elle. Dans quel merdier je me suis encore fourrée ? Wes ? Vraiment ? Je n'aurais pas pu trouver mieux que cet abruti ? Contrariée, je retourne me coucher et ouvre le message de Célian.

[P.-S. : Je ne pense pas
que tu sois prétentieuse.
Un peu chieuse sur les bords,
mais pas prétentieuse.]

Je souris et me mets à taper doucement sur les touches tactiles.

[C'est un compliment ?
Parce que c'est très moyen.
Moi, je vais t'en faire un vrai :
tu es beaucoup plus
intéressant que je le pensais.]

Un soupir m'échappe quand je pense à Lucy. Je ne peux pas envoyer ça à Célian, pas après ce que j'ai promis à ma meilleure amie. J'appuie sur la touche de correction et efface mon message mot à mot avant de taper :

[Faudra que je te parle
demain.]

Sa réponse est quasi immédiate.

[Je déteste recevoir
ce genre de message. J'ai
fait quelque chose de mal ?]

[Non. Ça n'a rien à voir
avec toi, c'est promis.
Bonne nuit, Célian.]

[D'accord. Bonne nuit
à toi aussi.]

Je pose mon téléphone sur la table de chevet et me tourne de l'autre côté pour m'endormir. Mais je n'y arrive pas, je cogite trop. Célian ne le saura jamais, mais je crois que c'est la première fois qu'un garçon me retourne autant le cerveau.

Sauf qu'on ne parle pas là de n'importe lequel… On parle bien de celui dont Lucy est éperdument amoureuse. Et je l'ai toujours dit : je ne prendrai jamais le risque de perdre mon amitié avec elle pour quelque chose d'aussi futile. *Pas de garçon, pas d'embrouille.* Je me répète ces mots en boucle jusqu'à m'assoupir.

14

Existe-t-il un son plus désagréable que la sonnerie d'un réveil ? Je quitte mon lit à contrecœur et j'exécute machinalement les gestes de ma routine. Je donne à manger à Big-Mac, je m'habille, me maquille et charge mon sac de cours. En sortant de chez moi, je rejoins Leila, qui a garé son tank quelques mètres plus loin. Lorsque j'ouvre la portière et que je m'assieds sur le siège, elle m'accueille avec un sourire crispé. Je fronce les sourcils, m'attendant au pire.

– Quoi ?

– Célian est à fond sur toi, pas vrai ?

Sa question m'étonne d'abord jusqu'à m'ôter la voix. Je n'irais pas jusqu'à dire qu'il est « à fond sur moi » mais il m'a remarquée. Comment Leila est-elle au courant ? Parce que c'est ça, le vrai problème. Je n'en ai parlé à personne. Ma panique monte d'un cran, je dois absolument rétablir la situation. Quitte à mentir.

– Pas du tout.

Elle me jette un bref coup d'œil, avant de reporter son attention sur la route.

– Alors pourquoi l'autre jour à la cafétéria il te dévorait des yeux ?

Bien sûr, la cafétéria ! C'est là qu'elle a surpris Célian en train de me mater. Je m'apprête à lui raconter des craques pour justifier mon coup de pied sous la table, mais au dernier moment, je change d'avis. Je n'ai rien fait de mal. C'est Célian qui n'arrête pas de me coller aux basques, pas moi. Alors pourquoi devrais-je mentir pour lui ? Leila est mon amie, elle comprendra la situation. Je suis même certaine qu'elle n'ira rien répéter à Lucy.

– Je ne sais pas. Peut-être qu'il aime quand on le remet à sa place ?

Je lui lance un sourire timide, mais elle reste sérieuse.

– Il est déjà venu te parler ?

– Oui, une ou deux fois. Mais tu me connais, ajouté-je d'un ton que j'aurais voulu plus assuré.

Je dois la convaincre que je ne suis pas intéressée par Célian. Par n'importe quel moyen. Si je ne veux pas que mes amies me tournent le dos, je dois me montrer persuasive. C'est une question de vie ou de mort. Enfin, petite rectification : je dois la convaincre, mais surtout *me* convaincre que je suis insensible au charme de Célian.

– Lucy est au courant ?

– Pas de tous les détails.

– Elle est vraiment amoureuse de lui, tu le sais, ça ?

Je déglutis.

– Oui. Et justement, je vais l'aider à sortir avec Célian.

Je me félicite intérieurement d'avoir eu cette réponse. Plus persuasive, y a pas ! Aucune fille sur cette terre normalement constituée ne donnerait pas un coup de pouce à sa meilleure amie pour qu'elle sorte avec le mec dont elle-même est éprise. Ce n'est pas logique. Je ne suis pas logique, pensé-je avec amertume. Mais Leila n'est pas censée savoir que je manque cruellement de bon sens.

– Mmm.

– Quoi ?

– S'il t'intéresse aussi, c'est un peu tordu.

Je garde mon sang-froid, et réponds, le plus naturellement possible :

– Qui te dit qu'il m'intéresse ?

– C'est vrai que ça m'étonnerait un peu venant de toi, répond-elle en haussant les épaules. Tu as toujours détesté les mecs dans son genre.

– En effet, dis-je, pensive. En tout cas, j'espère qu'il changera pour Lucy. Je ne voudrais pas la pousser dans les bras d'un goujat.

– On ne peut pas le savoir. Mais pour l'instant, c'est elle qui a merdé.

– Elle t'a dit la vérité ? demandé-je, intriguée.

Elle hoche la tête.

– Evan est vraiment le roi des abrutis. À sa place, je lui aurais foutu une droite avant même que ses lèvres puissent effleurer les miennes.

– Oui, et d'ailleurs je ne comprends pas pourquoi elle ne l'a pas fait.

– Elle était bourrée. Encore plus que d'habitude, c'est pour te dire. Elle a mis une éternité pour percuter que ce gros porc avait fourré sa langue dans sa bouche.

– Elle t'a aussi dit qu'elle avait menti pour son rendez-vous d'hier ? Elle n'a pas vu Célian.

Elle fait une moue crispée.

– Ouais, pas sûr qu'il apprécie qu'elle s'invente des rencards avec lui. Elle va devoir ramer pour le conquérir.

– C'est là que j'interviens, répliqué-je en souriant.

Elle me rend mon sourire et, quelques minutes après, Lucy débarque et monte à bord du Range Rover. Elles se mettent à discuter de leur soirée, tandis que je reste en retrait. Quand Leila se gare dans le parking du lycée, je sors mais je suis vite rattrapée par Lucy, qui passe son bras sous le mien.

– Tu n'as pas parlé. Ça va ?

– Un peu crevée, mais ça va.

– Tu n'as pas passé une nuit blanche, toi ! s'exclame-t-elle en riant. D'ailleurs, tu viendras la prochaine fois ? Tu nous as manqué.

Je hoche la tête et elle reprend :

– Tu es d'attaque pour Wes ?

– Quoi ?

– Tu crois quand même pas que je vais te laisser m'aider pour Célian sans te rendre la pareille ?

Pâle comme la mort, je lui lance un regard horrifié.

– Non ! Je veux dire… je peux me débrouiller toute seule, tu sais. Je suis une grande fille.

– J'ai bien entendu « Wes » ? intervient Leila, qui nous a rejointes en quelques enjambées. La dernière fois, tu m'as dit que tu le trouvais dégueu.

– C'était pour brouiller les pistes ! rétorque Lucy en éclatant de rire.

Je me force à leur sourire, mais intérieurement, je me décompose. Comment vais-je me sortir de cette galère ? Wes me dégoûte, je ne pourrai pas le supporter une seule seconde. D'ailleurs, je suis surprise que Lucy ne se soit pas posé plus de questions que ça. Elle est censée me connaître mieux que personne, elle devrait savoir que Wes est aux antipodes de mon idéal. Enfin, je pense ne pas en avoir un mais, si c'était le cas, il ne ressemblerait en aucun point à ce crado de Wes.

Je passe toute la matinée à éviter au maximum les endroits fréquentés par Wes et Célian, comme la table de pique-nique sous le grand arbre de la cour ou les gradins du stade. Même à la pause de dix heures, quand Lucy insiste pour qu'on sorte s'aérer l'esprit, je réussis à la convaincre d'aller à la bibliothèque.

Après cette courte pause, je survis au cours d'anglais, à celui d'histoire, et même le déjeuner à la cafétéria s'annonce plutôt bien. Pas de Célian en vue pour me compliquer la vie ! *Super.* Avec Wes et sa bande, ils ont dû aller manger au fast-food du coin. Je m'installe à table avec mes amies et nous nous mettons à discuter de tout et de rien.

– Vous êtes dispos pour fêter mon anniversaire vendredi soir ? demande Leila en enfournant une bouchée de spaghettis.

– Bien sûr, répond Lucy, tout excitée. Tu as prévenu tout le monde au lycée ?

– Oui, et pas mal de gens ont répondu présents. C'est aussi bon pour toi, Alayna ?

Eh mince ! J'ai complètement oublié l'anniversaire de Leila. On est déjà jeudi et je n'ai acheté aucun cadeau. Lucy aurait quand même pu me le rappeler.

– Je vais voir avec ma mère, mais ça devrait être bon.

Leila hoche la tête et se remet à papoter avec Lucy de l'organisation de sa soirée. J'ai une journée et demie pour dénicher une tenue classe et un cadeau potable. Ça va être la course. J'observe mon assiette, sans rien manger ou presque. Je n'ai pas super faim. En réalité, je suis trop stressée pour me remplir la panse. Pour le moment, j'arrive plutôt bien à éviter Wes et Célian. Pas très étonnant en même temps, ce lycée fait la taille d'une ville. Ça risque d'être beaucoup plus compliqué dans la maison de Leila. Parce que oui, il y a quatre-vingt-dix-neuf pour cent de chance qu'ils se pointent tous les deux à sa soirée d'anniversaire. *Bref.*

En levant les yeux de mon assiette, je vois le frère de Célian assis à une table, seul. Il a le regard baissé sur le contenu de son assiette, qu'il ne mange pas. Avec son couteau, il dessine des ronds dans la fine couche de sauce tomate. Il a l'air ailleurs, sa solitude me fait mal au cœur. Je n'en reviens pas que Célian n'ait même pas pris la peine de l'intégrer à sa bande ! OK, ils n'ont pas l'air très proches, mais ça reste son frère. Sans rien dire à mes amies, je me lève de ma chaise et m'avance vers lui d'un pas déterminé. Je reste plantée devant sa table, attendant qu'il lève le regard, et au bout d'un certain temps, c'est ce qu'il fait. Ses yeux noirs plongent dans les miens avec une intensité étouffante. Il maintient le silence juste assez longtemps pour me faire regretter ma décision d'être venue le voir. Néanmoins, j'essaie de me concentrer pour ne pas bégayer.

– Je sais que tu es nouveau ici, tu peux te joindre à nous si tu en as envie. Tu es le frère de Célian, c'est ça ?

Ses lèvres se tordent en un rictus moqueur.

– C'est bizarre. Hier, tu t'es montrée un poil moins avenante avec lui, lâche-t-il en désignant quelque chose derrière moi. Pourtant, il est aussi nouveau dans ce lycée.

Lorsque je me tourne, je vois Jonah qui me fusille du regard à l'entrée de la cafétéria. Il a un plateau à la main et il a l'air d'attendre quelqu'un. Ils sont potes ? Je croyais pourtant qu'il restait avec Wes et tous les autres. Je fais de nouveau face au frère de Célian, qui a eu le temps de se lever et ramasser son sac et, après m'avoir adressé un regard assassin, il part rejoindre Jonah. Sans oublier de me donner un bon gros coup dans l'épaule – au cas où je n'aurais pas compris qu'il ne peut pas me saquer. Je dois avoir une drôle de tête, car Jonah est écroulé de rire. Aussitôt, je reprends mes esprits et pars me réfugier à ma table. Mes amies me dévisagent d'un air inquiet et Leila est la première à prendre la parole.

– C'était qui ?

– Le frère de Célian.

Lucy fronce les sourcils.

– Il a un frère ? Comment tu le sais ? Tu connais un paquet de trucs sur lui, dis donc.

J'ai l'impression d'entendre les intonations d'un reproche.

– Je te l'ai dit. J'ai pris le bus avec lui et j'ai vu son frère dans son jardin. Apparemment, il a vécu deux ans en Arkansas.

– L'Arkansas ? répète Leila avec une surprise à peine dissimulée. C'est pas un peu chaud, là-bas ?

– Je ne sais pas, dis-je en haussant les épaules.

– Pourquoi il t'a poussée ? demande Lucy, intriguée. Tu lui as fait un sale truc ?

– Comment j'aurais pu ? Je connais son existence depuis hier.

– Alors, pourquoi il te déteste ?

– Je crois qu'il traîne avec Jonah.

– Oh.

Pas besoin d'en dire plus, je me suis sentie assez humiliée comme ça. D'accord, je n'ai pas été très diplomate avec Jonah, mais je ne voulais en aucun cas lui donner de faux espoirs. Et à la limite, j'aurais préféré que l'humiliation vienne de lui. Pas d'un gars que je ne connais pas.

– C'est bon, on peut y aller ? Tu as fini de manger, Alayna ?

Leila et Lucy n'attendent pas ma réponse et se lèvent dans un bruit fracassant. Je n'ai pas touché à mon assiette, mais ce n'est pas grave. Il nous reste plus qu'une heure de cours, je peux attendre d'être chez moi. Je hoche la tête et les suis en silence, espérant ne pas croiser Wes, Célian, son frère ou encore Jonah dans les couloirs. Ça commence à faire beaucoup de personnes à éviter ! Après avoir débarrassé mon plateau, je le dépose dans la pile et nous nous dirigeons vers les casiers pour récupérer nos affaires d'éducation civique. On traîne un moment dans le couloir avant la sonnerie, et quand je commence enfin à me détendre et à rire aux blagues de Lucy, Wes et Célian débarquent. J'ai presque envie de me cacher derrière mes copines, ou carrément de m'enfuir à toutes jambes, mais ça serait trop bizarre. Et suspect.

– Tu ne veux pas aller lui parler ? me demande Lucy, remarquant ma gêne.

– Pas maintenant.

Quelle honte si Wes apprenait que je m'invente des conversations imaginaires avec lui ! Enfin, pas sûr que ça le dérange, mais il serait capable de sauter sur l'occasion et de me draguer encore plus qu'avant.

– Je te comprends, répond Lucy en soupirant. Moi non plus, je n'ose pas aller le voir.

Elle jette un coup d'œil à Célian, qui ne la calcule pas un brin.

– Tu pourras le faire à la soirée de Leila, tu auras plus de facilités pour l'aborder. Et aussi pour lui présenter des excuses, ajouté-je avec un sourire rassurant.

– À condition que je reste sobre. Il a l'air de détester les gens qui boivent.

Je m'apprête à lui répondre, mais Lucy enchaîne directement sur un autre sujet. Quand je sens une vibration dans la poche de mon pantalon, j'ai du mal à me concentrer sur ce qu'elle dit. Je sors discrètement mon téléphone et me crispe en voyant le numéro qui s'affiche sur l'écran. Célian. Entretemps, Lucy s'est tournée vers Leila pour lui parler et j'en profite alors pour lire le message.

[Je peux venir te voir ?]

Surtout pas ! Je lève des yeux paniqués vers lui, histoire qu'il comprenne que le moment est très mal choisi. S'il fait une gaffe et qu'il balance devant Lucy qu'il s'est pointé devant chez moi, je n'ose même pas imaginer le drame que ça ferait. Mais à mon grand soulagement, il n'avance pas vers moi.

[Pas maintenant ! Si tu veux,
on peut se voir après les cours.
On s'attend devant le lycée
et je t'explique tout.
Tu finis à quelle heure ?]

[Quatorze heures trente.]

Parfait, je finis une demi-heure avant lui. Je n'aurai qu'à dire à Lucy et Leila que ma mère est dans le coin et qu'elle vient me récupérer. Mon téléphone vibre de nouveau, interrompant l'élaboration de mon plan.

[C'est un rendez-vous ?]

Quand je lève le regard, je le surprends en train de me dévisager, un sourire espiègle au coin des lèvres. Je reporte aussitôt mon attention sur l'écran de mon téléphone.

[Non ! Je t'attendrai
devant le lycée, OK ?]

Au même moment, la sonnerie retentit. Je le vois m'adresser un hochement de tête et, la seconde d'après, il disparaît au bout du couloir. J'ignore comment va se dérouler ce tête-à-tête qui, contrairement à ce qu'il pense, n'a rien d'un rencard, mais je vais tout faire pour que ça ne dure pas trois plombes. Si j'arrive à lui faire changer d'avis sur Lucy, tant mieux. Elle aura sa deuxième chance et elle sera contente. Mais si ce n'est pas le cas, tant pis ! Elle se rabattra sur un autre mec, ce n'est pas ce qui manque ici. Et d'ailleurs, ce conseil s'applique aussi à Célian. Il peut sortir avec n'importe quelle fille dans ce lycée. N'importe laquelle…

Sauf moi.

15

– Tu es sûre que tu ne veux pas que je te ramène chez toi ? demande Leila en mâchouillant son chewing-gum.

Assise sur un banc, je protège mes yeux du soleil avec ma main pour regarder mes amies qui se tiennent devant moi.

– Non, ma mère va arriver d'une minute à l'autre. On se voit demain ?

– Pas ce soir ?

Lucy me lance son regard de chien battu, mais je ne cède pas.

– Je suis crevée en ce moment.

– Vous n'êtes pas obligées de passer la nuit chez moi, dit Leila en jouant avec ses clés de voiture. On passe le début de soirée ensemble et après je vous dépose chez vous. Je veux qu'on soit en forme pour demain soir.

– Je vois ça avec ma mère et je vous tiens au courant.

– Tu veux qu'on l'attende avec toi ?

Non, non et non ! Ne fais pas capoter mon plan, Leila ! Il est déjà quatorze heures vingt, ce qui signifie que Célian ne va pas tarder à sortir du lycée. Je n'ai rien à cacher, mais je n'aimerais pas qu'il se mette à me draguer devant Lucy.

– Si elle vous voit avec vos jupes ras la salle de jeux, elle va m'interdire de sortir avec vous. Alors, dégagez de là.

À ma grande surprise, ma tentative pour les faire partir fonctionne à merveille. C'est franchement pathétique, mais je ne voyais pas d'autre moyen pour me débarrasser d'elles. Lucy et Leila s'éloignent en riant, tandis que je lâche un gros soupir de soulagement.

Pendant les minutes qui suivent, je m'occupe en détaillant

le banc sur lequel je suis assise. Quand je compte huit chewing-gums collés dessus, je grimace. C'est vraiment dégueu. Je me relève d'un bond pour vérifier que mon pantalon n'est pas taché, mais au même moment, mon regard est accroché par une inscription sur le banc.

Lucy pute du lycée

Si j'attrape celui ou celle qui a fait ça, je le tue de mes propres mains. Furieuse, j'ouvre mon sac, prends un feutre noir et me mets à raturer l'inscription jusqu'à ce qu'elle soit illisible.

– Les gens sont vraiment mauvais, lance une voix masculine dans mon dos.

J'adresse un coup d'œil en biais à Célian et, après avoir rangé mon feutre dans mon sac, je me tourne vers lui.

– Tu ne t'es pas montré particulièrement sympa avec elle non plus.

Ses grands yeux noirs quittent les miens pour fixer le sol, il a l'air plus mal à l'aise que jamais.

– Ouais, je sais.

– D'ailleurs, c'est de Lucy que je voulais te parler.

Là, il relève la tête pour me dévisager. De lourds cernes assombrissent son regard et ses boucles brunes lui tombent sur le front. La grimace qu'il esquisse m'arrache un micro-sourire.

– Je savais que j'allais être déçu, murmure-t-il, l'air totalement découragé. Je peux encore partir ? On fait comme si je n'avais rien entendu, je m'en vais et je continue à t'envoyer des messages. Ce sera notre petit secret.

Je fonds et suis incapable de retirer ce sourire niais de mon visage. Puis, comme chaque fois que je sens que je commence à craquer, je pense à Lucy. C'est plutôt efficace comme piqûre de rappel.

– Non, tu restes ici, dis-je en lui agrippant les poignets. Et tu écoutes ce que j'ai à te dire jusqu'au bout, compris ?

Il lève les yeux au ciel, sourit encore et soupire.

– Je suis tout ouïe.

– Lucy aimerait vraiment que tu lui accordes une seconde chance. Et je la connais suffisamment pour t'assurer qu'elle ne te décevra pas. (Il fronce les sourcils, mais garde le silence.) Evan l'a forcée à l'embrasser ce soir-là, c'est vrai qu'elle a mis du temps avant de le repousser, mais elle l'a fait. Je te le jure. Et je sais que tu n'aimes pas Evan non plus. Si tu traînes de temps en temps avec lui, c'est pour faire plaisir à Wes. Tu sais autant que moi que ce mec est la pire des ordures.

– Tout le monde sait ça…

– Voilà. Et contrairement à ce que les autres disent, Lucy est une fille bien. Un peu naïve, je te l'accorde, mais elle n'a jamais fait tous ces trucs immondes dont tout le monde parle. Et si… si tu veux entamer une relation sérieuse avec elle, je veux que tu me promettes de prendre soin de son cœur. Elle est fragile.

Nos yeux restent accrochés une petite seconde, avant que je ne lâche ses poignets et me recule de quelques pas.

– Je te crois, mais j'ai besoin de réfléchir.

Je ne sais pas si je me sens déçue ou soulagée. D'un côté, je suis contente pour Lucy. J'ai rempli ma part de la mission, Célian va peut-être envisager une relation avec elle. Mais au fond de moi, je sens une vague de déception me submerger. J'ai du mal à l'admettre, mais son petit jeu de séduction commençait à me plaire. Et je me sens tellement, tellement, tellement coupable envers Lucy. Je mériterais une bonne paire de gifles pour me remettre les idées en place.

– Bon, je vais y aller. Merci d'avoir écouté ce que j'avais à dire, c'était cool de ta part. À plus.

Sans attendre sa réponse, je tourne les talons, consciente de m'être déjà bien trop attardée. C'est bien beau de jouer les Cupidon mais maintenant je ne sais pas comment je vais faire pour rentrer chez moi. Je fais le tour de toutes mes options. Le bus ? Célian le prend aussi et je n'ai pas envie de continuer à lui parler. Ma mère ? Il y a des chances pour qu'elle travaille encore. Et Leila ? Non, je dois arrêter de prendre mon amie pour un taxi. Je sors mon téléphone pour calculer la distance d'ici jusque chez moi, et quand je vois le temps s'afficher, j'ai envie de pleurer. Je vais devoir marcher trente minutes sous un soleil de plomb. Et je n'ai même pas de bouteille d'eau !

– Attends, Alayna !

Surprise, je me tourne et vois Célian accourir vers moi. Qu'est-ce qu'il me veut ? Comme je le fixe avec des yeux ronds, il ajoute en souriant :

– Je croyais que tu allais prendre le bus. Quelqu'un vient te récupérer ?

– Euh, non. Je comptais marcher.

– Jusque chez toi ? Ça fait loin.

– Pourquoi ? lui demandé-je avec un sourire moqueur. Tu voulais me déposer avec ta voiture imaginaire ?

Il baisse la tête en riant.

– Décidément, tu manies le sarcasme comme personne.

– Disons que j'ai un sens de l'humour particulier.

– Oui, c'est sûr. Mais je crois que je commence à l'apprécier.

Pour la deuxième fois, ses yeux noirs plongent dans les miens. Instantanément, je regarde ailleurs. Ça le fait sourire. Enfin, je crois. Je n'ose pas relever la tête pour vérifier. Alors que je me demande si je devrais déguerpir pour mettre un terme à cette situation embarrassante, mon téléphone vibre dans ma main. *Lucy.* Super ! Comme si je ne me sentais pas assez mal à l'aise comme ça…

Je lis furtivement son message.

[Tu as ta tenue pour vendredi
soir ? Parce que si ce n'est
pas le cas, je peux te prêter
une robe.]

Comment ça ? Elle sait très bien que je n'arrive pas à rentrer une cuisse dans ses robes. Elle cherche à me faire ressembler à un sac ou quoi ? Enfin, peu importe. Ça me fait penser que je n'ai rien à me mettre pour demain soir. J'avais très envie de rentrer chez moi pour me détendre, mais si je ne veux pas débarquer à la fête de ma pote sapée comme une plouc, je vais devoir faire ce que je déteste le plus au monde : du shopping. En général, je commande mes fringues sur Internet, mais là je n'ai plus de temps. Il me faut une robe, et vite ! Ça me déprime de devoir faire un saut au centre commercial, sûrement bondé de monde, mais au moins, je vais pouvoir échapper à Célian. Je range mon téléphone dans mon sac et relève la tête vers lui.

– Je dois vraiment y aller, il faut impérativement que je m'achète une tenue pour l'anniversaire de Leila. Tu y seras aussi ?

– Ouais, bien sû…

Je n'attends pas qu'il finisse de parler et fais demi-tour.

– OK, super ! Bye !

– Mais attends ! (Il m'attrape le bras, me forçant à lui faire face de nouveau.) Tu vas à Frontier Mall ?

Qu'est-ce que ça peut lui faire ?

– Tu connais d'autres centres commerciaux potables ici ? ironisé-je.

– Non, répond-il en riant. Ça ne te dérange pas si je viens avec toi ?

Euh, bah… À vrai dire, oui. Je ne m'attendais tellement pas à ce qu'il me pose cette question que je reste silencieuse.

– Il me faut aussi une tenue pour l'anniversaire de ta pote, ajoute-t-il précipitamment. Je ne voudrais pas faire tache dans le décor.

– Pas besoin. Tu enfiles un tee-shirt, un jean et des baskets, comme d'habitude, et ça fera très bien l'affaire.

– Tu insinues que je m'habille toujours de la même façon ? me demande-t-il, l'air faussement outré. Raison de plus pour m'acheter de nouvelles fringues.

Mais c'est quoi, son délire, à la fin ? Ça fait deux ans que Leila organise des soirées chez elle, et je ne l'ai jamais vu faire le moindre effort vestimentaire. Même à la période d'Halloween, où tout le monde doit être déguisé, il se ramène toujours dans la tenue la plus simple du monde : tee-shirt noir et jean foncé. D'ailleurs, je suis presque sûre que cette année ne sera pas différente des autres. Puis, s'il a vraiment envie de changer de look, il y a d'autres personnes qui seraient ravies de l'accompagner pour une session shopping.

– Pourquoi tu ne demandes pas à Debbie ? Ou Lucy ?

Son sourire s'élargit. Il essaie de me faire comprendre qu'il s'attendait à cette question.

– Et pourquoi pas toi ?

– Je suis sérieuse.

– Moi aussi. Si je suis amené à sortir avec ta meilleure amie, on a plutôt intérêt à s'entendre. Et quoi de mieux qu'une sortie shopping pour apprendre à mieux se connaître ?

Je soupire lourdement, défaite. Il a probablement raison. Si je dois supporter sa présence pendant toute une année, mieux vaut que je m'y habitue tout de suite.

– Je déteste le shopping, donc je te préviens, ça va être très rapide, dis-je d'un ton sec.

Je pars sans l'attendre, direction le centre commercial, et je l'entends rire derrière moi.

– Les filles ne sont pas censées aimer ça ?

– Pas toutes, non, râlé-je. Surtout quand je dois m'y rendre sans voiture et en plein cagnard.

Célian me rattrape.

– Tu es toujours comme ça ?

– Comment ?

– Aussi chiante.

Je tourne la tête pour lui lancer un regard noir, tout en continuant d'avancer pour ne pas perdre de temps.

– Je t'emmerde, OK ? Je ne t'ai jamais forcé à venir avec moi, c'est toi qui as insisté. Alors si j'ai envie de me plaindre jusqu'au centre commercial, je suis libre de le faire.

– Si je te donne un peu de mon eau, tu tiendras mieux le coup ?

Il sort sa bouteille de la poche avant de son sac et me la tend. Cette chaleur écrasante m'assoiffe énormément, mais je remarque qu'elle est à moitié pleine.

– Tu as bu dedans ?

– Un peu.

– Alors, non merci.

Je crains la salive de ma propre mère, alors celle des autres… Beurk, même pas en rêve. Célian boit une longue gorgée de sa bouteille, me narguant avec son sourire espiègle. Après l'avoir rangée dans son sac, il me regarde toujours d'un air moqueur.

– Tu veux qu'on arrête de parler jusqu'au centre commercial ? Je te sens essoufflée.

– Ça veut dire quoi ?

Je sais très bien ce qu'il veut dire, mais il n'a pas intérêt à aller jusqu'au bout de sa pensée.

– Tu n'as jamais été très douée en sport, si j'en crois mes souvenirs.

Il a osé !

– En fait, je veux bien que tu arrêtes de parler ! Ça m'évitera de te coller une gifle en public ou de te pousser sur la route. Fais gaffe, tu es du mauvais côté.

Je désigne les voitures qui roulent à toute allure, puis je lui donne un coup de coude dans les côtes, pas trop fort, pour ne pas qu'il tombe du trottoir. On sait jamais. Ce mec est lourd, mais je ne souhaite pas sa mort non plus.

– D'accord, ça va, répond-il en riant. Je la boucle.

Soudain, son téléphone sonne. Il le sort de sa poche et fixe l'écran pendant quelques secondes.

– Attends, je dois répondre.

Je hoche la tête, silencieuse.

– Elias ? Euh, oui, mais je ne suis pas encore à la maison.

Son visage change du tout au tout. Ses yeux s'assombrissent, et il prend un air renfrogné, sinon franchement irrité.

– Est-ce que c'est ma faute si tu as oublié tes clés ? Ouais, bah, maman ne devrait pas tarder à rentrer, alors calme-toi. C'est ça, bye.

Il raccroche précipitamment. Il essaie d'avoir l'air naturel, mais je sens bien que quelque chose l'a énervé. J'attends qu'il parle, mais il ne décroche pas un mot.

– Elias ? demandé-je, intriguée. C'est ton frère ?

– Oui, il n'a pas pris ses clés et il râle après moi. Qu'il s'estime déjà heureux d'être ici, ajoute-t-il d'un ton amer.

– Je suis allée le voir ce midi à la cafétéria. C'est vrai qu'il n'était pas très aimable.

Brusquement, il s'arrête de marcher et se tourne vers moi. Il me dévisage comme si j'avais fait la connerie du siècle.

– Tu es allée le voir ? Pourquoi ?

– Il était seul. Enfin, c'est ce que je pensais jusqu'à ce que j'aperçoive Jonah…

Ses sourcils se froncent, il semble soucieux. C'est bizarre. Je n'ai pas l'habitude de le voir trop sérieux, je crois même que je préfère quand il me taquine sur mon endurance ou sur mon mauvais caractère. C'est bizarre et je n'aime pas ça. Je me surprends même à regretter ses sourires malicieux, c'est fou ce que cet idiot peut être beau quand il sourit.

– Ne l'approche plus, lâche-t-il durement. (Face à son ton, mes yeux s'écarquillent et il s'adoucit instantanément.) Je veux dire, Elias n'aime pas beaucoup la compagnie. C'est mieux si tu le laisses tranquille.

– Pourquoi ? À part Jonah, il ne connaît personne. Et d'ailleurs, pourquoi il ne traîne pas avec toi et Wes ? C'est ton frère.

Si j'avais la chance d'avoir une sœur, je passerais ma vie avec elle. Normalement, c'est comme ça que doivent se comporter les frères et sœurs entre eux, non ? Je ne comprends pas pourquoi Célian ne cherche pas à intégrer Elias dans sa bande. Il a peut-être un sale caractère, mais ils ont le même sang. Ils sont de la même famille. Je sais que ça ne me concerne pas, n'empêche que cette histoire m'intrigue.

– Je n'arrive pas à le considérer comme tel. Je n'ai jamais réussi à le cerner et encore moins à établir une quelconque relation avec lui. Avant qu'il parte vivre deux ans chez mon père, je le détestais. Et maintenant qu'il est revenu… c'est un étranger. Oui, voilà, c'est comme ça que je le vois. Comme un étranger.

En plus de l'avoir rendu triste, ma question était déplacée et débile. Je n'ai pas réfléchi. Ce n'est pas parce que deux personnes sont de la même famille qu'elles doivent forcément s'apprécier. Après toutes les crasses que mon père m'a faites, je devrais le savoir. Célian se remet en marche et je le suis.

– Je suis désolée. Je sais ce que c'est que d'avoir un étranger dans sa famille.

– Ne le sois pas. Avec un peu de chance, Elias retournera vivre chez mon père avant la fin de l'année scolaire. Il se rendra vite compte que ce n'est pas en changeant de ville qu'on règle tous ses problèmes.

– Quels problèmes ?

– Il s'est disputé avec la seule personne qui pouvait le supporter.

– Ton père ?

Il soupire, hochant la tête.

– Tous les deux, ils sont pareils, mais il faut croire qu'Elias a pris le dessus. Il est encore plus con que lui. Et ma mère… eh bien, comme elle est trop gentille, elle ne pouvait pas le laisser dans sa merde. Il a fallu qu'elle le reprenne ici. Elle est merveilleuse, mais elle ne sait pas…

– Elle ne sait pas quoi ?

– Qu'elle ne pourra jamais le changer. Et qu'elle va se pourrir la vie en essayant.

– Je pense qu'elle n'abandonnera pas.

Il semble surpris de ma réponse et me fixe d'un air interrogateur.

– Tu crois ?

– Oui, dis-je en souriant. Les mamans merveilleuses n'abandonnent jamais, elles se battent jusqu'au bout.

– Ce n'est pas vraiment ce que je voulais entendre, réplique-t-il avec une moue déçue.

– Comme tu l'as dit, avec un peu de chance, il partira de lui-même. En attendant, préserve-la.

Son visage s'éclaire et son sourire réapparaît.

– Merci. Je crois que c'est le meilleur conseil qu'on m'ait jamais donné.

Je lui rends son sourire.

– Elias est parti vivre avec ton père à quel âge ?

– Il y a deux ans, il avait 17 ans.

Je fais un rapide calcul dans ma tête. Elias a donc 19 ans aujourd'hui. Comment se fait-il qu'il soit encore au lycée ?

– C'est ton grand frère ?

– Ouais, on a deux ans d'écart. Il a redoublé pas mal de fois. L'école, ça n'a jamais été son truc. On arrive bientôt, là, non ?

Au son de sa voix, je comprends qu'il veut changer de sujet. J'aurais aimé en savoir plus sur sa vie de famille, mais je n'ai pas non plus envie de le gêner avec mes questions. En levant les yeux, j'aperçois le centre commercial, et j'opine de la tête, non sans une pointe d'appréhension. Je n'y avais pas pensé pendant le trajet, mais maintenant j'angoisse. Comment vais-je réussir à choisir une robe avec Célian dans les pattes ? Il ne va quand même pas me donner son avis ? Ça risquerait d'être terriblement gênant. Après avoir eu le temps de me poser mille questions, nous entrons dans le grand centre commercial, bondé de monde.

– Je te rejoins après ? me propose Célian en souriant.

Ça veut dire que je vais avoir la paix pour faire les boutiques ? Et essayer n'importe quelle robe sans craindre qu'il ne me donne son avis ? Je sens la pression retomber d'un coup. Je ne pensais pas qu'il me proposerait de faire les magasins chacun de son côté, mais c'est une idée géniale. Et rassurante.

– Je vais commencer par cette allée. Avec un peu de chance, il y aura des robes sympas. À plus tard !

Ou pas. Je compte sur la foule pour disparaître. Cette petite conversation était cool, mais je n'ai pas envie de marcher avec lui jusque chez moi. On pourrait croiser ma mère, qui ne se gênerait pas pour me sortir des remarques à la noix, ou pire encore, on pourrait tomber sur Lucy. J'entends Célian me dire quelque chose, mais c'est trop tard, je suis déjà trop loin. Le bruit a couvert sa voix. En jetant un rapide coup d'œil derrière mon épaule, je remarque qu'il n'est plus à l'endroit où je l'ai laissé. Je peux enfin respirer.

16

La vendeuse ne réagit pas quand j'entre dans la boutique. Je l'ignore et pars feuilleter les robes sur les cintres en essayant de ne pas les abîmer avec mes mains moites. Il n'y a rien pour moi. Enfin, rien de bien exceptionnel. Si seulement la vendeuse m'avait regardée, j'aurais pu lui demander des indications et des conseils, mais elle n'a pas l'air commode. *Tant pis.*

Je pars d'un pas pressé, sans dire au revoir, et me dirige vers la boutique suivante. Il y a un peu plus de monde que dans l'autre, mais les robes semblent plus jolies. J'en dégote quelques-unes à mon goût et, tandis que je les empile soigneusement sur mon bras, je sens un truc tout froid sur mon épaule.

– C'est quoi cette mer…

Je me tourne et tombe sur le visage souriant de Célian, tenant une bouteille d'eau fraîche à la main.

– Pour toi, dit-il en me la tendant.

Je ne la prends pas tout de suite.

– Comment ça ?

– Tu crevais de soif tout à l'heure, alors je suis allé t'acheter de quoi boire. Ça t'aidera à tenir jusque chez toi.

– Tu me l'as achetée ?

Je continue de le regarder avec des yeux ronds.

– Oui, et alors ? Ça fait quoi ?

– Tu n'étais vraiment pas obligé, enfin…

J'essaie de cacher mon malaise, mais c'est peine perdue. Ce n'est pas tant le fait qu'il m'ait acheté de l'eau qui me gêne, mais plutôt de savoir que Lucy et Leila n'auraient jamais fait ça pour moi. Je sais que ce n'est pas grand-chose, ce n'est que de l'eau, mais c'est le geste qui me trouble.

– C'est de l'eau, pas un bouquet de fleurs. Respire.

– Je vais quand même te rembourser.

Après avoir reposé toutes les robes à leur place, je plonge ma main dans mon sac, sors mon porte-monnaie et lui tends un dollar.

– Tu peux rajouter un dollar ou deux pour les intérêts, ajoute-t-il malicieusement.

Je hoche la tête et m'apprête à lui donner un billet de plus, mais il m'arrête d'un signe de la main.

– Non, mais je déconne ! Je ne veux pas de ton argent, tu peux ranger tout ça.

– C'est qu'un dollar. Prends-le.

– Oui, justement ! C'est qu'une bouteille d'eau, alors n'en fais pas tout un plat.

J'insiste.

– Prends-le, Célian. J'aurais pu me la payer, moi.

– Mais tu ne l'as pas fait. S'il te plaît, arrête ou je vais finir par me vexer.

Je reste quelques secondes avec mon billet dans la main, sans savoir quoi faire. Même si l'intention était bonne, je déteste qu'on me paie des trucs. Enfin, ça ne me dérange pas quand c'est ma mère qui le fait, mais de la part d'un presque inconnu, c'est un peu plus gênant. En fait, il y a une chose dont j'ai vraiment peur.

– Si tu fais ça dans l'unique but d'obtenir quelque chose en échange, je préfère te prévenir que tu perds ton temps. Et ton argent, du coup.

– Quel esprit tordu ! réplique-t-il en riant. Comment tu en es arrivée là ? Tu es forcément tombée sur un bel abruti pour avoir ce genre de réaction.

– Même pas. Je suis juste prudente.

– Le seul mec que tu as eu, c'est Jonah ?

Il est vraiment obligé de parler de ça ? Je ne réponds rien

et détourne le regard pour le reporter sur les robes, que j'examine une par une.

– Tu n'as pas envie de me répondre ?

Je devine son sourire, mais mes yeux restent obstinément fixés sur le bout de tissu que je tiens entre les mains.

– Pas vraiment, non. Je suis ici pour me trouver une tenue, pas pour te raconter mon été.

Avant qu'il ne réponde, j'ajoute :

– Qui, au passage, n'a pas été franchement palpitant.

– Le sexe, ce n'est pas palpitant ?

Là, je n'ai pas le choix. Je tourne immédiatement la tête vers lui pour le dévisager d'un air dur.

– Ça ne te regarde pas.

– Tu veux que je te fasse une confession ?

– Laquelle ? demandé-je, à la fois étonnée et radoucie.

– Ce Jonah est un vrai con. Je me suis même demandé comment il avait fait pour t'avoir.

Je roule des yeux.

– Rassure-toi, il ne m'a pas eue longtemps. C'était le temps de cinq minutes, même pas.

Si Jonah était là, il se serait sûrement jeté sur moi pour me tabasser à coups de cintre. Non, en fait, il aurait plutôt envoyé son pitbull Elias pour me ridiculiser. *Quelle chiffe molle.* Je sais que je ne devrais pas jouer les garces avec Jonah, mais c'est plus fort que moi. Ça m'énerve qu'il ait raconté à tout le monde notre petite aventure de cet été, mais surtout qu'il se soit servi du frère de Célian pour m'humilier. Certes, je n'ai pas été très sympa avec lui, mais je n'allais tout de même pas sortir avec lui pour lui faire plaisir.

Ma colère s'atténue lorsque j'entends le rire de Célian.

– Vraiment ? Je suis sincèrement désolé pour toi.

– Oui, il manquait cruellement d'expérience, reprends-je en soufflant. Et de sujet de conversation, aussi. Bref, ce mec n'était pas fait pour moi.

– Qu'est-ce que t'as dit, là ? Il manquait cruellement…

d'expérience ? Je pensais que… tu manquais toi aussi d'expérience.

C'est le cas. J'ai voulu parler uniquement de son manque d'expérience à lui, et pas du mien, pour me venger, mais la version honnête c'est que j'ai dû être aussi nulle que lui. Une première fois des plus banales, quoi. Enfin, j'imagine. Ce n'est pas comme si j'en connaissais un rayon sur le sexe. Pile au moment où je m'apprête à lui dire que je n'ai pas été plus douée que Jonah, je me rétracte. Célian n'a pas besoin de savoir la vérité. En fait, ça pourrait même être drôle de laisser planer le mystère.

– Parce que tu crois vraiment que je vais tout te raconter de moi ?

– Dans le bus, tu m'as dit que tu n'avais eu qu'une seule conquête.

– Le mensonge n'est pas réservé aux mecs.

Célian me regarde d'un air dubitatif, certainement en train d'essayer de démêler le vrai du faux, tandis que je me retiens de rire. Si je ne détourne pas la conversation, je vais avoir du mal à rester sérieuse. Heureusement pour moi, je trouve rapidement une question à lui poser :

– Pour en revenir à Jonah, tu es au courant qu'il traîne avec ton frère ?

Il hausse les épaules.

– Entre cons, ils doivent se comprendre.

Même si ça me démange, je contiens ma curiosité pour ne pas lui poser d'autres questions au sujet d'Elias. Comme tout à l'heure, je n'ai pas envie de le mettre mal à l'aise.

– Pourquoi vous n'avez pas intégré Jonah à votre bande ? demandé-je pour changer de conversation. Vous aviez l'air de tous bien vous entendre l'autre jour à la cafétéria.

– Jusqu'à ce qu'il te manque de respect.

Ces mots sont sortis froidement de sa bouche. Je le considère quelques instants sans réagir. La plupart des filles auraient trouvé ça mignon, moi je trouve ça ridicule. Il ne me connaît pas, il n'a pas à me servir de bouclier. En fait, je n'ai besoin de personne pour me défendre. Encore moins d'un mec comme lui.

– Tu as manqué de respect à la moitié des filles de notre lycée, lâché-je amèrement.

– Faux. La moitié d'entre elles méritaient de se faire remettre à leur place, et pour l'autre moitié, ce n'est pas moi qui suis allé raconter à tout le monde que j'avais couché avec elles. C'est elles qui l'ont fait. Je ne suis pas parfait, c'est vrai. Mais les filles que j'ai fréquentées ne l'étaient pas non plus. Puis, je ne leur ai jamais promis monts et merveilles. Elles savaient à quoi s'attendre avec moi.

Il a dit cela d'une voix calme et sans la moindre hésitation. Cette fois, j'ai du mal à me persuader qu'il ment. J'ai déjà entendu quelques-unes de ces filles se plaindre et je dois bien admettre que je ne me suis jamais posé de questions concernant leur sincérité. Pour moi, le mec était toujours fautif. C'était un raisonnement stupide, mais au moins, ça m'empêchait de les approcher. Et surtout de les laisser m'approcher. Ça s'appelle de l'autopersuasion et ça marche plutôt bien. Enfin ça marchait plutôt bien… jusqu'à ce que Célian vienne me parler…

Mais qu'est-ce que je raconte ? Il est là pour Lucy, pas pour moi. Je peux même prédire ce qu'il va se passer : Célian va lui laisser une seconde chance, ils seront ensuite occupés à se disputer toute l'année, pour finir par se séparer le jour de notre embarquement pour Los Angeles. Les premiers temps, Lucy n'arrêtera pas de pleurer comme une madeleine, mais sa rencontre avec le pseudo bad boy de l'université lui fera vite oublier Célian.

– Tu as peut-être raison, dis-je enfin. Il y a toujours deux versions à une histoire.

Un sourire se forme sur ses lèvres, créant un petit creux sur sa joue.

– J'aime bien celle-ci, murmure-t-il en baissant les yeux.

– Quoi ?

– Je parle de la robe que tu tords dans tous les sens depuis dix minutes, précise-t-il en riant. Elle pourrait bien t'aller.

En effet, ça fait un moment que je m'acharne sur cette pauvre robe, mais ce n'est que maintenant que je vois à quoi elle ressemble. Et impossible de me retenir, je ris.

– Sérieusement ? Ça ne m'étonne même pas.

Célian fronce les sourcils.

– Pourquoi tu ris ?

– Voilà ton problème, Célian. Tu es attiré par les filles qui portent précisément ce genre de robe.

– Une robe ne définit pas une fille, lâche-t-il d'un ton sec.

Je m'arrête de rire lorsque je croise son regard noir. Pour le coup, c'est le cas de le dire. C'est la première fois que je vois un regard aussi sombre que le sien. On parle souvent de la beauté des yeux clairs, mais les yeux noirs ont quelque chose de fascinant. Hypnotisant, même. Ou peut-être que ce ne sont que ses yeux à lui qui me font cet effet-là. Je déglutis discrètement et me concentre de nouveau sur la robe. Enfin, je devrais plutôt dire sur le bout de tissu que je tiens entre les doigts.

– Oui, je sais. Mais Debbie ne verrait aucun inconvénient à la porter. Moi, si. Regarde ça ! m'exclamé-je en glissant ma main sous la prétendue robe. Tout est transparent, y a juste de quoi cacher la moitié d'un téton. Et même si je trouve le courage de la mettre, elle est tellement fendue qu'on verrait toute ma culotte.

– Si tu veux mon avis d'expert, ce n'est pas le genre de robe qui se porte avec un sous-vêtement.

Sa remarque m'arrache un gros sourire. Ça m'énerve de l'admettre, mais cet abruti est amusant. Parfois.

– Tu es infernal. Je me demande comment Lucy va faire pour te supporter.

Pas de réponse. J'ai même l'impression qu'il n'est plus à côté de moi. Au bout de quelques secondes, je me tourne vers lui pour voir ce qu'il trafique. Il s'est éloigné pour regarder un autre portant et, après avoir examiné quelques robes, il m'en tend une avec un sourire satisfait.

– Et tu en penses quoi, de celle-là ?

Je reviens sur ce que j'ai dit. Ce mec a du goût, finalement ! Je m'approche de lui et caresse le tissu léger de la robe qu'il tient entre les doigts.

– Elle est jolie, mais je ne suis pas sûre qu'elle fera l'affaire.

– Va l'essayer.

– Et après, on se casse ?

Il rit.

– C'est toi qui vois.

Enfin une bonne nouvelle ! Je n'en peux plus. En plus d'avoir faim, je crève de chaud. Je jette un regard discret sur l'étiquette de la robe, Célian m'a pris du trente-huit, je n'ose pas la troquer contre du quarante, pourtant ma taille habituelle. Il n'y a plus qu'à espérer que je rentre dedans ! Comme j'ai envie de gagner du temps, je prends cinq autres robes au hasard – du quarante, cette fois – et je file à la cabine d'essayage la plus proche. À mesure que je les passe, les unes après les autres, je perds de mon enthousiasme. Aucune n'est à mon goût — il faut dire aussi que les couleurs *girly* comme fraise, saumon fumé, pêche juteuse et cupcake lilas ne sont pas mon style. Oui, comme je l'ai dit, j'ai vraiment les crocs. Impossible de penser à autre chose qu'à mon ventre qui gargouille !

J'en essaie une autre, puis ma patience s'envole. Je jetterai mon dévolu sur la prochaine robe, qu'elle m'aille ou non. Et comme par hasard, c'est la robe que m'a choisie Célian. Plus je l'ausculte, moins j'ai envie de la porter. Elle est rouge vermillon, décolletée dans le dos, fendue à mi-cuisse et très, trop, moulante.

Malgré mes doutes, je l'enfile. Elle me va comme un gant. Un gant *très* serré. Elle est en satin, c'est une jolie matière et, contrairement à ce que je pensais, on ne dirait pas que je porte une nuisette.

– Je peux voir ?

Célian ? Qu'est-ce qu'il fout là ? Je panique à tel point que je me cogne le coude contre le miroir. La nana qui gère les cabines n'est pas censée interdire l'accès aux mecs ?

– Euh, bah…

En sentant le rideau bouger, je m'interromps et l'agrippe pour le laisser fermé.

– Qu'est-ce que tu fais ? Je suis à poil !

– Oh, désolé ! Je pensais que tu avais eu le temps de l'enfiler.

– C'est déjà fait. Je me rhabille et j'arrive.

Célian bafouille d'autres excuses, puis je n'entends plus rien. J'imagine qu'il est parti. Pendant deux bonnes minutes, je continue de regarder mon reflet, ne sachant pas si je dois l'acheter ou la laisser sur son cintre. Elle me plaît vraiment. Je ne sais pas comment va s'habiller Leila, mais je sens qu'elle va mettre la barre bien plus haut. Et l'avantage, c'est qu'en portant cette robe, je ne ferai pas tache dans le décor. C'est décidé ! Je la prends. Je la retire, me rhabille et passe à la caisse. Célian ne m'y attend pas. Je ne sais pas pourquoi, mais après l'avoir payée, je prends la robe et l'enfouis en boule dans mon sac de cours. C'est débile, mais dans le fond, je n'assume pas cet achat à cent pour cent. Imaginez que je le lui dise et qu'il pense que je l'ai achetée pour lui plaire ? Le malaise assuré.

En sortant du magasin, je vois Célian qui m'attend sur un banc. Il se lève pour me rejoindre.

– Alors ?

– Pas top. Je mettrai une de mes anciennes robes.

Et c'est peut-être ce que je vais faire, finalement. Me connaissant, je vais sûrement me dégonfler au dernier moment.

– Ah, dommage. J'aurais bien aimé te voir avec ma robe.

– Ta robe ? N'exagère pas non plus, tu l'as choisie au pif.

– Pas du tout ! Je la trouvais jolie, c'était ton style.

– Comme si je me baladais tous les jours dans du satin rouge, dis-je en riant. Je vois que mon style n'a plus de secret pour toi, tu l'as très bien cerné.

– Je voulais dire que tu étais classe. Enfin, laisse tomber.

Nous sortons du centre commercial et, en jetant un coup d'œil vers lui, je sens qu'il boude.

– Tous les dragueurs sont susceptibles ?

– Bien sûr, c'est ce qui fait notre charme.

Il rit et j'en fais tout autant.

– Je n'arriverai jamais à te faire changer d'avis sur moi, hein ? demande-t-il, l'air plus sérieux.

– Ce n'est pas avec moi que tu dois faire tes preuves.

– Tu es quand même sa meilleure amie, ce qui veut dire que tu ne me passeras pas le moindre écart.

Ah… Donc, ça y est. Il a pris sa décision. Lucy et lui vont bien sortir ensemble.

– Tu vas lui en parler demain ?

– Oui, à l'anniversaire de Leila. C'est une bonne idée, non ?

– Elle va sauter de joie.

J'essaie de sourire, histoire qu'il pense que je suis contente pour mon amie. Enfin, d'un côté, je le suis, mais d'un autre… je suis un peu dégoûtée. C'est difficile à expliquer. Je suis tiraillée entre deux sentiments bien différents. Mais j'imagine que s'il sort avec Lucy, le peu d'attirance que je ressens pour lui finira par disparaître. Voilà, problème résolu. Et pour la robe que j'ai cachée dans mon sac, j'ai un mois pour me faire rembourser ou pour l'échanger avec quelque chose de plus soft. Ou alors, je pourrai toujours la garder pour l'université. En tout cas, je m'arrangerai toujours pour que Célian ne la voie jamais.

– Toi et moi, on va devoir se supporter toute l'année, reprend-il avec un sourire moqueur. Pas trop dégoûtée ?

J'ai envie de lui demander comment il peut être aussi sûr que leur relation va marcher toute l'année, mais je retiens mon sarcasme. Je me contente de hausser les épaules.

– Je vais pouvoir survivre.

– Regarde-nous, là, comme deux bons amis. À se faire des

sorties shopping improvisées et à se balancer des petites piques.

Je tente de sourire, mais ce n'est pas une franche réussite. Faute d'entraînement, je dois paraître aussi crédible qu'un lion affamé qui discute recettes végétariennes avec une antilope. Je savais que me taper le chemin avec lui était une mauvaise idée !

– Ouais, ça, c'est une super amitié ! Faudra juste que tu évites de dire à Lucy que tu as essayé de flirter avec moi.

– Je profite de mes derniers instants de célibat.

– Profites-en avec qui tu veux, mais pas avec moi.

Ça l'amuse et j'entends l'écho de son rire se répercuter dans mon crâne. Je conserve mon sang-froid tant bien que mal, résistant à l'envie de lui déverser le restant de sa bouteille d'eau sur la tête. J'étais quoi pour lui ? Une blague ? Un passe-temps avant d'attaquer les choses sérieuses ? Espèce d'abruti.

– Ce n'est pas comme si tu étais intéressée, de toute façon. Il n'y a aucune chance pour que ça te touche.

– En effet, réponds-je d'un ton glacial.

Le silence de plomb qui suit me fait le plus grand bien. Et la sensation est encore meilleure quand on bifurque à gauche, dans la rue de Célian. Dans une minute, voire moins, je serai enfin seule. Nous sommes à quelques mètres de chez lui, et je n'arrête pas de me répéter que chaque pas que je fais me rapproche de la délivrance. Je commence à démêler mes écouteurs, mais alors que je pensais qu'il s'élancerait dans son jardin, je le vois continuer à marcher avec moi.

– Qu'est-ce que tu fais ?

– Je t'accompagne jusque chez toi.

J'ouvre la bouche pour l'envoyer balader, mais une voix grave et menaçante s'élève derrière nous.

17

– Pas avant que tu m'aies filé ces putains de clés !

En me tournant, je vois le frère de Célian s'élancer vers nous. J'hésite un instant à continuer mon chemin. Après tout, leurs histoires ne me concernent pas mais étrangement, quelque chose me pousse à rester. Peut-être que je ressens un peu d'empathie pour Célian, c'est vrai que son frère a l'air d'un vrai con.

– Ça fait plus de vingt minutes que je poireaute ici ! Tu foutais quoi ? J'étais à deux doigts de péter une fenêtre pour entrer.

– Une idée de génie, répond Célian en lui tendant son trousseau de clés.

Je reste stupéfaite devant son calme.

– Je répète : tu foutais quoi ?

C'est à ce moment-là que ses yeux se posent sur moi.

– Ah ouais, d'accord. Tu te tapes cette pétasse ? Fais gaffe, elle est du genre à larguer très vite.

Je reste bête quelques secondes, ne pouvant croire à ce que je viens d'entendre. Lorsque le mot « pétasse » monte à mon cerveau, je sens quelque chose bouillonner en moi. Sûrement mes nerfs.

– Putain, mais tu te prends pour qui, toi ? Tu débarques, et tu t'octroies le droit d'insulter tout le monde ? Amuse-toi à me parler encore une fois comme ça et je te promets que je vais te renvoyer dans ton trou paumé d'Arkansas.

– Tu sais ce qu'on dit, rétorque-t-il en souriant. Chienne qui aboie ne mord pas.

Mes nerfs ne bouillonnent plus, ils explosent. Je ne pense

même plus au fait que ce connard fait deux têtes de plus que moi et qu'il pourrait me foutre une beigne assez puissante pour m'envoyer à l'hôpital. Je ne pense plus à rien. Je ne vois plus rien. Tout est rouge autour de moi. La colère me fait avancer d'un pas mais tout à coup, je sens quelque chose me barrer le passage. En regardant plus bas, je vois que Célian a posé sa main sur mon ventre, m'empêchant de m'approcher plus.

– Rentre à la maison, Elias. S'il te plaît.

Je tourne la tête vers Célian, dont les yeux furibonds crachent des flammes. Il a l'air furieux, alors comment se fait-il qu'il parle de façon aussi calme ? Je sens même sa main trembler sur mon ventre. En tout cas, ça a l'air d'avoir un effet positif sur cet enfoiré qui lui sert de frère. Après m'avoir lancé un dernier sourire méprisant, il rebrousse chemin et disparaît dans la maison. Célian retire sa main pour la placer sur mon épaule.

– Ça va ?

Je hoche la tête. Pour l'instant, je préfère rester silencieuse. Au moins le temps que ma colère se dissipe.

– Tu veux qu'on aille faire un petit tour ?

Cette fois, je secoue la tête. Tout ce que je veux là, c'est rentrer chez moi.

– Viens, je te raccompagne.

Ma tête ne fait plus le moindre mouvement, comme le reste de mon corps. Je crois que c'est ce qu'on ressent quand on est en état de choc. Pourtant, je me suis déjà fait insulter un million de fois mais jusqu'ici, ça ne m'avait jamais touchée plus que ça. Je ne comprends pas pourquoi cette fois me paraît si différente des autres. Peut-être parce que je ne m'y attendais pas ? Oui, ça doit être ça. Ce mec m'a prise par surprise, et plus encore, il m'a rabaissée devant Célian. Non pas que j'aie envie de lui faire bonne impression, mais je ne suis *réellement* pas comme ça.

– Ne le prends pas mal, Alayna, mais ce que tu as fait… c'était vraiment imprudent.

Je tourne la tête, surprise.

– Imprudent ? Ce connard m'a insultée. Excuse-moi, je sais que c'est ton frère, mais il aurait mérité que je lui donne une grande claque dans sa gueule.

Et c'est sûrement ce qui se serait produit si Célian n'avait pas été là pour calmer le jeu. D'ailleurs, il ne faut pas non plus qu'il oublie que je suis toujours remontée à bloc. Je ne suis pas imprudente, simplement je ne supporte pas qu'on se permette de me manquer de respect. Célian est bien mignon avec ses leçons de morale à deux balles, mais il va falloir qu'il fasse attention aux mots qu'il emploie avec moi.

– Je ne dis pas le contraire, mais c'était quand même imprudent.

– Qu'est-ce que j'aurais dû faire devant un mec qui me rabaisse ? Si ma méthode est si imprudente, tu me proposes quoi à la place ?

– L'ignorer, répond-il d'un ton serein.

Ma réponse cinglante ne se fait pas attendre.

– Jamais de la vie.

– On ne t'a jamais dit que la meilleure façon de te débarrasser d'un connard, c'était de l'ignorer ? Tu perdras ton temps et ton énergie à lui répondre.

– Je ne suis pas aussi calme que toi.

Je sais qu'il a raison, les gens qui gardent naturellement leur sang-froid ont rarement tort. Il est de bon conseil, mais je ne pense pas pouvoir changer du jour au lendemain. Célian le comprend, car il me gratifie d'un petit sourire, à la fois doux et inquiet.

– Tu es toujours d'accord pour me raccompagner ? Enfin, si tu préfères rentrer chez toi maintenant, je le comprendrai, mais…

– Pour le retrouver, lui ? Non merci. Viens, on y va.

Je ne peux m'empêcher de sourire. Célian se met en route, et je le suis de près.

– Ton frère est vraiment le roi des cons, dis-je en jetant un dernier coup d'œil derrière nous.

– Je sais. Maintenant, on peut parler d'autre chose ? Elias ne mérite pas d'être au centre de l'attention.

– Tu as raison.

J'aimerais donner un autre tour à la conversation, mais je suis en manque d'inspiration. Heureusement, Célian est là pour prendre les choses en main.

– Tu comptes intégrer quelle université l'année prochaine ?

– Le programme de médecine de l'UCLA, réponds-je, tout sourire.

Il me jette un regard surpris.

– La Californie ? Tu n'as pas choisi la porte d'à côté.

– J'essaie de voir les choses en grand.

– Oui, il n'y a pas plus immense que L.A. Mais sérieusement ? La médecine ? Je n'aurais jamais cru que tu avais un penchant pour les blouses et les seringues.

Je décèle un brin de moquerie dans sa voix, mais je n'y prête pas attention. Célian ne le sait pas encore, mais il a bien fait de me poser la question. Il est grand temps qu'il prenne connaissance de nos projets de vie. S'il compte rester dans le Wyoming, son idylle avec Lucy pourrait bien être entachée par la distance.

– Lucy et Leila y vont aussi. On a même prévu de prendre une colocation ensemble, ce sera à deux pas de Venice Beach. Autant te dire qu'on a hâte de quitter ce lycée pour se barrer au soleil !

– Alors, c'est juste pour suivre tes copines et te dorer la pilule au soleil ?

Je suis étonnée de son regard, et du ton qu'il prend pour me dire que mon choix de vie est irréfléchi. Qu'est-ce qu'il croit ? Je partirai à Los Angeles pour les études, pas pour les vacances. Je passerai plus de temps dans ma chambre, à étudier l'anatomie du corps humain et la biologie cellulaire, qu'à rôtir mes petites fesses sur la plage ensoleillée de Santa Monica.

– Bah non, c'est aussi parce que j'aime les sciences.

Célian a un rire sec.

– Je parie tout ce que tu veux que tu vas foirer ta première année. Si tu étais un prodige des maths, tu ne te coltinerais pas deux heures de soutien par semaine avec M. Peters.

– Comme si j'avais besoin de ton avis ! Je n'ai jamais dit que j'étais un prodige. Je bosse dur pour essayer d'augmenter ma moyenne.

Ma réponse déclenche son hilarité, décuplant alors mon agacement. C'est dommage, il avait pourtant réussi à me faire oublier ma confrontation avec son frère, et voilà maintenant qu'il se met à me rabaisser.

– Ouais, très dur. Puis, quand bien même, tu n'as pas besoin de partir à l'autre bout du pays pour trouver une bonne université de médecine.

– C'est celle-là que j'ai choisie, dis-je d'un ton glacial.

– OK, OK.

Il s'arrête enfin de rire, pour le plus grand plaisir de mes oreilles.

– Et toi, tu comptes faire quoi l'année prochaine, grand génie des études supérieures ? demandé-je, lourdement sarcastique.

– Je vais sûrement me trouver une petite école d'art dans le coin.

– D'art ? C'est-à-dire ?

– Je dessine depuis pas mal de temps maintenant.

J'essaie de retenir la petite garce qui sommeille en moi de parler, mais les réflexions de Célian l'ont vraiment mise en rogne.

– Et tu veux en faire ton métier ? Toi, ce n'est pas ton année que tu vas foirer, mais ton avenir.

– Si tu le dis.

Ce mec ne s'énerve donc jamais ? Ça m'oblige à me détendre très vite, un peu comme si son calme était contagieux.

– Pourquoi tu ne vas pas à New York ? Tu auras beaucoup plus de chance de réussir qu'en te terrant ici.

– Je ne laisserai pas ma mère, dit-il en souriant.

Je ne réponds rien. En fait, ces mots me forcent à réfléchir. Je sais que ma mère me laissera partir sans problème, on en a déjà parlé une centaine de fois et elle m'a toujours soutenue dans cette décision. Mais sera-t-elle heureuse si j'emménage à mille cinq cents kilomètres d'ici ? C'est à peine aujourd'hui que je me pose la question. Et après une minute de réflexion, j'ai la réponse. Je ne l'abandonnerai pas, j'irai souvent la voir, mais je dois prendre mon envol. Je ferai toujours tout ce qui est en mon pouvoir pour la combler de bonheur, mais j'ai besoin de quitter cette ville. Ce n'est pas un caprice, mais une nécessité.

– Quand tu prends une colocation avec des potes, ça ne se passe pas toujours très bien, reprend Célian après un moment de silence. Tu ne crois pas qu'elles vont finir par te taper sur le système ?

– Aucun risque.

– Tu m'as l'air bien sûre de toi.

Je roule discrètement des yeux et passe devant lui pour me précipiter vers ma porte d'entrée.

– Ne t'inquiète pas pour nous, tout se passera bien, dis-je sans prendre la peine de me tourner vers lui. Tu es sûrement dégoûté d'apprendre que Lucy va s'en aller, et je le comprends, mais tu n'arriveras jamais à la convaincre de rester dans ce trou à rat. Personne ne pourra contrecarrer nos plans !

Tant bien que mal, j'insère la clé dans la serrure, maladroite dans ma hâte. J'ouvre la porte, mais ne rentre pas tout de suite.

– La convaincre ? Elle ?

Les sourcils froncés, je lâche la poignée pour me tourner vers lui.

– Sauf si tu as changé d'avis et que tu préfères sortir avec Debbie.

Célian est à quelques mètres de moi, ses yeux noirs fixent avec intensité les miens. Au bout de quelques secondes, son air sérieux disparaît pour laisser place à un sourire.

– Tu es vraiment aveugle, Alayna.

18

J'ai tout fait pour l'éviter. Après qu'il m'a raccompagnée, je n'ai pas répondu à son message. J'ai failli craquer en début de soirée, mais dès que Lucy et Leila sont venues me chercher pour manger un bout ensemble, j'ai totalement oublié l'existence de Célian. Et ce, jusqu'au lendemain matin.

Au lycée, les choses se sont légèrement corsées. J'ai dû faire des pieds et des mains pour ne pas le croiser, je me suis sentie dans la peau d'un ninja espion, sans les sauts périlleux et autres cascades spectaculaires. Non, moi, tout ce que j'ai fait, c'est courir aux toilettes pour me cacher ou me servir de la porte de mon casier comme d'une cape d'invisibilité.

Concernant le déjeuner, ça a été une vraie mission commando. J'ai prié pour que Wes et Célian aient déserté la cafétéria, mais manque de bol, ils y étaient. J'ai dû tester mon pouvoir de persuasion sur Lucy et Leila pour les convaincre d'aller manger ailleurs, et j'ai retenu un cri de joie lorsqu'elles ont finalement accepté. Il faut dire aussi que je les ai eues à l'usure. Le bouquet final, ou dirais-je même la cerise sur le gâteau, c'est d'avoir séché le cours de M. Peters, prétextant un gros mal de crâne.

Tout ce cirque pour éviter un mec.

C'est de loin la chose la plus pathétique et ridicule que j'ai faite. J'ai honte de ma lâcheté, mais la peur de me retrouver avec Célian l'a emportée sur le reste.

Je ne sais pas exactement ce qui m'effraie. C'est peut-être la crainte de ne pas savoir ce qui pourrait se passer entre nous, justement. Je ne pense pas à un truc extraordinaire, comme l'embrasser, mais plutôt à quelque chose de plus spirituel, comme me confier à lui, me livrer, m'attacher, laisser une sorte de connexion s'établir entre nous. *Connexion.* Je déteste ce mot et ce serait pire encore d'en ressentir les effets. Depuis le départ de mon père, mon cœur est enveloppé d'un gros fil barbelé, presque impossible à retirer.

Je n'ai plus qu'à espérer que mon fil barbelé soit suffisamment épais pour résister à cette soirée. Je n'aurais jamais cru dire ça un jour, mais je maudis le vendredi soir. Pas tous les vendredis soir, mais celui-là en particulier.

– Tu en penses quoi ?

Lucy tourne sur elle-même, faisant virevolter sa robe d'un bleu ciel si pâle qu'il en paraît presque blanc. Elle s'est déjà maquillée, parfumée et habillée, alors que moi, je suis toujours affalée sur mon lit.

– Tu me donnes le tournis. Si je te dis qu'elle te va bien, tu viens t'asseoir avec moi ?

Elle arrête de se contempler dans le miroir pour me jeter un regard de tueuse.

– Sois honnête.

– Ça va, elle est pas mal.

– Pas mal ? Ce n'est pas l'effet que j'avais espéré.

Sa moue déçue me fait sourire.

– Elle est jolie et simple, comme toi. Je suis désolée pour mon manque d'enthousiasme, mais je suis crevée.

– Seulement crevée ? Avec Leila, on t'a trouvée bizarre toute la journée.

Je fronce les sourcils en la regardant s'attacher les cheveux.

– Comment ça ?

– Tu partais aux toilettes toutes les deux minutes, et on n'a pas compris ta soudaine envie d'aller manger au chinois du coin, alors qu'il y avait des frites à la cafétéria.

– Une envie, ça ne se contrôle pas.

– Pourquoi tu n'as pas voulu aller au cours de M. Peters ? enchaîne-t-elle d'une voix plus aiguë. D'habitude, tu n'en rates jamais un seul.

– J'avais mal à la tête, marmonné-je en levant les yeux au ciel. Je savais que ma mère n'allait pas pouvoir me récupérer après le cours, donc j'ai préféré partir avec vous.

– Dans la voiture, tu n'avais pas l'air d'avoir mal à la tête.

Lucy n'a pas tort. Pendant tout le trajet, jusqu'à ce que Leila me dépose chez moi, je n'ai fait que parler. J'aurais dû jouer la comédie plus longtemps.

– En attendant, si ma migraine n'était pas passée, je n'aurais pas pu aller à l'anniversaire de Leila. Alors estime-toi heureuse que j'aille mieux.

– Mais je suis contente que tu viennes !

Au même moment, Big-Mac saute sur le lit, ce qui me permet de changer la direction de la conversation. Je m'assieds en tailleur et force la boule de poils à prendre place sur mes genoux.

– Et toi, mon gros, tu penses quoi de la tenue de tatie Lucy ? (Je laisse passer quelques secondes et, voyant Lucy sourire dans le miroir, je poursuis.) Elle est canon comme ça, hein ? À ton avis, combien de mecs elle va attirer ? Dix ? Quinze ?

– Juste un.

Son sourire s'élargit et le mien disparaît. Je ne réponds plus rien, occupée à caresser mon chat et ainsi, à penser à autre chose qu'à Célian et cette soirée. Je suis en train de me servir de Big-Mac comme d'une boule antistress, et le pire, c'est que ça ne marche même pas. Célian reste bloqué dans mon esprit, et lorsque je pense à la soirée qui va se dérouler, j'en ai des crampes à l'estomac.

– Ta maman compte passer la soirée clouée à son lit ?

Je relève les yeux vers Lucy, confuse. Pendant un instant, mon esprit est parti à mille kilomètres de cette chambre, sa voix m'a fait l'effet d'une piqûre de frelon. Très vite, je réalise qu'elle s'adresse à Big-Mac pour me faire comprendre de m'activer.

– C'est bon, grommelé-je en poussant le chat sur le côté pour me lever.

Je vais à reculons jusqu'à mon armoire pour me dénicher une tenue. Je ne prends même pas la peine de choisir, je prends la première robe qui me tombe sous la main.

– Alors, quelle robe est l'heureuse élue ? demande Lucy derrière moi.

Je me tourne pour la lui montrer et ne peux m'empêcher de faire un commentaire sarcastique.

– J'espère que mes grosses cuisses rentreront toujours dans celle-là, ça fait une éternité que je ne l'ai pas mise.

– Je ne vois pas où est le problème avec tes cuisses, elles sont très bien.

Dit celle qui a des jambes de rêve.

Je ne relève pas et l'enfile, priant pour qu'elle ne me boudine pas. Quand je me tourne vers le miroir, je retiens mon souffle. Pas seulement parce que j'ai peur de me découvrir, mais aussi parce que je contracte mes abdominaux inexistants au maximum. Je sens qu'au moindre relâchement, toutes les coutures peuvent exploser. Cette robe est très serrée, mais par je ne sais quel miracle, je n'ai pas l'allure d'un rôti de porc ficelé.

– On croirait que tu vas à un enterrement, lâche Lucy en m'observant. Le noir, c'est vraiment déprimant.

– Elle n'est pas extraordinaire, je te l'accorde, mais elle fera l'affaire.

– Celle-ci fera beaucoup plus d'étincelles. Où as-tu trouvé cette petite merveille ?

De quoi parle-t-elle ? Les sourcils froncés, je me tourne vers elle et, lorsque je vois ce qu'elle tient dans les mains, mes yeux s'agrandissent d'horreur.

– Je ne suis pas du genre à porter ce style de robe, mais je dois admettre que celle-là est vraiment canon, poursuit-elle en l'analysant. Où l'as-tu dégotée ?

Ton futur petit ami l'a choisie pour moi.

– Nulle part, bafouillé-je maladroitement. Ça fait un moment que je l'ai achetée, je ne me souvenais même plus de son existence.

– Tu te moques de moi ? Je l'ai trouvée dans ton sac et il y a encore le prix dessus.

– Je te promets qu'elle ne donne pas le même effet sur moi.

– Je ne crois que ce que je vois.

Elle me la tend en souriant. Maintenant, je n'ai plus le choix, je dois l'enfiler. Je la prends en lâchant un soupir. À force de tirer, sauter et gigoter, je parviens à la glisser jusqu'à mi-cuisses. Je m'allonge sur le lit et continue de me trémousser de façon à passer le cap des hanches, puis plus difficile encore, des seins. Ce n'était pas aussi difficile la première fois ! L'univers m'envoie peut-être un signe comme quoi je ferais mieux de me remettre au sport avant de ressembler à une bonbonnière ? Je me relève, fais quelques pas et m'avance vers le miroir pour me découvrir. J'ai de la chance, le résultat est aussi joli qu'hier, bien que je ne puisse toujours pas respirer.

– Tu vas me faire le plaisir de ranger ce vieux chiffon noir dans ton armoire et garder cette pépite sur toi, dit Lucy d'un ton ferme. Si tu débarques comme ça à la soirée de Leila, Wes va faire une syncope.

– Je m'en réjouis d'avance !

Lucy ne remarque pas mon sarcasme, pourtant bien perceptible.

– Tu l'as bien achetée pour une raison. Tu ne peux pas dire qu'elle ne te va pas, c'est le genre de robe qui fait un corps de rêve à tout le monde.

– Ça, c'est le meilleur compliment qu'on m'ait fait.

– Non, mais tu vois ce que je veux dire ! Cette robe te va cent fois mieux que l'autre.

– Cent fois plus serrée, aussi.

– On s'en fout, t'es canon ! Tu crois que je ne me sens pas à l'étroit dans ma robe, moi ?

Je hausse les épaules, peu convaincue. Lucy et moi n'avons pas la même silhouette, alors j'ai du mal à la croire sur parole.

En tout cas, si je décide de garder cette robe, j'espère que je ne croiserai pas Célian.

– D'ici à la fin de la soirée, je vais mourir étouffée, dis-je en attrapant mon rouge à lèvres prune.

Lucy m'arrête dans ma lancée.

– Attends, tu vas vraiment mettre du prune sur tes lèvres alors que ta robe est rouge ?

– Pourquoi pas ?

Elle soupire, fouille dans sa trousse à maquillage et me lance un autre tube de rouge à lèvres. Après l'avoir ouvert, je la regarde bizarrement.

– Du rouge ?

– Oui.

– Ça ne va pas faire *too much* ?

En fait, je sais que ça peut faire joli. C'est juste que je n'ai pas l'habitude de porter autre chose que du prune sur mes lèvres, c'est un peu ma marque de fabrique. Sans ça, je me sens presque nue.

– Tu me fais confiance ? Essaie.

Je me tourne de nouveau vers le miroir et, sans réfléchir, j'écrase le bâton rouge sur mes lèvres charnues. Comme j'ai l'habitude d'appliquer des couleurs foncées, je ne dépasse pas. Le résultat est parfait. Et le petit plus, c'est quand je souris. C'est dingue, mes dents paraissent deux fois plus blanches.

– Je suppose que tu en restes là, niveau maquillage ? demande Lucy en tapotant sur le clavier de son téléphone.

– Je ne voudrais pas en faire trop.

Elle lève la tête vers moi, et lorsqu'elle découvre mes lèvres, elle a un sourire satisfait.

– Tu as raison, c'est parfait comme ça.

Je lui rends son sourire et, pendant qu'elle enfile ses talons vertigineux, j'en profite pour donner un coup de peigne à ma crinière brune.

– On y va ? me lance-t-elle, prête à partir.

Je hoche la tête, prends une pochette où j'enfouis mes clés de maison, mon téléphone et des chewing-gums. Avec tout l'alcool que je prévois de boire ce soir, je ne tiens pas à avoir une haleine de poney quand ma mère m'interrogera à mon retour. Lucy va dans le salon et, après avoir enfilé des talons noirs, pas très hauts, je pars la rejoindre. J'espère que ma mère ne fera aucun commentaire sur ma robe, j'ai déjà un mal fou à l'assumer. Pour l'instant, elle semble ne rien avoir remarqué. Elle est allongée sur le Clic-Clac, tenant une tisane d'une main et un livre de l'autre.

– On va chez Leila. J'ai pris mes clés.

Ma mère lève à peine les yeux de son livre pour nous regarder.

– Amusez-vous bien, les filles.

Pas de couvre-feu ?

– Tu veux que je sois rentrée pour quelle heure ?

Lucy me fait les gros yeux, mais je l'ignore.

– Quand la fête sera finie, répond-elle nonchalamment.

Qu'est-ce qui lui arrive ? Elle est malade ?

– Donc, vers cinq heures du matin. Ça ne te dérange pas ? Tu es sûre ?

Bien sûr, je ne compte pas rentrer aussi tard. En fait, si j'insiste autant, c'est pour la faire réagir. Sans couvre-feu, Lucy va me tanner pour que je reste chez Leila jusqu'au petit matin, ce qui multipliera mes chances de croiser Célian. Je dois continuer à l'éviter, et pour ça, je n'ai pas d'autre choix que d'écourter la soirée.

– Non, c'est bon. C'est l'anniversaire de ta copine, je te laisse profiter de la fête.

– Je peux rentrer à deux heures du matin, si tu veux. Leila comprendra, je…

– Je te donne mon feu vert pour rester là-bas toute la nuit, me coupe-t-elle en souriant.

Je sens que Lucy commence sérieusement à s'impatienter. Elle me lance un regard qui veut certainement dire : « À quoi tu joues, là ? » Il vaut mieux qu'elle ne le sache pas. Un instant, j'hésite à faire une dernière tentative auprès de ma mère, mais finalement, seul un « merci » dépité sort de ma bouche. La seule fois où j'aurais aimé qu'elle se montre plus sévère avec moi, elle m'autorise à sortir toute la nuit.

Nous passons la porte et Lucy a l'air furax.

– C'était quoi, ça ?

– Quoi ?

– Ça ! s'exclame-t-elle en pointant son doigt vers la maison. Pourquoi tu tenais absolument à ce que ta mère te donne un couvre-feu ?

– Je voulais m'assurer qu'elle ne change pas d'avis au dernier moment.

Je ne supporte pas de faire ça – mentir et faire des choses défendues, comme cette sortie au centre commercial, et par-dessus tout, je ne supporte pas de faire du mal à ma meilleure amie.

– En lui proposant de rentrer à deux heures du matin ?

– Je suis désolée, d'accord ? J'ai mal choisi mes mots.

Je préfère me confondre en excuses, plutôt que lui sortir un autre mensonge.

– Tu as vraiment envie de venir ou tu es en train de te forcer ?

– J'en ai envie.

Ça aussi, je peux l'ajouter à ma liste de mensonges. Enfin, demi-mensonges. L'anniversaire de Leila est important pour moi, mais j'aurais préféré que Célian ne soit pas invité. Lucy reste silencieuse un moment et, dès qu'on arrive devant la maison de Leila, elle soupire en sortant quelque chose de son sac.

– J'espère que ça lui plaira.

Quand mes yeux se posent sur ce qu'elle tient entre les mains, une petite boîte rectangulaire décorée d'un joli nœud argenté, je lâche un juron.

– Merde ! Je n'ai rien, moi !

– Tu as laissé son cadeau dans ta chambre ? On a le temps de retourner chez toi, on fait vite.

– Non, ce que je veux dire, c'est que je ne lui ai rien acheté.

– T'es sérieuse ?

La blonde me dévisage avec des yeux ronds. Je me sens terriblement mal d'arriver les mains vides. Lucy ne m'a pas rappelé d'acheter quelque chose pour Leila, mais c'était à moi d'y penser. Et ce n'est pas comme si Leila allait passer l'éponge facilement. Dès qu'elle apprendra que je n'ai rien à lui offrir, même pas une petite carte d'anniversaire, elle va être drôlement vexée.

– Oui, avoué-je d'une voix faible. Je suis désolée.

– Ce n'est pas à moi qu'il faut présenter tes excuses, mais à Leila.

Je ne sais plus quoi répondre. De toute façon, quoi que je lui dise, quelle que soit l'explication que je pourrais trouver, je ne gagnerai pas. Je dois me résigner à affronter le tsunami Leila.

– Si tu veux, on pourra lui dire que ce cadeau vient de notre part à toutes les deux, poursuit Lucy après un temps de réflexion.

– Tu ferais ça ?

– Tu es ma meilleure amie, Alayna. Je suis prête à te venir en aide dans n'importe quelle situation, même quand tu déconnes.

Je lui fais un sourire reconnaissant.

– Merci. Tu en as eu pour combien ?

– Cent dollars, répond-elle en rangeant le cadeau dans son sac. Je lui ai pris un bracelet.

– D'accord. Je te donnerai cinquante dollars demain.

– Ouais. Allez, on y va.

Lucy a l'air contrariée, à juste titre. Je dois tout de même admettre que ça me fait drôle, c'est la première fois que je me fais réprimander par ma meilleure amie. Je n'essaie pas de me trouver une excuse, mais je pense que la présence de

Célian au centre commercial m'a perturbée. J'ai tout fait dans la précipitation, je voulais à tout prix rentrer chez moi. Alors, je l'avoue, le cadeau de Leila est passé à la trappe. On en revient encore au même point : à cause de Célian, j'enchaîne les mensonges et les conneries.

Lucy avance à pas de géant, tandis que je marche derrière elle, la tête baissée. En entrant, elle repère Leila en train de se servir un verre dans un coin du salon et, aussitôt, elle accourt vers elle pour la prendre dans ses bras.

– Joyeux anniversaire !

Quoi, déjà ? Je sors mon téléphone pour regarder l'heure, et en effet, il est minuit deux. Lucy pense vraiment à tout. Leila la remercie chaleureusement et j'approche tout doucement pour la prendre dans mes bras à mon tour.

– Bon anniversaire, Leila.

– Merci, les filles. Il ne manquait plus que vous.

Je mets fin à notre étreinte pour regarder autour de nous. La maison est remplie du sol au plafond de gens et de bouteilles vides, et la musique est très, très forte. Il semblerait que tout le lycée ait rappliqué à la fête d'anniversaire de Leila. Pour une fois, je ne vais pas m'en plaindre. C'est peut-être là ma seule chance d'échapper à Célian.

– Tiens, c'est pour toi, dit Lucy en lui tendant le cadeau. De notre part.

Leila nous lance un grand sourire, qui me fait culpabiliser au plus haut point.

– C'est trop gentil, mais je l'ouvrirai plus tard. Quand je serai moins saoule, précise-t-elle en riant.

– Tu as déjà une bonne longueur d'avance sur nous, répond Lucy. Désormais, ce verre est le mien.

Leila n'a pas le temps de riposter qu'elle le lui prend déjà des mains et le boit cul sec.

– De toute façon, j'étais trop bourrée pour boire une autre vodka-orange.

À mon avis, son estomac ne doit pas être seulement rempli

de vodka-orange. La table est ornée de bouteilles de tequila, rhum, triple-sec et whisky, toutes ouvertes, et je ne serais pas surprise de savoir qu'elle a bu un verre de chaque. Lucy et Leila ont un penchant avéré pour l'alcool, et pas un en particulier. Je dois admettre que j'aime bien ça aussi, mais j'évite toujours de faire des mélanges. C'est un coup à ressembler à un mort-vivant pendant deux jours. D'ailleurs, en parlant d'alcool, où est ma vodka-cerise ? En inspectant la table de plus près, je remarque qu'elle manque à l'appel. Je pourrais très bien faire comme Leila et me servir une bière, mais j'ai besoin d'un remontant plus fort.

Je m'éclipse dans la cuisine, les laissant parler du dernier post Instagram publié par je ne sais qui et, après avoir fouillé tous les placards, je trouve enfin cette satanée bouteille. Je m'appuie contre le comptoir avec une pose d'alcoolique estropiée, et porte la boisson à mes lèvres. Le liquide glisse de mon palais à ma gorge, déposant des gouttes sucrées qui m'aident à relâcher la pression de la semaine. Alors que je commence tout juste à me détendre, je sens un pincement au-dessus de ma hanche. Un souffle me glisse à l'oreille, un souffle chaud qui se diffuse dans mon cou.

– Salut, toi.

19

Je ne sais pas quoi faire. C'est dingue comme je ne sais pas quoi faire. Il faut que je me tourne, que je dise quelque chose, mais je n'y arrive pas. Mes pieds sont figés au sol. Je sais qui se trouve derrière moi et c'est justement pour ça que je suis incapable de bouger. *Il faut que je fasse quelque chose.* Célian est juste Célian, et moi, je suis impassible. Personne ne m'impressionne. *Personne.*

Je prends mon courage à deux mains et me tourne enfin vers lui.

– Sa…

En moins d'une seconde, je me retrouve face à Célian, son visage à deux centimètres du mien. Purée, il l'a fait exprès. Il l'a vraiment fait exprès ! Je me recule d'un grand pas, et reprends, mal à l'aise :

– …lut.

Il me sourit d'une telle façon que je sens le fil barbelé qui protège mon petit cœur fondre. Pourquoi faut-il qu'il soit comme ça ? Pourquoi ne peut-il tout simplement pas se comporter comme son frère ? Pourquoi ne m'a-t-il pas lancé un sourire méprisant ? Pourquoi faut-il qu'il arbore ce sourire-là, avec moi ? Ces questions tournent en boucle dans ma tête, au point de me donner la migraine. Bon, la vodka-cerise doit y être pour quelque chose.

– Tu viens d'arriver ?

– Oui, je suis avec Lucy. Si tu veux aller lui parler, je crois qu'elle est dans le salon avec Leila.

Il hoche la tête sans répondre et je remarque que son sourire s'efface peu à peu. Ce n'est pas ce qu'il voulait faire ? Quand il m'a accompagnée au centre commercial, il m'a affirmé qu'il aurait une conversation avec Lucy. Je n'invente rien.

– Et toi, tu es venu avec Wes ?

– Ouais, et d'autres potes.

– Cool.

Nouveau silence. Il se sert un verre d'Ice Tea et j'en profite pour l'observer outrageusement. Le coin de mes lèvres se soulève légèrement lorsque je vois qu'il porte une chemise noire. C'est la première fois qu'il met quelque chose d'aussi classe, ça lui va bien. En tout cas, ça s'accorde parfaitement avec les boucles foncées qui lui tombent sur le front. Je continue de le regarder, jusqu'au moment où il tourne la tête et que ses yeux plongent de nouveau dans les miens. Son regard noir s'insinue jusqu'au plus profond de mon être. Tout a l'air sombre chez lui, pourtant je n'ai jamais trouvé quelqu'un d'aussi rayonnant. Je dois bien reconnaître que je me suis trompée à son sujet. Célian n'est pas antipathique. En réalité, il est tout le contraire.

– Si tu veux, on peut arrêter de parler de banalités et rentrer dans le vif du sujet. Pourquoi tu cherches constamment à m'éviter ? Je sais que tu luttes. Le truc, c'est que je ne comprends pas pourquoi.

Je sens mes mains devenir moites, et je dois résister à l'envie de les essuyer sur ma robe en satin. Je ne veux pas répondre à cette question. Je ne dois pas répondre à cette question. Si je ne trouve pas un moyen de la contourner, je suis cuite. Et pile à cet instant, une idée à la con germe dans mon esprit. J'ai toujours ma vodka-cerise à la main, et c'est sans réfléchir que je laisse tomber la bouteille, qui explose en mille morceaux sur le sol.

– Merde ! Leila va me tuer !

Mon jeu d'actrice laisse plus qu'à désirer. J'ai l'impression d'être ridicule et le regard perplexe de Célian vient me le confirmer. Foutue pour foutue, je continue ma lamentable performance.

– Je suis désolée, faut que j'aille chercher de quoi nettoyer ce bordel. Ne reste pas ici, tu risquerais de salir tes chaussures.

Je fais demi-tour et commence à marcher vers le salon, ni trop vite ni trop lentement. Derrière moi, je sens que Célian ne me lâche pas des yeux, mais je ne me tourne pas pour m'en assurer. Je me contente d'avancer, poussant les corps dégoulinants qui me barrent le passage. Bien sûr, je n'ai pas l'intention de nettoyer ce carnage. Et je crois que Célian l'a bien compris aussi. Là, mon seul objectif, c'est de retrouver Lucy et Leila le plus vite possible. Je sais qu'avec elles, il ne pourra pas venir me parler. Je serai en sécurité. Célian est loin d'être mauvais, mais il est dangereux. Je le vois comme le fruit défendu : si je cède, je perds tout. À commencer par Lucy, Leila, cette précieuse colocation, nos projets d'avenir, tout. Pour mon bien et celui de mes amies, je l'éviterai. Je le ferai jusqu'à la fin de l'année scolaire s'il le faut, quitte à passer pour une débile profonde chaque fois qu'il viendra me parler.

Où sont-elles ? Je les ai laissées quelques petites minutes, seulement quelques petites minutes et elles ont disparu. Dépitée, je prends mon téléphone et vois que j'ai un nouveau message. Il ne vient pas de Lucy, mais de Célian.

[Tu peux revenir,
s'il te plaît ?]

Je range aussi sec mon téléphone dans mon sac. Pas question que je retourne le voir, son insistance commence à me taper sur les nerfs. Je suis prise par une soudaine envie de bloquer son numéro, mais au moment où je m'apprête à le faire, je sens un regard peser sur moi. Célian est planté devant moi et me surplombe de toute sa hauteur.

– C'est ce que tu fais depuis hier ? Tu prends bien le temps de lire mes messages, puis tu les ignores ?

– Excellente déduction.

Je ne passe pas par quatre chemins, cette mascarade a assez duré. Célian ne répond pas tout de suite. Plusieurs fois, il plonge son regard noir dans le mien et chaque fois, ses sourcils se froncent.

– Viens.

À cause de la musique, je n'ai pas bien compris ce qu'il a murmuré. Sur ses lèvres, j'ai cru lire un faible « viens » mais je ne pourrais pas l'assurer. Et si c'est ça, je préfère déguerpir. Je commence à me détourner lorsque ses doigts froids s'enroulent autour de mon poignet. Célian profite de mon absence de réaction pour m'attirer plus loin. Je suis trop surprise par son initiative pour dire quoi que ce soit. Je reste silencieuse, jusqu'à ce que je croise les yeux verts de Leila. Je frôle l'arrêt cardiaque quand son regard se pose plus bas, sur mon poignet emprisonné entre les doigts de Célian. La seconde d'après, j'atterris dehors avec le brun.

– C'est assez calme pour toi ?

Paniquée, je regarde autour de nous, mais ne vois rien d'autre que la nuit noire et la faible lueur procurée par les lampadaires de la rue. Oui, c'est calme, mais pas tout à fait silencieux non plus. J'entends toujours la musique qui émane de la maison de Leila, ce qui me rappelle que n'importe qui peut débarquer à tout moment.

– Leila… Elle nous a vus. Putain, mais qu'est-ce que je vais bien pouvoir lui dire, cette fois ?

J'ai envie de me prendre la tête dans les mains, mais Célian garde toujours mon poignet en otage.

– Et alors ? On n'a pas le droit d'être vus ensemble ?

Sa voix est si douce, et son regard si envoûtant que je pense : « Oui, c'est vrai, je me fous d'être vue avec toi, tout comme je me fous des conséquences. » Je ne partirais pas d'ici, même si Leila et Lucy apparaissaient soudainement sur le perron. Je sens la pression de ses doigts se relâcher autour de mon poignet et, dans un faible mouvement, son pouce effleurer ma peau, sous laquelle mon pouls bat à vive allure. Alors que je commence à croire que ma lucidité m'a complètement abandonnée, elle réapparaît en force, comme une tornade.

– Non !

Je chasse sa main loin de moi, comme si c'était une sorte de nouvelle maladie. Un début de sourire lui barre le visage.

– Je ne savais pas qu'on vivait une relation à la Roméo et Juliette.

– Pourquoi tu m'as forcée à venir ici ?

– Forcée ? Tu n'as pas fait preuve d'une grande résistance.

Je me suis descendu la moitié d'une bouteille de vodka, n'importe quel mec dans cette baraque aurait pu m'entraîner dehors sans difficulté ! Je ne l'ai jamais suivi volontairement.

– Arrête, Célian. Ne joue pas à ça. J'ai toujours été très claire avec toi, tu le sais.

Je n'ai jamais été ambiguë avec lui, que ce soit dans mes gestes, mes mots ou même mes messages.

– Oui, c'est vrai. Mais il y a une chose dont je suis sûr.

– Laquelle ? demandé-je, les sourcils froncés.

– Si je n'avais pas fait la connerie de coucher avec Lucy, tu m'aurais laissé t'approcher.

Je soupire.

– Avec des « si », on peut imaginer n'importe quoi.

– Je ne compte pas sortir avec elle.

– Tu m'as pourtant dit le contraire la dernière fois.

– Mais qui te dit que je le pensais ?

– Tu n'avais aucun intérêt à me mentir sur ça.

– Si, justement.

Pourquoi s'amuse-t-il à m'embrouiller le cerveau ? Plus les minutes passent, plus je sens l'alcool me monter à la tête et plus cette histoire devient floue.

– Je voulais te faire réagir, reprend-il avec un sourire embarrassé. Je n'ai jamais envisagé de sortir avec Lucy, c'était juste une excuse pour passer du temps avec toi. Tu ne l'avais pas compris ?

Bien sûr que je l'avais compris. En fait, je préférais me voiler la face. Je m'inventais toutes sortes d'excuses, au début, je me rassurais en me disant que je n'étais qu'une sorte de jeu pour lui, un défi, une distraction avant de se lancer dans une relation un tantinet sérieuse avec Lucy. C'était plus simple de penser comme ça. Mais la vérité, c'est qu'il n'a pas la moindre intention de sortir avec Lucy. Il ne sortira avec aucune fille, et il continuera de les faire tourner en bourrique, de se servir d'elles comme de vulgaires jouets. C'est exactement ce qu'il est en train de faire avec moi. Il me prend pour son jouet.

– Super, rétorqué-je, sarcastique. J'ai hâte de coucher avec toi pour me faire jeter comme une vieille merde quelques jours plus tard.

– Si tu comptes embrasser un autre mec que moi, c'est ce qui risque de se produire, en effet.

Je pouffe… oui, moi. Je pouffe comme une pom-pom girl. En même temps, il paraît si sûr de lui que ça en devient presque amusant. Célian me lance un regard malicieux, le coin de ses lèvres s'étirant en un petit sourire… craquant.

Les effets de l'alcool, sûrement.

– Je ne t'embrasserai pas. Problème réglé.

– Et si c'est moi qui le fais ?

Je déglutis. Je fais la fille forte, alors qu'au fond, je suis coincée entre deux sentiments bien contradictoires. M'enfuir ou bien rester avec lui et m'ancrer dans la tête une nouvelle devise : advienne que pourra.

– À ce que je vois, tu as choisi *ma* robe.

Je sais d'avance que je vais manquer de crédibilité, mais je n'ai pas d'autre choix que de jouer à la nana étonnée. Intérieurement, je peste contre Lucy. Je savais que mettre cette robe était une très mauvaise idée.

– Quoi ? Ça ? demandé-je en attrapant le pan de ma robe. Je suis retournée au centre commercial avec Lucy en fin de journée, je l'ai prise au hasard. Tu es sûr que c'est celle que tu avais repérée ?

Pitoyable. Plus je débite des mensonges, plus le sourire de Célian s'agrandit. Malheureusement, le ridicule ne tue pas, sinon je serais déjà sortie d'affaire.

– Certain. Et toi, tu es sûre que tu l'as vraiment achetée aujourd'hui ?

Maintenant, il se fout de ma gueule ! De mieux en mieux. En même temps, il y a de quoi se marrer. J'ai bien conscience d'être ridicule, mais je m'accroche au peu de dignité qui me reste.

– Je sais encore ce que je fais, dis-je d'un ton sec.

– Menteuse.

J'ignore sa remarque moqueuse, mais vraie, et désigne la maison d'un signe de tête.

– Wes t'attend sûrement à l'intérieur, on devrait y retourner.

Comme à mon habitude, je commence à m'éloigner sans attendre sa réponse, mais Célian m'encercle de nouveau le poignet d'une main.

– Tu as bien fait de l'acheter, elle te va à ravir. Tu es resplendissante, Alayna.

La sensation de ses doigts contre ma peau m'électrise encore, me faisant perdre jusqu'à l'usage de la parole. Sa main lâche mon poignet pour venir se poser sur ma hanche. Il me faut quelques secondes pour réaliser que son pouce effleure le tissu de ma robe et que ses lèvres sont à peine à quelques centimètres des miennes. Je ne comprends pas pourquoi je n'arrive pas à garder les idées claires. Ce mec va détruire mon amitié avec Lucy ! La tentation est encore plus forte lorsque son regard tombe dans le mien. J'ai une folle envie de l'embrasser, mais je me retiens. Cela me demande un effort surhumain, mais je parviens à me détacher de ses yeux. Je ne me ferai pas avoir par de belles paroles, ça, c'est hors de question.

– C'est ridicule, soufflé-je en retirant sa main de ma hanche.

– Quoi ? Le fait que je te complimente ?

– Oui, ça sonne tellement faux.

– Personne ne t'a complimentée à part moi ?

Je secoue la tête, faisant gaffe à ne pas croiser son regard hypnotisant.

– Non, tu es le seul. Je te déclare psychopathe officiel de cette soirée.

– Je ne fais que dire tout haut ce que les autres pensent tout bas, répond-il en souriant. Cela dit, je suis content de savoir que je n'ai pas de concurrent.

– Pourquoi tu fais ça ? Pourquoi je t'obsède à ce point ?

Il n'y a aucune prétention dans ma question. En fait, ce que je voulais dire, c'est que je ne comprends toujours pas son obstination à me parler. Il m'a ignorée pendant trois ans, alors pourquoi ne continue-t-il pas sur sa lancée ?

– Pour ça, essentiellement. Parce que tu restes toi-même dans n'importe quelle situation. Tu dis toujours ce que tu penses, même si ça déplaît. C'est une qualité que je trouve de moins en moins chez les autres.

Je fronce les sourcils. Justement, on m'a toujours reproché mon franc-parler. Alors que j'ouvre la bouche pour répondre, Célian me devance.

– Il n'y a pas que ça, bien sûr. En plus d'être atypique, tu es une jolie fille. Et maintenant que j'ai vu cette jolie fille dans cette robe, celle que j'ai choisie, je risque d'avoir du mal à effacer cette vision de ma tête.

– Cette phrase de drague existe encore ?

– Oui, répond-il en riant. Et j'en ai tout un répertoire, si tu veux savoir.

– Fais-moi rougir.

– Très bien alors, c'est parti, dit-il en se mordant les lèvres pour ne plus rire. On m'a toujours dit de suivre mes rêves, alors ce soir, je te suis.

Je le regarde, bouche bée, les yeux écarquillés.

– Tu es sans voix ? Déjà ? Attends un peu, tu n'as encore rien vu. Merde, il y a un truc qui cloche avec mon téléphone. (Comme je ne réponds rien, Célian approche sa joue de la mienne et me chuchote à l'oreille.) Tu dois me demander : « Quoi ? »

Je m'exécute en souriant.

– Quoi ?

– Il manque ton numéro.

– Je n'ai jamais rien entendu d'aussi ringard.

– Tu n'aurais pas l'heure ?

Je sais d'avance que la réponse va être catastrophique, mais je me prête au jeu.

– Non.

– Parce que depuis que je t'ai vue, j'ai perdu la notion du temps.

– Putain.

– Tu as une carte ?

Je lève les yeux au ciel.

– Je me perds dans le bleu de tes yeux.

– Par pitié, arrête !

– Je suis perdu, reprend-il, sans écouter mes supplications.

Je secoue la tête, comme si j'étais exaspérée.

– Tu peux m'indiquer le chemin jusqu'à ton cœur ?

Mes yeux lui lancent des éclairs, mais il ne semble pas y prêter attention.

– Tu ne devrais pas porter de maquillage, c'est jouer avec…

– Si tu ne la fermes pas, je te couds la bouche !

– De toute façon, j'ai épuisé tout mon stock de phrases nulles.

– Il y en avait un paquet.

– Crois-le ou non, mais la toute première était vraie. Je pensais réellement ce que je disais.

– Désolée, mais je ne m'en souviens pas.

C'est faux. En réalité, je m'en souviens très bien. Mais à choisir, je préfère largement lui faire croire que j'ai une mémoire de poisson rouge, plutôt qu'entendre d'autres compliments sur ma robe. Ses yeux noirs pétillent de malice, comme s'il avait encore deviné que je mentais.

– Vraiment ?
– Oui, vrai…
– Alayna ?

La voix haut perchée de Leila me fait sursauter et frissonner d'horreur.

20

Leila se tient sur le perron, bras croisés, et nous fusille de ses yeux verts.

– J'arrive.

Je me dirige vers elle, laissant Célian en plan, et quand elle m'agrippe le bras, je sens qu'elle va me faire passer un interrogatoire. Mais je ne la laisserai pas me cuisiner, ce n'est pas comme si j'avais quelque chose à me reprocher. Elle m'attire dans la salle de bains de ses parents et pousse la porte derrière elle.

– Qu'est-ce qui te prend ? demande-t-elle, les yeux exorbités.

– Rien.

– Rien ? Et si c'était Lucy qui t'avait vue avec Célian, comment tu aurais réagi ?

– Il ne s'est rien passé, détends-toi.

Elle a l'air outrée. Moi, ça me saoule. Toute cette situation me prend la tête, je déteste vraiment me sentir comme la dernière des traînées.

– Vous étiez à deux doigts de vous embrasser, c'est rien pour toi, ça ? s'exclame-t-elle, hurlant presque. Je pense que Lucy ne sera pas du même avis.

Un rire nerveux m'échappe.

– Je ne sais pas ce que tu vas t'imaginer là, mais on était simplement en train de discuter.

– Il avait sa main posée sur ta hanche.

– Tu connais Célian, il drague tout ce qui bouge.

– Il ne doit pas te draguer, *toi*, rétorque-t-elle d'un ton dur. Quand je vais tout raconter à Lucy… mon Dieu, elle va te détester.

Je n'ai pas les idées très claires, mais mon cerveau imbibé d'alcool comprend tout de suite que c'est une menace.

– Je n'ai rien fait.

– Vraiment ? Alors, si tu n'as rien fait, tu ne verras aucun inconvénient à ce que j'aille tout lui raconter.

J'aimerais la croire, mais mon intuition me souffle qu'elle ira tout lui dire, sauf la vérité.

– À quoi tu joues, Leila ?

– Je te retourne la question. Si ça t'amuse de mettre ton amitié avec Lucy en danger, c'est ton problème. Je te rappelle quand même que tu étais censée l'aider à sortir avec lui. Le but, ce n'est pas de le lui piquer.

– Ouais et c'est ce que j'ai fait ! J'ai essayé de l'aider. Mais Célian m'a clairement fait comprendre qu'il ne voulait pas d'elle.

– Il te l'a fait comprendre ou il te l'a dit ?

– Il me l'a dit.

– En plus de vous pelotonner dans les coins, il te confie tout ? Lucy va être d'autant plus ravie.

Je pivote vers le miroir, lui tournant le dos, et m'appuie sur le meuble à double vasque. Je place mes deux mains sur le marbre froid du lavabo pour éviter de les placer autour du cou de Leila. Malgré la bouffée de colère qui monte en moi, j'essaie de lui faire comprendre les choses, calmement et sereinement.

– Elle a déconné avec lui, OK ? Je comprends qu'il n'ait pas envie de s'engager avec elle. Si j'étais à sa place, je n'en aurais pas envie non plus. Puis d'ailleurs, tu étais la première à dire que Lucy avait merdé.

– Ce à quoi tu m'as répondu que tu allais tout faire pour l'aider. Mais oui, c'est clair que tu as fait ton maximum, répond-elle d'un ton sarcastique qui m'irrite.

– Pense ce que tu veux.

– Je vais te dire exactement ce que je pense. Ta meilleure amie fait une connerie et tu en profites pour te jeter sur l'occasion. Elle ne peut plus l'avoir, donc tu essaies de te le taper. Lucy va apprécier ton aide, ça, c'est certain, marmonne-t-elle à voix basse.

Je me tourne vers elle, sidérée. Le regard qu'elle me lance me fait bouillir le sang. Je ne sais pas quel est son problème, mais je n'accepterai pas de me faire traiter de la sorte. Ça fait déjà quatre fois qu'elle menace de balancer je ne sais quelle connerie sur Célian et moi, quatre fois qu'elle joue avec mes nerfs. Et c'est la fois de trop.

– Va chier, Leila. Tu savais que Debbie couchait avec Evan, des semaines avant que Lucy le découvre, et tu me fais la morale ? Toi ?

Son regard change. Maintenant, elle a l'air mal à l'aise. J'ai mis du temps avant d'y voir clair dans leur jeu, mais à présent, il n'y a plus aucun doute possible. Elle et Debbie ont toujours été proches. Chaque fois que Lucy et moi commencions à avoir des soupçons sur Evan et Debbie, Leila était là pour brouiller les pistes. Elle la protégeait tout le temps, pour tout et n'importe quoi. Et elle le faisait plutôt bien. Au début, j'étais comme Lucy : je n'y voyais que du feu. Ce n'est que lorsque la vérité a éclaté que j'ai commencé à me poser des questions. Mais j'ai toujours fait en sorte d'effacer mes doutes. Je refusais de croire que Leila avait pu nous mentir, c'était inconcevable. Et inconsciemment, je voulais à tout prix protéger notre amitié. Mais là ? Avec tout ce qu'elle m'a dit, il n'y a plus aucune amitié qui tienne.

– Ôte-moi d'un doute, reprends-je en m'approchant d'elle. Tu n'as jamais cessé de parler à Debbie, pas vrai ? Tu faisais juste semblant devant Lucy et moi. Tout comme tu faisais semblant d'être choquée par cette situation, alors qu'en fait, tu savais tout depuis le début.

– Debbie est l'une de mes meilleures amies.

– Et Lucy, c'est quoi ? Une merde ?

– Je ne voulais pas faire un choix entre elle et Debbie.

– Et pourtant, tu l'as fait.

Pensant qu'elle n'a plus rien à me répondre, je la contourne, ouvre la porte et ce n'est que lorsque je commence à partir qu'elle me balance froidement.

– Pourquoi tu me parles d'une histoire vieille de mille ans ? C'est de *ton* comportement qu'il est question, là.

Une histoire vieille de mille ans ? Ça fait seulement huit mois ! Je sens que si je me tourne vers elle, je vais perdre mon sang-froid. Elle ne mérite pas que je lui réponde. Elle ne mérite pas non plus que je me justifie. Je n'arrive pas à croire qu'elle me mette dans le même sac que Debbie. Puis, quand bien même, c'est un comportement qu'elle déplore avec moi, mais qu'elle protégeait avec Debbie.

Quelle hypocrite.

Je claque violemment la porte et traverse le couloir bondé de monde. Malgré ma colère, je n'ai pas l'intention d'aller la balancer à Lucy. Elle ne serait pas seulement déçue, elle serait aussi infiniment triste. Maintenant qu'elle a complètement oublié Evan, qu'elle a réussi à se remettre de cette séparation brutale, pourquoi j'irais lui dire que Leila a préféré protéger les mensonges de Debbie, plutôt que son cœur ? Je l'aurais fait si j'avais découvert leur petit jeu avant, au moment où Lucy sortait encore avec Evan. À présent, c'est trop tard. Je suis furieuse contre Leila, mais je n'irai pas faire de la peine à Lucy pour me venger.

Pour l'instant, plein de choses tombent à l'eau. Ma confiance en Leila, Los Angeles, notre colocation, cette soirée. Je suis dégoûtée et l'alcool n'arrange rien. Leila ne sait pas tous les efforts que j'ai déployés pour éviter Célian, elle ne sait rien du tout.

Lorsque je sens une main s'enrouler autour de mon poignet, je me tourne comme une furie, pensant que c'est Leila qui essaie de me rattraper. Mais non, ce n'est qu'un mec bourré. Je ne suis même pas sûre qu'il soit du lycée, cette fête part en vrille.

– Sa… salut, je cherche la sortie. J'ai besoin de prendre l'air.

Je sais où elle est et je ne reste pas une minute de plus ici. Je m'apprête à lui répondre, mais il part vomir derrière un fauteuil. Tout le monde a l'air dégoûté, mais je souris. Cet inconnu vient d'offrir le meilleur cadeau d'anniversaire à Leila. Je sais que ses parents rentrent de vol demain, très tôt dans la matinée, donc avec un peu de chance, ils l'obligeront à nettoyer tout ce bordel sans l'aide de ses précieux domestiques.

– Alayna ? Où étais-tu ? Je t'ai cherchée partout.

Lucy sort de nulle part et m'observe curieusement. Merde, moi qui voulais filer en douce, c'est raté.

– Je cherchais de la vodka-cerise dans la cuisine.

Elle rit.

– Et tu l'as trouvée ?

– Ouais, j'en ai bu la moitié.

– Moi, j'ai bu la moitié d'un peu n'importe quoi.

Je n'ai aucun mal à la croire. Ses yeux pétillent, ses cheveux partent dans tous les sens et ses joues sont trop roses. Cela dit, je ne dois pas être plus fraîche qu'elle.

– Tu as vu Leila ? reprend-elle en bafouillant légèrement. Elle m'a dit qu'elle revenait, mais je l'attends depuis un quart d'heure. Tu sais ce qu'elle fait ?

Oh, rien du tout. Elle était juste occupée à m'espionner avec Célian et à jouer la donneuse de leçon.

– Elle est allée se refaire une beauté dans la salle de bains de ses parents.

– D'accord, répond-elle en souriant. J'ai une bonne nouvelle pour toi.

L'excitation transparaît dans sa voix. Avant cette fête, avant cette dispute, j'aurais eu envie de savoir ce qu'elle a à me dire. Mais, jusqu'à présent, cette soirée n'a été qu'un enchaînement de merdes, et tout laisse à penser que cette nouvelle sera plus mauvaise que bonne.

– Laquelle ? demandé-je, essayant de paraître aussi excitée qu'elle.

– Devine qui est venu me rejoindre sur le canapé.

Mon niveau de stress monte d'un cran.

– Aucune idée.

– Wes ! On s'est mis à discuter et tu es vite devenue notre sujet de conversation principal.

Une chance qu'elle ne m'annonce pas des « bonnes nouvelles » tous les jours. On peut dire que là, c'est la cerise sur le gâteau. Si Lucy lui a parlé des prétendus SMS que l'on s'envoie, je préfère changer d'identité et fuir ce pays à tout jamais. J'ai deux options : soit je continue à lui mentir et je m'aventure sur une piste glissante, soit je lui dis tout et je me retire un gros poids des épaules.

– C'est bien que tu m'en parles, parce que… euh, Wes et moi… bah, il n'y a jamais eu de Wes et…

– Allez, viens ! me coupe-t-elle brusquement. Dépêche-toi !

Lucy m'attrape par la main pour m'obliger à la suivre. Je maudis la musique, beaucoup trop forte, mais je ne peux m'en prendre qu'à moi-même. Si j'avais été honnête avec elle dès le début, je n'en serais pas là. Quand j'aperçois Wes, je comprends tout de suite qu'il est bourré. Il est affalé sur le sofa comme une grosse barrique et ses yeux sont fermés. Comment Lucy a-t-elle pu entretenir une conversation avec lui ? Elle doit être aussi saoule que lui, c'est la seule réponse qui me vient à l'esprit. Et c'est une bonne nouvelle ! La seule vraie bonne nouvelle de la soirée, en fait. Dans cet état, Wes sera incapable d'aligner deux mots. J'avance, plus confiante, me disant que la situation pourrait être largement pire et… Attendez ! C'est pire ! Je me stoppe net en voyant Célian rejoindre Wes. Puis, Leila et d'autres gens dont je ne soupçonnais même pas l'existence. Sentant mon mouvement de recul, Lucy s'arrête et se tourne vers moi.

– Leila est revenue ! claironne-t-elle joyeusement. Il y a même Célian. De quoi j'ai l'air ?

– Bien.

– Tu es stressée ?

Si elle savait. Je sens la sueur picoter sous mes aisselles et, bien sûr, je n'ai pas pris de déodorant de secours dans mon sac. En même temps, je n'avais pas prévu de suer comme une truie.

– Non.

– Moi, je le suis, admet-elle. Mais quand faut y aller, faut y aller !

Je n'ai pas le temps de répondre quoi que ce soit que Lucy m'emmène. Je suis foutue ! Je sais que je dis ça très souvent, mais je le suis vraiment, cette fois. Avant que Célian et Leila ne débarquent, la situation était gérable, bien qu'un poil stressante. Mais maintenant qu'ils sont là, c'est juste la merde ! Qu'est-ce que je fais si Leila met ses menaces à exécution ? Si elle ouvre la bouche pour raconter des conneries à Lucy ? Je prends un coussin sur le canapé et je l'étouffe avec ? Non, c'est illégal. Et je risquerais la prison. Mais en attendant, je ne trouve pas de solution plus efficace que celle-ci.

Tout le monde est assis sur le canapé d'angle, à l'exception de Leila, qui est avachie dans le fauteuil de son père. Lucy s'installe, laissant volontairement une place entre elle et Wes. *Une place très serrée.* Merci, Lucy ! Je m'assieds à mon tour, mal à l'aise, et après avoir prié une vingtaine de fois pour que Wes continue de comater, il rouvre les yeux.

– Yo, Alayna. J'ai presque l'impression de me réveiller à côté de toi.

Il est si près de moi que je peux sentir son haleine fétide. Ses petits yeux bleus balaient mon corps de bas en haut, s'arrêtant plus longuement sur mes jambes et, visiblement satisfait de ce qu'il voit, il me gratifie d'un sourire.

– Ouah, tu es trop sexy ! Tu as mis le paquet ce soir, ta robe est sublime.

– Merci, dis-je, essayant de cacher mon malaise le plus possible.

La poisse. Wes a l'air bien plus frais que je ne le pensais.

Enfin, en tout cas, il arrive à parler et à ouvrir les yeux, même si c'est pour les garder plissés. Son bras moite passe autour de mes épaules. Je résiste à l'envie de sortir mon gel antibactérien de mon sac pour le vider sur l'entièreté de mon corps et me penche pour choper une bière posée sur la table basse. L'alcool m'aidera peut-être à ne plus penser à sa sueur qui dégouline sur ma peau.

– Vous formerez un joli petit couple, vous deux.

Après avoir bu une bonne gorgée, je repose ma bière sur la table et fixe Leila. Elle est assise en face de moi et elle me sourit.

– Merci, Leila. Ton implication dans les histoires de couple est vraiment touchante.

Son sourire s'efface instantanément. Elle s'enfonce dans son fauteuil et me jette un regard noir, auquel je réponds par un sourire ironique.

– Ça fait combien de temps que vous vous tournez autour ?

Lucy est penchée en avant et nous regarde d'un air attendri. En fait, tous les regards sont braqués sur nous. Je savais que j'allais être confrontée à cette situation, sauf que je ne pensais pas le faire devant un public. J'ai envie de me fondre dans le canapé pour disparaître.

– Que *je* lui tourne autour, tu veux dire ? demande Wes en pressant mon épaule. Depuis l'année dernière, mais j'ai eu raison de ne pas baisser les bras. Ça valait le coup d'attendre, puisqu'apparemment, elle a fini par succomber.

– Et ce petit échange de messages nocturnes ?

Lucy nous jette un clin d'œil malicieux. Je vois poindre un moment encore plus gênant que le premier. Wes ne va rien comprendre, à juste titre, et je vais me taper l'affiche du siècle. Quand je le vois froncer les sourcils, mon instinct de survie parle à ma place.

– Une semaine.

Wes me lance un regard perdu et je lui glisse discrètement à l'oreille :

– Je t'expliquerai.

– Je veux bien mentir pour toi, chérie, murmure-t-il en souriant.

Je reprends ma bière, mal à l'aise, et bois une longue gorgée. Je sais que d'une façon ou d'une autre, ça va finir par me retomber dessus. Je ne pourrai pas cacher indéfiniment la vérité à Lucy. Si je ne trouve pas le courage de tout lui dire, quelqu'un d'autre s'en chargera à ma place. Et ce quelqu'un d'autre pourrait bien être Leila. Cette situation me dépasse autant qu'elle m'attriste. Je n'ai jamais menti à Lucy pour lui faire de la peine. Justement, c'est tout le contraire. Au début, je me sentais suffisamment forte pour repousser Célian. J'étais même persuadée qu'il allait finir par se décourager et se rabattre sur une autre fille. Je n'aurais jamais imaginé que je ressentirais une attirance pour lui, si tant est que c'en soit une.

– Vous vous parlez par message ? lâche Célian d'une voix glaciale. Wes, tu ne m'as rien dit.

Quand on parle du loup, il sort du bois.

21

Célian a le regard braqué sur le bras de Wes qui enveloppe mes épaules. Il n'a pas l'air contrarié ni même jaloux. Je lis simplement de l'incompréhension dans ses grands yeux noirs. Wes agite ses sourcils de manière suggestive.

– J'ai mes petits secrets.

– Tout comme Alayna, marmonne Leila.

Elle a encore perdu une occasion de la fermer ! Je n'arrive pas à croire qu'elle se comporte de cette façon avec moi, et pire encore, qu'elle croie que je tire profit de la situation pour m'approprier Célian.

– Et alors ? reprend Lucy, un large sourire aux lèvres.

Je hausse un sourcil, agacée à la fois par le déroulement de cette soirée et par le regard brillant de Lucy. Mais je dois me calmer, elle n'y est pour rien. Je me suis mise dans ce pétrin toute seule et c'est probablement mérité.

– Alors quoi ?

– Si vous vous parlez autant, c'est pour aboutir à quelque ch…

Je ne la laisse pas finir et me lève du canapé. Entre les remarques venimeuses de Leila, le bras moite de Wes, l'excitation de Lucy et tous ces regards scrutateurs posés sur moi, je craque. Sans réfléchir, je me tourne vers Wes et lui demande :

– Je peux te parler deux minutes ?

– Bien sûr, trésor.

Il se lève à son tour et je lui attrape le poignet pour l'entraîner plus loin. Wes titube à plusieurs reprises, pour finir par entourer d'un bras mes épaules et s'appuyer lourdement dessus. Je soupire, mais le laisse faire. J'ai déjà toute sa sueur sur moi.

Alors un peu plus ou un peu moins…

Je n'aurai qu'à prendre une bonne douche en rentrant. Je prévois déjà de vider quatre gels douche et d'ouvrir le robinet d'eau froide à fond pour retirer toute cette crasse. Lorsque je trouve enfin un coin tranquille, je retire son bras de mes épaules.

– Je suis désolée de t'embarquer dans mes histoires, Wes. J'ai tellement honte, je te jure.

– Lucy m'a dit que tu avais un faible pour moi. Je dois avouer que j'ai été surpris, mais si c'est vrai, c'est trop cool ! Je m'en tape, que tu aies inventé cette histoire de textos. Si c'était dans le but de te rapprocher de moi, ça me va.

– Justement… Ça n'a rien à voir avec toi.

Il me lance un regard confus. Honnêtement, il a de quoi l'être. Qu'est-ce qui m'a pris de sortir le nom de Wes à Lucy ? Sérieusement, pourquoi ai-je été aussi stupide ? OK, dans la précipitation, j'ai paniqué et Wes a été le premier mec auquel j'ai pensé. Mais les choses auraient été tellement plus simples si j'avais dit le nom d'un autre garçon. Non, en fait, elles l'auraient été encore plus si Célian m'avait foutu la paix. Si ma vie est devenue un tel casse-tête, c'est en partie à cause de lui.

– J'échange bien avec quelqu'un, mais je ne peux pas en parler à Lucy. J'ai dit que c'était toi pour… tu vois… me débarrasser d'elle.

Je n'arrive pas à croire que j'aie ce genre de conversation avec Wes.

– Tu échanges avec qui ?

– Je ne peux pas te le dire.

– C'est un mec ?

– Ça ne te regarde pas !

– Tu t'es servi de moi pour mentir à ta copine, donc si, ça me regarde.

Il marque un point.

– Oui, avoué-je en soupirant. C'est un mec.

– Je suis jaloux.
– Demain, ça t'aura passé.
– Peut-être… ou peut-être pas.
Son visage s'éclaire d'un large sourire idiot. Jusqu'à présent, je suis restée sérieuse, mais là je ne me retiens plus et j'explose de rire.
– Tu es complètement bourré, Wes.
– Toi aussi, Lana !
– *Lana* ? Ne m'appelle pas comme ça.
– Tu préfères chérie ? Ou encore trésor ?
Je me bouche les oreilles sans cesser de rire.
– Pitié, non ! Wes, tu es vraiment le plus gros beauf que je connaisse.
– Alayna chérie, c'est pas mal, non ? Ton mec secret a un meilleur surnom pour toi ?
Je lui administre une tape sur le torse.
– Non. Et ce n'est pas mon mec.
– Relax ! Je n'en parlerai à personne.
Wes a beau être imbibé d'alcool, je le sens sincère. Je ne savais pas qu'il pouvait avoir cette qualité.
– Merci, réponds-je en souriant.
– Pour l'instant…
– Wes !
Son rire résonne de nouveau et, comprenant qu'il plaisante, je me joins à lui.
– De toute façon, y a des chances pour que j'oublie tout dans une heure. Tu veux retourner les voir ?
À vrai dire, je préférerais me tirer de cette soirée de malheur et retrouver mon lit.
– Je pense que je vais rentrer chez moi.
– Quoi ? Non, reste ici. Je vais tout faire pour qu'ils arrêtent de parler de nous, si c'est ce qui te fait angoisser. Tu n'as pas de souci à te faire.
– Pourquoi tu chercherais à m'aider ? Ce n'est pas comme si j'avais été sympa avec toi.

– Je n'ai pas envie de faire mon rancunier. Puis, c'est peut-être l'occasion parfaite pour repartir sur de bonnes bases.

– Des bases amicales, souligné-je.

Wes sourit malicieusement.

– Oui, bien sûr. Je ne voudrais surtout pas rendre ton mec secret jaloux.

– Si on doit être amis, arrête de l'appeler comme ça. Ce n'est pas mon mec.

– Il doit quand même avoir une certaine importance. Sinon, tu ne mentirais pas à ta meilleure amie pour lui.

– C'est plus compliqué que ça.

– Je suis quand même curieux de savoir qui c'est, me coupe-t-il en se grattant le menton. Ce type a dû assurer pour te faire craquer ! Il faudra qu'il me donne son secret.

Je ne réponds pas. À cet instant, je me dis qu'il vaut mieux garder le silence. Si on ne change pas vite de sujet, je pourrais sortir le nom de Célian par mégarde. Quand Wes sort son téléphone de sa poche, je relâche la pression. Je ne sais pas s'il a reçu un message ou un appel, mais c'est un vrai cadeau du ciel !

– Célian me demande ce que je fais, lâche-t-il, les sourcils froncés. On ferait mieux d'y retourner avant que lui et les autres se fassent des films.

Célian ? C'est à mon tour de froncer les sourcils. Wes a raison, notre petit tête-à-tête pourrait être mal interprété.

– Je te suis.

– J'ai besoin de ton épaule pour le trajet, répond-il en riant.

Je lève les yeux au ciel mais m'avance malgré tout vers lui pour l'aider. Il pose sa main sur mon épaule et se laisse guider vers le salon, tandis que je retiens ma respiration. Je crois que je suis en train de battre le record actuel d'apnée.

– Sache que c'est un vrai supplice pour moi, dis-je avec une grimace dégoûtée. J'ai l'impression que tu n'as pas pris de douche depuis une semaine.

– N'exagère pas !

– Si seulement.

On rit ensemble, et pendant une seconde, je me dis qu'en faisant abstraction de son odeur corporelle, on pourrait être amis. Je pourrais même lui pardonner sa lourdeur légendaire. Dès la seconde où les autres nous voient arriver, les conversations se terminent et les regards se posent sur nous. Nos rires cessent dans la seconde. Ici, l'expression « deux salles, deux ambiances » prend tout son sens. En fait, il n'y a qu'une personne qui ne nous épie pas comme des bêtes curieuses. Célian n'a pas bougé de sa place et a les yeux rivés sur son téléphone. Cette fois, il a l'air contrarié. Ou peut-être que l'alcool me fait délirer et qu'il se fout simplement qu'on soit de retour.

– Alors ?

Lucy m'arrache à ma contemplation et m'agrippe le poignet pour me forcer à me rasseoir à côté d'elle. Après m'être assurée que personne ne nous écoute, je lui glisse discrètement :

– Alors… je m'entends bien avec lui, mais en tant qu'ami. On délire bien ensemble mais ça n'ira jamais plus loin.

Elle écarquille les yeux.

– Ah bon ? Mais tu avais l'air de *vraiment* bien l'aimer…

Sans que je m'y attende, Wes reprend la place libre à côté de moi et se penche en avant pour s'adresser à ma meilleure amie.

– Lucy, tu veux une bière ? Tu parles beaucoup trop, tu dois avoir soif.

Elle ne se fait pas prier et prend la bouteille qu'il lui tend gentiment.

– Oui, merci.

Je profite du fait qu'elle boit sa bière pour me tourner vers Wes et lui lancer un sourire reconnaissant. Il m'a dit qu'il m'aiderait en cas de besoin, mais je ne pensais pas qu'il le ferait réellement. Et surtout de façon aussi spontanée.

– Décidément, cette soirée est un échec, lâche Lucy d'un

ton dépité. Quand tu es partie avec Wes, j'ai saisi l'occasion pour parler à Célian mais il était totalement replié sur lui-même. Je discutais avec un mur.

Je sais que si je lui réponds, un autre mensonge sortira de ma bouche. Je ne peux pas lui conseiller de passer à autre chose, parce que j'aurais l'impression d'être une hypocrite. Et je ne peux pas non plus lui conseiller de persévérer, parce que ce n'est pas ce que je veux. Tout à coup, une voix aiguë sur ma gauche me fait sortir de mes pensées. Je tourne aussitôt la tête pour découvrir une Debbie alcoolisée qui fonce droit sur Célian. Elle s'assied à côté de lui, à l'autre bout du canapé, avec autant de grâce qu'un hippopotame. Un sentiment étrange me saisit le ventre lorsqu'elle se colle contre lui. Comme je suis toute proche, je peux entendre ce qu'elle lui dit :

– Tu as une tête toute triste, petit cœur. Ça va ?

Petit cœur ?

– Je la déteste, me souffle Lucy à l'oreille.

– Oui, répond Célian en rangeant son téléphone dans sa poche.

Wes ne se gêne pas pour se mêler à leur discussion.

– Debbie a raison. Tu es sûr que ça va, mon pote ?

– Tout va bien, merci.

– Tu tombes à pic pour le réconforter, Debbie. Mon petit Célian se sentait seul.

Wes agrippe l'épaule de son ami pour le secouer avec force. Un sourire se dessine sur le visage du brun, et lorsque son regard croise le mien, je l'évite automatiquement. Je tourne de nouveau la tête vers Lucy, qui est en train de boire le reste de sa bière cul sec.

– Il est beaucoup plus bavard avec Debbie, marmonne Lucy, les dents serrées. Ça te dirait qu'on bouge d'ici ?

– Pour aller où ?

– Loin d'eux.

Du pouce, elle désigne Célian et Debbie qui sont en pleine

conversation. Je crois que ça m'énerve presque autant qu'elle, sauf que moi, je suis obligée de ronger mon frein en silence. Lucy a raison, c'est vraiment la soirée de l'échec. J'ai passé ma semaine à repousser Célian, et la finalité c'est que je me retrouve affalée dans un canapé, à moitié saoule et jalouse. *Pathétique.*

– Allons-y, dis-je en me levant.

Lucy m'imite, les yeux toujours fixés sur Célian, comme si elle attendait qu'il la retienne.

– Vous allez où ? demande Leila.

– Danser, lui répond Lucy. Tu veux venir avec nous ?

Si elle a l'audace d'accepter, je lui ferai regretter sa décision.

– Non, je préfère rester ici.

Elle me lance un sale regard pour me faire comprendre que je suis en train de lui pourrir sa soirée d'anniversaire. *Pauvre bichette.* Si ça peut la rassurer, je ne vais pas m'éterniser. Je danse une petite demi-heure avec Lucy, histoire de lui faire plaisir, et je me tire.

Lucy hoche la tête et me prend par la main pour m'entraîner vers un coin du salon qui sert de piste de danse improvisée. La musique change et laisse soudain place à « In the Name of Love » de Martin Garrix. Un large sourire se dessine sur le visage rond de Lucy.

– Alayna, c'est notre chanson !

Je lui rends son sourire et nous remuons au rythme de la musique tout en chantant les paroles que nous connaissons par cœur. Mes pensées se délitent à mesure que l'alcool se diffuse dans mes veines. Pendant un instant, je peux souffler et tout oublier. Je commence enfin à apprécier cette soirée lorsque je reçois des éclaboussures sur l'épaule, sans savoir d'où elles viennent. Et bien sûr, ce n'est pas de l'eau ! Agacée, je me tourne de nouveau vers Lucy, qui continue de danser, les yeux fermés.

– Lulu, je reviens. Faut que j'aille me passer un coup d'eau, on m'a renversé de la bière sur l'épaule.

Elle rouvre les yeux et s'approche de mon bras pour le sentir. Je ne sais pas ce qui est pire, entre l'odeur nauséabonde de la bière et la sueur de Wes. Le mélange des deux doit être abominable. Lucy recule brusquement, son petit nez retroussé.

– Mets aussi du savon, dit-elle avec une grimace dégoûtée.

En d'autres circonstances, sa réaction m'aurait fait rire. Je me fraie un passage parmi la foule effervescente et m'enferme dans la salle de bains la plus proche. Après avoir passé cinq minutes à me savonner l'épaule au-dessus de l'évier, je pars retrouver Lucy. Ma mâchoire se décroche quand je vois ma meilleure amie danser, la tête renversée en arrière et les bras noués autour du cou… d'Evan. Et on ne parle pas là d'un petit slow romantique, mais bien d'un collé-serré très chaud.

J'hallucine.

– Tu penses toujours que je devrais lui accorder une seconde chance ?

Je sursaute quand la voix de Célian résonne derrière moi. Ce mec a le chic pour sortir de nulle part. En me tournant vers lui, je remarque qu'il a retrouvé le sourire. Moi, je suis paumée. J'ai du mal à croire la scène qui vient de se dérouler. Attention, je ne dis pas que je suis en colère contre Lucy. Avec tout ce que je lui cache, je ne peux pas me permettre de l'être. Seulement, je suis perdue. Si elle est vraiment amoureuse de Célian, pourquoi n'arrive-t-elle pas à décoller Evan ? Je n'y comprends plus rien. Je dois me casser d'ici, cette soirée est un désastre.

Sans lui répondre, je contourne Célian et pars de la maison. Quand je sors, c'est le choc thermique. Je me caille les miches avec ma petite robe d'été, je ne pensais pas que la température baisserait autant.

– Alayna, tu vas où ?

22

J'entends Célian qui se précipite vers moi. En deux enjambées, il me rejoint dans la rue déserte.

– Je rentre chez moi.

– Ça tombe bien, moi aussi. Je cherchais justement quelqu'un avec qui je pourrais faire le chemin.

Je tourne la tête vers lui et hausse un sourcil. J'essaie de garder mon sérieux, mais ma bouche refuse d'obéir – elle se courbe en un sourire.

– Quel hasard, dis-je, faussement surprise.

Célian sourit, lui aussi, d'un air espiègle. Il n'avait pas l'intention de quitter cette fête, jusqu'à ce qu'il me voie partir. Je le sais. Et il sait que je le sais. Pendant un moment, nous marchons silencieusement sous le ciel étoilé. C'est la première fois que je me sens relativement bien en sa présence. Les fois précédentes, j'étais constamment sur mes gardes, les nerfs tendus, et désagréable à souhait. Je sens que c'est en train de changer.

– Alors, c'est comme ça que les choses vont se passer, poursuit Célian d'un ton morne. Toi et Wes d'un côté, Lucy et moi d'un autre. Enfin, me concernant, c'est un peu compromis étant donné qu'elle n'arrête pas de replonger avec Evan.

– Non. Maintenant, Lucy est hors jeu. Je miserais plus sur le couple Debbie Célian. Il y a un plus fort potentiel…

Je lui glisse un clin d'œil qui doit frôler le ridicule.

– J'espère que tu déconnes.

– Petit cœur, c'est bien ça ? Ta virilité ne l'a pas supporté, je l'ai vue se barrer à toute vitesse. Tu as réussi à la récupérer ?

Il a une grimace dégoûtée.

– Parce que trésor, c'est mieux, peut-être ?

– Non, c'est même pire, réponds-je en riant. Mais Wes est un gros beauf, on le sait tous. D'ailleurs, c'est sûrement grâce à lui que tu connais toutes ces phrases de dragueur.

– « Grâce » ? J'aurais plutôt dit « à cause ».

Je ne peux qu'acquiescer.

– Alors ? Tu n'as rien dit, insiste-t-il maladroitement. C'est vrai qu'avec Wes, vous vous tournez autour ?

– À ton avis ?

– Je ne sais pas. Peut-être que tu as fini par succomber à son charme… et à ses techniques de drague.

J'ai la nette impression que la conversation prend un tour plus sérieux. Si on avance sur ce chemin, j'ai peur de ce que je pourrais lui dire. Contrairement à lui, je n'ai pas bu qu'un verre d'Ice Tea. Et j'ai tendance à trop parler quand je suis pompette.

– Je viens tout juste de le traiter de beauf.

– Tu as quand même laissé ce beauf te complimenter sur ta robe. C'est un privilège auquel je n'ai pas eu droit.

– Il faut bien que je joue la comédie devant Lucy.

Célian me lance un regard interloqué, attendant des explications.

– Quelle comédie ?

Je me suis déjà confiée à Wes, alors pourquoi pas à Célian ? D'autant qu'à la base, c'est quand même à cause de lui que j'ai menti.

– Tes petits messages ne sont pas passés inaperçus. Quand elle m'a demandé qui m'envoyait des SMS à pas d'heure, je me voyais mal lui répondre que c'était toi. Alors, à la place, je lui ai dit que c'était Wes.

En fait, je me suis sentie forcée à le faire. Oui, d'accord, c'est ridicule d'utiliser le mot « forcée ». Je sais bien que j'ai eu le choix de dire la vérité à Lucy, mais la peur m'a fait faire n'importe quoi. Célian éclate de rire.

– Sérieusement ?

– Oui, et c'est ta faute ! dis-je en lui donnant un coup dans l'épaule. Donc je t'interdis de te moquer.

– Mais tu aurais dû lui dire la vérité. Franchement, ce n'est pas comme si j'en avais quelque chose à foutre.

– Je sais… En fait, j'avais peur qu'elle s'imagine des trucs. Je ne voulais pas qu'elle se mette à penser que j'avais un faible pour toi.

Là, il éclate carrément de rire. De mon côté, je réprime un rire nerveux. Il n'est pas censé le savoir, mais je crois que j'ai bel et bien un faible pour lui. Après avoir mis toute mon énergie pour l'éviter, toute ma volonté pour ignorer ses textos, tout mon courage pour l'envoyer bouler… Voilà que moi, Alayna Winters, j'ai un faible pour Célian Walsh. Je crois qu'on appelle ça l'ironie du sort. Et quelque part, si je cherchais tant à mentir à Lucy, c'est peut-être parce que je me sentais coupable de ressentir quelque chose pour Célian.

– Impossible ! s'exclame Célian, toujours hilare. Tu es tellement froide avec moi que personne ne peut penser ça.

Ah, ah. Il faut croire que je suis bonne comédienne quand je le veux. Enfin, il n'y a qu'une personne qui ne semble pas convaincue par mon jeu d'acteur.

– Personne, sauf Leila.

Célian fronce les sourcils, ce qui lui confère un air à la fois plus sérieux et séduisant.

– Qu'est-ce qu'elle te voulait, tout à l'heure ?

– On s'est disputées.

– Pourquoi ?

– Elle pense qu'il se passe quelque chose entre nous. (Célian ouvre de grands yeux surpris et je m'empresse alors d'ajouter :) Je sais, je sais, c'est ridicule.

– Moi, ça ne me déplairait pas. Mais disons que ce n'est pas franchement réciproque.

Si tu savais à quel point tu te goures.

Je me contente de sourire sans répondre et le regarde du

coin de l'œil. C'est bête, maintenant que je sais que Lucy n'est pas sérieuse, j'aimerais laisser une chance à Célian. En même temps, je ne suis pas sûre de vouloir me lancer dans une relation. Je doute que je sois le genre de nana à aimer ça. Je suis autonome, je ne veux pas avoir besoin de quelqu'un qui me répète que je suis jolie, intelligente et drôle pour le croire, je veux être capable de le croire par moi-même. Le plus gros cliché qu'on entend souvent, mais c'est la vérité toute nue. Aussi, j'ai bien conscience d'avoir mauvais caractère, d'être une chieuse profonde et de manquer de maturité. Même moi, j'ai du mal à me supporter ! Alors Célian ? Il ne tiendrait pas une journée. Bien sûr, j'exagère, mais je ne voudrais pas me servir de Célian comme d'un cobaye pour voir si, oui ou non, j'arrive à gérer une relation.

Puis, même si Lucy est moins amoureuse de Célian qu'elle le prétend, serait-elle capable de m'en vouloir ? Absolument.

Je dois arrêter de réfléchir, mon cerveau est en surchauffe.

– Et voilà, tu es arrivée à bon port.

Quoi, déjà ? Je lève les yeux et, en effet, on est devant chez moi. Le trajet ne passe pas aussi vite quand je suis seule, ou en compagnie de Lucy. Je ne sais pas ce qui me prend, mais au lieu de me diriger vers ma porte d'entrée, je me tourne vers Célian.

– Tu sais, tu as tort. Ce n'est pas parce que je n'en ai pas envie, c'est juste que… je me pose mille questions à la minute.

– Je ne peux pas t'empêcher de réfléchir, répond Célian en souriant. Mais si c'est à propos des autres que tu te poses des questions, ils ne sont pas ici. Nous sommes seuls.

Qu'est-ce que c'est censé vouloir dire ?

– Pourquoi tu dis ça ?

– Tout à l'heure, tu avais peur qu'on nous surprenne. Je dis juste que, cette fois, nous sommes seuls. Tu peux arrêter de te poser des questions pendant une seconde et faire ce que tu as envie de faire. Sans penser aux autres. Juste toi… et moi.

Lorsqu'il avance d'un pas, je sens mon cœur qui s'emballe.

J'entends aussi le sien battre fort. Mes yeux se posent sur ses lèvres avant de remonter vers les siens. Le temps d'un cillement, je crois qu'il va m'embrasser. L'espace d'une respiration, j'en ai envie. Mais je me reprends.

– Je… je ferais mieux de rentrer.

Aussitôt, je plante Célian et me précipite chez moi. Après avoir refermé la porte derrière moi, je m'y adosse et soupire, les yeux clos. *Quelle froussarde !* J'ai pris la fuite comme une gamine de 10 ans, alors que j'avais désespérément envie qu'il m'embrasse. Non pas une envie, un besoin.

J'ai besoin de savoir si avec Célian je ressens quelque chose. La première fois qu'un mec m'a embrassée, il a fourré toute sa langue dans ma bouche. J'avais rêvé de ce premier baiser en imaginant ressentir des émotions exceptionnelles, un feu d'artifice dans ma tête. Finalement, j'ai été super déçue : j'avais l'impression d'embrasser une limace. Je me souviens que ce mec m'a dit que j'avais un goût de fraise Tagada. Le fautif ? Le paquet de bonbons que je m'étais enfilé juste avant de l'embrasser. En revanche, lui avait un goût de chips barbecue. Et mon deuxième baiser, c'était avec Jonah. Je n'ai rien ressenti non plus. C'était moins catastrophique que le premier, mais je n'en garderai pas un souvenir impérissable.

Serait-ce différent avec Célian ? Encore une question qui surgit dans ma tête. Sauf que si je ne trouve pas la réponse à celle-ci, ça va me rendre dingue.

Sans me donner le temps de réfléchir, je rouvre la porte et crie le nom de Célian en m'élançant vers lui. Lorsqu'il m'entend hurler dans la rue comme une folle, il s'arrête de marcher pour se retourner. Il a l'air perdu, ça se voit. Et ça se comprend aussi. Il doit penser que je suis une nana indécise avec de sérieux troubles mentaux. Au moins, il a la gentillesse de ne pas me mettre un vent.

– Qu'est-ce qu'il y a ? demande-t-il en faisant un pas vers moi.

À mon tour, j'avance un peu. Ses yeux se plantent dans

les miens. Ma confusion ne doit pas lui échapper. Le désir, l'incertitude, l'inquiétude, l'attirance, toutes ces émotions s'agitent dans mon esprit emmêlé. Mais cette fois, je mets toutes mes questions à la con aux oubliettes et je me lance :

– En fait, j'ai eu envie de t'embrasser toute la soirée.

Terrible entrée en matière. J'espère que Célian n'y prêtera pas attention et qu'il se rendra compte que je suis terriblement angoissée.

– Et donc ?

Son petit sourire apparaît, faisant redoubler mon stress. Je n'arrive pas à savoir s'il se paie ma gueule ou si ma maladresse l'amuse. C'est déstabilisant. Et ce qui l'est encore plus, c'est l'état dans lequel je suis en ce moment. Je n'ai pas l'habitude de me sentir comme ça, aussi troublée.

– Donc quoi ? demandé-je d'une petite voix.

– Qu'est-ce que tu attends ? Tu voulais m'embrasser, alors fais-le. À moins que tu sois encore en train de te défiler…

Cette dernière remarque, qui ressemble plus à une provocation, crée une décharge d'adrénaline en moi. C'est le coup de fouet dont j'avais besoin. À peine a-t-il fini de parler que je lui saute littéralement dessus, enroulant mes bras autour de son cou. Je m'accroche à lui comme le panda à son bambou, comme le coquillage à son rocher. Je le vois fermer les yeux lorsque je plaque mes lèvres sur les siennes. Célian n'a pas un goût de chips barbecue, il ne fourre pas toute sa langue dans ma bouche et… bordel, il embrasse merveilleusement bien. Ce que je ressens à cet instant est magique. J'aime le contact de sa peau chaude contre la mienne, sa respiration de plus en plus précipitée, le silence autour de nous, le goût de ses lèvres. Tout m'enivre. Et puis soudain, le bruit d'une voiture qui passe me ramène sur terre. Et si c'était quelqu'un du lycée ? Je m'écarte brusquement, paniquée. Mais je me calme la seconde d'après lorsque je ne reconnais pas la voiture en question.

– J'ai cru que… j'ai cru que… balbutié-je.

– Ne t'arrête pas, s'il te plaît.

Il m'enlace par la taille et me ramène vers lui pour m'embrasser de nouveau. Ses lèvres se posent sur les miennes avec une telle puissance que je pars un peu en arrière. Son baiser est plus déterminé, plus ardent et assuré que le mien. Je comprends que, contrairement à moi, Célian sait ce qu'il veut. Il n'a aucune hésitation, aucun doute. Ma peau tout entière est parcourue de picotements, tandis que sa langue s'emmêle furieusement à la mienne. Mon corps est comme embrasé, c'est une sensation nouvelle et si agréable. Célian détache ses lèvres des miennes, et j'ai à peine le temps de reprendre ma respiration qu'il pose sa main sur ma nuque pour me donner un baiser encore plus profond. Et ce moment dure, dure encore. Jusqu'à ce que Célian me relâche, le souffle court.

– Je…

Je n'arrive pas à finir ma phrase.

– Oh, non, dit Célian avec un rire nerveux. Si tu me dis que tu es désolée, je préfère partir tout de suite.

– Quoi ? Non !

– Ça me rassure. Parce que, me concernant, je ne regrette absolument pas ce qui vient de se passer.

– Moi non plus.

Ma réponse le fait sourire. Quand il sourit, ses yeux noirs pétillent. Je sens qu'il a envie de me dire quelque chose, mais il est interrompu par la sonnerie de son téléphone. Célian y jette un œil et le remet dans sa poche.

– Tu ne m'en veux pas si je te laisse ?

– Non, pas du tout. Je vais aussi rentrer.

– Pour de bon, cette fois ?

Il penche la tête sur le côté et m'offre son sourire le plus malicieux.

– Oui. De toute façon, tu ne seras plus là.

– On sait jamais.

C'est à mon tour de lui sourire.

– Bonne nuit, Alayna, reprend-il en s'éloignant.

– Bonne nuit à toi aussi.

En retournant chez moi, je m'aperçois que j'ai laissé la porte grande ouverte. Ce mec me fait perdre la tête, c'est le cas de le dire. Je referme et sens une boule de poils se frotter contre mes jambes. Heureusement que mon chat de garde était là pour surveiller la maison ! Je le prends dans mes bras, esquivant ses coups de griffes, et l'emmène dans ma chambre. En prenant ma douche, je me refais le film de cette soirée minute après minute, repassant le moindre détail – les regards de Célian, les expressions de son visage, son sourire, ses mots. Je revis notre baiser : ses lèvres sur les miennes, son goût dans ma bouche, ses mains sur mes hanches, ses doigts qui glissent dans mes cheveux.

Mes émotions font le grand huit.

Je sors de la douche, me mets en pyjama et me couche en remontant ma couette sous le menton. Bien qu'il soit trois heures du matin, je ne suis pas fatiguée. Comment pourrais-je dormir après ce qui vient de se passer ? Célian occupe toutes mes pensées. C'est déjà le cas depuis une semaine, mais cette nuit plus particulièrement.

J'ai l'impression de parler comme une greluche avec les hormones en ébullition.

En plus, ce n'est pas comme si je savais comment cette histoire va se solder. C'était un baiser, juste un baiser. Des millions de personnes s'embrassent tous les jours sans rien officialiser. Si ça se trouve, Célian regrette même de l'avoir fait. Il a dit le contraire, mais rien ne me prouve qu'il était sincère. Alors que je me triture le cerveau, la sonnerie de mon téléphone m'annonçant un message retentit. En lisant la suite de chiffres qui s'affichent, je souris.

[Deuxième confession :
tout à l'heure, quand tu m'as
planté devant chez toi,
j'ai traîné volontairement
le pas pour voir si tu revenais.

Meilleure décision de ma vie !]

Je dois me rendre à l'évidence : il n'a pas l'air de regretter. Du tout.

[Deuxième confession ?
Quelle était la première ?]

[Je te faisais croire que
je voulais sortir avec Lucy,
alors qu'en réalité, c'était
juste une excuse pour passer
du temps avec toi.]

Mon sourire s'agrandit un peu plus.

[C'est vrai.
Tu es rentré chez toi ?]

[À l'instant.]

[Bonne nuit… j'imagine ?]

[Bonne nuit, Aly.]

Aly ? Personne ne m'a jamais appelée comme ça. Quelques secondes plus tard, Célian me renvoie un autre message.

[Ou tu préfères Lana ?]

Mon cœur fait un double saut périlleux arrière. C'était le surnom affectueux que mon père avait l'habitude de me donner. Depuis le jour où il nous a abandonnées, j'interdis à quiconque de m'appeler Lana.

[Pas Lana, s'il te plaît.]

[Pas de souci, Aly.
Fais de beaux rêves.]

[Toi aussi.]

Je repose mon téléphone sur la table de chevet et ferme les yeux. Je m'endors en songeant que, cette nuit, j'ai eu la réponse à l'une de mes nombreuses interrogations.

Avec Célian, je ressens quelque chose.

23

Ce matin, je ne suis pas réveillée par l'alarme de mon téléphone. Ni par ma mère. Par contre, j'ai une terrible migraine. Je n'ai pas envie de me lever, mais je dois aller prendre un Doliprane d'urgence. Ce qui me rassure, c'est que j'ai tout le week-end pour me remettre de ma gueule de bois. Après avoir un peu traîné au lit, je file à la salle de bains, avale un cachet et me passe un coup d'eau froide sur le visage. C'est à ce moment-là que les souvenirs de la nuit dernière me reviennent brusquement. *J'ai embrassé Célian et il m'a rendu mon baiser. Avec force.* D'ailleurs, m'a-t-il envoyé un message ? Je retourne dans ma chambre et regarde mon téléphone posé sur la table de chevet. L'écran affiche qu'il est dix heures vingt et rien d'autre. Célian doit sûrement dormir. Je me demande si, comme moi, la première chose à laquelle il pensera en se réveillant sera notre baiser.

– La marmotte dort encore ? chuchote ma mère en ouvrant délicatement la porte.

– Je viens de me réveiller.

Elle vient m'embrasser sur le front puis part ouvrir mes volets pour illuminer la pièce.

– Ta soirée s'est bien passée ? Je ne t'ai pas entendue rentrer.

– C'était…

Magique ? Parfait ? Fabuleux ?

– Très cool, me contenté-je de dire.

– Viens prendre ton petit déjeuner. Je t'ai tout préparé.

Je hoche la tête, tandis que ma mère repart dans le salon. Je fais mon lit en vitesse et vais la rejoindre. Un verre de jus d'orange m'attend sur la table à manger, à côté d'une pile de pancakes encore chauds. J'embrasse ma mère pour la remercier et m'installe pour tout dévorer. Elle s'assied à côté de moi en souriant.

– Tu vas faire quoi aujourd'hui ?

– Aucune idée, dis-je, la bouche pleine.

– Tu pourrais faire un peu de ménage dans ta chambre ?

– Je l'ai déjà fait la semaine dernière.

– Passe au moins l'aspirateur.

Avec le petit déjeuner royal qu'elle m'a concocté, je peux bien faire ça.

– D'accord.

Ma mère va dans la cuisine, me laissant finir mes pancakes tranquillement. Après avoir avalé la dernière bouchée, j'ai le bide prêt à exploser. On pourrait presque croire que je suis enceinte de quatre mois. Je me lève, ballonnée, et débarrasse la table avant de retourner dans ma chambre. La première chose que je fais, c'est me jeter sur mon téléphone pour voir si je n'ai pas un nouveau message. Et oui, j'en ai un ! Sauf qu'il vient de Lucy. Quelle déception.

[Une boisson chaude au
Paramount Café
entre filles, ça te tente ?]

Le « entre filles » ne m'emballe pas des masses.

[Avec Leila ?]

[Je ne lui ai pas encore
proposé. Mais oui, si tu veux.]

[Non. Pour une fois,
j'aimerais qu'on passe un peu
de temps toutes les deux.]

Quelques minutes plus tard, Lucy me répond que ça lui ferait aussi plaisir. Pour l'instant, je n'ai pas envie de lui parler de ma dispute avec Leila. Je préfère repousser l'échéance plus longtemps, histoire de passer un week-end tranquille. Après m'être brossé les dents, je vérifie la température à l'extérieur en ouvrant la fenêtre. Il fait beaucoup plus froid qu'hier ! Et je dois dire que l'arrivée de l'automne me réjouit. Les gros pulls, les chocolats chauds, Halloween et les couleurs orangées des feuilles. Il y a quelque chose de magique qui se passe à cette saison. Tout excitée, je chausse mes Doc et une blouse en tulle, par-dessus laquelle j'enfile un long manteau automnal. Quand je sors de ma chambre, ma mère est assise sur le canapé.

– Je vais boire un café avec Lucy et je reviens, dis-je en prenant mon trousseau de clés.

– N'oublie pas que je dois partir en fin de matinée. J'ai pris rendez-vous avec l'ostéopathe.

– C'est bien pour ça que je prends mes clés.

J'entends le rire de ma mère en fermant la porte. Les mains dans les poches, je marche dans la rue, la tête bien couverte par ma capuche. Je pense à mon baiser avec Célian pour me tenir chaud. C'est dingue, depuis que je suis réveillée, je n'arrête pas de me repasser cette scène en boucle. Je suis même sûre d'en avoir rêvé.

Après environ dix minutes de marche, j'arrive devant le café décoré de quelques autocollants de citrouille et sorcière posés sur la vitrine. En entrant, je suis encore plus plongée dans l'ambiance : une ribambelle de ballons suspendus au plafond, représentant des fantômes et des chats noirs, est là pour m'accueillir.

– Alayna !

Lucy est déjà installée à une table avec un chocolat chaud entre les mains.

– Tu veux la même chose que moi ? Un chocolat chaud guimauve ? demande-t-elle alors que je m'assieds en face d'elle.

Une montagne de pancakes arrosée de sirop d'érable additionnée à un chocolat chaud à la guimauve fondue… ce n'est pas bon pour mon régime ! Oh, et puis merde.

– Oui, ça a l'air pas mal.

– C'est délicieux, tu veux dire ! Je reviens, je vais t'en commander un.

Je la remercie tandis qu'elle se lève pour aller au comptoir. J'en profite alors pour sortir mon téléphone et voir si Célian ne m'a pas envoyé de message. Toujours rien. Et s'il regrettait ce qui s'est passé entre nous ? Je sais que ça fait vingt fois que je le dis, mais cette fois, je doute vraiment. Hier soir, je ne l'ai pas vu boire une seule goutte d'alcool mais je ne suis pas restée avec lui toute la soirée. En me remémorant notre baiser pour la millième fois, j'essaie de me souvenir de son goût. J'ai senti de la pêche, un soupçon de menthe, peut-être à cause d'un chewing-gum qu'il a mâchouillé, et de la noix de coco. Pour le dernier, je ne sais pas où je suis allée le chercher. En tout cas, pas d'alcool ! Je ne crois pas qu'il était bourré… *Alayna, tu réfléchis trop.* Il doit dormir, voilà tout.

J'arrête de me torturer les méninges lorsque Lucy me dépose une énorme tasse débordante de petites guimauves blanches.

– Au fait, dis-je en sortant mon porte-monnaie. Je te dois cinquante dollars.

Lucy prend le billet que je lui tends et me remercie en le rangeant dans son sac. Adieu, précieux argent ! J'ai un pincement au cœur en pensant qu'il contribue à l'achat d'un bracelet que l'autre hypocrite de Leila va porter.

– Je suis crevée, lâche Lucy en s'enfonçant dans son siège. Pas toi ?

– Un peu.

– Il faut que je te dise un truc.

Je prends une gorgée de mon chocolat chaud et relève les yeux vers elle.

– J'ai fait n'importe quoi, reprend-elle d'une voix mal assurée.

– Ouais, je sais. J'ai vu.

– C'est vrai ?

Elle a l'air choquée.

– Tu parles bien de ta petite danse avec Evan ? Parce que oui, je l'ai vue. Comme tout le monde, d'ailleurs.

– Merde… même Célian, tu penses ?

Mais ce n'est pas possible, elle fait vraiment une fixation sur lui ! Elle galoche un mec toute la soirée et elle ose me parler d'un autre le lendemain ! Je vais finir par craquer, c'est certain.

– Il n'en a rien à foutre, tu sais. Donc ce n'est pas bien grave.

Enfin, c'est sorti ! Je me sens libérée d'un gros poids. Lucy fait une drôle de tête, puis elle soupire. Je bois une nouvelle gorgée de mon chocolat chaud, très fière de ma réponse.

– Je sais bien. Leila m'a dit qu'il avait embrassé Debbie, c'est pour ça que je suis allée me rabattre sur Evan. J'étais clairement dégoûtée. Cette garce a fini par l'avoir.

Le fond de ma gorge se remplit, je me retiens de justesse de tout recracher. J'ai bien entendu ? Célian et Debbie se sont embrassés ? Lucy s'essuie la bouche avec une serviette, l'air dépitée, alors que j'essaie de cacher mes émotions du mieux que je peux. Ce n'est pas simple. Je viens de me prendre une gifle en plein visage. Un coup de pied inouï dans le ventre. Je dois me ressaisir, Leila serait capable d'inventer tout et n'importe quoi. J'essaie de me rassurer avec cette pensée, bien que je n'y croie qu'à moitié, ou à moitié de moitié. On verra bien. Il ne faut quand même pas que j'oublie que Célian a couché avec Lucy, qu'il se fait appeler petit cœur par Debbie et qu'il a passé la dernière semaine de vacances avec elle. J'imagine qu'ils n'ont pas occupé leurs journées à regarder des séries ou à disputer des parties de Monopoly endiablées.

La magie retombe d'un seul coup.

– Donc, tu remets le couvert avec Evan ?

Je préfère changer de sujet. Je n'ai pas envie de parler de Célian plus longtemps.

– En ce moment, je suis un peu perdue sur le plan sentimental…

Tu m'étonnes. Ça ne doit pas être facile de jongler entre deux mecs.

– Evan est un connard, tu ferais une énorme bêtise en te remettant avec lui.

Je le pense. J'aimerais qu'elle lâche l'affaire avec Célian, mais ça ne veut pas dire non plus que j'ai envie de la voir de nouveau en couple avec Evan. Cet abruti n'a fait que la blesser pendant quatre mois.

– Lui, au moins, il me calcule.

– C'est quoi, cet argument bidon ? Il te calcule, oui, mais pour t'humilier et te manquer de respect. Tu trouves ça normal ? Moi non. Je préfère à la limite un mec qui ne me calcule pas.

– Je ne sais pas pourquoi je retourne toujours vers lui quand je suis saoule…

Je l'arrête tout de suite.

– L'alcool n'excuse rien.

– Tu n'as pas besoin de me faire la morale, Alayna. Je pense que je vais juste appliquer ton conseil et ne plus sortir avec personne jusqu'à l'université. Tu as raison, si ça n'a pas marché une première fois avec Evan, c'est pour une raison. Puis concernant Célian, il est bien parti pour sortir avec Debbie, alors… je laisse tout tomber.

– Comment tu peux le savoir ?

– Pour Evan ? Il m'a trompée, donc…

– Non, je parlais de Célian et Debbie.

Je m'aperçois que ma voix devient de plus en plus sèche, mais je ne réussis pas à la maîtriser.

– Tu les as bien vus, hier soir, ils ne se lâchaient pas. Mais tu sais quoi ? Je m'en fous. Célian peut se taper qui il veut, ça m'est égal… tant que ce n'est pas toi et Leila, bien sûr !

Je ris avec elle, sauf que mon rire à moi est nerveux. Malheureusement, ça confirme bien ce que je pensais. Si Lucy apprenait mon baiser avec Célian, elle serait furieuse. Ça briserait le code numéro un des filles, celui qui dit qu'on ne touche pas aux coups de cœur de ses amies. Mais qu'est-ce que ce code dit quand l'amie en question fait n'importe quoi ? Lucy n'a pas été sérieuse avec Célian. Alors, pourquoi devrais-je respecter cette règle débile ?

– Ce n'était pas utile de le préciser.

– J'essaie de faire un peu d'humour après cette soirée pourrie.

Je reprends une gorgée de mon chocolat chaud sans rien dire. Lucy attrape son téléphone, tapote l'écran quelques instants, puis reprend le fil de notre conversation.

– Je peux proposer à Leila de nous rejoindre ? Elle s'ennuie à mort.

– Elle n'est pas avec ses parents ?

– Non, leur vol est reporté à demain.

À tous les coups, elle a dû solliciter ses domestiques pour nettoyer la maison.

– Tu peux la faire venir ici. De toute façon, je vais partir.

– Pourquoi ?

– J'ai promis à ma mère de ranger ma chambre.

Je n'ai pas de domestique pour faire les choses à ma place, moi. Puis, il est hors de question que je la voie.

– Tu veux venir chez moi demain ?

– Je te tiens au courant, dis-je en me levant.

Je lui fais un signe de la main en partant et retourne dans la fraîcheur matinale. Quelques minutes plus tard, je suis de retour chez moi. Ma mère est déjà partie. J'en profite pour passer un bon coup d'aspirateur dans ma chambre, puis je pousse l'effort plus loin en m'attaquant au salon. Je n'aime pas particulièrement ça, mais j'ai besoin de m'occuper l'esprit.

Si Leila dit vrai, et que Célian et Debbie se sont embrassés, je n'y comprends plus rien. J'aimerais clarifier la situation, mais je n'ai pas le courage de lui envoyer un message en premier. Alors, je vais tout bonnement rester dans le flou jusqu'à ce qu'il le fasse, lui. Si tant est qu'il le fasse.

24

Chaque fois que ce maudit clown apparaît sur l'écran de mon ordinateur portable, je ferme les yeux. Afin de me mettre complètement dans l'ambiance, je me suis calfeutrée dans ma chambre et j'ai fermé mes volets. J'adore les films d'épouvante, c'est toujours une bonne raison pour se glisser sous la couette. Ils me donnent des cauchemars, mais ça ne m'empêche pas de continuer à en regarder. Lorsque Pennywise surgit dans la salle de bains pour kidnapper Beverly, je sursaute avec force. Et c'est le moment que ma mère choisit pour entrer en trombe dans ma chambre. Un cri aigu m'échappe et, après ce gros coup de frayeur, j'éclate de rire.

– Qu'est-ce que tu regardes encore ? demande ma mère en fronçant les sourcils.

– *Ça*, le film. Pendant une seconde, je t'ai prise pour le clown, tu as la même tête démoniaque que lui.

Elle soupire.

– Mets ton film à la noix sur pause et viens m'aider à ranger les courses.

Je m'exécute et la suis dans la cuisine.

– Tu n'as rien remarqué ?

– Si, tu as fait un peu de ménage.

– Un peu ! Je me suis tuée à la tâche !

Elle sourit en rangeant une brique de lait dans le frigo.

– Si je te prépare des lasagnes pour ce soir, ça te va comme remerciement ?

– Très bien.

Ma mère me demande d'aller chercher les deux sacs de courses restants dans le coffre de la voiture pendant qu'elle coupe des tomates fraîches pour faire la sauce bolognaise. Après avoir tout rangé, je repars dans ma chambre et ne résiste pas à l'envie de prendre mon téléphone. J'hésite un instant avant d'allumer l'écran. Si Célian ne m'a toujours pas envoyé de message, je vais péter une durite. Personne ne dort jusqu'à vingt heures, même après un lendemain de soirée. En pressant le bouton central, je serre les dents. Pas un SMS, pas un appel. Rien. Putain. Dans un accès de rage, j'ouvre ma conversation avec lui.

[Tu as embrassé Debbie
hier soir ? Ne t'avise pas
de me mentir, je le saurai.]

Sans réfléchir, je l'envoie. Je ne m'inquiète plus de passer pour une conne désespérée. Ou une jalouse maladive. Célian me doit des explications et, d'une manière ou d'une autre, il va me les donner. Ce n'était pas seulement un baiser. Ce moment a été intense, stupéfiant, sûrement parce que totalement inopiné et inimaginable. La vérité est que, passé l'instant de doute, j'ai été assaillie par mille émotions. Je dois le reconnaître. Ce moment était spécial. Et s'il a fait vivre ce même instant à Debbie, je serais déçue.

En attendant sa réponse, je rouvre mes volets et me laisse tomber sur mon lit. Je mets mes écouteurs avant de lancer la musique. Son silence radio me plonge de nouveau dans le doute. Je commence à croire qu'ils se sont vraiment embrassés et qu'il m'a prise pour une conne. Et c'est peut-être ce que je suis, finalement ! Je me maudis d'avoir été aussi naïve, d'avoir cru à ce baiser. Pour penser à autre chose, j'essaie de me concentrer sur la musique. « Carmen » tambourine dans mes oreilles. À force de l'écouter, je connais ce morceau sur le bout des doigts.

Sauf que, cette fois, peu après le début de la chanson, j'entends quelque chose de différent. Une sorte de coups répétés. Je m'empresse d'appuyer sur le bouton pause et me mets debout – le bruit vient de l'extérieur. Il doit y avoir un oiseau qui cherche à entrer, ce ne serait pas la première fois que ça arrive.

J'ouvre la fenêtre, me penche par-dessus le rebord et au lieu de voir une pie ou une mésange, je vois Célian, qui est là, avec un grand sourire aux lèvres et des petits cailloux à la main.

Mes yeux s'agrandissent. Certes, ma mère est cool, mais je ne suis pas sûre qu'elle apprécierait que Célian se pointe ici à vingt heures. Surtout, sans utiliser la porte d'entrée !

– Tu peux me rejoindre dans la rue ? chuchote-t-il en souriant.

– Déjà, bonsoir. Je vais bien, merci. Et toi ? Tu as passé une bonne journée ? Parce que moi, ça va.

– Ne te vexe pas. Je te poserai toutes ces questions une fois que tu seras dehors.

Je l'observe un instant sans rien dire. La peur de voir ma mère débarquer dans ma chambre me pousse à accepter. Bon, c'est vrai qu'il n'y a pas que ça. Je dois savoir ce qui s'est passé entre lui et Debbie. Après avoir passé une journée entière à cogiter comme une conne, j'ai besoin d'une réponse claire et précise. Maintenant que Célian est ici, je ne vais pas le laisser filer facilement.

– J'arrive.

Je ferme la fenêtre et, après avoir enfilé mes Doc, je me précipite dans la cuisine. Ma mère surveille la cuisson des lasagnes dans le four.

– Maman, tu te souviens du garçon avec qui je parlais la dernière fois ?

– Celui qui te draguait devant la maison ?

– Draguer est un bien grand mot.

Arborant un sourire en coin, elle tourne la tête vers moi.

– Il est là, c'est ça ?

– Comment tu le sais ?

– Tu as enfilé tes chaussures et tu as un sourire grand jusqu'aux oreilles.

Je lève les yeux au ciel, mais remarque très vite qu'elle a raison. J'ai un sourire idiot scotché sur mes lèvres, que je ne parviens pas à effacer.

– Je peux aller le voir ?

– Alors, il n'est plus aussi inintéressant que ça ?

– Maman…

– J'arrête de t'embêter, répond-elle en riant. Tu peux y aller, mais ne tarde pas trop. Les lasagnes sont bientôt prêtes.

Je hoche la tête, contenant plus ou moins mon excitation, et trottine vers la porte d'entrée. Après avoir enfilé un manteau, je sors dans la rue. En moins d'une seconde, je repère Célian. Sa tête est couverte par la capuche d'un épais sweat-shirt noir. Lorsque j'arrive devant lui, il m'accueille avec un grand sourire.

– Salut, Aly. J'attendais que tu sois là pour te poser la question. Ça va ? Tu as passé une bonne journée ?

– Ça va, merci, dis-je avec un sourire mi-ironique mi-amusé.

– Satisfaite de cet accueil ?

– Tu aurais pu faire mieux, mais je m'en contenterai.

– Tu préfères peut-être que je t'accueille à *ma* façon ?

Au lieu de rester à une distance raisonnable, Célian s'avance vers moi et appuie son corps contre le mien. Il se penche comme pour m'embrasser. Ma gorge s'assèche, mon cœur s'emballe et j'ai l'impression que l'air n'afflue plus vers mes poumons. Je suis en train de revivre les mêmes sensations qu'hier soir, mais plus intensément encore. Maintenant que je connais le goût de ses lèvres, l'embrasser pourrait bien devenir un passe-temps très addictif. Ce que je ne sais pas, en revanche, c'est si ces mêmes lèvres se sont posées sur celles de Debbie.

Cette dernière pensée me donne la force de le repousser.

– Doucement, murmuré-je en posant une main sur son torse. Qu'est-ce que tu fais ?

– Tes lèvres m'ont manqué.

Je déglutis et me concentre pour afficher un visage impassible. Il ne faut pas qu'il sache que le sentiment est mutuel. Au bout de quelques secondes, j'arrive finalement à récupérer mon self-control et je recule, les bras croisés.

– Tu n'as pas reçu mon message ?

Il a l'air surpris.

– Tu m'en as envoyé un ? Je suis désolé. J'étais chez Wes toute la journée, ma batterie a lâché.

Sans que je lui demande quoi que ce soit, il sort son téléphone pour me le montrer. Il appuie sur le bouton central et, en effet, il ne s'allume pas. Mais ça ne suffit pas à atténuer mes doutes.

– À ce qu'on raconte, tes lèvres n'ont pas touché que les miennes.

– Quoi ?

– Lucy m'a dit que tu avais embrassé Debbie. C'est vrai ?

Je me force à rester calme, comme si je n'avais pas peur d'écouter la réponse.

– J'ai fait ça ?

Ça lui plaît de répondre à ma question par une autre question ? S'il me fait mariner une seconde de plus, il va manger autre chose que mes lèvres. Et ce sera beaucoup moins agréable.

– Qu'est-ce qui te fait sourire, au juste ? Et pourquoi tu ne réponds pas à ma question ? Tu sais, je m'en fous, si tu l'as embrassée. Ce n'est pas comme si on était ensemble.

Il me lance son sourire en coin, ce qui ne fait qu'accroître ma colère.

– Vraiment ?

– Oui, vraiment, réponds-je d'une voix ferme. Tu n'as aucun compte à me rendre. Mais, si tu as envie de continuer à l'embrasser, ce sera sans moi. Je ne voudrais pas attraper de l'herpès.

– Alors, si c'est faux et que je n'ai pas embrassé Debbie,

tu seras obligée de rester avec moi. C'est ce que je dois comprendre ?

– Non.

Je commence à partir, agacée par cette conversation qui n'avance pas, mais il me rattrape par la main et m'attire contre lui avec force. Ses yeux sombres plongent dans les miens avec une telle intensité que je ne peux plus partir. Mon cœur se remet à battre avec frénésie et j'ai chaud, étonnamment chaud. Ces sensations traversent mon corps, l'embrasent et le font vibrer. Je n'ai aucune idée d'où elles viennent ni ce qu'elles signifient. Je sais juste que c'est très différent de ce que j'ai ressenti avec Jonah ou avec le mec qui avait un goût de chips barbecue. C'est différent et ça me fait peur. Je ferme les yeux un court instant, tentant de reprendre mes esprits et le contrôle de mon corps.

Lorsque je les rouvre, Célian se penche vers moi et me glisse à l'oreille.

– Je n'ai pas embrassé Debbie. C'est con pour toi, Aly. Tu vas devoir assumer ce qui s'est passé entre nous, tu ne peux plus me fuir maintenant.

– Ce n'est pas parce qu'on s'est embrassés que je suis enchaînée à toi.

Il profite de notre proximité pour passer les bras autour de ma taille et m'enlacer avec douceur, cette fois, mais toujours avec assez de force pour que je ne puisse plus bouger. Un sourire sournois orne ses lèvres.

– Maintenant, tu l'es.

– Lâche-moi !

J'essaie de me débattre, ce qui le fait rire.

– Donc, on est ensemble ?

– Non !

– Si.

Son rire fuse et je contiens le mien avec difficulté. Il tend le cou pour atteindre ma bouche, mais je bouge la tête dans tous les sens pour l'éviter. Même si mille émotions se bousculent dans mon esprit, je ne voudrais pas qu'on prenne ces choses trop au sérieux. Je l'ai embrassé une fois, une seule fois, et ça m'a fait perdre les pédales. Si je veux garder les pieds sur terre, mes lèvres doivent rester loin des siennes.

Célian me libère enfin.

– Tu veux venir chez moi ? Je profite du fait qu'il n'y a pas ma mère et mon frère pour faire une petite soirée. Il y aura Wes et d'autres gens du lycée.

– Non, merci.

– Tu n'as toujours pas envie qu'on nous voie ensemble ?

– Tu commences à comprendre les choses.

– Oui, je les comprends. Mais ça ne veut pas dire que je les accepte pour autant.

– Ah.

Un silence pesant s'installe entre nous. Alors qu'il s'adosse contre un muret, il se passe les mains sur le visage et soupire. Il doit penser que je suis une girouette, et il n'aurait pas tout à fait tort. Je ne sais toujours pas ce que je veux, mais je sais ce que je ne veux pas. Tomber amoureuse. Il ne faut surtout pas que ça arrive maintenant. En fait, jamais. C'est un coup à y laisser des plumes, voire toute sa carcasse ! Et je tiens à conserver la mienne, intacte, de préférence.

– Tu as honte de moi ?

Je le considère, d'abord perplexe, puis je souris.

– Complètement. Et puis, je te rappelle que toi et moi, on a une réputation à tenir. Le bourreau des cœurs et la reine de glace ne peuvent pas être vus ensemble.

Mon air malicieux le fait rire.

– La reine de glace m'a quand même embrassé.

– Oui, et j'espère que tu en as bien profité. Parce que ça ne se reproduira peut-être plus.

– Alors, tu regrettes ce qui s'est passé ?

– Ce n'est pas ce que j'ai dit.

– J'aimerais beaucoup que tu m'expliques, Aly. Ce n'est pas simple d'être dans ta tête.

Cette dernière remarque m'arrache un sourire. Heureusement qu'il ne peut pas lire dans mes pensées ! Qu'il ne sait pas que notre baiser, profond et fougueux, a pu me troubler de la sorte. Enfin, qu'il me trouble de la sorte. Que je lutte chaque seconde pour ne pas reproduire la même scène qu'hier. Pour m'aider à tenir, je me répète que c'était une erreur. Une belle erreur, mais une erreur quand même. J'ai écouté mes émotions, je les ai laissées me guider, me submerger et par conséquent, je l'ai embrassé. Maintenant, je dois réfléchir pour peser le pour et le contre.

– C'est normal. Tu n'as pas l'habitude des filles comme moi.

– Non, admet-il dans un nouveau soupir.

– Essaie de voir mes lèvres comme… un gâteau au chocolat.

Il hausse un sourcil, partagé entre l'amusement et l'incompréhension.

– Un gâteau au chocolat ? J'ai du mal à visualiser ça.

– Si tu prends une part de ce gâteau au chocolat tous les jours, dis-je en désignant mes lèvres, tu risques de t'en lasser. Plus c'est occasionnel, mieux c'est.

En plus d'être loufoque, cette comparaison est pourrie, mais je n'ai pas trouvé mieux pour le tenir loin de moi.

– Oh, d'accord. Alors tu n'es pas réfractaire à l'idée qu'on remette ça ?

Une lueur d'espoir brille dans ses yeux noirs. Je fais mine de réfléchir, mais je sais très bien quel genre de réponse je vais lui donner. En fait, j'ai envie de le faire cogiter. Ce n'est pas parce que je réfléchis que je ne peux pas m'amuser un peu. Puis, il m'a bien fait gamberger toute la journée ! J'ai droit à une mini-vengeance. Maintenant, les rôles s'échangent et c'est à son tour de se torturer l'esprit. *Comment je le sais ?* Les émotions se lisent sur son visage. Il a les sourcils froncés, l'expression grave et il a l'air tendu.

– Je ne sais pas. Si l'envie me prend, je te ferai signe !

Sans attendre sa réponse, je tourne les talons, un sourire sadique aux lèvres.

– T'es sérieuse ? Tu me plantes comme ça ?

– Tu as une soirée à assurer ! Ne fais pas attendre tes invités.

Je l'entends rire derrière moi, tandis que je me dirige vers ma porte d'entrée. Avant de la fermer, je me tourne vers lui. Malgré la distance, je le vois toujours sourire.

– Je n'abandonnerai pas, Alayna ! hurle-t-il dans la rue.

– Tant mieux, chuchoté-je doucement.

Quand je le vois repartir, je ferme la porte et vais rejoindre ma mère dans le salon. Je me dépêche de retirer mon manteau et l'accroche au dos d'une chaise. L'odeur de la bolognaise a embaumé toute la maison, j'en ai l'eau à la bouche. En m'asseyant à table, je sens que ma mère se retient de me bombarder de questions.

– Je ne sors pas avec lui, si c'est ce que tu te demandes, dis-je en me servant une bonne portion de lasagnes.

Une moue déçue apparaît aussitôt sur son visage.

– Oh.

– T'es ma mère ! m'exclamé-je en riant. Tu es censée m'interdire de fréquenter des garçons jusqu'à l'âge de 30 ans.

– Eh bien, il faut croire que je ne suis pas ce genre de mère. J'espère sincèrement que je verrai ma fille amoureuse bien avant ses 30 ans.

Elle est vraiment obligée de me parler d'amour quand j'ai la bouche pleine de sauce tomate ? Je prends une serviette pour m'essuyer le coin des lèvres, tout en levant les yeux au ciel.

– Pitié…

– Quoi ? C'est naturel, Alayna ! Il y a des choses que tu ne pourras pas contrôler. L'amour en fait partie.

– Je suis déjà au courant ! Maintenant, on pourrait changer de sujet ? Tes lasagnes perdent de leur saveur quand tu me parles d'amour.

Elle hausse un sourcil avec un soupir, comme si je venais de gâcher le repas.

– Tu as été la première à en parler.

– C’était pour stopper ta curiosité, réponds-je d’une voix blasée.

Mais j’ai oublié que la sienne était sans limites.

À la fin du repas, je retourne dans ma chambre et, après avoir enfilé un pyjama, je me glisse sous la couverture. En dehors de Wes, qui s’est pointé à la fête de Célian ? Sont-ils nombreux ou en comité restreint ? Ces questions suffisent à éveiller ma curiosité. Je prends mon ordinateur portable, me connecte sur les réseaux sociaux et fais un tour sur le profil de Wes, celui de Célian et ceux de tous leurs potes. Quelques photos circulent déjà. Je les regarde une par une, avec autant de minutie qu’un enquêteur du FBI. Il a l’air d’y avoir peu de monde à sa soirée, en tout cas, rien de comparable à celles de Leila. D’ailleurs, il n’y a aucune trace de sa grande amie Debbie. Je me surprends à pousser un soupir de soulagement.

Même si je n’ai toujours aucune idée de ce que je veux avec Célian, je n’aurais pas apprécié qu’elle lui susurre des mots doux au creux de l’oreille toute la soirée. Son « petit cœur » résonne encore dans ma tête, ça me donne la gerbe.

Je voudrais prendre mon temps avec Célian, sans avoir l’impression constante d’être en compétition avec Debbie. S’il n’arrive pas à faire preuve d’un minimum de patience et qu’il choisit l’option de facilité avec elle, je serai au moins fixée. Après avoir passé un temps infini à regarder le plafond, il me vient une idée. Dresser la fameuse liste du pour et contre, voilà ce dont j’ai besoin. Chaque fois que je me trouvais dans une situation délicate et qu’il fallait que je prenne une décision rapidement, c’est ce que je faisais pour m’aider à y voir plus clair. Je ne dis pas que ça marchait à tous les coups, mais c’était utile. Je prends un carnet, de quoi écrire et je m’assieds en tailleur sur mon lit.

Contre :

Commençons par les choses fâcheuses.

1. Lucy pourrait me tourner le dos.

2. Debbie aimerait mettre Célian dans son lit. Si ce n'est pas déjà fait ?

Ce qui m'amène à mon prochain point…

3. Puis-je faire confiance à Célian ?

Je mets un énorme point d'interrogation sur celui-ci.

4. Sa réputation le précède.

Je sais que c'est similaire au point numéro trois, mais je dois être doublement vigilante pour ne pas me faire avoir.

5. Pas besoin d'une relation pour être heureuse.

6. Je veux décrocher mon diplôme de fin d'année.

J'ai besoin de rester concentrée sur mes objectifs, et une distraction comme Célian ne serait pas la bienvenue.

7. Je ne veux pas qu'une relation définisse qui je suis.

Oui, je veux être autre chose que « la nana de… ». J'ai de la famille, des amies, des projets. Je n'ai pas à être obligatoirement avec quelqu'un pour croire que j'ai de la valeur.

8. Peur de souffrir ?

Je n'ai pas envie de débattre sur ce point-là. Au total, ça en fait huit.

Huit raisons qui prouvent que je n'ai pas besoin de Célian dans ma vie. Maintenant, place au positif.

Pour :

1. Célian est plutôt drôle.

J'insiste sur le « plutôt ».

2. L'attirance.

C'est indéniable, Célian est beau à en crever. Mais cette attirance ne s'arrête pas au niveau physique, c'est bien plus que ça. Il dégage quelque chose que je ne saurais expliquer.

3. Ce « truc ».

Quand je suis avec lui, je ressens un truc très fort. Et depuis notre baiser, ce truc s'est décuplé.

4. Les émotions ?

Je crois que c'est ça, le truc dont je parlais.

5. Je n'ai pas toujours été une conne allergique à l'amour.

Difficile à croire, mais quand j'étais plus jeune, j'enviais un peu mes amies en couple. Le départ de mon père a changé radicalement ma vision des choses… mais… peut-être que Célian pourrait me faire changer d'avis ?

6. Célian n'est PAS mon père.

Et heureusement. Sinon, ça aurait été vachement plus glauque.

7. Je n'arrive pas à me le sortir de la tête.

Je sais que je peux trouver deux autres raisons. Je le sais.

8. Célian a l'air d'avoir une patience d'ange.

Peut-être qu'il pourrait m'aider à me canaliser ?

9. Essaie, pauvre conne.

Je souris. Les raisons positives l'emportent sur les négatives. En refermant mon carnet, je reçois un message de Célian, et je ne peux m'empêcher de penser que c'est un signe.

[J'aurais aimé que tu sois là.]

Je vais finir par avoir une crampe à force de sourire.

[Une prochaine fois,
peut-être… Qui sait ?]

[Oui, qui sait. Plein de
bonnes choses, auxquelles
je ne croyais pas vraiment,
sont déjà arrivées.
Je continuerai à être patient,
ça vaut le coup.]

[J'espère.]

[Je dois te laisser.
Si je reste sur mon téléphone
toute la soirée,

Wes va me faire la gueule.
Bonne nuit, Aly.
Et quoi que tu penses,
je suis sûr que ça vaut
le coup.]

[P.-S. : J'sais pas toi,
mais j'ai une soudaine envie…
de gâteau au chocolat.]

Mon sourire s'agrandit à la vue de ce message, mais je préfère ne pas trop en dévoiler pour l'instant. Même si mes doutes commencent peu à peu à s'effacer, je ne voudrais pas qu'il pense que je suis à ses pieds. Bien sûr, je vais arrêter d'être froide avec lui, mais ça ne veut pas dire non plus que je vais lui tomber dans les bras. Ce n'est pas mon genre. Et Célian a dit qu'il était prêt à faire preuve d'un peu de patience avec moi, pas vrai ? C'est l'occasion de me le prouver.

[Passe une bonne soirée.]

Après avoir éteint mon téléphone, je m'endors, l'esprit léger et avec un sourire posé sur mes lèvres.

25

Le lundi matin, je suis trop fatiguée pour avaler un petit déjeuner. J'ai encore des courbatures de la veille. Dimanche, aux alentours de sept heures, ma mère m'a fait la merveilleuse surprise de me réveiller pour m'emmener faire une randonnée dans le Colorado. Autant dire que j'ai râlé durant tout le trajet. Cette marche était longue, épuisante, casse-gueule et je n'avais pas assez de réseau pour parler avec Célian. Ce n'est que le soir, en rentrant chez moi, que j'ai vu qu'il m'avait proposé qu'on se voie le soir. La plupart des filles auraient surmonté leur fatigue, moi pas. Je me suis allongée sur mon lit et je n'ai pas été capable d'en sortir. Ça a bien fait marrer Célian, qui n'a pas pu s'empêcher de se moquer de mes capacités sportives.

J'essaie de ne pas me rendormir sur la table et de finir la tartine que ma mère m'a préparée.

– Tu n'as pas bien dormi ?

– Pas assez.

– Tu te coucheras de bonne heure ce soir. Tu verras, quand tu reprendras une activité physique plus régulière, tu seras en meilleure forme.

– Parce que tu comptes remettre ça ?

Encore une randonnée comme celle-ci et je reste dans mon lit jusqu'à la fin de mes jours.

– J'ai pensé à Yellowstone pour le week-end prochain, ça te dit ?

– C'est à six heures de route d'ici.

– Et alors ? Ce n'est pas un problème, dit-elle en enfilant sa veste. On partirait de la maison vers cinq heures le samedi matin, on se prendrait un petit hôtel là-bas et on repartirait le dimanche très tôt aussi.

J'hésite à lui dire que j'aurais largement préféré passer un week-end sur les plages de Los Angeles ou une escapade à Seattle, mais je n'ai pas envie de la vexer. Je dois user d'un subterfuge pour essayer de la convaincre d'aller ailleurs.

– Et si on se fait attaquer par une bête sauvage ? Il y a des ours et des loups dans ce parc, c'est super dangereux. La ville, c'est plus sûr.

Lorsque je la vois secouer la tête dans tous les sens, je comprends que c'est un échec.

– Réfléchis un peu, Alayna ! On prendrait une excursion guidée avec un ranger, ajoute-t-elle en prenant ses clés de voiture. Bon, j'y vais. Je ne suis pas en avance. Réfléchis-y et tu me donneras ta réponse ce soir.

Je hoche la tête, cachant tant bien que mal ma déception. Néanmoins, je sais d'avance la réponse que je vais lui donner : un non catégorique. Cinq minutes après qu'elle est partie, je cours me préparer dans ma chambre, me rappelant que le bus passe me prendre à neuf heures trente et qu'il est déjà… neuf heures vingt-cinq. Cette dispute avec Leila va changer mon quotidien, je peux déjà commencer par faire une croix sur son Range Rover. D'ailleurs, je n'en reviens toujours pas que ces deux années d'amitié se finissent ainsi.

En sortant de chez moi, je crois rêver quand je me retrouve nez à nez avec… *Leila*.

– Salut, Alayna. Je t'emmène au lycée ?

– Je suis désolée d'apprendre que tu souffres d'amnésie. Soigne-toi bien.

Après lui avoir offert un faux sourire compatissant, je la contourne et pars en direction de mon arrêt.

– Attends ! hurle-t-elle en essayant de me rattraper.

– Ne te fatigue pas, Leila. Je prends le bus.

– Je suis désolée pour vendredi soir. L'alcool m'a fait dérailler.

Je me tourne vers elle pour la fusiller du regard.

– Non, tu crois ?

– J'ai eu de la peine pour Lucy.

– Ce serait bien la première fois que tu te soucies d'elle.

Elle baisse les yeux, honteuse.

– Je sais que j'ai fait une erreur. Je n'aurais jamais dû couvrir Debbie et je te promets que je m'en veux d'avoir pris cette décision. Mais, que tu le croies ou non, je tiens à Lucy et pendant une seconde, il m'a semblé que tu étais sur le point d'embrasser Célian. Je vous ai vus tous les deux dans le noir, et j'en ai tiré une conclusion hâtive. J'en suis désolée.

Oh, non.

Si tu savais toute la vérité, tu ne serais pas désolée.

Maintenant, c'est à mon tour d'être gênée. Finalement, je me demande si je ne préférerais pas l'entendre me dire que j'étais la dernière des pourritures, ça me permettrait au moins de ne pas ressentir ce profond sentiment de malaise.

– Je n'aurais pas dû te parler comme je l'ai fait, poursuit-elle. Je sais que tu t'es donné du mal pour essayer d'arranger les choses entre Célian et Lucy, même si c'était cuit d'avance. Je m'excuse d'avoir été une vraie conne, Alayna.

– Ça va, c'est rien. Moi j'ai menti à Lucy, alors on ne peut pas dire que je sois mieux.

– Tu parles de cette histoire de SMS ? J'ai tout de suite compris que ce n'était pas avec Wes que tu échangeais.

– Je n'ai pas pu lui dire que c'était Célian, dis-je sans croiser son regard. Même si je n'ai rien fait avec lui, j'avais trop peur qu'elle le prenne mal.

Ce n'est pas tout à fait exact. La nuit où Lucy a débarqué chez moi sans prévenir et que je lui ai menti sur l'identité du destinataire, je n'avais *encore* rien fait avec Célian. Mais, après la soirée de Leila, c'est vrai que les choses ont eu le temps d'évoluer et de se compliquer… sans que je m'en rende vraiment compte.

J'ai un sursaut lorsque Leila pose ses deux mains sur mes épaules.

– Tu as fait de ton mieux pour aider Lucy. Maintenant, ce n'est pas ta faute si ce crétin a essayé de te draguer. Puis de son côté, Lucy n'a pas été irréprochable non plus.

– Je sais.

Elle libère mes épaules en soupirant.

– C'est un peu tard pour te dire ça, mais je te crois quand tu dis qu'il ne s'est jamais rien passé entre vous. Je n'aurais pas dû en douter.

Une deuxième bouffée de honte m'envahit. C'en est trop, je ne peux plus continuer à mentir. Je ne sais pas par où commencer, mais je me lance :

– Euh, bah… je manquerais d'honnêteté si je te disais que je n'ai jamais été attirée par Célian, mais…

– Bien sûr ! s'exclame-t-elle en levant les bras au ciel. Toutes les filles ont déjà été attirées par Célian Walsh. Ce n'est pas un secret. Mais toi, tu as su faire la différence en le repoussant.

Je retire ce que j'ai dit, je peux continuer à mentir. En fait, je n'ai pas vraiment le choix. Lucy et Leila me voient comme l'amie parfaite, je me demande comment elles réagiraient si elles apprenaient que ce n'est pas le cas. Comme je ne peux plus supporter d'entendre tous ces éloges à mon sujet, je change de sujet. J'espère que la transition ne sera pas trop bizarre.

– Tu as vu Lucy et Evan en train de danser ?

Tout de suite, son expression change. Elle se mord la lèvre d'un air coupable et elle détourne les yeux.

– Oui, elle s'est jetée sur lui juste après que je lui ai dit que Célian et Debbie s'étaient embrassés… J'aurais dû attendre le lendemain pour le faire, ça lui aurait évité de se trémousser avec ce connard.

– Non, tu as bien fait d'inventer ça. Maintenant elle va pouvoir passer à autre chose. On va juste devoir faire en sorte qu'elle ne retourne pas avec Evan.

– Inventer ? Comment ça ?

– Bah, Célian et Debbie ne se sont pas *réellement* embrassés. C'était pour aider Lucy à tourner la page, pas vrai ?

J'ai un mauvais pressentiment quand je la vois froncer les sourcils.

– Non, c'est la vérité. Je n'ai rien inventé du tout. Ce soir-là, Debbie m'a confié qu'ils s'étaient embrassés chez Wes juste avant de venir à ma soirée d'anniversaire. Ils voulaient se faire un *before* et, pour se mettre dans l'ambiance, ils ont joué au jeu de la bouteille. C'est tombé sur Debbie et Célian, alors ils se sont embrassés. Apparemment, ce n'est pas la première fois que ça arrive. Même sans le jeu.

– Vraiment ? demandé-je d'un air léger, alors que je ressens quelque chose de plus fort.

Pendant un instant, j'espère que Leila va me répondre : « Non, espèce d'idiote ! Je voulais te prendre à ton propre jeu. J'ai cramé ton coup de cœur pour Célian, c'était juste une ruse pour te faire avouer. » Mais non, elle se contente de hocher la tête.

– Mais avant ma fête, je n'étais au courant de rien, reprend-elle. Je savais que Debbie aimait bien Célian, et qu'ils avaient passé la dernière semaine de vacances ensemble, mais comme elle ne m'a rien dit, je pensais qu'il n'y avait rien eu d'extraordinaire. C'est seulement vendredi soir qu'elle m'a avoué que ça avait été une semaine torride entre eux.

Instantanément, je ressens la morsure de la jalousie. Son venin s'infiltre dans toutes les parties de mon corps et m'empoisonne, et je n'ai, au fond, aucune arme pour la combattre.

– Ah.

Oui, « ah ». C'est ainsi, tout simplement. Le retour à la réalité. Les émotions se mélangent dans ma tête, passant de la jalousie à la colère, pour laisser finalement place à ce bon vieux sentiment de déception. Mais je n'ai pas le droit de m'apitoyer sur mon sort – tout est ma faute ! Ça m'apprendra à faire confiance au premier connard du coin. Je n'ai pas voulu me fier à mes intuitions et maintenant, je le paie cher. En effet, je découvre que Célian est un menteur, manipulateur et coureur de jupons. Enfin, non, tout ça, je le sais déjà depuis trois ans. En bon manipulateur qu'il est, il a simplement réussi à m'aveugler, au point de me faire oublier toutes les rumeurs à son sujet.

– Si j'avais su tout ça avant, j'aurais aidé Lucy à passer à autre chose dès le premier jour de la rentrée, dit Leila, ne se doutant pas un seul instant de la tornade que sa révélation a déclenchée en moi.

– Mieux vaut tard que jamais.

Je ne parle pas que pour Lucy, mais aussi pour moi. Qui sait combien de temps aurait duré ce petit manège avec Célian si Leila n'était pas venue me parler ? Sans le vouloir, elle vient de me rendre un gros service.

– Oui, c'est sûr ! Tu veux toujours prendre le bus ?

– Je ne sais pas… Tu as une place pour moi dans ton Range Rover ?

J'ai une idée de la réponse quand elle me lance un grand sourire. Je la suis jusqu'à sa voiture et, en bouclant ma ceinture, je me tourne vers elle.

– Il faut quand même que tu saches un truc avant qu'on se réconcilie pour de bon.

– Quoi ? demande-t-elle après avoir jeté un coup d'œil dans le rétro.

J'attends qu'elle quitte la place de stationnement pour lui répondre.

– Je t'ai traitée d'hypocrite à plusieurs reprises. Oh, et je me suis même réjouie de voir un mec vomir dans ton salon.

À défaut de pouvoir lui parler de mon baiser avec Célian, je peux au moins lui dire ça. Je me serais allégé la conscience d'un mini-poids.

Ses yeux quittent la route pour me dévisager d'un air offusqué.

– Sérieusement ? s'exclame-t-elle en éclatant de rire. Alors, tu vas être sûrement contente de savoir que le samedi matin, en me réveillant, j'ai marché en plein dedans.

– Assez oui.

Elle lâche le levier de vitesse pour me donner une tape sur l'épaule, et je ris avec elle. Quand Lucy monte en voiture, elle nous parle de sa déception avec Célian, de sa haine envers Debbie et de sa connerie monumentale avec Evan et, à ma grande surprise, Leila ne dit pas un mot sur moi. Pas une fois elle n'aborde le sujet de notre dispute, ni le fait qu'elle m'a vue discuter avec Célian, ou pire encore, mon mensonge sur cette histoire de textos. Je lui offre un sourire reconnaissant. Je me demande même si je n'ai pas fait une erreur en lui cachant mon baiser avec Célian. Elle aurait peut-être gardé le secret. *Ou peut-être pas.* Je ne le saurai jamais. Maintenant que j'ai ouvert les yeux sur ce salopard, je n'en parlerai à personne.

Célian Walsh va disparaître de ma vie aussi vite qu'il est apparu. Je l'avais prévenu qu'il se trouvait sur un siège éjectable, et qu'au moindre faux pas, il dégagerait. Mais avant de lui faire faire le grand saut, je vais lui prouver que je ne suis pas un de ses jouets qu'il peut martyriser quand bon lui semble, un foutu pantin dont il peut tripoter les ficelles sans pitié.

26

Il me reste une heure à tenir avant la fin de la journée. Et comme d'habitude, je ne suis pas en avance sur mon prochain et dernier cours. Lucy et Leila sont déjà en train de m'attendre dans la salle d'anglais, tandis que je file à mon casier pour récupérer mes affaires. Je ne sais pas comment elles font pour être aussi organisées. Moi, je suis toujours obligée de tout faire à la dernière minute.

Je compose le code de mon cadenas, prends mon manuel d'anglais et, en refermant mon casier, je sens qu'il y a quelqu'un derrière moi. C'est *lui*, sans l'ombre d'un doute. Je n'ai pas croisé un seul de ses regards ni répondu à sa flopée de messages de ce matin. Ce n'était qu'une question de temps avant qu'il ne vienne me voir. *Les mecs sont tellement prévisibles.* Au moment de me tourner vers lui, j'arbore mon visage le plus fermé.

Bingo ! Célian se tient devant moi, l'air grave.

– Bonjour ?

– Oh, salut, dis-je d'un ton monotone, soucieuse de ne rien laisser transparaître de mes émotions.

– Il y a un problème ?

– Non, pourquoi ? Il devrait y en avoir un ?

La tension est palpable alors que nous nous regardons en chiens de faïence, lui figé au milieu du couloir, le visage tendu comme une corde de violon, et moi toujours plantée devant mon casier.

– À toi de me le dire. Tu m'ignores depuis ce matin, alors je me pose la question.

– C'est l'impression que je t'ai donnée ?

– Oui.

Je hausse les épaules, feignant l'indifférence la plus totale.

– Alors, tu ne t'es pas encore posé *la* bonne question.

Célian me regarde avec incompréhension, comme si je lui parlais martien. Moi, je suis presque sûre qu'il a déjà compris. Ça doit être une tactique à laquelle il a recours chaque fois qu'il sent qu'une fille commence à lui échapper. Il est sans doute en train de se creuser les méninges pour trouver l'excuse qui lui permettra de justifier son baiser avec Debbie.

– C'est à cause de ta pote Leila, c'est ça ? Vous vous êtes encore disputées, et c'est la raison pour laquelle tu es à cran ? Si tu passes une mauvaise journée à cause d'elle, j'en suis désolé.

Peut-être que je me suis légèrement gourée sur ce coup-ci – Célian n'a pas l'air de faire semblant d'être largué. De toute évidence, il l'est réellement. Mais qu'il ne compte surtout pas sur moi pour le mettre sur la voie.

– Je peux essayer de te faire passer un bon moment ce soir, ajoute-t-il avec un demi-sourire. Si tu acceptes qu'on se voie, bien sûr.

Je dois lutter contre l'envie de lever les yeux au ciel.

– Quelle délicate attention, dis-je avec un grand sourire ironique. Mais non, tu as tout faux. Pour tout te dire, on s'est réconciliées.

– C'est vrai ? C'est cool alors, je suis content pour toi. Mais dans ce cas, qu'est-ce qui t'arri…

– Moi aussi, je suis contente, le coupé-je. D'autant plus qu'elle avait des choses intéressantes à me dire.

J'ai changé d'avis. Si je ne lui donne pas quelques indices sur l'objet de ma colère, cette histoire ne se finira jamais. Il va continuer de me harceler au lycée, par messages, en soirée, voire carrément chez moi. Pour le coup, je n'ai plus envie de l'entendre jeter des cailloux à ma fenêtre ! Et la seule solution pour que ça ne se reproduise pas, c'est de mettre un terme à ce début de relation tout de suite.

– Du genre ?

– Tu es un mec plein de surprises, Célian. Je pensais avoir plus ou moins cerné ta personnalité, jusqu'à ce que je découvre qu'en plus d'être un coureur de jupons, tu es aussi un baratineur et un manipulateur.

– Tu peux arrêter d'être évasive et me dire ce que tu me reproches exactement ?

– Je t'avais pourtant prévenu de ne pas me mentir. Tu te souviens ?

Voilà, c'est dit. Je ne peux pas être plus claire. Quand il comprend enfin où je veux en venir, il pousse un soupir. Rien ne change dans ses yeux ; ils ne s'écarquillent pas, sa respiration est toujours régulière, sa bouche ne forme pas un « O » choqué, pas même un sourire crispé. Je pensais qu'il serait mal à l'aise d'apprendre que son secret n'en est plus un, qu'il aurait envie de se cacher dans un trou de souris, et c'est ce que je voulais par-dessus tout ! Il aurait mérité de ressentir toute cette honte, celle que j'ai ressentie lorsque j'ai menti à Lucy pour *le* protéger. Mais non, ce n'est pas le cas. La finalité de cette histoire, c'est que j'ai menti pour un mec qui m'a lui-même menti. *Quelle est la morale ?* Le karma finit toujours par nous rattraper et nous gifler. Très fort.

– C'est pas vrai…

Il se met à secouer la tête avec une énergie progressive, tandis que je l'observe fixement. Mes yeux doivent lancer des éclairs, mais il n'a pas l'air de le remarquer.

– Tout ce flan, c'est à cause de Debbie ? Nos lèvres se sont à peine effleurées !

– Je t'ai posé la question. Tu m'as menti. C'est tout ce que je retiens.

Ces mots sortent froidement de ma bouche, il n'y a aucune émotion dans ma voix. J'ai l'impression d'être aussi glaciale que le pôle Nord et le pôle Sud réunis.

– Leila t'a donné le contexte ? On jouait au jeu de la bouteille. Ce soir-là, Debbie a aussi embrassé Wes, et plein d'autres mecs, d'ailleurs !

– Parfait. Si j'attrape un bouton de fièvre, je t'enverrai les frais médicaux.

Célian fronce les sourcils, mais ne relève pas ma remarque sardonique.

– J'ai même été défié d'embrasser Wes. C'est pour te dire à quel point ce jeu était sérieux.

– Et tu l'as fait ?

Se passant la main dans les cheveux, il me regarde avec des yeux ronds.

– Tu me demandes ça sérieusement, là ?

– J'ai une tête à plaisanter ?

– Putain, non ! Bien sûr que non, t'es malade.

Il a l'air dégoûté, comme s'il venait de s'imaginer la scène dans sa tête.

– Tu aurais pu. Si ce n'était pas sérieux, pourquoi tu t'es montré sélectif ? Ce n'était qu'un jeu, après tout. Quoique, c'est redevenu un poil plus sérieux quand on t'a défié de rouler une galoche à ton meilleur pote. Ce n'était pas aussi facile qu'avec Debbie.

– Tu es au courant que je ne suis pas gay ?

– Oh, oui. Je le suis.

Il soupire encore, plus longuement cette fois, et semble avoir retrouvé son calme.

– Je ne ressens absolument rien pour Debbie. Si tu veux tout savoir, on m'a défié d'embrasser plusieurs filles, Debbie n'était pas la seule à jouer. Donc non, ça ne comptait pas.

Suis-je victime d'hallucination auditive, ou ai-je bien entendu ? Il a embrassé *plusieurs* filles ? Je n'en reviens pas qu'il ait dit ça et, plus encore, qu'il l'ait dit de façon aussi posée.

– Tu sais que tu es en train d'empirer les choses, là, hein ?

– J'essaie d'être honnête.

– Ton honnêteté a trois jours de retard.

Sur ces mots, j'enfouis mon manuel dans mon sac et tourne brusquement les talons. Ce n'est plus cinq minutes de retard que j'ai, mais le double ! Lucy et Leila doivent se demander ce que je fabrique, je ne sais même pas si le prof d'anglais va m'accepter dans son cours. Alors que je marche d'un pas déterminé dans le couloir, je sens une main froide s'enrouler autour de mon poignet. Furieuse, je me retourne rapidement vers Célian et le vois, le regard affolé. Il semble ne pas comprendre que je ne veux plus avoir affaire à lui.

– Je suis désolé, d'accord ? C'était tellement futile que je n'ai même pas pensé à t'en parler.

L'intensité de son regard me transperce. J'ai envie de fermer les yeux pour le fuir, mais je crains qu'il ne prenne cela pour une faiblesse.

– Alayna, s'il te plaît. (Il chuchote presque mon nom.) Tu es la seule fille que j'ai réellement embrassée ce soir-là. Il n'y avait pas de jeu, pas de défi. C'était sincère. Je n'ai jamais ressenti ça avec personne.

– Combien de filles ont entendu ce joli discours ? Il sort de ton imagination ou tu le dois à un film ?

– Je suis sérieux.

– Et tu sais ce qui ne l'était pas ? Notre baiser. Alors, lâche-moi tout de suite et oublie-moi.

Ses doigts relâchent leur pression autour de mon poignet, et j'en profite pour me dégager de son emprise. Maintenant, je lis ce qui me semble être de la tristesse dans ses yeux noirs, mais je fais comme si je ne voyais rien. Je n'attends pas qu'il réponde, et repars en sens inverse vers ma salle de cours. Tête haute, j'avance dans le couloir, essayant d'ignorer la douleur qui a pris mon cœur d'assaut. Je me rassure en me répétant qu'elle ne restera pas. D'ici quelques jours, je suis sûre qu'elle aura disparu et que tout reviendra à la normale.

27

Comme la plupart des samedis soir, la maison de Leila est bondée, et plus de la moitié des personnes présentes a déjà un verre à la main. J'aimerais pouvoir dire que je fais partie de l'autre catégorie, celle des personnes sages, mais ce serait mentir. Assise sur un tabouret au comptoir de la cuisine, j'observe la couleur rougeâtre de mon verre en repensant à ma semaine.

Ce n'est pas une grande surprise mais, après notre conversation de lundi, Célian n'est pas revenu me voir. En même temps, ça ne devait pas être simple, avec Lucy et Leila qui rôdaient toujours dans le coin. Elles ne m'ont pas laissée seule une minute. Comme il ne pouvait pas m'approcher, je pensais qu'il ferait une nouvelle tentative par message, mais ça n'a pas été le cas non plus. On dirait bien qu'il a lâché l'affaire. Après tout, c'est ce que je voulais, et je devrais me réjouir d'avoir gagné. Mais tout ce que j'ai pu savourer de cette victoire, c'est son goût atrocement amer.

Lorsque je sens quelqu'un me tirer le bras, je lâche mon verre.

– Rappelle-toi, on est en mission, ce soir ! dit Leila en me forçant à me lever. Evan vient d'arriver, on doit surveiller Lucy pour qu'elle évite de faire la conne. Alors, arrête de rêvasser et viens avec moi.

Je ne suis pas d'humeur à faire du baby-sitting, mais je vais faire un petit effort. *C'est bien parce que c'est Lucy.*

– Si tu n'invitais pas Evan, le problème ne se poserait pas, grommelé-je.

– Je ne l'invite pas ! Il s'incruste toujours avec Wes, et tous les autres.

Je déglutis. Je n'ai pas percuté tout de suite, mais si Evan vient à peine d'arriver, et qu'il est accompagné de Wes, il se pourrait bien que Célian soit là aussi. Ce n'est pas le moment de stresser, je dois me relaxer et me comporter comme je le fais d'habitude. J'ai ignoré Célian pendant trois années de ma vie, alors je peux bien continuer sur cette voie.

– Ah ! La voilà ! s'exclame Leila en pointant Lucy du doigt. Tu vois, on a bien fait d'aller la voir.

En effet, il était grand temps qu'on débarque. Lucy est en train de causer à un groupe de mecs, et elle est sûrement trop bourrée pour remarquer qu'ils ont tous les yeux rivés sur son décolleté.

– Désolée, les garçons, mais on vous l'enlève, dit Leila en tirant Lucy en arrière.

Elle émet un petit son de protestation, mais se laisse faire.

– Ils étaient vrai… vraiment sympas. C'étaient des mecs de l'université de Phoenix.

Qu'est-ce que des mecs de l'université viennent faire ici ? Si j'étais à la place de Leila, je les mettrais à la porte illico presto. Mais ça n'a pas l'air de la déranger outre mesure.

– Avec ça sous leurs yeux, ils avaient toutes les raisons de l'être, répond Leila en remontant son décolleté. Mais maintenant, tu vas rester avec nous, d'accord ?

– À condition qu'on aille danser.

Lucy n'attend pas notre réponse et s'élance au centre de la pièce pour aller se déhancher. *Une vraie pile électrique.* Quand Leila part la rejoindre, je soupire. Je crois que je n'ai pas le choix. Si je ne veux pas passer pour une plante verte, je dois y aller aussi. Pour ne pas trop subir ce moment, j'attrape une bouteille de ce qui me semble être du Malibu, en bois une bonne gorgée et vais sur la piste de danse.

Au bout de cinq minutes, danser n'est plus une corvée. Je ressens enfin l'effet euphorisant de l'alcool. Je me déchaîne avec mes amies sur le refrain de « Raging », nous rions, chantons, sautons comme des kangourous, sans nous soucier des gens qui nous entourent. À nous trois, on met le feu. Tout se passe très bien, jusqu'à ce que Leila agrippe brusquement Lucy par les épaules pour la faire pivoter dans l'autre sens. Je la regarde, sourcils froncés, et elle me fait discrètement signe de jeter un coup d'œil derrière moi – ce que je fais sans hésiter.

Je repère très vite Célian, accompagné de cette pimbêche de Debbie. Il est assis sur le canapé, et elle est collée à lui comme un parasite. Je vois leurs lèvres bouger, et leurs sourires, mais je suis incapable de comprendre la moindre de leur parole.

Si seulement je pouvais les entendre.

Célian arbore une expression concentrée, tandis que Debbie se rapproche toujours un peu plus pour lui parler. Avec des mouvements lents, je la regarde, impuissante, progresser vers lui avant de poser sa tête sur son épaule.

À ce moment précis, mon sang ne fait qu'un tour. Une vague de haine se déverse en moi – je la sens emplir mon estomac qui se noue, s'infiltrer dans mon cou qui picote, pour enfin finir par envahir ma cage thoracique, me faisant presque suffoquer. Je ne suis pas jalouse, ce n'est absolument pas de la jalousie. En fait, si. Mais qu'est-ce que je peux faire ? Je ne vais pas traverser cette pièce et leur balancer un verre au visage – bien que ce ne soit pas l'envie qui me manque. Lucy ne comprendrait pas, Leila non plus et pas même Célian ! Je ne dois pas oublier que je suis celle qui a mis un terme à ce flirt.

Même si j'y ai été contrainte.

Leila ne le sait pas, mais c'est moi qu'elle aurait dû protéger de cette scène. Pas Lucy. Quand je sens deux mains chaudes se poser au creux de mes hanches, j'ai un sursaut. J'arrête tout de suite de fixer Célian et Debbie, et me retourne pour savoir qui se tient derrière moi. *Wes.* Je hausse un sourcil, surprise.

– Qu'est-ce que tu fais ?

– Je danse avec une amie, ça ne se voit pas ? dit-il en riant. Ton mec secret ne m'en voudra pas si j'emprunte sa copine quelques secondes ?

Je regarde de nouveau en direction de Célian, qui est toujours occupé à parler avec Debbie, et secoue la tête.

– Non, je ne crois pas. Et je ne laisse aucun mec me dicter ce que je dois faire.

Wes sourit, tandis que je me décale subtilement sur le côté. Il n'a aucune idée du plan machiavélique qui est sur le point de naître dans mon esprit.

– J'apprécie cette force de caractère.

Sans perdre une seconde, je place mes mains autour de sa nuque, et l'autorise à poser les siennes sur mes hanches. À présent, je peux mettre mon plan à exécution. Je fais descendre lentement les mains de Wes jusqu'en bas de mon dos et, en tournant la tête, je croise le regard de Célian. Lorsque mes yeux plongent dans les siens, je perçois toute sa confusion. Pendant ces longues secondes où nous nous regardons intensément, la musique me semble assourdie. Il continue de répondre furtivement à Debbie sans cesser de me fixer. Je le fixe aussi. *Merde, ce n'est pas le moment de flancher !* Il faut que je me reprenne, et que je corrige ce léger cafouillage. Je n'étais pas censée l'observer aussi longtemps, ce n'était pas ce qui était prévu dans mon plan.

– Bah alors, tu ne danses plus ?

Je profite du fait que Wes me parle pour fuir le regard désarmant de Célian.

– Si ! Désolée, je pensais à un truc.

– Ce truc, c'est ton mec ?

– Arrête avec ça, Wes.

– Pas tant que tu ne m'auras pas dit son nom.

Je recommence à danser sans lui répondre. Maintenant que je sais que Célian me regarde, mes gestes sont plus maladroits, mais j'essaie de me ressaisir. *Si c'est pour avoir l'air aussi rigide qu'un balai, autant arrêter le massacre tout de suite.*

Or, je sais que je peux assurer. Après quelques minutes passées à me convaincre que je suis la meilleure danseuse de cette soirée, je me détends. Je compte bien lui faire regretter son baiser avec Debbie mais pour ça, je ne dois pas me laisser déstabiliser par son regard. Stimulée par mon objectif, j'entame une longue descente sensuelle et, en remontant, je vois que Wes est dans tous ses états.

– Bordel, c'était quoi, ça ?

– Mon arme secrète, dis-je en souriant.

– Si tu me révèles encore une autre de tes armes secrètes, je vais devoir entrer en concurrence avec ton mec.

Je m'en veux d'utiliser Wes, mais il représente un élément majeur, voire essentiel dans la réalisation de ce plan. D'ailleurs, c'est le moment de savoir s'il a marché. Je tourne discrètement la tête vers Célian, et la première chose que je remarque, c'est que Debbie s'est volatilisée. Un sourire satisfait apparaît sur mes lèvres. En prime, Célian a toujours les yeux rivés sur moi, et il semble frustré de ne pas pouvoir intervenir. Je me mords les lèvres pour ne pas rire, cette fois. Mon plan a fonctionné à merveille, je n'aurais pas imaginé meilleure réaction que celle-ci.

– Je dois aller rejoindre Célian, on dirait bien que Debbie l'a planté, chuchote Wes en retirant ses mains de mes hanches.

– Fais ce que tu as à faire.

– Merci pour la danse, beauté.

Oh, c'est moi qui te remercie.

Alors que je le regarde partir en souriant, la voix cristalline de Lucy résonne à mes oreilles.

– Et après, tu veux nous faire croire que tu ne kiffes pas Wes !

Avec un soupir, je tourne la tête vers elle. C'est vrai que, pour n'importe quelle personne extérieure, cette danse pouvait paraître suggestive, mais c'était le seul moyen pour moi de me venger de Célian. Et si c'était à refaire, je pense que je le referais, rien que pour revoir l'expression tendue de son visage. Je sens que Lucy va me prendre la tête avec Wes, mais ça valait le coup.

– Toujours pas, non. Je t'ai déjà dit que je le voyais comme un pote.

– Un pote à qui tu fais de l'effet, dit-elle avec un clin d'œil.

– Non, il sait déjà que ça n'ira pas plus loin que l'amitié. J'ai été claire avec lui.

– Tu t'es servie de lui comme d'une barre de pole dance, réplique-t-elle vivement. Comment il peut garder les idées claires après ça ?

Un rire jovial accompagne sa question. Elle a raison, j'étais tellement obsédée par mon désir de vengeance que j'ai fait abstraction de tout le reste. J'ai dansé avec Wes dans le seul but de rendre Célian jaloux. Qui, soit dit en passant, est son meilleur et plus fidèle ami depuis toujours.

Rien qu'en me disant ça, je réalise à quel point j'ai merdé. Je n'ai pas envie de créer des tensions entre eux, j'aurais dû laisser Wes en dehors de cette histoire. Contrairement à Célian, il n'y est pour rien. Paniquée, je regarde de nouveau dans leur direction, mais je suis instantanément soulagée en les voyant rire ensemble. Leur amitié est solide. Je me demande si avec Lucy, on serait aussi soudées dans une situation pareille…

Je chasse automatiquement cette dernière pensée de mon esprit.

– Il s'en remettra, ne t'en fais pas pour lui.

– Impossible ! Ton déhanché était incroyable, j'ignorais que tu bougeais aussi bien, répond-elle en riant.

Moi aussi, à vrai dire. Désormais, je saurai qu'après quelques verres d'alcool et une très, *très* forte dose de jalousie, je me transforme en Beyoncé – version low cost, bien sûr.

***

Un quart d'heure plus tard, je commence à ressentir les premiers effets de la fatigue. Je danse avec moins d'entrain, j'ai mal au crâne et je bâille toutes les vingt secondes. Je m'éclipse, laissant Lucy danser avec Leila, et pars m'oxygéner à l'extérieur. J'ai besoin d'une pause. Dès que je passe la porte, mon mal de tête se calme un peu. Je ferme les yeux et prends une grande bouffée d'air frais. Ça fait du bien de respirer autre chose que l'odeur de cigarette.

– Wes est un homme chanceux.

Je sais qui se trouve derrière moi. Mais je ne fais pas l'effort de tourner la tête ni même de répondre. Puis, s'il a un minimum de jugeote, il comprendra que ce n'est pas le bon moment pour venir me parler.

– Alors, c'est comme ça qu'on va communiquer à partir de maintenant ? Quand tu voudras que je vienne te voir, tu vas faire quelque chose qui me contrarie ?

J'aimerais continuer à lui tourner le dos et l'ignorer, mais Célian s'avance pour se placer devant moi. J'ai l'impression qu'il essaie de me provoquer. Il me surplombe de toute sa hauteur, ses prunelles noires entrent en collision avec les miennes. Maintenant, je n'ai plus le choix. Je dois lui répondre.

– J'étais très bien toute seule.

– Ouais, et ce sont aussi les seuls moments où tu me laisses t'approcher.

Il est si arrogant, si sûr de lui !

– Tu crois que je me suis isolée pour pouvoir discuter avec toi ? (J'attends sa réponse et il finit par hocher la tête.) Je suis désolée de te décevoir, mais il n'y avait aucun message codé. J'avais juste besoin de prendre l'air.

– Prendre l'air ? (Il répète ces deux mots comme s'ils étaient sortis de la bouche d'une bestiole ridicule et estropiée.) Tu ne pars jamais prendre l'air, d'habitude. Et là, comme par hasard, si.

Il n'a pas tort. Et ça m'agace de le reconnaître. Oui, j'ai un mal de crâne terrible, mais je pense qu'inconsciemment, je voulais qu'il vienne me rejoindre. Pour quoi faire ? Ça, c'est un mystère. Ce n'est pas comme si j'avais besoin de m'entretenir avec lui, nous avons déjà fait le tour du problème. Problème qui, d'ailleurs, s'est vite résolu. Après avoir compris que Célian était un salaud de la pire espèce, je n'ai eu aucun mal à l'ignorer. J'étais déçue, bien sûr, mais ça ne m'a pas pourri la semaine comme je l'aurais imaginé. Là encore, je peux remercier ma force de caractère et sa solidité à toute épreuve. Quoique. Ce soir, j'y ai décelé une légère faille. Dès l'instant où j'ai vu Célian et Debbie ensemble, elle s'est carapatée comme une lâche, me laissant seule avec un nouveau sentiment, la jalousie. Je ne l'aime pas, celle-là. Je sens que la cohabitation ne va pas être de tout repos. Comme je reste silencieuse, Célian reprend la parole.

– Tu vas être fâchée contre moi encore longtemps ? Je pensais qu'une semaine, c'était largement assez.

Parce que c'est *lui* qui choisit quand je ne dois plus être fâchée ?

– Laisse tomber, Célian. Ma déception n'est pas un yaourt à la vanille ou une vulgaire brique de lait. Elle n'a pas de date de péremption !

Je lui tourne le dos et repars en direction de la maison, souhaitant mettre de la distance entre nous.

– Mais attends ! Ce que tu es sanguine, Alayna !

Il me rattrape avant que je ne touche la poignée de porte, et je lui retourne un regard noir. En signe d'apaisement, il relève les mains.

– On peut discuter tranquillement sans que tu prennes tout au pied de la lettre ?

– Alors, choisis bien tes mots.

– Tu es déçue ?

Sa question m'étonne tant que je bredouille.

– Euh, quoi ?

– Moi aussi, je fais attention aux mots que tu choisis. Et c'est celui que tu as prononcé. « Déception. »

Je n'aime pas la façon dont il me regarde. Comme s'il était parvenu à s'insinuer dans mon esprit. Avant qu'il ne me fasse la remarque, je n'ai même pas réalisé que j'avais dit ce mot à voix haute. Comment j'ai pu laisser parler mes émotions devant lui ? Je ne ferai pas l'erreur deux fois.

– Quelle importance ? rétorqué-je en essayant de toujours paraître détachée.

– Pour moi, ça en a.

Mon cœur fait un beau raté et j'essaie de garder l'expression la plus neutre possible. Ça devient de plus en plus fastidieux.

– C'était il y a une semaine, j'ai eu le temps de passer à autre chose. Puis, ce n'était qu'un baiser. Rien de plus.

– Mais, comme tu l'as dit, ta déception n'a pas de date de péremption.

Malgré la pénombre, je discerne un léger sourire se dessiner au coin de ses lèvres. Voilà, je me suis involontairement dévoilée à Célian, et rien ne pourra rattraper ce que je lui ai dit. Je n'ai plus la moindre branche à laquelle me raccrocher. Je porte un pull épais, un jean et des bottines, pourtant je me sens complètement nue devant lui.

– Arrête de te contredire, Alayna. S'il te plaît, oublie ta fierté quelques minutes et parle-moi à cœur ouvert.

Et là, sans prévenir, c'est l'explosion.

– Je commençais à te faire confiance, et tu as tout fait foirer, putain ! Tu sais combien de questions je me suis posées avant de franchir le pas ? Combien de fois j'ai douté ? Je sais que ce n'est rien pour toi, tu as déjà embrassé un tas de filles. Mais pour moi, c'était seulement la troisième fois. Je n'ai rien ressenti avec M. chips barbecue, pas même avec Noah, et bien sûr, il a fallu que ce soit le cas avec toi ! Ça me met en rogne, parce que tu ne le mérites vraiment pas.

Je hurle presque. C'est sorti du tréfonds de moi-même, de mes tripes carrément. Je détourne le regard, incapable d'affronter plus longtemps celui de Célian. J'ai besoin de quelques minutes pour reprendre mon souffle et mes esprits. Je suis bouleversée et ça doit se voir. Il voulait que je parle à cœur ouvert ? C'est chose faite. Je déteste me sentir comme ça, aussi vulnérable. Et Célian me désarme depuis le début.

– Je sais. Et je suis désolé. (Célian prend mon menton pour tourner mon visage vers le sien.) Sincèrement désolé. Ça t'a pris énormément de temps avant de te laisser aller avec moi, et j'ai tout fait foirer. Tu as raison. Maintenant, tu veux que je te dise *ma* vérité ?

Je hoche frénétiquement la tête.

– Si je t'ai caché ce baiser avec Debbie, c'était pour une raison bien particulière. Je ne voulais pas que quelque chose d'aussi insignifiant vienne briser l'instant magique qu'on venait de partager ensemble. Personne ne m'avait jamais embrassé comme toi avant. Et je crois que je n'avais jamais embrassé quelqu'un de cette façon-là non plus.

– Tu étais avec elle, tout à l'heure. Elle ne doit pas être si insignifiante que ça.

– Je ne peux pas l'empêcher de venir me parler.

La jalousie me brûle le ventre comme un verre d'acide chlorhydrique. J'essaie de la dissimuler, sans grand succès.

– Mais de poser sa tête contre ton épaule, en revanche, si.

Je regrette ma remarque lorsque je vois l'aurore d'un sourire poindre au coin de ses lèvres.

– Tu as le souci du détail. Elle est restée à peine cinq secondes dans cette position, et c'était parce qu'elle se sentait fatiguée.

– Il y a une multitude de coussins sur le sofa de Leila. Il aurait suffi qu'elle tende le bras pour en saisir un.

Contrairement à Célian, je ne suis pas dupe. Je sais comment les filles fonctionnent, et encore plus les filles comme Debbie. C'était de la drague, pure et dure.

– Donc, c'est pour ça que tu as dansé avec Wes ? *Pour te venger ?*

Une note de moquerie passe dans sa voix. Je ne peux plus le regarder en face, surtout avec la réponse que je m'apprête à lui donner.

– Oui. Et c'était stupide, je sais.

Étrangement, je me sens un peu mieux maintenant que j'ai vidé mon sac. Jusqu'à ce que j'entende son rire. En relevant les yeux vers lui, je m'aperçois que son sourire malicieux est de retour, de même que la petite fossette qui creuse sa joue droite. S'il n'était pas en train de se foutre de moi, je pourrais le trouver mignon.

– C'était très moyen, en effet.

– Pas besoin d'en rajouter.

– Je dois quand même reconnaître que c'était bien tenté. J'ai été jaloux, genre, deux minutes. Puis, tu m'as regardé. Un peu trop intensément. Et toute ta crédibilité s'est envolée.

Je ris tout en essayant de camoufler ma gêne d'avoir pensé que mon plan marcherait du tonnerre.

– Tu me regardais aussi ! m'exclamé-je en lui donnant une petite claque sur le torse. Tu ne faisais que ça. Même quand je détournais le regard, je sentais que tu me fixais encore.

Mon rire cesse lorsqu'il saisit tendrement mes mains et les étreint dans les siennes. Il s'approche de moi, si près que je peux sentir son souffle contre mes lèvres.

– Et c'est seulement ce soir que tu t'en rends compte ? Ça fait deux semaines que je n'ai d'yeux que pour toi, Aly.

Son regard capture le mien, me gardant prisonnière.

– Peut-être qu'on devrait y retourner ? suggéré-je faiblement. Lucy et Leila doivent m'attendre.

– C'est la première fois que tes amies envahissantes ne viennent pas nous interrompre. Alors, non, c'est hors de question.

Son ton est à la fois autoritaire et amusé. Un sourire étire un coin de ma bouche.

– Tu m'interdis d'aller les retrouver ?

– Absolument. Puis, je sais très bien que tu n'en as pas envie.

– Qui te dit ça ? Ton ego démesuré ?

– Non. Juste tes yeux.

Sa voix n'est qu'un murmure, tandis que mon regard continue de me trahir en restant bloqué sur ses lèvres et son adorable fossette. Il me faut retrouver ma lucidité, et vite. Je dois m'arrêter ici avant qu'il ne soit trop tard. Si l'un de nous deux craque et décide d'embrasser l'autre, je serai finie. L'ouragan d'émotions qui m'a assaillie vendredi dernier frapperait de nouveau, et je redeviendrais la Alayna faible et facilement cassable. Ni une ni deux, je libère mes mains des siennes, l'esquive et fais un pas en avant afin d'imposer une certaine distance entre nous. Célian se tourne vers moi, les sourcils froncés et le front barré d'un pli de frustration.

– Je t'en veux toujours un peu, Célian. L'intention était peut-être bonne, mais tu n'aurais pas dû me mentir.

Il lâche un gros soupir en s'adossant à la porte d'entrée.

– Tu mens tous les jours à tes amies.

Quel est le rapport ? Nos yeux s'accrochent dans l'obscurité et je lâche d'une petite voix :

– Mais j'ai toujours été honnête avec toi.

Son visage s'adoucit.

– Dis-moi ce que je peux faire pour me faire pardonner.

– Rien du tout.

– Allez, Alayna. Il y a bien un truc que je pourrais faire pour essayer d'arranger la situation.

Il y a tout un tas de trucs auxquels je pense, en effet. Mais ce ne serait pas raisonnable.

– Tu peux me laisser retourner à l'intérieur ?

– C'est vraiment ce que tu veux ?

Il penche la tête et me regarde, l'air étonné, tandis que je prononce un faible « oui ». Je ne dois pas être très convaincante. Célian hésite. M'observe en plissant les yeux. Puis, enfin, fait un grand pas sur le côté pour libérer la porte d'entrée.

– Alors, vas-y. Si tu préfères que je te laisse tranquille, c'est ce que je ferai.

Ça veut dire qu'il est prêt à renoncer pour de bon ? Je ne m'attendais pas de sa part à une réaction aussi détachée. Je sais que je devrais ne pas y attacher autant d'importance, avancer d'un pas déterminé et ouvrir cette satanée porte, mais je ne bouge pas d'un centimètre. Mes pieds sont ancrés au sol, et mes yeux, rivés aux siens. Même si je suis terrifiée à l'idée de m'ouvrir à Célian, je n'ai plus envie de continuer à l'ignorer. Je soupire, acceptant ma défaite.

– Ça fait à peine dix minutes qu'on est ensemble, et mon mal de tête s'est aggravé.

– Tu n'y vas pas ?

– Non, espèce d'idiot.

Un sourire monte à ses lèvres.

– Et si je commençais par faire disparaître ton mal de crâne ?

– Si tu as un Doliprane sur toi, je suis preneuse.

– Non. En fait, je pensais à quelque chose d'un peu plus naturel.

Comment ça ? Voyant mon air perdu, son sourire se fait plus franc. J'ai beau chercher, je ne comprends pas ce que ça veut dire. Il ne pense quand même pas à un baiser ? Ou pire encore, au sexe ? J'ai déjà entendu dire que c'était un bon remède pour soulager une migraine. J'espère sincèrement que Célian a une autre idée en tête, et qu'il a un peu plus de respect pour moi. Sinon, je vais vraiment finir par franchir cette porte. Et lui coller un grand coup de talon dans le bas-ventre, au passage.

– Mais tu vas devoir accepter qu'on aille chez moi, reprend-il, toujours souriant.

Il n'y a plus aucun doute possible. Une bouffée de colère me submerge.

– Putain, je n'y crois pas ! Pour qui tu me prends ?

Ses yeux s'agrandissent un instant, puis il éclate d'un rire nerveux comme si je venais de lâcher la pire absurdité du monde.

– Attends, ne me dis pas que tu penses à... ? (Il ne finit pas sa question, s'attendant peut-être à ce que je le contredise, mais je garde le silence.) Merde, Alayna ! Tu vois vraiment le mal partout. Je voulais juste te préparer un remède naturel contre la gueule de bois, c'est tout.

Si je m'attendais à ça.

– Un remède naturel ? Tu ne peux pas tout simplement me filer un médicament ?

– Non, je suis contre toutes ces merdes. Tu as vraiment l'esprit mal placé, tu le sais, ça ?

Cette fois, il a l'air contrarié. Des étincelles crépitent dans ses yeux noirs. De mon côté, j'ai envie de rire. Pas de lui, mais de la situation. Et peut-être aussi parce que je suis rassurée.

– Excuse-moi, mais si tu t'étais montré plus explicite, je n'aurais jamais pensé ça. Comment je pouvais deviner que tu étais une sorte de druide ? Puis, on est vraiment obligés d'aller chez toi pour que tu me concoctes ta potion magique ?

– Il n'y a rien de magique là-dedans, marmonne-t-il du bout des lèvres. Et je ne vais pas utiliser la cuisine de Leila. De une, ce ne serait pas pratique, et de deux, je te rappelle que c'est toi qui ne veux pas qu'on soit vus ensemble.

Un point pour lui.

– Ta mère et ton frère ne sont pas chez toi ?

– Non. Ma mère est infirmière, elle travaille cette nuit. Et mon frère est toujours dehors.

– D'accord. Alors, tu n'essaies pas de m'attirer dans ton lit, mais… dans ta cuisine. Pour me soigner, c'est bien ça ?

Je souris en me mordant la lèvre inférieure.

– Je ne te force à rien.

– Si j'accepte, tu me garantis de me raccompagner chez moi ?

– C'est promis.

Il me sourit à son tour. Je ne sais pas dans quoi je m'embarque, mais lorsqu'il s'avance pour prendre ma main dans la sienne et m'entraîner dans la rue, il n'y a plus de retour possible.

28

C'est étrange d'être attablée dans la cuisine de Célian, j'ai l'impression d'être dans une dimension parallèle. Je le regarde couper des rondelles de citron, et d'autres ingrédients plus farfelus, puis les laisser infuser dans une casserole d'eau bouillante. L'intérieur de sa maison est moderne avec une touche traditionnelle. Il y a un véritable moulin à café en décoration dans la cuisine, des photos de Célian et de son frère accrochées au mur, et la table est couverte d'une nappe blanche.

– Je peux venir voir ce que tu fais de plus près ? Je voudrais m'assurer que tu ne glisses pas de GHB dans la casserole.

– Oui, viens.

Il ne relève pas ma remarque sarcastique, comme s'il commençait à s'y habituer. Je me lève, me hisse sur le plan de travail et m'assieds, tandis qu'il verse une cuillerée de miel dans la préparation. Avec un sourire amusé, je me penche pour regarder le contenu.

– C'est très jaune, dis-je en humant les effluves des tranches de citron qu'il touille dans la casserole.

– Normal, j'ai mis beaucoup de gingembre.

– Du gingembre ?

J'ai une grimace dégoûtée. Quand je commande des sushis avec ma mère, je laisse toujours le gingembre de côté. Cette épice a un goût de savon.

– C'est très bon contre les nausées. Et les migraines.

– Pour quelqu'un qui ne boit pas, tu sais beaucoup de choses.

– Quand on a vécu avec un alcoolique, on n'a pas d'autre choix que d'apprendre. Ça n'a pas été de mon plein gré.

Célian a les yeux baissés sur la mixture qu'il continue de remuer tranquillement. Pendant de longues secondes, je n'ose rien dire, rien faire. Je ne m'attendais pas à ce que Célian me révèle quelque chose d'aussi intime. Je me demande ce qu'il ressent.

– Ton père ?

Célian ne répond pas tout de suite, il est concentré à verser la liqueur jaunâtre dans une tasse.

– Bonne réponse, dit-il en me tendant le récipient brûlant. Tiens, bois. Ça va te faire du bien.

Je hoche fébrilement la tête et prends la tasse entre mes doigts. Une multitude de questions trottent dans ma tête endolorie, mais je reste aussi silencieuse qu'une tombe. J'ai peur de les lui poser et qu'il perçoive ma curiosité comme une intrusion. Après avoir bu une bonne gorgée de son infusion, je lui offre mon sourire le plus sincère.

– C'est pas mauvais. Merci.

Célian esquisse, lui aussi, un sourire. Sauf que le sien s'estompe presque aussitôt.

– Quand j'étais plus jeune, et que mon père vivait encore ici, je cherchais beaucoup de recettes pour l'aider à aller mieux. Au début, je pensais qu'il était malade. Chaque fois que je lui préparais une de ces infusions, il l'envoyait valser. Il n'en a jamais bu. (Il marque une pause, pensif, puis il reprend avec un demi-sourire :) Je suis content de voir que mes connaissances profitent enfin à quelqu'un aujourd'hui.

Je n'ai plus seulement mal à la tête, mais aussi au cœur. Inévitablement, je repense à une soirée qui remonte à il y a deux ans, où Evan et d'autres mecs se moquaient ouvertement de Célian parce qu'il était le seul à ne pas boire. Je me souviens aussi de Wes, qui le défendait corps et âme. Je ne m'intéressais pas à Célian ni à ce qu'il faisait, mais pour une raison inconnue, ce moment m'a marquée. Aujourd'hui, ce souvenir prend tout son sens.

À cet instant, je regrette d'avoir bu, je regrette qu'il ait dû s'occuper de moi, comme il devait le faire avec son père. Je me sens comme une idiote sans cervelle.

– Je me sens vraiment mal à l'aise maintenant…

– Faut pas. C'était il y a longtemps.

– Oui, mais je te fais penser à ton père. Si je n'avais pas bu, tu n'aurais jamais préparé ce truc. Ça t'a fait remonter de mauvais souvenirs et j'en suis désolée.

Célian éclate d'un rire sec. Je pense que c'est nerveux.

– Tu me fais penser à tout sauf à mon père. Mais parlons d'autre chose, je ne voudrais pas plomber l'ambiance.

Il ne plombe pas du tout l'ambiance. *Bien au contraire.* Je suis en train de découvrir un Célian beaucoup plus intéressant que celui que je croise tous les jours au lycée. Un Célian plus profond, qui cache des blessures, des faiblesses et même un cœur. Je pourrais écouter ce Célian parler pendant des heures. Lorsque nos yeux s'aimantent, je suis prise d'un grand frisson. La tasse que je tiens entre les mains ne suffit pas à me réchauffer. J'ai l'impression que c'est la première fois que je le regarde vraiment, et ce n'est plus un abruti qui enchaîne les conquêtes que je vois là. Il a des yeux ensorcelants, une mâchoire naturellement ciselée et des lèvres qui donnent envie de les embrasser. J'aimerais tout savoir de lui. Je n'ai jamais ressenti un besoin aussi urgent que de me sentir proche de quelqu'un.

– Alayna, tu peux répondre à une question ?

– Oui.

– Pourquoi tu n'as jamais eu de copain ?

Cette question me fait l'effet d'une douche froide.

– Et attention, je parle d'une histoire sérieuse, reprend-il en souriant. Pas d'une simple relation physique comme celle que tu as eue avec Jonah.

– Je ne sais pas. J'imagine que je n'intéressais personne.

C'est un pur mensonge et il le sait. J'aimerais me confier à lui comme il l'a fait avec moi, mais c'est encore difficile à exprimer. Lucy et Leila sont les seules à connaître l'histoire de mon père dans les moindres détails, les seules à l'avoir vécue avec moi. Je ne sais pas si je suis prête à partager ça avec quelqu'un d'autre. Surtout si ce quelqu'un d'autre est du sexe masculin.

– Menteuse ! s'exclame Célian en pointant un doigt accusateur vers moi. Je sais que Kyle Todd t'a fait une belle déclaration l'année dernière et tu l'as envoyé bouler. Tout le monde t'appelle la reine des râteaux au lycée, mais personne ne s'est jamais demandé pourquoi tu étais si froide. C'est la question que je te pose aujourd'hui.

– Tu ferais une bonne recrue pour le FBI.

– Réponds-moi.

Je soupire.

– Je suis allergique à l'amour. Je déteste les comédies romantiques, les chansons à l'eau de rose, les livres gnangnan, et j'ai même du mal à supporter les couples qui se tiennent simplement la main dans la rue. Ils sont insupportables à étaler tout leur amour devant les autres, comme s'ils avaient besoin de se prouver quelque chose. On sait tous comment ça finit, de toute façon. C'est toujours…

Je m'interromps, ne sachant pas trop comment terminer cette phrase. Je sens que Célian me regarde toujours, mais je préfère garder les yeux baissés sur le bout de mes chaussures.

– Déchirant ?

Sa voix est aussi douce que le miel que je suis en train de boire. Je relève les yeux vers lui, le cœur battant comme un roulement de timbales dans ma poitrine, fort, puissant à m'en fracturer les côtes.

– Et douloureux, murmuré-je. Extrêmement douloureux.

Je me souviens encore des cris de mon père, des pleurs de ma mère. Les mots de leurs disputes résonnent toujours dans ma tête.

– Pas toujours.

– Là, c'est toi, le menteur, réponds-je avec un demi-sourire. Combien de couples heureux connais-tu ?

Célian plisse les yeux et réfléchit quelques secondes.

– Il y a Blake Lively et Ryan Reynolds, Meghan Markle et le prince Harry, et aussi Angelina Jolie et Brad Pitt. Ils sont tous mariés et très amoureux, ajoute-t-il d'un air fier.

– Angelina Jolie et Brad Pitt sont surtout très divorcés, commenté-je avec un sourire railleur.

– Merde.

Son visage se décompose et j'éclate de rire.

– Tout comme mes parents. Mon père à moi n'avait aucun problème d'alcool, mais je sais ce que ça fait de vivre seule avec sa mère.

Je l'ai dit. Et sans trop de difficulté. Je n'en reviens pas.

– Il l'a trompée ? me demande Célian en fronçant les sourcils.

– Oui, mais pas seulement. En partant refaire sa vie ailleurs, il a décidé que je n'en ferais pas partie. Ça fait deux ans que je n'ai plus de ses nouvelles.

Toujours assise sur le plan de travail, je hausse les épaules, comme si ça ne m'atteignait plus. Célian me prend la tasse des mains et la pose dans l'évier. Puis, il se plante devant moi, posant ses mains de part et d'autre de mon corps. Cette proximité soudaine me permet de sentir le parfum fruité qui se dégage de son cou.

Mon cœur est au bord de l'implosion.

– Tu veux que je te dise un truc ? Nos pères ont un point commun. Ce sont deux gros abrutis qui n'ont pas mesuré la chance qu'ils avaient d'avoir des enfants aussi fantastiques que nous.

J'acquiesce, un sourire aux lèvres.

– Merci d'avoir répondu à toutes mes questions, Aly. Je comprends mieux maintenant.

Aly. J'aime de plus en plus ce surnom, et surtout, j'aime qu'il soit le seul à m'appeler comme ça.

– Moi aussi.

– Alayna et Célian, tu crois que ça ferait un couple heureux ?

Sans rompre notre contact visuel, Célian prend mes deux mains. Pendant quelques secondes, j'oublie de respirer. J'oublie même de cligner des paupières tant son regard m'hypnotise. La bouche sèche, je parviens enfin à articuler :

– Aucune idée.

– Moi, je pense que si.

Un grand sourire illumine son visage, faisant éclater un vol de millions de papillons au creux de mon ventre.

– J'aimerais bien reprendre une part de ce gâteau au chocolat, répond-il en effleurant mes lèvres d'un doigt. La première fois, j'avais trouvé le goût très addictif.

Sans l'ombre d'une hésitation, il prend mon visage entre ses mains et m'embrasse avec douceur, glissant sa langue entre mes lèvres entrouvertes. La situation m'échappe totalement. Plus les secondes passent, plus notre baiser s'intensifie, et moins je me sens capable de me passer de ces sensations : l'accélération des battements de mon cœur, la tête qui tourne, la chaleur qui émane de mon corps. L'embrasser est euphorisant, étourdissant. Je n'arrive plus à m'arrêter, et Célian non plus visiblement. Sa main descend lentement jusqu'à prendre ma nuque en coupe, ses doigts plongeant dans la masse de mes cheveux. J'en ai des frissons dans tout le corps. Nos lèvres s'unissent, se désunissent, puis s'unissent de nouveau.

– Tes lèvres ont un goût de noix de coco, chuchoté-je, amusée, reculant la tête.

Il passe la main dans ses cheveux, l'air gêné.

– Ça doit être à cause de mon baume à lèvres. J'en mets uniquement le soir, mais l'odeur de ce machin ne part jamais.

Je ris.

– C'est mignon.

– Arrête.

Il s'éloigne pour prendre une feuille d'essuie-tout et se frotte frénétiquement la bouche. Secrètement, j'espère qu'il n'arrivera pas à faire disparaître l'odeur. Le goût sucré de la coco, combiné à la douceur de ses lèvres, m'a envoyée tout droit vers les cieux.

– Ta tête, ça va mieux ?

– Oui, merci.

– Tu veux peut-être rentrer chez toi ? Si tu es fatiguée, n'hésite pas à me le dire.

Son « peut-être » m'arrache un nouveau sourire. J'aimerais rester ici, mais ce ne serait pas sérieux. En jetant un coup d'œil à mon téléphone, je vois qu'il est deux heures du matin. Je cherche mes clés dans les poches avant de mon jean et, ne les trouvant pas, je descends du plan de travail pour fouiller dans les poches arrière. À part un billet d'un dollar, je ne trouve rien.

– Merde ! m'exclamé-je, paniquée. Mon sac… mes clés sont dans mon sac.

– Et tu l'as laissé chez Leila ?

– Sûrement.

– On peut y retourner, si tu veux.

C'est gentil de sa part, mais je n'ai pas envie de me retaper le chemin inverse. Il y a quand même une demi-heure de marche qui nous sépare de la maison de Leila, ce n'est pas rien. Maintenant que j'ai complètement dessaoulé, je suis crevée.

– J'ai trop la flemme.

Célian a l'air de se triturer le cerveau pour me trouver une autre solution.

– Ta mère est chez toi, non ? Elle pourra t'ouvrir. Et tu récupéreras ton sac demain.

C'est une possibilité, oui. Mais pas la meilleure. Je sais ce que j'ai dit, rester ici ne serait pas sérieux, mais pour une fois, j'aimerais faire une entorse à mes principes. Ça ne peut pas être si mal que ça, si ?

– Non, elle est partie faire un trek dans le parc de Yellowstone. Elle n'est pas là du week-end.

J'ai tendance à parler très vite quand je mens. J'espère que

Célian ne le remarquera pas. Il reste silencieux un instant, le temps de réfléchir.

– Je te proposerais bien de rester dormir ici, mais je ne voudrais pas que tu penses que j'ai envie de coucher avec toi.

Je fais mine d'être embêtée, alors qu'intérieurement, j'explose de joie.

– Je n'ai pas d'autre choix que d'accepter.

– Viens, suis-moi. Ma chambre est à l'étage.

Dès qu'il a le dos tourné, un gros sourire se dessine sur mes lèvres. Je suis Célian jusqu'en haut de l'escalier, puis dans un couloir qui conduit à sa chambre. Il ouvre la porte et je découvre des murs décorés d'une tonne de dessins représentant des paysages, des portraits et même des personnages de BD. Un lit en rotin trône au milieu de la pièce, les draps sont blancs, le parquet en bois, et tout le reste est noir.

– Jolis dessins, dis-je en m'approchant de l'un d'eux.

Je contemple l'esquisse d'un coucher de soleil. Des couleurs flamboyantes illuminent la feuille de papier. Quand Célian me disait qu'il dessinait, j'étais loin d'imaginer qu'il avait un si bon niveau.

– Cet endroit existe vraiment. Et il n'est pas très loin d'ici.

Dois-je comprendre qu'il aimerait m'y emmener ? Non, je me fais sans doute des films. Il me donne une simple indication du lieu, rien de plus. Je décroche mes yeux du dessin et me tourne vers lui.

– Je peux utiliser ta douche ? J'ai besoin de me rafraîchir.

– Oui, bien sûr. La salle de bains est juste là, répond-il en me désignant une porte. Tu veux que je te prête des vêtements à moi ?

– Non, ça ira.

– Tu ne vas pas dormir avec un pull à col roulé et un jean, si ?

Il m'adresse un petit sourire et s'affale sur son lit. Il a raison, la tenue risque d'être inconfortable.

– Tu as un tee-shirt propre ?

Il indique son armoire.

– Sers-toi dans le tiroir du haut.

Sur la pointe des pieds, j'ouvre le tiroir, et y trouve une pile de tee-shirts, une écharpe, ainsi qu'un grand bol débordant de préservatifs de toutes sortes. En un mot : répugnant. Je prends ce dont j'ai besoin avant de refermer le tiroir d'un geste brusque.

– Qu'est-ce qu'il y a ? demande-t-il en m'observant curieusement.

– Tu as dévalisé le stock de tout le voisinage, non ?

Je déplie le tee-shirt, affichant une moue écœurée. Quand il comprend où je veux en venir, il rit.

– Ça t'apporte la preuve que je suis un mec responsable.

Je ne relève pas et, en examinant son tee-shirt, je me rends compte qu'il ne sera pas assez long pour recouvrir mes fesses.

– Tu n'aurais pas un bas de survêtement ?

– Non, mais je peux aller voir dans la chambre de ma mère.

Ça me gêne de devoir emprunter un vêtement à sa mère, mais je ne peux pas me balader en petite culotte devant lui.

– Je veux bien. Merci.

Célian se lève, quitte la chambre et, deux minutes plus tard, il revient avec un shorty noir opaque dans la main.

– J'ai trouvé que ça, dit-il en me tendant le bout de tissu.

– Ça ne m'a pas l'air très long.

C'est même très court. Mais tant pis, je m'en contenterai. Ce sera toujours mieux que le string minuscule que je porte.

– Ne te plains pas ! Tu as déjà beaucoup de chance de dormir sous mon toit, alors comporte-toi comme une invitée polie et reconnaissante.

Je lui lance un sourire hypocrite qui le fait rire de nouveau. Après m'être enfermée dans la salle de bains, je me déshabille et saute dans la douche. Comme il n'y a pas de verrou sur la porte, je stresse de le voir débarquer d'une seconde à l'autre. On peut dire que ce soir, je ne ferai pas de gaspillage d'eau. Je me lave, rince, sèche en deux temps trois mouvements et enfile le tee-shirt et le shorty que Célian m'a prêtés pour la nuit. En m'observant dans le miroir, je vois qu'une partie de mes fesses est toujours visible – de même que ma cellulite. Je tire sur le tee-shirt, dans l'espoir de l'allonger. *En vain.* Quand j'ai eu la merveilleuse idée de mentir à Célian pour rester dormir chez lui, je n'ai pas pensé que je n'avais aucune affaire sur moi. Soupir. Donc, pas de brosse à dents non plus. *Nouveau soupir.* Je prends le dentifrice de Célian, en pose sur mon index et me frotte les dents avec.

– Alayna ?

Je me rince la bouche avant de lui répondre.

– Quoi ?

– Ta mère te demande l'heure à laquelle tu comptes rentrer cette nuit ? Elle écrit aussi qu'elle a bien retiré la clé de la serrure pour que tu ne te retrouves pas enfermée dehors. Elle essaie de t'attendre, mais elle commence à fatiguer.

Grillée. Je me mords la lèvre pour retenir un juron. J'ai tellement honte que je n'ose plus sortir de la salle de bains.

– Tu t'es noyée ? reprend Célian, un sourire dans la voix. Ce n'est pas un problème, je peux lui répondre à ta place. *Non, maman. Ce soir, je dors chez le garçon le plus beau et sexy du lycée...*

Si ma mère lit ça, elle va avoir une attaque !

Cette fois, je sors en trombe de la salle de bains et trouve Célian allongé sur son lit, avec mon téléphone dans les mains. Je me précipite vers lui pour essayer de lui reprendre ce qui m'appartient.

– Qui t'a permis de regarder dans mon téléphone ?

Célian ne lutte pas et me le rend tout de suite.

– Avant de t'envoyer ce message, elle t'a appelée quatre fois. Et comme tu m'as dit qu'elle était partie faire un trek dans le parc de Yellowstone, je me suis dit que c'était peut-être grave.

– Ouais, bah, t'aurais pu t'abstenir de faire ta fouine,

grommelé-je en vérifiant bien qu'il n'ait rien répondu à ma mère.

– Ce mensonge était ridiculement mignon.

Je relève les yeux vers lui : une lueur triomphante danse joyeusement dans son regard. Afin de cacher l'ardente rougeur qui me brûle soudain les joues, j'attrape un coussin et le lance, prenant bien soin de viser son visage. Je ris quand il se le prend de plein fouet. Malheureusement, ça ne suffit pas pour le faire taire.

– Tout à l'heure, je voulais te demander si tu préférais que j'aille dormir dans la chambre de mon frère, mais apparemment, tu as très envie de dormir avec moi. Et comme j'ai l'âme trop généreuse, je vais réaliser ton rêve.

– Tu n'es qu'une andouille. Pour ne pas t'insulter d'autre chose.

– Ça va. Je te charrie.

Il me sourit de plus belle et me fait signe de le rejoindre.

– Allez, ramène tes fesses. Je ne mords pas.

Fesses. J'étais tellement obnubilée à l'idée de récupérer mon téléphone que je ne me souvenais plus que j'avais la moitié des fesses à l'air. Mais à voir la tonne de capotes qu'il cache dans son armoire, il a dû mater des derrières bien plus dénudés que le mien. Cette pensée m'aide à évacuer ma gêne. *Quoique, non, ce n'est pas suffisant.* Après réflexion, il n'a pas dû en voir beaucoup avec de la cellulite ! Mais si je m'emmitoufle vite sous la couette, il ne verra rien. Je fonce dans le lit et me glisse dedans. C'est le moment qu'il choisit pour se lever.

– Je vais aussi prendre une douche. Je reviens.

Je hoche la tête tandis qu'il part s'enfermer dans la salle de bains. Sentant le sommeil me gagner, je ferme les yeux, me laissant bercer par le bruit de l'eau dans les canalisations.

Cinq minutes plus tard, Célian entre de nouveau dans la chambre. Je force mes paupières collées à s'ouvrir et le regrette presque aussitôt. Il porte une serviette nouée autour de la taille. Mes yeux endormis parcourent les lignes parfaitement dessinées de son torse et descendent jusqu'à son ventre plat. *Maintenant, je suis réveillée.* Je lui tourne le dos au moment où il fait tomber sa serviette pour passer un boxer. Après avoir tout éteint, je l'entends me rejoindre dans le lit. À la lumière de la pleine lune, je vois les traits de son visage.

– Tu n'as pas froid ?

– Non, ça va.

L'épaisseur de la couverture est parfaite. Je me sens comme dans un cocon de chaleur.

– Je vois bien que tu es congelée, insiste Célian.

Alors que je m'apprête à lui répondre que non, tout va bien, je discerne un éclair de malice dans son regard. Sans hésiter, il passe un bras autour de ma taille et m'attire contre son torse. À ce contact, tout mon corps tressaille. Il va vraiment finir par penser que j'ai froid.

– Je n'ai pas confiance en cette main, soufflé-je en la retirant de ma taille.

– Si je la pose ici, c'est mieux ?

Célian la pose sur mon épaule, qu'il caresse doucement. Je ne sais pas si c'est mieux, j'ai la chair de poule, et je suis tellement nerveuse que je n'arrête pas d'avaler ma salive.

Trouver le sommeil n'aura jamais été aussi difficile.

– Je ne te toucherai pas. Du moins, pas tout de suite, reprend-il d'un ton enjôleur. Bonne nuit, Aly.

Son souffle chaud effleure mon visage, déclenchant une nouvelle série de frissons, qui partent de la pointe de mes orteils jusqu'à la racine de mes cheveux. J'ai peur qu'il ne s'en aperçoive, mais ses yeux sont fermés et il ne dit plus un mot. Au bout de quelques secondes, je me décide enfin à fermer les miens.

29

Les premiers rayons de soleil m'offrent un réveil en douceur. Je tends les bras devant moi pour m'étirer et les retire aussitôt. En ouvrant les yeux, je m'aperçois que Célian est à côté de moi. Mon cerveau émerge enfin et je me souviens que j'ai passé la nuit avec lui. À quelques centimètres de moi, Célian dort à poings fermés. Sans faire de bruit, je repousse le drap et me glisse hors du lit. Je m'avance vers la salle de bains à pas de loup et pousse la porte derrière moi. *Mission réussie avec succès.* Enfin, il me reste encore une grosse partie de la mission à accomplir, mais c'est un bon départ. J'approche ma paume de ma bouche, souffle un grand coup, et respire. J'ai une grimace dégoûtée. À la seconde où Célian sentira mon haleine, il plongera dans un profond coma jusqu'à la fin de ses jours. Si je ne veux pas l'envoyer à l'hôpital, je dois remédier à ce problème. Comme hier soir, je me sers de mon doigt comme d'une brosse à dents. Je me frotte le palais, les dents, la langue et même les gencives afin d'éliminer le plus de bactéries possible.

Après m'être rincé la bouche, je retourne dans la chambre. C'est là que la mission se complique. Je me rallonge précautionneusement à côté de lui, prenant soin de bloquer ma respiration, pose la tête sur l'oreiller et ramène la couverture sur mes épaules. *Je l'ai fait ! Et sans me faire cramer !*

Célian dort toujours aussi profondément. J'observe son visage paisible durant de longues minutes. Ses cheveux bruns désordonnés tranchent sur le blanc de l'oreiller. Avec sa mâchoire carrée, ses longs cils qui ombrent ses joues creusées et son nez droit, il est d'une beauté redoutable.

– Tu es en train de me regarder dormir ? murmure Célian en gardant les yeux clos.

– Non.

Péniblement, il ouvre un œil, puis l'autre et je ferme rapidement les miens en riant.

– Tu vas tomber amoureuse de moi encore plus vite que je le pensais, marmotte-t-il d'une voix endormie.

– Prends pas tes rêves pour une réalité.

– Tu dors déjà dans mon lit, objecte-t-il. Et tu portes une tenue plus qu'inconvenante.

Comme pour vouloir s'en assurer, il soulève le drap, révélant mes jambes nues. Je l'abaisse aussitôt, toute rougissante.

– Putain ! s'exclame-t-il, les yeux à présent grands ouverts. Tu es trop sexy dans mon tee-shirt, Aly. Comment ça se fait que je n'aie rien remarqué hier soir ?

– C'est juste un tee-shirt.

Je me sens un poil troublée par ce compliment réconfortant.

– J'ai hâte de voir ce qui se cache en dessous. (Dans un geste incroyablement sensuel, il retire la couverture afin de dévoiler mon buste, puis il attrape l'ourlet du tee-shirt pour caresser le tissu.) Même si j'arrive déjà à deviner, reprend-il, taquin. J'ignorais que ce tee-shirt était aussi fin, on voit vraiment tout à travers.

L'expression d'horreur qui traverse mon visage le fait rire. Saisie de honte, je dégage vivement sa main de ma hanche et rabats la couverture sur moi. Je baisse même la tête pour cacher mon visage, mais Célian m'en empêche en relevant mon menton d'un doigt. Tout à coup, il se redresse sur un coude pour me dévisager d'un air suspicieux.

– Tu empestes la menthe.

Oh, merde ! Je lui réponds le plus naturellement du monde. Du moins, j'essaie.

– Bah, je me suis brossé les dents hier soir.

– Non, mais là, j'ai l'impression que tu as avalé une boîte entière de Tic Tac. (Ses sourcils se froncent encore plus, puis il écarquille grand les yeux sans retenir un éclat de rire.) Attends, ne me dis pas que tu t'es levée ce matin exprès pour aller te laver les dents ?

– Je n'ai pas que ça à faire !

En fait, si. Soit ce mec est un véritable détecteur de mensonges, soit c'est moi qui suis une abominable menteuse.

– Tu avais si mauvaise haleine que ça ?

Son rire s'intensifie.

– Non, rien à voir, répliqué-je d'un ton sec.

– Ou peut-être que c'était pour me faire passer un message ? me demande-t-il plus sérieusement. Tu voulais que je t'embrasse ?

– Tu vois des messages partout.

Il approche son visage du mien et, alors que je fais semblant d'être vexée, il m'embrasse sur le coin des lèvres. De mon côté, je m'obstine à garder les lèvres serrées, ce qui ne manque pas de le faire râler.

– Ouvre la bouche, Alayna, marmonne-t-il.

Je fais « non » de la tête, commettant alors l'erreur de sous-estimer sa force de persuasion. Ainsi, il m'adresse un sourire naturellement irrésistible, comme s'il s'entraînait à le perfectionner tous les jours devant le miroir. Et le pire, c'est que ça marche. Son petit sourire me fait fondre. *Où diable est donc passée ma volonté ?*

– Il n'y a que comme ça qu'on pourra bien commencer la journée, reprend-il en posant une main sur ma joue.

Quand il pose de nouveau ses lèvres sur les miennes, je le laisse m'embrasser comme il en a envie, et le baiser qu'il me donne est si passionné que je ne regrette pas une seule seconde d'avoir cédé. Ses mains restent posées sur mes joues, tandis que sa langue s'introduit dans ma bouche pour jouer avec la mienne. Elles se frôlent, se cherchent, s'entremêlent de plus belle, avec lenteur. Je perds le contrôle. Et de toute évidence, je ne suis pas la seule. Célian frissonne lorsque j'effleure son torse du bout des doigts, ce qui me plaît. Je prends un malin plaisir à le déstabiliser. Je dévore ses lèvres au goût de coco, au goût de lui. Il a raison : un baiser est la meilleure façon de commencer une journée. Sa bouche descend dans mon cou et je passe la main dans ses cheveux ébouriffés. L'effleurement de ses lèvres contre ma peau sensible me lance des décharges jusqu'au bout des doigts. C'est si bon que je ne peux pas m'arrêter. Nos lèvres sont comme aimantées. Je lève une jambe et la passe par-dessus ses hanches pour pouvoir l'enfourcher et l'embrasser avec plus d'intensité, mais il me repousse doucement.

– Qu'est-ce qu'il y a ? demandé-je, essoufflée.

– J'avais promis de bien me tenir. Et là, c'est toi qui essaies de me grimper dessus.

J'ai un rire gêné. Difficile à croire, mais je n'avais aucune idée derrière la tête. Je me suis simplement laissée guider par mon désir de me sentir proche de lui. Mais il a raison, je dois me reprendre et ne pas franchir certaines limites. Maintenant que mes lèvres sont loin des siennes, mon cerveau se remet peu à peu en marche.

– Il me faut un verre d'eau. J'ai super soif.

Ma gorge est sèche, comme si j'avais traversé le désert du Colorado.

– Va dans la cuisine, je te rejoins après.

– Pourquoi pas maintenant ?

– Tu es à moitié à poil, tu viens de m'embrasser comme si tu voulais me faire perdre la tête, dans mon lit… Merde, Alayna. J'ai besoin de quelques minutes pour m'en remettre, tu comprends ?

Lorsque la lumière se fait soudain dans mon esprit, j'essaie de conserver mon sérieux.

– Bizarre. Je n'ai rien senti du tout.

Je sors du lit sous le regard noir de Célian. Cette fois, impossible de me retenir, un rire moqueur m'échappe.

– Petite garce, dit-il en riant à son tour. Dégage de ma chambre avant que je me lève pour t'attraper.

Je m'exécute et descends joyeusement l'escalier pour rejoindre le salon. Je n'ai pas encore atteint la cuisine que je me fige brusquement. Mon sourire disparaît à la seconde et ma gorge s'assèche davantage. Je ne suis pas seule dans ce salon, Elias est assis sur le canapé et il me dévisage avec une expression que j'ai du mal à interpréter. Il est tout habillé, contrairement à moi qui ne porte qu'un tee-shirt et un petit shorty. Pour la faire courte, je suis presque nue devant un mec que je ne connais pas et que je déteste. Je ne pensais même plus à ma cellulite. Discrètement, je tire sur le tee-shirt de Célian, espérant en faire une robe. Mais j'ai beau m'acharner dessus, le tissu ne se détend pas.

– Tu as passé la nuit ici, lâche enfin Elias.

Mes yeux ne quittent pas les siens. Ma réponse met du temps à venir.

– Oui.

– Avec mon frère ?

La réponse paraît tellement évidente que la question devient presque déplacée. Sans que je comprenne pourquoi, le visage d'Elias devient grave et un silence, lourd, s'installe. J'aimerais retourner dans la chambre de Célian, mais j'ai la sensation qu'on m'a amputée des deux jambes.

– Évidemment, il obtient toujours ce qu'il veut, poursuit-il lentement, d'une voix basse et glaciale. Mais… moi aussi.

Il me fixe, tel un prédateur guettant sa proie. Devant ma mine déconcertée, sa bouche se tord dans un rictus. Un frisson me traverse, auquel s'ajoute un sentiment d'angoisse. Lorsque son regard se pose sur le bas de mon corps, se baladant le long de mes jambes nues, mon malaise s'accroît. Mais je me garde bien de le lui montrer. Dans un dernier effort, mon courage se ranime, de même que ma témérité.

– Avec cette attitude, ça m'étonnerait.

Quand je vois son sourire s'agrandir, je déglutis. Ce n'était pas vraiment la réaction que j'espérais provoquer chez lui.

– Tu n'as pas idée de tout ce que je pourrais te faire ressentir.

À côté, mon frère est un petit joueur.

Mais quel porc ! Un jour, ce mec m'insulte de tous les noms, et l'autre, il m'accable de propos salaces. Je grimace de dégoût, hésitant à me ruer sur lui pour lui coller une gifle, mais je me rétracte au dernier moment. S'il décide de me la rendre, je vais déguster. Et, en y réfléchissant à deux fois, ça ne vaut pas le coup que je me coltine un œil au beurre noir et une mâchoire brisée pendant plusieurs semaines pour quelques mots déplacés.

Je conserve ma position à l'autre bout de la pièce. Avec cette distance entre nous, je me sens en sécurité – ou presque. Alors que j'essaie de me rassurer avec cette pensée, Elias se lève soudainement du canapé. Une fois debout, je comprends que quelque chose ne va pas, son équilibre est bancal. Il avance dangereusement vers moi, titubant à plusieurs reprises, et je reste immobile comme un rocher. Ma panique revient à la charge et mon traître de cerveau refuse de fonctionner. Elias est saoul – la bouteille de tequila à demi cachée derrière un coussin du canapé vient le confirmer.

– Tu as bu, constaté-je avec un brin d'affolement. Tu veux que j'appelle Célian ?

Je n'arrive pas à contrôler ma voix tremblotante.

– On n'a pas besoin de lui.

Je lui tourne le dos pour m'élancer dans l'escalier, mais l'alcool ne semble pas freiner Elias. Bien vite, il me rattrape et, me tirant par le poignet, il m'oblige à pivoter pour lui faire face de nouveau. Sa poigne est si forte qu'il écrabouille mes doigts.

– Lâche-moi, débile !

Je hausse la voix, mais il ne m'écoute pas et tire un grand coup pour m'attirer contre lui. Je n'aime pas ça. Mon cœur s'affole. J'ai peur. C'est la première fois que je me retrouve confrontée à une telle situation, et je n'ai jamais été aussi effrayée. Je ne suis pas le genre de fille qui attend désespérément qu'un prince charmant vienne la secourir, mais à cet instant précis, je donnerais tout pour que Célian sorte de sa chambre et m'aide à m'extirper de ce merdier.

Mon vœu semble s'exaucer : j'entends des pas précipités dans l'escalier et la seconde d'après, je suis enfin débarrassée d'Elias. D'un geste brutal, Célian l'attrape par le col de son pull élimé et le projette contre le mur opposé. Il le soulève jusqu'à ce qu'il soit sur la pointe des pieds.

– Qu'est-ce que tu fous ? Tu pensais à quoi, bordel ! s'exclame Célian, les poings serrés.

Un éclat de rire bruyant sort de la gorge d'Elias.

– Tu as les jetons, petit frère ?

Pendant une microseconde, le regard de Célian se voile d'anxiété. Après avoir pris une longue inspiration, il retrouve son calme et finit par le lâcher. Elias, qui n'arrive plus à tenir debout, glisse le long du mur et s'écroule sur le sol. J'entends Célian soupirer et il se tourne vers moi pour me lancer un regard inquiet.

– Tu n'as rien ?

Je suis figée comme une statue de marbre. Comme je n'ai pas envie qu'il me prenne pour une petite chose fragile, je secoue énergiquement la tête.

– Non, tout va bien.

Il n'a pas l'air de me croire, car il se précipite vers moi pour me prendre la main. Il l'analyse sous toutes les coutures et, lorsqu'il finit de l'inspecter, je le sens soulagé. Dieu merci, je ne marque pas facilement.

– Je suis vraiment désolé, Alayna. Ça n'aurait pas dû arriver.

Alayna. En plus de dire mon nom entièrement, sa voix est aussi sèche et tranchante qu'un coup de fouet.

– Ce n'est pas grave.

J'essaie de l'apaiser avec mon sourire. Mais, à ma grande surprise, son regard s'obscurcit. Ça ne lui ressemble pas du tout.

– Si, ça l'est. Je regrette de t'avoir laissée dormir ici. Je ne sais pas ce qui m'a pris d'accepter.

Aïe. Même si je sais qu'il n'y a aucune once de méchanceté dans ce qu'il dit, j'aurais préféré que cette nuit avec lui se termine sur une note plus positive. Il s'en veut, mais ce n'est pas sa faute. Il ne pouvait pas prévoir que son frère se mettrait minable toute la nuit et, qu'à mon réveil, je le croiserais dans le salon.

– Célian, murmuré-je en lui prenant les mains. Il ne s'est rien passé du tout, tu étais là. Je vais bien et, malgré ce petit incident, je suis contente d'avoir passé la nuit avec toi.

Il me regarde, peu convaincu, et nous sommes interrompus par la toux grasse d'Elias. Célian lâche mes mains pour se tourner vers lui, mais c'est trop tard, il vomit déjà toutes ses tripes sur le tapis du salon. Célian lève les bras au ciel d'un air désespéré.

– Comment je vais faire pour nettoyer cette merde avant que ma mère rentre ! Elle va être tellement déçue.

Sa voix est tremblotante, comme s'il était à deux doigts de pleurer. Il marque une courte pause, puis, sans que je m'y attende, il part prendre la bouteille de tequila vide sur le canapé et la jette sur le sol. Elle explose dans un bruit fracassant, créant une pluie d'éclats de verre.

– Putain ! Tu avais promis, Elias, tu lui avais promis que tu arrêtais tes conneries !

Bien sûr, Elias ne réagit plus. Il est en train de comater. Célian est à bout de nerfs, je ne l'avais encore jamais vu aussi énervé. Son regard est plus noir que jamais, les veines de son cou palpitent, et sa respiration est bruyante.

– Je peux t'aider, dis-je d'une petite voix.

– Non. Va-t'en, Alayna.

Quoi ? Non !

– Je ne peux pas te laisser dans cet état.

Je me veux rassurante, mais encore une fois, je m'y prends extrêmement mal et ça a tout l'effet inverse. Célian lève des yeux haineux vers moi. J'ai un nœud à l'estomac en prévision de ce qui va suivre.

– Tu crois que j'ai besoin de toi ? Ça fait des années que je vis ces situations quotidiennement et je n'ai jamais eu besoin de personne pour m'aider ! Alors, casse-toi de chez moi !

Accablée, j'encaisse le choc comme je peux. Je me sens extrêmement blessée, mais je tente de rester stoïque.

– Très bien. Je m'en vais.

– Comme si j'avais besoin d'une meuf que je connais depuis trois semaines, enchaîne-t-il d'une voix grave.

Était-ce vraiment utile d'en remettre une couche ?

– C'est bon, Célian. Je m'habille et je pars.

Je devrais me sentir ridicule maintenant, dans son tee-shirt et avec la moitié de mes fesses granuleuses à l'air, mais je force mon esprit à ne se focaliser que sur une chose : déguerpir sans me retourner.

– Dépêche-toi.

Je hoche mécaniquement la tête et me précipite dans l'escalier. Le nœud qui s'est installé au creux de mon estomac n'arrête pas de grossir. Je traverse le couloir, pressée de retourner chez moi, et m'enferme dans sa chambre. Je comprends parfaitement que Célian soit en colère, mais je n'ai rien fait de plus que lui proposer mon aide. À cet instant, je maudis Elias d'avoir tout gâché.

J'ajuste mon col roulé autour de ma gorge et quitte sa chambre. En dévalant prudemment l'escalier, je remarque que Célian est assis dans un coin du salon, les genoux relevés et le visage caché entre ses bras. Je m'avance près de la porte et une fois devant, j'attends une petite minute, au cas où Célian changerait d'avis, mais il ne lève pas le visage vers moi.

C'est le cœur serré que je pars.

30

Le lundi matin, j'ai toujours le moral dans les chaussettes. J'ai essayé de joindre Célian toute la journée du dimanche, mais il ne m'a pas répondu. J'ai découvert des sensations nouvelles, des sensations auxquelles je ne suis pas habituée, des sensations qui font incroyablement mal.

L'inquiétude et le manque.

Le combo parfait pour broyer du noir. J'ai même fait quelque chose que je ne fais jamais : regarder des comédies romantiques. Et pour dire vrai, *The Notebook* m'a fait pleurer comme une madeleine.

Une partie de moi brûle d'impatience d'être au lycée, de le croiser dans les couloirs, de m'assurer de son état, et une autre redoute ce moment par-dessus tout. Je ne sais pas comment je vais faire pour l'ignorer devant Lucy et Leila, alors que je n'aurai qu'une envie : accourir pour lui parler. Ça va être un supplice.

Lucy et Leila traversent le parking d'un air joyeux, tandis que je traîne le pas derrière elles. Lorsqu'on atterrit dans les couloirs du lycée, je me mets un coup de pied virtuel au derrière et accélère l'allure pour les rattraper. Je ne voudrais pas qu'elles se doutent d'un truc. Même si « sourire » est la dernière chose dont j'ai envie, je dois fournir un effort pour me débarrasser de cette tête de déterrée et me comporter comme je le fais d'habitude.

– Qu'est-ce que tu fais ?

Leila s'est tournée vers moi pour me dévisager d'un drôle d'air.

– Tu n'as pas encore intégré l'emploi du temps ? me demande

Lucy en souriant. On a cours de gymnastique, mais toi… tu as ton soutien en maths.

En baissant les yeux, je remarque qu'elles ont toutes les deux revêtu leurs tenues de sport. Mon cerveau a un bug si long que je crains qu'il n'ait fondu en beurre de cacahuètes. Quand, enfin, mes neurones se rebranchent entre eux, je sens un vent de panique me gagner. *Ce cours m'était complètement sorti de la tête !* Et qui dit soutien en maths, dit forcément Célian. Je crève d'envie de le voir et d'avoir une conversation avec lui. En même temps, j'ai peur de ce qui pourrait en découler. Et s'il ne voulait plus me parler du tout ? Mes dix appels manqués et quatre messages sans réponse en disent long sur l'état actuel de notre « relation ». Je mets ce mot entre guillemets, car je ne sais pas exactement ce que nous sommes. Ou ce que nous étions. Quoi qu'il en soit, je ne suis pas sûre d'être prête à affronter Célian dès neuf heures du matin.

– J'aimerais bien qu'on échange nos places, marmonne Leila. Je préférerais résoudre des équations plutôt que jouer les acrobates sur une poutre.

– Moi aussi. Mais un « F » en sport ferait vachement brouillon dans notre dossier, répond Lucy en ouvrant la porte du gymnase. Alors, tu te motives et on y va. On se retrouve tout à l'heure, Alayna ?

Je lui rends un sourire crispé. Heureusement, elle ne remarque rien et s'éloigne avec Leila en riant aux éclats. Je reste plantée devant la porte du gymnase, hésitant longuement sur ce que je vais faire. J'aimerais rester ici pendant une heure, mais si je sèche encore le cours de M. Peters, j'ai bien peur qu'il n'appelle ma mère. Cette fois, je dois faire preuve d'un peu plus de courage. Assister au même cours que Célian ne va pas me tuer. Puis, il ne pourra pas m'éviter éternellement. À un moment ou un autre, il faudra bien qu'il me donne des explications. Reboostée par ces quelques mots, je me dirige vers ma salle de classe d'un pas décidé. Quand je pousse la porte, tout mon corps se raidit. Le peu d'assurance que j'avais réussi à récupérer s'évanouit à mesure que j'observe Célian. Il est installé au fond de la pièce et il rit avec ses amis. Fort. Si fort que j'entends son rire se répercuter contre les parois de mon crâne. Il ne paraît pas mal en point, bien au contraire ! Il est au top de sa forme. Et son téléphone, posé sur le rebord de la table, a l'air également de se porter à merveille. Je pars m'asseoir à l'opposé, essayant de contenir l'élan de rage et d'incompréhension qui me foudroie.

***

Lorsque la sonnerie retentit, je lève le nez de mon cahier. Je me suis réfugiée dans les vecteurs durant toute l'heure, faisant semblant de m'y intéresser, alors qu'en réalité, je ne faisais que me demander si Célian m'avait remarquée. Je range lentement mes affaires dans mon sac, ce qui permet aux autres élèves de libérer la salle. Quand Célian passe à côté de moi, je bloque mon souffle comme pour l'empêcher d'entendre les battements démesurés de mon cœur. J'aimerais avoir le courage de l'arrêter, lui demander ce qui ne va pas, mais je reste figée sur ma chaise. Toute fébrile, je le regarde quitter la pièce et me lève prestement pour me rendre à mon cours suivant. On dirait bien que j'ai laissé filer l'occasion parfaite pour lui parler, mais pourquoi ce serait forcément à moi de le faire ? J'ai déjà fait le premier pas en l'appelant à plusieurs reprises, mais il m'a ignorée. Et ce n'est pas mon genre de courir derrière un mec qui m'ignore. Encore moins quand la raison m'échappe.

Alors que je progresse dans le couloir, je sens une pression soudaine sur mon bras, me tirant sur le côté. Je me retrouve attirée dans une salle vide. Il y a des chevalets partout dans la pièce, des pinceaux et des toiles d'une taille impressionnante. Pas de doute, je suis bien dans la salle d'arts plastiques. J'entends le bruit d'une porte se fermer derrière moi. Je sais aussitôt qui je vais voir en me tournant. Et à cette idée, ma poitrine se serre. Lentement, je fais volte-face.

Célian se tient devant moi et j'avais beau m'y attendre, mon cœur s'emballe de nouveau. Il veut me dire quelque chose, mais il hésite. Je le vois dans ses yeux, qu'il braque obstinément aux miens.

– Il faut que je te parle.

Je déteste quand les gens sortent cette phrase. En général, ça n'annonce rien de bon.

– Fais vite. J'ai mon prochain cours dans cinq minutes.

Il se gratte l'arrière de la nuque, comme s'il était nerveux. Je le suis aussi.

– J'ai fait une grosse connerie en te ramenant chez moi. Je m'en suis voulu pendant un moment, au point de ne pas répondre à tes appels.

– J'ai remarqué.

Ma voix est plus glaciale que l'océan en hiver. C'est plus fort que moi, je suis vexée qu'il m'ait ignorée. À mon sens, je n'ai rien fait pour mériter son silence radio.

– Ce n'est pas à cause de ça que tu devrais m'en vouloir, Alayna. Je t'ai mise dans une situation vraiment merdique et… putain, j'en suis désolé.

Je détourne le regard, mal à l'aise. Elias m'a bien fait flipper, mais j'aimerais ne plus parler de ce moment. Certes, il s'est montré lourd et insistant, mais je suis persuadée qu'il n'aurait pas franchi certaines limites. Ce n'est pas le premier mec qui m'ait draguée et ce ne sera certainement pas le dernier.

– Ton frère m'a juste fait quelques avances parce qu'il était saoul. Il n'y a pas de quoi en faire un drame, je suis même sûre qu'il ne se souvient plus de rien.

– C'est vrai, mais c'est quand même arrivé. Qu'est-ce qu'il t'a dit avant que j'arrive ?

Merde, il a vraiment envie d'entendre ça ? Je pourrais lui parler de sa vantardise sexuelle ou encore de sa proposition indécente. Mais comme je n'ai pas envie d'attiser des tensions supplémentaires entre eux, je reste évasive. Ils ont l'air d'avoir assez de problèmes comme ça.

– Rien de bien intéressant.

Il me dévisage comme s'il avait du mal à me croire, mais n'insiste pas. Avec un soupir, il passe une main dans ses cheveux en pagaille.

– Je le déteste tellement, il est en train de bousiller la santé de ma mère.

Sa voix est si basse que j'ai failli ne pas l'entendre.

– Pourquoi ?

Je vois un éclair de colère traverser ses yeux noirs.

– Depuis qu'il est revenu vivre chez nous, je le vois sans arrêt torché. Il a toujours excellé dans les conneries, mais ces deux dernières années, il semblerait qu'il ait atteint des sommets. Même mon père ne veut plus de lui.

– Mais ta mère ne pouvait pas le laisser tomber.

Il approuve d'un signe de tête. J'attends qu'il poursuive ses explications, mais il ne dit plus rien. Durant cette courte pause, dans une impulsion subite, je me risque à lui demander :

– Tu ne m'avais pas dit que ton père était aussi un alcoolique ?

Il essaie de faire comme si cette question était sans importance, mais je remarque tout de suite ses muscles qui se raidissent.

– Ancien alcoolique, rectifie-t-il. Apparemment, ça fait des années qu'il n'a pas bu une seule goutte d'alcool. Mais je ne l'ai pas revu depuis son divorce avec ma mère. Ça fait cinq ans.

Il dit ça d'une façon très froide, avec un profond détachement, qui me fait comprendre qu'il aimerait changer de sujet.

Pour une raison inconnue, je décide tout de même d'insister.

– Et après tout ce qu'il vous a fait subir, Elias a quand même voulu partir vivre avec lui ?

– Non, ça ne s'est pas fait tout de suite. Il a dû attendre

trois ans avant d'emménager chez lui, le temps que mon père soit complètement sevré. Puis, quand il était toujours marié à ma mère et qu'il vivait encore ici, il n'a jamais rien fait subir à Elias. C'était son fils préféré. Le sentiment était mutuel car Elias ne pouvait pas nous supporter, ma mère et moi. Il nous a fait la misère avant de se barrer en Arkansas. Et maintenant qu'il s'est fait virer de chez mon père, ça recommence. J'ai eu deux ans de tranquillité et les emmerdes reprennent de plus belle.

Je suis désolée pour lui et je ne sais même pas quoi dire. Ressentir cette injustice qu'est le favoritisme, ça doit faire terriblement mal. Et la relation chaotique qu'il entretient avec son frère doit être d'autant plus difficile à vivre.

L'expression douloureuse qui assombrit son visage vient me le confirmer.

– Je crois que c'est mon père, le vrai connard dans cette histoire. Il ne veut plus d'Elias parce qu'il lui ressemble trop, ajoute-t-il avec une pointe d'ironie. Donc, il le refile à ma mère. (Il marque une pause, enfonçant ses deux mains dans les poches de son sweat-shirt. Quand il relève les yeux vers moi, ceux-ci retrouvent leur doux éclat.) Ça me faisait déjà atrocement chier que mon frère revienne vivre ici, mais maintenant que j'ai une petite amie, c'est encore pire.

Ce changement de sujet me prend de court, le souffle me manque. *Petite amie.* J'ai toujours trouvé ce mot idiot ; aujourd'hui, l'entendre me fait l'effet d'un feu d'artifice digne du 4 Juillet qui explose en moi. Puis, le souvenir de la journée d'hier revient me frapper comme une tornade. Je me souviens des émotions, beaucoup plus douloureuses, qui m'ont habitée. La peur de trop me laisser aller avec lui et d'avoir le cœur brisé : c'est ça qui me revient comme un boomerang – c'est ça qui me freine.

– Aly, chuchote-t-il. Je suis désolé de t'avoir virée de chez moi et de ne pas avoir décroché mon téléphone. Je ne voulais pas t'inquiéter et encore moins te blesser.

Tout à coup, mes yeux s'agrandissent, puis deviennent ronds comme des billes.

– C'est faux, tu ne m'as absolument pas blessée !

Je m'entends éclater d'un petit rire nerveux. À son regard, je comprends qu'il ne me croit pas, alors j'ajoute :

– Finalement, c'est une bonne chose que tu ne m'aies pas répondu. Ça m'a permis de me poser des questions à notre sujet et de voir que ça ne collera pas.

J'essaie d'avoir l'air convaincante, mais on ne peut pas dire que ce soit une franche réussite. Célian explose de rire et mon cœur cogne deux fois plus fort dans ma poitrine.

– Notre sujet ? répète-t-il, malicieux. Donc, il y a bien un « nous ».

– Non.

Il se penche pour me chuchoter à l'oreille.

– Si.

Célian saisit ma main, entrelaçant ses doigts aux miens. Je me fige.

– Je m'engage à répondre à mon téléphone à toute heure de la journée, reprend-il en levant la main droite, comme pour prêter serment. Je vais te prouver que je peux être le petit ami parfait.

– Tu n'es pas mon petit ami, réponds-je alors que je ne parviens pas à retenir un énorme sourire.

– Bien sûr que si.

Dès que nos yeux s'accrochent, je me perds dans son regard noir et oublie totalement de répondre, car je me rends compte que j'ai une incroyable envie de l'embrasser à perdre haleine. À peine cette idée m'effleure-t-elle l'esprit qu'il glisse son doigt le long de ma pommette et replace mes cheveux derrière mon oreille. Puis, il se penche vers moi, incline son visage et frôle mes lèvres en murmurant :

– Sinon, je ne pourrais pas faire ça.

Ces quelques mots font rater des dizaines de battements à mon cœur.

Dans mon ventre, des picotements naissent et, quand il m'embrasse enfin, c'est l'explosion. Je sais que je devrais protéger mon cœur, que je devrais fuir, mais mes pieds sont cloués au sol et mes lèvres scellées aux siennes. J'enroule mes bras autour de sa nuque, oubliant tous mes doutes, mes peurs, et c'est même moi qui approfondis notre baiser en me collant davantage à lui. Ses mains répondent à mon ardeur, caressant mes cheveux, effleurant mon dos, pressant mes hanches. Si les chevalets bougeaient autour de nous, on ne le verrait pas, tant les sensations qui nous assaillent sont intenses. Sans interrompre notre baiser, Célian me fait reculer jusqu'à me plaquer contre le mur. Sa langue joue avec la mienne, alors que j'essaie de reprendre mon souffle calmement. Ce baiser est en train de me faire brûler autant de calories qu'une séance de sport. En même temps que je me fais cette réflexion, je sens son sourire se former contre mes lèvres.

– C'est un baiser plutôt passionné pour deux personnes qui ne sont pas en couple.

Il a l'air tellement espiègle que je tire sur les ficelles de son sweat-shirt. Il rit. Moi aussi. Puis, en réfléchissant à ce qu'il vient de dire, je redeviens si sérieuse que Célian me demande ce qui ne va pas.

– Rien, réponds-je.

Rien, mais je suis perdue. Sommes-nous en couple ? Ça fait quelque temps que je me pose la question, et chaque fois que j'arrive au cœur du problème, je rejette tout en bloc. Sauf qu'à force, j'y arrive de moins en moins. Ça commence quand, un couple ? Est-ce que c'est dès les premiers papillons dans le ventre ? Dès qu'on enchaîne les sourires à gogo ? C'est à partir du moment où on a les yeux qui pétillent, le cœur qui palpite et la respiration qui s'accélère ? Parce que si c'est ça, je suis fichue.

– Mon frère ne te fera plus chier, murmure-t-il. Je te promets que je ne laisserai plus jamais ça arriver.

Célian soude son front au mien, et quand il revient m'embrasser, je frémis. *Je suis complètement fichue.*

– Merde alors, chuchote une voix derrière nous.

J'ai un sursaut d'horreur et décolle rapidement mes lèvres de celles de Célian. Nous tournons tous deux la tête vers cette voix que je crois reconnaître.

31

Si mes cheveux n'étaient pas aussi longs, ils se dresseraient tout droit sur ma tête. La porte est entrouverte, et Wes nous regarde, les yeux écarquillés et la mâchoire tombante.

– C'est toi, son mec secret ? Putain, je n'y crois pas ! J'étais persuadé que c'était un mec de l'université de Phœnix.

Célian me lâche à contrecœur et avance vers son ami, l'air agacé.

– Qu'est-ce que tu fais là ? Ferme vite cette porte avant que quelqu'un nous voie.

– Je te cherchais, répond-il en s'exécutant. Tu es toujours fourré ici avec des meufs, mais je ne m'attendais pas à te trouver avec… *Alayna.* (Il continue à me fixer, comme si j'étais un fantôme.) Ton numéro d'artiste torturé a marché avec elle ?

Il me faut quelques secondes pour réaliser que Célian m'a entraînée dans son baisodrome. *Il n'aurait pas pu choisir un autre endroit pour me parler ?* Comprenant qu'il a fait une gaffe, Wes adresse un regard désolé à Célian. Moi, je le dévisage, furieuse.

– C'est pas vrai ! Tu as couché avec des filles au *lycée* ? (J'accentue bien chaque syllabe, espérant lui faire comprendre que personne – à part lui – ne fait ça.) Dans *cette* salle ? Tu es irrécupérable, Célian.

Je commence à m'éloigner, mais il me retient. Je ne fais même plus attention au regard scrutateur de Wes.

– Oui, quatre au total ! Mais où est le problème ? Je n'ai pas le droit d'avoir eu une vie avant de te connaître ?

Il doit penser que je lui fais une crise de jalousie, mais

non, c'est simplement du dégoût. Je suis dégoûtée de savoir que je me tiens dans la pièce qui a servi à assouvir ses pulsions sexuelles les plus… pressantes. Maintenant, je l'imagine rouler une galoche à une autre fille dans un coin de la salle, la déshabiller sauvagement, pour ensuite finir par la porter jusqu'au bureau qui se trouve derrière moi.

Bon, je dois reconnaître que je suis jalouse. Mais rien qu'un chouïa.

– Tu aurais pu me parler ailleurs qu'ici.

Toujours contrariée, je pose le bout de mes doigts sur mes lèvres et les pince. Je m'attends à ce que Célian me réponde sèchement. À la place, un sourire en coin apparaît sur son visage.

– Alors, la prochaine fois, je t'intercepterai dans les toilettes des mecs. Je suis sûr qu'entre l'odeur et les bruits, tu auras très envie de m'embrasser.

Je m'efforce de rester fâchée, mais j'ai du mal à contenir mon rire. Je pince mes lèvres plus fort.

– Abruti.

– Ça te plairait ? appuie-t-il avec un air rusé, après un court silence.

– Ne me fais pas rire alors que je suis énervée contre toi !

Sa fossette se creuse un peu plus et, cette fois, j'éclate de rire.

– Ça m'écorche la gueule de le dire, mais vous formez un très beau couple.

La voix de Wes me fait l'effet d'un électrochoc et me rappelle sa présence. Il nous observe d'un œil attendri.

– On n'est pas ensemble, Wes, m'empressé-je de répondre.

Le blond se tient toujours près de la porte, se grattant l'arrière de la tête, comme s'il était face à un jeu d'échecs. Ça ne va pas être facile de le convaincre, surtout maintenant qu'il m'a vue en train d'embrasser son meilleur ami à pleine bouche, mais je peux toujours essayer. Et il vaut mieux pour moi qu'il me croie ! Un seul dérapage de ma part, et ma presque relation avec Célian sera dévoilée au grand jour. Autrement dit, ce serait la cata.

Je commence à réfléchir à la manière dont je vais m'y prendre pour duper Wes, mais ce dernier se met soudainement à rire, m'interrompant net dans le fil de mes pensées. Ses yeux ne sont plus braqués dans ma direction, mais dans celle de Célian, qui maintient un silence suspect. *Qu'est-ce qu'il fabrique, cet idiot ?* Je tourne immédiatement la tête vers lui pour le prendre sur le fait, et j'ai à peine le temps de voir un sourire furtif traverser ses lèvres. Il se retient pour ne pas rire, ça se voit comme le nez au milieu de la figure.

– Qu'est-ce que tu lui as dit ?

Son regard quitte celui de Wes pour dériver vers le mien. Dans ses grands yeux noirs, je remarque une lueur d'amusement.

– On est grillés, Aly.

Ouais, encore plus maintenant qu'il m'a appelée Aly !

– Je suis désolé, mais Wes est la seule personne à qui je ne peux pas mentir.

– Et même quand il essaie, c'est épouvantable, surenchérit Wes avec un sourire amusé.

Ils échangent un regard complice et rieur. J'aimerais être dans le même état d'esprit qu'eux, mais je ne suis pas à l'aise à l'idée que Wes soit dans la confidence. J'essaie de contrôler l'élan de panique qui me submerge, sans succès. Il s'accroît lorsque je pense à Lucy et à sa réaction si elle apprenait que je fréquente Célian.

– Hé, souffle Célian en remarquant la pâleur de mon visage. Tu n'as aucun souci à te faire, Wes n'ira rien répéter à personne.

– Comment tu peux le savoir ?

Je devrais avoir honte de parler de Wes comme s'il n'était pas avec nous dans la pièce, mais je ne suis plus en mesure de ressentir autre chose que de la peur.

– Temps mort, intervient le blond, l'air paumé. Pourquoi je ne dois rien dire à personne ? Perso, je trouve ça super cool que vous sortiez ensemble. Et à part quelques meufs jalouses, tout le monde sera du même avis que moi.

– Sauf que ma meilleure amie en fait partie.

Wes me regarde avec de grands yeux étonnés.

– Lucy ?

– Oui.

– Pourquoi serait-elle jalouse ?

Ce n'est pas à moi de répondre à cette question. Mon regard dévie vers Célian, son expression m'indique clairement qu'il est mal à l'aise.

– J'ai couché avec elle.

Il s'ensuit un silence si profond que j'entends le mécanisme de l'horloge accrochée au mur. Dès que l'image de Célian et Lucy, ensemble, vient se planter dans ma tête, je tente de la refouler. Mais c'est trop tard, elle s'est déjà insinuée dans mon esprit. Pourtant, ce n'est pas comme si je l'apprenais aujourd'hui. Ça fait des semaines que je sais qu'ils ont eu une aventure, mais j'avoue n'y avoir jamais vraiment pensé. Du moins, pas dans les détails. Maintenant, je ne peux m'empêcher d'imaginer tous les baisers qu'ils ont échangés et mon cerveau disjoncte.

À croire qu'il aime me torturer.

– Et elle est folle amoureuse de lui, dis-je sans cesser de fixer Célian.

Je pensais que Wes était au courant, mais je comprends à son regard que Célian s'est bien gardé de le lui dire. Il adresse un regard choqué à son meilleur ami.

– Merde. Mec, tu sais à quel point je t'adore, mais là tu as déconné !

Je n'aurais pas dit mieux.

Célian prend une mèche de ses cheveux, celle qui tombe sans arrêt sur son front, et tire sur le bout.

– Je ne pouvais pas savoir que je tomberais… (Il s'interrompt quelques instants, comme s'il avait peur de parler trop vite, puis il reprend plus lentement :) Que je tomberais sous le charme d'Alayna quelques mois plus tard.

Il fuit mon regard, ses joues rosissent, mais ça m'est égal. Je ne l'admettrai jamais devant lui, mais je suis rassurée de l'entendre dire ça.

– C'est sûr, lâche Wes d'un ton compréhensif. Putain, Debbie va être verte de jalousie quand elle va apprendre que vous sortez ensemble.

Wes se met à rire, très fort, et se calme tout de suite après avoir croisé mon regard noir.

– Ah bah non, reprend-il en bégayant. Du coup, elle ne saura rien puisque je dois la fermer.

– C'est sérieux, Wes, réponds-je d'une voix ferme. Personne ne doit être au courant.

– C'est bon, j'ai compris ! Même sous la torture, je ne dirai rien. Tu ne me fais pas confiance ?

Je pousse un soupir, exaspérée et, avant que je ne puisse répondre par la négative, il enchaîne :

– Je n'ai rien balancé pour ton mec secret. Vrai ou faux ?

– Vrai, marmonné-je.

La tension que je ressens s'atténue légèrement et Wes a un sourire satisfait. Je ne sais pas s'il va continuer à tenir sa langue, mais je n'ai pas d'autre choix que de lui accorder ma confiance. Il m'a surprise avec Célian et je n'ai malheureusement pas le pouvoir d'effacer sa mémoire. En jetant un coup d'œil à l'horloge, je vois que je suis en retard de dix minutes. Si je ne veux pas éveiller les soupçons, je devrais peut-être commencer par me rendre à l'heure à mes cours. D'autant que j'ai biologie avec Lucy et qu'elle va me bombarder de questions pour savoir où j'étais.

– Je dois y aller.

Je commence à m'avancer vers la porte, fusillant Wes du regard pour lui faire comprendre que je n'accepterai aucun faux pas de sa part, et je n'ai pas encore touché la poignée que je suis tirée en arrière. Célian m'attire d'un bras fort tout contre lui. Avant que je n'aie le temps de réagir, il presse ses lèvres avec douceur contre les miennes. Je fronce les sourcils.

– Lover, glisse Wes en toussotant.

– Jaloux, lui répond Célian, après m'avoir libérée.

– Oui, et j'assume ! Je regrette de t'avoir vu avec Alayna. Qui je vais bien pouvoir draguer maintenant ?

Célian lui lance un regard si mauvais que je me mets à rire.

– Je vous laisse régler ça entre mecs. Et toi, dis-je en pointant un doigt accusateur vers Célian, ne t'avise plus de m'embrasser dans cette maudite salle. Compris ?

Il hoche la tête en souriant et je pars. Quand j'arrive enfin à mon cours de biologie, je dois m'excuser une vingtaine de fois auprès du prof avant de pouvoir regagner ma place. Ce sadique prend toujours un malin plaisir à me ridiculiser en public. J'ignore le regard interrogateur de Lucy et m'assieds devant elle. Durant toute l'heure, j'essaie de me préparer aux questions qu'elle va me poser, et surtout à l'attitude que je vais adopter pour paraître crédible. Mais je le sais : quand elle le veut, Lucy devient aussi efficace que Sherlock Holmes et Columbo réunis.

En me levant de ma chaise, Lucy m'attrape par le bras et m'entraîne dans le couloir.

– Où étais-tu passée ?

J'ai eu le temps de réfléchir à un mensonge en béton, mais les mots ont du mal à sortir.

– J'étais au téléphone avec ma mère. Elle était en train de faire les courses, elle voulait savoir ce que je voulais manger pour ce soir. Je n'ai pas vu l'heure.

En m'écoutant parler, je me rends compte qu'il n'est pas si béton que ça, en fait. Les bras croisés, Lucy me dévisage étrangement. Puis, à mon grand soulagement, elle cesse de m'examiner et lâche un soupir.

– Tu fais chier, Alayna. Tout à l'heure, Leila m'a tendu un guet-apens et tu n'étais même pas là pour m'aider.

– Qu'est-ce qu'elle a fait ?

– Elle m'a demandé si Debbie pouvait manger avec nous

ce midi, et comme elle était juste à côté, je n'ai pas pu dire non. On va devoir se la taper pendant toute l'heure du déjeuner.

Je fais la même grimace qu'elle. Quelques semaines plus tôt, la présence de Debbie ne m'aurait pas dérangée. Maintenant qu'il y a Célian en jeu, je ne peux plus la voir en peinture.

– D'ailleurs, il faut qu'on aille les rejoindre, râle-t-elle en regardant son téléphone. Elles nous attendent à la cafétéria.

– Pourquoi tu ne leur as pas dit qu'on sortait manger au fast-food ?

– Sans toi, j'ai perdu mes moyens ! Puis, elles auraient été capables de s'incruster avec nous.

C'est vrai.

Dépitée, je la suis dans le couloir et, au moment de pousser la porte de la cafétéria, je l'entends prendre une grande inspiration.

– On est là, les filles !

Installée à une table, Leila nous interpelle avec un grand sourire. Debbie est avec elle. Pour me donner du courage, je me répète que ce n'est qu'un mauvais moment à passer, et qu'il durera très exactement quarante-sept minutes. Après avoir rempli nos plateaux, on part s'asseoir à leur table.

– J'étais en train d'expliquer à Debbie que cette année, on ne pourra pas faire la soirée d'Halloween chez moi, nous informe Leila, la bouche pleine de spaghettis. Mes parents seront là samedi.

– Donc, c'est annulé ?

Une pointe de déception transparaît dans la voix de Lucy. Je suis aussi déçue qu'elle. Si ce n'est plus. J'adore Halloween, c'est aussi important que le Nouvel An ou mon anniversaire. Grâce à cette fête, Lucy et moi avons pu développer notre créativité. Ensemble, nous l'avons fêtée dix années d'affilée, et pas une seule fois elle ne s'est déguisée en créature fantastique. Elle déborde d'inventivité. Par exemple, l'an dernier, elle s'est habillée en « déclaration enflammée » : elle portait une robe blanche sur laquelle elle avait peint des mots d'amour. Pour ma part, je suis moins originale qu'elle, mais je mise tout sur le maquillage. Vampire, loup-garou, fantôme, sorcière, zombie assoiffé de sang… tous ces déguisements n'ont plus aucun secret pour moi. Même si le temps de préparation est plus long que la soirée en elle-même, je serais dégoûtée de rester chez moi cette année.

– Non ! s'exclame Leila. C'est hors de question qu'on annule cette soirée. Wes est prêt à sacrifier sa maison. Vous avez des idées de costumes ?

Lucie est la première à répondre :

– Je serai un livre, déclare-t-elle, toute fière. Je vais découper des passages de *Roméo et Juliette* et les coller sur une tenue blanche, tout à fait basique.

Leila et Debbie la regardent de haut en bas, comme si elle venait tout droit de la planète Mars. Encore une fois, je suis épatée par son imagination. Je lui souris afin de lui faire comprendre que j'approuve son costume à mille pour cent, puis je me concentre sur Debbie qui s'apprête à prendre la parole :

– Et moi, je vais revêtir mon plus beau costume de lapine.

– C'est-à-dire ? demande Lucy, perplexe. Le genre enragé, avec plein de sang sur le museau ?

– Non, le genre sexy.

Je me retiens pour ne pas partir dans un fou rire. De toute évidence, Debbie n'a pas bien saisi l'esprit d'Halloween – le but c'est de faire peur, pas de montrer ses attributs. Mais venant d'elle, ça ne me surprend guère. Avec Lucy, on échange un bref regard ne laissant aucun doute sur notre conclusion : notre amitié avec elle est révolue.

– Trop stylé ! répond Leila avec un enthousiasme qui frise l'hypocrisie. Moi je reste plus classique avec mon costume de Harley Quinn. Et toi, Alayna ? Tu seras quoi ?

– Hermione Granger.

Elles ont l'air emballées par mon idée. De tous les personnages que j'ai incarnés, c'est celui qui me correspond le mieux. J'ai grandi avec le monde magique de Poudlard, et même si ça fait un petit moment que je n'ai plus fait un marathon *Harry Potter*, la personnalité de Hermione a marqué mon esprit – sa force, son intelligence et sa détermination en font un personnage unique. Un personnage que je représenterai avec plaisir.

– Je trouve que tu lui ressembles un peu, commente Debbie avec un sourire. Tu as confiance en toi et tu ne sors avec personne.

Plus maintenant.

Je lui lance un sourire que j'espère pas trop crispé et j'avale une bonne rasade d'eau pour me desserrer la gorge.

– Par contre, toi, tu sors avec Célian, c'est bien ça ? demande Lucy d'un air suspicieux.

Je manque de tout recracher sur la table. Mon pouls s'accélère, comme si j'étais en train de réaliser un exercice de cardio.

– Lucy ! la réprimande Leila.

– Bah quoi ? C'est une question comme une autre. Puis, si tu l'as fait venir à notre table, c'est pour qu'on discute toutes ensemble. Alors discutons.

Debbie lui jette un regard mauvais que Lucy lui rend en cent fois plus puissant. J'ai l'impression d'assister à un combat de poules.

– Ouais, Lucy, lâche-t-elle d'un air pincé. Et si tu veux tout savoir, j'ai baisé avec lui quatre fois. Deux fois chez Leila cet été, une fois dans la chambre de mon frère et une autre fois dans la salle d'arts plastiques le jour même de la rentrée. C'est bien plus que toi, non ? D'après ce qu'il m'a dit, vous n'avez couché ensemble qu'une seule fois. Et ça remonte à plus de deux mois.

Lucy se décompose. Et c'est vrai qu'à l'intérieur, je me décompose aussi, mais je baisse le visage pour ne pas me faire griller.

– Dans ce cas, je vous souhaite beaucoup de bonheur.

En tant qu'interprète officielle de Lucy, je traduis : « J'espère que votre couple ne tiendra pas plus de deux jours. »

– On n'est pas ensemble, admet Debbie, après une hésitation. Ça m'embête de le dire, mais ça fait des semaines qu'il est distant avec moi.

Lucy semble avoir retrouvé le sourire, tandis que Leila se penche pour la réconforter. Mon visage retrouve peu à peu ses couleurs.

– Rappelle-toi ce que je t'ai dit. Tu vas profiter de cette soirée d'Halloween pour lui parler.

Alors que je réprime un soupir d'exaspération, je sens mon téléphone vibrer dans ma poche. Je le sors et vois le numéro de Célian s'afficher, m'alertant d'un nouveau SMS.

[Je suis rentré chez moi
et tu me manques déjà.]

[Moi, je passe un merveilleux
repas en compagnie de
Debbie. Elle nous a révélé
qu'elle faisait partie des
quatre élues à avoir fait un
tour dans la salle d'arts
plastiques. Hâte de découvrir
qui sont les trois autres !]

J'attends quelques secondes sa réponse, mais elle ne vient pas.

À la fin du repas, j'assiste à mon dernier cours de la journée, qui passe à la vitesse de la lumière. Quand je suis en voiture avec Leila et Lucy, Célian ne m'a toujours pas répondu. Je les écoute se chamailler pendant tout le trajet, ou plutôt j'écoute Leila s'énerver par rapport au déjeuner de ce midi. Elle lui conseille de renoncer à son obsession pour Célian, ce que Lucy n'est visiblement pas prête à faire. La seule raison pour laquelle je me mets en retrait, c'est pour ne pas exploser.

Lorsque le Range Rover se gare devant chez moi, je suis soulagée. Je sors de la voiture, les laissant se quereller et je me précipite vers ma porte d'entrée. Je décompresse rien qu'à l'idée de retrouver mon lit. Je prévois déjà de prendre une douche brûlante, de manger du sucre à volonté et de faire une sieste de deux heures. Après la journée que je viens de passer, je crois que je le mérite largement. En rentrant, j'accroche mon manteau à la patère et fais mon arrivée dans le salon. Je crois halluciner en voyant ma mère qui boit un café avec… Célian !

– Qu'est-ce que tu fais ici ?

Mon air ahuri les fait rire. Au lieu de me répondre, Célian s'adresse poliment à ma mère :

– Merci pour le café.

– Je t'en prie, c'était un plaisir de faire ta connaissance. Surtout, tu reviens quand tu veux !

Dites-moi que je rêve.

Célian se lève, la remercie encore chaleureusement et s'avance vers moi, tout sourire. Derrière, je vois ma mère qui me fait signe, pouce levé, afin de me donner son approbation. Je l'ignore et tire Célian par la manche de son sweat-shirt pour l'attirer dans le couloir.

– J'aurais pu être avec Lucy !

– Je sais, répond-il avec un sourire contrit. Mais je voulais m'assurer que tu ne m'en voulais pas. La dernière fois que j'ai couché avec Debbie, c'était le jour de la rentrée. Et c'était une connerie.

Il a quand même renouvelé cette connerie quatre fois.

– On ne se parlait pas à ce moment-là ?

Célian déglutit, sa mâchoire est crispée et il n'arrête pas de toucher ses cheveux. Ma question le déstabilise ; pourtant, il répond sans attendre.

– Tu n'avais pas l'air très intéressée…

Le voir dans un tel état de nervosité me fait rire.

– Détends-toi, Célian. Je plaisante.

– Alors, tout est cool entre nous ? Tu n'es pas jalouse ?

– Même pas une seconde.

Je mens très mal, mais il semble ne rien remarquer.

– Je ne te décevrai pas, tu le sais, ça ?

La lueur de sincérité qui brille au fond de ses yeux m'inspire confiance. On remet les compteurs à zéro. À partir de maintenant, je ne pense plus à ses relations passées, je ne me pose plus de questions et je me lance.

– T'as intérêt.

Il rit.

– Regarde, dit-il, le visage traversé d'un éclat malicieux. Je me déplace même jusque chez toi pour vérifier que tu ne boudes pas.

– C'est le minimum ! m'exclamé-je, comme si c'était tout à fait normal. Tu viendras déguisé à la soirée de Wes ?

– Oui, mais je ne te dis pas en quoi. C'est une surprise.

Je plisse les yeux, intriguée. Mais je n'insiste pas.

– Je dois y aller, poursuit-il en enfilant sa veste. Ma mère est de repos aujourd'hui, j'aimerais passer un peu de temps avec elle.

– Attends, il faut que je te prévienne d'un truc. Debbie va profiter de la soirée de samedi pour te parler.

Il grimace.

– Je saurai l'accueillir.

Je lui souris comme si ça ne me faisait rien, mais en vérité, je n'aime pas ça. Célian le comprend, car il s'approche de moi et pose une main sur ma joue.

– Tu n'as pas d'inquiétude à avoir, Aly. Qui peut rivaliser avec toi ?

Un vrai sourire se dessine sur mon visage, cette fois. Il se penche pour m'embrasser et je réponds à son invitation. Pendant quelques secondes, quelques minutes, nos lèvres se caressent ensemble, à l'unisson. Et je le sais, chaque fois que je l'autorise à m'embrasser, mon cœur baisse sa garde. Je sens que Célian s'approche dangereusement de mon organe vital le plus précieux et le pire, c'est que je ne peux plus rien faire pour le protéger.

32

Recréer le look de Hermione Granger a été d'une simplicité enfantine. J'ai mis une écharpe de Gryffondor et une robe noire. Pour finaliser le costume, j'ai ondulé mes cheveux et me suis fabriqué une baguette. Faute de place, la maison de Wes se remplit vite – il n'y a plus un seul centimètre carré d'espace dans le salon. Je suis collée contre Leila qui danse, chante, saute et secoue la tête comme une survoltée. Avec son maquillage bleu et rose qui lui coule sur les joues, elle a l'air d'une folle. Je cherche Lucy du regard dans la foule, mais je ne la vois nulle part. C'est étrange. Elle n'est jamais en retard, bien au contraire. Quand il est question d'une fête, Lucy est la première à arriver. Mais il y a plus inquiétant que son absence : elle ne répond pas à mes appels. Leila m'a conseillé de ne pas trop m'en faire, mais elle ne connaît pas Lucy. Du moins, pas aussi bien que moi.

Il n'y a pas Célian non plus. Pendant une seconde, je les imagine ensemble, puis je me dis que c'est impossible. Je pars me réfugier dans la seule « pièce » où je ne me sens pas oppressée : le couloir. J'attends que Célian ou Lucy fassent leur apparition, pas en même temps de préférence, tout en essayant de replacer le bout de Scotch sur ma baguette qui commence déjà à tomber en lambeaux.

– Alayna !

Wes accourt vers moi, habillé en Draco Malfoy. Robe noire, cravate verte, cheveux plaqués en arrière, baguette.

– Les grands esprits se rencontrent ! s'exclame-t-il en riant.

Je ris avec lui. De toute évidence, il a bon goût en matière de films.

– Tu attends Célian ? reprend-il, plus sérieusement.

– Oui et non.

On ne doit pas se montrer ensemble, mais ça me rassurerait de le savoir ici. Wes sourit sans que je comprenne pourquoi, jusqu'au moment où je sens deux bras s'enrouler autour de ma taille et la voix de Célian tout près de mon oreille.

– Un bisou ou un sort.

Affolée, je regarde autour de nous pour m'assurer qu'il n'y a personne. Je retrouve ma respiration. Une chance que tout le monde soit dans le salon ! Je me tourne vers lui, mais au lieu de tomber sur le visage de Célian, je me retrouve nez à nez avec *Scream*. Mon mouvement de recul les fait rire.

– C'est moi, Aly, fait Célian en retirant à peine son masque. Et j'en ai aussi un pour toi.

Il me tend un masque effrayant qui m'arrache une grimace.

– Je ne mettrai pas ça.

– Tu ne veux pas qu'on passe la soirée ensemble ?

La déception point dans sa voix. Bien sûr que j'aimerais passer du temps avec lui, mais pas ici.

– Ces masques ne vont pas nous rendre invisibles, on est toujours reconnaissables.

– Tu as raison, lâche Célian en soupirant. C'est quand même chiant, cette situation…

Je fronce les sourcils. Dois-je comprendre qu'il est en train de se lasser ? Qu'il commence à tout remettre en question ? À cet instant, je donnerais tout pour voir à travers son masque et lire les émotions sur son visage.

– J'ai la solution miracle pour vous, suggère Wes en sortant une clé de sa poche. Ma chambre.

– Euh…

– C'est bon, Alayna. Je préfère que ce soit vous plutôt qu'un autre couple. Puis, au moins, vous serez tranquilles.

Je tourne de nouveau mon regard vers Célian, qui répond avec un haussement d'épaules. Avec ce fichu masque sur la tête, il est aussi inexpressif qu'une moule marinière. J'ai hâte qu'il le retire. Sans attendre ma réponse, Wes donne la clé à Célian, qui le remercie. Je le remercie aussi avec un sourire gêné.

– On ne fera rien dans ta chambre, dis-je à Wes afin de le rassurer.

– Je ne veux pas le savoir.

Je ris et Célian prend ma main pour m'attirer à l'étage. Tandis qu'on monte l'escalier, Wes m'interpelle :

– Hé, Hermione !

Il oriente sa baguette dans ma direction.

– *Stupéfix !*

Je lâche la main de Célian pour le viser à mon tour.

– *Flipendo !*

Et on rit. Après cet échange de sortilèges, je suis Célian jusqu'à la chambre de Wes. Une fois que nous sommes à l'intérieur, il verrouille la porte et s'y adosse.

– L'année prochaine, je me déguiserai en Harry Potter, maugrée Célian.

Je crois entendre de la jalousie dans sa voix, mais il se peut que je me trompe. Si je pouvais voir les expressions de son visage, ce serait déjà mieux.

– Tu peux retirer ton masque ? J'ai l'impression de m'entretenir avec Dark Vador.

Célian s'exécute. Il y a quelques gouttes de faux sang sur sa joue.

– Vos deux personnages ne sortent pas ensemble dans les films ?

– Draco et Hermione ? Alors là, pas du tout !

Je n'ai jamais rien entendu d'aussi grotesque.

– Tu en es sûre ?

Je m'efforce de ne pas rire, mais son regard inquiet me fait fondre.

– Certaine. Dis-moi, tu ne serais pas jaloux de ton meilleur ami ?

– Je suis jaloux de ne pas avoir eu l'idée en premier. Si j'avais su, j'aurais choisi quelqu'un de l'univers de *Harry Potter*. Au lieu de ça, je me retrouve avec ce masque pourri…

– Ton costume est super. Et je vais peut-être t'apprendre un truc, mais beaucoup de femmes sont attirées par les *serial killers*.

– Même les sorcières ?

– Absolument. Tu es irrésistible avec ton faux sang et ton couteau en plastique.

Je passe une main sur son visage et essuie une gouttelette rouge qui roule sur sa joue.

– Tu n'en as pas marre de te payer ma tête ?

– Non, gloussé-je comme une collégienne.

– *Silencio*, chuchote-t-il contre ma bouche.

Il m'étudie un instant, ses yeux me dévorent. C'est lui qui prend les choses en main. Lui qui me plaque contre le mur pour happer mes lèvres avec une ardeur qui fait pulser le sang dans mes tempes. Lui qui tient ma tête entre ses mains, lui qui faufile ses doigts sous mes cheveux, sur ma nuque.

– Je voudrais que ça ne s'arrête jamais, halète-t-il entre deux baisers effrénés.

Je gémis contre sa bouche quand il se colle un peu plus contre moi. La sensation m'étourdit, me grise. Je suis comme téléportée dans une autre galaxie. Un univers caché où il n'y aurait que nous deux.

– Moi aussi.

Les mots sont sortis de ma bouche sans ma permission. Ses baisers réduisent la plupart de mes fonctions cognitives. Je ne contrôle plus rien. Je n'ai plus conscience de rien, si ce n'est du goût de ses lèvres et des battements de mon cœur. Il mordille ma lèvre inférieure, tandis que sa main descend le long de ma cuisse et, d'un mouvement fluide, il soulève ma jambe pour l'accrocher à sa hanche. De la lave en fusion coule dans mes veines. Sentant mon autre jambe devenir cotonneuse, je m'agrippe à ses épaules pour ne pas perdre l'équilibre. Avec fougue, nos langues se cherchent, se trouvent, se lient, se délient, comme prises d'une urgence. Nos souffles se mêlent. J'en perds le mien lorsqu'il quitte ma bouche et dévie vers mon cou. Sa respiration effleure ma peau brûlante et couvre mon épiderme de petits frissons. Je me laisse faire, tel un pantin. Je ne suis plus qu'une boule de sensations. Alors que je penche la tête en arrière pour lui donner un meilleur accès, la vibration de mon téléphone finit par me ramener sur terre.

– Célian…

Je n'ai pas envie de l'arrêter, mais je dois savoir qui c'est. Il continue.

– Célian !

Il se recule et me libère. Ma jambe, toute tremblante, retouche enfin le sol. Quant à mon rythme cardiaque, il a besoin de quelques secondes pour se calmer.

– Je suis désolée, je…

– Tu es désolée de quoi ?

Son regard capture le mien et la flamme qui y brille est comme un feu se répandant dans chaque cellule de mon corps. Et ses lèvres, n'en parlons même pas ! Elles sont rouges et gonflées de m'avoir embrassée. Si je ne veux pas me jeter de nouveau sur lui, je dois me retenir de les regarder plus longtemps.

– Je crois que j'ai un message.

Tout à coup, son visage se ferme et son regard se durcit. *Qu'est-ce que j'ai fait ?* En m'emparant de mon téléphone, je vois que Célian part s'asseoir sur le lit de Wes. Il a l'air contrarié.

– Alors, c'est qui ?

Je m'oblige à détacher les yeux de son visage tendu pour regarder l'écran. *Lucy.* La gorge sèche, je dois avaler plusieurs fois ma salive avant d'ouvrir son SMS.

[Je suis devant chez Wes.
Tu peux sortir, s'il te plaît ?]

[Pourquoi tu ne rentres
pas ??? Qu'est-ce qui
se passe ??]

[Je ne reste pas. Mais j'ai
besoin de te parler. En face.]

Mon cœur s'arrête de battre, le sang me monte à la tête. Et si elle était au courant ? Je dois aller la rejoindre. Tout de suite. Je relève les yeux vers Célian qui attend toujours une réponse.

– C'est Lucy.

– Ah.

– Je n'ai pas envie de retourner en bas, mais tu sais… elle va se poser des questions.

Et c'est peut-être déjà le cas.

Célian se lève et va se poster devant un miroir pour arranger ses cheveux.

– C'est bon, tu peux y aller. Je ne comptais pas rester avec toi toute la soirée non plus.

Ses mots me blessent sans que je comprenne pourquoi. *En fait, si.* Je sais que si je n'avais pas reçu ce message, je ne l'aurais pas quitté de la nuit. Célian se tourne vers moi en haussant les sourcils.

– Quoi ?

Je me force à lui sourire. Ce sourire me demande un effort gigantesque. Mais c'est soit ça, soit je lui montre que je suis blessée.

– Rien.

Et je me précipite sur la porte pour l'ouvrir, comme un faon qui cherche à fuir le canon d'un fusil. Mais elle reste fermée. Je secoue la poignée avec force, avant de me rappeler qu'elle est verrouillée.

– Pousse-toi. Je vais t'ouvrir.

Célian s'avance et je me décale pour le laisser insérer la

clé dans le trou de la serrure. Inutile de préciser que je me sens comme la reine des connes. Dès que la porte s'ouvre, je lui murmure un « merci » avant de me ruer dans l'escalier. Puis, je ralentis au moment de sortir de la maison. Je ne sais pas ce que veut me dire Lucy et j'angoisse. Après une longue, très longue inspiration, je me risque à poser un pied dehors et traverse le jardin. Quand j'atterris dans la rue, j'aperçois Lucy sous la lumière d'un lampadaire. Elle n'est pas déguisée. J'approche d'un pas craintif et, quand j'arrive enfin à sa hauteur, je découvre son visage raviné par des larmes. Sans réfléchir, je la prends dans mes bras.

– Qu'est-ce qui t'arrive, ma Lulu ?

– Il est revenu…

Sa voix est brisée.

– Qui ça ?

Elle se recule pour me dévisager, les yeux bouffis et la mâchoire tremblante.

– Tu le sais.

Je connais ce regard. La dernière fois que je l'ai vu, c'était il y a cinq ans. Le jour où Lucy m'a raconté qu'elle avait été abusée sexuellement par son voisin, j'avais à peine 12 ans. Je n'avais pas tout compris sur le moment – ce n'est qu'après que j'ai vu à quel point cet événement avait chamboulé le cours de sa vie. Je connaissais aussi ce voisin. Quand j'allais chez Lucy, je passais tous les jours devant sa maison. Je lui disais souvent bonjour et, tous les dimanches, on l'aidait même à s'occuper de son jardin. Si on faisait ça, ce n'était pas pour l'amour du jardinage, mais pour passer du temps avec ses tortues. Avec Lucy, nous en étions fans ! Puis, il y a eu ce dimanche où je n'ai pas pu venir – où je l'ai laissée seule avec lui. Je me souviens d'avoir culpabilisé. Je culpabilise encore aujourd'hui.

– Il m'a envoyé un e-mail, reprend-elle, dans un sanglot. Pour prendre de mes nouvelles, soi-disant. Il m'a écrit des trucs vraiment dégueulasses… Genre, que je devenais de plus en plus jolie et qu'il aimait regarder mon évolution.

– Mais il n'a pas le droit de faire ça ! Tu en as parlé à tes parents ?

Ma colère est si forte qu'elle me fait trembler.

– Pas encore.

– Fais-le !

De nouvelles larmes montent à ses yeux et elle secoue brusquement la tête.

– Je n'ai pas envie de leur reparler de cette histoire. Déjà que ça les a détruits de voir qu'il s'en sortait avec seulement six mois de prison avec sursis et une interdiction d'entrer en contact avec ma famille et moi…

– Justement ! Il ne peut pas te parler ni même t'approcher. Tu peux le renvoyer en taule avec cet e-mail.

– Pas sûr.

Elle a l'air lassée. Vu la gravité de la situation, je suis obligée d'insister.

– Il faut que tu rentres chez toi et que tu en parles à tes parents. Tu veux que je vienne avec toi ?

Lucy se calme, elle respire plus doucement, sèche ses larmes. Peu de temps après, elle retrouve son sourire.

– Non, c'est quelque chose que je dois faire seule.

– Promets-moi que tu vas leur dire.

– Promis, murmure-t-elle. Maintenant, va profiter de la soirée.

– D'abord, je te raccompagne chez toi.

Elle hésite, mais elle finit par accepter. On ne sait jamais ! Ce tordu pourrait se cacher dans un buisson et l'agresser sur le trajet. Cinq minutes plus tard, nous sommes devant sa porte. Nous habitons tous plus ou moins à proximité, ce qui est plutôt pratique. Elle me serre dans ses bras avant de rentrer chez elle, et je fais le chemin inverse, la boule au ventre. J'ai mal pour elle. Ça fait des années qu'on n'en a pas reparlé, mais ça me bouleverse toujours autant. À peine suis-je de retour chez Wes que je vois Leila se précipiter vers moi. J'essaie d'avoir l'air normale.

– Tu as des nouvelles de Lucy ?

La rousse n'est au courant de rien – c'est un secret que Lucy ne veut pas partager avec les autres. Je n'ai pas envie de lui mentir, mais il le faut.

De toute façon, c'est un peu devenu mon quotidien.

– Ouais, elle est malade. Elle ne pourra pas venir.

– Elle est trop nulle ! s'exclame-t-elle, dégoûtée.

Je hausse les épaules d'un air évasif.

– Tu veux venir nous rejoindre avec Debbie ? demande-t-elle en pointant son doigt dans une direction. Enfin, quand elle aura fini de parler avec Célian.

Mon cœur a un raté. Un seul. Je jette un coup d'œil dans cette fameuse direction et, effectivement, Célian est avec Debbie. Je savais qu'elle prévoyait d'avoir une discussion avec lui, alors ce n'est pas une surprise. Mais je n'assisterai pas à cette scène plus longtemps. Je refuse de rester ici et d'avoir le cœur tordu par la jalousie.

– Plus tard, peut-être ? Dans un premier temps, je vais aller me chercher un verre.

Ma gorge est aussi sèche que si j'avais avalé du sable, mais je fais de mon mieux pour parler normalement.

– OK, à toute !

Leila retourne danser, tandis que j'essaie, tant bien que mal, de me frayer un chemin parmi la foule excitée jusqu'à la cuisine. Tout de suite, mon œil est attiré par la bouteille de vodka-cerise qui trône sur le comptoir. Je m'en empare et, avant de la porter à mes lèvres, je murmure avec un sourire :

– Notre amour à nous est éternel.

Je m'apprête à boire une gorgée mais, sans savoir trop pourquoi, je me ravise et pose la bouteille. Sur le moment, il m'est impossible de savoir d'où me vient ce blocage. Puis, je comprends. Des bribes de conversation avec Célian me reviennent à l'esprit. Ce sont de simples bouteilles, comme celle que j'ai devant moi, qui ont ruiné son enfance. Je ne sais pas jusqu'où son père est allé avec lui, mais vu la façon dont il en parle, ça devait être grave. Maintenant, je regarde cette bouteille avec une haine profonde.

– Mets ce masque, me chuchote une voix à l'oreille.

Je me tourne vers Célian, qui a revêtu son masque de *Scream*. Il me tend celui de tout à l'heure, et je ne l'ai pas encore pris qu'il m'attrape par le bras pour m'entraîner avec lui.

– Qu'est-ce que…

– Mets-le ! C'est le seul moyen de se barrer de cette soirée incognito.

Quand il me fait traverser le salon bondé de monde, je n'ai pas d'autre choix que de l'écouter. Afin de plonger dans l'anonymat, je m'empresse de poser le masque sur mon visage, le maintenant d'une main ferme pour ne pas le faire tomber. Dès qu'on passe à côté de Leila, je le tiens plus fort. Célian bouscule tout le monde à coups d'épaule, me libérant ainsi la voie et, une fois dehors, je retire mon masque d'un air sidéré. Célian m'imite – un grand sourire illumine son visage. On dirait un gamin le matin de Noël.

– Je peux savoir ce qui t'a pris ?

– Je ne veux pas rester dans un endroit où je ne peux pas t'approcher. C'est pire que de la torture.

Je prends une mine faussement étonnée.

– Ah ? Je croyais pourtant que tu ne voulais pas passer toute la soirée avec moi. Tu as changé d'avis ?

Il y a quelques secondes de silence pendant lesquelles je le regarde se frotter la nuque.

– J'étais déçu que tu stoppes notre baiser pour… un message, dit-il en pinçant les lèvres d'un air dégoûté.

Mon rire fuse avant que je ne puisse le retenir.

– Pauvre chou, tu étais déçu ! Tu as une sensibilité encore plus élevée que celle d'une femme, tu le sais, ça ?

Célian marmonne quelque chose d'inintelligible. Pour ne pas le vexer, je change de sujet.

– Et Debbie, elle n'était pas trop déçue que tu la plantes ?

Un sourire vient étirer le coin de ses lèvres, comme s'il s'attendait à cette question. Il s'avance vers moi.

– Elle était surtout déçue que je lui dise de m'oublier. Mais elle s'en remettra.

– Tu crois ? soufflé-je sous son regard espiègle.

Un pas de plus. Puis, encore un autre.

– Elle n'a pas le choix. Il n'y a qu'une seule personne que je veux et elle est devant moi.

– Qu'est-ce qu'on fait maintenant ? demandé-je, faisant comme si je n'avais pas entendu sa dernière phrase.

– J'ai une idée.

Je sais à quoi il pense. Seuls quelques centimètres nous séparent, nos souffles s'accélèrent. *Pourquoi je résiste ?* J'en ai autant envie que lui. Délicatement, ses lèvres se posent sur les miennes. Il caresse ma joue, je ferme les yeux pour savourer ce baiser aussi fondant qu'un rocher à la coco. Sa langue s'enroule autour de la mienne, je me délecte de son contact, de son goût, quand soudain, un bruit de porte nous fait sursauter. Célian réagit immédiatement et me prend par le poignet pour m'attirer derrière un mur.

– C'est qui ? demandé-je, haletante.

Il jette un coup d'œil discret.

– Debbie.

On pouffe, pas trop fort pour ne pas qu'elle nous entende.

– On va où ? Tu m'as kidnappée de la soirée, mais tu n'as aucun plan pour la suite.

– J'ai toujours un plan, objecte-t-il. On attend qu'elle se barre et on file chez moi.

Mes sourcils se froncent et tous mes muscles se contractent. J'avoue que sa proposition me surprend, je ne sais pas trop quoi en penser. Quand il me voit hésiter, il reprend :

– Je sais ce que j'ai dit la dernière fois… Mais après réflexion, je refuse qu'on se gâche la vie pour mon abruti de frère.

J'aime beaucoup ce que j'entends. Malheureusement, ça ne suffit pas à effacer mes craintes.

– Tout ira bien, cette fois ?

– Oui, répond-il avec un sourire rassurant. Et si tu veux un verre d'eau, j'irai te le chercher. Tu ne quitteras pas ma chambre d'une seconde.

Je souris, à la fois soulagée et amusée.

– Alors, c'est vraiment un kidnapping.

– Tout à fait.

Dès que Debbie retourne à l'intérieur, nous sortons de notre cachette et nous nous élançons dans la rue.

En arrivant, nous montons dans sa chambre. Je me débarrasse de mon écharpe et de ma baguette, et Célian en fait autant avec nos masques.

– Il n'y a personne chez toi ?

– Non.

Célian referme la porte derrière nous et me regarde avec des yeux brillants. Quand je me souviens de ce qui s'est passé dans la chambre de Wes, je rougis jusqu'à la racine de mes cheveux. Le message de Lucy nous a stoppés dans notre élan, mais maintenant que je suis dans sa chambre, qu'est-ce qui pourrait nous arrêter ?

– Tu es nerveuse ?

Je me racle la gorge avant de lui répondre.

– Non. Enfin, un peu.

– On n'est pas obligés de faire quoi que ce soit, tu sais. On peut faire comme la nuit dernière, c'est…

– J'ai un truc à te dire, le coupé-je.

Il hausse les sourcils, intrigué. S'il dit vrai, et que nous formons un couple, je me dois d'être honnête envers lui. Ce que je m'apprête à lui avouer est carrément honteux, mais ce serait pire s'il s'en rendait compte par lui-même.

– Je t'écoute.

La chaleur dans sa voix me met en confiance.

– Tu te souviens de la fois où on est allés au centre commercial et que je t'ai dit que j'avais eu plusieurs conquêtes ? J'ai menti. La seule personne avec qui j'ai couché, c'est Jonah.

Et j'ai été trop nulle.

Je m'attends à entendre son rire moqueur, mais il n'en est rien.

– C'est l'heure des confessions ? À mon tour. Quand j'ai vu que cette année, on n'avait pas maths ensemble, et que tu t'étais inscrite au cours de soutien de M. Peters, je me suis inscrit aussi. Genre, à la dernière minute.

Un sourire timide vient éclairer son visage, accentuant la fossette sur sa joue.

– C'est la chose la plus mignonne qu'on ait faite pour moi.

Et je le pense. Qui serait prêt à se taper deux heures de maths de plus par semaine, seulement pour me voir ? À part lui, personne.

– Ou ridicule, je ne sais pas trop. Tu te sentais prête avec lui ?

Je déglutis. Qu'est-ce qu'il penserait de moi si je lui disais que ma première fois s'est faite dans l'urgence ? Que je devais me débarrasser de ce pucelage encombrant ? Qu'importe la situation… et la personne.

– Je l'ai fait sans réfléchir. Peut-être… peut-être parce que ça ne signifiait rien pour moi. Mais avec toi, je sens que c'est différent.

– Qu'est-ce qui est différent ?

– Tout, murmuré-je en me perdant dans ses yeux noirs intenses.

Aussitôt, je me mords la langue, regrettant de m'être – encore une fois – dévoilée à lui. Il faut que j'apprenne à réfléchir d'abord, parler ensuite. Dans ce sens-là, pas l'inverse.

– On peut attendre, ce n'est pas un problème.

Sans prévenir, il retire son sweat-shirt et se retrouve torse nu. *Il le fait exprès ?* Je le regarde, pantoise, aller vers l'armoire et enfiler un tee-shirt. Sentant mon regard peser sur lui, il relève les yeux vers moi et me sourit.

– Tu n'es pas d'accord ?

Si tu n'exposais pas ton corps parfait devant moi, peut-être que je le serais !

– Je ne sais pas si j'aurai ce courage. Je ne veux pas brûler des étapes, mais en même temps, j'en ai super envie… tu vois ?

Soudain, l'atmosphère se charge d'électricité. Il voit très bien de quoi je parle, car ses yeux s'allument d'un désir aussi fort que le mien, aussi puissant. Je bloque ma respiration en le voyant s'approcher de moi.

– Je t'embrasse… et ensuite, on voit ce qui se passe. On se met aucune pression, OK ?

Je hoche la tête et, la seconde d'après, ses lèvres fondent sur les miennes, avec encore plus de fougue que les autres fois. Il me fait reculer jusqu'à ce que mes mollets heurtent le bord de ce qui doit être son lit. On y bascule. Il s'allonge sur moi sans y mettre tout son poids, nos langues se mélangent, tournoient l'une autour de l'autre. Elles valsent en harmonie, mais c'est Célian qui contrôle notre baiser : la vitesse n'est ni trop lente ni trop rapide et son intensité est extraforte. Au bout de quelques secondes, sa main longe ma cuisse et caresse le tissu de ma robe, dans l'attente de mon approbation. Souhaitant qu'il continue, je noue mes bras autour de sa nuque et me colle davantage contre lui.

– Tu es sûre ?

– Oui.

Le ton décidé de ma voix me surprend. J'ai besoin d'oublier cette histoire minable avec Jonah. J'ai besoin de tout effacer et recommencer. Et j'en suis persuadée, Célian est le choix parfait pour y parvenir.

Il le comprend. Sa main poursuit son chemin vers l'endroit le plus intime de mon anatomie et, lorsqu'il fait descendre mon collant, je ne respire plus.

– Sûre, sûre ? murmure-t-il contre la ligne de ma mâchoire, tandis que ses doigts écartent ma culotte.

Je hoche la tête et enroule mes jambes autour de sa taille pour toute réponse. S'il s'arrête là, je reprends ma baguette magique et m'en vais ! Heureusement, ça n'arrive pas. Je pousse un soupir quand il enfonce un premier, puis un second doigt. Il change de position pour m'embrasser, étouffant mes gémissements. Lentement, il entame un va-et-vient qui me désoriente. J'enfonce mes ongles dans la peau de sa nuque, la tension entre mes cuisses est de plus en plus insoutenable. Et sans surprise, mon corps finit par exploser comme une grenade. Célian dépose un dernier baiser sur mes lèvres et se lève, me laissant pantelante.

– Tu seras plus à l'aise avec ça.

Le souffle court, je lève la tête vers lui. Je suis presque déçue de voir qu'il me prend un tee-shirt dans son armoire.

– C'est tout ? On s'arrête là ?

– Tu es insatiable !

Il rit. Je croise les bras, tout en lui adressant ma moue boudeuse, et il revient dans le lit pour poser sa main fraîche sur ma joue brûlante.

– Moi non plus, je ne veux pas sauter des étapes, dit-il en me tendant son tee-shirt.

– Tu as raison, grommelé-je en le prenant.

Après m'être changée, je m'allonge avec lui. On a beau avoir partagé des baisers, un moment intime, des aveux ridicules et des câlins, trouver une position pour dormir devient soudain la tâche la plus gênante au monde. Comme toujours, Célian prend les choses en main et passe son bras autour de ma taille pour m'attirer contre son torse. Je ne sais pas comment il fait pour rendre les choses aussi naturelles.

– J'aime de plus en plus dormir avec toi, souffle-t-il dans mes cheveux. Fais de beaux rêves, Aly.

Un sourire se dessine sur mes lèvres – le sourire de la fille niaise, je le sais. Mais, étrangement, ça ne me dérange pas. Célian m'embrasse sur le front et mon corps frissonne.

33

J'ouvre les paupières et, au lieu de tomber sur le plafond blanc de ma chambre, je vois du noir partout. Je me tourne et mes yeux plongent tout droit dans ceux de Célian, qui m'observe fixement.

– Salut, dit-il avec un sourire éclatant.

Je rougis sous son regard perçant. *Depuis combien de temps me regarde-t-il dormir ?* J'espère que je n'avais aucun filet de bave au coin de la bouche, et que je n'ai rien dit de bizarre dans mon sommeil. Mais il y a plus gênant encore : le souvenir de la nuit dernière me revient en tête et mon ventre se contracte. Je m'éclaircis la gorge. Deux fois.

– Salut…

– C'est quoi, cette tête ? Tu as l'air affolée.

Il rit avant de s'ébouriffer les cheveux.

– Non. Je repensais simplement à hier soir et… je n'arrive pas à croire qu'on ait fait ça.

Célian se relève pour s'appuyer sur son coude. Pas du tout perturbé par ma confession, il me lance un regard amusé.

– Et encore, heureusement que j'étais là pour te faire rentrer les griffes. Tu étais déchaînée.

L'embarras me donne chaud. Je prie pour que mes joues ne s'empourprent pas.

– Tu es trop mignonne quand tu es gênée !

– Ce n'est pas le cas.

– Alors, pourquoi tu es toute rouge ?

J'enfouis ma tête dans l'oreiller pour me cacher, mais Célian me tire vers lui avec une force de titan.

– D'accord, je suis gênée ! admets-je, un peu froidement.

Désolée de ne pas être aussi à l'aise que toi. Je n'ai pas la « chance » d'avoir ton expérience.

Je me sens coupable d'être aussi désagréable, mais je déteste qu'on se moque de moi de bon matin.

– À t'entendre, on dirait que je ramène des filles tous les soirs dans mon lit…

– Oh, arrête ! Combien de filles ont dormi ici ?

Je regrette immédiatement ma question. Elle est ridicule et parfaitement stérile. Puis, je pense que je n'ai pas envie de connaître la réponse. Célian me dévisage, le front plissé.

– Une seule. Tu es la deuxième.

À mon tour, je le regarde fixement en me demandant si j'ai bien entendu.

– Deux, dis-je d'un air suspicieux. Seulement deux.

– Ouais, seulement deux, répète-t-il en haussant les épaules.

Je me surprends à essayer de deviner qui est la première. Un nom me traverse soudain l'esprit, m'arrachant une grimace dégoûtée.

– Ne me dis pas que c'est Debbie.

– Non ! Ce n'est pas elle. Je ne fais pas dormir n'importe qui chez moi.

Me voilà rassurée. Mais si ce n'est pas Debbie, qui cela peut bien être ? La curiosité me pique.

– C'est qui, alors ?

– Une fille. Mais c'était il y a longtemps.

Sans blague.

Je voudrais lui poser tout un tas d'autres questions, mais sa voix est tellement glaciale que je reste muette. Le changement d'ambiance est radical. Si cette histoire remonte à longtemps, pourquoi réagit-il ainsi ? Confuse, j'attrape mon téléphone posé sur la table de chevet et, en déverrouillant l'écran, je tombe sur un message de Lucy.

[Merci pour tout.
Je t'aime.]

Elle m'aimerait un peu moins si elle savait où je suis en ce moment même.

Je suis très mal à l'aise, mes mains sont moites. À peine ai-je commencé à pianoter une réponse que Célian m'arrache le téléphone des mains. Il le cache dans son dos en m'adressant un grand sourire.

– Tu ne le récupéreras pas tant que tu ne m'auras pas embrassé.

– Incroyable ! fais-je, ironique. Je ne savais pas que tu avais le pouvoir de changer d'humeur comme de chaussettes.

– Je suis de très bonne humeur, répond-il d'un ton tranchant.

Je pouffe devant sa tête grincheuse.

– Dès que j'ai commencé à te poser des questions sur cette mystérieuse fille, tu t'es refermé comme une huître. Admets-le.

– T'exagères…

Peut-être que ça l'embête d'en parler et que je ne devrais pas insister, mais j'ai du mal à croire qu'il ait eu une relation sérieuse avec une fille. J'ai besoin qu'il m'en dise plus. Je penche la tête sur le côté et lui souris, espérant ne pas me prendre un vent.

– Dans ce cas, je peux savoir son nom ?

Célian se redresse, appuyant son dos contre l'oreiller, et soupire.

– Evie.

Ce nom ne me dit rien, alors je continue :

– Elle est au lycée ?

– Non, elle ne fait plus ses études ici ! Maintenant, on peut parler d'autre chose ?

Il a l'air profondément agacé. Célian est patient, mais cette fois, je crois que j'ai un peu trop tiré sur la corde. Je ne sais toujours pas qui est cette fille mais tout ce que je retiens, c'est qu'elle n'est plus dans les parages. Quelque chose en moi se dénoue. C'est ridicule, mais je me sens soulagée. Célian laisse retomber sa tête sur l'oreiller et observe le plafond.

– Je suis désolé, dit-il après un moment de silence.

– C'est rien. Les premiers mois après le départ de mon père, je ne pouvais pas parler de lui à ma mère sans qu'elle s'énerve. L'amour rend les gens irritables. J'imagine, ajouté-je tout bas.

Il détourne les yeux du plafond pour m'inspecter d'un air intrigué.

– Tu n'as jamais été amoureuse ? Même d'un garçon à la maternelle ?

– Je ne crois pas. Mais toi qui l'as déjà été, c'est comment ?

Ma question semble le surprendre. J'ai l'impression d'être une petite fille à qui on apprend la vie.

– Euh, bah… (Il se racle la gorge.) Je dirais que c'est une palette infinie de sentiments. Tu passes par toutes les émotions. Tu as tout le temps envie de voir la personne, c'est presque un besoin. Et c'est tellement fort que tu ne penses à rien d'autre qu'à elle. Globalement, l'amour… c'est ça.

– Je vois.

En vérité, je me retrouve parfaitement dans sa définition. Je le dis enfin : pour la première fois de ma vie, je crois que je suis en train de tomber amoureuse. Et ce n'est pas aussi désagréable que je l'imaginais.

– Je n'ai toujours pas eu mon bisou.

Un sourire s'empare de mes lèvres et je m'approche de lui. Il saisit mon visage, m'attire vers lui pour m'embrasser, mais nous sommes interrompus par l'ouverture d'une porte. Dès que j'aperçois Elias, je me recule et tire la couverture vers moi, franchement mal à l'aise. Célian souffle.

– Tu ne peux pas toquer ?

– Maman est là. Elle sait que tu es avec une fille.

– Merde ! s'exclame Célian en se levant.

Il enfile un pantalon en vitesse et, en le boutonnant, il se tourne vers moi.

– Ça ne te dérange pas si on va lui dire bonjour ?

Je pense ne pas avoir le choix.

– Non.

– Tu t'habilles et tu me rejoins en bas ?

Je hoche la tête, mais Célian est déjà dans le couloir. Le stress monte, je n'avais pas prévu de rencontrer sa mère. Qu'est-ce que je vais bien pouvoir lui dire ? *Hé, je me suis incrustée chez vous toute la nuit, et j'ai dormi dans le même lit que votre fils. Ravie de faire votre connaissance !* J'ai peur qu'elle me déteste. Elle me déteste peut-être déjà. Je vais pour me lever, mais le regard scrutateur d'Elias me stoppe dans mon élan.

– Ça se passe bien avec mon frère ?

Je fronce les sourcils, méfiante. Quand je le vois sourire, je me détends.

– Oui, ça va.

– Profites-en parce que ça ne durera pas.

Donc, ce n'était pas un sourire bienveillant.

– Qu'est-ce que tu viens de dire, là ?

Je sais très bien ce qu'il a dit, mais je lui laisse une chance de se rattraper.

– J'ai dit que ça ne durera pas, répète-t-il d'un ton cinglant. Quand Célian se trouvera une meuf plus canon que toi, ce qui ne sera pas difficile, il te laissera tomber. C'est ce qu'il fait tout le temps.

Une joie mauvaise danse dans son regard. Elias m'a blessée et il le sait. Au fond, il n'a pas tout à fait tort : je suis moins jolie que Debbie, Lucy et probablement toutes les autres filles qu'il a fréquentées. S'il les a abandonnées, elles, pourquoi pas moi ? Je serais vraiment trop stupide de croire que je suis une exception. Elias est là pour me rappeler une vérité qui fait mal.

– J'aimerais m'habiller.

Ma voix est vide. Je n'ai pas la force de lui renvoyer une réplique aussi venimeuse que la sienne. Dans tous les cas, je ne pourrai pas frapper aussi fort. Quand Elias s'en va, je me rends compte que je retenais ma respiration depuis tout à l'heure. Je relâche mon souffle et file à la salle de bains. Contrairement à d'habitude, je ne me contente pas de rassembler mes mèches à la va-vite. Je prends soin de les arranger pour leur donner une forme stylée. Du moins, j'essaie. Je retourne dans la chambre pour m'habiller et là, catastrophe ! Déjà que je stressais à l'idée de rencontrer la mère de Célian, en plus je vais devoir le faire déguisée en Hermione. J'enfile mon costume et descends, plus gênée que jamais.

Célian discute avec sa mère dans le salon. La ressemblance est frappante, elle est brune avec de grands yeux sombres, et elle est très belle. Je suis rassurée de voir qu'Elias n'est pas avec eux.

– La voleuse de sous-vêtements est là ! claironne la mère de Célian en m'apercevant.

La honte m'enflamme la nuque et les joues, et se propage sur tout mon visage jusqu'aux oreilles.

– Elle s'en est rendu compte, m'informe Célian avec un regard désolé. J'ai dû lui dire la vérité.

– Je… je vous le rendrai le plus tôt possible, bégayé-je.

Elle s'esclaffe. Je voudrais m'enfuir, me cacher dans un trou et ne plus jamais en sortir.

– Je plaisante ! Au moins, je sais que tu ne dors pas nue avec mon fils. Alayna, c'est ça ?

Si elle voulait instaurer une ambiance plus légère, c'est raté.

– Euh, oui.

– Je suis ravie de te rencontrer. Je suis Lily.

Son visage affiche un sourire très doux. Quand elle sourit, elle ressemble à Célian.

– Je pense que tu l'as mise assez mal à l'aise comme ça, intervient Célian en me chopant par le bras. Maintenant, elle doit partir. (Il me glisse à l'oreille :) Je t'aide à t'échapper.

Je souris, tandis qu'il m'entraîne vers la porte d'entrée.

– À bientôt, Alayna ! me lance-t-elle depuis le salon.

Je lui réponds la même chose, sans savoir quand je la reverrai exactement. Pas de sitôt, je l'espère. Célian m'ouvre la porte.

– Nos deux mères se ressemblent.

– La tienne est pire.

– Je suis d'accord, approuve-t-il en riant. On se voit tout à l'heure ?

Je ne sais pas quand je vais trouver le temps de le revoir, mais j'acquiesce sans hésiter. Il cale ses deux mains autour de mon visage et m'embrasse. Jamais je ne me lasserai de ces émotions, mon cœur fond comme neige au soleil. Je m'écarte avant de ne plus pouvoir m'arrêter.

– J'y vais !

– Je voulais te donner envie de me revoir.

– Tu n'en as pas besoin.

Célian sourit et, après quelques secondes, il retourne à l'intérieur en fermant la porte. Je m'apprête à partir, mais à peine ai-je fait un pas que je me statufie sur le perron. Mon regard plonge dans celui de Debbie, qui se tient quelques mètres plus loin. À en juger par l'expression glaciale de son visage, elle est là depuis un moment. Mon cœur cesse de battre lorsqu'elle dégaine son téléphone pour tapoter dessus. En relevant les yeux vers moi, elle m'offre un sourire hypocrite et s'en va. Je sais ce qu'elle a fait et je dois réagir ! À mon tour, je sors mon téléphone et appelle Leila, espérant qu'elle ne soit pas déjà en ligne avec Debbie. Au bout de quatre sonneries, elle décroche.

– Je ne peux pas trop te parler, Alayna. Je suis à un repas de famille.

– Debbie n'a pas essayé de t'appeler ?

– Non, mais je crois qu'elle m'a envoyé un message. Pourquoi ?

– Ne le lis pas ! dis-je en hurlant presque. Il faut que je te le dise, moi. Je… j'ai passé la nuit chez Célian. Je crois que je sors avec lui.

Voilà, c'est dit. Je ne peux plus revenir en arrière. Pendant le silence qui s'ensuit, je crains qu'elle ne me raccroche au nez.

– Quoi ?

– Je suis désolée de ne pas vous l'avoir dit avant, mais je voulais attendre que ce soit sérieux entre nous.

C'est faux, j'avais surtout trop peur de les perdre. Ce qui est stupide, car maintenant, elles vont doublement m'en vouloir.

– Tu en as parlé à Lucy ?

– Pas encore. Mais je vais le faire.

Je l'entends soupirer à l'autre bout du fil.

– Je dois te laisser. On en reparle demain, au lycée.

Elle raccroche et je reste un peu bête, à fixer l'écran de mon téléphone. Elle n'a pas trop mal réagi… je trouve. Mais c'est peut-être parce qu'elle était entourée de sa famille. Tout en marchant, j'envoie un message à Lucy.

[Tu vas mieux ?]

J'aimerais évaluer son état avant de tout lui avouer. Célian passe bien après les problèmes de ma meilleure amie. En arrivant devant chez moi, mon téléphone vibre, mais c'est un message de Célian.

[Ma mère te trouve très jolie,
mais ton style vestimentaire
l'a laissée perplexe.]

Un début de sourire me monte aux lèvres, et s'efface aussitôt quand je reçois un autre SMS. Il vient de Lucy.

[Mes parents s'occupent
de tout.]

[Tu veux qu'on se voie ?]

J'inspire un bon coup et envoie mon message. Sans quitter l'écran des yeux, j'attrape mes clés et me dirige vers la porte.

Si elle me répond positivement, je devrai tout lui dire aujourd'hui. La peur au ventre, j'attends quelques secondes, des secondes d'éternité.

34

À dix-sept heures, je n'ai toujours pas eu de réponse de la part de Lucy. Je suis étalée sur mon lit, avec un pot de pop-corn dans les mains et un bon film. J'essaie de me détendre avant la journée de demain, qui sera beaucoup moins tranquille que celle-ci. Je sais que ça va lui faire du mal, mais peut-être qu'elle appréciera que je lui dévoile la vérité... Il faudra simplement que j'évite de lui dire que j'ai attendu plus de trois semaines pour le faire.

Je suis en train de m'endormir avec la voix de Woody en fond sonore, lorsqu'un bruit me fait rouvrir les yeux. Il vient de ma fenêtre. Je ne peux rien voir à cause de mon rideau, mais ça ne peut être que deux personnes. *Célian ou... Lucy.* Je me lève et, en écartant le rideau, je suis soulagée de voir Célian. Même plus que soulagée, je suis heureuse. Je lui ouvre la fenêtre.

– Les portes, tu connais ?

D'un saut, Célian monte dans ma chambre et je m'empresse de refermer la fenêtre derrière lui.

– C'est surfait ! Et, puisque tout ça est censé rester secret, je me suis dit que je pouvais un peu jouer à l'espion.

Je plaque une main sur sa bouche pour le faire taire.

– Pour un espion, t'es vraiment nul. Ma mère est à côté.

Il prend ma main, la retire de sa bouche et il en profite pour entrelacer nos doigts.

– Je suis désolé, chuchote-t-il. Au début, je voulais qu'on se retrouve autre part, mais vu que tu ne répondais pas à mon message... je me suis dit que j'allais venir ici.

– C'est un peu risqué.

Ses yeux noirs me scrutent et son sourire malicieux refait surface. Il se penche en avant, ses lèvres me chatouillant l'oreille.

– Mais toi et moi, on aime les choses risquées. Pas vrai, Aly ?

Je déglutis bruyamment, je sais ce qu'il va faire. Et j'ai raison, la seconde d'après, ses lèvres sont sur les miennes. Il m'enlace d'un de ses bras et caresse ma joue de sa main libre. Il m'embrasse longuement, avec lenteur et savoir-faire. Puis il éloigne son visage du mien, juste le temps de me demander :

– Tu faisais quoi pour ne pas me répondre ?

– Rien de spécial. Là, je regarde *Toy Story*.

Je désigne l'ordinateur portable posé sur ma couette et il sourit.

– Je peux regarder avec toi ?

J'acquiesce et, avant qu'il ne s'allonge sur mon lit, je le retiens par le bras.

– Au fait, Debbie et Leila sont au courant de tout.

– Comment ?

Je me lance alors dans de grandes explications, la panique doit se lire dans mes yeux. Célian m'écoute attentivement, parfois en hochant la tête, parfois en fronçant les sourcils, parfois en pressant mon épaule pour me calmer. Quand j'ai fini de lui narrer ma mésaventure de ce matin, il m'observe d'un air pensif. Après un long silence, il consent finalement à me répondre.

– Tu sais, ce n'est peut-être pas une mauvaise chose…

Je sais qu'il a raison, nous ne pouvions pas cacher notre relation indéfiniment. Mais la réaction de Lucy m'effraie. Je ne veux pas la perdre, tout comme je ne veux pas perdre Célian. Je soupire, désespérée. Si je pouvais mettre mon cerveau sur pause, je suis certaine que ça irait déjà mieux.

– Lucy va être furieuse.

– Je serai là, dit-il avec un sourire rassurant.

Je l'arrête tout de suite.

– Jamais de la vie ! Si en plus tu es à côté de moi, elle va m'arracher la tête.

Il rit, mais je ne trouve pas ça drôle du tout.

– Ça ne te dérange pas de sortir avec une nana décapitée ?

– Je suis sûr que ça se passera bien. Vous êtes amies depuis toujours, c'est du solide. Puis, je vais lui prouver que c'est du sérieux entre nous.

– Je l'espère…

Si je prends tous ces risques pour rien, je serai doublement perdante. Je ne suis pas à l'abri que Célian me prenne pour une idiote, mais j'ai envie de croire en lui. En nous. Alors que je tente de me rassurer, ma conversation avec Elias me revient à l'esprit, martelant ma confiance sans relâche. Célian relève mon menton pour que nos regards se croisent.

– Tu en doutes ?

– Non…

– Avec plus de conviction, ça donne quoi ?

– Non ! dis-je, bien plus fort.

Je me couvre la bouche en pouffant. La voix inquiète de ma mère retentit depuis le salon.

– Alayna, tout va bien ?

– Oui ! Désolée !

Célian se pince les lèvres pour ne pas rire.

– Tu as un verrou sur la porte de ta chambre ?

– Non. (Il me lance un drôle de regard et je me sens obligée d'ajouter :) Je sais, ça craint.

– Donc, ta mère peut rentrer d'une seconde à l'autre ?

Je secoue la tête.

– Elle toque toujours avant. Enfin, à part quand elle m'en veut à mort… Et qu'elle me demande de débarrasser le lave-vaisselle, ou de m'occuper du chat.

– Espérons qu'elle te laisse tranquille. (Il prend son fameux air espiègle, coins de la bouche étirés, fossette à la joue.) Il ne faudrait surtout pas qu'elle sache que tu es une mauvaise fille qui fait venir des garçons clandestinement dans ta chambre…

J'entrouvre les lèvres, indignée.

– C'est toi qui t'es incrusté !

– Mais tu t'es jetée sur la fenêtre pour m'ouvrir ! me dit-il, sur le même ton.

J'éclate de rire et m'allonge sur le lit. Célian m'imite en retirant ses baskets. Quand il se glisse sous les draps avec moi, je l'observe attentivement. Aucun garçon n'est jamais venu dans ma chambre, ça me fait bizarre.

– Quoi ? demande-t-il en remarquant mon regard appuyé.

– Je suis contente que tu sois là, tu sais.

Les yeux noirs de Célian s'illuminent.

– Tu cherches à me faire tomber amoureux de toi ? murmure-t-il. Parce que, jusqu'à présent, tu te débrouilles plutôt bien.

Lentement, il se rapproche de moi, ses lèvres frôlent les miennes, comme s'il attendait mon accord, que je lui donne sans réserve. En moins d'une seconde, nos lèvres sont soudées. Célian presse son corps brûlant contre le mien, une main glissant lentement vers ma taille puis, sans crier gare, il soulève mon tee-shirt pour caresser mon bas-ventre. Une vague de chaleur m'inonde. Ses lèvres se détachent des miennes pour me lancer sournoisement :

– Sois sage, Aly. N'oublie pas que ta mère est à côté.

À cet instant, son sourire n'a rien d'angélique. Ça devrait m'aider à revenir à la réalité, à réaliser que nous prenons un gros risque, mais je recommence à l'embrasser, encore plus brutalement. À mon tour, je remonte ma main sous son sweat-shirt et la fais courir sur son torse. J'ai besoin de le toucher. J'ai besoin de m'imprégner de la sensation de sa peau, de l'absorber. Célian intensifie notre baiser, gémissant dans ma bouche, et saisit ma nuque. Lorsqu'il me libère de nouveau, je vois trente-six chandelles et mes lèvres sont en feu.

– Alayna, souffle-t-il d'un ton anxieux.

Ses yeux sont rivés par-dessus mon épaule. Il m'intime silencieusement de me tourner et je sais ce que je vais voir :

le visage furieux de ma mère qui se tient dans l'embrasure de la porte. Lentement, je me tourne, prête à quitter ce monde, et je me décompose sur place. Lucy nous observe, les yeux brillants de larmes et c'est bien pire que de voir ma mère. C'est bien pire que tout ce que je pouvais imaginer.

– J'étais en train de vivre un cauchemar, pendant que toi, tu étais tranquillement ici. Avec lui.

Elle recule et plante ses yeux noisette bordés de larmes dans les miens. Quand elle fait brusquement demi-tour, je ne réfléchis pas et me lève d'un bond.

– Lucy !

Je me précipite dehors et m'élance dans la rue pour la rattraper. Je ne pense même pas au froid qui me brûle les joues. Elle finit par ralentir et j'en profite pour m'emparer de son poignet. Je voudrais qu'elle me fasse face, et au bout de quelques secondes, c'est ce qu'elle fait. Sauf qu'en se tournant, elle me colle une gifle si forte que je dois poser ma main dessus pour calmer la douleur. Le souffle coupé, je la regarde avec de grands yeux choqués.

– Pourquoi c'est toujours à toi que les bonnes choses arrivent ? dit-elle dans un murmure douloureux.

Alors qu'elle sanglote, je sens moi aussi les larmes me monter aux yeux. J'ai le cœur à l'envers et sans parvenir à me contrôler, j'éclate en sanglots. J'aimerais lui apporter une réponse, mais je n'en ai pas. Elle s'en va et, cette fois, je ne lui cours pas après. Lucy a appris de la pire des manières ma relation avec Célian et c'est ma faute. Tout est ma faute. Une main se pose sur mon épaule, me faisant sursauter. À travers mes yeux brouillés de larmes, j'aperçois Célian. Sa paume glisse le long de mon bras et il avance vers moi.

– Ça va s'arranger…

Je comprends qu'il veut me serrer contre lui, mais je suis trop bouleversée pour le laisser faire. Je le repousse et il observe ma réaction avec une légère surprise.

– Je suis désolée, dis-je en sanglotant, le visage endolori, tellement je lutte contre mes larmes. Je suis désolée Célian, mais laisse-moi. S'il te plaît, laisse-moi.

Je lis dans son regard qu'il ne partira pas. Je sais ce qu'il me reste à faire. Un lourd sanglot m'échappe tandis que je fonce vers ma porte, laissant Célian derrière moi. Quand je la referme, je m'adosse tout contre et me laisse glisser à terre. Les larmes ruissellent le long de mes joues, et plus les secondes passent, plus je sens mon cœur s'effilocher. Je passe le plus clair de mon temps à critiquer le comportement des autres, mais pas une seule fois, je ne me suis regardée dans un miroir. J'accusais Lucy d'être naïve, mais qu'en est-il de moi ? Je suis une menteuse. Une menteuse qui fait du mal aux personnes qui lui sont les plus chères. Je pleure à m'en déchirer la gorge.

Deux bras m'enveloppent, c'est ma mère.

– Je ne pensais pas que tu étais avec ce garçon, chuchote-t-elle. Pourquoi tu as caché votre relation à Lucy ? Elle est aussi amoureuse de lui ?

Je ne sais pas comment elle fait pour comprendre toujours tout, aussi vite. Je hoche la tête sans dire un mot.

– Laisse-lui un peu de temps, ma puce. C'est le meilleur moyen pour arranger les choses.

Ça fait déjà deux fois qu'on me dit que tout rentrera dans l'ordre, alors comment se fait-il que je sois la seule à ne pas y croire ?

35

Le lendemain, j'ai encore moins envie d'aller au lycée que d'habitude. Je lis le mot de ma mère, laissé sur la table de la cuisine, avec un faible sourire.

Courage, ma chérie !

Je vais en avoir besoin pour affronter cette journée. Je m'emmitoufle dans mon manteau, j'enfile une écharpe, un bonnet, une paire de gants et, aussi bien couverte qu'un Esquimau, je prends mon sac avant de sortir. Ce matin, il n'y a pas Leila pour m'accueillir. Seul un bus bondé de monde m'attend sur le trottoir d'en face. J'ai deux minutes de retard et le chauffeur ne se dérange pas pour me le faire savoir. Un gros bruit de Klaxon résonne dans la rue. Après une course effrénée, je monte à bord et m'installe à l'avant, loin des collégiens surexcités.

En traversant les couloirs du lycée, j'ai mal au ventre. Pas mal de filles me regardent de travers, Debbie s'est chargée de répandre la nouvelle et elle l'a fait en un temps record. Quand j'aperçois Leila à son casier, je n'ai pas le temps d'avancer qu'elle prend ses affaires en vitesse et s'en va. Pourtant, je sais qu'elle m'a vue. Cette journée va être encore plus longue que je ne le pensais.

***

Je n'ai pas croisé Célian et Lucy de la matinée. Mais je sais que l'heure du déjeuner sera moins calme. Je me dirige vers la cafétéria, ignorant les nombreuses messes basses et regards appuyés, et ouvre les deux battants de la porte. Je me mets en mode « radar » et repère Célian, installé à une table avec Wes, et Leila, assise à une autre table. Elle est seule. Mon plateau à la main, je m'approche d'un pas craintif et, lorsqu'elle lève les yeux vers moi, je la sens mal à l'aise.

– Salut, chuchoté-je.

Elle m'adresse un sourire pincé, mais un sourire quand même. Je le prends pour une invitation et j'ai tort de penser ça. À peine ai-je posé mon plateau et tiré la chaise pour y poser mes fesses qu'elle me dit d'une voix tendue :

– Tu ne peux pas débarquer comme ça et faire comme si de rien n'était…

– Je comprends, répliqué-je vivement.

– Je suis désolée mais ce ne sera plus comme avant, Alayna.

C'est le « plus comme avant » qui fait mal. Je ne sais plus quoi dire. Ce « plus comme avant » me tord l'estomac. Si elle ne l'avait pas ajouté, j'aurais pu penser que les choses finiraient par se tasser. Mais non. Je me lève dans le plus grand silence et pars à la recherche d'une table vide. J'ai la gorge serrée et les larmes menacent, mais quelque chose en moi refuse de les laisser couler. Soupirant, je pose mon plateau sur la table la plus isolée, mais une main me tire en arrière. Je ne réagis pas quand je tombe sur le visage de Célian.

– Viens avec nous.

Ce n'est pas une question, mais je secoue malgré tout la tête. Au passage, je jette un coup d'œil anxieux à Leila, qui me regarde d'un air mauvais.

– Tu es en train d'empirer les choses, il vaut mieux que tu retournes à ta table…

– Pas question que je te laisse manger seule.

– Je ne vais pas en mourir.

Je tente de sourire pour faire bonne figure, mais évidemment, c'est un échec. Ses sourcils se froncent, alors que ses yeux sondent les miens. Aussitôt, je remballe ce rictus qui doit me donner un air pitoyable.

– Ramène-toi ici, Alayna ! m'ordonne Wes d'une voix forte, sans se soucier de déranger toute la cafétéria. On est tous sympas à cette table, NOUS !

Il s'adresse directement à Leila qui, du fond de la salle, lui décoche un regard noir. Célian soupire.

– Il n'est pas discret, mais il a raison. Je dois te supplier pour que tu viennes manger avec nous ?

– Non…

– Alors, c'est oui ?

Le sourire irrésistible fait son grand retour sur ses lèvres. Je réfléchis un instant avant d'accepter. De toute façon, la situation ne peut pas être pire. Peu importe ce que je dirai ou ferai, Leila est bien décidée à m'en vouloir. Et même si je n'ai pas encore vu Lucy, je sais qu'elle m'en veut aussi. Ce n'est pas en choisissant la solitude que tout va s'arranger miraculeusement entre nous. Je m'assieds à côté de Célian et, en voyant la personne qui me fait face, je me crispe soudainement. Evan me dévisage comme si j'étais l'ennemie publique numéro un.

– On fait dans le social, maintenant ?

Il me déteste et c'est réciproque.

– Alayna est la bienvenue, lui dit Wes.

– Et surtout, c'est ma petite amie, intervient brutalement Célian. Alors soit tu fais un effort, soit tu vas manger ailleurs.

Je suis surprise par son ton à la fois calme et tranchant. Sa mâchoire est serrée, tellement ciselée qu'elle pourrait trancher n'importe quoi. Mais Evan est un con, et on ne fait pas taire les cons facilement.

– Pauvre Lucy, lâche-t-il avec un faux sourire compatissant. Trahie par sa propre meilleure amie.

Il cherche à me provoquer et ça marche. Ma colère monte en flèche.

– Venant du mec qui l'a trompée, je trouve ça super ironique !

– On sait tous les deux comment lui briser le cœur, me répond-il d'un ton complice. Et le pire, c'est qu'elle en redemande toujours.

Ce gros bouffon rit si fort qu'il manque de s'étouffer avec sa pizza froide. Dommage. Je ne suis pas étonnée de sa réponse, n'empêche que ça me met encore plus en rogne. Lui et moi sommes incomparables. J'hésite entre l'insulter ou lui casser mon assiette sur la tête, mais Célian semble deviner mon dilemme car il pose une main sur ma jambe.

– Ignore-le, Aly.

Tout de suite, je souris et pose ma main sur la sienne, la serrant avec force. J'aime son contact, il m'apaise. Nos mains entrelacées sont cachées sous la table, mais je ne peux m'empêcher de regarder en direction de Leila. Elle me fixe toujours avec haine, mais elle n'est plus la seule. Debbie l'a rejointe et son regard est encore plus froid que le sien. *Où est Lucy ?* Il n'y a qu'elle qui m'importe. Mes yeux se portent plus loin, vers la table isolée où je voulais m'asseoir tout à l'heure. Lucy s'y est installée mais elle ne mange pas. Visage cerné, le regard perdu dans le vide, elle semble ailleurs. Aussitôt, un nouvel élan de rage s'empare de moi. Je pensais que Leila m'avait virée parce qu'elle se sentait mal vis-à-vis de Lucy, mais en fait, pas du tout. Elle n'est pas du côté de Lucy, ni du mien, mais de celui de Debbie ! Sans avertir Célian, je me lève, fusillant la rousse du regard, et me dirige vers la table de Lucy. Elle ne remarque pas ma présence – son regard est toujours perdu quelque part au-delà du mur en face d'elle.

– Lucy ?

Ses yeux se posent enfin sur moi, mais ses lèvres restent immobiles.

– Lucy, s'il te plaît… Parle-moi.

– Pour te dire quoi ?

Sa voix est un brin rauque.

– N'importe quoi.

– Tu ferais mieux de t'en aller, répond-elle sans méchanceté.

– Tu ne m'as pas laissé le temps de te dire… je suis désolée.

Je m'attends à ce qu'elle nous envoie balader, mes excuses et moi, ou bien à ce qu'elle me réponde, comme Leila, que rien ne sera plus comme avant. Au lieu de ça, elle me dévisage de ses grands yeux vides et me demande :

– Tu sors avec lui depuis combien de temps ?

– Je ne sais pas… ça fait un petit moment, je crois.

Un silence règne. Je ne dis pas un mot de plus, sachant pertinemment que cela ne servirait à rien. Lucy baisse les yeux sur son assiette et esquisse un sourire. C'est le sourire le plus triste que j'aie jamais vu.

– Je dois vraiment être la pire des meilleures amies pour que tu ne m'aies rien dit.

Je fronce les sourcils, inspecte plus attentivement son visage, et je n'en crois pas mes yeux. Aucune expression de colère ne vient assombrir ses traits. Je pensais qu'elle m'en voudrait de lui avoir menti, qu'elle serait furieuse que je sorte avec Célian, mais non… elle est triste, parce qu'elle pense que je ne lui faisais pas assez confiance pour tout lui dire. En l'espace de quelques instants, une prise de conscience vient accaparer mon cerveau et je m'écrie :

– Ce n'est pas ta faute ! C'est moi, j'ai été trop stupide, je…

– Non, tu ne comprends pas, me coupe-t-elle brusquement. Je t'envie, Alayna. Je t'envie pour Célian et pour tout le reste. C'est précisément la raison pour laquelle tu m'as tenue à l'écart, tu savais que j'étais incapable de réagir *correctement*. Parce que je fais toujours tout à l'envers. Parce que je suis un problème, articule-t-elle lentement, au bord des larmes. Et je n'ai même pas réussi à te prouver le contraire puisque je t'ai frappée. Quel genre de personne frappe ses amis ? Quel genre de fille je suis ? Demande autour de toi et tu auras la réponse.

D'un doigt tremblant, elle désigne une bande de mecs qui n'arrêtent pas de la fixer d'un air lubrique.

– C'est comme ça tous les midis, mais je suis la seule à le remarquer, ajoute-t-elle en chassant une larme qui coule le long de sa joue. Pour eux, je suis la fille qui boit jusqu'à tomber ivre morte, celle qu'on met facilement dans son lit, qui fait confiance à tout le monde, même à un homme de 30 ans qui l'invite à entrer dans sa maison. Je suis ce genre de fille, fausse et hypocrite, qui se ment tous les jours à elle-même pour ne pas voir à quel point elle est misérable. Mais je ne fais rien pour changer. Non, moi, je me contente d'envier ma meilleure amie…

Je reste sans voix, à la regarder pleurer de plus en plus fort. J'observe les larmes inonder son visage avec l'horrible sensation d'être impuissante. Elle s'est déjà confiée à moi, un million de fois, mais jamais de cette façon. Mon seul but, à cet instant, est de la consoler. Je m'assieds et prends sa main.

– Qu'ils aillent tous se faire foutre. Ils ne te connaissent pas.

Ses larmes s'apaisent. Je commence à croire qu'elle va mieux jusqu'à ce que je croise son regard éteint.

– Tu ne me connais pas non plus.

Je serre sa main plus fort.

– Tu traverses une mauvaise passe, mais je suis là.

– Ça fait cinq ans que je traverse une mauvaise passe.

Je secoue la tête.

– Ne dis pas ça…

Elle oublie tous les moments qu'on a passés ensemble, nos fous rires, nos soirées pyjama, notre enthousiasme, notre humour parfois douteux. Je voudrais lui rappeler à quel point notre amitié est importante, mais elle libère violemment sa main.

– Tu n'as rien écouté ? Je suis jalouse de toi, Alayna. C'est suffisant pour que tu te lèves et que tu t'en ailles. À ta place, c'est ce que je ferais.

– Tu n'es pas à ma place.

– Va-t'en.

Sa voix est sèche comme un coup de fouet. Inutile d'insister, elle n'a plus envie de parler. Je me lève et, à mi-chemin, je me tourne vers elle.

– Lucy ? (Les larmes me montent aux yeux lorsqu'elle me regarde.) Tu sais, ce qui t'est arrivé… ça aurait pu m'arriver aussi. Mais je pense que je n'aurais pas eu ton courage ni ta force. Tu n'as rien à m'envier.

***

Cela fait quatre heures que Lucy et moi ne nous sommes pas parlé, mais j'essaie de relativiser. Quatre heures, c'est beaucoup, mais peut-être a-t-elle besoin de faire le vide dans sa tête avant de revenir vers moi. Ça ne peut être que bénéfique.

La tête entre les mains, je roule sur le dos et fixe le plafond de ma chambre. Ce plafond blanc que j'ai fixé des heures entières durant les premières nuits où papa nous a laissées. Lucy a tort, ma vie est loin d'être idyllique. Alors que je pousse un soupir, ma mère fait son apparition dans ma chambre.

– Il est là, m'annonce-t-elle, tout excitée.

– Célian ?

– Oui ! Viens dans le salon.

Voilà que mon sourire idiot apparaît encore une fois. Tant pis, j'ai de bonnes raisons ! J'étais tellement abattue tout à l'heure que je suis partie de la cafétéria sans rien lui dire. J'ai hâte de le retrouver. Pour chasser ma morosité, je me flanque une petite claque et me lève. Une fois dans le salon, il m'accueille avec un grand sourire et, quand il m'ouvre ses bras, je ne réfléchis pas et m'y réfugie.

– J'ai l'interdiction formelle de passer par ta fenêtre, me glisse-t-il d'un air amusé.

– Et je veux que tu respectes cette condition à la lettre ! confirme ma mère du fond du canapé.

Je pensais que rien ni personne ne pourrait me réconforter, mais j'avais tort. Célian et ma mère sont plus efficaces que n'importe quel remontant, même une glace au chocolat. Je ris, toujours blottie dans les bras du brun.

– Bien sûr ! dit-il en s'adressant à ma mère.

Puis, il se penche vers moi pour me murmurer discrètement à l'oreille :

– Merde ! Je viens de dire mon premier mensonge à ta mère.

– C'est pour la bonne cause.

Il me sourit, complice ; son regard malicieux en dit long sur le nombre d'interdits qu'il va braver pour moi. Après s'être éclairci la voix, il me demande, cette fois plus fort :

– Tu serais d'accord pour manger chez moi ce soir ? Ma mère me tanne pour te revoir.

– Eh bien…

Je m'échappe de son étreinte pour me tourner vers ma mère. Quand elle comprend que j'attends son accord, elle feint l'agacement.

– Non, Alayna. Pose-moi la vraie question ! Ce n'est pas tant ce repas qui t'intéresse, c'est plutôt le fait de dormir chez lui après, n'est-ce pas ?

– Pas du tout !

Maudit soit l'afflux sanguin qui me décrédibilise.

– Mais si. Ça va être la partie la plus intéressante de la soirée, souffle Célian, pas un brin gêné.

Je lui lance un regard qui signifie clairement : « Je sais que tu es très libéré sexuellement, mais c'est ma mère ! Alors, calmos. » Mais il semble ne pas saisir le message car il rit.

– Les fois d'avant, tu ne m'as pas demandé la permission, lance sournoisement ma mère.

Du coin de l'œil, elle guette ma réaction, qui ne tarde pas à venir. De nouveau, mes joues s'échauffent et, avant de détourner le regard, je vois un léger sourire jouer sur ses lèvres.

– Je n'ai jamais dormi chez Célian, tenté-je vainement.

– Oh, à d'autres ! Je suis peut-être vieille, mais pas totalement stupide. Je sais que c'est difficile à imaginer, mais j'ai été jeune avant toi.

Je pouffe, tandis que ma mère hausse un sourcil vexé. Comme je ne veux pas la contrarier, je me reprends. Il faut que je reste concentrée sur mon objectif.

– Donc… je peux ?

– File.

Un sourire victorieux s'affiche sur mes lèvres. J'observe Célian à la dérobée – lui aussi sourit. Je fonce vers ma chambre et fais mon sac pour la nuit, sans oublier ma brosse à dents. Quand je retourne dans le salon, ma mère est en train de sermonner Célian.

– Et attention, pas de conneries ! Je ne suis pas prête à devenir grand-mère tout de suite.

Vu la tonne de capotes que Célian cache dans son armoire, elle n'a pas de souci à se faire.

– C'est plutôt à votre fille qu'il faudrait dire ça. De nous deux, c'est elle la moins raisonnable.

36

– Je n'en reviens toujours pas que tu aies dit ça à ma mère !

Je lui assène un grand coup dans l'épaule lorsque je m'aperçois qu'il rit encore. Mais il ne bouge pas d'un millimètre. Tout ce que j'ai réussi à faire, c'est lui provoquer un fou rire supplémentaire.

– Si seulement tu avais vu ta tête ! Ça valait le coup !

Je ronchonne durant tout le reste du trajet. Arrivé devant sa porte, Célian l'ouvre et m'invite à entrer. Je le regarde poser mon sac par terre, sentant le stress monter. J'espère que ce dîner va bien se passer, et surtout, que je ne vais pas me sentir aussi gênée que la dernière fois. Si sa mère me reparle de cette culotte... *Merde !*

– J'ai oublié cette satanée culotte ! m'exclamé-je à voix basse.

Célian retire sa veste et esquisse une grimace.

– Tant mieux. Je n'ai pas envie de te voir la lui remettre en main propre.

– Mais elle va penser que je suis une voleuse...

Et une voleuse de sous-vêtements, ça fait flipper. Je ne voudrais pas qu'elle me prenne pour une espèce de kleptomane fétichiste.

– Pourquoi tu te mets la pression pour un truc aussi débile ? Elle t'a invitée pour apprendre à mieux te connaître, pas pour récupérer sa... culotte.

Sa bouche se tord en un rictus dégoûté, comme s'il n'était pas habitué à prononcer ce mot. *Mes fesses.*

– Si elle avait une mauvaise impression de toi, elle ne t'aurait jamais fait venir ici. Elle t'a même trouvée amusante.

Voilà qui est rassurant. Je peux ajouter « clown » sur la liste de préjugés qu'elle doit avoir sur moi.

– Maintenant, je me sens très confiante.

– Grâce à moi ! réplique-t-il avec un sourire moqueur. Enlève ce manteau, on dirait que tu vas t'enfuir dès que j'aurai le dos tourné.

– Sapristi, tu m'as démasquée, dis-je d'un air théâtral.

Il rit de plus belle puis s'avance vers moi de la manière la plus déstabilisante qui soit. Mes yeux plongés dans les siens, il me défie de partir – ce que je ne ferai pas. Il pose la main sur le côté de mon visage et enfouit ses doigts dans mes cheveux.

– Tu m'as échappé trop longtemps. À présent, je ne te lâche plus.

– Être romantique, c'est inné chez toi, répliqué-je avec une pointe de raillerie.

Et son sourire charmeur vient le confirmer. Cependant, dès qu'il approche ses lèvres pour m'embrasser, je ne résiste pas et le laisse faire. Je souris lorsqu'il en profite pour me débarrasser de mon manteau. Il tombe au sol, tandis que sa bouche dévore la mienne. Il semblerait que tous les papillons de la planète se soient rassemblés autour de nous.

– Célian, c'est toi ? Tu es rentré ?

En entendant la voix de sa mère, il interrompt notre baiser et me relâche.

– Rejoins-moi dans le salon.

Et il s'en va. Pourquoi ne peut-il pas juste m'attendre ? Avec un grognement agacé, je ramasse mon manteau et l'accroche à côté de sa veste. Avant d'aller dans le salon, je vérifie sur Internet quels couverts utiliser pour manger quel plat. Je ne pense pas que sa mère soit du style bourgeois, mais sait-on jamais. J'aimerais lui plaire, autant que Célian plaît à ma mère. Et si de simples détails comme celui-là peuvent m'aider à effacer cette horrible rencontre, je suis preneuse.

En entrant dans le salon, je suis accueillie par une délicieuse odeur de poulet rôti. La table est déjà mise, Célian pose le dernier verre sur la nappe. Dans la cuisine, j'aperçois sa mère qui se bat avec des casseroles. Elle se tourne vers moi et inspecte ma tenue, un torchon à la main.

– Donc, tu ne fais pas partie de Poudlard ! Quelle déception !

Je comprends très vite qu'elle fait référence à mon costume d'Halloween.

– Eh non ! lui confirmé-je, sur le même ton plaisantin. Je suis tout ce qu'il y a de plus banal.

Elle me prend dans ses bras, dans une accolade chaleureuse. Le premier instant de surprise passé, je lui rends son étreinte.

– Pas tout à fait, me murmure-t-elle doucement, comme si elle ne voulait pas que Célian l'entende. Mon fils ne se serait jamais intéressé à toi si c'était le cas.

Un sourire timide se dessine sur mon visage. Cette soirée commence bien.

– Je t'en prie, assieds-toi, reprend-elle en se reculant. Célian, sers-lui un peu d'eau. À moins que tu ne préfères un soda ?

– De l'eau, ça ira très bien. Merci.

Mme Walsh me fait penser à ma mère, elle est tout aussi prévenante et attentionnée. En m'installant à table, je constate que mon trac a totalement disparu. Je bois d'une traite le verre que Célian m'a servi et le remercie avec un sourire. Il s'est assis en face de moi. Je regrette un peu qu'il n'occupe pas la chaise à mes côtés, mais j'imagine qu'il a ses habitudes. Sa mère apporte le plat à table et me sert une grosse portion que je n'ose pas refuser.

– Merci, madame Walsh.

Je ne sais pas ce que j'ai dit, mais Célian me lance un regard affolé. *J'ai fait une gaffe, c'est ça ?* J'ai le temps de voir naître et disparaître aussitôt un sourire crispé sur le visage de sa mère. *Oui, j'ai fait une gaffe.*

– Ça fait quelque temps que j'ai repris mon nom de jeune fille. C'est Mme Clarke, mais je préfère que tu m'appelles Lily.

– Je suis vraiment désolée !

Je me confonds en excuses, profondément mal à l'aise. La reine des bourdes, c'est moi ! Mais celle-ci, j'aurais quand même pu l'éviter. Le divorce de mes parents aurait dû me mettre sur la voie. Depuis deux ans, ma mère ne s'appelle plus Winters, mais Jensen. Et bien sûr, c'est pareil pour la mère de Célian ! Pour toute femme divorcée, en fait.

– Tu ne pouvais pas le savoir, me rassure-t-elle. Célian m'a dit que tu vivais aussi seule avec ta mère ?

– Oui.

Je sais qu'elle essaie de faire la conversation, mais ce n'est pas un sujet qui m'enchante. Lily le comprend car elle arrête les questions ici.

– C'est bien triste, conclut-elle avec regret.

– On finit par s'y faire.

C'est faux. Un abandon, ça fait mal pour toute la vie. Je m'attends à ce que Lily me réponde, mais je me rends compte que ses yeux sont rivés sur l'écran de son téléphone. Elle a l'air préoccupée, limite anxieuse. Au bout de quelques secondes de silence, elle tourne la tête vers Célian, qui n'a pas encore touché à son assiette.

– Tu as des nouvelles de ton frère ? Il m'a dit qu'il serait rentré pour vingt heures trente.

– Et tu l'as cru ?

Sa voix est aussi méprisante que son visage. Ce n'est qu'à ce même moment que je remarque le couvert à côté du mien. Sa mère l'a dressé pour Elias. Je ne le dirai jamais devant elle, mais je suis bien contente que cette place soit vide.

Lily s'éclaircit la voix avant de me demander :

– Alors, tu connais aussi Elias ?

Je me raidis sur ma chaise.

– Un peu, oui.

– Vous devez former un bon petit groupe d'amis.

Je lance un coup d'œil nerveux à Célian qui semble bouillonner de l'intérieur.

– Maman, c'est quoi, ton problème ? Tu sais très bien que les seules personnes qu'il fréquente ici, c'est ses potes camés de son ancien lycée privé.

Le visage de Lily s'attriste. J'ignore tout de cette femme, pourtant, je ressens une peine immense à son égard. Je connais le sentiment de déception et ses effets dévastateurs. Elle a besoin de parler d'Elias, mais Célian est trop aveuglé par sa colère pour le voir. Au risque de me le mettre à dos, je m'immisce dans leur conversation.

– D'ailleurs, ça fait un moment que je ne l'ai plus revu dans notre lycée… tout va bien ?

– Il s'est fait renvoyer, répond Lily d'une voix lasse. Elias essaie de changer, mais il a beaucoup de problèmes…

Sans prévenir, Célian abat violemment sa paume sur la table, nous faisant sursauter.

– Oh, s'il te plaît ! Lui et moi, on a eu les mêmes problèmes. Mais ce n'est pas lui qui en a le plus souffert ! Donc, arrête de lui trouver des excuses. Il s'est ramené en cours avec de l'alcool dans son sac. C'est ça, changer, pour toi ?

– On ne sait pas ce qu'il a vécu en Arkansas.

– C'était son choix, déclare-t-il d'un ton sec.

Je le fixe, les yeux légèrement écarquillés. C'est la deuxième fois que je le vois aussi énervé et c'est encore pour la même raison : son frère. Tout en lui exprime la rage, lui pourtant si calme et si doux. Seul Elias peut le mettre dans un tel état. *Mais… pourquoi ?*

– Alors, Alayna. Dis-m'en plus sur toi. Qu'est-ce que tu comptes faire l'année prochaine ?

Je cesse de regarder Célian et me tourne vers Lily qui arbore un sourire gêné. Elle essaie d'alléger l'atmosphère, la pauvre.

– Euh… médecine. Je voulais partir à Los Angeles, mais je ne sais pas… c'est encore confus.

Et si tout est si confus dans ma tête, c'est en partie à cause de la personne qui se trouve face à moi. C'est à cause de ce regard intrigant, mais envoûtant, de ces cheveux noirs ébouriffés, de cette allure de mauvais garçon, de ce sourire malicieux qui fait gonfler mon cœur. Sauf maintenant. Là, il ne sourit pas du tout. Visage tendu, Célian regarde son assiette sans rien manger.

– Los Angeles ? s'étonne Lily. Avec Célian, vous serez à l'opposé !

– Si je vais là-bas, je reviendrai à toutes les vacances. Mais ce n'est pas encore décidé. Je n'ai plus tellement envie d'aller aussi loin…

Célian lève la tête vers moi, finalement intrigué. *Oui, imbécile. Tu as bien entendu, je n'ai pas envie d'être séparée de toi !*

– De son côté, Célian aimerait aller à New York. Il a déjà envoyé une lettre de motivation pour cette fac d'art… Comment s'appelle-t-elle déjà ? (Lily réfléchit quelques secondes avant de s'exclamer.) Ah oui, Pratt Institute !

J'avale une frite avec difficulté. *Et il comptait m'en parler quand, au juste ?*

– Ah bon ?

J'essaie de capter son regard, mais il le fuit comme la peste.

– Ce n'est pas demain que je recevrai la réponse. Rien n'est encore fait.

– Tu as quand même entamé une bonne démarche ! lui fais-je remarquer, irritée.

Contrairement à moi. Célian hausse les épaules et retourne dans son mutisme.

***

Bilan de ce repas : pas trop catastrophique, parce que j'ai découvert que la mère de Célian était sympa. Mais pas top non plus, car j'ai appris que Célian comptait partir à presque trois mille kilomètres d'ici.

Après avoir aidé Lily à débarrasser la table, Célian me demande discrètement de monter avec lui dans sa chambre.

– Toi, tu es plus remontée que jamais, dit-il en fermant la porte.

– Quoi ? Non !

Je suis déçue. Pas remontée, mais déçue. Toujours est-il que je ne veux pas lui parler de mes sentiments, de peur d'être ridicule.

– Depuis que ma mère a parlé de cette université à New York, tu ne m'as plus adressé un mot.

– Toi non plus ! Puis, je pensais que tu voulais rester ici auprès d'elle.

– Tu te souviens de la fois où tu m'as conseillé de tenter ma chance à New York ? Que je n'arriverais jamais à rien en me terrant à Cheyenne… Tu avais raison.

Donc, c'est ma faute ? Je lui ai suggéré cette idée stupide, et maintenant, il va me laisser tomber ? Dans un réflexe incontrôlable de protection, mon visage devient impassible, fermé, un peu condescendant.

– Je préfère te prévenir. Je ne crois pas aux relations à distance.

– Tu ne croyais pas aux relations tout court.

– C'était différent.

– Ne pense plus à ça. Les choses ont encore le temps de changer et d'évoluer…

– C'est vrai, m'empressé-je de dire. Si ça se trouve, on se séparera même avant la fin de l'année. Donc, pas besoin de se prendre la tête pour ce genre de choses.

Il a l'air blessé. Fermant les yeux, je tâche de chasser la torsion de culpabilité qui me comprime l'estomac. Pourquoi faut-il toujours que mes paroles dépassent mes pensées ?

– Tu recommences, lâche-t-il d'un ton neutre, mais les yeux brillants d'une émotion insondable.

– Quoi ?

– À redevenir froide. Moi, ce que je voulais dire, c'est que les choses évolueront dans le sens où… tu viendras peut-être à New York avec moi.

Cette proposition, si soudaine, me coupe le souffle autant qu'elle fait battre mon cœur. J'aimerais pouvoir accepter, mais je ne peux pas. De toutes les villes des États-Unis, il a choisi la pire. Puis, que deviendra Lucy dans tout ça ? Que fais-je de tous nos projets d'avenir ? Non, je ne peux vraiment pas.

– Impossible.

– Pourquoi ? New York regorge d'excellentes universités de médecine…

– Je t'ai dit que je ne voulais pas.

Mon ton affreusement sec semble le surprendre. À vrai dire, je n'avais pas prévu de lui parler de cette manière, mais la perspective d'être éloignée de lui me noue la gorge et, la seule façon pour moi d'atténuer cette sensation dérangeante, c'est de m'énerver. Je soupire en m'asseyant sur son lit.

– Je n'aime pas cette ville, reprends-je, une fois calmée. En fouillant un peu, j'ai appris que mon père avait refait sa vie là-bas. Et qu'il avait eu une petite fille. Ma curiosité me perdra !

Je ne sais pas si je dois rire ou pleurer, alors je ne dis plus un mot. Célian est adossé contre la porte de sa chambre et soupire avant de me rejoindre. Je suis étonnée de sentir son bras s'enrouler autour de ma taille.

– Je suis tellement désolé, ma Aly.

Il ne dit que ces quelques mots, mais la façon dont il les prononce et l'honnêteté dans sa voix me font poser ma tête contre son torse. Il passe son autre bras autour de moi et me serre contre lui. Fort.

– Mais tu sais, on ne sera que tous les deux, murmure-t-il contre mes cheveux. Puis, New York, c'est grand. Il y a très peu de risques que tu le croises.

Je lâche un petit rire bref. Sans quitter ses bras, je relève mon visage vers lui.

– Tu parles à la fille la plus poisseuse de cette planète ! N'oublie pas que le mec que j'ai rencontré pendant mes vacances au Mexique se retrouve aujourd'hui dans notre lycée.

– Tais-toi, dit-il en posant un doigt sur mes lèvres. Je ne veux plus t'entendre parler de cet abruti. *Jamais.*

Je retire son doigt de ma bouche et lui lance un sourire sournois.

– Je croirais presque entendre une pointe de jalousie…

– Non, c'est juste que je n'arrive pas à vous visualiser ensemble. Genre, vraiment pas.

Sa moue écœurée me fait rire. Je fais exactement la même quand je pense à toutes ses conquêtes.

– Donc, c'est bien ça. Tu es jaloux.

– D'accord, d'accord… Je le suis un peu, mais c'est parce que je suis trop bien avec toi. T'imagines, je t'ai croisée tous les jours pendant trois ans, sans jamais venir te parler. Trois ans à t'admirer de loin et en silence, en pensant que je n'avais pas la moindre chance de t'intéresser, parce que tu avais une mauvaise image de moi et que tu étais trop différente des filles que j'attirais. T'imagines tout le temps que j'ai perdu ? Tout ce qu'on aurait pu vivre pendant ces trois années ?

Ses mots me laissent sans voix. Je ne sais pas quoi dire. Je me contente de l'observer, de l'absorber tout entier du regard pour permettre à mon cœur de comprendre ce qu'il ressent. Je n'avais pas prévu de tomber amoureuse de lui. Le fait est que ça m'est tombé dessus, comme une maladie. Et sûrement que ça doit être son cas à lui aussi.

– Et ce serait super que tu me laisses rattraper tout ce temps perdu, enchaîne-t-il. Je sais que ça peut le faire entre nous, ne me demande pas pourquoi, mais j'en suis convaincu. Tu me promets de réfléchir pour New York ?

– Je te le promets.

Il sourit avant de plonger son visage dans l'épaisseur de mes cheveux.

– Sans vouloir influencer ta décision, j'aimerais beaucoup t'avoir dans ma valise.

Je ris, tandis qu'il m'entraîne en arrière pour nous faire tomber sur son lit. Je pose ma tête sur son oreiller, tout proche de son visage. Je ne veux plus le quitter du regard.

– Si ma mère n'était pas là…

Je lève un sourcil moqueur – une méthode stratégique visant à le provoquer.

– Serais-tu en train de craquer ? Ah oui… j'oubliais. De nous deux, c'est toi le plus raisonnable.

D'un mouvement habile, Célian se positionne au-dessus de moi et plaque sa bouche sur la mienne. Il aspire mon gémissement lorsque sa langue s'insinue entre mes lèvres. Sa main se balade le long de mon corps, en explore les moindres recoins. Je suis sur un petit nuage et, en même temps, j'ai la tête qui va exploser. Mon désir est à son comble, plus aucune barrière ne nous retient. Mais soudainement, Célian stoppe notre baiser.

– Alors ? Je ne t'entends plus. Je suis toujours assez raisonnable pour toi ? me lance-t-il avec un sourire obscène.

Mon corps se dissout sur le matelas. J'avale ma salive, tandis qu'il retire son tee-shirt et le balance dans un coin de sa chambre. Je contemple ses yeux noirs, vifs et brûlants, ses lèvres rouges et légèrement gonflées, son torse musclé et ses cheveux en désordre qui lui tombent sur le front. Il est si beau que ça frise l'indécence ! Je ne sais pas ce qu'il attend. C'est vrai, qu'est-ce qu'il attend pour me sauter dessus ? Cette attente est insupportable. Puis, je remarque que son regard descend de temps en temps sur mon décolleté et je comprends. Je déboutonne lentement ma chemise, les yeux rivés sur les siens, que je vois se troubler peu à peu. Ma paranoïa reprend du service, j'ai l'impression qu'à tout moment, il va lâcher un commentaire moqueur sur ma trop grosse poitrine. Mais heureusement, ce n'est pas le cas.

Au contraire, Célian reprend notre baiser, comme si nous

ne nous étions jamais arrêtés. Ses hanches s'emboîtent dans les miennes. Au lieu de me faire rougir, le membre dur qu'il presse contre mon entrejambe me fait perdre la tête. Sa main remonte sur mon ventre, s'introduit sous le bonnet de dentelle et saisit mon sein. Il ne défait pas mon soutien-gorge, ne le soulève pas non plus et ça me va très bien comme ça. Sa bouche glisse de mes lèvres, longe la ligne de ma mâchoire, le creux de ma nuque, me faisant arquer le dos pour accentuer le contact entre nos deux corps. Finalement, ses lèvres atteignent le renflement de ma poitrine, qu'il malaxe déjà d'une main et je ferme les yeux, la respiration courte. Je lâche un soupir de plaisir quand, tout à coup, j'entends des bruits de pas derrière la porte.

Apeurée, je repousse Célian, qui a l'air trop concentré sur ma poitrine pour entendre qu'il y a du mouvement dans le couloir.

– Tu crois que ta mère nous a entendus ?

– T'a entendue, corrige-t-il en riant. Ce sont tes gémissements qui réveillent tout le quartier.

– Merde, ça craint. Je suis désolée. Ça m'a un peu… refroidie.

Après avoir remis mon soutien-gorge en place, je me relève et m'appuie sur l'oreiller derrière moi. Je regarde Célian retirer son pantalon, un brin frustrée. Nous ne sommes jamais tranquilles, il y a toujours quelqu'un pour venir nous déranger. Je ne compte même plus les fois où nous avons été interrompus, tant elles sont nombreuses. À croire qu'une malédiction s'est abattue sur nous ! Je me surprends à essayer d'imaginer de quoi aurait l'air notre vie à New York. Intimité, liberté, amour… ces mots sonnent comme un rêve. Mais je le sais, les rêves ne deviennent pas toujours réalité.

– On a tout le temps devant nous, répond-il en se glissant sous les draps. Puis, quand j'imagine notre première fois, je vois autre chose que ma chambre, avec ma mère qui écoute à la porte.

Je lui jette un regard intrigué.

– Tu imagines quoi ?

– Autre chose, dit-il simplement avec un sourire énigmatique.

37

Au milieu de la nuit, je suis réveillée par une féroce envie de faire pipi. J'essaie de me lever, mais je suis retenue par un bras qui ceinture ma taille. Nous nous sommes endormis dans cette position et je suis étonnée que Célian n'ait pas bougé dans son sommeil. Je n'ai pas envie de quitter la chaleur de son corps, ne serait-ce que pour trente secondes, mais je n'arriverai jamais à me rendormir avec la vessie pleine.

Tout doucement, je repousse Célian et il se tourne de l'autre côté sans se réveiller.

Je me lève et progresse lentement dans la chambre, agitant les bras devant moi pour ne pas me cogner dans quelque chose. Avant d'ouvrir la porte, je me rappelle que je suis en soutien-gorge et petite culotte. Je doute que sa mère soit réveillée à cette heure-ci, mais je ne peux pas me balader dans le couloir dans cette tenue. À tâtons, je cherche le tee-shirt que Célian a balancé quelques heures plus tôt par terre. Comme il fait noir ! Au bout de quelques minutes de recherche, je pose la main dessus. Je l'enfile rapidement, sentant ma vessie prête à exploser, et me dirige de nouveau vers la porte.

Dans le couloir, c'est le même périple. J'avance à petits pas, à l'aveugle, direction les toilettes.

Quand je touche enfin la poignée de la porte, je l'ouvre et, après m'être enfermée dans la petite pièce, je presse l'interrupteur.

Je ne sais pas si je dois tirer la chasse d'eau. Est-ce que je prends le risque de réveiller toute la maison ou de passer pour une grosse dégueulasse aux yeux de sa mère ? Le choix est vite fait. J'actionne la chasse d'eau, priant pour ne pas faire trop de bruit, et me lave les mains. En sortant, je frôle l'arrêt cardiaque.

Elias se tient devant moi, le dos appuyé contre ce qui doit être la porte de sa chambre. Encore une fois, je suis à moitié nue devant lui. Et encore une fois, j'ai un mauvais pressentiment. Néanmoins, j'essaie de ne pas avoir l'air stressée et de la jouer cool.

– Elias… tu m'as fichu une de ces trouilles ! Pourquoi tu n'es pas dans ta chambre ?

Ouais, il n'a pas mieux à faire, comme dormir ?

– Tout ce boucan m'a réveillé. Tu reconnaîtras qu'avoir sa chambre en face des toilettes, ce n'est pas l'idéal.

– Je suis désolée de t'avoir réveillé.

Pas du tout. Je veux simplement mettre un terme à cette conversation et retourner au plus vite dans la chambre de Célian.

– Mais non, je déconne ! Je viens tout juste de rentrer de soirée, je ne dormais pas.

Je fais comme si je trouvais cette information passionnante, alors que dans le fond, je m'en moque.

– Super. Moi, je vais me recoucher. Bonne nuit !

J'éteins l'interrupteur et m'élance dans le couloir, pas trop vite pour qu'il ne pense pas que je le fuis. Malheureusement, j'ai droit au même scénario que la dernière fois : Elias s'empare de mon poignet et m'oblige à lui faire face.

– Attends, souffle-t-il d'une voix mielleuse. Moi aussi, je suis un peu insomniaque. Ce serait cool que tu viennes dans ma chambre et qu'on se tienne mutuellement compagnie.

Son haleine pue l'alcool.

– Je ne suis pas insomniaque, dis-je en libérant violemment mon poignet. J'avais juste besoin d'utiliser les toilettes. Et ton frère m'attend. Alors si tu n'es pas fatigué, regarde un film, fais une séance de sport, va prendre l'air. Mais moi, tu m'oublies.

Mon ton autoritaire le fait ricaner.

– Pourquoi tu joues à la fille coincée ? Célian dort, il n'en saura rien.

Ce mec me répugne. Et je ne le comprends pas. Je veux bien qu'il ne partage pas de liens forts avec Célian, mais on ne fait pas ça à sa famille. On ne vient pas aborder la petite amie de son frère en lui proposant une partie de jambes en l'air.

– C'est quoi, ton problème ?

– Aucun. Tu me plais, c'est tout.

– Je suis la copine de ton frère.

J'espère éveiller sa conscience avec ce rappel à l'ordre, mais il semblerait qu'il n'en ait pas.

– Et alors ? Ça ne veut pas dire que tu n'as pas le droit de t'amuser un peu.

– Je me demande comment toi et Célian, vous pouvez être frères. Il est si… si…

– Merveilleux ? me coupe-t-il brusquement. Génial ? *Parfait ?* Ouais, c'est aussi ce que ma mère pense de lui. Et toutes les filles qu'il a baisées… avant qu'elles ne se fassent plaquer. Tu verras, le jour où il fera la même chose avec toi, tu tiendras un autre discours.

– Il ne le fera pas.

Parce que je suis différente – il l'a dit. Et si c'était le sexe qui l'intéressait dans notre relation, il aurait déjà essayé de coucher avec moi. Depuis longtemps.

– Pas tout de suite, non, dit-il avec un rire étouffé. Mais il le fera, sois-en certaine. Il te dira que tu n'es pas comme les autres filles qu'il a connues, qu'il commence à tomber amoureux de toi, que tu es *différente*. Ça, c'est le mot qu'il préfère. Puis, il se lassera et passera à la prochaine.

Ma gorge se serre comme jamais. Heureusement que l'obscurité est là pour cacher mes émotions.

– Là, tu vois, je te donne l'occasion de lui faire mal avant qu'il ne te brise le cœur…

Je n'ai pas le temps de réagir qu'il me plaque contre le mur. J'entends son souffle perfide dans mon cou et pose mes deux mains sur son torse pour l'éloigner. Mais il est trop fort pour moi. Sa bouche humide se promène le long de ma clavicule et sans réfléchir, je lui flanque un bon coup de pied dans les testicules. Le long gémissement de douleur qui s'ensuit m'offre une issue. Je me précipite vers la chambre de Célian et ouvre la porte. À peine l'ai-je refermée que je me tourne vers le lit. Silence. Célian dort toujours. J'ai la respiration rapide, je mets un certain temps avant de me calmer. Par précaution, je verrouille la porte à double tour.

Je me rallonge et hésite un long moment à le réveiller. *Mais pour lui dire quoi ?* Que son frère fait une fixette sur moi, qu'il est prêt à tout pour nous séparer, quitte à abuser de moi ? *Bonjour le réveil.* Pour l'instant, je le laisse dormir. J'ai quelques heures pour prendre ma décision – garder le silence ou détruire leur relation à tout jamais. Bon sang, je déteste Elias ! Sans lui, je ne serais pas dans cette situation délicate. Avec un soupir, je me blottis contre Célian, essayant de ne pas penser à la journée qui va suivre. Mais c'est impossible.

Ça fait cinq heures que j'ai les yeux grands ouverts. Le soleil s'est levé, les rayons s'infiltrent progressivement dans la chambre. Je dois avoir des cernes aussi profonds qu'un gouffre, mes paupières me démangent. Et j'ai mon premier cours dans deux heures. J'observe Célian dormir, il paraît si serein. À mille lieues des tracas qui ont bousillé ma nuit.

– Aly…

Pendant une seconde, je crois qu'il parle dans son sommeil… jusqu'à ce que ses yeux s'ouvrent et qu'il me sourie. Mon cœur s'accélère. Il est réveillé et je ne sais toujours pas quoi faire.

– Bien dormi ? demande-t-il en posant une main sur ma joue.

Je me détends et lui rends son sourire. Il faut que je me calme.

– Ça va.

– Tu as l'air fatiguée.

Je hoche la tête, m'efforçant de plaisanter.

– J'ai besoin de mes neuf heures de sommeil pour être en pleine forme. Et là, je n'en ai eu que huit et demi.

Quatre, corrigé-je dans ma tête. Pas étonnant que j'aie une tête de mort-vivant ! Et je la dois à Elias. Célian rit, sans se douter un instant que je serais capable de lui mentir. *Et pourtant...*

Je m'en veux. Il me fait confiance et je suis en train de tout gâcher. Quand il s'approche pour m'embrasser, je me crispe et j'ai un léger mouvement de recul. Enfin, pas si léger que ça, car Célian semble le remarquer. Ses sourcils se froncent.

– Tu as aussi besoin de tes neuf heures de sommeil pour pouvoir m'embrasser ?

– Non...

Je ne sais pas quoi lui dire.

– Alors, c'est quoi, le souci ?

Son timbre est sec, il a l'air contrarié. Il le serait deux fois plus en sachant la vérité. Face à mon silence, il enchaîne :

– C'est encore à cause de New York ?

– Non plus !

Bien sûr que j'y pense toujours, mais depuis cette nuit, un autre problème est passé en tête de liste.

– Quand tu te seras décidée à me dire ce qui ne va pas, tu me feras signe. Je n'aime pas les devinettes.

Sur cette remarque abrupte, il se lève. Je le regarde silencieusement prendre une serviette propre dans son armoire, en me demandant si je fais le bon choix de lui mentir. *Non, la réponse est évidente.* Personne n'a dit que le mensonge contribuait à l'équilibre d'un couple. Ça mène plutôt à sa destruction ! Et je ne veux pas que sa raclure de frère soit la cause de notre rupture.

Quand il s'apprête à entrer dans la salle de bains, je l'arrête.

– Ton frère. C'est… ton frère.

Célian se tourne, lentement, et pose un regard glacial sur moi.

– Quoi, mon frère ?

– Promets-moi de ne pas t'énerver.

– Dis-moi.

Le ton de sa voix me paralyse, il ne va rien me promettre du tout. À vrai dire, il est déjà à deux doigts d'exploser. Je suis paniquée, mais je ne peux plus faire machine arrière. Après m'être redressée dans le lit, je lâche la bombe.

– Cette nuit, je l'ai croisé dans le couloir. J'avais envie d'aller au petit coin et il rentrait d'une soirée très arrosée… Il m'a proposé de… tu sais… de venir dans sa chambre.

Je vois ses poings se serrer le long de son corps, et un muscle de sa mâchoire tressauter. Je lâche la deuxième bombe.

– J'ai dit non, mais… il se fichait un peu de ma réponse. Il a voulu m'embrasser, je ne l'ai pas laissé faire et je suis revenue ici.

Son visage se décompose, mais il ne dit toujours rien. Son silence me panique au-delà du possible.

– Célian ?

Il reste immobile un court instant, les paupières closes et la respiration lourde. Et la seconde d'après, ce que je redoutais le plus se produit. Avant que je ne puisse l'arrêter, Célian jette sa serviette et quitte la chambre. Prise de panique, je sors vite du lit et me dépêche d'enfiler mon pantalon. *Fichu fermeture Éclair qui refuse de coopérer !* En me précipitant vers la chambre d'Elias, j'entends déjà des gros bruits résonner dans le couloir. La porte est ouverte, ce qui me permet de voir le carnage. J'arrive trop tard. Elias est assis sur son lit, le nez en sang, et Célian se tient de l'autre côté de la pièce, tremblant de rage. Lily le retient par le poignet et je m'aperçois que ses phalanges sont éclatées. Heureusement qu'elle était là pour gérer Célian, je ne sais pas ce que j'aurais fait sans elle.

– Qu'est-ce que tu as encore fait ? hurle-t-elle à l'intention d'Elias.

– J'étais un peu bourré et je ne me suis pas rendu compte que c'était Alayna, marmonne-t-il en relevant la tête pour empêcher le sang de s'écouler. Mais je n'ai pas touché à sa gonzesse ! C'est elle qui fait son aguicheuse en se baladant dans le couloir en sous-vêtements.

Menteur ! Il savait très bien que c'était moi et, en plus, j'ai pris soin de revêtir un tee-shirt. Il n'y a aucun risque que Célian croit à ces conneries… pas vrai ? Mon regard croise celui du brun et la lueur de doute que je vois passer dans ses yeux me fait l'effet d'un coup de poignard en plein cœur.

– Tu le crois ?

Je me fiche que sa mère soit ici, j'ai besoin d'une réponse. Mais il ne dit rien.

– Ça ne va quand même pas recommencer, Elias ! s'écrie Lily, furieuse. Evie, Alayna… y en a assez ! Pourquoi tu ressens toujours le besoin de blesser ton frère ?

Evie… comme l'ex mystérieuse de Célian ?

– Parce qu'il est aussi mauvais que papa, siffle Célian entre ses dents. Parce qu'il n'est heureux qu'en pourrissant la vie des autres.

Célian observe fixement Elias, qui lui rend son regard noir sans ciller. Lily ne relève pas et, après avoir analysé les phalanges abîmées de Célian, elle soupire.

– Je vais vous chercher de la glace, dit-elle en s'éloignant. Et toi, ajoute-t-elle en s'adressant à Elias, arrête de pencher ta tête en arrière et tiens-toi droit.

Elle passe à côté de moi en me lançant un regard navré. Quand je l'entends descendre l'escalier, j'hésite à la suivre, mais ils pourraient encore se battre. Elias pousse un gémissement plaintif en empilant une tonne de mouchoirs dans son nez. J'ai honte de l'admettre, mais sa douleur me réjouit. Je tente un coup d'œil vers Célian et suis surprise de voir qu'il avance vers moi. Alors que je crois qu'il va me parler, il m'esquive et part dans sa chambre en claquant la porte derrière lui.

– Tu ne vas pas pleurer, au moins ?

Elias arbore un sourire narquois.

– Noie-toi dans ton sang.

– Quel mordant !

J'entends son rire tandis que je dévale l'escalier. J'aurais préféré aller dans la direction inverse, vers la chambre de Célian, mais il a besoin d'être seul pour se calmer. Je vais profiter de ce moment pour parler à sa mère, elle m'en dira peut-être plus sur cette fameuse Evie. En arrivant dans la cuisine, Lily enveloppe des blocs de glace dans des torchons.

– Tu dois te demander si tu n'es pas dans une maison de fous.

– Non… À vrai dire, tout ce qui arrive, c'est un peu ma faute.

Elle secoue la tête.

– Ça a toujours été comme ça entre eux. Bien avant ton arrivée. C'est étrange, tu sais. Quand ils étaient plus jeunes, je me souviens que c'était Célian qui était le plus triste. Le plus envieux. Il essayait sans arrêt d'attirer l'attention de son père, mais il n'y en avait que pour Elias. Je savais qu'en me séparant de leur père, je rendrais Célian heureux et Elias malheureux. (Elle tire une chaise et se laisse tomber dessus, comme si le poids de ses souvenirs était trop lourd.) Ce dilemme a duré un moment. Mais le jour où mon ex-mari est tombé dans l'alcoolisme, j'ai fait mon choix et j'ai demandé le divorce. Et comme je l'avais prévu, c'était le plus beau jour de la vie de Célian, et le pire pour Elias. Il a tout fait pour partir vivre avec lui, il me détestait. Je me suis rendu compte que les rôles s'inversaient, que Célian s'épanouissait, et qu'Elias… se perdait. Maintenant, c'est lui qui est jaloux de son frère. Il l'envie pour sa réussite scolaire, sa popularité, ses relations amoureuses, son succès auprès des filles… tout.

Elle a l'air abattue. Je me mets à sa place, ça ne doit pas être facile de voir ses enfants se bagarrer en permanence. Je ne sais pas si je peux lui poser des questions sur l'ex-petite amie de Célian. J'ai le cœur qui bat de plus en plus fort pendant que je délibère pour savoir si j'ai envie d'en apprendre davantage sur cette fille.

– Qu'est-ce qu'il s'est passé avec, euh… Evie ?

Je fais comme si je n'étais pas sûre de son nom alors que je l'ai bien retenu.

– Il ne t'en a jamais parlé ?

La surprise perce dans sa voix. Je m'apprête à lui répondre, mais je suis interrompue par l'arrivée de Célian. En me tournant vers lui, je remarque qu'il s'est habillé.

– C'est lui ou moi, articule-t-il distinctement, les yeux rivés sur sa mère.

Sa voix est plus calme mais ce n'est qu'une façade.

– Quoi ?

– C'est lui ou moi. Tu choisis ou je me casse.

La bouche de Lily forme un « o » paniqué et elle se lève immédiatement. Célian recule à mesure qu'elle avance, ce rejet la fait doucement sangloter.

– Célian… tu ne peux pas me demander ça.

– Bien, conclut-il sans émotion.

À une vitesse folle, il attrape sa veste et sort. Lily se passe la main sur le visage, désemparée. Je me sens mal, comme si j'étais une intruse. Je ne devrais pas être ici, à assister à un conflit familial qui ne me concerne absolument pas… *Quoique ?* Si j'avais tenu ma langue, rien de tout cela ne serait arrivé. En fait, non. Je rectifie : si Elias savait se tenir, rien de tout cela ne serait arrivé !

J'ai mal pour Célian. Pour sa mère aussi, mais surtout pour Célian. La cohabitation avec son frère doit être tellement infernale qu'il est probablement arrivé à saturation. *Qu'est-ce que je fais encore ici ?* Il a besoin de moi. Il a besoin que je le rassure et que je lui dise qu'Elias n'interférera pas dans notre relation. Lily ne réagit pas quand je me dirige vers le vestibule d'un pas déterminé. Je prends mon manteau et sors à mon tour. Après dix bonnes minutes passées à arpenter la rue, je le trouve enfin. Il est assis sur un banc et, quand il me voit arriver, il ferme les yeux, comme s'il ne voulait pas me voir.

– Je sais que tu es furieux, mais tu ne m'empêcheras pas d'être là pour toi !

Il rouvre les yeux et me regarde fixement, sans pour autant me répondre. Je décide donc d'embrayer afin de dissiper le moindre doute.

– Et je t'ai trouvé franchement ridicule tout à l'heure. Comment tu peux croire que j'ai allumé ton frère ? Tu devrais savoir que… (Trois petits mots, ce n'est pourtant pas la mort. Foutu trois petits mots qui ne veulent pas sortir.) Je tiens à toi.

Célian sourit sans lâcher mon regard. Le silence s'éternise assez longtemps pour que je déglutisse bruyamment. Mon cœur se noue alors d'inquiétude. *A-t-il compris que je voulais dire autre chose ?*

– Je sais, Aly. Je sais.

Il se lève du banc et s'approche pour m'enlacer, mais je l'évite.

– Excuse-toi d'abord !

Il rit. J'aime ce Célian, apaisé et rayonnant.

– Tu peux me pardonner ? J'ai vraiment besoin d'un câlin, là.

Il ouvre de nouveau les bras et je m'y blottis.

– Merci, murmure-t-il contre mon oreille, la gorge nouée.

Et je le serre plus fort.

38

Malgré les événements de ce matin, j'ai passé une belle journée. Je me suis fixé l'objectif de changer les idées à Célian, et je ne m'en suis pas trop mal sortie. Nous avons flâné au parc, nous avons bu un chocolat chaud extra-guimauve au café du coin et nous avons échangé quelques baisers passionnés. J'ai failli lui dire « je t'aime » à trois ou quatre reprises, mais je n'ai pas pu. Alors, j'ai séché les cours pour lui. Si je ne pouvais pas le lui dire, je pouvais au moins le lui montrer.

Ma mère va être furieuse, mais je ne regrette rien. C'était la meilleure décision que j'ai prise. Tandis que je longe les rues pour rentrer chez moi, je remonte le col de mon manteau pour me réchauffer. La nuit est tombée et il fait un froid de canard. Célian a fait la moitié du trajet avec moi, il s'est arrêté chez Wes. Vu l'ambiance actuelle avec son frère, je pense qu'il va dormir là-bas. En approchant de la maison, je rebrousse brusquement chemin. J'ai le temps de faire un saut chez Lucy – même si nous sommes toujours en froid, j'aimerais m'assurer qu'elle va bien. Je sais ce que ma mère m'a dit, que je devrais lui laisser du temps, mais je ne veux pas qu'on s'éloigne.

Je presse la sonnette et attends. La mère de Lucy m'ouvre avec un grand sourire et m'informe que sa fille est dans sa chambre. En montant l'escalier menant à l'étage, je sens mon cœur battre à tout rompre. Elle pourrait ne pas apprécier cette visite surprise. Je m'arme de courage avant de frapper à la porte. Après quelques secondes passées à me ronger les ongles, la tête hirsute de Lucy apparaît dans l'encadrement. Elle a l'air fatiguée.

– Tu me manquais trop, je n'ai pas résisté à l'envie de venir te voir.

Elle esquisse un sourire, les crevasses sur ses lèvres se déchirent. Puis, elle se pousse pour me laisser passer.

– Ça va toujours avec Célian ? demande-t-elle en s'asseyant en tailleur sur son lit.

Je ne m'attendais pas à cette question.

– Étonnamment, ça se passe bien.

– Pourquoi étonnamment ?

– Tu le connais.

Lucy manifeste son désaccord en secouant la tête.

– Ce sont simplement des rumeurs. Mais c'est un mec bien, je te l'ai toujours dit. Il avait juste besoin de rencontrer la bonne personne. Et maintenant, c'est chose faite.

– Tu es aussi une bonne personne.

Je m'efforce de dissiper le malaise qui s'est installé entre nous. Ce n'est pas parce que Célian l'a rejetée que ça fait obligatoirement d'elle une mauvaise personne.

– Je suis surtout paumée, dit-elle presque tout bas avec un soupir.

Sur ce point-là, je ne peux pas la contredire. Alors, je me tais.

– C'est bon, tu peux le dire, reprend-elle après avoir remarqué ma gêne. Mes parents m'ont fait une petite session psychologique improvisée et le diagnostic est tombé… je traverse un nouvel épisode dépressif.

Elle se force à sourire, mais je vois bien que son regard est plombé par la peine. Ça faisait un moment qu'elle n'avait pas fait d'épisode dépressif. La dernière fois, c'était pendant notre dernière année de collège, je me souviens qu'elle avait raté deux semaines de cours consécutives. Heureusement que ses parents sont tous deux psychologues et qu'ils savent comment gérer son trouble.

– Je suis désolée de l'apprendre.

– Tu es amoureuse de lui ?

Le changement de sujet est brutal, je ne sais pas ce que je suis censée lui répondre. Dans son état, la vérité pourrait la blesser.

– Mon père dit que des bonnes nouvelles me feront du bien au moral, ajoute-t-elle avec un demi-sourire.

– Je crois.

Cette fois, un large sourire vient illuminer son visage. Elle sait que dans mon langage, ce « je crois » signifie bien plus. Je suis contente qu'elle le prenne aussi bien. Seulement, je ne me sens toujours pas à l'aise. C'est con, mais parler de mes sentiments devant les autres est aussi pénible que de passer un examen oral. Puis, à la base, je ne suis pas venue ici pour lui parler de moi.

– Et du coup, il y a du nouveau au niveau de l'enquête ? enchaîné-je maladroitement. Ils l'ont arrêté ?

Tout son corps se crispe. Aïe. Manifestement, elle n'a pas envie d'en discuter. Mal assurée, je m'apprête à m'excuser quand sa voix brise le silence.

– C'est plus compliqué que ça. Il faut d'abord identifier l'adresse IP du mail, prouver que c'était bien lui, même s'il n'y a aucun doute possible. Bref, ça va prendre un temps infini pour résoudre quelque chose que je sais déjà. Mais c'est la procédure.

Ses yeux s'embuent, je viens m'asseoir à côté d'elle.

– Ça craint.

Elle hoche faiblement la tête et j'essuie la larme qui coule sur sa joue. Pour l'instant, il n'y a pas grand-chose que je puisse faire pour lui venir en aide… à part la consoler.

Une petite heure plus tard, je suis de retour dans ma chambre. Je pensais avoir quelques jours de répit avant que le lycée n'appelle ma mère, mais manque de bol, ils l'ont prévenue dans l'après-midi. Elle a attendu que je rentre pour me passer un savon, et maintenant, je suis privée de dîner. Mais je ne me plains pas totalement. J'ai toujours mon téléphone, et c'est tout ce qui compte !

Après m'être changée, je me glisse sous la couette et envoie un message à Célian.

[Tu dors chez Wes ce soir ?]

J'attends sa réponse une demi-heure, une heure, puis la fatigue me gagne et je m'endors.

Plus tard, je suis réveillée par la sonnerie de mon téléphone. Sans prendre le temps d'émerger, je réponds, la bouche pâteuse :

– Je me fous de savoir qui c'est, personne ne gâchera mon sommeil. Au revoir et bonne nuit.

– Même si c'est moi ?

J'allais raccrocher, mais je m'adoucis immédiatement en entendant cette voix. Si c'est Célian, ça change tout.

– Pourquoi tu m'appelles à cette heure-ci ?

– Il n'est que vingt-trois heures, réplique-t-il, moqueur.

Je vérifie l'heure au cadran de mon réveil, et constate qu'il a raison.

– Oui, bah je suis fatiguée !

Il rit.

– Tu peux venir m'ouvrir ou ça te demande un trop gros effort physique ?

– T'ouvrir ? Où ça ?

– La fenêtre ! s'exclame-t-il, comme si c'était une évidence. Dépêche-toi, ça caille dehors.

Je bondis hors du lit et écarte le rideau. En le voyant derrière la vitre, je ne dissimule pas ma surprise.

– Qu'est-ce que tu fais là ? dis-je en lui ouvrant. Je pensais que tu dormais chez Wes.

Je le regarde s'introduire dans ma chambre, comme un voleur. Malgré la pénombre, je distingue son sourire.

– Ce n'est pas mieux si je dors avec toi ?

Quelle question.

– Bien sûr… mais tu ne peux pas. Ma mère n'a déjà pas

apprécié le fait que je sèche les cours aujourd'hui, alors si elle te retrouve dans ma chambre…

– Je mets le réveil à sept heures… disons sept heures trente et je sors d'ici ni vu ni connu.

Je réfléchis. Ma mère commence le travail à neuf heures quinze, ce qui fait qu'elle ne sera pas levée avant huit heures trente. Ça peut le faire.

– D'accord. Mais pas plus tard, sinon, ma mère va piquer une crise.

– Ça va.

Tout en me frottant les yeux, je retourne m'allonger. J'entends Célian se déshabiller et soudain, ma couette se soulève et il se glisse dans mon lit.

– C'est vraiment trop excitant de se voir en douce, chuchote-t-il en réglant l'alarme de réveil sur son téléphone.

J'esquisse un sourire fatigué.

– Ta mère sait au moins où tu dors cette nuit ?

Je sens son corps se tendre d'un bloc.

– Non.

– Célian, le réprimandé-je gentiment. Tu vas trop loin, elle doit se faire du souci.

– Elle a Elias.

Je ne le connaissais pas tête de mule ! Agacée, j'allume ma lampe de chevet et lui fais face.

– Oh, je t'en prie. C'est lui, le con, pas toi ! Ta mère t'aime par-dessus tout, mais tu ne peux pas lui demander de choisir entre vous deux.

– Pourquoi pas ? Il a bien choisi mon père et pas elle. Il l'a abandonnée pendant deux ans, et maintenant il revient comme une fleur. À sa place, je ne l'aurais jamais accepté.

Je l'observe un instant sans rien dire, hésitant à lui poser la question qui s'impose naturellement ensuite. Après avoir compté cinq secondes dans ma tête, je me lance.

– Elias est un connard… mais il y a autre chose, pas vrai ?

J'attends sa réponse – mutisme complet. Il a les yeux

baissés sur ma couverture, qu'il triture dans tous les sens. Je prends son menton entre mes doigts pour le forcer à lever les yeux.

– Pas de secret entre nous.

Il me regarde longuement, je sens qu'il va lâcher prise.

– Il y a un truc que ma mère ne sait pas. Que personne ne sait, en fait. Tu me jures de le garder pour toi ?

– Oui.

Je lui tends mon auriculaire, mais il ne le serre pas et l'examine d'un air perplexe.

– Ça veut dire quoi ?

– Tu es sérieux ? Tu n'as jamais scellé une promesse avec ton petit doigt ?

Il pouffe.

– Non.

Je soupire et, quand je lui montre comment procéder, il sourit.

– Maintenant, tu peux te confier à moi.

Il ne se lance pas tout de suite, mais je lui laisse tout le temps dont il a besoin.

– Un soir, ma mère nous a laissés seuls avec notre père car elle travaillait. J'avais 12 ans, Elias en avait 14, et il sortait déjà à cet âge-là. Mon père commençait tout juste à boire, il planquait ses bouteilles dans le grenier. Et sans qu'il le sache, Elias lui en volait de temps en temps. Mais il ne s'en rendait jamais compte, parce que c'était épisodique. (Il laisse planer un silence de quelques secondes.) Je ne saurais pas te dire combien il lui en a pris ce soir-là, mais mon père s'en est aperçu. Bien sûr, il a cru que c'était moi. Et Elias n'a rien dit. Même quand il a commencé à me frapper, très fort, il est resté silencieux. À me regarder souffrir en silence. (Sa voix est fébrile, comme si l'angoisse qu'il avait ressentie cette nuit-là resurgissait d'un coup.) Quand mon père lui a demandé de ne rien répéter à ma mère, tu sais ce qu'il lui a répondu ?

Je fais non de la tête, aucun mot ne peut sortir de ma bouche.

– Que j'avais mérité cette punition, alors il ne dirait rien. Tu sais, mon frère ne m'a jamais protégé. Et dans le fond, je suis sûr qu'il a pris un malin plaisir à me voir prendre des coups. Après cette nuit, j'ai eu un bleu sur les côtes, que j'ai caché à ma mère pendant plusieurs semaines. Et puis, quelque temps après, elle a divorcé de mon père. C'était la première fois que je respirais depuis longtemps.

Mes yeux s'emplissent de larmes et de rage. Avec la manche de mon pyjama, j'essuie l'humidité sous mes paupières et prends sa main dans la mienne.

– Je crois que maintenant, je déteste Elias presque autant que toi.

– Et ce n'est pas tout. Tu te souviens de cette fille, Evie… je t'en ai vaguement parlé.

– Oui.

Je me redresse, le dos bien droit, prête à écouter ce qu'il va me dire.

– Elle a été mon premier amour. La première fille que j'ai aimée, ma première fois… J'avais 15 ans. Elle était plus âgée, elle en avait 17. Je l'ai rencontrée à une soirée chez Wes, Evie était très amie avec sa sœur… (Quand il sent ma main se crisper dans la sienne, il enchaîne :) Quelque temps après, je sortais avec elle. Seul problème, elle était dans le même lycée que mon frère. Tu sais, le lycée privé pas très loin du centre commercial. Ma mère avait décidé de le placer là-bas pour sa mauvaise conduite, elle a dépensé une fortune… pour rien. Bref, en tout et pour tout, ma relation avec cette fille a duré six mois. Six mois, pour finalement apprendre qu'elle est allée à la même soirée que mon frère, qu'elle a bu et… couché avec lui. Un mois plus tard, Elias est parti vivre avec mon père. Mais il s'est assuré de bien saboter ma vie avant son départ.

– Quelle bande d'enfoirés !

Je suis tellement sidérée que je ne vois pas le coin de ses lèvres s'étirer.

– Je suis désolée, ça sortait du cœur. En fait, non, je ne suis pas désolée ! Ce sont deux gros enfoirés.

– Je sais, répond-il avec un rire discret. Tout ça pour dire que je ne croyais plus aux relations. Et de ton côté, tu n'y as jamais cru. On n'est pas si différents. En fait, on est pareils. Pendant que j'enchaînais les histoires sans lendemain, tu distribuais des râteaux au lycée. Mon cœur était amoché, et le tien était blindé et fermé à double tour. Tous les deux, on ne voulait rien ressentir. Avoir le contrôle sur nos émotions pour ne pas souffrir de nouveau. Mais je dois te dire… je ne me suis jamais senti aussi en harmonie avec quelqu'un. Je suis terrifié, mais je suis prêt à laisser ma peur de côté… pour toi.

La faible lumière orangée de ma lampe fait ressortir le reflet doré de ses yeux. Je ne détache pas mon regard du sien, je n'ai jamais ressenti une connexion entre nous aussi forte qu'à cet instant. Une action vaut mieux que mille mots, alors je me jette sur lui et l'embrasse avec tant de force qu'il bascule en arrière, la tête dans l'oreiller. Je me place à califourchon sur lui et retire mon tee-shirt, lui est déjà torse nu. Je me penche pour reprendre notre baiser, mais il m'arrête en posant sa main sur mon ventre.

– Aly… si tu continues, je n'arriverai pas à m'arrêter.

– Tant mieux.

Je chasse sa main et plonge de nouveau sur sa bouche.

– Je n'ai pas de capote sur moi, murmure-t-il contre mes lèvres. Puis, tu as dit que tu ne voulais pas faire de bruit.

– On sera discrets.

Sans cesser de l'embrasser, je tends le bras vers ma table de nuit, ouvre le tiroir et sors un préservatif. Célian rouvre les yeux et décolle ses lèvres des miennes pour regarder ce que je fais. J'agite le petit emballage bleu devant ses yeux comme un trophée.

– Tadam !

– D'où ça sort ?

– De ton armoire. Tu ne reconnais pas tes propres capotes ? Je t'en ai piqué une, je savais qu'un jour ou l'autre, on en aurait besoin.

Il sourit, mais je sens que quelque chose le tracasse.

– Il y a un problème ?

– Ce n'était pas ce que j'avais prévu pour nous…

– Ce qui est bien avec le sexe, c'est que ça ne se prévoit pas.

Il se redresse sans pour autant m'expulser de ses cuisses.

– Je voulais t'emmener dans un lieu spécial. Tu te souviens du coucher de soleil que j'ai dessiné ? C'est là-bas que j'imaginais notre première fois.

– Tu n'es pas obligé d'être aussi cucul avec moi. D'autant plus que tu as dû y emmener un million de filles ! L'avantage, c'est qu'ici, j'ai la garantie que tu n'as jamais rien fait.

Célian tourne la tête, sa bouche se crispe, son visage se ferme. J'ai parlé trop vite ; maintenant, il est vexé.

– Je plaisante.

– Moi aussi !

Sans que je m'y attende, il m'attrape par les hanches pour me soulever et me plaquer contre le matelas. Célian anticipe mon hoquet de surprise, car il pose un doigt sur ma bouche. C'est à son tour d'être sur moi.

– Tu te sens capable de rester silencieuse ou je dois te bâillonner ?

– Ça devrait aller.

Il me prend la capote des mains et lit l'inscription sur l'emballage.

– Perlé et nervuré. Madame sait ce qu'elle veut !

– Je n'ai aucune idée de ce que ça veut dire, mais ça m'a intriguée.

– Très bon choix. Tu as aussi vu la taille ? XL, ajoute-t-il avec un sourire fier. Pas trop impressionnée ?

– Prétentieux.

Et je l'attire vers moi pour qu'il m'embrasse encore. Mon cœur bat vite, j'ai chaud. Quand je sens ses mains me toucher, j'ai l'impression d'être une boule de feu. Il me caresse, à m'en faire perdre la raison, pendant de longues secondes. Aucune partie de mon corps n'est épargnée.

Sa bouche glisse sur mon menton, descend le long de ma gorge, et j'en ai des frissons partout. Il n'y a pas un bruit. Même quand il m'enlève mon pantalon de pyjama, même quand il enfile le petit bout de latex, même quand il me pénètre, aucun de nous deux ne dit mot. Nous sommes comme happés l'un par l'autre, trop troublés pour prononcer la moindre parole.

Je profite de ce qu'il est au-dessus de moi pour l'observer, fascinée. Sa respiration est saccadée, sa mâchoire serrée, ses yeux fermés. Il finit par les ouvrir et, quand je croise ses prunelles noires, je lui souris. Ma façon de le remercier. Je vois bien qu'il se concentre pour ne pas me faire mal, son rythme est lent, et les mouvements de son bassin sont doux et profonds.

Mon corps s'habitue peu à peu, la douleur s'amenuise. À cet instant, je réalise à quel point je suis contente de l'avoir choisi, lui. Pas un garçon que j'ai rencontré en vacances, un que j'aime vraiment, cette fois. Et qui m'aime en retour. Jonah n'a pas tenu plus de vingt secondes – temps néanmoins suffisant pour me déchirer l'hymen et me provoquer une violente douleur dans le bas-ventre. Célian lui, en revanche, est doux et attentif à chaque expression de mon visage.

Dans un gémissement, il se penche pour appuyer son front contre le mien. Nos lèvres se fondent dans un nouveau baiser, nous sommes à bout de souffle. Nos hanches bougent à l'unisson jusqu'à atteindre le point de non-retour.

Maintenant je le sens, l'amour fait toute la différence.

39

– Debout, Alayna !

En entendant le tambourinement contre ma porte, je me redresse brusquement, désorientée. Il est huit heures quarante-cinq, ma mère est réveillée et… Célian est toujours là ! Je l'agrippe par les épaules et le secoue pour le réveiller.

– Qu'est-ce que tu fais encore ici ?

Il émerge péniblement de son sommeil de plomb.

– Mon réveil n'a pas sonné ? demande-t-il en s'étirant.

– Tu vois bien que non !

Je me lève, m'habille en un temps record et, quand je m'aperçois qu'il est toujours dans le lit, je ramasse ses vêtements et les lui jette au visage.

– Bouge !

– Ça va, il n'y a pas le feu, grogne-t-il en repoussant la couette.

– Tu crois ça ? Si ma mère te voit ici, elle va nous jeter au bûcher.

Il rit et s'appuie à mon bureau pour enfiler son jean. Les coups frappés à la porte reprennent de plus belle.

– Alayna !

– J'arrive ! hurlé-je à mon tour.

En voyant Célian se recoiffer devant mon miroir, je lève les yeux au ciel.

– Oui, tu es très beau, dis-je en le tirant par la manche. Maintenant, dehors !

– Doucement ! Je n'aime pas qu'on me brusque le matin.

– Si tu étais parti à sept heures trente, comme tu me l'avais promis, on n'en serait pas là. Et au passage, prends ça.

Je lui tends le préservatif usagé et il grimace de dégoût.

– Qu'est-ce que tu veux que j'en fasse ?

– Tu ne veux pas le garder pour ta collection ? demandé-je de ma voix la plus ironique. À ton avis ? Que tu le jettes loin d'ici ! Je ne voudrais pas que ma mère tombe dessus.

Il glousse en le prenant du bout des doigts. Quand on entend ma mère s'impatienter dans le salon, je lui fais signe de se dépêcher. Rapidement, il ouvre la fenêtre et enjambe le rebord. Avant de sauter, il me lance un dernier regard.

– Au fait, c'était sympa cette nuit.

Puis, il disparaît. *Sympa ?* Personnellement, quand j'emploie ce mot, c'est pour parler d'une raclette entre amis, d'une soirée un peu alcoolisée, mais pas d'un moment intime. De notre tout premier moment intime, en fait. Avec un soupir, je referme la fenêtre et pars dans le salon. Ma mère est assise sur le canapé, les bras croisés. Elle me regarde comme on regarde un détenu de justice.

En m'avançant vers la table, je remarque non pas un mais deux verres de jus d'orange posés sur la nappe.

– Où est-il ?

Je me tourne, le visage crispé, et la regarde innocemment.

– Qui ça ? Le chat ?

– Voilà maintenant qu'elle me prend pour une idiote !

Je n'ai plus d'autre choix que de tout lui avouer.

– Ah, Célian… Bah, il est parti par la fenêtre.

– Tu sais ce qui t'a trahie ? Le chat, justement. Tu l'as laissé dormir dans le salon, alors que d'habitude, tu le prends toujours avec toi. Pauvre bête, il a gratté à ta porte toute la nuit !

Je ne dis rien et essaie d'imaginer la prochaine punition qu'elle me réserve. *Plus de téléphone ? Plus de sortie ? Pire encore, plus de Célian ?*

– Sans parler de votre manque de discrétion.

Soudain, je sens le malaise monter. Nous a-t-elle entendus ? C'est impossible, nous n'avons fait aucun bruit.

– Je suis désolée…

– Je te demande simplement de ne pas me mentir. Et de ne plus sécher le lycée, ajoute-t-elle avec un calme déconcertant. Je ne pense pas être la mère la plus stricte du monde, alors fais un effort.

Je suis tellement surprise par sa réaction que je me jette à son cou et l'embrasse sur la joue.

– Oui, ma petite maman. Tu es la meilleure.

– Mmm. Allez, file en cours !

Tout sourire, je retourne dans ma chambre pour prendre mon sac et m'en vais.

La journée passe sans que je m'en rende compte. Lucy est absente, mais heureusement que les SMS sont là pour pallier son absence ! Au moment de pénétrer dans la salle de M. Peters, je lui envoie un compte rendu des potins du jour et range mon téléphone dans ma poche. En levant les yeux, je vois que Célian est déjà à sa place. Du menton, il me désigne la chaise vide à ses côtés.

– Par sympa, je voulais dire incroyable.

– Voilà qui est mieux.

Ma réponse est sans appel et le fait sourire. Je m'assieds et, quand il pose sa main sur ma cuisse, je suffoque, électrisée.

– Tellement incroyable que j'aimerais remettre ça ce soir.

Proposition extrêmement tentante… mais irréalisable.

– Ma mère nous a grillés.

– On peut aller chez moi.

Je me tourne vers lui, sourcil levé. Comme je l'interroge du regard, Célian poursuit :

– J'ai répondu à ma mère ce matin… Ça s'est plus ou moins arrangé.

Je souris, satisfaite. C'est une bonne nouvelle.

– Tu n'es pas aussi têtu que je le pensais.

– Donc, tu es d'accord ?

– Non. Désolée, mais j'ai promis à la mienne de me tenir à carreau.

Célian lâche ma cuisse en soufflant.

– Moi qui te pensais un peu plus rebelle que ça. En plus, il y a une fête chez Wes ce soir. Je pensais qu'on pourrait y aller ensemble.

Je fronce les sourcils et l'observe plus attentivement.

– Même si je ne viens pas, tu vas y aller ?

Il semble surpris par ma question.

– Évidemment.

Sa réponse m'agace, mais je ne dis rien. Au bout d'un moment, il tourne la tête pour se concentrer sur le cours. Je profite du fait qu'il ne me regarde plus pour sortir discrètement mon téléphone et me connecter sur Facebook. Wes crée toujours des événements privés pour organiser ses soirées. S'il m'a incluse dans le groupe, j'aurai la liste des invités. *Yes, j'y suis !* Je fais défiler les noms de toutes les personnes qui seront présentes jusqu'à trouver ce qui m'intéresse.

Debbie et Leila ont accepté l'invitation.

J'irai à cette soirée quoi qu'il m'en coûte.

***

J'applique une dernière touche de maquillage, m'asperge de parfum puis m'offre un long regard dans le miroir. Pour une fois, je me trouve jolie, et assez sexy avec ma jupe et mon chemisier. Je sors de la salle de bains sur la pointe des pieds, reviens dans ma chambre pour prendre mon manteau et m'échappe par la fenêtre. Il est minuit passé, ma mère ne se rendra compte de rien. J'ai pris soin de placer un traversin sous ma couette pour donner l'illusion que je suis en dessous, au cas où.

Sur le chemin, j'appelle Lucy.

– Je serai devant chez Wes dans cinq minutes. Tu viens toujours ?

– J'y suis déjà ! C'est vraiment pour toi que j'ai fait le mur. Si mes parents apprennent que je suis dehors, à une fête, ils vont m'arracher la tête.

– Moi aussi, je suis sortie en cachette.

Lucy soupire.

– Dépêche-toi, je suis en train de me transformer en glaçon.

J'accélère le pas et, quelques minutes plus tard, je retrouve Lucy. Elle claque des dents en grelottant.

– Depuis quand tu as peur de Debbie ?

– Je n'ai pas peur ! Je m'en méfie, c'est tout.

– Je comprends. Cette garce est aussi sournoise qu'une vipère.

J'approuve d'un geste de la tête et, alors que j'avance vers la porte d'entrée, Lucy m'agrippe par la manche.

– Mais ma présence était vraiment nécessaire ?

– Une soirée sans ma meilleure amie n'est pas une soirée réussie. Oui, j'aimerais garder un œil sur Debbie et Célian mais… je voudrais aussi que toi et moi, on profite de la fête. Je pense que ça pourrait te faire du bien.

Ses sourcils se défroncent, m'indiquant qu'elle n'est pas contre l'idée de s'amuser.

– Tu m'as convaincue.

Je lui souris et nous entrons. Mon regard se promène partout, il y a plus de monde que prévu. Je suis prête à parier que la plupart des gens qui sont ici ne figuraient pas dans la liste. En retirant mon manteau, je me fige. Ils sont tous rassemblés autour du canapé. Evan passe une bouteille d'un alcool bleuâtre à Debbie, qui en boit une longue gorgée. Quand elle la tend à Célian, ce dernier secoue la tête, et malgré le bruit assourdissant, je crois entendre Debbie insister. Leila se joint à la petite assemblée, ce qui donne : Evan, Debbie, Célian, Wes, Leila et une autre fille à qui je n'ai jamais parlé.

Je tente de garder mon calme à mesure que j'avance vers eux. D'un geste brusque, presque agressif, j'arrache la bouteille des mains de Debbie et la pose sur la table basse. Ses yeux croisent les miens, haineux. Je suis forcée de rompre le contact visuel lorsque Célian se lève du canapé pour me prendre dans ses bras.

– Tu es venue !

Debbie me regarde toujours d'un air mauvais. Une chance que Célian sache comment m'apaiser, autrement je lui aurais éclaté la bouteille sur la tête.

– Et Lucy aussi ! s'exclame Wes, drôlement enjoué.

Evan a un rire cynique.

– Elle n'allait pas manquer une occasion de se mettre une mine gratos.

Lucy le fixe un instant, gênée, avant de baisser les yeux. Evan et Debbie sont assis côte à côte, il me vient à l'esprit que je pourrais faire d'une pierre deux coups et leur éclater ainsi la tête à tous les deux. La voix de Wes me sort de mes pensées meurtrières.

– La ferme, Evan ! Tu vas bien, Lucy ? Je ne t'ai pas vue au lycée aujourd'hui.

C'est moi ou Wes se préoccupe de Lucy ? Un sourire furtif apparaît sur mes lèvres. Maintenant que j'y pense, je les verrais bien ensemble. On pourrait se faire des tas de sorties entre couples, ce serait le feu. Malheureusement, je ne pense pas que Lucy soit émotionnellement prête pour une nouvelle relation.

– Euh, oui… Merci.

Wes lui sourit avant de s'adresser à moi :

– Toi, bas les pattes ! Pas question que tu me voles mon meilleur pote toute la soirée !

Je suis toujours pelotonnée contre Célian, et lorsqu'il se lève d'un bond pour nous séparer, je ris.

– De toute façon, on sait tous que dans une heure vous serez partis, ajoute-t-il tout bas.

– Peut-être même avant, répond Célian en me regardant intensément.

Je n'avais pas prévu de passer la nuit avec lui, mais pourquoi pas. Il faudra simplement que je me lève tôt pour rentrer chez moi. Quel malheur si ma mère entrait dans ma chambre pour me réveiller, et qu'elle faisait la découverte du faux moi sous ma couette…

– Oui, moi aussi j'aimerais profiter d'Alayna ! intervient Lucy en me chopant le bras. Tu viens ?

Sans attendre ma réponse, elle me tire par la manche pour m'entraîner ailleurs. Elle me fait traverser le salon bondé de monde, et quand je m'aperçois qu'on s'éloigne trop, je m'écrie :

– Attends ! Je ne dois pas perdre de vue Debbie !

Lucy s'arrête net. En jetant un coup d'œil vers le canapé, je vois toujours Debbie qui discute à présent avec Evan. *Parfait.* Si elle pouvait faire de lui sa proie de la soirée, ce ne serait que mieux. Je me tourne de nouveau vers Lucy, qui a suivi mon regard. Elle les observe, lèvres pincées et sourcils froncés.

– Ça va ?

Son regard revient vers moi et elle émet un léger rire.

– Oui, bien sûr ! Honnêtement, je m'en fous. Ils pourraient baiser sur le canapé, ça ne me ferait rien du tout.

Quand je la vois prendre un verre et le remplir d'un liquide ambré, je comprends que ça ne va pas du tout. Avant qu'elle ne le porte à sa bouche, je l'arrête.

– Ce n'est pas avec ça que tu te sentiras mieux.

Je pense l'avoir vexée parce qu'elle pose précipitamment son verre sur la table.

– Tu as raison. D'ailleurs, je dois te dire un truc.

– Quoi ?

Elle baisse les yeux, le front barré d'un pli dur.

– Je regrette profondément ce que j'ai fait… et dit. Je t'ai frappée, et tu ne m'en as même pas voulu.

– C'est rien.

– Non, ce n'est pas rien. Je ne vais pas bien, Alayna. Et pas seulement à cause de cet e-mail. Je… j'en ai marre de cette ville. De ces gens, crache-t-elle en désignant Evan et Debbie. J'ai tout dit à mes parents, à propos des rumeurs, des garçons qui me traitent comme de la merde, à tel point que j'ai fini par penser que j'en étais une et faire n'importe quoi.

Je l'écoute parler sans l'interrompre. Je ne pensais pas qu'elle en parlerait un jour à ses parents, elle devait se sentir vraiment mal.

– Finalement, je ne vais pas attendre l'année prochaine pour partir à Los Angeles. Mes parents m'ont trouvé un autre lycée et, comme ils n'ont pas envie que je parte seule, ils viennent avec moi. Ils ont demandé leur mutation et elle a déjà été acceptée. À la fin du mois de janvier, je serai en Californie.

Je n'en crois pas mes oreilles.

– Mais… mais, pourquoi tu n'as pas refusé ?

– Je n'ai aucune bonne raison de rester ici… à part toi. Mais j'ai réfléchi et cette séparation ne sera que temporaire. L'année prochaine, tu me rejoindras et on ira à l'UCLA ensemble. On prendra une colocation, pas trop loin de chez mes parents pour les rassurer, et ce sera comme on l'a toujours rêvé.

Oui, c'est bien ce qui était prévu… avant que je ne tombe amoureuse de Célian.

– Mon nouveau départ ne se fera jamais sans toi, ajoute-t-elle en me prenant dans ses bras.

En plus d'être crispée, je ne lui rends pas son étreinte. Lucy s'en rend compte car elle recule d'un pas pour me dévisager d'un air intrigué.

– Tu as changé d'avis ?

C'est le moment idéal pour lui dire que j'envisage de partir à New York avec Célian. En même temps, ça fait des années qu'on parle de Los Angeles, qu'on imagine notre vie étudiante là-bas, je ne veux pas la décevoir en brisant tous nos projets. Puis, je ne suis même pas sûre de vouloir aller à New York ! Je ne suis sûre de rien, en fait. J'ai encore quelques mois devant moi avant de décider, mais je sais d'avance que ce ne sera pas un choix facile. Comme chaque fois que je panique, je dis le contraire de ce que je pense :

– Bien sûr que non. On planifie ce moment depuis une éternité.

Lucy pousse un cri de joie avant de se jeter dans mes bras.

Eh merde.

– Et tu sais quoi ? dit-elle après m'avoir libérée. Je suis bien contente que Leila nous ait lâchées pour sa Debbie. Tu as vu le regard qu'elle nous a lancé ?

Non, mais je peux deviner.

– Elle n'en vaut pas la peine.

– C'est clair, approuve-t-elle d'un ton extrêmement sérieux. Ne te retourne surtout pas, mais Debbie arrive vers nous.

Mon corps se tend comme une corde prête à casser. Je prie pour qu'elle nous ignore et continue son chemin, mais la chance n'est définitivement pas avec moi ce soir.

– Alayna ! me hurle-t-elle à l'oreille. À ce qu'on dit, Célian et toi, c'est du sérieux ?

– Si on le dit, alors, c'est que ça doit être vrai.

– Oui, je suis désolée, c'est juste… tu n'es pas tellement son genre. Mais c'est cool.

Je me force à sourire, tout en luttant contre l'envie de lui prendre sa cigarette pour l'écraser sur sa peau.

– Seulement, j'ai une question qui me turlupine depuis tout à l'heure. Quel effet ça fait de savoir que les trois quarts des filles autour de toi ont déjà couché une fois, voire plus, avec ton *copain* ? Il y a Cheryl là-bas, Emily, Beth, moi et… même Lucy ! Personnellement, je ne pourrais pas sortir avec le mec qui s'est tapé ma meilleure amie.

Elle mime une envie de vomir. Je me sens soudain mal, dans cette soirée remplie de plans cul de Célian toutes plus minces les unes que les autres. Je me sens mal, et cela doit se voir sur mon visage, car Debbie affiche un immense sourire.

– Oh ! Regarde derrière toi, il semblerait que ton mec soit en charmante compagnie. Tu sais ce qu'on dit, chassez le naturel, il revient au galop.

Je me tourne comme une furie et en effet, Célian discute avec une jolie blonde. Ça ne me dérangerait pas si elle n'avait pas sa main posée sur son bras. Mais je dois me calmer, ce n'est rien, ce n'est absolument rien.

– Ne l'écoute pas, me chuchote Lucy.

Je n'ai pas envie de donner raison à Debbie, mais c'est trop tard : je vois rouge. Sans réfléchir, je m'élance vers eux et saisis violemment la main de la blonde afin de la retirer du bras de Célian.

– Qu'est-ce qui te prend ? demande Célian, les yeux écarquillés.

La blonde me lance un rictus gêné.

– Salut, je suis Sam, la sœur de Wes. Tu es la petite amie de Célian, c'est ça ?

Le rouge me monte aux joues, ma jalousie et moi sommes tout à fait ridicules.

– Oui. Je… je suis désolée, bégayé-je en lâchant précipitamment sa main.

Je n'attends pas sa réponse pour tourner les talons et fuir loin de cette maison. Je croise le regard de Debbie qui jubile. À cause de cette garce, je viens de passer pour une vieille folle jalouse. Dans ma course, je croise aussi Cheryl, Emily, Beth et j'ai beau me répéter qu'elles ne comptaient pas, ça fait mal. Célian n'y est pour rien, mais je déteste son passé de séducteur. Et plus encore, je déteste le fait qu'aucune de ces filles ne me ressemble physiquement.

40

– Alayna ! Putain, c'était quoi, ça ?

La voix de Célian résonne dans toute la rue. Sérieusement, me taper un sprint alors que je porte des talons ne serait pas l'idée du siècle. Puis, je pense que je me suis assez couverte de honte comme cela. Alors, je me tourne vers lui, et là, catastrophe, la question qui me brûle les lèvres s'échappe de ma bouche :

– Pourquoi tu sors avec moi ?

Avançant d'un pas, il comble la distance qui nous sépare.

– Je te retourne la question. Parce que là, j'ai l'impression qu'il y a un sérieux problème de confiance entre nous.

Sa voix est sèche et je le comprends. J'ai laissé bêtement mon impulsivité prendre le dessus, me ridiculisant ainsi devant Wes, sa sœur et sûrement d'autres personnes qui ont assisté à cette scène pitoyable.

– Je ne voulais pas faire ça.

– Écoute, ça fait une éternité que je connais Wes et Sam, ils sont un peu comme ma deuxième famille. Sam fait ses études à New York, elle est revenue ici pour quelques semaines. Elle est en deuxième année de droit et elle a un copain depuis maintenant quatre ans. Avec lequel elle est très heureuse, soit dit en passant.

Tout ce qu'il m'explique ne fait que me rendre plus honteuse encore.

– Tu n'as pas à te justifier.

– Apparemment, si.

La déception se reflète dans ses yeux.

– Je suis nulle, je le sais. Si Debbie n'était pas venue me

dévoiler le nom de quelques-unes de tes conquêtes, si je n'avais pas remarqué que le point commun qui réunit ces filles est leur future carrière de mannequin, peut-être que je n'aurais pas craqué en te voyant parler avec Sam.

Je ferme les yeux après cette confession. Quand je les rouvre, je m'attends à un sourire, un mot rassurant, un regard doux, mais je n'ai droit qu'à un soupir. *Un soupir ?*

– Sans déconner…

– Quoi ? Tu es déçu parce que tu pensais que j'avais plus d'assurance ? Que j'avais confiance en moi ? La vérité, c'est que je ne comprends toujours pas pourquoi tu t'intéresses à moi. Tu as toutes ces filles canon à tes pieds, des filles qui te ressemblent ! Donc oui, parfois, quand j'entends ton frère ou Debbie me dire que je ne suis pas ton genre, il arrive que ma confiance en prenne un coup. Je me surprends à me demander : c'est vrai, putain, ils ont raison. *Qu'est-ce qu'il fout avec moi ?*

Un rire nerveux m'échappe. Ce soir, je bats des records niveau pathétique… Mais tant pis, j'ai besoin de lui dire ce que je ressens. Célian se passe une main sur le visage, comme s'il était profondément exaspéré.

– Que les filles sont compliquées.

Je lui ouvre mon cœur et c'est tout ce qu'il trouve à me répondre ?

– Dans ce cas, tu n'as qu'à devenir gay !

Il rit. Merde, ça le fait rire, en plus. Furieuse, je fais demi-tour. Célian se précipite pour me retenir et me rattrape par la taille.

– Désolé, désolé. On peut arrêter la dispute ici ? Ça n'a aucun sens.

– Ce n'est pas une dispute, imbécile.

J'ai juste besoin qu'il me rassure, quitte à me sortir les plus gros clichés. Je m'en fiche. À cet instant, j'ai besoin d'entendre n'importe quelle parole réconfortante. Célian semble enfin le comprendre, car son regard s'adoucit.

– Pourquoi toi ? Parce que… je ne sais pas ! Je dois vraiment trouver une raison ?

– Si tu en trouves plusieurs, c'est même mieux.

– Je ne comprends pas pourquoi tu te compares à *elles*, dit-il en faisant référence à ses nombreuses conquêtes. Encore moins que tu écoutes des blaireaux comme Debbie ou mon frère. C'est vraiment trop stupide. Dis-moi, qu'est-ce que tu penses que tu as de moins que ces filles ?

De moins, je ne sais pas. Mais je sais ce que j'ai en trop. Ma cellulite, mon trente-huit qui bascule vers un bon quarante, mes cuisses ou encore les obus qui me servent de seins.

– Tu ne comprendrais pas. Complexes purement féminins.

Il sourit, et, quand il prend une mèche de mes cheveux pour l'entortiller autour de ses doigts, je le laisse faire.

– Je n'osais pas le dire, mais c'est vrai que tu as les cheveux légèrement secs, et les yeux un peu trop grands…

Je repousse sa main d'une claque.

– Mes yeux et mes cheveux sont ce que je préfère chez moi ! Connard !

Il rit et je l'imite, comprenant alors qu'il plaisante.

– Tu es totalement mon genre, Alayna. La preuve, je suis sorti en tee-shirt pour te rattraper et je suis en train de me les geler pour toi, bordel !

Et à cette seconde même, en le regardant, je remarque ses lèvres violettes et ses bras nus.

– Merde, je suis désolée. Attends, je vais te filer mon manteau, dis-je en commençant à l'enlever.

– Parce que tu crois vraiment que je rentre là-dedans ? Remets-le tout de suite avant d'attraper la crève. (Je m'exécute et il reprend :) Je vais récupérer ma veste et on se tire d'ici. On pourra parler de tout ce que tu veux, mais dans ma chambre, et avec le chauffage à fond.

Je hoche la tête et il se dirige rapidement vers la porte d'entrée. Avant de l'ouvrir, il se tourne vers moi.

– Tu viens ?

Je n'en ai pas tellement envie, mais Lucy est encore à l'intérieur et je ne peux pas la laisser seule. Après une grande inspiration, je m'avance et nous entrons ensemble. Le regard baissé, je suis Célian qui se fraie un chemin parmi la foule.

– Debbie !

Je redresse si vite la tête que je manque de me faire un torticolis. Soit j'entends des voix et je suis bonne pour l'asile psychiatrique, soit Célian vient d'interpeller Debbie. Malheureusement, je suis saine d'esprit. Les yeux écarquillés et le cœur battant aussi fort que si je venais de courir un marathon, j'observe Célian s'approcher d'elle. Debbie interrompt ce qu'elle fait pour pivoter vers lui, toute souriante. *C'est quoi, ce bordel ?* Je ne comprends pas ce qui se passe, mais je suis incapable de détourner les yeux. J'avance même de quelques pas pour mieux entendre.

– Oui ? répond-elle d'une voix toute mielleuse.

– Ça faisait un moment que je rêvais de pouvoir faire ça.

Faire quoi ? L'embrasser ? Non, impossible, il ne pourrait pas me faire ça. Mais alors, de quoi parle-t-il ? Avant que je n'aie le temps de me poser d'autres questions, Célian intercepte un mec pour s'emparer de son verre et le déverser lentement sur les cheveux argentés de Debbie. Je porte une main à ma bouche, choquée. La musique s'arrête, il y a un long silence dans toute la pièce, silence coupé par la voix grave de Célian.

– La prochaine fois que tu bourres le crâne de ma copine avec tes conneries, ce sera la bouteille entière, compris ?

Debbie se contente de hocher la tête avant de foncer dans la salle de bains la plus proche. Je suis encore sous le choc lorsque Célian revient vers moi. Ses lèvres s'étirent en un sourire et il entrelace ses doigts avec les miens.

– On bouge ?

– Je… je vais voir Lucy et j'arrive, bafouillé-je.

– Je t'attends dehors.

La bouche toujours entrouverte, je le regarde s'éloigner

vers la porte, prendre sa veste et sortir. Pendant une seconde, je me demande si je n'ai pas rêvé cette scène, mais en entendant les commentaires de certaines personnes autour de moi, je comprends que je n'ai rien imaginé du tout. Je reprends mes esprits et regarde partout dans la pièce avant de trouver ce que je cherche. Lucy accourt vers moi en souriant.

– C'était jouissif !

Je ris.

– Tu l'as dit.

– Tu remercieras Célian de ma part. Je sais qu'il l'a fait pour toi, mais ça m'a procuré un bien fou !

– Il est dehors, on va rentrer. Tu veux qu'on te raccompagne ?

Ses joues rosissent légèrement, faisant ressortir ses taches de rousseur.

– Je suis avec Wes. Il m'a dit qu'il me ramènerait en voiture.

Je ne réprime pas le sourire qui vient sur mes lèvres.

– Quoi ? demande-t-elle innocemment.

– Wes ? répété-je en arquant un sourcil.

– Ne me regarde pas comme ça !

Soudainement écarlate, elle cache son visage dans ses mains, déclenchant mon éclat de rire. Je la prends dans mes bras, en une accolade amicale, et lui glisse à l'oreille :

– Profite à fond.

Lucy recule pour me sourire et je pars. En sortant, je rejoins Célian qui m'attend, le dos nonchalamment appuyé contre un mur. Il a rabattu sa capuche. On ne voit presque pas son visage, seul son sourire à fossette est apparent.

– Alors, comment tu te sens ? demande-t-il en posant une main sur ma joue.

– Beaucoup mieux, dis-je tout en blottissant ma joue dans sa paume. Même si je ne m'y attendais pas.

– Elle non plus, je crois.

Je ris, Célian passe un bras autour de ma taille et nous nous dirigeons vers chez lui. Personne n'avait jamais fait quelque chose d'aussi fou pour moi, avant. La plupart des mecs se seraient contentés de me rassurer avec quelques phrases bateau, alors que Célian, lui, a agi. Il possède ce côté imprévisible et surprenant, ce côté qui ne fait que renforcer mes sentiments, comme s'il était possible de l'aimer encore plus fort.

***

– Surtout, pas un bruit, me chuchote Célian en tournant la clé dans la serrure. Mon frère et ma mère sont là.

J'acquiesce et, avant de poser un pied à l'intérieur, je prends soin de retirer mes talons et de les garder à la main. Célian agrippe mon autre main et m'entraîne dans l'escalier, qu'on monte à vive allure. À peine a-t-il refermé la porte de sa chambre qu'il se jette sur mes lèvres et m'embrasse, comme si sa vie en dépendait. Mes chaussures glissent de ma paume et tombent au sol. Lorsqu'il se recule, je le retiens par le col de sa veste, mais il me sourit.

– Je dois prendre un peu de force avant. J'ai la dalle, pas toi ?

Il me demande vraiment ça, à moi ? J'ai tout le temps faim.

– Ça dépend de ce que tu as à me proposer.

– Des bonbons ? Chocolat ? Glace ?

Je me fais violence pour ne choisir aucun des trois. Ça fait des mois que je veux entamer un régime, que je rêve de récupérer mon corps svelte, il est grand temps que je m'y mette.

– Si tu as une barre de céréales, pas trop sucrée, ce serait top.

– Dégueu ! Mais je vais voir ce que je peux faire, ma mère doit avoir ce genre de conneries dans son placard.

Célian sort de la chambre et je m'assieds sur son lit en retirant mon manteau. Je sors mon téléphone de mon sac et hésite un moment avant d'envoyer un message à ma mère.

J'ai réfléchi et je ne veux plus lui mentir. Puis, je dois dire aussi que je flippe à l'idée qu'elle entre dans ma chambre.

[Lucy m'a proposé d'aller à
une soirée et je dors chez elle.]

La vérité, et rien que la vérité, Alayna.
J'efface tout et recommence.

[Je suis allée à une soirée
et je dors chez Célian.
Ne t'inquiète pas, je serai
rentrée pour midi.]

[OK.]

« OK, merci d'avoir été honnête ? » ou « OK, tu vas te prendre la rouste de ta vie à ton retour ? »

Je n'ai pas le temps d'étudier la question plus en profondeur, car Célian refait son apparition, avec un sourire espiègle et les mains cachées derrière son dos. Je range mon téléphone.

– Tu as le choix entre… cet énorme sachet de Dragibus qu'on pourrait se partager à deux, m'annonce-t-il en le faisant jaillir de son dos, ou ces immondes biscuits allégés qui n'ont aucun goût, enchaîne-t-il avec une grimace.

Il reste debout, près de la porte, et me jette les deux paquets qui font un vol plané avant de rebondir sur le lit, à quelques centimètres de moi. Mon regard se pose sur mes bonbons préférés, puis sur l'emballage « sans sucre, sans beurre ni gluten », et encore sur les petites billes colorées. La tentation est trop grande… je cède !

– Je te déteste ! dis-je en ouvrant brusquement le sachet.

Sur le moment, je le pense. Je plonge ma main dedans et en ressors toute une poignée que j'enfourne d'un coup dans ma bouche, comme une droguée du sucre.

– Et moi, je t'aime, putain.

Au lieu de mâcher mon bonbon, je l'avale et manque de m'étouffer. Je lève les yeux vers lui, son regard se plante alors dans le mien. J'ai l'impression que mon cerveau court dans ma tête pour assimiler le sens de ses paroles. C'est bon, les trois mots sont dits, et c'est lui qui les a prononcés en premier. Je l'aime aussi, depuis un petit moment déjà, mais je pensais qu'il s'écoulerait un temps infini avant qu'un de nous deux ne se décide à franchir le pas. Aussi, je n'ai pas préparé mon cœur à ce débordement d'émotions. La preuve, aucun mot ne parvient à sortir de ma bouche.

– D'accord… Oublie ces trente dernières secondes et fais comme si je n'avais rien dit.

Il se mord la lèvre et tire sur la petite mèche rebelle qui lui tombe sur le front. Un geste nerveux qui m'est familier.

– Je vais me doucher. Et peut-être me pendre avec le tuyau de la douche, qui sait, murmure-t-il plus bas.

Toujours muette, je le regarde s'enfermer dans la salle de bains. Une seconde… dix secondes… vingt secondes passent avant que je ne réalise enfin ce qui vient de se passer. Un immense sourire se pose sur mes lèvres et badaboum, je me laisse tomber en arrière sur le lit. Quand j'entends l'eau couler, je me relève et, sans un bruit, je pénètre dans la salle de bains. Célian doit être insensible à la chaleur, car il y a de la buée partout. Je l'observe un instant mettre sa tête sous le jet et profite de ce qu'il a les yeux fermés pour avancer. Sur la buée de la vitre de douche, j'écris :

« Je t'aime. »

Puis, j'attends qu'il rouvre les yeux, mais il n'en ouvre qu'un sur deux. Il sourit et m'ouvre la paroi de douche.

– À l'oral, ça donne quoi ?

– Je t'aime ?

Il rit et prend ma main pour m'embrasser à pleine bouche. Avant que je n'aie pu réagir, il m'attire avec lui dans la cabine et me place sous le jet d'eau. Je lâche un hoquet de surprise et me débats comme un diable pour sortir, mais il maintient fermement mon corps contre son torse, trempé. Maintenant, je le suis aussi.

– Qu'est-ce que… Qu'est-ce que…

À cause de l'eau qui tente de s'insinuer dans mes yeux, je les garde fermés. Je n'entends que son rire diabolique.

– Tu m'as fait baliser avec ton silence à la noix !

– J'étais surprise !

– Alors, rien de mieux qu'une bonne douche pour te remettre les idées en place.

À l'aveugle, je tâte l'avant-bras de Célian, sa main, le mur et trouve enfin le robinet. Je le ferme et l'eau arrête de couler.

– Tu n'as pas remarqué que j'étais habillée ?

Mon chemisier me colle à la peau, je sens que mon mascara noir a dégouliné sur mes joues. Célian prend un air faussement étonné.

– Merde, non ! Vite, retire ta jupe, tes collants, ta petite chemise et même tes sous-vêtements ! Surtout tes sous-vêtements… Ton soutien-gorge ne serait pas rouge, par hasard ?

Comme toujours, j'oscille entre l'envie de l'étrangler, et celle de l'embrasser.

– Tu me le paieras.

– J'attends de voir. Mais pour l'instant, j'aimerais bien expérimenter le sexe sous la douche.

Je lève un sourcil interrogateur.

– Tu n'as jamais essayé ?

– Non. Je l'ai déjà fait dans une piscine, une rivière, et même dans un Jacuzzi. Mais jamais dans une douche.

– C'est la même chose, dis-je, irritée.

– Je rigole. Sauf pour la piscine, ajoute-t-il avec un petit sourire.

Sans pouvoir m'en empêcher, je lève les yeux au ciel.

– Tu veux bien m'aider à réaliser mon fantasme le plus fou ?

Son regard malicieux m'arrache un sourire.

– Tu ne dis rien… Je prends ça pour un oui.

Je ne réponds toujours pas et il ouvre de nouveau le robinet de la douche. Avec ses cheveux noirs dégoulinant sur son visage, l'eau ruisselant sur son torse pâle et le demi-sourire qui étire ses lèvres, il est… *Seigneur, existe-t-il seulement un mot pour le décrire ?* Je déglutis. Mon cœur bat beaucoup trop vite, soudain. Célian coince derrière mon oreille une mèche de mes cheveux venue se coller sur ma joue, et laisse ses doigts courir le long de mon cou. Je ferme les yeux, sa bouche se presse contre la mienne, avec précipitation. De « tout public », nos baisers passent rapidement à « interdit aux moins de 18 ans ». Nos lèvres se dévorent, tandis que l'eau continue de couler comme une pluie tropicale. Son autre main descend jusqu'à la taille de ma jupe, il la déboutonne habilement, le souffle lourd. Vient ensuite le tour de mes collants, ma culotte, et lorsqu'il s'affaire à me retirer mon chemisier, je prends conscience que je suis presque nue devant lui. La lumière de la salle de bains est trop vive, contrairement à celle de ma chambre ou la sienne ; Célian verra alors tous mes défauts, allant des petites vergetures qui zèbrent mes seins jusqu'à la cellulite sur mes cuisses. Je chasse gentiment sa main baladeuse et il recule son visage pour me regarder.

– Alors, c'était un non ?

– C'était plus un… je ne suis pas à l'aise. Je peux garder au moins mon soutien-gorge ? Comme la dernière fois ?

Quant à ma cellulite, il ne la verra pas tant que je resterai face à lui. Célian hausse un sourcil, il doit penser qu'il a affaire à la fille la plus compliquée de ce monde.

– Oui, bien sûr. Mais si tu préfères, on ne fait rien. Ça me va aussi.

– Non, non… j'en ai envie.

– On fait comme tu le sens. Pas de pression, tu te rappelles ?

Machinalement, je hoche la tête et inspire profondément.

Célian passe doucement sa main sous mon chemisier, guettant l'expression de mon visage. Je ne dois pas avoir l'air trop tendue, car il saisit l'ourlet et le fait passer par-dessus ma tête. Mon chemisier, qui ressemble plus à un torchon, vient rejoindre le reste de mes vêtements qui forment un tas trempé à mes pieds. Puis, plus rien. Célian ne me touche plus. En levant les yeux vers lui, je m'aperçois que les siens détaillent mon corps nu, à l'exception de mon soutien-gorge.

– Je n'avais jamais pris le temps de te regarder.

Je mets mes mains d'instinct sur mes cuisses pour les cacher.

– Et je préférais quand tu ne le faisais pas !

Tout de suite, il se penche pour saisir mes bras et les bloquer derrière mon dos. Il me tient contre son torse et souffle contre mes lèvres.

– Tu es la fille la plus sexy que j'aie jamais vue. Si tu ne me crois pas, tu n'as qu'à regarder plus bas. C'est la preuve indéniable que tu me fais de l'effet.

Je n'ose pas baisser les yeux, ce qui le fait rire. Je ris aussi. Et, lorsqu'il relâche mes bras, je me laisse aller dans les siens.

Une demi-heure plus tard, je suis allongée dans le lit de Célian, qui est descendu dans la buanderie pour étendre mes vêtements. En attendant qu'ils sèchent, il m'a prêté un gros sweat-shirt, un pantalon – que j'ai eu du mal à passer –, et même un boxer. Si je ne voulais pas me montrer à Célian dans mes moments les moins glamours, c'est loupé. Mais c'est sa faute.

Quand il revient dans la chambre, un drôle de sourire flotte sur ses lèvres.

– Mets ton manteau, me dit-il simplement en enfilant sa veste.

Je me redresse et regarde l'heure qui s'affiche en rouge sur le cadran de son réveil : deux heures quinze. Heureusement que demain est un jour férié, et que nous n'avons pas cours.

– Tu ne veux pas dormir ?

– Non. Pas maintenant.

Je voudrais lui demander où il compte m'emmener, mais je sais d'avance qu'il ne me dira rien, puisqu'il arbore son sourire mystérieux. Je me lève et attrape mon manteau, puis je me baisse pour chausser mes talons. Avec cette tenue, je pourrais inspirer tous les plus grands créateurs de mode !

– Ne mets pas tes chaussures, ça va plus te handicaper qu'autre chose.

En même temps que j'attache la sangle au niveau de ma cheville, je lève la tête vers lui en plissant les yeux.

– Je ne vais pas sortir dans la rue pieds nus.

Pour seule réponse, il prend une paire de chaussettes dans son tiroir et me la lance. Je la rattrape au vol sans cesser de le dévisager d'un air perplexe.

– Tu me suis ?

Puis, il ouvre la baie vitrée de sa chambre et sort. Je me dépêche de retirer mes talons et d'enfiler ses chaussettes, avant de le suivre sur son balcon. Sauf qu'il n'y est pas. Je jette un coup d'œil à droite, un coup d'œil à gauche et je me penche en avant pour regarder par-dessus la balustrade – mais il fait trop sombre. *Célian n'a pas pu sauter, si ?*

– Là-haut.

Je me tourne et le vois, perché sur le toit. L'air rieur, il me tend la main pour m'aider à monter avec lui. Sur le moment, je ne sais pas si je n'aurais pas préféré qu'il saute du balcon, ça me paraissait moins dangereux. Malgré mes doutes, je prends sa main. Célian me tire vers lui avec la force d'un catcheur. Une seconde plus tard, me voilà sur le toit, presque sûre d'avoir pris la décision la plus stupide de ma vie. Un de mes pieds glisse sur une tuile, je me rattrape au bras de Célian qui me tient fermement contre lui. D'un côté, il y a moi qui marche comme sur des œufs, et lui qui se déplace avec autant d'aisance qu'un funambule.

– Je ne connais personne d'autre qui grimpe sur le toit de sa maison ! m'exclamé-je d'une voix aiguë.

Il rit et, une fois que nous avons pris assez de hauteur, il m'aide à m'asseoir. Je ramène mes genoux pour me retrouver presque accroupie sur la toiture, alors que Célian, lui, laisse pendre ses jambes dans le vide.

– Bienvenue dans mon repaire secret.

Le nuage de vapeur qui s'échappe de sa bouche se disperse dans l'air glacial.

– Ton repaire secret ?

– Oui, tu sais, un genre de lieu où l'on va se poser pour réfléchir ou démêler ses problèmes. Un refuge qu'on a envie de garder pour soi.

– Pourquoi me le faire découvrir, alors ? Si c'est ton endroit à toi.

– Parce que l'autre fois, tu m'as dit qu'on n'avait aucun secret l'un pour l'autre. Et j'ai senti que tu avais plus besoin de cet endroit que moi, à cet instant.

Le premier argument est bon, l'autre me plaît beaucoup moins.

– Je vais bien.

– Aucun secret l'un pour l'autre, répète-t-il.

Je ne lui réponds pas tout de suite. Un instant, je laisse mon regard se perdre vers l'horizon, je contemple la rue endormie, la pâle lumière des réverbères, la toiture des autres maisons, le scintillement des étoiles. À elles seules, elles éclairent toute la noirceur du ciel. Je fais un terrible constat : en dix-sept ans d'existence, je n'ai jamais pris le temps de lever la tête pour observer les étoiles. Du moins, pas comme je le fais maintenant. Je suis presque jalouse de Célian ; mon seul endroit à moi, c'est mon lit et la vue n'est pas aussi belle. Je ne sais pas si c'est le fait de me retrouver ici, apaisée, mais je décide de lâcher prise et de me confier à lui.

– J'ai pris dix kilos après le départ de mon père. Impossible de les perdre, maintenant. J'aurais préféré que tu voies mon corps d'avant, et pas ce… truc.

– On a tous des complexes.

– Va dire ça à des filles comme Debbie, ou tous ces modèles que l'on voit sur les réseaux sociaux. Je ne dis pas qu'elles ont une vie parfaite, mais j'aimerais bien savoir ce qu'elles font quand elles sont tristes. Moi, je ne peux pas m'empêcher de manger du sucre.

Il a l'air de vouloir lire dans mes pensées. Avec douceur, sa main froide caresse ma joue.

– Debbie a une bosse sur le nez qui la complexe à tel point qu'elle évite toute photo prise de profil. Emily a une immense cicatrice sur le ventre qui l'empêche de se mettre en maillot de bain, Cheryl déteste sa petite poitrine, et Beth a des traces d'acné qu'elle cache tous les jours avec des couches épaisses de fond de teint. Tu vois, on a tous des complexes. Et pour ce qui est des réseaux sociaux, tout le monde peut retoucher ses photos. Tout le monde peut mentir. Tu as déjà vu des filles aussi parfaites dans la vie de tous les jours ? Moi, jamais. Il n'y a aucune femme qui est aussi lisse que dans les magazines.

Puis, il enfouit son visage dans mes cheveux et je l'entends y prendre une inspiration.

– Tu es plus réelle pour moi que tout le reste, Alayna Winters.

Je souris.

– Et toi, ton complexe, c'est quoi ?

– Cette cicatrice, dit-il en posant un doigt au-dessus de son menton. Avant de me rouer de coups, mon père m'a poussé et je me suis ouvert le menton. J'ai dit à ma mère que j'étais tombé dans l'escalier.

En m'approchant, je vois une minuscule marque blanche lui barrer le menton. S'il ne me l'avait pas dit, je ne l'aurais jamais remarquée ! Je ne sais pas si je peux l'accepter dans la catégorie « complexes ». Mais en même temps, qui suis-je pour décréter qu'un complexe en est un, ou non ? Je dépose un tendre baiser sur sa cicatrice, ce qui le fait sourire, alors j'embrasse aussi sa seule et unique fossette.

– Mais j'ai appris à vivre avec, et maintenant, chaque fois que je me vois dans un miroir, je me sens comme une rock star.

Je ris, puis je redeviens sérieuse en me demandant si ce toit, ce repaire secret, n'était pas en fait le lieu pour échapper à son père. Mais je n'ose pas lui poser la question. Je l'écoute me parler de sa passion pour le dessin, j'apprends qu'il tient un carnet dans lequel il dessine les visages de toutes les personnes qu'il aime, ou qu'il a un jour aimées. Secrètement, je me demande si j'y suis. À mon tour, je lui raconte mon enfance à Baker, petite ville du Montana dans laquelle j'ai vécu jusqu'à mes 7 ans, et que j'ai brusquement dû quitter après la mutation de mon père. Lui évoque quelques bons souvenirs avec sa mère, sans jamais citer son père ou Elias. À part des coups et des disputes, il ne devait pas partager grand-chose avec eux. Sans lui couper la parole, je pose une main sur sa cuisse. Je voudrais prolonger cette nuit jusqu'à l'infini, mais c'est impossible, et rien qu'à cette idée, je suis déjà triste.

41

L'alarme de mon téléphone m'agresse les tympans et je peste dans le lit en ouvrant avec difficulté les yeux. Je m'attends à trouver Célian à côté de moi, mais il n'est pas là. Son côté du lit est vide, froissé. Quand j'attrape mon téléphone pour éteindre l'alarme, je regarde l'heure et bondis du lit. Je n'y crois pas, il est onze heures quarante ! J'avais pourtant pris soin de programmer mon réveil à onze heures, je devais être vraiment épuisée pour ne pas l'avoir entendu sonner pendant quarante minutes. Je file dans la salle de bains, à la recherche de mes vêtements, avant de me rappeler qu'ils sont étendus en bas, dans la buanderie. Avec un grognement exaspéré, je retourne dans la chambre, et miracle, toutes mes affaires sont soigneusement pliées sur le bureau. En les enfilant, une forte odeur de lessive m'emplit les narines. Je soupçonne la mère de Célian d'être passée par là.

Mon sac sur l'épaule, je quitte la chambre et m'élance dans le couloir. Je perçois faiblement la voix de Célian, et aussi celle de sa mère dans la cuisine, mais je suis encore trop loin pour entendre leur conversation. Avant de m'engager dans l'escalier, je me tourne vers la porte de la chambre d'Elias. Elle est entrouverte. Je reviens sur mes pas et me permets de jeter un coup d'œil à l'intérieur – sans autre motif qu'une simple curiosité. Et puis, quand je le vois, assis sur son lit, triturer une sorte de poudre blanche sur sa table de nuit, je crois d'abord à une hallucination. La lame de rasoir qu'il tient dans la main lui sert à créer des lignes nettes et parallèles. Il prend une paille, puis se penche et sniffe le premier tas. *Merde, je ne rêve pas, c'est bien ce à quoi je pense !* J'entre immédiatement dans la chambre et claque la porte derrière moi. Il lève la tête vers moi, avec un sursaut.

– De la coke ? Sérieusement ?

Je m'efforce de parler tout bas.

– Sors d'ici.

– Tu ne peux pas faire ça.

– Et pourquoi pas ?

Son sourire est affreux. De même que ce qui trône sur sa table de nuit.

– Tu ne peux pas leur faire ça, reprends-je en désignant la porte derrière moi. Ils sont en bas, et ils ne se doutent pas une seule seconde qu'en plus de boire comme un trou, tu consommes cette merde. Qu'est-ce que ta mère penserait de tout ça, hein ? Tu es chez elle. Je ne te connais pas, et contrairement à ce que tu penses, je ne suis pas en train d'essayer de te faire la morale. Pour être très honnête, je m'en fous de toi, et encore plus de tes activités frauduleuses, mais les gens qui sont en bas, les gens de ta famille, je tiens à eux. Et je ne veux pas que tu les brises.

– C'est très touchant.

Et il retourne à ses affaires, comme si je n'étais plus avec lui dans la pièce. Je repère une bouteille d'eau pleine au pied de son lit. Sans réfléchir, je la saisis et la verse entièrement sur la poudre blanche, éclaboussant Elias au passage. Le regard qu'il me jette m'indique clairement que je ferais mieux de reculer, voire de prendre mes jambes à mon cou.

– Si tu ne dégages pas dans la seconde qui suit, je te promets que…

Je n'entends pas la fin de sa phrase, car je suis déjà dans le couloir, adossée à la porte de sa chambre, le cœur battant à tout rompre. Un immense sourire de satisfaction se dessine sur mes lèvres.

– Alayna ?

Appuyé à la rampe de l'escalier, Célian m'observe, sourcils froncés. Je me jette sur lui pour enrouler mes bras autour de son cou.

– Salut ! Ne me laisse plus seule dans le lit, j'adore me réveiller avec toi.

– Je suis levé depuis neuf heures trente, je m'ennuyais, mais… tu étais dans la chambre de mon frère ?

En même temps qu'il me pose cette question, il retire mes bras de son cou.

– Oui, figure-toi qu'il voulait me présenter ses excuses pour l'autre nuit. Il était temps !

Ma voix monte subitement dans les aigus. Je me sens mal de lui mentir, mais je ne voudrais pas qu'il réagisse comme la dernière fois, et qu'il se barre encore de chez lui. Je pense qu'avec sa mère, ils ont besoin de rester unis, et qui sait comment il accueillerait la nouvelle de son frère alcoolique et drogué. Il pourrait partir pour de bon, cette fois. Et sa mère serait anéantie. Je ne veux pas être responsable d'un drame familial, d'autant plus que je ne suis même pas sûre qu'Elias consomme régulièrement.

– Mon frère ne s'excuse jamais.

– Alors, il a fait une exception avec moi.

Je souris afin de lui montrer que ce n'est pas important, mais il ne me sourit pas en retour. Je tire sur son bonnet en laine pour l'enfoncer sur sa tête, jusqu'à couvrir ses yeux, et ce n'est qu'après coup que je me rends compte que cette tentative pour alléger l'ambiance était vraiment nulle. Quand Célian retire son bonnet d'un geste sec, je m'attends au pire. Mais à ma grande surprise, il a l'air détendu.

– Du moment que ce gland ne t'emmerde pas, ça me va. Tu ne devais pas être rentrée chez toi avant midi ?

– Si ! Quelle heure est-il ?

Il sort son téléphone de sa poche et me montre l'écran.

– Onze heures cinquante-six ! m'exclamé-je, paniquée.

Célian me regarde m'affoler avec un demi-sourire, ce fameux demi-sourire qui me donne toujours envie de croquer sa fossette, mais si je succombe à l'envie de l'embrasser, je serai encore plus en retard. Je me demande comment je vais faire pour arriver à l'heure chez moi, quatre minutes, ça relève de l'impossible. Mais je dois tenter le coup.

– Ne m'en veux pas, mais faut que je file.

Je dépose un baiser rapide sur ses lèvres et dévale l'escalier. Derrière moi, je l'entends rire. Je passe à toute allure devant sa mère, qui est en train de lire un bouquin sur le canapé, et comme je n'ai aucune envie de passer pour la malpolie de service, je lève la main pour la saluer.

– Bonjour, Lily ! Je suis désolée de partir aussi vite, mais si je ne suis pas chez moi à midi pile, ma mère va sortir le couteau de boucher pour me découper en rondelles.

Elle lève les yeux vers l'horloge et me lance un regard tendu.

– Cours, ma belle.

Sous son précieux conseil, j'ouvre la porte et fonce dans la rue, comme si j'avais le diable à mes trousses. J'entame une vraie course contre la montre, espérant ne pas avoir un point de côté en chemin. Lorsque j'arrive enfin devant chez moi, je suis aussi essoufflée qu'une vache asthmatique. Je regarde l'heure : midi huit. J'ai perdu. Et je transpire à grosses gouttes. Je prends mon courage à deux mains, j'avance jusqu'à la porte d'entrée et j'abaisse la poignée. Sans bruit, j'entre, et après m'être débarrassée de mon manteau, je pénètre dans le salon. Ma mère est là, assise sur le canapé, et elle me dévisage avec un regard tellement sévère qu'elle en est effrayante.

– Tu me déçois beaucoup, Alayna.

– Je n'ai que huit minutes de retard.

Cette fois, elle pousse un grognement irrité, prend son plus bel air furibond et se lève pour aller dans la cuisine. Je la suis, mes talons claquent sur le carrelage.

– Je t'ai dit la vérité, hier soir. Je n'ai pas menti.

Elle se tourne vers moi, le visage déformé par la colère et les yeux exorbités. Sans le vouloir, je crois que je l'ai poussée à bout. J'aurais mieux fait de me taire.

– Oh, oui, c'est vrai ! Merci, Alayna ! Mais ce n'est pas à

toi de décider si tu peux passer la nuit chez ton petit copain. Dois-je te rappeler que tu as seulement 17 ans ? Que tu vis encore sous mon toit ? Le jour où tu auras ton propre appartement, que tu paieras tes factures, que tu seras indépendante, tu feras comme bon te semble. Pas avant. Tu profites du fait que l'on s'entend bien pour prendre des libertés et abuser de ma gentillesse. Mais je ne suis pas ta copine, Alayna. Et si je dois me montrer détestable pour que tu m'écoutes enfin, alors je le ferai. Mais c'est toi, et toi seule, qui l'auras choisi.

Je déglutis avant de réussir à parler.

– Je suppose que je suis consignée dans ma chambre ?

Ma réponse a l'air de la décevoir.

– Tu supposes bien.

Après avoir passé deux heures enfermée, j'ai décidé de retourner dans le salon. Je suis allongée sur le Clic-Clac, le nez plongé dans un livre profondément ennuyeux, et de temps en temps, je lève les yeux vers ma mère qui est occupée à faire un gâteau dans la cuisine. Je n'ose pas aller la voir. Ses joues sont moins rouges, et ses yeux sont bien placés dans leurs orbites, mais je sais que son calme apparent n'est qu'une façade. Pendant une seconde, j'ai l'impression de replonger quelques années en arrière, lorsqu'elle faisait semblant de ne pas être touchée par les nombreuses aventures qu'entretenait mon père. Il rentrait souvent tard à la maison et pendant ce temps, elle restait cloîtrée dans sa cuisine, à me faire des gâteaux. Maintenant, je me souviens, le citron, le chocolat et la vanille avaient un petit arrière-goût de tristesse. Ma mère sait cacher ses émotions, je dois le reconnaître, par rapport à celles qui pleurnichent en suppliant leur mari de rester. Et je m'en veux, parce que je l'ai déçue bien plus que je ne le pensais. Je l'ai déçue, comme mon père.

On toque à la porte. Je saute d'un bond sur mes pieds pour aller l'ouvrir, mais ma mère me devance en m'ordonnant de rester derrière elle. Célian est là, son sourire s'affiche sur tout son visage. Je souris moi aussi, genre sourire éclatant de santé dans une publicité qui prône l'efficacité des dentifrices au fluor.

– Bonjour, madame. Alayna est ici ?

– Qu'est-ce que tu lui veux ? aboie-t-elle sèchement.

Mon sourire se volatilise, pour faire place à une boule au fond de ma gorge.

– Je voulais lui proposer d'aller faire un tour en ville avec moi. C'est un temps parfait pour sortir.

– Va-t'en, Célian.

– Maman…

Ma voix s'étrangle. Célian penche la tête sur le côté pour voir l'intérieur de la maison, et quand il m'aperçoit, tapie dans l'ombre, il me lance un sourire qui semble vouloir dire « ne t'inquiète pas ».

– Ce n'est pas la faute d'Alayna, c'est moi qui lui ai forcé la main pour dormir chez moi. Elle n'a rien fait. Au contraire, elle a voulu rentrer mais je l'en ai empêchée.

– Non, ce n'est pas sa faute.

Ma mère m'ignore et continue :

– Oui, et ça ne m'étonne même pas ! Je t'avais interdit de rentrer par sa fenêtre, et je sais que tu continues de le faire. Tu vois, je t'avais mal cerné. Je pensais que tu étais bien pour Alayna, que tu ne la tirerais pas vers le bas, mais c'est tout le contraire. À l'avenir, je m'assurerai que tu ne foutes plus un pied chez moi !

Sans doute vais-je le regretter, mais je sens mes paumes chauffer et ma gorge brûler, signe que la colère grimpe en flèche.

– Maman ! Ça suffit !

Elle pivote vers moi, barrant toujours l'accès à Célian, et reste quelques secondes à me fixer. Je la regarde aussi, les yeux noyés de larmes, la suppliant intérieurement d'arrêter de hurler sur mon petit ami. Elle se tourne de nouveau vers lui.

– Tu ne verras pas ma fille, Célian. Tu peux retourner chez toi.

Moi, j'entends : « Tu peux faire une croix sur ma fille, Célian. Retourne chez toi et ne reviens plus. » Célian hoche lentement la tête et, avant que ma mère ne referme la porte, je vois ses lèvres bouger. Un « je t'aime » silencieux. Puis, son visage doux et réconfortant disparaît, rapidement remplacé par celui de ma mère qui se dirige vers moi.

– Tu as tout faux, tu ne l'as pas cerné.

– Moi, au contraire, je pense que si.

Non, elle croit savoir, mais elle ne sait pas. Elle ne sait pas quel garçon merveilleux il est, elle n'a pas idée du bien qu'il me fait. Avant lui, personne ne m'a jamais rassurée sur mon corps, personne ne m'a présenté son repaire secret, dans le seul but de m'aider à aller mieux. Il est le seul à me comprendre, parce que lui non plus n'a pas eu la chance d'avoir un bon père. Mais tout ce que voit ma mère, c'est mon absence d'une *seule* journée au lycée et le fait que j'ai découché. Ma rage est trop grande, trop forte, pour que je la retienne.

– Ce n'est pas parce que ta vie sentimentale est chaotique que tu dois pourrir la mienne.

J'aimerais pouvoir ravaler mes mots, mais c'est trop tard. Je pars m'enfermer dans ma chambre et sens mon estomac se nouer en voyant son regard meurtri. À moi aussi, elle m'a brisé le cœur.

Assise sur mon lit, le téléphone posé sur mes genoux, je ferme les yeux et attends un message de Célian. Au bout d'un moment, un bruit me parvient. Sauf que ce n'est pas le petit bip assorti d'une vibration que j'entends, mais un tintement sur ma fenêtre. Aussitôt, je me lève, coince la poignée de ma porte avec ma chaise de bureau et pars ouvrir la fenêtre. Célian m'ouvre ses bras, m'intimant de sauter – ce que je fais. Il me réceptionne, les bras toujours grands ouverts qu'il referme instantanément sur mon corps lorsque je suis contre lui.

– Je suis désolée, je suis tellement désolée. Elle n'aurait pas dû te parler comme ça.

– C'est rien. Elle a juste peur, c'est normal.
– Non, ce n'est pas normal.
– Mais si.
Je profite de cet instant où je suis lovée dans ses bras, où je peux respirer son odeur chaude et sucrée, sachant pertinemment que j'en serai privée toute la nuit.
– Je ne crois pas qu'elle va m'autoriser à te revoir.
– Alors, on se verra au lycée, chuchote-t-il dans mes cheveux.
Oui, mais cela lui suffira-t-il ? Il le pense peut-être aujourd'hui, mais n'aura-t-il pas changé d'avis dans quelques semaines, si ma mère refuse toujours que l'on se voie ? Voilà les questions qui tournent dans ma tête ; je ne sais pas si je veux connaître les réponses tout de suite. Célian finit par relâcher son étreinte et m'embrasse sur le bout du nez. Je lève la tête vers lui et le regarde sans rien dire, le cœur tordu par l'angoisse. Célian m'a déjà prouvé à maintes reprises qu'il avait besoin d'une fille qui puisse le suivre à n'importe quelle heure de la journée ou de la nuit, et certainement pas d'une prisonnière. Debbie peut sans doute sortir quand ça lui chante, sans courir le risque de se faire punir. L'espace d'une seconde, je me demande à quelle fréquence ils se voyaient, puis je me dis que c'est trop tordu comme réflexion, alors j'arrête.
– Puis, si tu veux mon avis, je pense qu'elle a parlé sous le coup de la colère, reprend-il.
– Mouais…
– Et quand bien même, je ne renoncerai pas à toi. Pas aussi facilement. Pas après tout le mal que je me suis donné pour t'avoir.
J'esquisse un sourire en opinant de la tête et, quand on entend un claquement de porte à l'intérieur de la maison, je remonte rapidement dans ma chambre.

***

À vingt et une heures quarante-cinq, je sors de mon lit, interpellée par des bruits inhabituels dans le salon. Sur la pointe des pieds, je m'approche de la porte et colle mon oreille dessus. Ma mère est au téléphone, elle parle tout doucement, comme si elle avait peur que je l'entende.

– Vingt-deux heures… (gloussement)… cinéma… (gloussement)… à tout à l'heure.

Je fronce les sourcils. *Elle voit quelqu'un ?* J'aimerais sortir de ma chambre pour lui poser la question, mais je ne dois pas oublier que nous sommes en froid, et que je lui ai balancé une vacherie sur sa vie amoureuse quelques heures plus tôt. Des bruits de talons aiguilles résonnent dans le hall, suivis d'un tintement de clés et d'un claquement de porte. Ma mère n'a qu'une seule paire d'escarpins, et ça faisait plus de deux ans qu'ils croupissaient dans un coin de son placard. Elle voit quelqu'un, c'est certain. Malgré nos tensions, je souris. Mais je me ressaisis vite en envoyant un message à Célian.

[Ma mère est sortie au
cinéma. Tu veux qu'on
se voie ? Si oui, ne tarde
pas trop.]

Je ne sais pas quel film elle est allée voir, mais nous avons bien une heure et demie devant nous. Dans le meilleur des cas, deux heures, voire deux heures et demie. Je voudrais sortir de ma chambre, et voir autre chose que ces quatre murs blancs qui m'entourent, mais je ne peux pas certifier l'heure à laquelle elle sera de retour. Et l'avantage, en faisant venir Célian ici, c'est que je serai sur place et donc, j'aurai un œil sur tout. Dès que je verrai les phares de sa voiture se garant dans l'allée, je le ferai partir par la fenêtre et me glisserai rapidement dans le lit, l'air de rien.

Célian m'a répondu.

[Cool ! Je serai là dans vingt
minutes. Je prends mon
disque dur pour qu'on
se mate un film ?]

[Je prépare le pop-corn.]

Moi aussi, je vais l'avoir, ma soirée romantique ! Je fonce dans la salle de bains pour maquiller mes cils d'une fine couche de mascara et, avant d'entrer dans le salon, je jette des coups d'œil méfiants partout dans la pièce sombre, comme si ma mère allait surgir d'une seconde à l'autre de sa chambre, ou de derrière le canapé. *Personne.* La voie est libre. En arrivant dans la cuisine, je me tourne vers la boule de poils qui m'a suivie et lève un doigt menaçant que j'agite dans les airs.

– Promets-moi que tu n'iras rien cafter à l'affreuse grand-mère.

Note à moi-même : ne pas parler à mon chat devant Célian. Surtout avec cette voix de débile profonde.

Je prends un paquet de pop-corn et le mets au micro-ondes. Une fois que c'est prêt, je place tous les grains de maïs soufflés dans un saladier et saupoudre le tout avec du sucre glace. Maintenant, il n'y a plus qu'à attendre Célian.

Une *bonne* heure plus tard, je suis allongée sur le Clic-Clac, mon pop-corn à la main. J'ai mon chat étalé sur mes cuisses, au lieu d'être en compagnie de Célian. Je ne comprends pas, car il était censé arriver il y a déjà cinquante minutes, et il ne répond pas à mes appels. J'ai eu le temps de manger la moitié, non les trois quarts du pop-corn, et rien que pour ça, je suis excédée.

J'essaie encore de le joindre. Je sais que c'est inutile, il ne viendra pas, mais une force extérieure me pousse à le faire. Cette fois, il décroche à la quatrième sonnerie. Je m'applique à ne pas prendre une voix trop fâchée.

– Tu viens de me poser le tout premier lapin de ma vie… Abruti.

C'était plus fort que moi, j'étais obligée de l'ajouter.

– Hé, ouais ! Les potes avant les meufs, ma p'tite.

Wes ? Je me redresse précipitamment en position assise, ce qui me vaut un regard mauvais de la part de Big-Mac.

– Vous êtes où ?

Derrière lui, j'entends de la musique, du vacarme et des cris de filles… ou de macaques ?

– C'est top secret.

– Tu peux me passer Célian ?

Il rit comme s'il n'avait jamais rien entendu d'aussi drôle.

– Nope, désolé, mais… pour l'instant, il n'est pas en mesure de te parler.

Et il me raccroche subitement au nez, sans que j'aie eu le temps de réaliser quoi que ce soit. Mon visage vire au rouge, presque aussi vif que mon bas de pyjama. Qu'est-ce que Célian fait pour, je cite, ne pas être en mesure de me parler ? Des tas de réponses fusent dans mon cerveau, dont le fameux jeu de la bouteille. Mais pour ne pas entrer dans une colère noire, je chasse rapidement cette pensée et pars me coucher. Je serais bien tentée de sortir de chez moi pour faire le tour du quartier, mais si ma mère rentre entre-temps, et qu'elle ne me voit pas à la maison, elle ne m'adressera plus jamais un seul mot. Puis, Wes a une voiture, il se pourrait qu'ils ne soient même pas dans les parages. Je fouille tous les réseaux sociaux, à la recherche d'une photo, d'une indication qui pourrait me dire où ils sont, et n'ayant rien trouvé, je m'endors, contrariée et frustrée au possible.

42

Quand j'entends des cailloux s'écraser contre ma fenêtre, il est plus de quatre heures du matin. Au lieu d'aller ouvrir, je me tourne de l'autre côté et enfonce ma tête dans l'oreiller. Je suis bien décidée à l'ignorer, exactement comme il l'a fait avec moi tout à l'heure. Sauf que, lorsqu'il lance plusieurs cailloux à la fois, faisant vibrer ma vitre, je m'y précipite avant que le bruit ne réveille ma mère. Il est complètement con ou quoi ?

J'ouvre ma fenêtre d'un geste sec et jette un regard assassin à Célian qui me sourit.

– Je peux monter ?

– Non.

– Alors, tu descends ?

– Non plus !

Il rit, ce qui m'agace encore plus. Je récupère le tas de cailloux sur le rebord de ma fenêtre, et les lance sur lui de toutes mes forces. Un pour le lapin qu'il m'a posé, un autre pour les six heures de retard, encore un autre pour avoir laissé Wes répondre à sa place, et puis un dernier pour la route, parce que ça me fait du bien. Célian ne cherche même pas à les esquiver, il continue à rire, de ce même rire aigu et débile qui ne lui ressemble pas. Je remarque que Wes avait le même au téléphone. Trouvant cela suspect, j'enjambe le rebord et saute. Célian avance alors vers moi et relève ses yeux pour les plonger dans les miens. Ils sont injectés de sang. Et lorsqu'il essaie de me prendre dans ses bras, je sens une forte odeur me chatouiller les narines. Une odeur qui confirme malheureusement mes doutes – du cannabis. Je le repousse d'une main.

– Où étais-tu ?
– À une soirée.
– Ça, je le sais. Mais laquelle ?
– C'est Wes qui m'a entraîné là-bas. Moi, je voulais te voir.
– Laquelle ? répété-je, plus sèchement.
Célian me fixe silencieusement, sans bouger, sans cligner des yeux. Il finit par se racler la gorge et je sais déjà que la suite ne va pas me plaire.
– Leila, dit-il enfin, la bouche pâteuse.
Ma déception doit être visible, car il s'empresse d'ajouter :
– Mais je ne suis resté qu'avec Wes, Sam et une amie à elle. Tu connais les soirées de Leila, c'est toujours blindé de monde. On a croisé personne du lycée, on a juste fumé dans notre coin.
– Alors, tu renverses un verre sur Debbie, et tu vas à la soirée de sa meilleure amie le soir d'après. Classe.
– Je t'ai dit que je ne les avais pas vues ! Puis, si tu n'étais pas coincée ici comme une gamine de 5 ans, tu aurais pu venir avec nous…
Je l'observe sans comprendre, bouche bée.
– Je te demande pardon ? Si je suis coincée ici, c'est à cause de toi ! répliqué-je rageusement, en pointant un doigt sur son torse. Et même si j'avais eu la permission de sortir, je n'aurais pas mis un pied chez Leila. Tu veux que je te dise pourquoi ?
– Vas-y.
– Parce que je ne suis pas une putain d'hypocrite.
Il secoue la tête, comme s'il refusait d'entendre ce que je dis.
– Si j'ai renversé ce verre sur Debbie, c'était pour t'aider à te sentir mieux. Mais maintenant qu'elle s'est excusée, on passe tous à autre chose. Et c'est ce que tu devrais faire aussi, je…
– Ah, tu vois ! le coupé-je avec un rire un brin hystérique.

Pour pouvoir s'excuser, elle est venue te voir. Donc tu l'as croisée. Donc tu n'es qu'un sale menteur.

Je fais un pas en arrière, le dévisageant toujours.

– Tu m'as aidée à me sentir mieux, c'est vrai. Dommage que tu gâches tout maintenant.

Ses yeux s'emplissent d'une expression qui ressemble à de la culpabilité. À mon avis, ce n'est rien de plus que la gêne d'avoir été démasqué aussi abruptement. Du cinéma, voilà ce que c'est.

– Alayna…

Il tend son bras pour que je prenne sa main, mais je recule davantage dans l'ombre. Avant qu'il ne puisse me rattraper, je remonte dans ma chambre. Du haut de ma fenêtre, je l'observe, comme si cette distance pouvait servir de rempart à mon cœur déjà en morceaux.

– Et pour information, le cannabis est aussi mauvais que l'alcool. Sur le long terme, ça te ravage le cerveau.

– Je fume occasionnellement.

Je ne bouge pas de cette fichue fenêtre et reste à le regarder, en clignant des paupières. Les larmes me montent aux yeux, mais je m'efforce de les bloquer au fond de ma gorge.

– Les mensonges, c'est aussi occasionnel ?

Cette fois, impossible de retenir une larme qui dévale ma jouc. Mais avec la distance et l'obscurité, elle passera inaperçue.

– Je n'ai jamais menti sur mes sentiments pour toi.

Le réverbère sous lequel il se trouve illumine ses traits délicats, projetant des ombres sur son visage. Le regard qu'il me lance est si intense que mon cœur s'arrête un instant, avant de se mettre à battre à toute vitesse. Je détourne vite les yeux pour qu'il ne remarque pas mes larmes. Je le sens, mon corps est en train de relâcher toutes les émotions douloureuses qu'il a ressenties pendant cette soirée calamiteuse. Et je fais ce que je sais faire le mieux quand j'ai mal : prendre la fuite.

– J'ai entendu du bruit dans le salon. Je dois te laisser.

Ce n'est que Big-Mac qui gratte à ma porte, mais il n'est pas censé le savoir. La gorge serrée, je ferme la fenêtre et pars ouvrir à mon chat, que je prends délicatement dans mes bras. Je le serre fort contre moi, essayant de trouver dans cette boule de poils le réconfort dont j'ai besoin. Mais au bout de quelques secondes de câlin, il décide que c'en est trop et s'échappe de mes bras. En retournant dans mon lit, je refuse d'écouter mon subconscient qui me dit d'aller retrouver Célian et me rendors.

***

Je ne l'aurais jamais cru, mais la journée du lendemain passe étonnamment vite. Je croise Célian à quelques reprises dans les couloirs du lycée, et j'ai beau essayer de l'ignorer, je ne peux m'empêcher de le zieuter furtivement – quand lui ne le fait pas. En me dirigeant vers ma salle de cours, le dernier de la journée, je suis impatiente et un peu anxieuse à la fois. Je ne sais pas si Célian va profiter du cours de soutien pour tenter une approche, et je ne sais pas non plus si je serai capable de l'ignorer encore longtemps. Je ne pense pas. J'ai envie de croire que la soirée d'hier n'était qu'une affreuse erreur de parcours. Quand j'arrive enfin à m'en persuader, je m'arrête net devant la porte qui reste obstinément close. La main sur la poignée, je lève les yeux et lis la pancarte placardée dessus : M. Peters absent pour la journée. Ça doit être un signe du destin. Il me donne une sorte d'avertissement, comme quoi je ferais mieux de me tenir éloignée de Célian. Je lui fais confiance, n'empêche que je le trouve vraiment cruel.

Malheureuse comme les pierres, je rentre chez moi en affrontant une pluie torrentielle. J'ai raté le dernier bus, et ce n'est certainement pas ma mère qui serait venue me chercher. Alors que j'approche de ma rue, de ma maison et de mon lit chaud et douillet, je reçois un message qui me fait oublier ce temps de chien, cette journée de chiotte, ainsi que mon état de mort-vivant dépressif.

[Je serai au Paramount Café
dans cinq minutes.
Si tu décides de me rejoindre,
on aura une conversation.
Dans le cas contraire,
je me retrouverai seul
comme un con, et ce sera
sans doute mérité.]

Les larmes surgissent sous mes paupières, ce doit être dû au froid ou à une poussière dans l'œil… ou bien, c'est tout simplement la lecture de ce message qui me comble de bonheur et d'espoir. Le destin ne se mettra pas en travers de notre route, cette fois ! Déterminée, je fais demi-tour, cours dans la pluie glacée jusqu'au café et, quand j'arrive, je suis trempée. Le tintement d'une cloche retentit au-dessus de ma tête à l'instant où j'ouvre la porte. Je regarde autour de moi, scrute toute la pièce en examinant le visage des quelques clients pour voir si mon brun au sourire à fossette se trouve là aussi. Mais non, je dois être en avance. Comme à mon habitude, je m'assieds près de la vitre et guette son arrivée avec impatience. Je nous commande deux chocolats chauds aux chamallows grillés, pensant le voir débarquer dans quelques secondes. Sauf que ces secondes deviennent des minutes, d'interminables minutes où j'ai le temps de voir la serveuse revenir avec nos consommations. Je pose mes mains autour de la tasse pour les réchauffer, jusqu'à sentir le liquide chocolaté tiédir peu à peu. Dorénavant, je saurai qu'un chocolat chaud brûlant met vingt-cinq minutes à refroidir complètement. Je sors mon téléphone, relis son message et lui réponds, même si je sais que je ne devrais pas.

[La seule conne ici, c'est moi.]

Mon message passe du statut « distribué » à « lu » et, au bout d'un quart d'heure, je comprends que je n'aurai pas de réponse. Je n'arrive pas à croire qu'il m'ait posé un autre lapin. Ce que je lui ai envoyé devait lui faire l'effet d'un électrochoc. Résultat, il n'a même pas pris la peine de répondre. Je ne sais pas ce qui s'est passé en l'espace d'une nuit ; les idées se confondent dans ma tête, jusqu'à former un scénario tout à fait cohérent et plausible. Les fêtes de Leila grouillent de filles venant de l'université de Phoenix, peut-être a-t-il rencontré l'une d'entre elles, et pouf, plus d'Alayna. Peut-être que ce qu'il a pris pour des sentiments amoureux pour moi n'était en réalité qu'une irrésistible attraction sexuelle. Maintenant, il va me jeter, de la même façon qu'il l'a fait avec les autres. Peut-être même qu'il comptait le faire dans cet endroit ? Et qu'à la dernière seconde, il n'a pas trouvé le courage de venir ici pour me quitter dignement ?

Ma gorge se noue à me faire mal. Des larmes m'inondent de nouveau les yeux, des larmes de déception, cette fois. Lorsque j'entends le son de la clochette, suivi de rires féminins, je les comprime pour les refouler.

Debbie et sa bande de hyènes déboulent dans le café. *Il ne manquait plus que ça, tiens !* Je me laisse glisser de ma chaise, ressentant le profond désir de disparaître, de ne plus être vue par personne, et encore moins par des pestes à la recherche constante de ragots. Mais comme je ne suis pas transparente, Debbie finit par croiser mon regard. Mes yeux larmoyants et les deux tasses pleines à ras bord de chocolat chaud en disent long sur la situation actuelle. Ses lèvres se retroussent pour laisser apparaître un sourire en coin.

– Ceux-là aussi, tu veux que je te les verse sur la tronche ? vociféré-je en levant les tasses d'un air menaçant.

Elle me lance un regard scandalisé, genre « elle est complètement cinglée » et se tourne de nouveau vers ses copines. D'un geste rageur, je m'empare de mon téléphone et envoie un message à Lucy.

[Si tu n'es pas au Paramount
Café dans deux minutes,
je vais m'allonger sur la
route et attendre qu'une
voiture ait la gentillesse de
me rouler dessus.]

[J'arrive tout de suite.]

En attendant qu'elle vienne me porter secours, je croise mes bras sur la table et y enfouis ma tête de manière à ne plus rien voir ni rien entendre. Au bout d'un moment, on me tapote l'épaule. Doucement, je relève la tête et tombe sur le visage souriant de Lucy.

– Es-tu mon prince charmant ?

– Non, grimace-t-elle en s'asseyant.

– Dommage. Toi, tu ne me poses pas de lapin.

Elle ôte son manteau et le pose sur le dossier de sa chaise, tout en me regardant d'un drôle d'œil.

– Qu'est-ce qui se passe ? Avec cette tête, tu pourrais facilement effrayer un mort.

– Merci.

Elle, en revanche, est radieuse.

– Je le pense. Alors, qu'est-ce qui t'arrive ?

– Déjà, tu me manques horriblement au lycée.

– Je reviendrai après les vacances de Noël.

Je pose le coude sur la table et j'appuie ma tête contre mon poing. Dans l'espoir de l'attendrir, je prends mon air le plus défait. Facile, j'ai déjà des cernes immenses et les yeux bouffis. Même Calimero ne pourrait pas rivaliser avec moi.

– Avant de déménager à Los Angeles à la mi-janvier.

– Fin janvier, corrige-t-elle.

– C'est pareil, marmonné-je. Je vais me retrouver seule dans tous les cas.

– Mais c'est provisoire ! Puis, tu ne seras pas seule, tu auras Célian pour te tenir compagnie jusqu'à la fin de l'année scolaire. Après, tu t'envoleras pour me retrouver. D'ailleurs, si vous restez ensemble, vous prévoyez quoi ? Il te suit à Los Angeles ou vous optez pour une relation à distance ?

– Ni l'un ni l'autre, puisque je n'envisage pas l'avenir avec lui, réponds-je d'un ton sec.

Bien sûr, je n'en pense pas un traître mot, mais à cet instant, je dirais ou ferais n'importe quoi pour m'en persuader. Au fond de moi, je sais que Célian est le premier garçon à qui j'ai ouvert mon cœur, à qui j'ai avoué mes faiblesses, le seul pour qui j'éprouve des sentiments aussi forts, et je lui en veux de me faire vivre les pires moments de ma vie. Alors, comme la vipère sous le pied, je me mets à cracher mon venin. C'est peut-être stupide, et un poil immature, mais je ne trouve pas meilleure thérapie que celle-ci.

– Je parie que ce chocolat froid était pour lui ? demande Lucy en désignant la tasse devant elle.

– À la base, il était chaud.

– Je m'en doute.

Je soupire lourdement, faisant voler une mèche brune de mon front.

– Ça fait deux fois qu'on devait se retrouver quelque part et qu'il ne vient pas. Hier soir, il s'est pointé chez Leila avec Wes, sa sœur et une soi-disant amie à elle, alors qu'on devait se voir. Et ils ont passé la nuit à s'enfumer la tronche ; Célian était tellement *stone* qu'il n'a pas pu répondre à mes appels.

Du moins, je suppose. J'étais trop énervée – et fatiguée – pour lui poser la question, mais maintenant, je regrette de ne pas l'avoir fait. Lucy a l'air surprise.

– Quoi ? Wes m'a dit qu'il était à un concert avec sa sœur…

– Devine quoi, on côtoie des menteurs ! D'ailleurs, tu diras au tien qu'il m'a tapé sur le système. Je suis presque sûre que c'est lui qui l'a entraîné là-bas et qui l'a fait fumer, c'est tout à fait son genre.

Sans parler de ses réflexions à la mords-moi-le-nœud : « Les potes avant les meufs, ma p'tite ! »

Ce demeuré croit que c'est une compétition ?

– Ton Célian n'a qu'à pas être aussi influençable ! s'exclame-t-elle, offusquée.

– Je sais bien, dis-je, les dents serrées. Et crois-moi, je le déteste.

Sûrement autant que je l'aime.

– Ça fait combien de temps que tu es là ?

Je regarde l'horloge en métal noir accrochée au-dessus du comptoir et réponds, dépitée :

– Une heure.

En même temps que je dis ça, je prends conscience que je suis à la bourre. Je me lève d'un bond, faisant grincer ma chaise sur le carrelage. Au moment d'enfiler mon manteau, je remarque que Lucy m'observe avec perplexité.

– Je dois rentrer, ma mère va se demander où je suis. Dis-toi qu'elle s'est fait une copie de mon emploi du temps, je dois être à la maison dans exactement… deux minutes. J'ai pu rester ici une heure, grâce à l'absence de M. Peters, mais maintenant, il faut que je file !

Grâce ou à cause de… Enfin, j'aurai au moins vu Lucy.

– Tu n'as même pas le temps de prendre un petit café avec moi ?

Elle me fait son regard de cocker, mais je résiste.

– Peux pas !

Je sors un billet de mon sac et le pose sur la table.

– Tiens, je te le paie, c'est le moins que je puisse faire.

– Merci, réplique-t-elle, déçue.

Je me faufile entre les tables pour atteindre la sortie, les yeux résolument fixés sur Lucy à qui je fais des petits signes de la main, et me cogne brutalement contre quelqu'un. En levant les yeux, je rencontre le regard noir de Célian ; il me fixe avec appréhension.

– Laisse-moi t'expliquer, lâche-t-il, essoufflé.

On dirait bien qu'il a couru pour venir jusqu'ici. Il n'avait pas besoin de se donner cette peine. Les mains tremblantes, résultat de mes nerfs à fleur de peau, je le pousse sur le côté pour dégager la voie et sors du café. Si j'étais partie deux minutes avant, je ne l'aurais pas croisé. Et la liste des regrets s'allonge : si je n'avais pas porté cette robe rouge, si je n'étais pas ressortie dans la rue pour l'embrasser, si je ne lui avais pas pardonné ce baiser avec Debbie… Eh bien, si je n'avais pas fait toutes ces choses, je n'en serais pas là aujourd'hui. À peine ai-je fait quelques pas dehors que j'entends la clochette tinter de nouveau, accompagnée des cris désespérés de Célian.

– Alayna, s'il te plaît ! Reviens !

Au lieu de détaler comme un lapin, je me retourne pour lui faire face. *Pourquoi devrais-je lui faciliter la tâche en prenant la fuite ?* À ce stade, ce ne sont plus des explications que me doit Célian, mais des excuses, et je ne partirai pas tant qu'il n'aura pas fait preuve d'un minimum de remords. J'avance vers lui en relevant le menton et adopte la pose « je n'ai pas le cœur brisé » : le visage sérieux, grave ; l'air guindé. À l'intérieur, je suis en miettes.

– Finalement, je suis curieuse de les entendre, tes explications.

Je m'arrête à quelques centimètres de lui, les bras croisés sur ma poitrine.

– Je…

C'est bien la première fois qu'il perd ses mots devant moi.

– Je voulais te voir, mais j'ai été retenu.

– Comme hier soir ? sifflé-je entre mes dents, telle une Cocotte-Minute sous pression.

– Non, hier soir, c'est vrai que j'ai déconné. J'avais oublié que je devais passer la soirée avec Wes, et quand il s'est pointé devant chez moi, je n'ai pas pu lui dire non. Je n'allais pas mettre un faux plan à mon meilleur ami…

J'explose de rire.

– Oui, parce que c'est tellement plus drôle d'en mettre un à ta soi-disant copine !

– Ne dis pas « soi-disant ».

Je sens dans sa voix une légère fêlure, comme si je l'avais blessé. Pour accompagner son excellent jeu d'acteur, un voile triste passe dans son regard.

– Et toi, ne prends pas cet air démoralisé.

– Il faut que tu comprennes que je ne peux pas passer toutes mes soirées avec toi, Alayna. Wes m'en voudrait à mort, et à juste titre.

Quoi ?

À l'entendre parler, on dirait que je suis un tyran qui veut le couper du monde.

– Ma parole, tu es vraiment à côté de la plaque ! Je ne t'en veux pas d'avoir passé la soirée avec Wes, tu as le droit de sortir quand tu veux, à la seule condition que tu me préviennes. Tu crois qu'il sert à quoi, ce machin ?

Furieuse, je sors mon téléphone de ma poche et l'agite sous son nez.

– Je n'ai pas jugé nécessaire de t'envoyer un message. La vérité, c'est que je n'avais pas l'intention de m'éterniser là-bas. Puis, j'ai fait la connerie de fumer et j'ai perdu la notion du temps. Excuse-moi, dit-il, très calmement.

Ses yeux accrochent les miens, et je reste là, à soutenir son regard sans faiblir, me demandant si l'amour est censé faire autant souffrir. Je suis tellement absorbée par ma réflexion que je ne vois pas Célian tendre la main pour la poser sur ma hanche. Mais dès l'instant où je sens son contact, j'ai un mouvement de recul.

– Et aujourd'hui, c'est quoi, ton excuse ?

Elle a plutôt intérêt d'être en béton armé. Je suis venue jusqu'ici pour lui donner une chance de se rattraper, et il n'a même pas été fichu de la saisir. Célian entrouvre les lèvres et, avant qu'il ne dise quoi que ce soit, je lui assène, mauvaise :

– En fin de compte, je ne veux même pas le savoir. Je crois que j'ai eu mon lot de déception pour aujourd'hui.

Il a complètement merdé et la seule façon de le lui faire comprendre, c'est de partir. Je tourne les talons, très vite, de façon à ce qu'il ne puisse pas me retenir.

43

En arrivant chez moi, je crains que ma mère ne me reproche mon retard, mais sa voiture n'est pas garée dans l'allée. Je suis frigorifiée. La pluie ruisselle sur mes cheveux, mon visage et s'infiltre même dans ma bouche. Mon pantalon me colle à la peau et mes chaussures sont gorgées d'eau. Ce sont les deux sensations les plus désagréables au monde, après un cœur amoché. J'essore mes cheveux sur le pas de la porte avant d'entrer. La maison est bien vide. Je devrais me sentir heureuse d'avoir pu échapper à une énième dispute avec ma mère, mais j'aurais préféré ne pas avoir à me retrouver seule.

Je rejoins ma chambre d'un pas traînant et, après une douche brûlante, je m'allonge sur mon lit. Tout se passait bien avec Célian, trop bien, si bien que je commençais à m'habituer à tous ces moments passés ensemble, comme une idiote. Je m'en veux et, en même temps, je sais que je n'y suis pour rien. Alors que je continue de ruminer, de ressasser les événements depuis hier soir, au point de me faire déprimer, la vibration de mon téléphone se fait entendre. Je décolle mon regard du plafond et tourne la tête pour le voir gigoter tout seul sur le bord de ma table de nuit. J'essaie de l'attraper du bout des doigts, mais il tombe par terre sans s'arrêter de vibrer. *Merde, ce n'est pas ma journée.* Je roule sur le côté, tends le bras pour le ramasser et, lorsque je découvre ce qui s'affiche sur l'écran, je stoppe ma main dans le vide.

Appel entrant – Célian.

Mon cœur fait un bond. Je ne m'y attendais pas, enfin pas trop. Je pensais que sa fierté prendrait le dessus et qu'il n'essaierait pas de me parler avant quelques jours. En suivant ce raisonnement, j'avais le temps de me préparer à une nouvelle confrontation avec lui, quel qu'en soit le résultat, et là, alors que mon téléphone vibre, je ne sais pas quoi faire. Je réponds ? Non, ça ne ferait qu'empirer la situation. Mais si je ne réponds pas, je vais l'empirer aussi, d'une certaine façon. Alors que j'hésite à appuyer sur la touche verte, l'appel disparaît. Il a raccroché. Serait-ce un nouveau coup du destin ?

Je rabaisse ma main et en profite pour regarder mes messages. J'en ai un nouveau et il vient de Lucy.

[La prochaine fois, évitez
de vous disputer devant
un café. Surtout quand
Debbie est à l'intérieur
et qu'elle peut savourer
le spectacle. J'ai vu le
moment où elle allait
commander du pop-corn !]

Évidemment, cette garce n'en a pas perdu une miette. Je souffle avant de m'apercevoir que j'ai reçu un autre message. *Célian.* Mon cœur se remet à jouer au trampoline dans ma poitrine, salto avant, pirouette à gauche, puis à droite, et cet enchaînement se termine par un triple salto arrière périlleux.

[Tu es chez toi ?]

Sans me laisser le temps de réfléchir une demi-seconde supplémentaire, je tape ma réponse et l'envoie.

[Oui.]

S'il ne me répond pas dans les cinq minutes, j'attends une heure avant de le faire. Heureusement, mon téléphone m'annonce l'arrivée d'un nouveau SMS dans la foulée.

[On peut finir cette
conversation ou tu refuses
catégoriquement de me voir ?]

Mon cœur nage déjà en pleine confusion. Et j'ai bien peur qu'en acceptant une discussion avec lui, mes doutes ne le noient davantage.

[Elle a plutôt mal commencé.]

Et je crains qu'en décidant de la poursuivre, elle ne s'achève par un bain de sang.

[Par ma faute, je le sais.
Mais je peux être à ta fenêtre
dans deux minutes.]

[Deux minutes ou
deux heures ?]

En même temps que j'envoie cette réponse, j'entends deux cailloux tinter contre le carreau de ma fenêtre. Avec un soupir, je me lève et m'approche discrètement. Les rideaux sont tirés, je les écarte un peu pour voir un Célian trempé jusqu'aux os. Je prends un malin plaisir à le regarder se prendre une bonne averse, certains appelleront cela du sadisme, mais pour moi ce n'est ni plus ni moins qu'une vengeance. Je laisse passer quelques minutes, histoire qu'il se chope le package : rhume coriace et toux sévère, et lui ouvre. Sans quitter la fenêtre des yeux, je m'adosse contre le mur d'en face, me laisse doucement tomber jusqu'au sol et m'assieds. Comme à son habitude, Célian se hisse jusqu'à la taille sur le rebord de la fenêtre et se faufile à l'intérieur. Sauf qu'en posant les pieds dans ma chambre, il laisse une grosse flaque d'eau boueuse sur le carrelage.

– Pardon, pardon, s'empresse-t-il de dire, après avoir croisé mon regard furieux. Tu n'aurais pas un torchon ou une vieille serviette ?

D'un mouvement de tête, je désigne mon placard. Face à mon silence, il soupire et va prendre un chiffon. Mais en me focalisant moins sur Célian, et un peu plus sur ce qu'il tient dans les mains, je réalise que ce que je croyais être un chiffon est en fait un de mes tee-shirts préférés. Je sais qu'il le fait exprès, il essaie de me provoquer pour que je lui parle. Exaspérée, je me lève et lui arrache mon tee-shirt des mains.

– Ah, ce n'était pas un torchon ?

Il sourit, espiègle, mais ça ne me fait pas rire. Je troque mon tee-shirt contre un vrai chiffon, le dépose sur la flaque et retourne m'asseoir contre le mur. Sentant son regard fixé sur moi, je ramène mes genoux contre ma poitrine et passe mes bras autour de mes jambes, comme pour bâtir une barricade invisible contre lui.

– Ça va être difficile de discuter avec une muette.

Le dos contre le mur face à moi, il glisse jusqu'au sol et baisse la tête, comme s'il déclarait forfait.

– Non. Je t'assure que c'est mieux si je reste silencieuse.

Désemparé, il passe une main sur son visage, puis dans ses cheveux mouillés.

– Je ne t'aurais pas envoyé ce message tout à l'heure si je ne voulais pas te voir.

– Mais tu n'es pas venu. Qu'est-ce que je suis censée penser après ça ?

– Que peut-être, j'ai été retenu par quelque chose.

Un sourire ironique crispe mes lèvres.

– Encore une fois, les téléphones ont été inventés pour prévenir en cas d'empêchement. (La colère m'inonde subitement, comme une noisette de wasabi irradie dans le nez, et résultat, j'élève la voix sans vraiment m'en rendre compte.) Merde, ce n'est même pas moi qui t'ai donné rendez-vous dans ce café, c'est toi !

Je me mords la langue pour m'interdire de prononcer un mot de plus, sachant que je pourrais le regretter.

– Je sais, murmure-t-il.

Il inspire profondément, comme s'il était soudain nerveux.

– Mais au moment de partir, ma mère a découvert de la cocaïne dans la chambre de mon frère. Elle est devenue folle, je suis resté avec elle jusqu'à ce qu'elle se calme. Ça a pris du temps, je suis désolé.

– Oh.

C'est le seul son qui sort de ma bouche. Ma rage s'évanouit d'un coup, l'angoisse monte. J'espère qu'Elias n'ira pas leur dire que j'étais au courant avant eux, je ne sais pas comment réagirait Célian. Mal, sûrement. J'essaie de ne pas y penser.

– C'était un mal pour un bien, puisqu'il est d'accord pour se faire soigner. On a appelé un centre de désintoxication, ils ont une place qui se libère après les vacances de Noël. Peut-être un peu avant. Je ne le pensais pas capable de prendre une bonne décision, mais l'important, c'est que ça va soulager ma mère. Elle ne pouvait plus le gérer, de toute façon.

– Je suis contente pour elle. Et pour toi aussi, ajouté-je d'un ton neutre.

– Vraiment ? Alors, tu caches bien ta joie.

Il doit dire cela à cause de mon visage fermé. Je hausse les épaules, ce qui le fait sourire.

– Mais je te trouve toujours aussi belle. Même quand tu es inexpressive.

Je fais l'erreur fatale de le regarder dans les yeux. Tout de suite, son regard magnétique absorbe le mien, et je me sens alors comme un papillon de nuit attiré par un faisceau de lumière. Je sens que je vais craquer, mais à la dernière seconde, je réussis à tourner la tête et regarder ailleurs, en direction de mon lit. Non pas que je le veuille, mais je n'ai pas le choix. Si je ne fuis pas son regard maintenant, j'ai peur de ne plus en être capable. J'ai une terrible envie d'aller l'embrasser, mais je dois résister.

– Et que tu fais la gueule, reprend-il avec un sourire dans la voix.

– Je ne fais pas la gueule.

Je continue à regarder mon lit, comme si c'était la chose la plus passionnante que j'aie jamais vue.

– Un peu. Mais bon, c'est normal, chuchote-t-il.

Je rassemble mon courage et plante de nouveau mes yeux dans les siens.

– Qu'est-ce qui s'est passé hier soir ?

Ma question le fait lourdement soupirer. J'ai à peine le temps de voir une expression abattue traverser son visage, avant qu'il ne rejette sa tête en arrière, cognant le mur.

– Hier soir, j'ai fait de la merde. Comme je te l'ai expliqué, j'avais promis à Wes de passer la soirée avec lui et je me suis laissé embarquer… sans t'avertir. Parce que, dans ma tête, je pensais que je pourrais m'éclipser. Wes ne m'a pas dit qu'on allait rejoindre Sam et une amie à elle à la soirée de Leila, encore moins qu'on allait fumer. Je ne voulais pas rester autant de temps là-bas, c'est la pure vérité, et en même temps, je me rends compte que c'est la pire des explications. Je n'ai pas vu le temps passer, je sais que ce n'est pas une excuse, et pourtant c'est ce qui s'est passé.

– Non. En effet, ce n'est pas une excuse. Tu aurais pu au moins répondre à mes appels.

Célian cesse sa contemplation du plafond pour me regarder, les yeux légèrement écarquillés.

– Tu m'as appelé ?

– Oui, et Wes s'est même chargé de me répondre. Finalement, j'aurais préféré qu'il ne le fasse pas, dis-je de façon acerbe.

Il a l'air encore plus confus.

– Quoi ? Je n'ai rien reçu. Et il ne m'a rien dit.

– Mais tu n'avais pas ton téléphone sur toi ?

– Je ne sais pas, j'ai dû le laisser traîner sans le vouloir.

– Bien sûr, réponds-je, un brin sarcastique. Tu sais, je

préfère que tu m'avoues que tu ne voulais pas me parler, plutôt qu'inventer des conneries.

– Non, je te le jure. Tu n'as qu'à regarder par toi-même.

Avec précaution, il vient se planter devant moi et me tend son téléphone, qu'il a sorti préalablement de sa poche. Je le prends et, en voyant son fond d'écran, ma respiration se coupe net. C'est une photo de moi de cet été. Ma mère m'a photographiée à mon insu, pendant que nous attendions nos plats dans une petite brasserie en plein centre de Tijuana. Trouvant cette photo à peu près potable, j'avais décidé de la poster sur les réseaux sociaux.

– On n'a pas de photo ensemble, j'ai fait comme j'ai pu, commente Célian en remarquant mon air étonné. On dirait une Californienne là-dessus, avec ton bronzage et tes reflets blonds, tu es magnifique.

Mon envie de l'embrasser resurgit et je déglutis bruyamment. Nos regards ne se quittent pas, comme si une force irrésistible nous attirait l'un vers l'autre. Célian en profite pour poser ses mains sur mes genoux, je demeure troublée quelques secondes avant que la réalité ne vienne me frapper. Je les retire doucement, me rappelant que nous n'avons pas encore réglé tous nos problèmes. Comprenant que j'ai besoin d'espace, Célian retourne s'adosser contre le mur. Je parcours silencieusement la liste de ses appels manqués datant d'hier soir, mais il n'y en a aucun venant de moi. Je relève la tête vers lui, l'œil suspicieux.

– Tu n'as rien effacé, au moins ?

– On en est vraiment rendus à se poser ce genre de questions ?

La sincérité dans sa voix me fait immédiatement secouer la tête.

– C'est bizarre…

– Je n'ai pas touché à mon téléphone de la soirée. J'étais trop occupé à planer et à discuter avec Sam.

Ça ne me plaît pas trop d'entendre qu'il a passé la nuit à

parler avec une autre fille, au lieu de la passer avec moi, mais je ne dis rien et me répète intérieurement qu'elle est en couple, et qu'il n'y a nul besoin de faire une scène. Je me concentre plutôt sur cette disparition d'appels manqués. Wes est le seul à m'avoir répondu, donc… *Merde.*

– C'est Wes qui a tout effacé, dis-je, choquée par mes propres mots. Ça ne peut être que lui.

Il fronce les sourcils, déconcerté, puis il rit, comme si l'idée était absurde.

– Non, impossible.

Il se force à redevenir sérieux lorsqu'il s'aperçoit que je ne ris pas avec lui.

– Pourquoi aurait-il fait ça ?

– Je n'en sais rien, tu n'as qu'à lui demander ! C'est ton meilleur ami, pas le mien.

Agacée, je lui rends son téléphone en le faisant glisser sur le carrelage. Célian le reprend et le range dans la poche de sa veste, les sourcils froncés. Je sens que le doute s'est insinué en lui.

– Je le ferai, répond-il gravement.

Moi aussi, j'ai du mal à y croire. Mais je ne vois pas d'autre explication. Peut-être que dans le fond, Wes est encore jaloux et qu'il a essayé de nous monter l'un contre l'autre ? Ce serait vraiment tordu, d'autant que je pensais qu'il était heureux pour nous, mais je ne le connais pas, après tout. La voix rauque de Célian m'arrache à ma réflexion.

– Tu sais que je ne te ferais jamais de mal intentionnellement.

– Et si tu le fais involontairement ?

– Alors, j'en suis profondément désolé.

Je baisse la tête sans retenir un soupir.

– Je ne connais que trop bien ces mots.

Célian ne répond pas, et le silence se prolonge, le temps de multiples battements de cœur. Au bout d'un moment, je lève la tête pour confronter son regard. À ma grande surprise, je ne plonge pas dans ses grands yeux noirs remplis d'espièglerie, mais dans des yeux rougis et brillants. Célian ne pleure pas vraiment, mais je peux voir des larmes perler au ras de ses cils humides et sombres.

– Je ne veux pas que l'on se sépare. C'est égoïste, je le sais, mais je peux réparer mon erreur. En attendant, traite-moi de tous les noms, rends-moi la vie impossible, mais ne me quitte pas. S'il te plaît.

Sa voix n'est qu'un souffle douloureux.

– Je ne suis pas le genre de fille à distribuer des secondes chances.

Célian cligne des yeux, comme s'il avait du mal à encaisser le choc.

– Mais pour toi, je vais faire une exception, enchaîné-je tout bas.

Une étincelle d'espoir, mêlée à un certain soulagement, naît dans son regard. Sans un mot, il vient s'asseoir à côté de moi et pose sa tête sur mon épaule. À ce simple contact, mon cœur éclate en millions de paillettes.

– Je t'aime, Aly.

– Moi pas.

Il se redresse pour me dévisager, et je pose une main devant mon visage. Comme ça, impossible pour lui de voir le sourire qui s'entête à rester sur mes lèvres.

– Tu n'es qu'un abruti doublé d'un couillon merdeux, et je te déteste pour les longs moments de solitude que tu m'as fait vivre. La prochaine fois que tu ne réponds pas à ton téléphone, ou que tu me poses un autre lapin, tu vas le payer très cher. Voilà, conclus-je avec un sourire plein de fierté. Ce sont les insultes que j'ai gardées pour moi depuis hier soir, merci de m'autoriser à te les dire.

Il continue de me regarder, la bouche grande ouverte, puis nous rions ensemble.

– Si me faire insulter est le prix à payer pour t'entendre rire, ça me va. (Je continue de rire, sans m'apercevoir que

Célian m'observe maintenant avec attention.) Putain, ce rire m'a tellement manqué. Je ne veux plus te faire pleurer…

– Je n'ai pas pleuré, dis-je avec un petit rire nerveux.

Par réflexe, et aussi par défense, je mens. Alors qu'en réalité, j'ai versé tellement de larmes que j'aurais pu éteindre un incendie.

– Évidemment, me répond-il amèrement. Je ne méritais pas que tu te mettes dans un état pareil. Je ne te mérite pas, tout simplement…

– C'est une autre de tes phrases clichées ?

– Non, pas celle-ci. Malheureusement…

Je le fais taire en écrasant mes lèvres sur les siennes. Notre baiser est d'abord timide, quelques frôlements de bouche, puis sa langue se fraie un chemin entre mes lèvres avant de trouver la mienne. J'ai l'impression que ça fait une éternité que je ne l'ai pas embrassé. Célian peut se pointer à ma fenêtre au milieu de la nuit, comme me faire poireauter des heures entières sans me donner de nouvelles, mais à mon grand désespoir, ça ne change rien à mes sentiments pour lui. Il me fait monter à califourchon sur ses genoux et je jette mes bras autour de son cou, emmêlant mes doigts dans ses cheveux noirs mouillés. La pression de ses mains sur mes hanches m'électrise, je mordille sa lèvre inférieure, parce qu'il m'a manqué, mais aussi parce que je ne me contrôle plus vraiment. J'ai besoin d'évacuer toute la tension que je retiens depuis ces deux derniers jours, j'ai besoin de le retrouver et de le sentir au plus proche de moi. Sa langue continue de jouer avec la mienne, puis nous rouvrons les paupières au même instant. Nous nous fixons un long moment avant que Célian me pousse délicatement, de façon que je sois allongée sur le sol. Sous mon dos, le carrelage est froid, mais ça m'est égal. Il se place au-dessus de moi, ses lèvres glissent le long de ma joue.

– Je ne veux plus… vivre une seule journée… sans toi.

Il ponctue sa confession de légers suçons, partant de l'arrière de mon oreille jusqu'au creux de ma clavicule.

– Moi non plus, mais…

– Je sais, me coupe-t-il en posant son index sur mes lèvres. C'est ma faute. Mais crois-moi, j'ai retenu la leçon.

Tant mieux, car je ne crois pas que je pourrais lui pardonner un autre faux pas. Comme je ne dis rien, il s'arrête pour me regarder.

– Tu m'aimes ?

– Si je te réponds que oui, tu n'en profiteras pas pour me blesser encore ? Même involontairement ?

– Je vais faire tout mon possible…

– Non. Je veux que tu me le promettes.

Ses doigts effleurent ma joue si tendrement que mon cœur s'emballe. J'ai conscience que ma réaction est excessive, mais j'ai besoin qu'il me rassure.

– On aura des désaccords, des hauts et des bas, et peut-être bien que tu m'en feras aussi voir de toutes les couleurs. Mais ce que je peux te promettre, en revanche, c'est que je ne ferai jamais quelque chose qui pourrait entacher notre relation, ou la détruire. Je t'aime, Alayna. (Je détourne le regard et il me ramène à lui d'un doigt sous mon menton, presque brutalement.) Je ne suis qu'un gros con, je le sais, mais un gros con qui t'aime. Il faut que tu me croies.

– Je te crois. Et je… je t'aime aussi.

C'est la deuxième fois que je prononce ces mots ouvertement et j'espère qu'il ne me le fera pas regretter.

– Dis-le encore.

Je lis tant de vulnérabilité dans ses yeux noirs que tout le chagrin et la colère accumulés dans ma cage thoracique disparaissent en un éclair.

– Je t'aime…

Il m'embrasse encore et je murmure, amusée :

– … Gros con.

Je sens son sourire se former sur mes lèvres et ses mains se faufiler sous mon sweat-shirt. Alors que je lève les bras pour l'aider à me l'enlever, un bruit de clés me fait sursauter.

Catastrophe, ma mère est rentrée ! Célian comprend très bien ce qui se passe, car il se relève immédiatement. Je l'accompagne jusqu'à la fenêtre, paniquée. Avant de sauter, il se tourne vers moi et encadre mon visage entre ses paumes.

– Je t'attendrai sous ta fenêtre à minuit. (Un dernier baiser et il se retrouve quelques mètres plus bas.) Pas vingt-trois heures cinquante-neuf, ni minuit une, minuit pile ! hurle-t-il, les mains placées autour de sa bouche comme un porte-voix, pour couvrir le vacarme de la pluie.

Mon sourire est tellement immense qu'il frôle mes oreilles. Cette fois, j'en suis intimement convaincue, il tiendra parole.

44

La première semaine des vacances de Noël est passée à la vitesse d'une étoile filante. Avec Célian, nous nous voyons tous les soirs à minuit, c'est devenu notre petit rituel, et nous restons dehors jusqu'à l'aube. J'ai l'impression de mener une double vie. Je me lève tous les jours à midi, ce qui semble ne pas agacer ma mère, car elle a tout bonnement choisi de m'ignorer, mais je sais qu'à un moment ou à un autre, je devrai essayer de renouer le contact. Et ce moment est arrivé.

Je pousse la porte de ma chambre et vais dans la cuisine, où je trouve ma mère assise sur une chaise en train de boire une infusion.

– Je peux te parler ?

Naturellement, elle fait comme si je n'existais pas. Sans piper mot, elle porte la tasse fumante à ses lèvres, absorbe une longue gorgée de son eau parfumée à la cannelle et la repose sur le comptoir.

– Est-ce qu'au moins, tu pourrais me regarder ?

Elle tourne vers moi un regard indifférent. *C'est déjà ça.*

– Merci.

– C'est à quel sujet, ma chérie ? Je sais ! Tu es venue m'accuser de gâcher ta relation amoureuse ? Ou peut-être que tu voulais simplement discuter de ma vie sentimentale franchement chaotique ?

Je baisse les yeux, gênée. En réécoutant ces mots qui sont les miens, je me rends compte que j'ai dépassé les bornes.

– Excuse-moi.

– Tu aurais pu me dire ça plus tôt, tu ne crois pas ?

– Oui, c'est sûr.

Elle soupire longuement avant de me demander :

– Tu veux que je te prépare une infusion ?

Surprise, je relève le visage vers elle. Connaissant ma mère, ça veut dire qu'elle est ouverte à la conversation. Je saisis l'occasion au vol et hoche la tête. Elle se lève pour aller faire chauffer de l'eau, tandis que je tire une chaise pour m'y asseoir.

– Je suis vraiment désolée pour ce que je t'ai dit. Surtout que j'avais tout faux, puisque tu sors avec un homme.

Elle se retourne, manquant de renverser la casserole.

– Quoi ?

– Oui, un soir, je t'ai entendue parler avec quelqu'un au téléphone. Tu avais revêtu tes plus beaux talons aiguilles et tu t'apprêtais à aller rejoindre cette personne au cinéma.

– Oh, non, tu n'y es pas du tout ! s'exclame-t-elle en riant. C'est un patient qui m'a fait un peu de charme, je le trouvais sympathique, alors j'ai fait l'erreur d'accepter son invitation à sortir.

J'arque les sourcils.

– Pourquoi l'erreur ?

– C'était le pire rencard de toute ma vie. D'abord, il n'a pas voulu payer ma place, sous prétexte que je gagne un paquet d'argent, puis il a passé la demi-heure suivante à faire des blagues sur les fesses des femmes qui passaient dans les allées. Et, au lieu de me laisser regarder le film en paix, il n'a pas arrêté d'ouvrir la bouche pour me parler. De lui, bien sûr. En plus, il avait mauvaise haleine.

J'éclate de rire sans pouvoir m'arrêter. En effet, ça m'a tout l'air d'un rencard cauchemardesque.

– En même temps, si tu soignais ses caries, ça ne pouvait pas marcher entre vous.

– Absolument.

Elle rit aussi, tout en m'apportant mon infusion. Ces moments de complicité m'avaient manqué. J'hésite à lui parler de Célian, je ne voudrais pas tout gâcher, alors que nous venons à peine de nous réconcilier. Mais, même si je suis avec Célian de minuit jusqu'à cinq heures du matin, ça ne me suffit pas. Je sais que je devrais m'estimer heureuse, passer toutes les nuits dehors avec son copain, c'est déjà pas mal, mais j'en ai ras le bol de tout le temps me cacher et d'attendre une certaine heure pour que, enfin, on se voie. Je passe sûrement pour une gamine capricieuse et insatisfaite, mais c'est la vérité. J'ai besoin de plus. Et surtout, j'ai besoin que ma mère accepte ma relation avec lui et qu'elle arrête de le voir comme un fauteur de troubles. Ma tasse à la main, perdue dans mes pensées, je fixe la vue embrumée devant moi.

– Au fait, j'ai reçu ton bulletin, ce matin. Tes notes sont excellentes, même en maths.

Je continue de regarder mon infusion sans rien dire. Elle a l'air fière de moi. Avec un peu de chance, elle va lever ma punition et m'autoriser à le revoir ? À la lumière du jour et à la vue de tout le monde. Je ne veux pas être condamnée à vivre une romance vampirique.

– Tu pourras demander à Célian de venir ici ? J'aimerais lui présenter mes excuses.

J'essaie de retenir la poussée de joie qui menace de transformer mes lèvres en sourire. En vain.

– Je continue de le voir dehors en cachette, tu sais.

– Je sais.

Je guette l'expression de son visage, aucune trace de colère ne vient l'assombrir. Une idée complètement folle me vient alors à l'esprit.

– Il sera tout seul à Noël, sa mère n'a pas pu se libérer. Elle est infirmière, précisé-je en remarquant ses sourcils froncés.

Voilà, sujet lancé. Maintenant, il ne me reste plus qu'à prier pour que tout se passe bien.

– Et son frère ?

– S'il passe le réveillon avec lui, il va y avoir un meurtre.

Elle m'observe un long moment en gardant un silence de plomb. Je ne lui pose pas la question de manière explicite ; de toute façon, elle sait très bien où je veux en venir.

– Dois-je comprendre que nous ne serons pas deux à Noël, mais trois ?

Mon sourire revient en force.

– Seulement si ça ne te dérange pas.

– Non, mais qu'il ne s'attende pas à manger un festin.

Je n'ose pas lui dire que même un ragoût de mouton périmé, on le mangerait, si c'est la condition pour que nous soyons ensemble.

– Par contre, reprend-elle en levant un doigt autoritaire. Je veux qu'en échange, tu commences à préparer ton dossier pour l'envoyer aux universités. Je ne t'ai pas trop vue te remuer les fesses pour faire une sélection. Ne te contente pas d'en choisir une. D'ailleurs, tu veux toujours partir à Los Angeles ?

– Je ne sais plus trop.

– Raison de plus pour y réfléchir.

J'acquiesce, mais je suis trop euphorique pour penser à mon avenir. Je bondis de ma chaise et embrasse ma mère sur la joue avant de quitter la cuisine. Ma seule préoccupation, pour l'instant, c'est ce réveillon qui promet d'être magique.

– Et ton infusion ? hurle ma mère depuis la cuisine. Tu n'y as même pas touché.

– Je la boirai plus tard !

Et je m'enferme dans ma chambre, dégainant mon téléphone pour annoncer la bonne nouvelle à Célian.

45

D'aussi loin que je me souvienne, je n'ai jamais pu pifer Noël. L'un des souvenirs les plus traumatisants de mon enfance, c'est lorsque mon oncle, le frère de mon père, a débarqué à table déguisé en père Noël pour me donner mes cadeaux, et qu'il est resté avec son costume jusqu'à la fin du repas, à boire des bouteilles de vin entières et à faire des blagues, à la frontière entre humour gras et humour noir. Seul point positif maintenant que je ne vois plus mon père, c'est que je n'ai plus à supporter sa famille lourdingue.

Et avec ma mère, le problème ne se pose pas. Ça fait des années qu'elle ne parle plus à ses parents, qui eux aussi sont des hypocrites finis, et elle est fille unique, comme moi, ce qui fait que depuis deux ans, on passe le réveillon en tête à tête. Mais étrangement, je préfère me retrouver seule avec ma mère, plutôt qu'avec une vingtaine de personnes avec lesquelles je n'ai aucun atome crochu.

C'est la première année où je suis excitée à l'idée de fêter Noël. Et la raison de cette effervescence est plutôt évidente.

Ma mère finit de préparer la dinde farcie, tandis que je suis devant le miroir en train d'appliquer une couleur champagne sur mes paupières. Chaque fois que je maquille mes yeux, je me retrouve avec les pommettes constellées de pigments. Tant pis, les paillettes se prêtent bien à l'occasion. J'ai suivi un tutoriel sur YouTube pour coiffer ma longue chevelure brune en un chignon bohème et je ne suis pas mécontente du résultat. Dernière étape, la robe. Alors que je galère pour remonter la fermeture Éclair jusqu'en haut de mon dos, on sonne à la porte. Je me permets un dernier coup d'œil dans le miroir avant d'aller accueillir Célian. Ma robe noire m'arrive juste au-dessus du genou, elle est évasée en une belle corolle de dentelle.

Je cours vers la porte et la tire vers moi avec tant de force qu'un courant d'air glacial balaie mon visage, délogeant au passage une mèche de cheveux de mon chignon, qui retombe sur mon front. Célian me sourit.

– Joyeux Noël ? dit-il avec une grimace crispée. Je suis désolé, ces mots sonnent bizarrement dans ma bouche.

Comme moi, il n'est pas un fanatique de cette fête.

– Il n'est pas encore minuit, mais Joyeux Noël à toi aussi. Entre rabat-joie aigris, on devrait passer une bonne soirée.

– Sûrement, oui.

En voyant le bouquet d'orchidées qu'il tient à la main, je prends un air fâché.

– Par contre, on avait dit pas de cadeaux.

– Qui te dit que c'est pour toi ?

– Oh, c'est pour ma mère ?

– Il faut bien que je récupère les points que j'ai perdus avec elle.

L'intention est bonne, mais il y a tout de même un hic.

– Mon père lui offrait des orchidées à tous ses anniversaires, alors qu'elle y est allergique.

Ses yeux noirs s'écarquillent d'horreur et, dans la panique, il me tourne le dos pour jeter le bouquet le plus loin possible. Je ris en le regardant faire.

– Adieu, les fleurs ! Et mes soixante dollars !

– Je suis désolée, j'aurais dû te prévenir avant. Mais crois-moi, je t'évite un profond moment de malaise.

– Dans ce cas, merci, répond-il en m'étreignant.

En le laissant entrer, je m'attarde un instant sur son apparence. Il a fait un effort. Ses cheveux sont plus disciplinés que d'habitude et la chemise blanche qu'il porte fait saillir ses muscles.

– Je pose ça où ?

Je mets quelques secondes avant de comprendre qu'il veut parler de sa veste. J'étais tellement occupée à le détailler, enfin « contempler » serait le terme plus juste, que bien évidemment je n'ai pas remarqué qu'il l'avait retirée. Après avoir reconnecté mes neurones, j'agrippe sa main.

– Dans ma chambre. Suis-moi.

Ma mère est toujours cloîtrée dans sa cuisine, je parie qu'elle n'a même pas entendu la sonnette. En traversant le salon, Célian me glisse discrètement :

– C'est très rare que je passe par là.

Je pouffe. En effet, il n'a pas l'habitude d'emprunter le chemin « normal » qui mène jusqu'à ma chambre. Son truc à lui, c'est plutôt la fenêtre. Avant de le connaître, j'aurais trouvé cette pratique bizarre, voire limite flippante, mais je crois que ça fait partie aujourd'hui des petites choses que j'aime le plus chez lui. Celles dont je ne pourrais plus me passer. Je dis à Célian d'accrocher sa veste au dossier de ma chaise de bureau et il se débarrasse aussi de son téléphone, qu'il jette sans délicatesse sur mon lit. En l'entendant vibrer, je lui lance un regard perplexe.

– Tu ne décroches pas ?

Son humeur a changé. Il a l'air contrarié.

– Non. C'est ma mère.

Au lieu de m'éclairer, sa réponse m'embrouille encore plus.

– Et ?

Ses épaules s'affaissent.

– Et je lui ai menti. Elle m'a demandé de passer la soirée avec Elias pour le surveiller, parce que tu comprends, à 19 ans, il ne sait toujours pas se prendre en main et il a besoin de son petit frère pour le garder. Mais voilà, je suis ici et elle n'en a pas la moindre idée. Vivement qu'il se casse dans ce centre, marmonne-t-il entre ses dents serrées.

– Elle ne risque pas de t'en vouloir ?

Et de m'en vouloir ? J'espère qu'elle ne sera pas trop furieuse lorsqu'elle apprendra que je l'ai invité ici. En même temps, elle ne pouvait pas le condamner à faire du baby-sitting le soir de Noël. Surtout quand le bébé en question est aussi turbulent qu'Elias.

– Je ne sais pas. Mais je n'allais pas rester à écouter un connard qui m'accuse d'être responsable du divorce de nos parents, alors que je pouvais venir passer la soirée chez la fille que j'aime.

Il se ronge les ongles, je sens qu'il est au bord de la crise de nerfs. Pour l'empêcher d'exploser, je m'approche de lui et pose une main sur sa joue.

– Alors, n'y pense plus.

La tension sur son visage s'atténue jusqu'à disparaître complètement. Il prend ma main posée sur sa joue pour entrelacer nos doigts, ses yeux noirs me dévisagent plus intensément que d'habitude.

– Facile, j'ai la plus belle distraction devant moi.

Il penche la tête pour m'embrasser sous la mâchoire, et remonte doucement, atteignant mes lèvres qu'il mordille, lorsque soudain, la voix de ma mère retentit dans le salon :

– Alayna, tu peux venir m'aider à dresser la table ?

Elle a le chic pour se manifester toujours aux moments intimes ! C'est à se demander si elle n'a pas installé une caméra dans ma chambre.

Célian détache rapidement sa bouche de la mienne, comme s'il avait été pris en flagrant délit. Je dois afficher une moue frustrée, car il s'approche de mon oreille pour me murmurer, avec un sourire malicieux :

– Ce n'est que partie remise.

À ces mots, je sens mes poils se dresser et un frisson délectable me soulever la peau. Une étincelle chargée de désir se met à se mouvoir au fond de ses prunelles sombres. Quand j'entends ma mère m'appeler une nouvelle fois, je romps notre contact visuel à contrecœur et ouvre la porte. Je reprends rapidement mes esprits en apercevant ma mère dans le salon, une poêle à la main et une spatule en bois dans l'autre.

– Célian ! s'exclame-t-elle, étonnée. Ça fait longtemps que tu es arrivé ?

– Moins de cinq minutes, répond-il en s'avançant vers elle. Merci de m'avoir invité, je suis vraiment content d'être ici. Malgré… malgré ce qui s'est passé.

Célian a l'air stressé, cela se ressent dans sa voix. Je compte sur ma mère pour le mettre à l'aise.

– Alayna m'a dit que tu serais seul pour Noël, je ne pouvais pas laisser une telle chose arriver. Puis, je voulais aussi profiter de l'occasion pour m'excuser. Je n'ai pas été très tendre avec toi.

Je lui lance un regard reconnaissant dans le dos de Célian. Je me dis que maintenant, tout ça est derrière nous et qu'on va pouvoir savourer la soirée, sauf qu'à ma grande surprise, Célian secoue la tête, comme s'il n'était pas d'accord avec elle.

– Non, c'est moi. J'ai continué à passer par la fenêtre d'Alayna pour la voir, parfois très tard dans la nuit, et j'en suis désolé. Je ne peux pas vous promettre que je ne le referai plus, mais à l'avenir, j'essaierai d'utiliser la porte d'entrée plus souvent.

J'observe ma mère, dont le visage s'est rembruni, et m'approche immédiatement de Célian pour lui pincer fort les côtes, lui faisant comprendre qu'il doit se taire.

– Mais non. C'est une blague, ça fait un moment qu'il ne l'a plus fait, dis-je sans parvenir à réprimer un rire nerveux. Une éternité, même.

Lorsque je croise le regard de ma mère, je comprends tout de suite qu'elle ne croit pas à mes salades. À présent, je m'attends tout simplement au pire, mais au lieu de nous chasser de la maison à coups de dinde farcie, elle détourne les yeux vers Célian, à qui elle adresse un sourire éclatant.

– Merci pour ta franchise, Célian.

Une vague de malaise s'empare de moi, tandis que je la regarde repartir dans sa cuisine. Je me tourne vers Célian pour le dévisager d'un air sévère.

– Tu ne pouvais pas te contenter d'accepter ses excuses ?

– Non. Regarde, mon honnêteté a payé. Elle m'apprécie de nouveau, triomphe-t-il avec un sourire fier.

Oui et moi, elle est sur le point de me rayer de son testament.

Je soupire et vais mettre le couvert comme ma mère me l'a demandé, espérant que cela suffise à la mettre de bonne humeur, et à la faire relativiser sur le fait que sa fille a beau lui mentir, elle n'en reste pas moins serviable et attentionnée.

Pas sûr qu'elle verra les choses du même œil, mais on peut toujours rêver. C'est Noël, après tout.

Au bout d'un moment, nous nous asseyons à table, pendant que ma mère raconte à Célian la fois où elle a oublié la dinde de Noël dans le four, parce que j'étais en pleine crise de larmes dans mon berceau. À cause du bébé capricieux que j'étais, ils ont dû manger une dinde carbonisée. *Comme si je m'en souvenais et que c'était ma faute !* Alors que je pensais qu'elle allait raconter d'autres anecdotes horribles à mon sujet, afin de me faire payer mon mensonge, l'atmosphère tendue du début de repas s'allège peu à peu et nous nous mettons à discuter de tout et de rien. Pendant que nous dégustons la délicieuse bûche pralinée, ma mère commence à nous poser des questions sur notre rencontre, notre premier baiser, et je m'apprête à prendre la parole, mais Célian me devance. Je le laisse faire, me préparant tout de même à lui pincer la cuisse, au cas où.

– Ça a été difficile de l'embrasser.

Il me lance un regard amusé, je devine qu'il est en train de se remémorer nos débuts.

– Alayna me détestait, mais pour de bonnes raisons, précise-t-il comme s'il s'agissait là d'une information essentielle. Puis, il y a eu cette nuit où j'ai eu l'impression qu'elle me détestait un peu moins. Elle m'a embrassé, je l'ai embrassée en retour, et c'est à partir de ce moment-là que j'ai ressenti… un changement.

Je remarque que ses yeux brillent d'un vif éclat. Moi aussi, j'ai ressenti ce changement. Au lieu de lui pincer la cuisse, je glisse ma main dans la sienne.

– Avec une réponse comme celle-ci, je peux bien te pardonner tes nombreuses intrusions.

Ma mère a l'air attendrie. Je profite de l'ambiance détendue pour plaisanter.

– Méfie-toi, c'est un beau parleur.

Je ne pensais pas être capable de faire rire ma mère ce soir, mais contre toute attente, un grand sourire monte à ses lèvres.

– Comme tous les hommes.

Nous éclatons de rire ensemble, ce qui relâche nos dernières tensions. J'entends Célian marmonner comme un vieux grincheux, et dès que ma mère se lève pour débarrasser la table, je me lève aussi, mais pour m'asseoir sur les genoux de Célian. Il ne cherche pas à me repousser, mais lorsque je passe mes bras autour de son cou, les siens pendent le long de son corps.

– *J'étais* un beau parleur, grommelle-t-il dans un murmure rauque et à peine audible. Mais ce n'est plus le cas, aujourd'hui.

– Le plus beau de tous, c'est vrai.

– Je suis sincère, insiste-t-il gravement.

– Mais oui, je sais que tu l'es, dis-je en passant les doigts dans ses cheveux noirs, les ébouriffant un peu pour leur redonner leur forme habituelle. On te charrie, mon cœur.

Ses yeux s'agrandissent de stupeur et je me rends tout de suite compte de la belle connerie que je viens de sortir. Elle s'est échappée de ma bouche à toute vitesse, sans que je puisse la retenir. Me voilà maintenant au sommet de la niaiserie sentimentale. Et comble de l'horreur, je l'ai surnommé de la même façon que le faisait Debbie.

– Tu as dit quoi, là ?

– Qu'on te charriait ?

– Non, après ça.

Je laisse planer quelques secondes de silence. Mais Célian le brise avant que je ne sache quoi répondre :

– Tu m'as appelé « mon cœur » ou c'est moi qui déraille ?

Je hausse les épaules.

– Ça doit être à cause de l'alcool.

– Tu n'as bu que de l'eau et un peu de Fanta.

– Alors, c'est toi qui dérailles.

Son sourire en coin refait surface. Je sais qu'il ne va pas tarder à se moquer de moi, on a toujours trouvé les surnoms affectueux tels que « mon trésor » ou « mon cœur » cucul à souhait. Au même moment, ma mère sort de la cuisine et se rassied à table avec nous, ce qui m'a évité, je le crois, de me couvrir de ridicule. Je reprends place sur ma chaise.

– Est-ce que tu veux qu'on ouvre les cadeaux ce soir ?

J'en crève d'envie, mais Célian est avec nous et il n'y a aucun cadeau qui l'attend au pied du sapin. Il m'a fait promettre qu'on ne s'offrirait rien pour Noël, mais dès que j'ai su qu'il passerait le réveillon ici, je n'ai pas pu m'empêcher de lui commander un cadeau de dernière minute. J'ai payé quinze dollars en plus pour recevoir mon colis dans les prochaines vingt-quatre heures, et ainsi, l'avoir à temps, mais comme j'ai autant la poisse que Harry Potter à l'époque où il vivait encore dans son placard à balais, je ne l'aurai pas dans ma boîte aux lettres avant quelques jours.

– Ça peut attendre demain.

Célian doit sentir mon malaise, car il me dit d'une voix douce et ferme à la fois :

– Tu ne vas pas te priver de déballer tes cadeaux pour moi.

– Moi, en tout cas, je ne vais pas me priver d'ouvrir le mien ! lance ma mère, surexcitée.

Quelle gamine.

– Qui te dit que je t'ai offert quelque chose ?

Mais elle ne m'écoute plus et se précipite vers le sapin. Je me lève pour la suivre et je m'installe sur le canapé, tout en la regardant déchirer l'enveloppe rose pâle. Après l'ouverture de son cadeau, un sourire se dessine sur son visage. Je parie que maintenant, elle ne m'en veut plus du tout.

– Tu feras cette journée spa avec moi ?

Pour me mettre en maillot de bain devant des inconnus et me faire masser la cellulite ? Non, merci. Mais comme elle a l'air toute contente, je ne veux pas lui gâcher son plaisir.

– On verra.

Vient ensuite mon tour. Ma mère m'apporte mes deux paquets, dont un qu'elle pousse vers moi car il semble peser une tonne. Elle dépose l'autre sur mes cuisses. J'ai toujours plus ou moins réussi à deviner ses cadeaux, mais cette année, je n'ai aucune idée de ce qu'elle a pu m'acheter. Je commence par le plus gros, celui qui est à mes pieds, et Célian m'a rejointe sur le canapé pour voir ce que c'est. J'arrache le papier aux motifs de pain d'épice, et dès que je commence à entrapercevoir le carton, je comprends que je suis l'heureuse propriétaire d'un MacBook Pro. Le dernier modèle, en plus. Je pousse un cri de joie et lui saute au cou.

– C'est trop cool, merci !

– Ce sera pour l'université. Mais attention, m'avertit-elle d'un ton grave, si tu me mens encore une seule fois, je n'hésiterai pas à le mettre à la poubelle.

Je hoche la tête, sachant pertinemment qu'elle ne le fera jamais, et retourne sur le canapé pour ouvrir mon deuxième cadeau, qui n'est autre qu'un petit paquet rectangulaire et doré. Encore une fois, je ne sais pas ce que ça peut être. Sans faire durer le suspense plus longtemps, je l'ouvre et soulève le couvercle d'une boîte avant de découvrir un bracelet magnifiquement alourdi de breloques en argent. C'est la première fois que ma mère m'offre un bijou. J'ai beau adorer le premier cadeau, celui-ci a quelque chose en plus. Je passe mes doigts entre les différents *charms* en prenant soin de les analyser un par un. Au total, il y en a quatre. Un cœur, une étoile, une baguette magique, sûrement un clin d'œil pour le film *Harry Potter* dont je suis fan depuis mes 8 ans, et pour finir, une robe de princesse de couleur rouge, parce que, à ses yeux, c'est ce que je suis :

sa princesse. Je lève les yeux vers ma mère et pour la seconde fois, je la prends dans mes bras.

– Merci pour tout, maman.

Je suis émue aux larmes.

– Pour ce cadeau, ce n'est pas moi que tu dois remercier, me souffle-t-elle au creux de l'oreille.

Je quitte ses bras, les yeux légèrement agrandis par la surprise, le cœur battant aussi vite qu'un solo de batterie en plein concert de hard-rock, et je me tourne alors vers Célian qui est toujours assis sur le Clic-Clac. Son sourire est à la fois timide et satisfait. L'espace d'une minute, je le regarde sans bouger. Et la lumière se fait dans mon cerveau : le cœur symbolise notre amour, l'étoile, la nuit que l'on a passée sur le toit de sa maison, la baguette magique, notre soirée d'Halloween et enfin, la robe rouge, celle qu'il avait choisie pour moi, représente la soirée où l'on s'est embrassés pour la première fois. Après avoir fait tous ces rapprochements, je saute sur le Clic-Clac pour l'enlacer, si violemment que je manque de casser une latte. Ses bras se referment automatiquement autour de ma taille et j'en profite pour me blottir contre lui.

– C'est… merci. Vraiment, merci, c'est trop beau.

– Je t'en prie, *mon bébé*.

J'étouffe un rire contre son torse.

– Comment tu as fait pour déposer le paquet sous le sapin ? Je ne t'ai pas vu faire.

– Pendant que tu mettais la table, me confie-t-il avec un clin d'œil.

Je relève immédiatement la tête pour déposer un baiser rapide sur ses lèvres. Honnêtement, je me retiens de l'approfondir, car ma mère est toujours dans la pièce.

– Encore merci… tu auras le tien dans quelques jours.

– Donc, aucun de nous deux n'a respecté la promesse de ne rien s'offrir ?

– Apparemment pas. Même si mon cadeau à moi est

beaucoup moins recherché que le tien. Ne t'attends pas à un truc de folie…

Sur le moment, j'étais contente de lui acheter des vêtements, mais maintenant que j'ai vu ce bracelet, je trouve mon idée de cadeau pourrie.

– Mais non, ne dis pas ça. Je suis sûr que ça me plaira. Tu veux le porter maintenant ?

Pour seule réponse, je lui tends mon avant-bras et il glisse le bracelet autour de mon poignet. Je fixe mon attention quelques secondes sur les petits *charms* avant de m'apercevoir que ma mère est partie faire la vaisselle dans la cuisine.

– Je pense que je vais rentrer, lâche soudain Célian en se levant.

Je le suis jusqu'à ma chambre avec un pincement au cœur.

– Je n'ai pas envie que tu partes.

– Moi non plus, dit-il en mettant sa veste. Surtout quand je sais ce qui m'attend chez moi. Mais enfin, dans une semaine, le calvaire sera fini.

– Si l'ambiance est vraiment insupportable, tu sais ce qu'il te reste à faire.

Je lui désigne du menton la fenêtre et il sourit en s'avançant vers moi.

– J'ai de la chance de t'avoir.

Et il m'attire vers lui afin que je pose ma tête sur sa poitrine. Je serai toute seule cette nuit, alors je m'imprègne de son odeur du mieux que je peux. En même temps, je baisse les yeux sur son bracelet. C'est vraiment l'une des plus belles choses que l'on m'ait offertes. Il a tort, c'est moi qui ai de la chance de l'avoir.

– Tu t'en vas, Célian ?

En entendant la voix de ma mère derrière moi, je m'éloigne aussitôt de Célian pour me retourner. Sa tête dépasse de l'entrebâillement de la porte et elle nous observe d'un air curieux.

– Oui. Merci pour cette soirée, le repas était super.

– Même si je sais que tu es habitué à rendre des visites nocturnes à Alayna, je préférerais que tu restes dormir ici. Ça me tranquilliserait l'esprit.

Quoi ? J'ai bien entendu ? En fait, peu importe si j'ai mal entendu, je ne lui demande pas de répéter et saute sur l'occasion.

– Oui, c'est plus prudent !

Ma mère me fixe avec un sourire amusé. Puis, elle ferme la porte, sans attendre la réponse de Célian. De toute façon, elle l'avait déjà devinée.

– C'est vraiment le Noël le plus cool de toute ma vie, dit-il en pivotant vers moi.

J'approuve d'un signe de tête, ravie de pouvoir prolonger cette nuit avec lui. Si on m'avait dit que ma mère proposerait un jour à un garçon de rester dormir chez nous, dans ma chambre, je n'y aurais jamais cru. Je pense que mes notes y sont pour beaucoup, ça me motive à ne pas relâcher mes efforts.

– Tu veux faire quoi ?

– Je ne sais pas… on pourrait reprendre ce qu'on a mis en pause tout à l'heure.

Je tourne la tête et c'est à ce moment que je remarque son regard brûlant de désir et sa diabolique fossette.

– Simple suggestion. À toi d'accepter ou non.

– Célian, soupiré-je tandis qu'il comble le peu de distance qu'il y a entre nous.

Il me fait taire d'un baiser auquel je réponds fougueusement. Nos lèvres se trouvent, sa langue explore la mienne de nouveau, mon corps vient se souder au sien. Des frissons me parcourent du bout des orteils jusqu'à la racine des cheveux et pourtant, je me fige lorsque ses mains se posent sur mes hanches. J'en ai autant envie que lui, mais je ne voudrais pas que ma mère nous entende. L'épisode de l'autre matin est encore bien ancré dans mon esprit, ainsi que ma gêne lorsqu'elle m'a reproché notre manque de discrétion.

Célian devine aisément mes craintes et la raison de ma réticence. Son regard capte le mien et il esquisse un sourire rassurant, il me semble.

– On ne fera pas de bruit, comme la dernière fois.

– Non, il faut qu'on soit encore plus silencieux que la dernière fois.

– Défi relevé.

Même si je le voulais, je ne pourrais pas lui résister. Quand il est venu s'excuser pour les deux lapins qu'il m'a posés, et que je lui ai pardonnés, nous n'avons pas pu aller jusqu'au bout des choses. Son corps m'a manqué et je meurs d'envie de le retrouver.

Pour lui montrer que moi aussi, je suis prête à courir ce risque, je recule. Lentement, je descends la fermeture Éclair du dos de ma robe et fais glisser les bretelles l'une après l'autre. Célian me dévore des yeux, tandis que le vêtement tombe à mes pieds. La lumière n'est pas tamisée, mais je ne vais pas l'éteindre pour allumer la petite lampe de ma chambre. Pas cette fois. En prenant une inspiration, je retire mon soutien-gorge, et me voici presque nue devant lui. Pour la première fois de ma vie, je ne panique pas de montrer mon corps à quelqu'un. Peut-être parce que Célian, ce garçon qui me regarde comme s'il avait la huitième merveille du monde devant lui, m'a aidée à surmonter ça.

Le changement. Je le ressens une nouvelle fois.

Après s'être déshabillé, il s'approche de moi et m'embrasse avec encore plus de passion. Je suis comme ivre, ivre de lui et de toutes les sensations qu'il parvient à déclencher en moi. Il me soulève d'un mouvement puissant et mes jambes s'enroulent naturellement autour de sa taille. Mon cœur cogne et les pulsations se répercutent entre mes cuisses. J'ai chaud, trop chaud. Je fonds au contact de son torse nu contre ma poitrine, il n'y a plus entre nous que le tissu de son caleçon et la dentelle de mon string. Célian glisse ses mains sous mes fesses et me porte jusqu'au lit, où il me dépose tout en douceur. Il s'allonge au-dessus de moi et se tient en hauteur uniquement par la force de ses bras.

Nous échangeons un long regard intense, chargé d'électricité, pendant lequel je crois perdre la raison.

– Tu caches d'autres capotes à moi dans ton tiroir ? me demande-t-il avec un sourire coquin.

– Je ne sais pas. Regarde.

En l'ouvrant, il a l'air offusqué.

– En fait, tu m'as volé tout mon stock ! Il y en a au moins six ou sept là-dedans.

– Tu n'en as besoin qu'avec moi, de toute façon.

– Exact, lâche-t-il avec un petit rire. En tout cas, on est équipés pour cette nuit.

Il enfile rapidement un préservatif et se replace au-dessus de moi. Son index parcourt mon visage et repousse quelques mèches de cheveux masquant mes joues. Il se noie un instant dans le bleu de mes yeux et, sans plus attendre, m'embrasse de nouveau. J'aime la sensation de la douceur de ses lèvres contre les gerçures des miennes. Je frissonne en sentant sa main effleurer l'intérieur de mes cuisses pour les écarter. Ses doigts se resserrent sur ma peau, et de sa main libre, il décale mon string sur le côté pour s'enfoncer en moi. Un cri silencieux reste bloqué dans ma gorge. Afin de contrer la douleur des premières secondes, je referme les jambes autour de ses hanches. Et j'ai raison de le faire ; dès que je me force à me détendre, la sensation de brûlure disparaît instantanément. Célian mordille la peau de mon cou, tout en bougeant lentement sur moi.

– C'est trop bon d'être en toi, murmure-t-il en continuant la cadence de ses ondulations.

Ses mots, mêlés à la pointe brûlante de sa langue dans mon cou, me font basculer. Le cap de la douleur est définitivement passé.

– Tu peux y aller plus fort, tu sais.

Célian sourit, et comme pour vouloir me torturer, il ralentit la cadence, interrompant son va-et-vient.

– C'est vraiment ce que tu veux ?

Je hoche la tête, haletante.

– Dis-le.

– Je te veux, plus fort.

Ça ne veut rien dire, mais mon esprit est trop embrouillé pour exprimer des paroles cohérentes. Son sourire s'élargit, il me plaque fermement contre le matelas et d'un coup de reins brusque, s'enfonce plus profondément en moi. Je me mords la lèvre de plaisir, mais aussi pour retenir mes gémissements. Tout en lui m'excite, me rend folle de désir. Il s'enfouit encore plus en moi, s'enfonçant encore et toujours, et je voudrais que ça ne cesse jamais. Ce moment où il est à moi et où je suis à lui. Ce moment où il n'y a plus que nous deux. Son corps tremble, il me serre fort contre lui, puis nos regards rivés l'un à l'autre, je le sens s'abandonner peu à peu.

***

En me réveillant, je suis surprise de ne pas trouver Célian à côté de moi. Je me redresse et découvre un petit mot posé sur ma table de nuit.

Ma mère finissait sa garde à huit heures, je voulais rentrer avant elle. Merci pour cette nuit.
Je t'aime.
P.-S. : Regarde sous ton coussin.

Intriguée, je relève mon oreiller et découvre une lettre manuscrite froissée.

Aly,

Je ne sais pas si tu l'as remarqué, mais ça fait déjà trois mois que nous sommes ensemble. En trois mois, il s'en est passé des choses...

Nous avons eu le temps de parler de tout et de rien, de nous poser des questions sur nos vies et nos projets après le lycée, de nous découvrir. Chaque jour, je t'ai trouvée un peu plus belle, un peu plus drôle, un peu plus rayonnante. J'ai aimé tous les moments passés avec toi, voir le temps filer à vive allure et me dire une fois que j'étais seul dans mon lit : je suis épuisé, mais je pourrais encore tenir sept nuits blanches d'affilée, juste pour être avec elle. Parce que chaque petite seconde avec toi est précieuse, Alayna. Inestimable.

Tu m'as montré combien il était important de tout connaître d'une personne, allant de ses rêves les plus fous jusqu'à ses plus grandes insécurités, avant de lui retirer tous ses vêtements.

J'ai aimé ta fragilité, au début. Moi aussi, je l'étais. Je le suis encore aujourd'hui. J'ai toujours ces petits papillons qui s'agitent dans mon ventre lorsque je te vois passer dans les couloirs du lycée.

J'ai aimé tes baisers, des plus lents et langoureux aux plus fougueux et passionnés. J'ai aimé la sensation d'exister dans l'instant présent avec toi, sans penser à tous mes problèmes extérieurs. J'ai aimé grimper à ta fenêtre, même quand j'égratignais mes mains sur le rebord. Mais pour toi, je pouvais bien m'infliger ces petites blessures superficielles, car tu m'as guéri d'une plaie plus profonde...

Grâce à toi, je crois de nouveau en l'amour. Ma déception amoureuse est à présent loin derrière moi. Je ne sais même pas si je peux appeler ça une « déception amoureuse ». Tout ce que j'ai connu avant toi me paraît bien fade, maintenant.

L'amour, ça peut sembler effrayant comme sentiment. Et à la fois, pas tant que ça. Pas quand on a confiance en l'autre personne. Alors, je te remercie d'être toi-même. Tout simplement.

Je t'aime. Pour la vie.

Célian

Des larmes coulent lentement sur mes joues. Les mots, *ses mots*, me percutent à tel point que je les sens s'implanter dans mon cœur. Alors je relis cette lettre encore et encore, jusqu'à ce que je ne sois plus qu'une éponge émotionnelle, sanglotant dans mon lit, les yeux rouges et les paupières bouffies.

Au bout d'un moment, ma vision se trouble et je n'arrive plus à lire. Alors je me lève, serrant la lettre contre ma poitrine, et je vais la placer dans mon carnet à la page où j'avais dressé la liste des « pour et contre ». Dorénavant, elle sera là pour me rappeler que j'ai fait le bon choix.

46

Plus tard dans la journée, alors que j'ai les fesses posées sur le Clic-Clac, je reçois un message de Lucy.

[Joyeux Noël !
Et à tout à l'heure pour
la XMAS PARTY.
On se retrouve directement
là-bas ?]

La *Xmas party* ! Comment ai-je pu oublier cette soirée légendaire ? Chaque année, tous ceux qui sont en terminale se réunissent pour faire la fête dans la très célèbre discothèque de notre ville, la All Night. Elle ouvre exceptionnellement ses portes aux étudiants de 17 ans, le but étant de nous préparer au mieux au monde impitoyable des universités et de leurs campus. C'est comme une tradition, la *Xmas party* est aussi importante que le bal de promo, et moins prise de tête car il n'y a pas la galère de se trouver un cavalier, et aucune élection débile pour désigner le roi et la reine du bal, qui sont très souvent la chef des *cheerleaders* et la star de l'équipe de football du lycée. *Aucune surprise*. Mais ce soir, il n'y aura rien de tout cela, on fait juste la fête entre amis. Avec Lucy, on rêve de cette soirée depuis le premier jour où nous avons mis les pieds au lycée. Et si elle me voyait là, avachie sur le canapé, en pyjama, pas maquillée, et avec les cheveux attachés en chignon grossier, elle me tuerait.

Après lui avoir répondu positivement, j'envoie un message à Célian.

[Tu vas à la Xmas party
ce soir ?]

[Bien sûr. Viens chez moi
dans une heure, comme ça,
on ira ensemble.]

Donc j'étais la seule à avoir oublié. Célian ne m'a même pas demandé si j'avais envie d'y aller. En même temps, à part en étant cloué au lit avec une bonne grippe, personne ne raterait ça pour rien au monde. J'ai une heure pour me préparer, ce qui veut dire que je ne dois pas perdre une seconde de plus. Devant le miroir de ma salle de bains, j'arrange le nid qui s'est formé sur le haut de mon crâne à l'aide d'un fer à lisser et charbonne mes paupières pour faire ressortir le bleu profond de mes yeux. Après avoir déposé une couche de gloss rosé sur mes lèvres, je troque mon pyjama contre une chemise blanche et une jupe en sequins vert sapin, que j'ai achetée il y a deux mois, spécialement pour cette occasion. Des collants épais, un manteau chaud et je suis prête ! Ou presque. Je prends une pochette et y fourre mon bordel habituel. Puis, en enfilant mes talons, je me lance un dernier coup d'œil dans la glace.

Mes cheveux tombent en cascade sur une de mes épaules en vagues chocolatées. J'avance plus près pour inspecter le maquillage qui orne mes yeux et efface une trace de mascara sur ma paupière. Le résultat final n'est pas transcendant, mais je n'ai pas le talent de James Charles[1] alors je ne pouvais pas espérer faire des merveilles.

Lorsque je quitte ma chambre, ma mère me regarde de la tête aux pieds avant de froncer les sourcils.

– Désolée, mais ce soir, tu ne peux pas m'interdire d'aller à la dernière soirée de l'année, maman.

---

1. Maquilleur et youtubeur beauté.

– La dernière soirée de l'année ? Et celle du Nouvel An, alors ?

– L'avant-dernière, corrigé-je avec un sourire en coin, ce qui a pour effet de la faire sourire aussi.

J'attrape mes clés et, à peine ai-je posé un pied dehors que je l'entends me hurler :

– Tu rentres dormir ici !

Ce n'est pas une question, mais un ordre.

– Oui, mon capitaine !

Et je claque la porte. Je marche plus de dix minutes dans le froid vif et piquant du soir, et en arrivant enfin devant chez Célian, je sonne. Je me sens comme un manchot après la traversée du Grand Nord. J'attends un certain temps sur le perron, et quand je crois que je vais perdre un bout d'orteil ou un de mes doigts tant je suis congelée, Lily finit par m'ouvrir. Elle m'accueille en me serrant dans ses bras, ce qui me réchauffe et me soulage à la fois. Elle n'a pas l'air contrariée du fait que Célian a passé le réveillon avec moi. Ou peut-être qu'elle n'est tout simplement pas au courant.

– Tu vas bien ? me demande-t-elle en me laissant entrer. Ça fait longtemps que je ne t'ai pas vue !

– Oui, c'est ma mère… Elle m'a punie, en quelque sorte.

Je me sens dans la peau d'une gamine de 5 ans, tout à coup.

– Célian m'a tout raconté, répond-elle d'un air grave. Ça s'est arrangé ?

– Oui, elle a bien voulu me rendre ma liberté.

Elle rit.

– Célian est dans sa chambre, je crois qu'il est en train de se préparer. Tu peux aller le rejoindre.

Je la remercie d'un hochement de tête et monte l'escalier quatre à quatre, pressée de le retrouver. J'avance vers sa chambre, les yeux fixés sur la porte, lorsque Elias sort de la sienne, me barrant brusquement le passage. Je manque de faire un bond jusqu'au plafond.

– Salut, Alayna.

– Salut.

Je ne lâche pas la porte de Célian du regard, espérant lui faire comprendre que j'aimerais pouvoir passer.

– Tu sais, dit-il en passant une main nerveuse sur sa nuque, maintenant que je suis enfermé dans cette chambre, à longueur de journée, privé d'alcool, et de tout le reste… j'ai eu le temps de réfléchir et de me rendre compte de certaines choses. Mon frère semble heureux avec toi, je n'aurais pas dû me comporter comme je l'ai fait. Alors, même si je sais que tu n'accepteras pas mes excuses, je voulais te dire que je suis vraiment désolé pour tout.

Je n'ai pas l'habitude d'entendre Elias parler comme ça, avec autant de gentillesse et de remords dans la voix. Si bien que pendant quelques secondes, je reste silencieuse. Peut-être que justement, c'est le fait de ne plus toucher à ces substances qui le rend « normal ». J'étais loin d'imaginer que derrière toute la drogue et l'alcool qu'il consommait se cachait un être humain avec un cœur. Du coup, je profite de sa soudaine sensibilité pour lui parler de Célian.

– Ce n'est pas avec moi que tu devrais essayer d'arranger les choses.

– Je sais. Mais je voulais commencer par toi, parce que finalement, tu n'y es pour rien. Ce sont nos histoires, pas les tiennes.

Elias, qui avait le regard baissé sur ses pieds nus, relève les yeux vers moi pour me lancer un sourire contrit. Sincèrement, je me fiche pas mal de ses excuses ; tout ce que je veux, c'est qu'ils se réconcilient et que toutes ces embrouilles cessent. Même si Célian a beaucoup de mal à l'admettre, je sais qu'au fond de lui, sa relation avec son frère le fait souffrir. Et, en parlant de Célian, il choisit ce moment pour sortir de sa chambre. Dès qu'il me voit en compagnie d'Elias, sa mine joyeuse disparaît pour laisser place à un visage fermé. Il s'avance vers moi, et dans un geste possessif, sa main agrippe la mienne. Sentant que l'ambiance est électrique, je chuchote à Célian :

– On y va ?

Il hoche sèchement la tête et je l'entraîne vers l'escalier pour l'empêcher de se ruer sur Elias.

– Bonne soirée à vous deux, lance gaiement le blond alors que Célian m'ouvre la porte.

Célian a l'air confus, mais il reprend aussitôt ses esprits en lui jetant un regard mauvais. Une fois que nous sommes dehors, il se tourne vers moi.

– Qu'est-ce qu'il te voulait ?

Son ton est glacial. Aussi froid que le vent qui vient fouetter mes joues.

– S'excuser…

– Tu ne m'as pas dit qu'il l'avait déjà fait ?

Merde. Je me concentre pour ne pas bégayer.

– Si. Mais c'était important pour lui d'insister. Je crois… je crois qu'il commence à accepter notre couple.

Célian me regarde un long moment sans rien dire, puis il secoue la tête, comme si ce que je disais n'avait aucun sens.

– Que des conneries, putain.

Il rabat sa capuche pour se protéger du vent et me dépasse en s'éloignant dans la rue. Je le suis comme un petit chien. L'atmosphère s'est considérablement refroidie entre nous, je dois essayer d'arranger ça. Après m'être creusé les méninges un bon moment, je sais enfin quoi lui dire pour lui faire oublier Elias.

– J'ai lu ta lettre.

Il me lance un regard étonné par-dessus son épaule.

– C'est vrai ?

– Oui. Je l'ai trouvée…

– Profondément chiante et ridicule, hein ? Je ne sais pas pourquoi j'ai écrit cette stupide lettre, encore moins pourquoi je te l'ai donnée.

Je m'arrête net, ses mots me font l'effet d'une gifle. Pas d'une mauvaise gifle, non, de celles qui réveillent au milieu d'un beau rêve.

– Non. En fait, je voulais dire « parfaite », déclaré-je d'une voix sèche. Mais elle l'est un peu moins maintenant.

Célian comprend tout de suite qu'il m'a blessée, car il revient immédiatement sur ses pas pour se poster devant moi. Je le dévisage d'un air dur et je ne dis rien, pas même quand il encadre mon visage de ses mains gelées.

– Je te demande pardon, je suis un peu sur les nerfs.

– Je l'ai compris. Mais cette fois, je t'assure qu'Elias n'a rien fait.

– Il en a tellement fait par le passé, murmure-t-il.

Malgré la pénombre, je discerne la lueur triste qui scintille dans ses yeux.

– Essaie de te le sortir de la tête. Au moins jusqu'à demain matin, je veux que tu profites de la soirée. Dis-toi que bientôt, il ne sera plus là.

Il pousse un long soupir.

– C'est ce que je me répète tous les jours.

Afin de lui donner du courage, je me mets sur la pointe des pieds pour poser ma bouche sur la sienne. Alors que je me délecte du contact de ses lèvres, je sens une vibration dans la poche de mon manteau. Je m'écarte de Célian et m'empare de mon téléphone pour jeter un coup d'œil à l'écran.

– C'est Lucy, l'informé-je en le rangeant de nouveau dans ma poche. Elle me demande de me dépêcher, elle est déjà à l'intérieur.

On accélère alors le pas et, une vingtaine de minutes plus tard, on arrive devant la boîte de nuit, main dans la main. On s'approche des videurs, des types gigantesques et chauves, et on entend de plus en plus fort le martèlement furieux et incessant des basses. Jusqu'à la dernière seconde, je pense qu'ils vont nous refuser l'accès, mais il n'en est rien. Ils se décalent pour nous laisser passer, et je me rappelle alors que la plupart des gens qui sont à l'intérieur ont le même âge que nous. Ça ne m'empêche pas de me sentir comme une hors-la-loi. Célian ne lâche pas ma main, et la serre même quand nous plongeons dans le noir. Des paillettes argentées brillent sur les têtes agglutinées – des lasers verts et rouges alternent, au rythme des stroboscopes. C'est la première fois que je mets les pieds dans une discothèque, et pour l'instant, je ne vois pas de réelle différence avec les soirées de Leila. Je retrouve les mêmes gens bourrés, la même musique forte, la même odeur de transpiration mêlée à celle de la clope. Célian me fait traverser la foule en effervescence, et de temps en temps, nous croisons des filles déguisées en mère Noël. Pas le costume classique et un peu vieillot, non, celui avec très peu de tissu. C'est à mon tour de serrer la main de Célian.

– Tu es là !

Une tornade blonde se jette à mon cou, me renversant presque.

– Tu étais où ? Ça fait plus d'une demi-heure que je t'attends.

– Je suis venue avec Célian, il est…

Je ne finis pas ma phrase car je me rends compte que sa main n'est plus dans la mienne. Mes yeux le cherchent partout, mais à cause des gens qui m'entourent et dansent, sautent dans tous les sens, je ne vois rien.

– Il était là.

– Ne t'en fais pas, il a peut-être croisé Wes !

Oui, et d'ailleurs, j'aurais deux mots à lui dire à celui-là.

– Tu veux un verre ? crie Lucy pour couvrir le brouhaha. Oh, mais attends, il faut que tu te débarrasses de ton manteau avant !

Elle me guide jusqu'aux vestiaires, tout en m'expliquant qu'il faut payer cinq dollars pour faire garder nos affaires. Je sors un billet en râlant, et le dépose sur le comptoir, avec mon manteau. En échange, on me donne un ticket que je range tout de suite dans ma pochette. Lucy ne me laisse pas une seconde pour respirer car elle m'entraîne immédiatement vers le bar.

– Alors, tu veux boire quoi ?

– Un cocktail sans alcool. Je te laisse le choisir pour moi.

Avec la chaleur qu'il fait dans la discothèque, je prendrai n'importe quelle boisson rafraîchissante. Lucy regarde la carte avec attention et, une fois qu'elle a fait son choix, elle se penche vers le serveur pour lui donner notre commande.

– Cette soirée va être démente ! hurle-t-elle, surexcitée, en me secouant les épaules.

Je hoche vaguement la tête, comme absente.

– Tu sais si Debbie est là ?

– Non. Apparemment, elle a chopé un gros virus qu'elle a même refilé à Leila.

Et Dieu existe. Au moins, je sais que Célian n'est pas avec elle. Je commence à relâcher la pression, jusqu'au moment où je vois passer une autre mère Noël dénudée. Je profite d'être près du bar et d'avoir une vue plus dégagée pour regarder autour de moi, mais il est toujours introuvable. *La confiance, Alayna. La confiance.* Je suis frustrée de ne pas savoir ce qu'il fait, mais je dois me calmer. Célian ne m'a pas offert un bracelet pour aller draguer une mère Noël derrière. Je fixe les petites breloques argentées que je tripote d'un air pensif, lorsque Lucy me relève le visage d'un pouce sous le menton pour que je la regarde.

– Arrête de t'inquiéter, il va réapparaître.

Comme je n'ai pas envie de passer pour la nana accro à son mec, et donc très chiante, je lui adresse un sourire que j'espère pas trop tendu et lui demande :

– Et du coup, Wes et toi, vous sortez ensemble ? Tu es restée très évasive la dernière fois.

– Ouh, là, non, pas du tout. Comme je pars dans un peu plus d'un mois, je lui ai dit que je ne cherchais rien de sérieux. Et ça lui convient aussi.

– Alors quoi, vous êtes sex friends ?

Je pensais que ce concept n'existait que dans les séries ou les films. Lucy n'est visiblement pas à l'aise avec cette expression, car ses joues pâles s'empourprent brusquement.

– On peut dire ça.

Le serveur n'a pas le temps de poser nos verres sur le comptoir que Lucy les lui arrache presque des mains pour boire le sien d'une traite. Elle insiste sur le fait qu'il est délicieux, qu'elle n'a jamais rien bu d'aussi bon, mais je sens bien qu'elle essaie simplement de changer de sujet de conversation. Moi, je suis rassurée d'apprendre qu'elle n'est pas en couple avec Wes, je n'aurais pas accepté qu'il la fasse souffrir. Même si l'idée ne me plaît pas, et que j'aimerais me tromper, je le soupçonne d'éprouver encore une attirance pour moi. Ça expliquerait son comportement de l'autre soir et la raison pour laquelle il a supprimé mes appels du téléphone de Célian.

Je fais glisser la boisson colorée vers moi et coince la paille entre mes dents. Alors que j'aspire, je fais une grimace en sentant un liquide amer envahir mon palais.

– Tu te fous de moi, il y a de l'alcool dans ce cocktail ! m'exclamé-je, la gorge en feu.

Lucy éclate de rire.

– Parce que tu crois vraiment que j'allais te laisser boire du jus de fruits en discothèque ?

– Un jus de fruits aurait été meilleur que ce truc. Tiens, je te l'offre, dis-je en lui tendant mon verre.

– Tu préfères que je te commande une vodka-cerise ?

Ah, la question piège.

– Non, merci…

Elle m'observe avec des yeux ronds.

– Tu n'as jamais refusé une vodka-cerise. Qu'est-ce qui t'arrive ?

Je ne peux pas lui dire que j'ai développé une sorte de blocage vis-à-vis de l'alcool depuis que je connais Célian, et plus particulièrement son passé. Alors j'invente une excuse.

– Le barman a l'air mauvais. J'ai peur qu'il ait la main trop lourde sur la vodka.

– Moi, ça ne me dérange pas, répond-elle en buvant mon verre cul sec.

Puis, elle le repose brutalement sur le comptoir et se tourne de nouveau vers moi, les yeux brillants.

– Si tu ne veux pas boire, tu voudras au moins aller danser.

Et nous voilà reparties. Malgré mes grognements de protestation, elle m'attire sur la piste noire de monde et pousse quelques personnes pour nous faire une place. Tout sourire, elle me fait faire un tour complet sur moi-même en me tenant la main. Devant moi, les lumières colorent le visage de Lucy d'une multitude de tons rosés et orangés. C'est à cet instant que je réalise que, dans un mois, ma meilleure amie ne sera plus ici. J'arrête tout de suite de râler pour danser avec elle. Je ne sais pas encore ce que je ferai l'année prochaine, si j'irai la rejoindre à Los Angeles ou non, mais dans le doute, je préfère profiter de chaque moment. La musique est si forte que je ressens chaque vibration dans tout mon corps. Les yeux fermés, comme enivrée, je bouge au rythme du morceau, remue les hanches et, en rouvrant les yeux, j'aperçois la silhouette de Wes près de l'espace fumeurs.

– Je reviens, Lucy, lui soufflé-je à l'oreille.

– Tu me plantes encore !

– Je n'en ai pas pour longtemps.

Je fonce droit sur Wes, bousculant tout le monde en mode bulldozer, et lorsque j'arrive enfin à l'atteindre, je le tire par la manche de sa chemise. Ses yeux s'arrondissent en me voyant.

– Alayna…

– Est-ce que tu sais où est Célian ?

– Je crois qu'il est parti aux toilettes. Je le préviendrai que tu le cherches dès qu'il reviendra…

De la même façon qu'il l'a prévenu de mes nombreux appels ?

– Non, dis-je sèchement. C'est à toi que je voulais parler.

Il déglutit si violemment que sa pomme d'Adam sautille.

– Moi ?

Un lourd silence s'installe, un silence relatif car troublé par la musique autour de nous.

– C'est par rapport à l'autre soir ? reprend-il, comme s'il n'était pas sûr de ce que je lui reprochais.

– Exact. En fait, je voulais savoir ce qui ne tournait pas rond chez toi. Que tu m'enlèves Célian parce que vous aviez prévu de passer une soirée ensemble, OK, je l'accepte. Difficilement, mais je l'accepte. Mais qu'ensuite, tu lui voles son téléphone pour prendre un de mes appels et me dire des conneries, comme quoi les potes passent avant les meufs, ça ne passe pas. Pas du tout même. Puis, pour couronner le tout, tu ne lui dis pas que j'ai essayé de le joindre, pire encore, tu effaces tous mes appels manqués. Alors, je me demande une chose, Wes. (J'essaie d'adopter un ton plus calme pour lui poser cette question :) Est-ce que c'est parce que tu es amoureux de moi que tu as fait un truc aussi tordu ?

Il me regarde, stupéfait, avant d'éclater d'un profond rire nerveux.

– Quoi ?

– Tu m'as bien entendue.

– Je n'ai pas effacé tes appels.

– Alors, comment ça s'est fait ? Par l'opération du Saint-Esprit ?

Wes soupire et se passe la main dans les cheveux.

– Je suis désolé, Alayna, mais… il faut que tu saches que je n'étais pas au courant qu'elle serait là.

Elle ? J'ai déjà un nœud qui me tord l'estomac et je devine que je ne vais pas apprécier ce qu'il s'apprête à me dire.

– De qui tu parles ?

Je suis prise de court ; jamais, pas une seconde, je n'avais envisagé une autre explication que la mienne. La peur au ventre, je regarde Wes souffler un bon coup avant de se lancer.

– J'ai fait un peu de forcing auprès de Célian pour qu'il passe la soirée avec moi et pas avec toi. Et c'était archi nul de ma part, d'ailleurs. Excuse-moi. (Devant mon mutisme, il poursuit :) Quand on a débarqué à la fête de Leila, on était censés retrouver ma sœur, mais je ne savais pas qu'il y aurait

Evie avec elle. Et de son côté, Sam ne pensait pas que je ramènerais Célian…

J'encaisse le choc du mieux que je peux. J'ai des picotements partout, je lui lance des regards confus, priant pour que ce soit une mauvaise blague. Mais ça n'en a pas l'air. *Célian et Evie, la Evie, ont passé la soirée ensemble ?* Je ne sais pas quoi dire, comment réagir. Je ne sais même plus comment respirer.

– Evie ? répété-je, déboussolée. Comme l'ex de Célian ?

Je ressens le vertige de la déception, bien plus fort, bien plus puissant encore que les autres fois.

– Oui, et comme la meilleure amie de ma sœur, aussi. Elles étudient à l'université de droit de New York ensemble. Sam est revenue ici pour passer Noël avec nous, elle m'avait dit qu'Evie était bloquée là-bas pour repasser ses examens de fin d'année, mais finalement, elle a pu se débrouiller pour venir. Et Sam ne m'a pas averti. Elle l'a invitée à la soirée de Leila pour me faire une surprise. Mais comme je te l'ai dit, il y avait aussi Célian avec moi…

– Il a bien voulu passer la soirée avec elle ?

Un mec saoul me bouscule assez fort pour que je l'insulte. Mais je ne dis rien. Je suis trop bouleversée, trop hors de moi pour être moi-même.

– Attends, ne t'énerve pas. Ils ne se sont pas adressé un mot de toute la soirée. Sam discutait avec Célian, moi avec Evie, et il ne s'est absolument rien passé.

– Tu es ami avec elle ?

Le dégoût est perceptible dans ma voix.

– Je la connais depuis toujours. C'est l'amie de ma sœur.

Et alors ?

Je le regarde fixement et lentement, avec gravité, martelant chaque mot, je lui dis :

– Elle a trompé Célian. Avec son frère, en plus.

– C'était il y a longtemps, on fait tous des erreurs. Mais ce n'est pas la question. Si Célian ne s'est pas barré de la soirée, c'était uniquement pour me faire plaisir. (Il marque un temps de pause, comme s'il avait peur de ma réaction.) À un moment, Evie a remarqué que Célian avait laissé traîner son téléphone sur la table basse. Elle a profité du fait qu'il discute plus loin avec Sam pour te répondre. Elle savait qui tu étais, Sam lui avait parlé de toi. Et quand elle m'a passé directement le téléphone pour que je te parle, je me suis retrouvé comme un con. J'aurais sans doute raccroché, si je n'avais pas autant bu et fumé, mais... voilà. Je t'ai dit ces conneries. Et euh... c'est elle qui a tout effacé. J'ai tout dit à Célian tout à l'heure... En fait, s'il n'est pas avec moi, c'est parce qu'on s'est un peu embrouillés.

J'entends mon cœur se déchaîner et palpiter, si fort que l'espace d'un instant, la musique me paraît lointaine. Je n'en reviens pas. Je n'arrive pas à croire que Wes soit de mèche avec cette Evie, que Célian m'ait menti sans vergogne, et que cette garce se soit permis de supprimer mes appels.

– J'étais déchiré, Alayna...

Mais je ne l'écoute déjà plus et tourne les talons. Je suis sonnée par cette révélation qui ne ressemble en rien à ce que j'avais imaginé. Et agacée de m'être fait prendre pour une idiote. Les lapins, ça ne suffisait pas, il fallait en plus que je découvre qu'il m'a menti. Ce n'est pas la première fois que ça arrive pourtant, je ne devrais pas être surprise. Mais bêtement et naïvement, je pensais qu'à ce stade de notre relation, il ne se permettrait plus de le faire. J'avais tort. Et j'ai envie de me donner des baffes pour avoir fait preuve d'autant de crédulité. Célian, l'amoureux transi, qui vient tous les soirs sous ma fenêtre. Célian qui m'écrit une lettre d'amour. Célian qui m'aide à aimer mon corps. Que des sornettes pour mieux me cacher sa sortie avec Evie ! Wes m'a affirmé qu'il ne s'était rien passé entre eux, mais qui me dit que ce n'est pas un autre mensonge ? Alors que je marche pour retrouver Lucy et la prévenir que je rentre chez moi, je me retrouve nez à nez avec la personne que j'avais le moins envie de croiser. Parmi tous les gens qui se trouvent dans cette discothèque, il fallait forcément que je tombe sur Célian. Ses grands yeux noirs m'observent, muets. J'essaie d'afficher le regard qui veut dire : « Je sais tout. » Et ça a l'air de plutôt bien fonctionner.

– Alayna, je…

Il est coupé par une voix féminine qui s'approche de nous :

– Salut, Célian ! Alors, tu t'es remis de ton bad trip ?

La fille, une grande blonde mince et élancée, pose ses griffes roses sur l'épaule de Célian. Je comprends tout de suite que c'est *elle*. La Evie. Je prends le temps de l'analyser : des jambes longues et interminables, une taille de poupée Barbie, une poitrine ni trop grosse ni trop petite, un visage d'ange et une chevelure soyeuse. Elle n'est pas différente des filles comme Debbie, Emily ou Beth. Elle aussi, elle doit avoir des défauts cachés. Des complexes non assumés. Alors étrangement, je ne lui envie rien. Je la trouve même affreusement banale. Célian repousse brusquement sa main, ses yeux ne me quittent pas, et Evie finit aussi par me regarder. Elle me jette un regard froid, glacial, mais le mien doit frôler les moins quatre-vingts degrés.

– Oh, c'est elle. La fameuse Alayna.

Elle prononce mon nom comme si elle allait le vomir.

– Et toi, tu dois être la fameuse Evie. L'ex de Célian. Ou peut-être bien celle d'Elias ? J'ai un affreux doute.

Elle paraît soudain extrêmement mal à l'aise, ce qui m'arrache un sourire satisfait. J'hésite à voler le verre de quelqu'un pour le jeter sur sa robe, histoire de terminer l'humiliation en beauté et ainsi alléger ma colère, mais elle ne mérite pas que je me rabaisse à ça. Et Célian non plus. Je serre les poings à m'en égratigner les paumes avec mes ongles et fais demi-tour, sortant mon ticket de mon sac pour gagner du temps. Je pousse la porte en verre et pénètre dans le couloir qui dessert d'un côté la sortie et de l'autre le vestiaire. Je récupère mon manteau et une fois dehors, je marche vite en faisant claquer mes talons sur le trottoir humide.

– Alayna !

Je regarde brièvement par-dessus mon épaule et vois Célian se diriger vers moi d'un pas vif. Sans réfléchir, je continue à marcher mais dans le sens inverse. De toute évidence, je ne suis pas de l'humeur adéquate pour affronter une conversation avec lui. Il hurle dans mon dos et j'accélère l'allure. Même si je ne suis pas athlétique et que mes talons me compriment les orteils, l'envie de fuir me rend plus endurante et moins essoufflée. Malheureusement, alors que je pensais l'avoir semé, Célian me démontre qu'il est bien plus doué que moi à la course-poursuite. Brusquement, il m'empoigne par le bras, me stoppant net dans mon élan.

– Où tu vas ?

Prise d'une haine incontrôlable, je dégage mon bras et me tourne brutalement vers lui.

– N'importe où, pourvu que je sois loin de toi ! Et de ton traître de meilleur ami ! Et de cette garce sournoise !

Il se passe quelques secondes avant que je ne l'entende soupirer.

– Si je ne t'ai pas dit la vérité, c'était justement pour éviter ce genre de réaction.

Quoi ?

J'ai envie d'éclater de rire. Un rire nerveux, mauvais. Et deux secondes après, j'ai envie de pleurer. Comme mes yeux sont secs, que je ne peux pas me laisser aller à pleurer et que je suis une boule de nerfs, je choisis finalement de hurler.

– Je rêve ou tu es en train d'essayer de rejeter la faute sur moi ? Tu ne vois pas que si tu m'as menti, c'est parce que tu n'avais pas les couilles de m'avouer que tu avais passé la soirée avec ton ex ? J'aurais pu avoir le caractère le plus doux qui soit, le plus docile, tu ne m'aurais rien dit pour autant. Parce que tu es un froussard, Célian. Un putain de froussard.

– Tu n'as pas l'impression d'abuser un peu, là ?

Je dois vraiment prendre sur moi pour me retenir de lui en coller une.

– J'abuse ? Tu me mets un faux plan pour aller passer la soirée avec Wes, tu ne m'envoies pas de message pour me prévenir, et j'apprends ensuite – et pas par toi – que ton ex était de la fête. Moi, je trouve que je n'abuse pas. Bien au contraire.

– Je n'ai pas dîné dans un restaurant en tête à tête avec elle non plus ! Je te rappelle quand même que j'étais chez Leila. Tu devrais savoir que ses soirées sont toujours blindées de monde ! C'est comme si tu te rendais aussi à une fête et que malheureusement, tu te rendais compte qu'il y avait Jonah. C'est pareil ! Et si ça peut te rassurer, je ne lui ai pas adressé un mot.

Je le regarde sans broncher et lui demande simplement :

– Alors pourquoi tu ne m'as rien dit ? Moi, je l'aurais fait. Je t'aurais dit si j'avais croisé Jonah à une fête. Pourquoi cacher ce genre de choses quand on n'a rien à se reprocher ?

– Tu avais l'air déjà énervée que je te pose un lapin… À juste titre, c'est vrai, s'empresse-t-il d'ajouter en croisant mon regard furieux. Mais je ne voulais pas risquer d'envenimer la situation pour un détail aussi insignifiant.

La rage me tord le ventre. Comment ose-t-il faire passer son comportement écœurant pour quelque chose de bienveillant ?

– Et donc, tu as choisi de me mentir. J'ai l'impression que tu règles beaucoup de problèmes de cette façon, dis-je, sarcastique.

Il ne répond rien, comme s'il approuvait en silence. Cela me fait d'autant plus mal.

– Puis, c'était à moi de juger si c'était un détail insignifiant ou non. Pas à toi.

– Je l'ai ignorée toute la soirée. Je n'étais pas là-bas pour elle…

– Qui me dit que tu ne mens pas, là aussi ? le coupé-je. C'est ça, le problème avec le mensonge, Célian. Au bout d'un moment, on n'arrive plus à discerner le vrai du faux.

Wes m'a dit la même chose, qu'apparemment tu ne lui aurais pas parlé, mais peut-être qu'il cherchait simplement à défendre son ami ? Peut-être que tu n'as jamais cessé d'être le Célian séducteur et manipulateur d'avant ?

Chaque mot me coûte. Je ne veux pas y croire, mais mes doutes refont surface. Clairement, j'en suis assaillie. Sauf que, contrairement aux autres fois, je n'arrive pas à les rejeter en bloc.

– C'est vraiment ce que tu penses ?

Je perçois dans son timbre une déception si forte qu'un nœud se forme automatiquement dans ma gorge, m'empêchant de parler.

– Je pensais t'avoir prouvé que je t'aimais…

– Alors, pourquoi tu es resté là-bas ?

Il baisse les yeux.

– Je te l'ai dit. Je voulais faire plaisir à Wes. Et je regrette de ne pas t'avoir prévenue, j'ai fait une connerie…

– Je crois… je crois que c'est moi qui ai fait une connerie en t'accordant ma confiance.

À la fin, ma voix n'est qu'un chuchotement. Il relève la tête pour me regarder d'un air affolé. Une expression douloureuse passe dans son regard, j'essaie de ne pas y prêter attention. Même si je sens mon cœur gonfler comme une éponge qui se noie dans un bain de larmes. Mais c'était couru d'avance, n'est-ce pas ? Il n'y avait qu'à voir mon père mentir sans arrêt à ma mère, les voir s'engueuler dans toute la maison sans interruption. J'aurais dû savoir que l'amour, le vrai, le sincère n'existait pas. Je commence à m'éloigner, priant pour qu'il ne me retienne pas. Et, en même temps, je m'en veux, parce que, au fond de moi, j'aimerais qu'il me retienne. Mon cœur bat vite, douloureusement.

– Et toi, alors ? Putain, on peut dire que tu m'as bien pris pour un con !

Je me fige, mon pouls s'accélère. Je ne sais pas si j'ai envie de me retourner, mais je suis tellement surprise par l'intonation de sa voix que je m'oblige à le faire. Je suis encore plus surprise de découvrir son visage déformé par la colère.

– Tu n'as jamais voulu partir à New York avec moi, pas vrai ? J'ai parlé avec Lucy. Elle a hâte que tu la rejoignes à Los Angeles !

– Non… je…

Je ne sais pas quoi dire.

– Merci de m'avoir prévenu. Et de m'avoir fait espérer pour rien. Miss Parfaite qui ne ment jamais aux autres, dit-il avec un sourire acerbe.

– Lucy a besoin de moi.

– Parce que moi, je n'avais pas besoin de toi ?

– Ce n'est pas pareil.

Lucy m'a fait promettre de ne jamais parler de sa dépression chronique à personne. Alors, je ne le dirai pas. Pas même à Célian. Jusqu'à aujourd'hui, je ne savais pas quoi faire, j'étais dans une impasse. En choisissant de partir à New York, je blesserais forcément Lucy. À l'inverse, en allant m'installer à Los Angeles, je renoncerais à ma relation avec Célian. Et c'est vrai que pendant de longues semaines, j'ai fait traîner les choses, j'étais incapable de prendre une décision.

Mais j'imagine que maintenant, le problème ne se pose plus.

Célian rit, mais ça n'a rien d'un rire. C'est un son creux, presque douloureux.

– Oui, bien sûr. Lucy est ta meilleure amie, tandis que moi… Qui j'étais pour toi, en fait ? Un mec de passage ? Et qui s'amusait à te dire « je t'aime » sans le penser ?

Je remarque qu'il parle de nous au passé. C'est un détail, d'apparence futile et sans grande importance, et pourtant si révélateur. Je réussis à garder un visage neutre, malgré toutes les émotions qui se déchaînent en moi et je hausse les épaules, faussement détachée.

– Vois le bon côté des choses. Quand tu vivras à New York,

Evie sera là pour compenser mon absence. À se demander si tu n'as pas choisi cette ville exprès pour te retrouver avec elle ! Heureusement, je n'ai pas été trop conne pour accepter ta proposition.

Sa mâchoire carrée se contracte à mort, il a l'air furieux.

– Mais oui. C'est vrai que si je voulais t'emmener, c'était pour mieux te briser le cœur, et pas pour qu'on construise un avenir ensemble. Comme si j'en avais encore quelque chose à foutre de cette meuf, murmure-t-il entre ses dents. Tu sais quoi, c'est inutile que je prenne la peine de t'expliquer que j'ai choisi New York pour ses meilleures universités d'art. Tu ne comprendrais rien, tu es trop bornée comme fille. Et paranoïaque. Tu as un sérieux problème avec la gent masculine et, même si je me suis mis un bandeau sur les yeux pour ne pas le voir, c'est une évidence. Tu continueras de l'avoir. Avec moi ou quelqu'un d'autre.

Je me raidis d'un bloc, ses derniers mots m'arrachent le cœur.

– Je crois que finalement, on est deux à être déçus ce soir, ajoute-t-il avant de rebrousser brusquement chemin.

– Fantastique ! hurlé-je en faisant de mon mieux pour avoir l'air enjouée, alors qu'à l'intérieur, je crève de douleur. Je suis ravie qu'on soit sur la même longueur d'onde ! Et tiens, récupère ça avant de te barrer !

Rageusement, je retire son bracelet de mon poignet et l'envoie de toutes mes forces dans sa direction. Lorsqu'il entend les petites breloques s'écraser sur le goudron, il se tourne vers moi pour me lancer un regard où se mêlent surprise et douleur. Je crois même voir des larmes briller au fond de ses yeux, mais à cause de la distance, je ne pourrais pas l'affirmer.

– Tu peux le reprendre, je n'en veux plus !

Sans rien dire, il le ramasse avant de repartir très vite.

– Je ne t'aurais jamais suivi à New York, de toute façon. Tu m'entends ? Jamais !

Les larmes ruissellent sur mes joues à présent, mais comme il me tourne le dos, c'est tellement simple de dire des horreurs. Quand j'essaie de prendre une inspiration, elle se bloque dans ma gorge. Je regarde sa silhouette s'éloigner, jusqu'à ce que l'obscurité l'enveloppe complètement. Je fixe la pénombre sans bouger. J'ai mal, si mal. C'est précisément cette douleur que j'ai cherché à fuir pendant des années. Si j'avais su que je la ressentirais aussi intensément avec Célian, je serais partie bien avant.

Sur le chemin du retour, je ne croise pas un chat. Tant mieux. Je dois ressembler à un déchet avec mon maquillage qui a coulé sur mes joues et mon nez rouge. En rentrant chez moi, je cours vite dans ma chambre pour que ma mère ne me voie pas. Je n'ai pas envie de parler de ce qui s'est passé, je veux juste qu'on me laisse tranquille. Je m'enferme dans ma salle de bains et j'aperçois mon visage blême dans le miroir au-dessus du lavabo. Je fais l'effort de me démaquiller, même si je voudrais me mettre tout de suite au lit pour dormir, et ainsi arrêter de penser à Célian. Je me force aussi à me doucher. Et à me changer. Pour dire vrai, chaque geste me demande un effort gigantesque.

Une fois allongée, je vérifie mon téléphone. Mais évidemment, il n'a pas essayé de me joindre. Maintenant que je suis plus calme, je me rends compte que je suis allée trop loin, que ce soit dans mes propos et dans mes gestes. J'ai laissé la colère parler à ma place, parce que sur le moment, je me suis sentie trahie. Et, même si je le crois quand il dit qu'il ne s'est rien passé entre eux, je veux aussi qu'il comprenne que je déteste que l'on me cache des choses. De son côté, il pense aussi que je lui ai menti à propos de New York, alors que chaque jour, je pensais de plus en plus à partir avec lui. Ma seule erreur, c'est de ne pas avoir eu le courage de tout dire à Lucy par crainte de la blesser. En fin de compte, maintenant, tout le monde souffre, et je n'irai ni à New York ni à Los Angeles. Et mon histoire avec Célian est finie.

Mon nez recommence à me chatouiller, mais je refuse catégoriquement de verser ne serait-ce qu'une larme de plus ! Je suis solide comme un roc, je n'ai pas besoin d'un mec pour me sentir épanouie, je n'ai besoin de personne – baliverne – et encore moins de Célian – foutaise. Finalement, je me demande si le mieux pour moi ne serait pas d'aller me calfeutrer dans mon grenier, avec pour seule compagnie un chiffon que je baptiserais Joey et à qui je raconterais mes plus sombres malheurs.

Mais pour l'instant, le seul chiffon, c'est moi.

47

– Alayna ? Tu es réveillée ?

J'entends la porte grincer, puis quelques bruits de pas qui se dirigent vers moi. Lorsque ma mère s'assied sur le bord du lit, je me tourne de l'autre côté en poussant un bref grognement.

– Ma chérie, il est dix-sept heures passées. Tu es rentrée tard hier soir ?

Pas tant que ça. Quand j'ai quitté la discothèque, il devait être à peine une heure du matin. À vrai dire, si je suis encore au lit, c'est parce que j'ai passé une nuit épouvantable. Je me réveillais tous les quarts d'heure pour regarder si je n'avais pas reçu un message de Célian, ou s'il ne m'attendait pas sous ma fenêtre. Parfois, j'entendais même le bruit des cailloux qui tintent sur le carreau. Mais il n'y avait personne, c'était simplement le fruit de mon imagination. Ou de ma folie.

– J'ai profité de la soirée, précisé-je en mentant. Laisse-moi quelques minutes pour me lever.

– Tu veux que je te prépare quelque chose à manger ?

– Je n'ai pas faim.

– D'accord, chuchote-t-elle en quittant ma chambre.

Elle doit penser que je suis de mauvaise humeur, comme souvent en me réveillant. Et pour une fois, ça m'arrange. Je ne vais pas la rejoindre tout de suite et je vérifie pour la énième fois mon téléphone, dans l'espoir que Célian m'ait envoyé un message. Mes yeux se posent sur l'icône en forme d'enveloppe qui me prévient de la réception d'un SMS. Mon cœur tambourine dans ma poitrine, je me redresse avant de réaliser qu'il vient en fait de Lucy. Ma déception est si grande que j'ai envie de jeter mon téléphone à l'autre bout de ma chambre, mais je me retiens.

[Je peux venir te voir ?]

Je l'ai reçu à quatorze heures.

[Oui.]

J'imagine qu'elle veut savoir pourquoi je suis partie de la soirée. Cela ne va pas être facile, mais je vais faire un effort pour me confier à elle. J'ai tendance à m'isoler et à ne parler à personne quand je suis déprimée, mais je sais que ce n'est pas en me terrant dans ma chambre que j'irai mieux. Et, en plus d'avoir besoin de compagnie, j'ai aussi besoin de conseils. Avec un soupir, je me lève et me traîne jusqu'à la salle de bains. Ma tête est aussi effrayante qu'hier soir, si ce n'est plus. Mes cheveux sont en bataille, et mes yeux sont encore gonflés de la veille. Pour éviter que ma mère ne prenne peur, je m'attache les cheveux et prends une noisette d'anticernes que je dépose sur les poches violettes. C'est triste comme cache-misère, mais ça a le mérite d'être efficace. Après avoir passé un vieux sweat-shirt et un pantalon de survêtement, je vais dans le salon et je n'ai pas le temps de m'asseoir sur le canapé qu'on sonne à la porte. Ma mère sort de la cuisine pour aller ouvrir, mais je la devance.

– C'est pour moi.

Pendant une seconde, j'espère voir Célian au lieu de Lucy, mais je me dis que c'est impossible. Et, en effet, j'avais raison de ne pas me faire trop de faux espoirs car c'est Lucy qui se tient devant moi, le regard inquiet.

– Ça va ?

Je hoche mécaniquement la tête, puis je me souviens que je voulais être honnête avec elle, alors je secoue la tête.

– J'ai croisé Célian après que tu m'as laissée, reprend-elle. Il m'a dit qu'il t'avait proposé de partir vivre à New York avec lui. C'est vrai ?

– Je… oui.

Ses yeux s'agrandissent d'étonnement.

– Pourquoi tu ne m'as rien dit ? Parce que du coup j'étais perdue ! Je lui ai répondu que tu ne m'en avais jamais parlé et qu'aux dernières nouvelles, tu voulais venir étudier avec moi à Los Angeles. Il avait l'air super déçu.

– Je sais…

– J'ai du mal à croire que tu n'aies pas songé une seule fois à partir avec lui.

Je remarque le sourire qui flotte sur ses lèvres. Sa réaction, pour le moins surprenante, m'encourage à tout lui avouer.

– J'y ai pensé. Plus d'une fois. Mais en même temps, je ne pouvais pas briser tous nos rêves. On parle de Los Angeles depuis notre entrée au collège. En plus, tu as besoin de moi. Je ne peux pas te laisser en sachant ça…

Lucy interrompt le flot saccadé des mots que je débite à toute allure, sans même respirer. Elle pose la main sur mon avant-bras et fronce les sourcils.

– Oh, du calme ! Je peux prendre soin de moi-même, toute seule, comme une grande. Et je te rappelle que mes parents seront à proximité. Puis, c'est quoi, cette histoire de briser des rêves ? Tu ne brises rien du tout, ton rêve à toi a simplement évolué. Si tu es heureuse à New York, alors je le serai aussi. Notre amitié peut bien résister à quatre mille cinq cents kilomètres. Et on continuera à se voir, qu'est-ce que tu crois !

Je suis à la fois soulagée et surprise de l'entendre dire ça. J'ai vraiment de la chance de l'avoir. Si j'avais été plus courageuse et que je lui avais tout dit avant, je n'en serais pas où j'en suis aujourd'hui avec Célian. La situation serait certes toujours aussi tendue à cause d'Evie, mais pas non plus désastreuse.

– Merci… mais c'est trop tard maintenant. On n'est plus ensemble.

J'ai dit cela dans un souffle.

– Ne raconte pas de bêtises. Des petites engueulades dans un couple, ça arrive, mais ça finit souvent par s'arranger.

– Non, je t'assure que ce n'était pas qu'une dispute banale. On s'est pris la tête pour New York, mais il n'y avait pas que ça.

Je n'aime pas cette pointe dans ma poitrine en pensant à Evie, et au fait que Célian m'ait caché la vérité à propos de cette soirée.

– Tu veux parler d'Evie, c'est ça ? Wes m'a tout dit, précise-t-elle en sentant ma perplexité. Mais apparemment, l'ambiance était super tendue à cette fête, Célian ne s'est pas approché d'Evie…

Je lève les yeux au ciel.

– Oui, bien sûr. En même temps, il n'allait pas dire le contraire, ils sont amis ! À sa place, tu aurais aussi cherché à me couvrir.

– Honnêtement, je le crois. Célian est fou amoureux de toi, il n'y a qu'à voir la façon dont il te regarde.

Mon cœur se serre.

– Dans ce cas, pourquoi il ne m'a rien dit ?

– Sûrement parce qu'il ne voulait pas t'inquiéter. Puis, avec le caractère que tu as, il devait aussi avoir peur de déclencher l'éruption du volcan Alayna.

Elle rit avec légèreté et, après avoir lâché un petit cri indigné, je ris aussi. J'ai conscience d'avoir un tempérament explosif, mais je pense que j'aurais préféré qu'il me dise la vérité plutôt que je la découvre moi-même. Mais j'ai fait aussi des erreurs. Je suis loin d'être parfaite. En premier lieu, je n'aurais jamais dû céder à mon impulsivité en me débarrassant de son bracelet, comme s'il ne signifiait plus rien pour moi. Je ne sais pas si après ce geste, il voudra encore me parler. Mais ça vaut la peine d'essayer. Il en vaut la peine. Et si je dois m'excuser mille fois, alors je le ferai.

– Tu me conseilles d'aller le voir ?

– Je te conseille surtout d'écouter ton cœur. En tout cas, si un garçon m'aimait à ce point, je remuerais ciel et terre pour le récupérer. Mon côté fleur bleue, certainement. Mais je crois que, grâce à Célian, tu sais enfin de quoi je parle.

Peu à peu, un sourire timide se dessine sur mon visage.

– Arrête de te trouver des excuses et pars à New York avec lui. Si ça marche, tant mieux. Si ça ne marche pas, tant pis, je t'accueillerai à Los Angeles. Mais tu dois essayer. Je sais qu'à cause de ton père, tu as la frousse, tu as du mal à t'engager par peur d'être déçue, mais Célian t'aime. (Je suis au bord des larmes de nouveau.) Et putain, deux personnes qui s'aiment, de nos jours, c'est rare. Alors, bouge-toi !

Elle a dit ça d'un air sévère, mais son sourire est si grand que je ris. Puis, je repense à ma dernière conversation avec Célian, aux mots blessants qui ont été prononcés, et mon estomac se contracte. S'il m'aimait encore, j'aurais reçu un message, un appel ou une visite surprise sous ma fenêtre. Or, ça a été le calme plat. Le silence total.

– Et s'il ne veut plus de moi ?

– Il n'y a qu'une façon de le savoir, répond-elle en sortant son téléphone pour me faire comprendre de l'appeler. Ou mieux encore, va chez lui. Mais des sentiments amoureux, ça ne disparaît pas en une nuit.

– Tu peux m'accompagner ?

– Non, ma cocotte ! Tu te débrouilles. Mes parents reçoivent des amis à dîner, ils m'attendent.

Avant qu'elle ne parte, je la prends dans mes bras et la serre aussi fort que je le peux.

– Merci, Lulu. Pour tout.

Elle me rend mon étreinte et encore une fois, je sens les larmes me monter aux yeux. Si je le pouvais, je me couperais en deux afin de déposer un petit morceau de moi à Los Angeles et un autre à New York. Mais je le sais, la vie est faite de choix et Lucy m'a aidée à en faire un. Je veux savoir à quoi ressembleraient mes journées si Célian était là pour les rythmer. Je veux enfouir ma tête dans le creux de son cou et sentir ses bras protecteurs se nouer autour de ma taille avant de m'endormir, et le faire toutes les nuits, tellement de fois que ça finirait par devenir une habitude. Et voir sa fossette espiègle se creuser à chacun de ses sourires. Je voudrais vivre ces choses au quotidien, sans barrière, sans punition, sans risquer de nous faire interrompre. Sans rien. Si c'est encore possible.

Lucy finit par reculer.

– Tu me tiens au courant.

– C'est promis.

Elle m'adresse un sourire qui veut sûrement dire « courage » avant de s'éloigner dans la rue. En fermant la porte, je suis plus déterminée que jamais. Je ressens tout de même cette peur au fond de moi, celle que Célian me repousse, mais cette conversation avec Lucy m'a permis de la diminuer.

Dans la salle de bains, je fixe mon reflet, remarquant que le maquillage n'a pas fait son travail car les larges cernes sombres sous mes yeux sont toujours visibles. Je n'ai pas l'air en forme.

En même temps, j'ai passé une nuit blanche et j'ai vidé toute l'eau de mon corps.

Logique. Mais je refuse de me transformer en cadavre avant l'heure. Détournant le regard, je file sous la douche. Je n'irai pas voir Célian tant que je n'aurai pas fait en sorte de camoufler cette apparence de « zombie ». Je ne voudrais pas lui faire peur, à lui aussi. À moins que ce ne soit la même chose de son côté ? Je me demande si comme moi, il a pleuré. S'il a passé sa nuit à fixer l'écran noir de son téléphone, s'il déprime seul dans sa chambre, si le temps lui paraît infiniment long. Ou, au contraire, s'il se porte à merveille sans moi.

Après avoir passé quelques minutes sous le jet d'eau bouillante, j'arrête de me torturer l'esprit et m'enroule dans le moelleux d'une serviette. Je me maquille mieux que tout à l'heure, passe un coup de peigne dans mes cheveux emmêlés et enfin, je me parfume. Après m'être habillée, je mets mon manteau et sors de ma chambre. J'hésite un instant à appeler Célian, mais s'il ne répond pas, ça va me flanquer un coup au moral. Je vais me dégonfler à coup sûr et donc, ne pas aller chez lui. Et il en est hors de question.

Ma mère lève les yeux de son feuilleton à l'eau de rose pour me regarder.

– Où tu vas encore ?

– Voir Célian.

Elle remonte la manche de son pull pour jeter un coup d'œil à sa montre-bracelet.

– Il est bientôt l'heure de dîner, remarque-t-elle. Tu manges avec lui ?

– Oui. Ne m'attends pas.

Au moment où je quitte la maison, je l'entends marmonner, mais je fonce quand même. À part un violent incendie ou une énorme tornade, je ne vois rien qui pourrait m'arrêter. Plus j'approche de sa rue, plus j'ai la trouille. Et c'est encore pire quand j'arrive devant sa porte d'entrée ; un nœud s'est formé au creux de mon estomac. En sonnant, je me demande ce que je vais lui dire. *Mince !* Je ne sais même pas par où commencer – peut-être qu'un « désolée » serait un bon début. J'inspire profondément, comme si l'oxygène pouvait chasser le sentiment de peur, et lorsque la porte s'ouvre, tout l'air contenu dans mes poumons s'échappe violemment. Je me calme en voyant le visage souriant de Lily.

– Alayna !

À en croire sa surprise, elle ne s'attendait pas à me voir. J'espère qu'elle ne m'en veut pas trop de débarquer à l'improviste, et que je n'interromps pas leur repas.

– Bonsoir, Lily. Est-ce que Célian est là ?

– Non, il vient de partir à l'instant. Mais il m'a dit qu'il n'en avait pas pour longtemps. Tu veux l'attendre à l'intérieur ?

– Je ne voudrais pas déranger…

Tout de suite, elle s'empare de mon poignet pour m'obliger à entrer.

– Voyons, Alayna ! Tu ne me déranges absolument pas ! Et Célian sera très content de te voir à son retour.

Je n'en suis pas si sûre. Manifestement, il n'a pas parlé de notre dispute à sa mère.

– Vous savez où il est allé ?

– Aucune idée. Mais je lui ai demandé de se dépêcher pour surveiller Elias cette nuit.

Je la regarde prendre ses clés de voiture, son sac à main, et ce n'est que lorsqu'elle enfile son manteau que je remarque ses habits d'infirmière. J'étais tellement perdue dans mes pensées, tellement occupée à essayer de savoir où Célian avait bien pu aller, que je n'ai pas percuté qu'elle allait travailler.

– Oh ! Alors, si vous partez, je vais l'attendre devant la porte.

Elle me jette un regard interloqué en boutonnant son manteau.

– Dans le froid ? Non, attends-le plutôt à l'intérieur. Si tu as faim, tu as de la pizza dans le four.

Lily est si gentille, si attentionnée avec moi, que ça me fait chaud au cœur.

– C'est gentil, mais je ne vais pas rester seule chez vous…

– Elias est dans sa chambre, me dit-elle avec un sourire rassurant. Bon, je crois qu'il a pris un somnifère, mais tu ne seras pas vraiment seule. Et Célian va arriver.

Devant son insistance, je finis par accepter. Pour être honnête, je ne me voyais pas l'attendre dehors avec un vent pareil. Le froid est aussi glacial que dans mon congélateur. Et je tiens vraiment à avoir une conversation avec Célian, pas demain ni après-demain, mais ce soir. Je ne pourrai pas supporter une nouvelle nuit de silence. Lily me fait une rapide accolade avant de partir et une fois seule, dans ce grand salon, je vais me réfugier dans la pièce que j'aime le plus dans cette maison. En montant l'escalier, j'entends une porte claquer. Elias doit être debout. Je traverse le couloir et m'enferme dans la chambre de Célian. Son lit est défait, quelques vêtements sont éparpillés sur le sol, tout est en bordel. Je m'avance doucement vers son bureau, qui n'est pas rangé non plus, et remarque l'ordinateur portable posé dessus. Il est encore allumé et brûlant. Je combats ma petite voix intérieure qui me conseille d'aller fouiller dedans et m'assieds sur le bord du lit pour réfléchir. Où est-il ? Il est en froid avec Wes et il n'y a aucune soirée de prévue chez Leila. J'ai vérifié. Une cinquantaine de fois. Alors, j'ai beau me creuser les méninges, je ne vois pas. Je finis par m'allonger sur le matelas, comme si être dans cette position allait m'aider à avoir une soudaine illumination. Face à ma détresse, ma petite voix intérieure revient en force pour me donner un argument de taille.

Au lieu de rester dans le flou, lève-toi de ce lit et va jeter un œil à son ordinateur !

La tentation est trop grande, je me sens aussi faible qu'un enfant devant un bocal plein de bonbons. Comme toujours, ma curiosité l'emporte. Je sais que ce n'est pas correct de fouiller dans l'ordinateur de son mec, mais j'ai besoin de savoir où il est. D'un bond, je saute du lit et m'installe sur la chaise de bureau. En l'ouvrant, je me retrouve directement sur sa session. Elle est active – visiblement, il a oublié de se déconnecter. Je me sens soudain mal, trop mal pour continuer. Alors que je m'apprête à refermer l'ordinateur, mes yeux sont attirés par le nom de Wes, et celui d'Evie, qui apparaissent en bas à droite de l'écran. Avec une certaine appréhension, j'ouvre la conversation avec Wes, réservant le pire pour plus tard.

Wes : Je suis désolé, mon pote. Désolé de t'avoir traîné à cette soirée pourrie, désolé d'avoir autant insisté pour que tu restes, alors que ton ex était là, désolé de ne pas t'avoir dit qu'Alayna avait essayé de te joindre, et enfin, qu'Evie se soit permis d'effacer tes appels. Désolé pour tout.

Célian : C'est pas grave. De toute façon, avec Alayna, c'est fini.

Je lis ces mots, encore et encore, ne voulant pas y croire. Ne pouvant pas y croire. Je sais que j'ai dit la même chose à Lucy mais je ne le pensais pas. Ce n'est pas nouveau, je ne réfléchis pas avant de parler. Plus encore quand je souffre. Mais Célian n'est pas comme moi, c'est quelqu'un de posé, réfléchi, qui ne balance pas la première pensée qui lui traverse l'esprit. C'est le premier à avoir cru en notre relation, à m'avoir fait part de ses sentiments, à m'avoir rassurée, alors quand je sais que c'est lui qui a écrit ça, j'ai la gorge nouée.

Wes : Pourquoi ? Si tu veux, je peux aller lui parler.

Célian : Je te dis que ça ne sert à rien.

D'une main tremblante, j'ouvre les messages avec Evie.

Evie : Tu veux venir à la soirée que j'organise chez moi ce soir ?

Célian : Bien sûr, bébé. Je me douche et j'arrive.

À la vue de ce « bébé », mon estomac se tord, j'en ai la nausée. Il a envoyé ça il y a un peu plus de vingt minutes. Maintenant, je sais où il est. Et honnêtement, j'aurais préféré l'ignorer. J'ai l'impression que je n'arrive plus à respirer, que l'air s'est raréfié dans la chambre. Si je comprends bien, il est parti se consoler dans les bras d'Evie, pensant que nous ne sommes plus ensemble ? Sans même avoir essayé de me parler ? De clarifier la situation ? Mon cœur semble ne plus être dans ma poitrine, mais répandu là, devant moi, sur le bureau. Je me pince l'arête du nez afin d'endiguer les larmes, mais c'est trop tard, elles ont déjà jailli de mes yeux. C'est comme se faire rouler dessus par un rouleau compresseur, ou sauter du haut du Rockefeller Center sans parachute. Extrêmement douloureux. À travers ma vision brouillée, je regarde encore une fois ce mot « bébé » et une nouvelle vague de nausée m'envahit. Sauf que cette fois, je dois vraiment la laisser sortir. Je cours à la salle de bains et vide mon estomac au-dessus du lavabo.

Je t'aime, Célian. Mais tu m'as brisé le cœur. Et je t'en veux de l'avoir mis en pièces.

Si se rendre à la soirée d'Evie est un moyen de se venger de moi, et de New York, c'est bas. Vraiment bas. Je passe un coup d'eau dans l'évier, puis je me baisse pour me rincer la bouche. Je n'ai qu'une envie, celle de quitter cette salle de bains, cette maison et de courir jusque chez moi. En poussant la porte pour retourner dans la chambre, je percute quelqu'un. Je lève les yeux, c'est Elias.

– Je… euh. Je t'ai entendue pleurer. Ça va ? s'enquiert-il avec hésitation.

Tout sur mon visage indique clairement que non, ça ne va pas, j'ai le teint blafard, la bouche sèche, le nez qui coule, les yeux rougis par les larmes. Mais comme je n'ai envie de parler à personne, et encore moins à Elias, je hoche mollement la tête.

– Ça va.

– Tu en es sûre ? Tu ne t'es pas disputée avec Célian, au moins ?

Je ne peux plus supporter d'entendre ce nom. À l'avenir, je vais penser à déposer une loi, celle d'interdire aux autres de le prononcer en ma présence, comme Voldemort. C'est trop. Je déteste me sentir vulnérable, anéantie ou désarmée, je garde tout le temps un bouclier serré contre ma poitrine, prête à encaisser tous les chocs. Sauf avec Célian. J'ai fait l'erreur de baisser ma garde et ce soir, je le paie très cher. Peut-être même qu'à cet instant, il est en train de coucher avec Evie. De ma vie, je n'ai jamais ressenti une telle douleur, pas même quand mon père nous a abandonnées. Un sanglot que je n'ai pas eu conscience de retenir m'échappe.

– Alayna…

Elias pose sa main sur mon épaule. Prise d'un soudain accès de colère, je la repousse brutalement.

– En fait, non. Ça ne va pas. Mais tu m'avais prévenue, n'est-ce pas ? Tu m'avais dit que Célian me briserait le cœur. Maintenant, c'est chose faite. J'espère que tu es content, ironisé-je.

Avec un long soupir, il s'assied sur le lit.

– Je suis désolé.

Malgré mes larmes, je ris amèrement.

– N'importe quoi. Intérieurement, je sais que tu jubiles. Tu n'attendais que ça.

– J'aurais jubilé si c'était toi qui lui avais fait du mal. Pas l'inverse. Qu'est-ce qui s'est passé ?

Je le regarde, méfiante, ne sachant pas si je peux lui faire confiance. Elias semble deviner mes pensées, car il ajoute d'un ton léger :

– Rassure-toi, dans quatre jours, tu ne me reverras plus jamais. Je débarrasse le plancher. Alors, tu peux te confier à moi sans crainte.

Je mets du temps avant de me rappeler qu'il va intégrer un centre de désintoxication. À le voir comme ça, souriant et détendu, j'ai l'impression qu'il est déjà guéri. Je sais que ce n'est pas vraiment le cas, que si sa mère l'autorisait à sortir de nouveau, il replongerait certainement, mais le fait qu'il ait accepté de se faire soigner est déjà un pas en avant. Bizarrement, depuis qu'il ne touche plus à l'alcool et la drogue, je le trouve changé, plus sympa. Je viens m'asseoir sur le lit à côté de lui, pas trop proche non plus, et me mets à fixer un point devant moi.

– Il est avec Evie.

– Tu sais ce qu'on dit, le premier amour ne meurt jamais.

Comme si j'avais besoin d'entendre ça !

– Merci, tu es d'un grand réconfort.

Je ravale difficilement un autre sanglot. Quand Elias s'en aperçoit, il se confond en excuses maladroites.

– Désolé, je ne suis pas très doué pour remonter le moral des gens… Tu es au courant que c'est à cause de moi qu'ils se sont séparés ? Si je n'avais pas couché avec elle, ils seraient encore ensemble aujourd'hui. Mais j'étais plein d'alcool, elle aussi… et bref.

– Oh, ne t'inquiète pas. Je parie que demain, ils seront de nouveau ensemble.

D'un coup de manche, je balaie les larmes qui pendent au coin de mes yeux. Je me sens absolument pathétique de pleurer ainsi devant lui, mais je n'arrive pas à me contrôler.

– Quel con. Tu ne mérites pas ça, Alayna. Tu es une fille bien. (Elias s'interrompt quelques secondes et scrute mon visage noyé de larmes.) Je… je sais que tu dois te demander si je ne souffre pas de dédoublement de la personnalité, mais c'est vraiment ce que je pense.

– En effet. C'est surprenant.

– Tu veux que je te dise pourquoi j'ai été aussi infect avec toi ?

Il me jette un coup d'œil nerveux, je me fige.

– Oui.

Je l'observe prendre une profonde inspiration.

– J'enviais Célian de t'avoir rencontrée. Je pense que si j'étais sorti avec une fille comme toi, ça m'aurait aidé à être une autre personne. Une meilleure personne, en tout cas. Je ne serais pas en train de faire ma valise pour aller dans un centre de désintoxication, je ferais des études, je serais différent. Et je suis désolé d'apprendre que Célian n'a pas mesuré la chance qu'il avait de t'avoir. Je ne sais pas si j'aurais fait mieux à sa place, tout ce que je sais, c'est que tu ne devrais pas être ici, en larmes.

Mon regard brillant croise le sien, et nous restons un instant à nous fixer. Et avant que je n'aie pu réagir, avant même que je ne réalise ce qui se passe, Elias se penche pour m'embrasser. Je reste immobile quelques secondes, laissant ses lèvres caresser les miennes, ses mains rugueuses se balader le long de mes bras. À son contact, mon corps se raidit, comme si j'étais en pleine crise de tétanie. Mais lorsqu'il essaie d'approfondir ce baiser, je retrouve mes esprits avec un tressaillement violent et m'écarte pour lui barrer l'accès à ma bouche. Mes yeux sont écarquillés, et ma respiration, haletante. Elias passe une main dans ses cheveux platine, mal à l'aise.

– Qu'est-ce qui te prend ? dis-je, affolée.

– Où est le problème ? Lui, il est probablement en train de sauter Evie, et peut-être même d'autres meufs, alors…

Des visions de Célian avec Evie me polluent l'esprit : elle l'embrasse, le touche…

Je secoue la tête comme pour essayer de les chasser.

– Retourne dans ta chambre, Elias. S'il te plaît.

J'ai du mal à dissimuler mes émotions, ma voix est implorante.

– Pourquoi ? Allez, détends-toi, continue à te laisser faire. Célian l'a bien mérité, après tout… Sa main se pose durement sur ma cuisse, je la retire tout de suite.

– Non, je veux que tu dégages !

Mais il ne m'écoute pas et revient à la charge en essayant de m'embrasser de nouveau. Cette fois, je le repousse avec une telle force qu'il bascule en arrière et se cogne contre la tête du lit. Pendant une demi-seconde, je crains qu'il ne me colle une droite, mais au lieu de cela, il se lève en me lançant un regard furieux.

– D'accord, comme tu voudras ! Mais en plus d'être cocue, laisse-moi te dire que tu es vraiment conne.

Je le regarde se diriger vers la porte, le souffle court et le cœur battant à grands coups dans ma poitrine. Avant de poser la main sur la poignée, il se tourne une dernière fois vers moi.

– De toute façon, je sais que tu en as eu envie, je l'ai senti. Tu m'as laissé t'embrasser, pas plus de deux secondes, mais honnêtement, je n'en demandais pas plus. Pour moi, ça veut déjà tout dire.

Et il sort de la chambre en claquant la porte derrière lui. Aussitôt, j'enfouis mon visage entre mes mains tremblantes – en moi règne un profond sentiment de honte. Elias n'a pas tort, c'est vrai que pendant quelques secondes, j'ai été tentée de lui rendre son baiser. Les images de Célian en compagnie d'Evie refusaient de me quitter, alors, inévitablement, j'ai hésité à lui infliger la même douleur en embrassant son frère. Mais j'ai un cœur. Une conscience. Des souvenirs. Des putains de sentiments qui me dépassent et dont je n'arrive pas à me débarrasser.

Quand j'entends du bruit dans le couloir, je me lève d'un bond pour verrouiller la porte à double tour. Je ne voudrais pas qu'Elias revienne. Et, en même temps, je me trouve drôlement ridicule de m'enfermer dans la chambre de Célian, alors qu'il est peut-être en train de s'envoyer en l'air avec son ex. La plupart des filles se seraient barrées, mais merde, ça aussi, j'en suis incapable. J'ai besoin d'une explication. À l'évidence, nous devons avoir une conversation ; il me doit bien ça. Je vais donc l'attendre.

Les secondes défilent au ralenti, ou en accéléré. Je ne sais plus, je perds la notion du temps. Tout est confus dans ma tête, à tel point que je sors mon téléphone de ma poche pour appeler Célian. Je ne peux plus continuer à poireauter comme ça. Les bips s'enchaînent. Un bip, un torrent de larmes. Un autre bip, un espoir qu'il me réponde. Mais il ne le fait pas. Comme un automate, je m'allonge et tends le bras pour attraper un de ses tee-shirts étalé sur le drap. Profitant du fait qu'il n'y ait personne pour me voir, je me roule en boule, le nez sur son tee-shirt, son odeur m'apaise et calme instantanément ma crise de larmes. Je me déteste d'être aussi faible. Et je le déteste de me faire aussi mal. Mais au fond de moi, j'ai l'espoir qu'il ne soit pas allé à cette fête, qu'il ait changé d'avis au dernier moment, qu'il m'aime encore.

Toutes ces questions sans réponses s'emmêlent dans ma tête et, au bout d'un moment, je finis par m'endormir sans même m'en apercevoir.

Quand je me réveille, il me faut un certain temps pour me souvenir que je me suis assoupie dans la chambre de Célian, mais sans Célian. J'ouvre péniblement les yeux, pas seulement à cause de ma migraine, mais plutôt parce que mes cils sont collés entre eux. Gênée par le soleil, je les cligne frénétiquement. *Le soleil ? Mais quelle heure est-il ?* Paniquée, je regarde mon téléphone et constate qu'il est sept heures du matin. J'ai vingt nouveaux messages, dix-neuf de ma mère, un de Lucy, mais pas un seul venant de Célian. Il n'a pas cherché à me joindre non plus, et en plus, il a passé la nuit dehors. L'idiote amoureuse que je suis ne peut s'empêcher de s'inquiéter. Je prends son ordinateur portable sur mes genoux et, en le rouvrant, je suis rassurée qu'il ne me demande aucun mot de passe pour le déverrouiller. Sans perdre une seconde, je me rends sur sa session Facebook, et vois que sa conversation avec Evie clignote en rouge. Elle lui a renvoyé un message. La peur au ventre, je clique dessus.

Evie : Bah alors ? Pourquoi tu n'es pas venu ? Je t'ai attendu toute la nuit.

La vague de soulagement qui m'envahit est indescriptible. *Mais dans ce cas, où est-il ?* Je remarque qu'il a reçu un autre message, sauf que celui-ci vient de… Célian.

Il s'est envoyé un message à lui-même ? Je le lis, confuse.

Célian : Elias, c'est moi. Je sais que tu as pris mon ordinateur pour répondre à Evie. Ça t'amuse de profiter du fait que je suis chez Wes pour rentrer dans ma chambre et faire ce genre de conneries ? Je te promets que si tu ne lâches pas mon ordi, et surtout que tu ne te déconnectes pas de mon Facebook, tu vas le regretter.

Après la lecture de ce message, mon cerveau est comme sous anesthésie, il ne répond plus pendant de longues secondes. Les souvenirs de la nuit dernière me reviennent en bloc et le sang se remet enfin à circuler dans mon crâne : le claquement de porte que j'ai entendu en montant l'escalier, l'ordinateur de Célian posé bien en évidence sur son bureau, son Facebook ouvert, donc pas seulement accessible pour moi, mais aussi pour Elias, ce « bébé » qui ne ressemble pas du tout à Célian, le petit numéro d'Elias, sa *fausse* compassion, ses avances… Ce connard m'a tendu un piège dans lequel je suis tombée la tête la première. Heureusement, je n'ai pas été assez conne pour lui donner ce qu'il voulait, mais je l'ai quand même laissé m'effleurer les lèvres. Et me créer des doutes. C'est déjà trop. À cause de lui, j'ai passé la pire nuit de ma vie. Tremblante de rage, je me précipite dans le couloir et me mets à frapper à la porte de la chambre d'Elias avec mon poing.

– Ouvre-moi, espèce de tordu !

Comme il est trop long, que je suis dans le même état de fureur qu'un taureau prêt à entrer dans une arène, je tourne la poignée qui, heureusement, n'est pas verrouillée. Au diable, la politesse ! Elias se lève de son lit en marmonnant quelque chose du genre « c'est quoi, ce bordel » et je lui donne une gifle si forte qu'il se rassied immédiatement. Ma main brûle, mais bon sang que ça fait du bien !

– C'est toi qui as répondu à Evie ?

Il masse sa joue endolorie sans me prêter attention.

– Réponds-moi !

Lentement, il lève les yeux vers moi. Ses traits se tendent en un rictus ignoble qui me donne la chair de poule. Ça me rappelle la fois où il m'a traitée de pétasse, celle aussi où il était sous l'emprise de l'alcool et qu'il m'a interceptée dans le couloir en pleine nuit. Ou encore, le matin où je suis allée chercher de l'eau dans la cuisine. Hier soir, j'étais trop bouleversée pour me méfier de lui. Et je m'en veux de m'être fait manipuler aussi facilement.

– Quand je t'ai entendue discuter en bas avec ma mère, j'étais déjà dans la chambre de Célian et je me suis dit que ça pouvait être marrant.

– Tu es répugnant.

Je suis tellement furieuse que je pourrais lui cracher au visage.

– Oh, sois honnête avec toi-même, Alayna. Tu étais désespérée. (Il s'arrête quelques instants de parler pour fixer quelque chose derrière moi. Sans que je comprenne pourquoi, un large sourire s'étire sur ses lèvres.) Même sans ça, tu m'aurais quand même laissé t'embrasser.

– Quoi ?

Je sens ma gorge se nouer en entendant cette voix brisée et familière dans mon dos. En d'autres circonstances, je ferais volte-face pour me jeter dans ses bras, tellement je suis soulagée de le savoir ici, près de moi. Mais je crois que c'est la dernière chose dont il a envie. Tandis que je me tourne lentement, sa voix s'élève de nouveau, vibrante et rauque.

– Est-ce que c'est vrai, Alayna ? insiste Célian, me regardant droit dans les yeux cette fois.

Nos yeux rougis restent rivés les uns aux autres ; les quelques mètres qui nous séparent me paraissent immenses.

– Il s'est jeté sur moi, mais… mais je l'ai repoussé.

– Après de longues secondes d'hésitation, commente Elias, toujours avec ce même sourire en coin.

Célian recule et je lis du dégoût, presque de la haine, dans son regard. Ses poings se serrent, faisant blanchir ses phalanges et tressauter ses veines.

– Ne l'écoute pas, crié-je à travers mes larmes. Toi-même, tu sais ce dont il est capable. Tu as bien vu qu'il s'était rendu sur ta session pour répondre à Evie.

– Et toi, tu y as cru.

Son ton est lourd de reproches.

– Il faut que tu essaies de te mettre à ma place, Célian. Je n'avais pas la moindre idée de l'endroit où tu te trouvais, j'ai vu ce message, je ne voulais pas y croire, vraiment pas, mais quand j'essayais de t'appeler, tu ne répondais pas. Et après la soirée de Noël, je pensais que… je pensais que tu me détestais. Et que tu voulais passer à autre chose. Alors sur le moment, c'est vrai que j'y ai cru.

Célian baisse les yeux en se massant les tempes, comme s'il cherchait à résoudre une équation du cinquième degré extrêmement complexe. C'est pourtant simple à comprendre. Instinctivement, je m'avance vers lui et pose une main sur sa mâchoire crispée.

– Mais tu n'as pas le droit de penser que je t'ai trompé avec ton frère. Je t'interdis de douter de moi. J'ai passé la nuit dans ta chambre, seule, à t'attendre. Tu dois me croire.

Je parle vite, bredouillant par moments. Célian relève les yeux et, lorsqu'il recouvre ma main de la sienne, je me sens soulagée, jusqu'au moment où il la retire brusquement de son visage.

– Comme la fois où je t'ai vue sortir de la chambre d'Elias, avec un grand sourire aux lèvres ? Et que tu m'as raconté ensuite qu'il t'avait présenté ses excuses ?

– Mensonge, mensonge, mensonge, chantonne Elias derrière nous.

L'espace d'un instant, je crois que Célian va se jeter sur lui, mais il se tourne précipitamment pour redescendre l'escalier. Je le suis, mais comme les larmes rendent ma vision trouble, je m'agrippe à la rampe.

– Non, attends ! Ce n'est pas du tout ce que tu crois !

La main déjà posée sur la poignée de la porte, Célian pivote vers moi.

– Tu sais ce que je crois ? (Il s'approche de moi, ses yeux sont noirs de colère.) Que tu me baratines depuis un bon moment. Et moi, j'ai fait l'erreur monumentale de te faire confiance. Comme avec Evie, parce que je suis trop con pour voir les évidences.

– Arrête, tu n'y es pas du tout ! Ce jour-là, je l'ai surpris en train de se droguer dans sa chambre. Je n'ai pas voulu t'en parler parce que… parce que…

Je m'interromps pour trouver les bons mots.

– Parce que quoi, putain ?

– Parce que ce n'étaient pas mes affaires !

Il lâche un bref rire ironique.

– En tout cas, ça l'était assez pour entrer dans sa chambre et y faire je ne sais quoi. Tu me reproches de t'avoir caché la présence d'Evie à cette soirée, mais tu n'es vraiment pas mieux. En fait, tu es même pire. Avec tes leçons moralisatrices et culpabilisantes à la con.

– Je n'ai rien fait dans sa chambre, chuchoté-je tout bas, essayant d'ignorer ses traits tirés par la colère et la déception.

– Ça, c'est toi qui le dis.

Je déglutis bruyamment en me forçant à le regarder dans les yeux. Mais c'est vraiment trop douloureux. Alors de temps en temps, je fuis ses iris noirs pour regarder ailleurs. Je me sens à la fois bouleversée et profondément stupide. Si je lui avais tout dit dès le début, il n'aurait jamais douté de moi. Je voulais le protéger, lui et sa mère, mais finalement, ça me retombe dessus.

– Alors, tu le laisses gagner.

– Non. Là, c'est toi, Alayna. C'est toi qui as tout gâché.

Ces derniers mots finissent de m'achever. La douleur dans ma poitrine gagne en intensité, j'ai du mal à tenir debout. Quand Célian s'éloigne pour ouvrir la porte, Wes l'attend sur le palier. Il a l'air surpris de me voir, et encore plus dans cet état.

– Qu'est-ce qui se passe ?

– Rien, on s'en va, dit Célian en le tirant par la manche.

– Mais, Alayna, elle…

– Laisse-la.

Célian se dirige vers la voiture de Wes sans m'adresser un regard. Je force mes jambes cotonneuses à avancer dans la rue, et les regarde, impuissante, monter à bord du véhicule. Le froid me glace la peau, des larmes chaudes coulent sur mes joues, jusque dans mon cou. Je suis figée, immobile, je n'arrive pas à croire à la scène qui est en train de se dérouler sous mes yeux. Les portières se referment, j'entends le moteur démarrer. Quelques secondes plus tard, la voiture finit par disparaître dans la rue.

Alors, c'est à ça que ressemble une rupture ? C'est la sensation d'avoir la gorge obstruée ? Les poumons déchirés ? Le cœur broyé ? J'ai l'impression que mes organes foutent le camp les uns après les autres, et écrasée par le poids de cette souffrance, je m'effondre à genoux sur le bitume glacial. Un nouveau flot de larmes dévale mes joues, tandis que des images de lui, de nous, défilent dans ma tête. Ses yeux noirs posés sur moi, son sourire espiègle lorsqu'il a vu que je portais la robe rouge qu'il avait choisie pour moi, la douceur de ses lèvres, son premier « je t'aime », le toit de sa maison, sa magnifique lettre.

Tout s'arrête là.

Car, maintenant, il est parti. Et ses sentiments sont partis, eux aussi. Il n'y a plus que moi, mon cœur en miettes et cette rue déserte.

48

Cinq jours sont passés. C'est long, cinq jours sans le voir ni lui parler. Je crois que je préférais quand je passais mon temps à pleurer, ça me permettait au moins d'extérioriser. Mais là, j'ai un nœud à l'estomac impossible à défaire, qui m'empêche de sourire, de dormir et même de manger. Le jour où il m'a quittée, j'ai erré un long moment dans les rues, avant de rentrer chez moi et me confiner dans ma chambre. Bien sûr, je n'ai pas résisté à l'envie de l'appeler. Et bien sûr, je n'ai eu aucune réponse. Lorsque ma mère s'est aperçue que son silence radio me mettait dans des états lamentables, elle a décidé de m'enlever mon téléphone. J'ai mis un peu de temps à l'accepter, mais c'est mieux ainsi. Cela m'a permis de réfléchir, de prendre du recul sur la situation, et bien que je sois toujours un peu réticente à l'admettre, je crois qu'elle m'a rendu service. Sans téléphone, j'arrête d'attendre – donc d'espérer quelque chose qui n'arrivera jamais. J'arrête d'y croire. Je pensais qu'une fois arrivée à ce stade, je digérerais mieux notre rupture, je guérirais de mes blessures, et je renaîtrais de mes cendres, tel un phœnix. Mais au bout de cinq jours, je suis toujours allongée dans mon lit, comme une larve, à me demander ce que j'aurais dû faire et ne pas faire.

C'est évident, si j'avais été honnête avec lui, si je lui avais dit ce que j'avais réellement vu dans la chambre d'Elias ce matin-là, il m'aurait crue sur parole et nous n'en serions pas là aujourd'hui. Si je n'avais pas laissé Elias m'embobiner, fragiliser notre couple, rien de tout cela ne serait arrivé non plus. Mais des « si » n'y changeront rien.

Chaque seconde, chaque minute, chaque heure, chaque jour, je repense au regard furieux de Célian, je revois la voiture s'éloigner, j'entends de nouveau ses mots, ils tambourinent dans mon crâne et rebondissent contre ses parois :

« En fait, tu es même pire. »

« J'ai fait l'erreur monumentale de te faire confiance. »

« C'est toi qui as tout gâché. »

La haine qui transparaissait dans sa voix a rendu ces mots aussi tranchants que des couteaux affûtés. Mon pire cauchemar s'est réalisé : Célian est persuadé que je suis aussi mauvaise qu'Evie et il n'y a rien que je puisse faire pour lui retirer cette idée de la tête. Finalement, j'en viens même à me demander si Evie l'a vraiment trompé avec Elias. Après l'avoir vu à l'œuvre, je sais maintenant qu'il aurait été capable de tout inventer.

Je me tourne dans le lit et ferme les yeux lorsque soudain, on toque à la porte. Avec un grognement, je cache ma tête sous l'oreiller. Mais on me le retire tout de suite. Je m'attends à voir ma mère, mais je découvre Lucy, assise sur le bord de mon lit, les yeux brillants d'excitation et un grand sourire aux lèvres.

– Neuf, huit…

En la regardant mieux, je suis surprise par son élégance. Elle porte une robe fendue sur une cuisse, des talons hauts et des petits accessoires, comme des boucles d'oreilles pendantes et un rouge à lèvres cranberry qui viennent peaufiner son look de femme fatale.

– Tu étais à une soirée ?

– Sept, six, cinq…

Sourcils froncés, je me redresse.

– Qu'est-ce que tu racontes ?

Elle ne répond pas à ma question, et continue son compte à rebours, imperturbable.

– Quatre, trois, deux, un…

– Ça suffit, tu me donnes mal à la tête !

– Bonne année !

Et elle me prend dans ses bras en riant joyeusement. Je reste sous le choc pendant plusieurs secondes, je ne me souvenais même plus que le trente et un décembre, à minuit, on changeait d'année. Pour moi, cette soirée n'était rien de plus qu'une énième soirée sans Célian.

– Bonne année à toi aussi, Lucy, lui murmuré-je à l'oreille. Où étais-tu ?

Habillée comme ça, elle devait forcément être quelque part. Elle recule en se raclant la gorge, visiblement gênée.

– À la soirée de Wes.

Évidemment, je n'ai pas été invitée. Pour moi c'est un déchirement, parce que je sais qui m'a blacklistée, ça ne fait pas le moindre doute. Mais j'essaie de ne rien laisser paraître.

– Tu… tu l'as vu là-bas ?

Je voudrais savoir s'il va bien, même si la réponse pourrait me dévaster, et venir élargir le trou béant dans ma poitrine.

– Oui, et d'ailleurs…

Un sourire énigmatique se dessine sur le visage rond de Lucy.

– Je ne suis pas venue seule.

Elle tourne la tête vers la porte et, en suivant son regard, je crois d'abord à une hallucination. Célian entre dans ma chambre, des cernes sombres lui dévorent le visage. Aussi, je remarque un gros hématome violet qui s'étend de son arcade sourcilière jusqu'à sa pommette. J'aimerais lui demander ce qui lui est arrivé, mais je vais attendre un peu avant de le faire. D'abord, je dois connaître la raison de sa venue. Je me risque à le regarder dans les yeux, et curieusement, je n'y trouve aucune expression de fureur. Mon corps cesse de bouger, même mes paupières sont immobiles. Seul mon cœur réussit à se manifester. Il bat à toute vitesse, je ne sais pas si je dois être heureuse ou, au contraire, inquiète de le voir ici.

– Je vous laisse parler, chuchote Lucy en s'éclipsant.

Sans le quitter des yeux, je sors du lit et m'avance d'un pas vers lui. Mais pas plus. En l'approchant trop, je pourrais le faire fuir. Et je ne supporterais pas qu'il disparaisse de ma vue. Alors, je le regarde, comme on regarde une œuvre d'art, avec les yeux mais sans le toucher. C'est un exercice difficile, mais nécessaire.

– Mon frère est parti, lâche-t-il enfin.

Je ne sais pas quoi lui dire, je ne sais même pas s'il attend réellement une réponse de ma part. Elias n'est plus là, mais comme avec Evie, il est parvenu à tout bousiller avant son départ.

– Toi aussi, tu m'as menti, Alayna, reprend-il avec sa voix la plus incisive. Tu m'avais promis que tu n'aurais aucun secret pour moi. Tu t'en souviens ?

Je baisse la tête, le nœud dans ma gorge grossit.

– Je suis désolée…

– Pas autant que moi.

Et, sans prévenir, sans la moindre retenue, j'éclate en sanglots devant lui. Il n'est plus question d'amour-propre, de fierté, de pudeur ; je craque et chiale toutes les larmes de mon corps.

À travers mes larmes et les cheveux qui se collent partout sur mon visage, je devine vaguement l'expression de Célian. Il a l'air choqué, il n'a pas l'habitude de me voir dans cet état. Ce n'est que la deuxième fois, après tout. Et la première fois, il devait être trop énervé pour s'en rendre compte. Célian me connaît comme la Alayna glaciale et détachée, et non comme la madeleine qu'il a devant lui. Mais je n'en peux plus, j'ai retenu mes émotions pendant cinq longues journées, alors j'assume ma faiblesse. Il me manque et je regrette tout ce qui s'est passé entre nous dernièrement : mon mensonge à propos d'Elias, notre dispute à l'extérieur de la boîte de nuit, mon impulsivité, New York. Et ce n'est pas tout, je regrette aussi toutes ces fois où je ne lui ai pas assez montré que je l'aimais. Mais c'est trop tard, maintenant. De notre histoire, je ne retiendrai que des regrets et une peine immense, douloureuse, aussi profonde qu'une cicatrice.

– Tu ne me détesteras jamais aussi fort que je me déteste, Célian. Alors, si tu es venu ici pour me briser le cœur, dans l'espoir de te venger, sache que tu perds ton temps. Mon cœur est déjà brisé.

Je lutte avec les mots bloqués au fond de ma gorge, je m'assieds sur mon lit et replie mes jambes contre ma poitrine, n'osant plus le regarder.

– Si je te détestais, je ne serais pas ici, dans ta chambre.

Je renifle.

– Tu m'as dit que j'avais tout gâché.

– En fait, je crois qu'on est deux à avoir tout gâché. Mais ces quelques jours m'ont fait du bien. J'ai pris le temps de réfléchir.

Moi, au contraire, son absence m'a tuée.

– À propos de quoi ?

– Tout.

Sans dire un mot de plus, il vient s'asseoir à côté de moi. Je ne tourne pas la tête. Je me contente de l'écouter attentivement, bien que je sois terrifiée à l'idée de ce qu'il va me dire. Je pense à quelque chose du style : *on a tout foiré en amour, mais on peut quand même rester amis*.

En prenant peut-être un peu plus de pincettes, mais ce sera le fond de sa pensée. Ma tension artérielle monte en flèche et je sens mon cœur – ou ce qu'il en reste – battre dans mes tympans, broyant mon crâne avec force. Célian a toujours les yeux posés sur moi, je le sens.

– Est-ce que tu peux me regarder ?

À contrecœur, je m'exécute.

– L'autre jour, j'ai pété un câble. Pas vraiment à cause de toi, mais à cause des commentaires de l'autre abruti, ça m'a rendu complètement fou. Du coup, je t'ai dit des choses que je ne pensais pas. Excuse-moi, articule-t-il lentement, comme s'il mesurait précieusement la portée de chaque syllabe.

Mais, tu sais, quand j'ai compris que tu avais passé la nuit chez moi, seule avec Elias, j'ai commencé à imaginer le pire. D'autant plus qu'il t'a fait croire que j'étais avec Evie, alors je me suis dit que tu avais pu te consoler avec lui…

– Non, ce n'est pas le cas, le coupé-je en secouant la tête. Il ne s'est jamais rien passé entre nous, pas même ce matin où je suis allée dans sa chambre. Il était sur le point de prendre de la drogue, et je sais que j'aurais certainement dû m'abstenir, mais je me suis sentie obligée d'aller le raisonner.

Célian croise les bras et détourne les yeux. J'espère qu'il n'est pas en train de se fermer et qu'il va me croire, cette fois.

– Mais pourquoi ne pas m'en avoir parlé sur le moment ? Ça m'aurait permis de trouver une solution avant que ma mère le découvre, ou au moins, j'aurais pu faire en sorte qu'elle l'apprenne plus en douceur. Et surtout, ça m'aurait empêché d'avoir des doutes sur toi.

– C'était trop délicat. Et c'était sans doute débile de ma part, mais je cherchais à te préserver. Est-ce que tu peux m'en vouloir pour ça ? (Je lui pose cette question, un peu sèchement, pour qu'il prenne enfin conscience que je l'aime, et que je ne voulais que son bien.) Puis, je ne veux pas remettre le sujet sur le tapis, mais… tu as fait la même chose en me cachant cette soirée avec Evie.

Il soupire avant de se laisser tomber en arrière. Sa tête rebondit sur mon matelas.

– Ouais, c'est bien ce que je dis. Tu n'es pas toute seule à avoir tout gâché, j'y suis aussi pour quelque chose. À vouloir protéger l'autre, on a détruit la confiance qui régnait entre nous.

À l'entendre, on dirait qu'on a atteint le point de non-retour, et que rien ni personne ne pourra y changer quelque chose. J'ai mal, parce que je ne veux pas que l'on se quitte. J'ai mal, parce que j'y crois encore. Ma confiance a pris un coup ce soir-là, mais contrairement à ce qu'il pense, elle ne s'est pas totalement brisée.

– Apparemment, tu as jeté de l'eau sur sa coke. C'est vrai ?

En le regardant de nouveau, je vois un petit sourire qui étire le coin de ses lèvres. Je penche la tête sur le côté et plisse les yeux.

– Comment tu le sais ?

– Elias me l'a dit avant de partir. Au début, quand je lui posais des questions, il me répondait des conneries, comme quoi tu l'avais… enfin bref, tu ne veux pas le savoir. Mais, après avoir eu recours à la manière forte, il a enfin fini par cracher le morceau.

Par « manière forte », il veut sûrement dire qu'ils se sont battus.

– C'est pour ça que tu as le visage abîmé ?

– Oui.

Avec un soupir, je me laisse tomber à côté de lui et observe le plafond.

– Tu… tu penses qu'on pourrait réparer tout ça ? demandé-je d'une voix mal assurée. On s'est vraiment fait du mal ces derniers temps, mais est-ce que tu penses qu'il y a une chance pour qu'on se pardonne un jour ?

– Tant qu'il y a des sentiments, tout est possible, murmure-t-il.

Sa main vient vers moi et saisit la mienne. Le souffle coupé, je baisse les yeux sur nos doigts entrelacés.

– Moi, j'en ai toujours pour toi. Et je crois qu'ils sont assez forts pour surmonter cette épreuve. Puis, dans le fond, nous deux, c'est bien plus que des disputes et des mensonges.

Je l'observe sans relâche et sans cligner des paupières. C'est forcément un rêve, il ne peut pas avoir dit ça. Je me pince discrètement le bras pour voir si je ne dors pas. Fatiguée comme je suis, j'aurais très bien pu m'assoupir sans m'en apercevoir. Mais quand je vois ses yeux me fixer, je comprends que je suis bel et bien éveillée et que tout ça fait partie de la réalité.

– Tu ne crois pas ?

Je hoche la tête, gardant le silence.

– Et si je suis venu te voir, c'était avant tout pour te remettre ça, dit-il en se relevant.

Je me relève aussi. De sa main libre, il sort le bracelet à breloques de sa poche, et me le rattache au poignet. De nouvelles larmes surgissent, mais cette fois je pleure de joie. Célian est concentré sur le fermoir, qui semble lui donner du fil à retordre. Une fois qu'il a fini, je ne réfléchis plus et fonds sur ses lèvres. C'est comme si tout s'effaçait autour de nous, la chambre, les effusions de rire de Lucy et ma mère émergeant du salon. C'est étrange. J'ai l'impression que le monde ne se résume qu'à nous deux, à ce baiser, à ce moment. C'est une sensation merveilleuse, que je ne pensais plus pouvoir ressentir, qui me fait oublier l'enfer de ces derniers jours. Délicatement, Célian prend ma nuque en coupe dans une de ses mains et se penche vers moi avec une telle force que je me rallonge sur le lit. Il murmure, haletant, contre mes lèvres :

– Est-ce que tu veux venir vivre à New York avec moi ? Il n'y aura plus d'Elias pour nous pourrir la vie, plus de mensonges non plus, je te le promets.

– Bien sûr que oui…

– Si tu as encore besoin de temps pour y réfléchir, et en parler avec Lucy, je le comprendrais, m'interrompt-il.

Je pose une main sur sa joue sans le quitter des yeux.

– De ma vie, je n'ai jamais été aussi sûre de quelque chose.

Épilogue

J'ouvre un carton de la taille d'une boîte à chaussures. À l'intérieur, je trouve une vingtaine de photos de moi bébé, des clichés de Big-Mac, des selfies de Lucy et moi en soirée, et quelques photos avec ma mère. Je souris, elle les a sûrement glissées à mon insu avant que je ne parte. Alors que j'en fais défiler d'autres, je me crispe en tombant sur le visage figé de mon père. Cette photo a été prise durant notre séjour au Canada, lorsque nous visitions les chutes du Niagara. Je suis blottie dans ses bras, et malgré mon imperméable jaune poussin et mes cheveux trempés, j'ai l'air heureuse. Je regarde un peu mieux les traits de mon père, lorsque soudain, mon téléphone sonne. C'est Lucy. Je m'assieds sur un des cartons que je n'ai pas encore ouverts et décroche.

– Salut, beauté ! Alors, ça y est ? Vous êtes bien installés dans votre super loft à New York ?

J'observe la pièce qui m'entoure, encore impersonnelle, avec une petite kitchenette sur ma gauche, une mezzanine sur ma droite, et un salon minuscule au centre. Ce n'est pas le grand luxe, mais au moins, nous avons la chance d'avoir notre propre salle de bains.

– Ça ressemble plus à un cagibi, dis-je en riant. Mais c'est quand même cool ; là, je suis encore dans les cartons.

– Célian t'aide ?

– Non, c'est son premier jour à l'université aujourd'hui.

– Et toi, tu commences quand ?

– Demain. Du coup, j'en profite pour faire un peu de rangement.

– Moi aussi !

Comme prévu, Lucy a pu intégrer le programme de médecine

à l'UCLA. Quant à moi, j'ai été acceptée à l'une des universités de médecine les plus prestigieuses de New York. Finalement, on a pu réaliser notre rêve, chacune de notre côté. Et l'école n'est pas le seul domaine dans lequel nous avons réussi.

– Et avec Wes, vous filez toujours le parfait amour ?

– Oui, tout se passe bien. Même s'il commence déjà à laisser traîner ses caleçons dans l'appartement, mon Dieu, que ça m'énerve !

Je ris. Quand Lucy est partie vivre à Los Angeles à la fin du mois de janvier, j'ai remarqué que Wes était déprimé. Et même si Lucy ne l'admettait pas, je sentais bien qu'il lui manquait à elle aussi. De là, j'ai échafaudé un plan pour les réunir. J'ai aidé Wes à choisir une université proche de celle de Lucy, un appartement, et même un billet d'avion. Depuis qu'il l'a rejointe cet été, ils ne se quittent plus. Qui aurait cru que je deviendrais une pro des histoires d'amour ?

– Au fait, poursuit Lucy en redevenant sérieuse. Wes voudrait savoir si on peut venir vous voir le week-end d'Halloween, il aimerait faire la surprise à Célian. Vous avez de la place pour nous accueillir ?

– Le canapé risquerait d'être inconfortable…

– Pas grave, on prendra une chambre d'hôtel, réplique-t-elle sans perdre son enthousiasme. Par contre, la prochaine fois, ce sera à votre tour de venir !

– Oui, c'est promis.

– Et Elias ? Des nouvelles ?

Je réponds après un léger silence :

– Euh… Eh bien, je crois qu'après sa cure de désintoxication, il est reparti vivre en Arkansas.

Avec Célian, nous évitons au maximum ce sujet. Ce n'est même pas de lui que je détiens ces informations, mais de Lily.

– Bon débarras !

Alors que je m'apprête à acquiescer, mon téléphone vibre,

m'alertant d'un nouveau texto. Mon cœur s'affole, je sais de qui il provient. J'éloigne le téléphone de mon oreille, laissant Lucy parler dans le vide et, à mesure que je lis le message, les larmes m'emplissent les yeux.

– Lulu, je peux te rappeler plus tard ? demandé-je en essayant de maîtriser ma voix tremblante.

– Ça va ?

– Oui, je dois finir de déballer les cartons.

– D'accord, à toute.

En raccrochant, j'éclate en lourds sanglots, impossibles à contenir. Bien que cela me fasse un mal de chien, je relis le message que je viens de recevoir avant de le supprimer.

[Bonjour, Alayna.
Je suis très content
d'apprendre que tu es venue
faire tes études à New York.
Malheureusement, comme
tu le comprendras sûrement,
je me vois contraint de
refuser ton invitation à dîner.]

Foudroyée par un élan de colère incontrôlable, je me mets à taper sur les touches.

[Tout ce que je comprends,
c'est que tu n'es qu'un
connard d'égoïste qui a
préféré effacer sa vie d'avant
pour en construire une
nouvelle ailleurs.]

Sans hésitation, j'appuie sur « envoyer » et, après m'être assurée que le message soit bien parti, je bloque son numéro – pour toujours. Je ne sais pas pourquoi je lui ai proposé d'aller dîner au restaurant avec moi, c'était une idée stupide, j'aurais dû savoir qu'il n'aurait jamais accepté de me revoir. Je me lève pour prendre un briquet et je brûle sa photo, jusqu'à ce qu'elle disparaisse complètement. Au même moment, j'entends la porte s'ouvrir.

– Aly ? Qu'est-ce qui se passe ?

Célian dépose ses affaires à l'entrée et je vois sa silhouette brouillée par les larmes se précipiter vers moi. Il s'agenouille, posant une main sur ma cuisse, et l'autre sur ma joue.

– Mon père m'a répondu. Il refuse de me voir.

– Ce n'est pas grave. Et tu sais pourquoi ?

Pour toute réponse, je secoue silencieusement la tête.

– Parce que tu n'as pas besoin de lui pour être heureuse. Demain tu vas faire ton entrée dans l'une des meilleures universités de médecine, tu as une amie sur laquelle tu peux compter, même si elle se trouve à l'autre bout du pays, un super petit ami qui t'aime. (Ses lèvres s'incurvent et forment un sourire malicieux.) Bon, j'avoue qu'il nous manque le super appartement, mais ça va venir. Tu vois ? Tout va pour le mieux.

Et voilà. En quelques mots, Célian parvient à me faire retrouver le sourire. Chaque jour, je relis sa lettre et réalise à quel point ses mots sont vrais : il me connaît mieux que personne, et sait toujours quoi me dire, dans n'importe quelle situation. Du pouce, il essuie la dernière larme qui coule le long de ma joue et, alors qu'il se penche pour m'embrasser langoureusement, une bouffée de bonheur m'étourdit. Il a raison sur toute la ligne. Pour l'instant, j'ai tout pour être heureuse, car je l'ai, lui.

Et après toutes les épreuves que j'ai traversées pour le garder auprès de moi, je compte bien profiter de chaque seconde passée ensemble.

Fin

Remerciements

Merci à mes lecteurs et leur soutien sans faille, à ma maison d'édition pour m'avoir permis de réaliser ce rêve. Merci également à ma famille, et plus particulièrement ma sœur de m'avoir accompagnée tout au long de cette aventure.

Extrait

Campus Initiation

Louise Valmont

Dans la collection addictives

1

BIENVENUE À COLUMBIA

– J'attends ce moment depuis des années !

– Moi, je crois que j'ai rêvé de monter ces marches avant ma naissance.

– C'est parce que ta mère t'a attendue en regardant *Le Lauréat* tous les soirs !

Au souvenir de nos soirées PPP (pyjama-pizza-pop-corn) passées à visionner en gloussant le film vintage préféré de la mère d'Alyssa, nous pouffons. Une petite rousse juste devant nous jette un regard vert et hostile à ma meilleure amie avant de me fusiller à mon tour, nous intimant clairement de nous taire. Du haut de mon mètre soixante-quinze, je lui adresse un sourire candide avant de pousser du coude Alyssa car, prenant la suite du président de l'université, le doyen Hunt tapote le micro pour entamer son discours de bienvenue. Debout sur le côté des célèbres Low Steps de Columbia, je suis à moins de quinze mètres du petit groupe formé par le président, le doyen principal, les doyens des départements et les directeurs de scolarité et d'études. J'en frémis d'excitation.

– Chers nouveaux membres de Columbia, avant toute chose, je commencerai par un aveu : j'aime particulièrement l'énergie qui anime le campus au moment de la rentrée…

Et moi donc, je trépigne presque !

Une vraie groupie depuis que j'ai franchi le portail d'entrée, décoré aujourd'hui de ballons de toutes les couleurs.

– Et c'est avec fierté et joie que j'anticipe cette première année d'apprentissage et de découverte en votre compagnie…

Si l'on s'en tient à son visage sévère et son allure guindée, la joie du doyen ne transpire pas vraiment, mais la mienne est si colossale qu'elle pourrait le contaminer à distance. Cela dit, être le doyen principal de la fac la plus prestigieuse de New York ne doit pas être facile tous les jours.

– Vous entrez aujourd'hui dans une université classée parmi les meilleures du monde par les QS World University Rankings, deuxième dans le classement des universités américaines et des écoles de la Ivy League par le *Wall Street Journal* et le *Times Higher Education*.

J'ai beau connaître ce brillantissime palmarès, ça m'impressionne à chaque fois ! Et je n'en reviens toujours pas d'avoir été parmi les cinq pour cent de bienheureux admis. Jusqu'au dernier moment, j'ai douté… Ma mère en était sûre et se projetait à fond ; mon père vivait l'instant présent pour ne pas vendre la peau de l'ours avant que j'aie reçu la lettre d'acceptation ; Mme Flannaghan, ma prof de sciences du lycée, après avoir rédigé une lettre de recommandation dithyrambique pour mon dossier, avait une foi inébranlable dans les vertus de ma candidature ; et mon frère Will disait que si lui avait été pris, je devrais obligatoirement l'être vu que j'ai toujours été plus bosseuse que lui…

Mais, malgré toutes ces certitudes autour de nous, Alyssa et moi croisions les doigts… Le jour où j'ai ouvert la lettre au logo de la couronne de Columbia sur laquelle le mot « admise » clignotait comme un phare devant mon nom, Margo Summers, j'en ai hurlé de bonheur pur ! Avant de me ruer sur mon téléphone et d'y découvrir la photo du courrier identique adressé à Alyssa.

– Une année trépidante nous attend. Et nous tournons notre regard vers l'avenir…

Je hoche la tête, presque en transe. Complètement émerveillé, mon regard passe sur les colonnes, glisse sur les chapiteaux en forme de petits coussins, caresse le fronton de la célèbre bibliothèque de M. Low avant d'atteindre le ciel bleu de ce beau jour de septembre. Il se tourne ensuite de l'autre côté de l'immense place vers le bâtiment à colonnade qui abrite la Butler Library avant de revenir par les pelouses impeccablement tondues que traverse le College Walk.

– Nous accueillons ici plus de trente-deux mille étudiants, dont presque quarante pour cent d'étrangers venus de tous les pays du monde.

– Il y a même des aliens, chuchoté-je en montrant une colonie de filles vêtues de collants et pulls à capuchon vert rabattu qui passent sur la place à ce moment-là.

– Ce sont les Psi Epsilon ! me répond en riant Alyssa, ce qui nous vaut un nouveau regard sévère de la rousse.

Après avoir décortiqué tout l'été le site officiel de Columbia, les forums étudiants et les vidéos YouTube, nous sommes incollables sur la vie du campus. Et en particulier sur les Greeks ! Ces célèbres et mythiques confréries d'étudiants, qui ont toutes des lettres grecques pour noms, ont des ramifications dans toutes les universités des États-Unis et du monde, et deviennent avec le temps de véritables réseaux amicaux et professionnels.

– Il paraît que les cérémonies d'intronisation des Psi ressemblent à du bizutage et des trucs occultes. Mais me faire enfermer dans un cercueil pour la cérémonie de la renaissance en sœur Psi Epsilon, très peu pour moi, plaisanté-je en adressant un clin d'œil à Alyssa.

Cette fois, la rousse se retourne d'un air horrifié pour suivre du regard les membres de la sororité.

– Vous recevrez un enseignement de premier ordre dont les programmes sont fondés sur des pratiques pédagogiques de pointe, poursuit le doyen. Ici, l'apprentissage est intégré à chaque aspect de la vie étudiante et nos campus dynamiques offrent de multiples possibilités d'épanouissement personnel et collectif. C'est la raison pour laquelle, depuis la création de cette université, tous les étudiants de premier cycle logent dans les résidences universitaires qui leur sont réservées.

Tous, sauf deux… ici présentes.

– À de rares exceptions près, confirme le doyen, comme s'il lisait dans mes pensées.

Échangeant un regard avec mon amie, je soupire lourdement : à mon grand désespoir, je suis l'une de ces exceptions. Alyssa est l'autre. Nous avons eu beau argumenter, lutter, pleurer et même supplier nos parents, nous appartenons à cette minorité qui n'a pas le bonheur de dormir tous les soirs sur le campus, de passer la nuit à faire la fête ou à discuter sur la Plaza jusqu'à pas d'heure en écoutant des concerts. Évidemment, ce ne sont pas les arguments que j'ai utilisés auprès de mes parents ! Pour tenter de les convaincre, j'ai parlé des bibliothèques ouvertes vingt-quatre heures sur vingt-quatre où je pourrais aller travailler tard dans la nuit, de la salle de sport où je me détendrais quelle que soit l'heure, de l'émulation et de la stimulation intellectuelle, de l'esprit d'équipe, des liens indéfectibles qui se créent pour la vie entière avec nos corésidents, ceux avec qui on est censés vivre nos quatre années d'*undergraduate* à plein temps ! Mais rien n'y a fait.

Tout ce à quoi j'ai eu droit en matière de liens indéfectibles, c'est d'adhérer à une sororité… J'ai alors joué la carte de l'égalité du traitement des sexes, puis celle de l'équité indispensable entre les enfants d'une même famille puisque Will est en résidence à Columbia depuis sa première année. Mais rien n'a eu raison de l'argument massue de mes parents : le fric !

Cette « illusion capitaliste qui corrompt le monde », selon mon père quand il galère auprès de son banquier pour négocier une autorisation de découvert, est néanmoins ce qui décide à soixante-dix pour cent du fait que je vive encore à la maison. Les trente pour cent restants étant les tendances mère poule de ma chère maman…

« Tu n'as que 18 ans », dit-elle. Branchée sur la même longueur d'onde, la mère d'Alyssa a utilisé les mêmes arguments : trop jeune, trop inexpérimentée, bien mieux à la maison !

– L'année prochaine… je te jure que nous aussi, on habite ici, me dit Alyssa.

Je lève les yeux au ciel. Pas sûr que l'année prochaine, les finances soient meilleures pour la famille Summers, où j'ai toujours entendu parler de l'argent comme d'un truc qui ne rendait pas fondamentalement heureux, mais qui avait tendance à ne pas vouloir séjourner durablement chez nous. Mais j'ai un plan…

Qui passe par un tour à la matinée d'orientation et de découverte qui va commencer sitôt le discours du doyen terminé…

Comme s'il m'avait entendue, celui-ci clôt alors son monologue :

– Il me reste à vous souhaiter une année riche et épanouissante. Et souvenez-vous que votre expérience à

Columbia, creuset d'esprits libres depuis 1754, favorise votre propre changement, celui de notre société et celui du monde.

Pour moi, le changement a déjà commencé ! Car, quand je balaie du regard ce campus merveilleux, je ne me sens déjà plus la jeune fille que j'étais au lycée, mais une étudiante libre, curieuse et très impatiente d'aller de ce pas explorer à fond toutes les possibilités de ma nouvelle vie !

Après moult applaudissements, nous descendons les marches en compagnie des deux mille petits nouveaux pour nous diriger vers les stands installés tout le long du College Walk.

– On a le temps de faire un tour, nos cours ne commencent que cet après-midi, dis-je.

Au moment où nous passons au pied de l'Alma Mater, Alyssa s'arrête devant la majestueuse sculpture qui, du haut de ses cinq mètres, pose un regard bienveillant et visionnaire sur l'horizon. Vêtue de sa toge, couronne de laurier sur le crâne et sceptre à la main, la déesse-mère veille sur notre avenir étudiant…

– La légende dit que le premier *frosh* qui trouve la chouette cachée dans cette sculpture sera major de sa promo !

Alyssa scrute les plis et les replis de la toge avec application. Assez contente d'être une *frosh*, raccourci de *freshmen* – les première année –, j'adresse un clin d'œil à la chouette, que j'ai découverte tout de suite près de la jambe gauche de l'Alma Mater, dans les plis de sa cape.

– Ça y est, je l'ai trouvée, là ! dit Alyssa en pointant son doigt sur l'oiseau.

– Super ! Tu n'as plus qu'à commencer à écrire ton discours pour la cérémonie de remise des diplômes !

– Ouais, enfin, c'est dans quelques années… Il faut déjà que je réussisse la première, et le droit, c'est super dur. J'ai tellement peur de ne pas y arriver.

Je souris affectueusement à mon amie. Depuis que je la connais, Alyssa a toujours été dans le top 3 à l'école, mais malgré ses excellents résultats, elle n'a aucune confiance en elle.

– Tu as eu une bourse fédérale, Alyssa, elle n'est donnée qu'aux meilleurs des meilleurs !

– Ouais, justement, imagine si… dit-elle avec une petite moue timide.

– Tout ce que j'imagine en ce moment, c'est qu'on va aller se prendre un grand café et des *donuts*. Et qu'on devrait pouvoir trouver ça auprès du bataillon de beaux gosses que je vois là-bas !

Alyssa éclate de rire en suivant mon regard vers les stands colorés où s'agitent des étudiants vantant les avantages de leur club de sport, parlant de théâtre, d'œnologie ou de je ne sais quoi. Le petit nuage de tension que j'ai vu passer dans ses yeux disparaît. Mais il va clairement falloir que je veille sur mon amie. Mme Flannaghan m'a bien prévenue : Columbia, c'est le prestige, les meilleures études et l'assurance d'un job à plusieurs milliers de dollars annuels dès la sortie, mais c'est aussi l'exigence maximale, parfois la compétitivité, et pour beaucoup, le stress.

Alors, futures docteure Margo et maître Alyssa, au boulot !

Glissant mon bras sous le coude d'Alyssa, je l'entraîne vers le début de notre nouvelle vie. À peine arrivons-nous sur la rue bordée ce matin de stands qu'un magnifique brun aux yeux verts nous tend deux grands cafés avant de nous inviter à nous inscrire au club de joute argumentative et d'éloquence.

– Si ça peut m'aider à convaincre mes parents que loger en résidence universitaire est vital et indispensable, je m'inscris direct dans son club, dis-je quand nous nous éloignons du charmant argumentateur.

– Sauf que si je dois être éloquente face à un mec

comme ça, ça va être dur : je risque plutôt de baver et mater, c'est tout !

– J'y crois pas une seconde ! On est toi et moi capables de résister au pouvoir d'arguments aussi imposants, non ?

Alyssa éclate de rire. Un peu plus loin, après une multitude de clubs sportifs qui vont du parachutisme à la pétanque en salle, nous passons devant les propositions culturelles, artistiques, voire anthropologiques. J'accepte le *donut* que me tend une fille du club de gastronomie végétarienne et que je dévore en regardant une démo de tai-chi où les dix étudiants en tenue blanche semblent danser au-dessus du sol.

Tout ici me ravit, l'ambiance, les gens, les visages, le brouhaha, les trucs incroyables qu'on peut faire, et même les odeurs de barbecue qui flottent dans l'air.

Nous nous arrêtons longuement devant le stand de la vie étudiante où deux filles de troisième année nous expliquent le fonctionnement du système *add and drop* de la fac :

– Deux semaines pendant lesquelles vous pouvez modifier les cours auxquels vous êtes inscrites.

Elles nous incitent aussi à choisir dès que possible notre *faculty advisor* parmi nos profs, car celui-ci est là pour aider sur les questions pédagogiques, en particulier sur le choix de nos matières.

Viennent ensuite les stands des bibliothèques, des groupes ethniques, des minorités, des spiritualités et des particularités en tous genres. Il ne manque plus que le club des chercheurs de trèfle à quatre feuilles et on aurait ici un panorama complet de tout ce qui existe comme passions dans l'univers.

Un groupe de filles passe alors entre nous en file indienne. Inscrites en noir dans le dos de leur débardeur rose, deux lettres grecques indiquent leur appartenance à la sororité Zeta Lambda, la plus prestigieuse de toutes. Fascinée, je les suis des yeux.

C'est LA sororité que nous voulons intégrer.

Alyssa et moi échangeons un coup d'œil aussi ravi qu'impressionné en avançant ensuite entre les stands couverts de gâteaux, de *goodies* et de banderoles aux noms des différentes confréries d'étudiants. Chacune porte haut ses couleurs : costume-cravate, veston rayé et canotier, tenue de sport, minijupe, robe bustier, collier de fleurs…

– On se croirait dans un bal costumé ! chuchote Alyssa.

– Ouais, ou dans un regroupement de clones, dis-je en observant de plus près les Psi Epsilon aperçues de loin tout à l'heure.

Car, aussi blondes, souriantes et maquillées les unes que les autres sous leur capuchon, celles-ci n'ont clairement pas ma préférence. Esprit d'équipe, responsabilité, solidarité, entraide, tutorat, soutien, encadrement, engagement caritatif, mais aussi aide à la recherche de stages et réseau professionnel, voici ce qui motive mon envie d'appartenir à une confrérie. Personnellement, je ne cours pas après l'aspect société secrète avec ses rites et ses règles mystérieuses…

– Certaines sororités offrent des facilités pour se loger sur le campus… rappelé-je à Alyssa qui observe un groupe qui ressemble à des pom-pom girls. Will dit qu'on y organise très souvent des fêtes !

Plus solitaire que moi, mon frère n'a jamais ressenti le besoin d'appartenir à une fraternité. Mais sa vie sur le campus a alimenté en moi un certain nombre de fantasmes sur une existence partagée entre cours passionnants et fêtes de folie…

Et maintenant c'est mon tour…

– À propos de Will, son bâtiment n'est pas très loin. On pourrait passer, ça lui fera plaisir de te voir !

Sans répondre, Alyssa regarde son portable et secoue la tête.

– Il faut absolument que j'aille à la direction de la scolarité pour le rendez-vous avec le mec de l'intranet étudiant. Je n'ai pas pu y aller avant.

Nous avons bossé tout l'été, elle au Walmart et moi dans le resto de mon père. Mais j'ai pu me libérer la semaine dernière pour ce rendez-vous obligatoire où on nous explique individuellement le fonctionnement de ce merveilleux outil qui permet de communiquer avec ses profs, de suivre l'agenda, les modifs d'horaires ou de salles, de s'inscrire aux séminaires, aux conférences et aux ateliers, mais aussi d'obtenir les documents à potasser avant de les étudier en classe.

– On se donne rendez-vous devant le bâtiment avec la statue du penseur à quatorze heures ?

Nous avons déjà repéré sur le plan où auront lieu nos cours. Mais le campus est tellement grand, une ville dans la ville, que j'espère que je vais retrouver mon chemin !

Alyssa me quitte pour obliquer vers les bâtiments de la faculté de droit tandis que je continue vers la résidence où habite Will depuis sa première année. À cette pensée, une pointe d'envie se fiche dans mon crâne. Je m'arrête pour regarder l'objet de toutes mes frustrations : un immeuble de brique de neuf étages où a le droit de loger mon frère. Dans ce bâtiment, il n'y a que des chambres de deux, mais Will a des copains qui ont des chambres individuelles dans celui d'à côté. Il paraît qu'un peu plus loin, il y a même de véritables appartements pour les doctorants !

Après avoir jeté un œil sur le lounge du rez-de-chaussée où Will m'a donné rendez-vous une ou deux fois l'année dernière, je monte les escaliers tout en rêvant à comment ce serait si j'habitais ici moi aussi… D'après ce qu'il m'a dit par texto quand il a eu son attribution de chambre, la sienne est au cinquième étage et donne sur le campus. Ce chanceux aurait même vue sur le parc !

Lorsque j'arrive devant la porte du 507, des accords de musique résonnent. Je reconnais un morceau de Jesse Halstead, le célèbre rockeur-violoniste qu'écoute Will à fond depuis ses 16 ans, ce qui lui a valu un concert de reproches parentaux. Mais, visiblement, il se lâche quand il est ici !

Avec une pensée compatissante pour l'ouïe de ses voisins, je toque à la porte. Évidemment il n'entend rien ! Je toque un peu plus fort, puis, soupirant contre mon frère à qui on va devoir offrir un Sonotone avant son grand âge, j'entre d'un pas joyeux.

– Dis donc, les parents ont raison, tu es sourd comme un pot !

La main encore sur la poignée de la porte, je m'immobilise.

– Will… ?

Ma voix se perd dans les basses de la musique. Debout devant la fenêtre, un mec en short gris est en train de boxer un adversaire imaginaire. Sautillant sur place, il me tourne le dos et lance des coups de poing furieux dans le vide.

Immobile sur le seuil, je regarde rapidement du côté des lits jumeaux et des bureaux. Reconnaissable à son écusson du Real Madrid – mon frère est un fan du championnat de football européen –, le blouson de Will est posé sur l'une des chaises. Mais, à moins qu'il ne soit dans le placard, mon frère n'est pas dans ces quatorze mètres carrés…

– Administration de merde !

Couvrant la musique, la voix du boxeur est presque sifflante. Heureusement pour moi, il fait toujours face à la fenêtre, ce qui m'arrange bien, en particulier pour reculer et m'éclipser. Mais malgré moi, mon regard s'accroche au dos, aux épaules solides, à la peau dorée et aux cheveux bruns soyeux très courts… Durant quelques secondes, je reste figée à l'observer.

Que dis-je, « regarder » ? Mater, me rincer l'œil, me remplir les pupilles, m'imprimer sur la rétine les lignes, les courbes, les creux et les volumes du corps viril qui est en action devant moi !

C'est le moment que choisit le mec en short pour se ramasser soudainement sur lui-même, faire volte-face et se planter, jambes légèrement écartées, poing droit en avant et gauche en défense devant ses pectoraux bombés. Face à moi.

Oups !

Il se redresse lentement en me lançant un regard étrange, où je distingue autant d'exaspération que d'arrogance. S'il est surpris de me voir là, il ne le montre absolument pas : mains sur les hanches, il reprend son souffle, puis il passe son avant-bras sur son front, se penche pour baisser la musique de son ordinateur posé sur son lit et ramasse un tee-shirt qu'il enfile paresseusement, pas du tout gêné d'être à demi à poil devant moi.

En même temps, il est dans sa chambre…

Quant à moi, je ne peux m'empêcher de le regarder.

Rien que son corps me donne des palpitations. Et je ne parle pas de son visage, d'une pureté à faire frémir : front haut, nez droit, bouche pulpeuse, menton un peu arrogant et joues couvertes d'une ombre de barbe mal rasée. Presque magnétiques, ses yeux semblent immenses, incroyablement bleus avec des éclats marine, sous de longs cils caressants. Sa bouche s'entrouvre dès qu'il respire, ce qui fait se soulever sa poitrine large, et je ne réussis pas davantage à contrôler mon regard qui descend se poser sur le petit losange de poils au milieu de ses pectoraux. Ni à ne pas me dire qu'ils ont l'air doux… Juste en dessous, une fine ligne de ces mêmes poils descend jusque vers son nombril, le contourne en dessinant une ombre au creux de son ventre, avant de redescendre en ligne droite vers le caleçon qui dépasse de son short.

Qu'est-ce qui m'arrive ? Est-ce que je suis vraiment en train de reluquer avec gourmandise le coloc de mon frère ?

Ce qui n'a pas échappé au coloc en question, car un demi-sourire moqueur est apparu sur ses lèvres. Je rosis.

– Salut…

Complètement nul, mais c'est la seule chose que je réussis à trouver à cet instant.

– Comme c'était la matinée d'orientation, j'ai pensé que je pourrais passer.

Raconte-lui ta life, en plus !

Cherchant à remettre mes pensées en place, j'enfonce alors les poings dans les poches de mon jean d'un air que je voudrais cool, mais surtout histoire de ne pas montrer que mes mains tremblent, que mes pieds n'arrivent pas à faire marche arrière, ni mon cerveau à se remettre en route. Car j'ai beau m'ordonner : « Recule, arrête de le regarder, sors de là », mon corps ne bouge pas, planté comme un poteau haute tension au milieu d'un champ en pleine tempête.

– Enfin, je me suis dit que, peut-être, on…

– Cool, rit-il, personnellement j'allais sortir courir, mais…

Sa voix est grave, terriblement mélodieuse. Tandis que je me perds dans les rêveries qu'ouvrent ce « mais » et ces points de suspension que je devine, quelque chose dans son attitude change : tête inclinée, allure nonchalante, il avance vers moi. Incapable de parler, je m'efforce de soutenir son regard alors qu'il sourit maintenant de toutes ses dents, ce qui révèle deux fossettes, une sur chacune de ses joues. Quittant mon visage, son regard glisse rapidement sur toute ma personne, de haut en bas, de long en large, de courbe en creux, avant de revenir se planter dans le mien.

Ça s'appelle se faire rendre la monnaie de sa pièce…

Convoquant alors toutes mes ressources, même les plus récalcitrantes, je réussis enfin à expliquer pourquoi je suis là, debout dans la chambre qu'il partage avec mon frère :

– En fait, je venais voir Will, mais… c'est pas grave, je le croiserai sûrement à un autre moment !

Malgré tous mes efforts, ma voix me lâche : aiguë, faible et ridiculement puérile… traîtresse, surtout face à un mec pareil qui doit avoir au moins… l'âge de mon frère, c'est-à-dire 21 ans. Si ce n'est plus. Et donc au minimum trois ans de plus que moi.

D'ailleurs, à peine ai-je prononcé ces paroles qu'il se fige. Ses fossettes s'effacent, ses yeux se plissent légèrement et sa bouche se transforme en une petite moue de dédain, comme s'il était agacé de perdre son temps avec moi.

Faut dire que j'ai mis le paquet pour paraître empotée…

– Désolée de te… enfin, de vous avoir dérangé !

De mieux en mieux… Tout juste si je ne lui dis pas « au revoir monsieur »…

Heureusement, cette fois, je réussis à tourner les talons et à quitter la chambre, rouge de confusion.

Déjà disponible
dans toutes les bonnes librairies !

Extrait

The Boss Rules

Alexane Tolley

Dans la collection addictives POCHE

PROLOGUE

Neuf ans plus tôt
Place du Trocadéro

Cela fait presque une heure que je joue de la gratte, attirant à chaque nouveau morceau des badauds intrigués, amusés ou captivés. Une foule ininterrompue de promeneurs occupe la place du Trocadéro. Il faut dire qu'en ce début juillet, l'affluence touristique de la capitale est à son comble. La proximité avec le public m'éclate. J'en ai besoin très régulièrement. Tout à l'heure, un couple d'une cinquantaine d'années a même exécuté quelques pas de rock. Le pied total !

Je suis monté à Paris avec Julien, mon meilleur ami, pour percer dans la musique. Au gré des prestas d'impro, des salles confidentielles, des couloirs du métro, nous avons rencontré Grégory, Damien et Margot qui rêvaient également de célébrité et se produisaient régulièrement sur de petites scènes lorsqu'un artiste avait besoin de musiciens. Julien et moi les avons rejoints et nous avons créé le Deadly Music Group[1]. Le nom est un peu pourri, mais nous avions pensé, à l'époque, que ça sonnait bien. Et puis les initiales du groupe correspondaient à celles des fondateurs de la bande. Nous nous sommes trouvés. Julien a trouvé l'amour en prime et moi, la reconnaissance musicale que j'attendais depuis mon adolescence. On commence à bien fonctionner. C'est la vie que je voulais. Je ne suis heureux que lorsque j'ai une guitare en main devant un public.

En revanche, si la scène me grise, il m'est tout aussi indispensable de revenir aux sources quelquefois. Je ne veux pas perdre de vue d'où je viens. Prendre la grosse tête est le pire truc qui puisse arriver à un musicien. Il perd son âme et donc sa créativité. C'est la raison pour laquelle je suis là, tout seul, comme un con, sous un soleil de plomb, à reprendre de grands classiques du rock, devant une foule médusée. Mes potes me mettent en boîte, mais j'en ai besoin, c'est viscéral, alors j'ignore leurs moqueries.

J'en suis à débuter un de mes morceaux préférés, « She's Not There » de mon maître, Carlos Santana, lorsque je vois une petite nana qui s'installe confortablement sur les marches, juste en face de moi. Les bords de mon chapeau me gênent un peu et la lumière aveuglante de cette fin d'après-midi m'empêche de voir les détails de ses traits, mais il me semble que cette petite blonde est très jeune. Enfin, plus jeune que moi. Elle me fixe, intensément. Je manque de louper le solo de guitare tellement elle m'intrigue. Elle reste immobile le temps que je finisse la chanson. J'hésite à en démarrer une autre, car j'ai une envie irrésistible de l'aborder, mais lorsqu'elle se joint aux applaudissements, mon ego

1. Groupe de musique mortel.

à la con me pousse à l'impressionner. J'entonne les premières notes de « The House of the Rising Sun » de The Animals, car c'est l'un des premiers morceaux que j'ai appris à jouer et je le maîtrise parfaitement, tant musicalement que vocalement. Et même si la version française de Johnny Hallyday, « Le Pénitencier », est plus connue, je préfère l'original.

Le sourire éclatant qu'elle me lance est ma récompense. Je n'ai pas envie qu'elle s'en aille. C'est trop tôt. Ses longs cheveux presque blancs dans la lumière estivale ondulent sur ses épaules fines et dissimulent les bretelles de son débardeur. Elle avance un peu et s'assoit à seulement quelques mètres de moi, en tailleur. J'inspire profondément, soulagé. J'apprécie ses pommettes hautes, ses yeux félins et ses lèvres ourlées. On dirait une poupée de porcelaine. Je suis subjugué par ses gestes gracieux. Ses mains emprisonnent sa chevelure qu'elle entortille en quelques secondes et maintient avec une baguette. Elle ouvre son sac à dos et sort un bloc de dessin. Une artiste !

Je pense être aussi subtil qu'un éléphant dans un magasin de porcelaine avec les regards que je lui lance, mais je m'en fous. Cette nana me fait un effet de dingue.

Putain !

Je me foutais de la gueule de Julien lorsqu'il a croisé Margot la première fois. En rentrant, il m'avait dit : « Mec, je ne peux pas te l'expliquer, mais cette fille est la femme de ma vie. » Dire que je me suis moqué de lui est un euphémisme… Je l'ai emmerdé des semaines durant. Et voilà que j'ai l'impression qu'il m'arrive la même chose. Je ne sais pas son nom. Je ne connais pas le son de sa voix. Je ne sais pas quelle odeur elle a. Mais, tout en ne chantant que pour elle, je suis persuadé que j'aimerai tout de cette fille.

J'enchaîne les morceaux. Des plus classiques aux plus

contemporains. Les groupes d'admirateurs se font et se défont, mais je ne les regarde même pas. Ma seule constante est cette blondinette qui reste concentrée sur sa page. Je mate l'inclinaison gracile de son cou lorsqu'elle relève la tête, trop peu souvent à mon goût, pour prendre un nouvel angle. Je suis les mouvements de ses doigts lorsqu'ils ombrent le papier. Mon corps entier est tendu. Là où d'habitude, je flirte un peu avec les femmes qui s'arrêtent pour m'écouter jouer, je ne peux détacher mon attention de cette inconnue.

J'en suis à la moitié de « Behind Blue Eyes », des Who, chanson qui m'a semblé de circonstance, quand elle se lève et remballe ses affaires. Je sens mon palpitant qui s'affole.

Putain, je ne veux pas qu'elle parte !

Son petit cul moulé dans un short minimaliste me fait de l'œil lorsqu'elle se baisse pour saisir son sac. Elle se retourne et avance vers mon étui de guitare que je laisse ouvert quand je joue ainsi. Toujours avec son fichu sourire, elle dépose délicatement un papier, roulé comme un parchemin.

Merde ! Elle se tire !

Malgré les protestations des spectateurs, j'arrête de jouer et, curieux, je déroule son offrande. Ce que j'ai sous les yeux est un chef-d'œuvre. Cette blonde que je ne connais pas a su reproduire exactement ce que je pense offrir à mon public. Ce n'est pas le portrait d'un simple musicien qui joue de son instrument sur une place publique, c'est la reproduction parfaite de ce que je ressens quand je joue. Les traits sont affirmés. Le graphisme est épuré, mais dans le même temps, détaillé. C'est magique.

Je me dépêche de plier mes affaires. Elle a contourné le palais de Chaillot, j'imagine donc qu'elle descend l'esplanade vers les jardins du Trocadéro. Je ne veux pas la perdre dans la foule. Je ne veux pas la perdre tout court. Je me précipite à sa suite. Je la cherche dans la foule. Quand je la repère enfin, elle a déjà bien avancé. Je suis de loin sa silhouette comme les marins gardent le phare dans leur ligne de mire.

Si seulement je connaissais son prénom !

Je ne peux pas lui crier : « Eh ! Machine ! » Il y a mieux comme entrée en matière. C'est dans les moments comme celui-ci où j'aimerais jouer de l'harmonica. C'est beaucoup plus maniable et beaucoup plus facile à ranger. Je n'aurais jamais pensé qu'un petit gabarit comme elle aille aussi vite. Je remonte les jardins au pas de course et réussis à la rejoindre alors qu'elle s'apprête à traverser vers le pont d'Iéna. Elle sursaute quand je lui touche l'épaule.

– Désolé. Je ne voulais pas t'effrayer.

Elle éclate de rire, espiègle.

– Un grand mec comme toi ne va pas m'effrayer. Tout juste me surprendre.

Je ferme les yeux et j'inspire un grand coup. Son odeur de jasmin et d'encens me bouleverse.

Je la vois qui me regarde, interrogative, lorsque je reprends pied.

– Je voulais te remercier pour le dessin. C'est vraiment superbe ce que tu fais.

– Oh, merci. J'espère pouvoir en vivre un jour alors je m'entraîne. Et puis le sujet était plutôt pas mal.

Elle me fait un clin d'œil. Ses yeux azur sont francs. Des fringues simples, pas de maquillage. Elle est nature, sans filtre. Ouais, c'est le terme qui la décrit le mieux. Nature ! Cette nana tout en simplicité me plaît.

– Tu es libre tout de suite ?

– Comme l'air ! Je viens d'arriver à Paris et je ne sais pas encore où poser mes valises.

– Super ! Tu me laisses te servir de guide pour ce soir ?

– Pas de problème. C'est quoi le programme ? me répond-elle sans hésiter.

Je suis complètement scotché par le fait qu'elle accepte. C'était carrément gonflé de ma part. Je suis un grand veinard ; j'ai tenté ma chance, et cela a fonctionné. Je jette un coup d'œil à la signature en bas du dessin que je tiens toujours dans la main.

– Élo ? C'est ça ?

– Oui, c'est mon nom.

J'ai le sentiment qu'elle ne veut pas s'appesantir sur ce détail alors je n'insiste pas. Ce sera Élo.

– Anto, pour te servir, précisé-je en faisant une miniré-vérence qu'elle accueille dans un éclat de rire.

– Alors ? Par quoi commence-t-on ?

Je mets quelques secondes à me souvenir que je lui ai proposé de lui faire visiter Paris tant sa question est ambiguë pour moi. Il faut que je reprenne mes esprits sinon cela va devenir compliqué. Elle semble tellement innocente qu'elle doit simplement penser que je suis un mec sympa qui lui propose un moment sympa. Je vais donc m'en tenir à ça.

Nous passons la fin d'après-midi et la soirée ensemble. Elle joue magnifiquement bien les touristes et je tente de parfaire ma prestation de guide. Après avoir descendu le Champ-de-Mars, nous remontons vers les Invalides. Elle me traîne jusqu'au Louvre.

– Merci, Anto. J'ai toujours voulu voir la pyramide du Louvre.

– Pourquoi ?

– Tu me jures de ne pas te moquer ?

– Je ne te garantis rien, mais je vais essayer.

Tout semble évident avec elle. Plein de simplicité. C'est comme si j'avais rencontré ma meilleure amie, mon âme sœur.

– Eh ! méchant ! rit-elle en me donnant une tape sur le bras.

– Non, dis-moi, Élo. Je te jure que je ne me moquerai pas de toi.

– Le *Da Vinci Code* ! C'est depuis que j'ai lu ce bouquin que j'ai envie de voir en vrai la pyramide.

Et effectivement, je ne me moque pas, je trouve que c'est une raison plutôt originale.

– Tu veux qu'on entre ? demandé-je doucement.

– Non, je préfère l'admirer de loin. Profiter de l'environnement. J'ai peur d'être déçue si cela ne correspond pas à ce que je pense.

Je n'insiste pas. Nous repartons quelques minutes plus tard et arpentons les Champs-Élysées. Sa fraîcheur. Son rire. Son innocence. Je découvre l'insouciance.

Elle est drôle et spirituelle. Elle me raconte des anecdotes historiques et semble avide de tout. Elle danse du reggae quand nous croisons un groupe. Elle joue avec un petit garçon qui tape dans son ballon. Elle s'extasie sur un chiot qui fait tourner en bourrique son propriétaire. Elle grimpe, saute, rebondit, vit. Et moi ? Moi, je la suis, amusé, subjugué, heureux.

Elle n'est pas seulement magnifique à l'extérieur. Son âme est belle. Quand elle ressent, c'est à fond ; et je redécouvre les choses à travers elle. Quand elle voit, elle regarde vraiment ; et je redécouvre la beauté à travers ses yeux azur. Quand elle rit, elle ne se retient pas ; et je redécouvre la joie.

Je suis définitivement conquis lorsqu'elle accepte de venir chez moi. Je n'ai jamais rencontré de fille comme elle. Si… libre. Nous descendons à la station Bercy pour rejoindre le petit deux-pièces que je loue juste derrière la mairie du douzième arrondissement. J'observe son sac à dos. Très mince.

– Tu as besoin de récupérer des affaires quelque part ? Ou de passer dans une supérette pour acheter quelque chose ?

– Non, j'ai tout ce qu'il me faut dans mon sac. J'ai laissé ma valise à la gare de Lyon, dans une consigne. Le nécessaire est avec moi.

Elle conserve cette liberté d'agir mais cela ne me plaît plus tant que ça car elle accepte simplement mon hospitalité, comme si elle ne voyait pas que je suis complètement sous le charme.

J'angoisse un peu sur ce qui va se passer ce soir. Je ne veux pas qu'elle me prenne pour un enfoiré de première et qu'elle pense que si je la loge, c'est pour la baiser.

Mais bordel, qu'est-ce que j'en ai envie !

S'il faut que je la joue gentleman, je le ferai. Ce n'est pas comme si j'étais en manque d'activité sexuelle. Les groupies du Deathly Music Group sont toujours plus que disponibles. Surtout pour moi, guitariste et chanteur !

Mais tout se passe simplement. Il me semble que c'est la ligne de conduite de mon inconnue blonde.

– C'est joli chez toi, dit-elle en pénétrant dans mon appartement.

Je la regarde découvrir mon univers et me demande ce qu'elle en pense vraiment. Il est fonctionnel et sans véritable personnalité. Je ne viens là que pour dormir.

– Tu n'en penses pas un mot, lui réponds-je en riant.

– C'est vrai !

Elle ne précise rien d'autre. J'attends, étonné d'être soucieux de ce qu'elle voit, mais elle ne dit rien. Cela aurait pu m'agacer, mais elle passe déjà à autre chose.

– Tu as un endroit où je pourrais me rafraîchir ?

– Porte de gauche.

Elle s'éclipse dans ma salle d'eau et je dois me contenir. Je l'imagine dans le plus simple appareil. J'imagine le gant de toilette caresser sa peau que je pense tendre et douce. J'imagine…

– Je peux utiliser une serviette ?

– Bien sûr ! Fais comme chez toi !

Il ne manquerait plus qu'elle sorte dégoulinante. Je ne pourrais pas me maîtriser.

Quand elle ouvre la porte, elle a revêtu un de mes tee-shirts qui était resté à traîner.

– Tu m'as dit de faire comme chez moi alors je t'ai pris ça. J'ai lavé mes affaires, j'espère que cela ne te dérange pas. On dort où ?

Mon cerveau déconnecte devant toutes ces informations. Je lui montre mon minuscule canapé.

Je suis étonné de pouvoir parler sans que ma voix me trahisse.

– Je vais aussi prendre une douche, installe-toi.

Cette nana me fait un effet incroyable et j'ai bien besoin des quelques minutes d'isolement pour me reprendre. Sauf que lorsque j'entre dans ma salle d'eau, son linge est suspendu à la barre de douche. De simples dessous en coton qui me bouleversent. Je suis tenté de me soulager mais j'ai peur qu'elle m'entende alors je me contente d'une douche froide.

Lorsque je sors, elle a déplié mon canapé-lit et s'est installée dessus, vêtue de mon tee-shirt et d'une petite culotte de coton. Ce n'est pas un string affriolant ni un sous-vêtement sophistiqué, mais la vue de ce simple bout de tissu blanc m'ébranle plus que de raison.

Je lève mon regard jusqu'à son visage et ce que je vois me fait perdre pied. Un regard incendiaire. Une envie primaire égale à la mienne.

– Tu es sûre ? lui demandé-je d'une voix rauque.

Elle se met à genoux sur mon lit et avance jusqu'à moi. Je vois la scène au ralenti. Elle me sourit encore et murmure :

– Il y a longtemps que je n'ai pas été aussi sûre de moi.

Je ne peux alors rien faire si ce n'est la toucher. Sa peau est une caresse. Je me repais de cette sensation indicible. Je la couche doucement et m'allonge dans son dos tout en passant et repassant mes mains calleuses de guitariste sur sa cuisse extraordinairement musclée. Quand elle se retourne, je marque une pause, lui donnant encore la possibilité d'arrêter. Putain, mais quand elle me sourit, je perds pied.

Je ne peux m'empêcher de la caresser. Ses deux tétons se dressent et m'appellent. Je les mordille à travers le tee-shirt et son gloussement est le plus joli son que j'aie jamais entendu. Il fait vibrer mon sexe tendu. Il me vrille surtout le cœur. Ses doigts agiles parcourent mon torse. Je souhaite qu'elle ne s'arrête jamais. Mais si elle continue, je ne pense pas pouvoir réussir à me contrôler. Je retiens mon souffle lorsqu'elle s'intéresse à mon caleçon, tendu par l'excitation. Ses gestes sont hésitants. Elle ose mais manque manifestement d'expérience, ce qui m'émeut encore plus. C'est une torture. Je la veux. J'ai besoin de la prendre. Pourtant, je la laisse découvrir mon corps. Elle embrasse chaque centimètre de ma peau comme une aveugle qui voit avec le bout de ses doigts, le bout de ses lèvres. Elle descend toujours et encore. Ma verge en redemande et se dresse fièrement lorsqu'elle baisse mon sous-vêtement. Je la regarde faire. Elle marque un temps d'arrêt.

– Ne te sens obligée de rien, Élo, susurré-je pour la rassurer.

Elle ne me répond pas mais hoche la tête. Puis elle me regarde. Ses yeux brillent d'excitation, d'anticipation. Ses cheveux emmêlés dissimulent une partie de son joli minois et m'empêchent de l'admirer pleinement mais ses joues rosies m'indiquent qu'elle apprécie ce qu'elle voit. Je l'encourage avec un sourire et retiens mon souffle. Je serais bien évidemment très déçu si elle reculait maintenant mais j'ai envie de lui faire tant de choses que je crois bien que je survivrais à cette frustration. Tout ce qu'elle décidera me comblera à cet instant.

Je soupire d'aise quand ses lèvres se referment sur mon gland gorgé de plaisir. Sa langue le titille et lape la perle de sperme qui suinte.

– Merci mon Dieu !

Élo glousse et les vibrations de son rire m'excitent encore. Je reste immobile, m'agrippant aux draps. Je sens qu'au moindre mouvement, je vais perdre pied. Je ne me souviens pas avoir ressenti autant de plaisir pour une simple pipe. Elle s'applique et fait manifestement du mieux qu'elle peut et, paradoxalement, ce sont ses maladresses qui me plaisent le plus. J'aime que sa main soit hésitante au lieu de caresser franchement mes parties. J'aime sa langue qui donne des petits coups comme sur une glace. J'aime ses spasmes qui me serrent le gland lorsqu'elle tente de m'avaler entièrement. La caresse de ses cheveux et la griffure de ses ongles ont raison de ma retenue.

– Élo, arrête s'il te plaît ! Je ne vais pas pouvoir tenir bien longtemps.

Elle glousse encore, manifestement fière d'elle, et se cramponne à mes hanches. Elle refuse d'arrêter cette douce torture et intensifie, au contraire, ses succions. J'explose dans sa bouche, un tantinet honteux mais surtout extrêmement touché par sa confiance.

Je mets du temps à reprendre mon souffle. Élo est couchée sur mon ventre. Je caresse machinalement ses longs cheveux soyeux.

Je bouge un peu et la hisse sur mon torse. Elle se tortille, mal à l'aise.

– Chut, reste là…

– Je… commence-t-elle sans pouvoir terminer sa phrase.

– Élo ! l'appelé-je en attendant qu'elle me regarde, chose qu'elle fait quelques secondes plus tard. J'ai apprécié chaque minute, chaque seconde.

Je ne veux pas la gêner plus qu'elle ne l'est déjà mais cette nana devrait avoir confiance en elle. Elle est et elle a tout ce qu'un homme désire. Je l'embrasse sur le front et la fais rouler sur le matelas. Je suis désormais au-dessus d'elle et je pars à mon tour découvrir ce corps qui me met la tête en vrac. Son odeur florale me chavire et son grain de peau me bouleverse. Sans un mot, rassurée sur son exploit, les yeux rieurs, elle enlève lentement mon tee-shirt. Je découvre ses seins dont la peau rosée est magnifique. Je les sens frémir sous le cal de mes doigts. Je l'empêche de se tortiller et continue son supplice. Mes mains emprisonnent sa taille fine quand j'aspire goulûment ses pointes durcies. J'ai un besoin impérieux de la goûter. Je la plaque sur mon matelas avec empressement. Je lui enlève sa satanée culotte et lèche précipitamment son intimité. Élo a un hoquet de surprise mais je la sens se détendre immédiatement après. Elle retient son souffle. Elle se tend de plaisir cette fois. Je prends alors mon temps pour explorer sa féminité. Elle se déhanche. Ses gémissements me galvanisent.

– Anto ! Oui, oh merde ! Non…

Tout cela est intense. Très intense. Elle tente de m'échapper, fuyant son plaisir que je sens arriver, mais la jouissance la terrasse. Elle hoquette et se cambre contre moi pendant que je la baise avec ma langue. Nous restons un instant l'un contre l'autre, haletants. Sa fragrance naturelle est le meilleur aphrodisiaque que je connaisse et, le temps de reprendre une respiration régulière, je suis prêt pour elle. Mes doigts la fouillent encore lorsqu'elle s'offre de nouveau. Habillé de latex, mon sexe s'enfonce lentement, doucement, sûrement.

Au fil des minutes, nous nous découvrons, nous nous

explorons, nous baisons. Puis lentement, nous nous mettons à faire l'amour. Les gestes deviennent plus tendres. Les regards plus appuyés, plus profonds. C'est la première fois qu'un truc pareil m'arrive. Mes coups d'un soir sont souvent imparfaits, insatisfaisants car trop rapides, pas assez intimes. Avec elle, c'est la perfection dès la première minute. Elle ne semble pourtant pas très expérimentée. Tant pis. Tant mieux. Je n'en sais rien. Tout ce que je sais, c'est que quand je me trouve en elle, il n'y a pas meilleure sensation.

Et c'est avec elle, couchée sur moi, sa tête au creux de mon épaule, ses longs cheveux blonds éparpillés sur mon torse, ses jambes reposant sur mes cuisses, que nous nous endormons aux premières lueurs du jour. Rien n'a d'importance si ce n'est son corps chaud sur le mien.

***

Je cherche mon téléphone qui braille sans cesse. Il fait une chaleur étouffante dans ma chambre, pourtant je ressens un froid polaire dans mon corps.

– Putain mec, tu fais quoi bordel ? On t'attend ! me dit la voix plus qu'agacée de mon meilleur ami, Julien, quand je décroche.

– Hein ? Il est quelle heure ?

Je jette un coup d'œil à mon appartement et ma gorge se serre.

– Quoi ? Tu te réveilles tout juste ? Il est déjà quatorze heures trente. On devait se rejoindre pour bouffer ensemble mais on t'a…

– J'arrive.

Je raccroche au nez de Julien qui ne m'en voudra pas. J'écoute dans la salle de bains si des bruits me parviennent mais seul le silence me répond.

Je dois me rendre à l'évidence. Elle est partie.

Et je ne connais même pas son véritable prénom. Il y a juste une signature qui me nargue sur un bout de papier à dessin.

Élo…

Déjà disponible
dans toutes les bonnes librairies !

Extrait

Deep & Dark

Sophie S. Pierucci

Dans la collection addictives POCHE

PROLOGUE

Elle

Je zippe ma doudoune, et sors de la voiture d'un pas décidé. Instantanément, je niche ma tête dans mon écharpe et enfourne mes mains dans mes poches, il fait un froid hivernal ici. Je laisse la brise glaciale provenant de la forêt fouetter mes joues, se glisser dans le coton de mon jean, et ferme les yeux une seconde pour apprécier le silence aux allures de quiétude.

Silence brisé par de minuscules aboiements. Si on peut appeler ça comme ça. Je baisse la tête vers les couinements. Un chiot, au pelage blanc et aux yeux aussi bleus qu'un ciel sans nuages, s'attaque à la fourrure de mes bottes. Je l'observe mordiller, laper le revêtement synthétique sans trop de réactions. Lizie, ma meilleure amie de ma vie d'avant, dirait qu'il ne fait pas un bon choix en s'attaquant à moi. Je n'affectionne pas particulièrement les boules de poils. Alors j'hésite à avoir un lâcher de pied involontaire – pour ne pas dire coup de pied.

Histoire que mes bottes ne finissent pas déchiquetées, je tente une première sommation :

– Si tu ne veux pas finir en écharpe ou en tapis de lit, tu ferais bien de filer !

Soit je parle le chien, soit ce chien comprend la langue de Shakespeare. Ni une ni deux, il cesse son attentat contre mes bottes fourrées pour s'asseoir devant moi, droit comme un piquet. *Bien sage !* Finalement, Boule-de-poils est plutôt attendrissant, j'ai même l'impression qu'il me sourit. En tout cas, il m'a divertie l'espace d'un instant, mais je n'oublie pas le but de ma présence ici.

J'observe le chalet devant moi. Ma demeure pour les jours à venir. De plain-pied, faite de pierres et de bois sombres, elle est engloutie sous les sapins et les grands chênes de la forêt. L'endroit est propice à la détente, au calme et aux petits déjeuners sur la terrasse sous un soleil perçant. Retirée de la ville, à plus de dix kilomètres du premier homme, la vie en autarcie garantie.

C'est parfait.

Parfait pour les jours à venir.

Je contourne ma voiture garée sur l'unique chemin de terre, ignore le véhicule de police juste à côté qui me rappelle à la réalité, et remonte l'allée jusqu'au porche en bois.

Boule-de-poils me suit en remuant sa minuscule queue en tire-bouchon. À peine ai-je atteint le haut des marches que l'angoisse me saisit. Et si je faisais la plus grosse erreur de ma vie ? Et si je me trompais ? Impossible de faire marche arrière, j'entends déjà des pas lourds provenir de l'intérieur. Mon cœur bat la chamade. L'instant suivant, la porte d'entrée s'ouvre sur un officier de police, imposant, la trentaine, des cheveux noirs coiffés en brosse. Il m'offre un sourire accueillant.

– Bonjour, Leia, nous vous attendions.

Je ne peux m'empêcher de froncer les sourcils en entendant mon ancien prénom. Le vrai. Il me semble que ça fait une éternité qu'on ne m'a pas appelée comme ça. Le policier comprend immédiatement son erreur. Gêné, il se reprend :

– Excusez-moi, je voulais dire Lana. Lana Smith, c'est ça ? Je suis Charly O'Kelly, entrez.

Aussi muette qu'une tombe, je m'exécute et pénètre dans le chalet. La chaleur d'une cheminée m'enveloppe immédiatement, similaire aux bras d'une maman, réconfortante, agréable. Pourtant, je frissonne et je n'ai aucune envie de me mettre à l'aise. Sûrement parce que je suis loin de l'être. Rien à voir avec de la timidité ou de la pudeur ni la crainte de me retrouver dans ce lieu inconnu, il s'agit uniquement de passer à l'étape suivante, d'accepter ce qu'il va se jouer ici les prochains jours.

Je prends une grande inspiration pour affronter la réalité. Je découvre une cuisine ouverte sur la droite, ainsi qu'une table et ses quatre chaises. Composée de seulement quelques placards, cette cuisine est bien loin de celle, ultra-fonctionnelle, de mon luxueux appartement à Los Angeles.

En même temps, je me souviens dans une lucidité poignante que je serai *toujours* loin de ma cuisine sophistiquée.

En face de moi, j'aperçois un petit couloir avec trois portes. Je suppose que derrière l'une d'elles se trouve ma chambre pour les prochains jours. Et enfin, sur la gauche, je découvre un salon où une nouvelle inconnue m'accueille avec un sourire, debout devant l'un des deux sofas en tissu rose délavé, un ventre rond moulé sous une robe pull. C'est *elle*. C'est à elle que je dois m'en remettre.

Elizabeth O'Kelly. Le même air bienveillant que sur

la photo de l'association que j'ai contactée. Je connais son profil par cœur : 32 ans, institutrice, 1,68 m pour 61 kg, cheveux noirs et yeux marron, vaccinations à jour, casier judiciaire vierge.

Heureusement, pour la femme d'un officier de police, vous me direz.

Alors que je me perds dans la contemplation de son ventre de future maman, les aboiements reprennent.

– Mais qu'est-ce que tu fiches ici, chenapan ! s'égosille Charly O'Kelly en courant après le chiot.

Boule-de-poils ne se laisse pas faire, il arpente tout le chalet, slalome autour du canapé puis passe devant un buffet imposant qui manque de tomber pour finir sa course entre mes jambes en posture offensive.

Note : offensive à qui veut l'entendre, puisque le sac à puces ne dépasse pas les vingt centimètres de diamètre.

– Rebel, viens ici ! tente Charly O'Kelly.

Son ton est sans appel ; moi, en tout cas, j'obéirais. Mais Boule-de-poils n'en démord pas, au contraire, ses grognements augmentent.

– Rebel ? demandé-je en comprenant que ce truc est à eux.

L'intéressé émet un dernier aboiement, comme s'il tentait de me répondre : « Bien entendu, c'est moi ! », avant de reprendre sa position « offensive ».

– C'est l'un des chiots de notre chienne Yusi, me répond Elizabeth, amusée. Comment est-il arrivé ici ?

Elle tente de s'approcher, mais Rebel l'en dissuade d'un grognement.

– Il a dû monter dans la voiture pendant que nous chargions les provisions pour le chalet.

– Nous sommes désolés, Rebel n'obéit à rien ni à personne et a tendance à échapper à notre surveillance. Elizabeth, se présente-t-elle en me tendant la main.

Je sors la mienne de ma poche pour la lui serrer. Il me semble qu'elle tremble autant que la mienne. Mais là où, moi, je suis terrorisée, je devine de l'excitation de son côté. La fin est proche. Pour toutes les deux.

– Vous devez être fatiguée, s'enquiert Charly. Je peux vous faire visiter et nous verrons pour les documents un autre jour.

Je secoue la tête activement. Ne surtout pas faire marche arrière, ET ne surtout pas donner l'occasion à quelqu'un de le proposer.

– Non. Je souhaiterais en finir tout de suite.

Je sors de ma poche le document essentiel à cette transaction et le leur tends.

C'est Charly qui le récupère, tandis qu'Elizabeth m'invite à m'asseoir. Je m'exécute sans vraiment avoir le choix. J'ai la sensation de peser une tonne ces derniers temps et il n'a pas tort, je suis épuisée.

À ce rythme-là, je ne vais pas tenir longtemps.

– Benson m'a vaguement expliqué votre situation, vous êtes en sécurité ici, me rassure Charly.

Boule-de-poils, ou Rebel, saute sur mes genoux pour s'y coucher. Je souris exagérément en entendant le nom de Benson qui me fait dresser l'échine. C'est plus fort que moi. La peur d'être prise et d'être ramenée à… *lui* me terrorise, j'ai envie de prendre mes jambes à mon cou. Même si Benson est la seule personne en qui je peux avoir confiance, son nom réveille d'autres souvenirs et je n'oublie pas que mon adversaire a beaucoup plus de pouvoir. Il ne cessera jamais de me traquer. Je pourrais lui causer bien trop de dommages. C'est ce que je devrais faire, c'est ce que j'aurais dû faire.

Sans doute manquai-je de courage ? Certainement ai-je eu peur d'exposer les personnes qui me sont chères ? Qu'importe la raison, il y a six mois, la fuite et mon changement d'identité, m'ont paru être le meilleur choix, pas le plus simple, pas le moins dangereux, mais le plus raisonnable.

Le crépitement d'une bûche dans la cheminée me ramène à la réalité. *Chalet, chiot, O'Kelly, transaction.* Surtout transaction. J'entends le couple s'étonner de l'affection que me porte Rebel. Inhabituel, inouï, d'après eux. Un peu comme toute cette histoire.

– Je partirai dès que je le pourrai, précisé-je aux deux inconnus dans le sofa d'en face.

Elizabeth s'en étonne :

– Aussi vite ?

– Ça ne serait pas raisonnable, renchérit Charly. Ils ont prévu de la neige d'ici à la fin de la semaine et les cols deviendront difficilement praticables.

– Je ne sais pas… Je ne suis pas chez moi.

Je ne serai chez moi nulle part, ma réponse n'a pas de sens. Charly semble l'avoir compris, il me sert une moue compatissante. C'est plus fort que moi, je détourne le regard et pose les yeux sur le chiot endormi sur mes jambes. Je n'ai pas l'habitude qu'on compatisse à mon triste sort. Je compatissais et je sauvais des vies – parce que je suis médecin – pas l'inverse. Je me mets à caresser le chien. Il se laisse faire, ne bronche pas d'un poil. Comme si je l'avais apprivoisé alors que ses propres maîtres n'ont jamais, apparemment, réussi à l'approcher. Je n'aime pas les animaux et pourtant celui-ci ne me débecte pas. Sans doute parce que nous nous ressemblons quelque part. Nous courons tous les deux pour une liberté. La mienne est de pouvoir retrouver un jour un semblant de vie normale. Me lever le matin sans avoir besoin de vérifier que je suis bien seule dans ma chambre d'hôtel. Rester dans la même ville plus d'une semaine. Me coucher sur un oreiller qui ne dissimule pas un Beretta 9 mm et dormir d'un sommeil de plomb. Pouvoir manger une crème glacée sur un banc dans un parc sans me demander si je suis observée.

Un sourire stupide sur les lèvres, je gratte derrière l'oreille de Rebel et lui demande par télépathie : « Tu aimes la crème glacée, toi ? »

Pour les transmissions de pensée, on repassera : aucune réaction.

Est-ce qu'être restée seule pendant six mois, n'avoir eu de conversations qu'avec une radiocassette et ma vieille voiture m'a rendue stupide ?

Je soupire et reviens à mes hôtes.

– Seulement jusqu'à la fin de l'hiver, tente de me persuader Elizabeth.

Mon cœur accélère sa cadence, mon corps se réchauffe et mon esprit s'extasie. Je l'ai bien choisie. Elizabeth sera parfaite. Elle ne pense même pas que je puisse un jour changer d'avis et venir reprendre ce qui m'appartiendrait. Ça n'est pas de la naïveté, mais de la confiance. Je ne l'explique pas, je le sens. Néanmoins, j'ai besoin de le préciser :

– Ne vous faites aucun souci. J'ai déjà signé ma partie, il est à vous. En contrepartie, si je reste, je veux que vous appeliez Benson pour lui faire savoir que j'ai repris la route. Personne ne doit savoir où je suis. Pas même lui.

Charly hoche la tête d'un geste entendu. J'espère qu'il tiendra parole. Il en va de notre destin à tous. Maintenant, il n'est plus question seulement de moi.

Autant, moi, je deviens stupide, autant lui, je suis certaine qu'il ne l'est pas.

Je ne refuse pas d'emblée leur proposition ; néanmoins, ce qu'ils me proposent vaut la peine d'être étudié. Une pause dans mon *bad-roadtrip*. Oublier quelques semaines la peur. Faire comme s'il s'agissait d'un nouveau départ. Un semblant de vie normale.

Comme la leur.

Je prends le temps d'observer le chalet. Des rideaux bleus fleuris aux fenêtres, raidis par le temps, des meubles en bois rustique dénués de poussière, un guéridon dans le coin gauche du salon, un meuble haut abritant des livres et, entre le couloir et la cuisine, le fameux buffet haut, mais surtout très instable que Rebel a manqué de renverser. Malgré la niche à bois sur le côté droit de la cheminée, copieusement fournie en bûches, les deux canapés, la table basse et cet ameublement minimaliste, le salon semble surchargé tant il est petit. Ambiance cocooning, mais totalement vieillotte, désassortie, ringarde… du vert, du rose, des motifs à fleurs, du bleu, bref un arc-en-ciel de brocanteur.

STOP, Leia ! Ça n'est pas le moment de penser déco !

Un, ça n'est pas chez moi, deux, c'est un logement provisoire, trois, ça serait totalement inapproprié. Pourquoi ? Les O'Kelly me logent gratuitement, je ne vais pas en plus me plaindre de leurs goûts en matière d'agencement.

Mon regard passe alternativement de l'un à l'autre. Charly caresse l'épaule de sa femme, tandis que cette dernière se blottit un peu plus contre lui. Ils transpirent d'amour, ils sont parfaits, je vais les rendre heureux. C'est la seule lumière que je vois depuis six mois.

Déjà disponible
dans toutes les bonnes librairies !

addictives

Romans déjà parus

Rose Becker
Le Bébé, mon milliardaire et moi (aussi en poche)
Torride, sexy & dangereux
Forever You – saisons 1 et 2
Dangerous

Phoebe Campbell
Tes ordres sont mes désirs – poche
Lui résister… ou pas – l'intégrale
You Again
Single Daddy. Try Me if You Can

Mia Carre
Bad for You
Teach Me Everything
Charmant connard !

Mélodie Chavin
Campus Rules
Fucking Wedding

Olivia Dean
À lui, corps et âme – volumes 1 et 2 – poche

Emma Green
Toi + Moi : L'un contre l'autre (aussi en poche)
Toi + Moi : Envers et contre tout (aussi en poche)
Toi + Moi : Seuls contre tous (aussi en poche)
Call Me Baby – volumes 1 et 2
Call Me Bitch
Love Me if You Can
Kiss Me if You Can
Bliss. Le faux journal d'une vraie romantique – volumes 1 et 2
Jeux interdits
Jeux insolents
Jeux imprudents
Une toute dernière fois
Fallait pas me chercher ! – volumes 1 et 2

Corps impatients (aussi en poche)
Cœurs insoumis (aussi en poche)
Âmes indociles (aussi en poche)
Cent facettes de Mr Diamonds – l'intégrale
Bliss. Le faux journal d'une vraie romantique – l'intégrale
(Im)parfait
Love Me if You Can – l'intégrale
Kiss Me if You Can – l'intégrale
It's Raining Love!
The Boy Next Room
Call Me Baby – l'intégrale
Call Me Bitch – l'intégrale
PS: Oublie-moi!
Fallait pas me chercher! – l'intégrale
Recherche coloc: emmerdeurs, râleurs, lovers… s'abstenir!
10 bonnes raisons de te détester!
Just 17
Love & Lies on Campus
Bien plus forte que toi!

Kim Grey
Insolent Bastard

Megan Harold
Sublime-moi! – poche
Breaking the Rules
Initiation with My Boss

Amy Hopper
Gone Boy
Le Coloc

Julie Huleux
Alpha Player

Charlie Lazlo
Mon insupportable boss

Sienna Lloyd
Mords-moi!

Caroline Mongas
Mariage forcé. Un contrat indécent

June Moore
Étreinte – volumes 1 à 3

Zoé Murat
Stepbrother Love
Boss Me Around

Clara Oz
Arrogant

Lise Robin
Infiltrée. Sex, Drugs & Danger
Love Scandal
Forbidden Stepbrother – poche

Gaëlle Sage
Kiss, Kill & Ride

Ana Scott
Dark Ride
Last Ride
Vicious Ride
The Dominant
Evil Ride
Sensual Stepbrother

Camilla Simon
Le voisin parfait est un enfoiré
Initiation with My Enemy

Ève Souliac
Sexy Mistake

Liv Stone
Love Lessons

Lisa Swann
Adore-moi ! – l'intégrale

Louise Valmont
Toi & moi, c'est compliqué !
Campus Initiation

Chloe Wilkox
Extreme Lover – l'intégrale
Immoral
Your Game, My Rules – poche
Dominant Boss. Apprends-moi
The Virgin's Price

Romans déjà parus

Ana K. Anderson
Indompté
Scottish Bastard

Sophie Auger
Be with Me

Sonia Birdy
L'Initiation
Touchdown. Campus Star

Laura Black
Dark Initiation
Games of Desire
H.A.R.D. Hot, Arrogant, Rebelle, Déterminé
Sulfurous Bad Boy

Margot D. Bortoli
Too Young

Juliette Brunel
Delicious

Anne Cantore
Promets-moi. Louise et Marco

Sarina Cassint
Avec toi… peut-être
Insolent Boss

Mary Ann Davis
Coach Me Love

Nora Davy
Don't Resist

Gwen Delmas
Noël, toi & moi
Perfect Boss
Sex Friends. Pas de contraintes, que du plaisir!

Cléa Dorian & Ninon Vars
Dark Love

Laurie Eschard
Love Naked

Lil Evans
Savage Rider
Crash & Burn
Boss Affair

Lou Everly
Bad Boy Crush – poche

Lou Garance
Can You Keep a Secret?

Alexandra Gonzalez
Shades of You

Erin Graham
Teach Me Love
The Boss
Secret Stepbrother
Strong Addiction
Coloc avec mon boss

Joh Harper
Crazy Love

Marie Hayle
Under Control

Emma S. James
Under the Rain

Iris Julliard
Catch & Shoot

Lucie F. June
Fight with Darkness

Sara June
Rider in the Dark
Sexy Wild Rider

Lena Jung
Mon coloc, mes désirs & moi

Emily Jurius
Love to Hate You

Allie Krown
High School Challenge

Pauline Libersart
Tiger. Entre ses griffes

Nina Loren
Breaking the Ice

Ella Lores
Mariée par accident à un connard arrogant rencontré la veille…

Jessica Lumbroso
Emma X. Secrète et insoumise

Mila Marelli
Dark Man in Love
Crazy Wedding

Mag Maury
Fast Games
No Love, No Limits
My Hipster Christmas

Alix Parks
Never Kiss the Boss

Jeanne Pears
Insupportable coloc
Colocs & Sex Friends
H.O.T. Hypnotique, Obstiné, Ténébreux

Alexia Perkins
Arrogant Fake Lover

Sophie S. Pierucci
L'Inconnu de l'ascenseur & Moi (aussi en poche)
My Stepbrother. L'initiation
Deep & Dark – poche

Silvia Reed
Darkest. La dernière heure
Too Close

Anita Rigins
No Rules
My Rules

Avril Rose
Coffee, Sex & Law

Jana Rouze
Effet de vague – saisons 1, 2 et 3

Wendy Roy
Une seule fois (ou presque)

Ana Scott
À corps brisés

Léana Soal
Fight & Hope

Cara Solak
Perfect Obsession

Liv Stone
Initie-moi. Mes jours contre tes nuits

Lena K. Summers
Perfect Bad Boy

Kaly Swann
Austin. Breathe with Me

Alexane Tolley
The Boss Rules – poche

Lily Tortay
Dance for Me

Flore Valier
Ta peau contre la mienne

Anna Wendell
Arrogant Bad Boy
Apprends-moi le désir
Colosse. Le maître du jeu

Mina Zadig
Just Sex & Tattoos

Âmes indociles
Emma Green

C'est un père célibataire et son cœur n'est pas à prendre. Elle ne va pas lui laisser le choix.

Styliste un peu perchée à l'âme écorchée, Calliopé décide de prendre sa vie en main et d'affronter son passé : à 22 ans, la brune révoltée retrouve Willow, l'enfant qu'on l'a forcée à abandonner des années plus tôt. Seul obstacle à leurs retrouvailles : le père adoptif de la petite fille, Lennon Hathaway, bien trop beau pour être vrai, trop riche pour être honnête, trop solitaire pour lui faire une place dans sa vie et trop méfiant pour croire en elle. Et pourtant, dans ses yeux verts, elle jurerait déceler une lueur d'humanité. Peut-être même autre chose, un sentiment qu'elle n'attendait plus.

Pour des news exclusives, des bonus
et plein d'autres surprises, retrouvez-nous sur :
Facebook : **facebook.com/editionsaddictives**
Twitter et Instagram : **@ed_addictives**
et sur notre site **www.editions-addictives.com**

Auteure : Lou Everly

Edisource – Éditions Addictives
100, rue Petit, 75019 Paris
Imprimé par JOUVE, 733, rue Saint Léonard
53101 Mayenne cedex France
Dépôt légal : juillet 2021 – Achevé d'imprimer : mai 2021
Réimprimé en septembre 2021
ISBN : 978-2-37126-433-5

Réf. contrat : ZAYN_001